【臺灣現當代作家 研究資料彙編】26

# 鄭清文

國立台灣文學館
出版

# 主委序

近年來，臺灣文學創作與出版的旺盛能量，可說是國內讀者與華人文化圈有目共睹的事實；然而，文學之花要開得繁麗燦爛，除了借助作家們豐沛文思的澆灌，亦需仰賴評論者的慧眼與文學史料的積累。是以，國立臺灣文學館「臺灣現當代作家研究資料彙編計畫」第二輯的出版，格外令人振奮。

為具體展現臺灣現當代文學的發展與既有研究成果，奠定詳實、深入的臺灣文學史料基礎，國立臺灣文學館於 2010 年規劃並執行「臺灣現當代作家研究資料彙編計畫」，秉持堅毅而勤懇的馬拉松精神，在卷帙繁浩的文獻史料中梳理 50 位臺灣現當代重要作家的生平資料、年表、評論文章，各自彙編成冊，以期呈現作家完整的存在樣貌、歷史地位與影響。此計畫首先在 2011 年完成第一階段，包括賴和等 15 位作家的研究資料彙編，歷經將近一年的悉心耕耘，在眾人引頸期盼中，於 2012 年春天再度推出 12 位臺灣文學前輩作家：張我軍、潘人木、周夢蝶、柏楊、陳千武、姚一葦、林亨泰、聶華苓、朱西甯、楊喚、鄭清文、李喬的研究資料彙編。

這群主要出生於 1920 年代的作家，雖然時間座標相近，然因歷史軌跡、時代局勢與身處地域的殊異，而演繹出不同的生命敘事；無論成長於日治時期的臺灣，或是在 1949 年前後由中國大陸渡海來臺者，他／她們窮畢生之力，筆耕不輟，在詩、散文、小說、戲劇、兒童文學、文學評論等方面作出貢獻，共同形塑出臺灣文學紛繁多姿的面貌。

由於有執行團隊地毯式蒐羅及嚴謹考證，加上多位專家學者的戮力協助，我們才能懷抱欣喜之情，向讀者推介這一套深具實用價值的臺灣文學工具書，提供國內外關心、研究臺灣文學發展者參考使用；我們期待以此為基礎，滋養臺灣文學綻放出更為璀璨亮麗的花朵。

行政院文化建設委員會主任委員　龍應台

# 館長序

　　作家是文學的創作主體，他在哪些主客觀因素的影響下，走上了寫作之路？寫出了什麼樣的作品？而這些作品，究竟對應著什麼樣的心靈狀態以及變動中的客觀環境？一般所說的作家研究，即是要解答這些問題。進一步說，他和同時代，或同世代的其他作家之所作，存有什麼樣的異同？和前行代的作家之所作，又有什麼樣的繼承與創新？這些則是有關文學史性質的討論。著名的、重要的作家，從其自身的文學表現，到文壇地位，到文學史的評價，是一個值得全方位開挖的寶庫。

　　現當代臺灣文學的討論，原本只在文壇發生，特別是在文藝性質的傳媒上，以書評、詩話、筆記、專訪等方式出現；隨著這個文學傳統形成且日愈豐厚，出版市場日漸活絡，媒體編輯也專業化了，於是我們看到了各種形式的作家專（特）輯，介紹、報導且評論他的人和文學，而如何介紹？如何報導？如何評論？所形成的諸多篇章形式，竟也逐漸規範化：包括小傳、年表、著譯書目（提要）；人和作品的總論、分期和分類的作品群論、單一作品集和個別獨立文本的個論；其他更有比較分析，或與他人合論等，都有相對比較嚴謹的學術要求。

　　將臺灣現當代作家的研究資料加以彙編，應是文壇及學界很多人的期待。2010 年，在《臺灣現當代作家評論資料目錄》（16 開，8冊）的基礎上，國立臺灣文學館再度委託臺灣文學發展基金會組成

　　顧問群及工作小組，進行《臺灣現當代作家研究資料彙編》的工作，準備出版 50 位作家的研究資料彙編（一人一冊），第一批計 15 冊於 2011 年 3 月出版，包含賴和、吳濁流、梁實秋、楊逵、楊熾昌、張文環、龍瑛宗、覃子豪、紀弦、呂赫若、鍾理和、琦君、林海音、鍾肇政、葉石濤。我仔細看過承辦單位的期中、期末報告書，從其中的工作手冊、顧問會議的紀錄等，可以看出承辦諸君是如何的敬謹任事。

　　現在，第二批 12 冊也將出版，他們是：張我軍、潘人木、周夢蝶、柏楊、陳千武、姚一葦、林亨泰、聶華苓、朱西甯、楊喚、鄭清文、李喬。由於有工作小組執行資料的蒐集整理，且又由對該作家嫻熟者主編，各書都相當完整，所選刊的評論文章皆極富參考價值；我個人特別喜歡包含影像、手稿、文物的輯一「圖片集」，以及輯三的「研究綜述」，前者頗有一些珍品，後者概括性強，值得參考。這是臺灣文學研究界的大事，相信有助於這個學科的擴大和深化。

國立臺灣文學館館長　李瑞騰

# 編序

◎封德屏

## 緣起

　　1995 年 10 月 25 日，在臺灣師範大學教育大樓的 201 室，一場以「面對臺灣文學」為題的座談會，在座諸位學者分別就臺灣文學的定義、發展、研究，以及文學史的寫法等，提出宏文高論，而時任國家圖書館編纂張錦郎的「臺灣文學需要什麼樣的工具書」，輕鬆幽默的言詞，鞭辟入裡的思維，更贏得在座者的共鳴。

　　張先生以一個圖書館工作人員自謙，認真專業地為臺灣這幾十年來究竟出版了多少有關臺灣文學的工具書，做地毯式的調查和多方面的訪問。同時條理分明地針對研究者、學生，列出了十項工具書的類型，哪些是現在亟需的，哪些是現在就可以做的，哪些是未來一步一步累積可以達成的，分別做了專業的建議及討論。

　　當時的文建會二處科長游淑靜，參與了整個座談會，會後她劍及履及的開始了文學工具書的委託工作，從 1996 年的《臺灣文學年鑑》起始，一年一本的編下去，一直到現在，保存延續了臺灣文學發展的基本樣貌。接著是《中華民國作家作品目錄》的新編，《臺灣文壇大事紀要》的續編，補助國家圖書館「當代文學史料影像全文系統」的建置，這些工具書、資料庫的接續完成，至少在當時對臺灣文學的研究，做到一些輔助的功能。

　　2003 年 10 月，籌備多年的「台灣文學館」正式開幕運轉。同年五月《文訊》改隸「財團法人台灣文學發展基金會」，為了發揮更大的動能，開

始更積極、更有效率地將過去累積至今持續在做的文學史料整理出來，讓豐厚的文藝資源與更多人共享。

於是再次的請教張錦郎先生，張先生認為文學書目、作家作品目錄、文學年鑑、文學辭典皆已完成或正在進行，現在重點應該放在有關「臺灣現當代作家評論資料目錄」的編輯工作上。

很幸運的，這個計畫的發想得到當時臺灣文學館林瑞明館長的支持，於是緊鑼密鼓的展開一切準備工作：籌組編輯團隊、召開顧問會議、擬定工作手冊、撰寫計畫書等等。

張錦郎先生花了許多時間編訂工作手冊，每一位作家的評論資料目錄分為：

（一）生平資料：可分作者自述，旁人論述及訪談，文學獎的紀錄。

（二）作品評論資料：可分作品綜論，單行本作品評論，其他作品（包括單篇作品）評論，與其他作家比較等。

此外，對重要評論加以摘要解說，譬如專書、專輯、學術會議論文集或學位論文等，凡臺灣以外地區之報刊及出版社，於書名或報刊後加註，如中國大陸、香港、新加坡等。此外，資料蒐集範圍除臺灣外，也兼及中國大陸、香港、新加坡、日本、韓國及歐美等地資料，除利用國內蒐集管道外，同時委託當地學者或研究者，擔任資料蒐集工作。

清楚記得，時任顧問的學者專家們，都十分高興這個專案的啟動，但確定收錄哪些作家名單時，也有不同的思考及看法。經過充分的討論後，終於取得基本的共識：除以一般的「文學成就」為觀察及考量作家的標準外，並以研究的迫切性與資料獲得之難易度為綜合考量。譬如說，在第一階段時，作家的選擇除文學成就外，先考量迫切性及研究性，迫切性是指已故又是日治時期臺籍作家為優先，研究性是指作品已出土或已譯成中文為優先。若是作品不少而評論少，或作品評論皆少，可暫時不考慮。此外，還要稍微顧及文類的均衡等等。基本的共識達成後，顧問群共同挑選出 310 位作家，從鄭坤五、賴和、陳虛谷以降，一直到吳錦發、陳黎、蘇

偉貞，共分三個階段進行。

張錦郎先生修訂的編輯體例，從事學術研究的顧問們，一方面讚嘆「此目錄必然能成爲類似文獻工作的範例」，但又深恐「費力耗時，恐拖延了結案時間」，要如何克服「有限時間，高度理想」的編輯方式，對工作團隊確實是一大挑戰。於是顧問們群策群力，除了每人依研究領域、研究專長認領部分作家外（可交叉認領），每個顧問亦推薦或召集研究生襄助，以期能在教學研究工作外，爲此目錄盡一份心力。

「臺灣現當代作家評論資料目錄」專案計畫，自 2004 年 4 月開始，至 2009 年 10 月結束，分三個階段歷時五年六個月，共發現、搜尋、記錄了十餘萬筆作家評論資料。共經歷了三位專職研究助理，近三十位兼任研究助理。這些研究助理從開始熟悉體例，到學習如何尋找資料，是一條漫長卻實用的學習過程。

## 接續

「臺灣現當代作家評論資料目錄」的專案完成，當代重要作家的研究，更可以在這個基礎上，開出亮麗的花朵。於是就有了「臺灣現當代作家研究資料彙編暨資料庫建置計畫」的誕生。爲了便於查詢與應用，資料庫的完成勢在必行，而除了資料庫的建置外，這個計畫再從 310 位作家中精選 50 位，每人彙編一本研究資料，內容有作家圖片集，包括生平重要影像、文學活動照片、手稿及文物，小傳、作品目錄及提要、文學年表。另外每本書分別聘請一位最適當的學者或研究者負責編選，除了負責撰寫五千至一萬字的作家研究綜述外，再從龐雜的評論資料中挑選具有代表性的評論文章，全文刊載，平均 12～14 萬字，最後再附該作家的評論資料目錄，以期完整呈現該作家的生平、創作、研究概況，其歷史地位與影響。

由於經費及時間因素，除了資料庫的建置，資料彙編方面，50 位作家分三個階段完成。第一階段出版了 15 位作家，此次第二階段出版了 12 位作家的資料彙編。體例訂出來，負責編選的學者專家名單也出爐了，於是

展開繁瑣綿密的編輯過程。一旦工作流程上手，才知比原本預估的難度要高上許多。

首先，必須掌握每位編選者進度這件事，就是極大的挑戰。於是編輯小組在等待編選者閱讀選文的同時，開始蒐集整理作家生平照片、手稿，重編作家年表，重寫作家小傳，尋找作家出版品的正確版本、版次，重新撰寫提要。這是一個極其複雜的工程。還好有認真負責的宇霈、雅嫻、崖婷，以及編輯老手秀卿幫忙，讓整個專案維持了不錯的品質及進度。

在智慧權威、老練成熟的學者專家面前，這些初生之犢的年輕助理展現了大無畏的精神，施展了編輯教戰手冊中的第一招——緊迫盯人。看他們如此生吞活剝地貫徹我所傳授的編輯要法，心裡確實七上八下，但礙於工作繁雜，實在無法事必躬親，也只好讓他們各顯身手了。

縱使這些新手使出了全部力氣，無奈工作的難度指數仍然偏高，雖有第一階段的經驗，但面對不同的編選者，不同的編選風格，進度仍然不很順利，再加上整個進度掌控者雅嫻遭逢車禍意外，臥病月逾，工作小組更是雪上加霜。此時就得靠意志力及精神鼓舞了。我對著年輕的同仁曉以大義，告訴他們正在光榮地參與一個重要的文學工程，絕對不可輕言放棄。

## 成果

雖然過程是如此艱辛，如此一言難盡，可是終究看到豐美的成果。每位編選者雖然忙碌，但面對自己負責的作家資料彙編，卻是一貫地認真堅持。他們每人必須面對上千或數百筆作家評論資料，挑選重要或關鍵性的評論文章，全面閱讀，然後依照編選原則，挑選評論文章。助理們此時不僅提供老師們所需要的支援，統計字數，最重要的是得找到各篇選文作者，取得同意轉載的授權。在第一階段進度流程初估時，我們錯估了此項工作的難度，因為許多評論文章，發表至今已有數十年的光景，部分作者行蹤難查，還得輾轉透過出版社、學校、服務單位，尋得蛛絲馬跡，再鍥而不捨地追蹤。有了第一階段的血淚教訓，第二階段關於授權方面，我們

更是如臨深淵、如履薄冰，希望不要重蹈覆轍。

　　除了挑選評論文章煞費苦心外，每個作家生平重要照片，我們也是採高標準的方式去蒐集，過世作家家屬、友人、研究者或是當初出版著作的出版社，都是我們徵詢的對象。認真誠懇而禮貌的態度，讓我們獲得許多從未出土的資料及照片，也贏得了許多珍貴的友誼。遠在中國大陸的張我軍的長子張光正；潘人木的女兒黨英台及在她身後一直持續整理她的遺作及資料的周慧珠；陳千武的長子陳明台、後輩友人吳櫻；姚一葦的女兒姚海星；林亨泰女兒林巾力、兒子林于竝；遠在美國的聶華苓、女兒王曉藍；朱西甯的夫人劉慕沙、女兒朱天文；住得很近卻常常被我們打擾的鄭清文、女兒鄭谷苑；在苗栗的李喬，以及幫了很多忙的許素蘭……，我們和他們一起回憶、欣賞他們或父祖、前輩，可敬可愛的文學人生。

　　研究綜述部分，許俊雅敘述在中研院臺史所楊雲萍數位典藏建置完成後，她才讀到一封 1946 年 5 月 12 日張我軍在上海給楊雲萍的一封信，不僅感受到一位離家 20 年的臺灣遊子，熱切盼望返鄉的心情，也印證了張我軍與楊雲萍早在 1920 年代相識，1943 年再度於京都相逢。林武憲在〈縱橫於小說創作與兒童文學之間〉一文中，對潘人木研究資料的謬誤提出細部的更正及檢討，對她小說創作、兒童文學的貢獻及價值再度給予肯定；曾進豐寫周夢蝶，已超越一個學者的研究論述，情動於中而發為文，情理交融，令人動容。

　　林淇瀁論柏楊，短短一萬字，對其豐富的創作類型、多樣的文風、浩瀚如海的研究概述，鞭辟入裡；阮美慧揭示陳千武一生的文學志業及作品精神樣貌，讓陳千武那種質樸、更貼近普羅大眾語言風格的特殊價值彰顯出來；王友輝將姚一葦的研究分為「人、文、理、育」四方面來檢視、探索的同時，也充分顯示姚一葦一生春風化雨、提攜後進，並專注尋找自己創作和研究上新出路的特質。

　　呂興昌在〈林亨泰研究綜論〉中，特別舉出劉紀蕙〈銀鈴會與林亨泰的日本超現實淵源與知性美學〉一文所言：紀弦為林亨泰提供延續銀鈴會

現代運動的管道，而林亨泰則成為紀弦發展現代派的支柱，此觀察「可謂機杼別出，言人之所未言」；應鳳凰將聶華苓研究的三個時期，與聶華苓文學事業的三個時期，相互呼應與比較，也凸顯了聶華苓研究領域幅員遼闊，有待來者；陳建忠開宗明義即謂「朱西甯及其文學在臺灣當代文學史上的定位，仍有待重估」，當抽絲剝繭的評析朱西甯研究不同的研究路徑後，期待「朱西甯研究的進展，也實在到了朝更有彈性而務實的方向轉變的時機」。

　　須文蔚在〈唱出土地與人們心聲的能言鳥——臺灣當代楊喚研究資料評述〉一開始，就將 24 歲楊喚遇難當天驚悚的故事錄下，從此許多年輕早慧的心靈中，在閱讀楊喚天才的、靈巧的詩篇同時，也都記得了詩人早夭與不幸的命運。楊喚留下的作品不多，須文蔚認為他的作品得以傳世，除了友人的幫忙與努力，楊喚真誠的創作與動人的人格，應該是另一項重要的原因；李進益寫鄭清文，一句「他所有作品都在寫臺灣」，道盡鄭清文一生創作，所描繪與建構的文學世界，正是來自他立足的臺灣；彭瑞金在細分李喬研究概述後，輕輕帶上一筆「欲知李喬文學究竟，得閱讀近千・萬字文獻」，真實反映出李喬評論及創作的豐盛，但他最終希望選文能「掌握李喬創作脈絡，反映李喬各階段的重要作品成果」。

　　1987 年 7 月臺灣解嚴，臺灣文學研究的風潮日漸蓬勃。1990 年 4 月 23 日，《民眾日報》策劃「呂赫若專輯」，標題為〈呂赫若復出〉；1991 年前衛出版社林文欽出版「臺灣作家全集・短篇小說卷・日據時代」；1997 年自真理大學開始，臺灣文學系所紛紛成立，臺灣文學體制化的脈動，鼓舞了學院師生積極從事日治時期臺灣文學史料的蒐集。這股風潮正如陳萬益所言，不只是文獻的出土，也是一種心態的解嚴，許多日治時期作家及其家屬，終於從長期禁錮的氛圍中解放。許俊雅認為，再加上當初以日文創作的作家作品，也在 1990 年代後被逐漸翻譯出來，讀者、研究者在一個開放的空間，又免除語文的障礙，而使臺灣文學研究開始呈現多元的風貌。

1990 年開始，各地縣市文化中心（文化局），對在地作家作品集的整理出版，以及台灣文學館成立後對日治時期作家以迄當代重要作家全集的編纂，對臺灣文學之作家研究，也有了很好的促進作用。《龍瑛宗全集》、《吳新榮選集》、《呂赫若日記》、《楊逵全集》、《葉石濤全集》、《鍾肇政全集》，如雨後春筍般持續展開。「臺灣意識」的興起，使本土文學傳統快速的納入出版與研究行列。

經過近二十年的努力，臺灣文學的研究與出版，也到了可以驗收或檢討成果的階段。這個說法，當然不是要停下腳步，而是可以從「臺灣現當代作家評論資料目錄」所呈現的 310 位作家、10 萬筆資料中去檢視。檢視的標的，除了從作家作品的質量、時代意義及代表性去衡量外、也可以從作家的世代、性別、文類中，去挖掘還有待開墾及努力之處。因此在這樣的堅實基礎上，這套「臺灣現當代作家研究資料彙編」，每位編選者除了概述作家的研究面向外，均有些觀察與建議。希望就已然的研究成果中，去發現不足與缺憾，研究者可以在這些不足與缺憾之處下功夫，而盡量避免在相同議題上重複。當然這都需要經過一段時間、去發現、去彌補，因此，有關臺灣文學研究的調查與研究，就格外顯得重要了。

## 期待

感謝台灣文學館持續支持推動這兩個專案的進行。「臺灣現當代作家評論資料目錄」的完成，呈現的是臺灣文學研究的總體成果；「臺灣現當代作家研究資料彙編」套書的出版，則是呈現成果中最精華最優質的一面，同時對未來的研究面向與路徑，做最好的建議。我們可以很清楚的體會，這是一條綿長優美的臺灣文學接力賽，我們十分榮幸能參與其中，我們更珍惜在傳承接力的過程，與我們相遇的每一個人，每一件讓我們真心感動的事。我們更期待這個接力賽，能有更多人加入。誠如張恆豪所說「從高音獨唱到多元交響」，這是每一個人所期待的。

# 編輯體例

一、本書編選之目的，為呈現鄭清文生平、著作及研究成果，以作為臺灣文學相關研究、教學之參考資料。

二、全書共五輯，各輯內容及體例說明如下：

輯一：圖片集。選刊作家各個時期的生活或參與文學活動的照片、著作書影、手稿（包括創作、日記、書信）、文物。

輯二：生平及作品，包括三部分：

1.小傳：主要內容包括作家本名、重要筆名，生卒年月日，籍貫，及創作風格、文學成就等。

2.作品目錄及提要：依照作品文類（論述、詩、散文、小說、劇本、報導文學、傳記、日記、書信、兒童文學、合集）及出版順序，並撰寫提要。不收錄作家翻譯或編選之作品。

3.文學年表：考訂作家生平所進行的文學創作、文學活動相關之記要，依年月順序繫之。

輯三：研究綜述。綜論作家作品研究的概況，並展現研究成果與價值的論文。

輯四：重要文章選刊。選收國內外具代表性的相關研究論文及報導。

輯五：研究評論資料目錄。收錄至 2011 年 6 月底止，有關研究、論述臺灣現當代作家生平和作品評論文獻。語文以中文為主，兼及日文和英文資料。所收文獻資料，以臺灣出版為主，酌收中國大陸·香港、日本和歐美國家的出版品。內容包含三部分：

1.「作家生平、作品評論專書與學位論文」下分為專書與學位論文。

2.「作家生平資料篇目」下分為「自述」、「他述」、「訪談」、「年表」、「其他」。

3.「作品評論篇目」下分為「綜論」、「分論」、「作品評論目錄、索引」、「其他」。

# 目次

# 輯一◎圖片集

## 影像◎手稿◎文物

約1943年，鄭清文與家人合影於桃園老家，為生平首張照片。前排左起：二哥女兒、生母、生父、大哥兒子；後排左起：鄭清文、大哥女兒、大嫂、四哥、大哥、二嫂。（鄭谷苑提供）

1948年，鄭清文高中一年級留影。（翻攝自《鄭清文短篇小說全集——別卷》，麥田出版公司）

約1951年，鄭清文經職業考試後，任職於華南銀行。（翻攝自《鄭清文短篇小說全集——別卷》，麥田出版公司）

1958年，鄭清文畢業於臺灣大學商學系。
（鄭谷苑提供）

1953年，鄭清文（左）與養父鄭阿財參加
華南銀行舉辦的日月潭旅遊，出發前合影
於新公園。（翻攝自《鄭清文短篇小說全
集——別卷》，麥田出版公司）

1969年7月20日，鄭清文出席吳濁流文學獎基金會成立典禮。第一排左一司馬中原，
左四起：巫永福、鍾肇政、吳濁流、王詩琅、鄭世璠；第二排左起：鍾鐵民、李
喬、林鍾隆、林衡道、林海音；第三排左起：廖清秀、文心、張彥勳、黃文相、江
上、張良澤、鄭清文；第四排左起：賴欽星、吳萬鑫。（新竹縣縣史館提供）

約1971年，鄭清文與文友們合影。前排左
起：吳瀛濤、吳濁流、鄭世璠；後排左起：
黃文相、葉石濤、李喬、林鍾隆、鄭清文、
鍾肇政、鍾春芳。（新竹縣縣史館提供）

1972年，鄭清文被華南銀行派至美國舊金山
加州銀行研習半年，於舊金山金門大橋留
影。（翻攝自《鄭清文短篇小說全集——別
卷》，麥田出版公司）

1973年，鄭清文（右一）全家合影於自宅屋頂。左起：鄭谷懷、陳淑惠、鄭谷苑、鄭谷音。（翻攝自《鄭清文短篇小說全集──別卷》，麥田出版公司）

1978年，鄭清文（前排右一）與文友合影於林海音宅。前排左起：鍾肇政、鍾台妹、巫永福；後排左起：鍾鐵民、季季、林海音、何凡、趙天儀。（翻攝自《鍾肇政全集38──影像集》，桃園縣政府文化局）

1979年12月2日，鄭清文（右）出席「第二屆吳三連文學獎」頒獎典禮，與小說類得獎人鍾肇政合影。（翻攝自《鍾肇政的文學影像之旅》，桃園縣政府文化局）

1986年10月11日，鄭清文（左二）與鍾鐵民（左一）、林海音（右二）、何凡（右一）合影。（翻攝自《鄭清文短篇小說全集──別卷》，麥田出版公司）

1990年12月23日，鄭清文（右一）與陳千武（左一）、東方白（左二）、楊千鶴（左三）合影於陳林事務所。（翻攝自《鄭清文短篇小說全集──別卷》，麥田出版公司）

1991年3月，鄭清文與文友合影。前排左起：陳燁、林衡哲、黃玉珊；後排左起．鄭清文、鍾肇政、陳芳明、魏貽君。（翻攝自《鄭清文集》，前衛出版社）

1993年，鄭清文（左）獲「第16屆時報文學獎」短篇小說推薦獎，與林海音合影。（翻攝自《鄭清文短篇小說全集——別卷》，麥田出版公司）

1993年，鄭清文（前排右一）與「北臺灣文學」叢書編輯合影。前排左起：王昶雄、劉峰松、廖清秀；後排左起：莊永明、杜文靖、秦賢次、李魁賢。（王奕心提供）

1994年，鄭清文（左）與許素蘭合影於桃園埔子老家。（翻攝自《鄭清文短篇小說全集——別卷》，麥田出版公司）

1994年7月17日，鄭清文（右）與鄭清茂合影於林海音宅。（翻攝自《鄭清文短篇小說全集——別卷》，麥田出版公司）

1995年11月25日，鄭清文（左）出席「第九屆臺美基金會人才成就獎」頒獎典禮，與齊邦媛合影。（翻攝自《鄭清文短篇小說全集——別卷》，麥田出版公司）

1997年11月2日，鄭清文（中）應邀出席「福爾摩莎的桂冠——巫永福文學會議」，與許俊雅（左）、趙天儀（右）合影。（翻攝自《鄭清文短篇小說全集——別卷》，麥田出版公司）

1997年，鄭清文與文友合影於鍾肇政宅。左起：黃明城、鄭清文、許素蘭、鍾肇政、岡崎郁子、陳淑惠。（翻攝自《鄭清文短篇小說全集——別卷》，麥田出版公司）

1998年，鄭清文與文友合影於趙天儀宅。左起：李魁賢、鄭清文、許達然、趙天儀。（翻攝自《鄭清文短篇小說全集——別卷》，麥田出版公司）

1998年，鄭清文（右）擔任第六任臺灣筆會會長，出席臺灣筆會年會，與王
昶雄（中）、鄭炯明（左）合影。（翻攝自《鄭清文短篇小說全集——別
卷》，麥田出版公司）

2004年，鄭清文（前排右一）與文友合影於「第35屆吳濁流文學獎」評
審會議。前排左起：洪銘水、李魁賢、鍾肇政；後排左起：吳萬鑫、張
芳慈、許素蘭、許俊雅、王婕、林建隆、莫渝。（翻攝自《鍾肇政全集
38——影像集》，桃園縣政府文化局）

2005年10月20日，鄭清文（中）獲「第九屆
國家文藝獎」，與葉笛夫婦合影。（鄭谷
苑提供）

2005年，鄭清文（右一）與文友合影於加拿大。左起：杜
國清、林鎮山、東方白。（翻攝自《走出峽地——鄭清文
的人生故事》，麥田出版公司）

2006年5月27—28日，鄭清文應邀出席「鄭清文國際學術研
討會」，與韓國學者合影。左起：金良守、金尚浩、鄭清
文、趙洪善。（鄭谷苑提供）

2009年11月28日，鄭清文（右）獲第
十三屆臺灣文學家牛津獎。（真理大學
臺灣文學資料館提供）

2010年4月30日，鄭清文（左二）出席
「作夥來聽鄭清文ㄟ臺灣童話」新書
演講活動，和與談人游珮芸（右二）合
影。（游珮芸提供）

2010年，鄭清文（左）與吳念真於青康
藏書店談〈清明時節〉改編為舞台劇。
（鄭清文提供）

2010年，鄭清文夫婦（左一、左二）及女兒鄭谷苑（左三），
與來訪的鍾鐵民（左四）及其家人合影。（鄭清文提供）

2010年，鄭清文（左一）
與蕭白（中）、李喬（右）
合影於蕭宅。（鄭清文
提供）

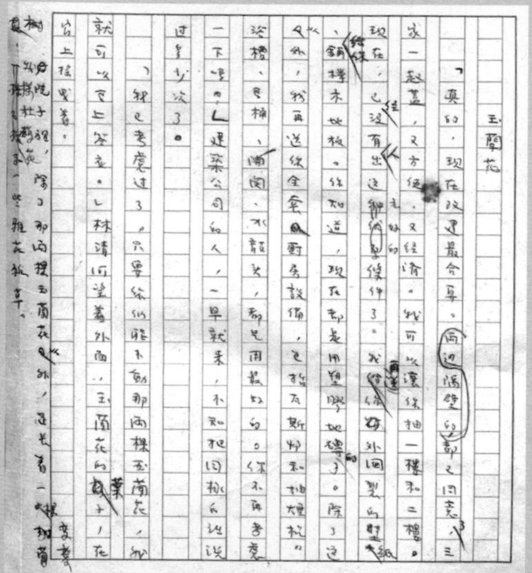

鄭清文〈玉蘭花〉手稿。（鄭清文提供）

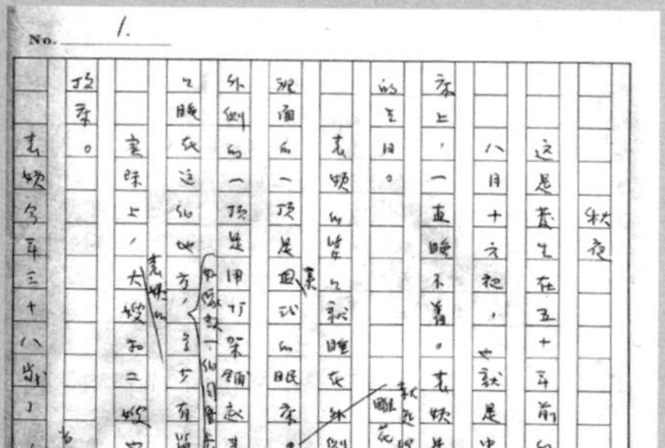

鄭清文〈秋夜〉初稿。（鄭清文提供）

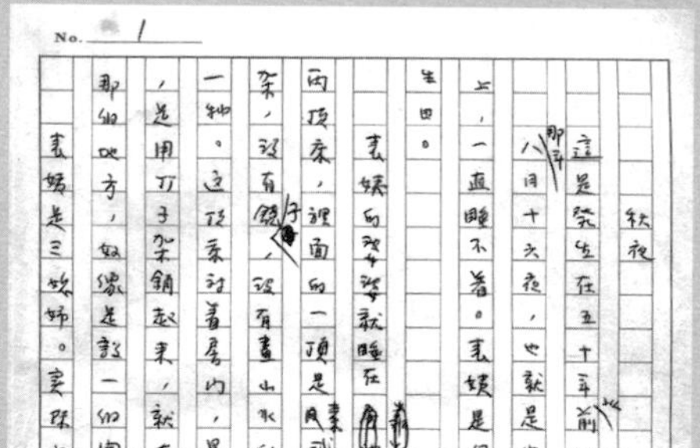

鄭清文〈秋夜〉修訂稿。（鄭清文提供）

鄭清文〈元宵後〉手稿。
（國立臺灣文學館提
供）

鄭清文〈夜的聲音〉手
稿。（國立臺灣文學館
提供）

鄭清文〈舊金山‧1972
——史丹福〉手稿。（國
立臺灣文學館提供）

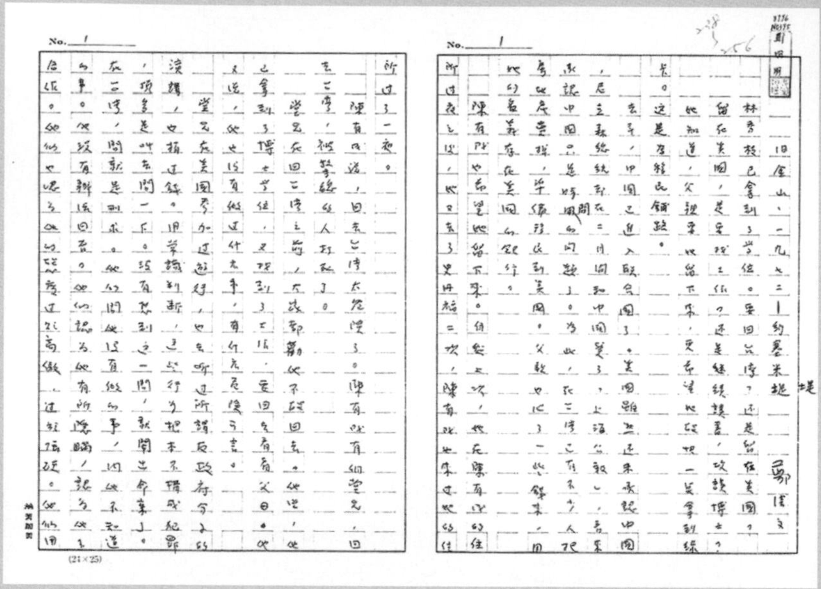

鄭清文〈舊金山·1972——約塞米堤〉手稿。(國立臺灣文學館提供)

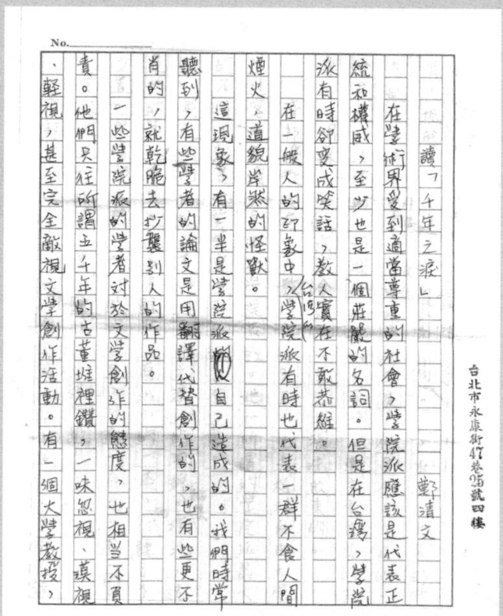

鄭清文〈讀《千年之淚》〉手稿。(文訊資訊室)

# 輯二◎生平及作品
## 小傳◎作品◎年表

# 小傳

鄭清文，男，筆名谷巴、谷嵐、莊園，籍貫臺灣桃園，1932 年 9 月 16 日生。

臺灣大學商學系畢業。任職於華南商業銀行四十餘年，1998 年退休，現專事寫作。曾任臺灣筆會會長。曾獲《文星》雜誌創刊五週年徵文特選、臺灣文學獎、吳三連文藝獎、時報文學獎短篇小說推薦獎、行政院新聞局金鼎獎、美國桐山環太平洋書卷獎小說獎、行政院新聞局小太陽獎、鹽分地帶臺灣文學貢獻獎、世界華文文學終身成就獎、國家文藝獎等獎項。

鄭清文創作文類以小說及兒童文學為主，兼有論述。1958 年於《聯合報》副刊發表第一篇小說〈寂寞的心〉。其小說以短篇成就最高，數量達兩百餘篇，文字平淡樸實，風格內斂含蓄，以冷靜旁觀的角度觀看人間的無奈。他引用海明威的冰山理論，解釋自己創作小說的原則──「浮在水面上的只有十分之一，十分之九在水面下給讀者思考。」看似簡單實則富有深意的寫作手法，成為鄭清文獨特的文體。小說家李喬歸納鄭清文的小說特色為「著重悲劇過程的探討」、「『解脫與救贖』是核心」、「觀念性和現實性結合」、「『深潭漩渦型』的語言」等。鄭清文的短篇小說可分為兩條書寫路線：一為「現代英雄」系列，寫變動時代下的小人物；一為「舊鎮」系列，寫童年時期的故鄉，兩條路線展現臺灣社會的各種形貌，交織臺灣人

民的悲歡。評論家葉石濤認爲：「他的小說向來亦步亦趨地跟隨著臺灣社會的發展，反映了在這社會的每一個階段生存的各種人物的內心裏正在蘊釀的或已爆發開來的悲劇。」

　　1977 年開始，鄭清文投入兒童文學創作，其童話描寫臺灣的城鄉風土，題材多樣化，以現代眼光改造傳統社會不合理的思想文化。鄭清文重視培養兒童的想像力，認爲不應忽視兒童的潛力，應給兒童更寬大、自由的空間，爲臺灣的兒童文學開啓新頁。日本評論家岡崎郁子認爲：「鄭清文的童話故事，在每天重複不斷的日子裡，人物、動植物、自然的生態經營，於此開展，推演著喜悅與哀傷的物語。他以淡淡且富深思的文筆，時而交雜著幽默語調，平易近人。」

　　鄭清文創作五十多年，至今未輟，始終保持其一貫的樸素風格及對人性的關注。國家文藝獎的獎辭寫道：「他的作品常鼓勵人在困境中的奮鬥，高揚生命的普世價值；剖析人性，細膩幽微、蘊藉深刻，深合清淡悠遠的藝術理想。」

# 作品目錄及提要

## 【論述】

### 臺灣文學的基點
高雄：派色文化出版社
1992 年 7 月，新 25 開，392 頁
白鴿鷥文庫 2010

本書內容為作者對其他作家作品的評論及對自身文學觀念的闡述，及其發表於各大報刊上與文學相關的短文。全書分四輯，收錄〈讀《鍾理和短篇小說集》〉、〈李喬的《恍惚世界》〉、〈天生的作家〉、〈作家的起點〉、〈讀鍾肇政短篇小說札記〉等 72 篇文章。

### 小國家大文學
臺北：玉山社出版公司
2000 年 10 月，25 開，318 頁
本土新書 49

本書集結作者自 1970 年代至今發表於報章雜誌上的評論，內容除描寫對臺灣文學與文化的觀察，也論述自身的文學觀，並對現有的臺灣文化現象提出見解。全書分「文學臺灣」、「臺灣的心」兩部分，收錄〈烏秋、烏魚、蓬萊米〉、〈一張書單〉、〈文學素養〉、〈《恍惚的世界》——文學素養（二）〉、〈臺灣哪有文學？——文學素養（三）〉等 101 篇文章。正文前有鄭清文〈自序〉。

## 多情與嚴法

臺北：玉山社出版公司
2004 年 5 月，25 開，173 頁
本土新書 89

本書集結作者發表於各大報紙副刊之評論，內容主要表達自身
對臺灣文學及文學家的省思，同時批判中國文化與文學之不
足。正文前有鄭清文〈自序〉。全書分為「舊事懷想」、「文
學、文學家與臺灣文學」、「中國文學的困境」、「對中國的迷
思」四部分，收錄〈慢半拍的十七八歲〉、〈火車經驗〉、〈亭仔
腳〉、〈豬公條仔〉等 42 篇文章。正文前有鄭清文〈自序〉。

# 【小說】

## 簸箕谷

臺北：幼獅文化公司
1965 年 10 月，40 開，195 頁
臺灣省青年文學叢書

短篇小說集。本書為作者第一本出版的小說。全書收錄〈寂寞
的心〉、〈簸箕谷〉、〈我的「傑作」〉、〈老人〉、〈永恆的微笑〉、
〈水上組曲〉、〈又是中秋〉、〈重疊的影子〉共八篇。

## 故事

臺北：蘭開書店
1968 年 6 月，40 開，216 頁
蘭開文叢 3

短篇小說集。全書收錄〈芍藥的花瓣〉、〈漁家〉、〈路〉、〈晤面
記〉、〈故事〉、〈我的傑作〉、〈一對斑鳩〉、〈吊橋〉、〈秋天的黃
昏〉、〈又是中秋〉、〈退休〉、〈橋〉、〈缺口〉、〈姨太太生活的一
天〉共 14 篇。

**臺灣省新聞處**

**九歌出版社**

## 峽地

臺中：臺灣省新聞處
1970 年 6 月，32 開，250 頁
省政文藝叢書 32

臺北：九歌出版社
2004 年 11 月，25 開，302 頁
典藏小說 3

長篇小說。本書為鄭清文第一部長篇小說，以 1960 年代的臺灣農村為背景，描寫主角阿福嫂靠著農耕獨力將六個子女撫養成人的故事，呈現一位母親的堅毅與勇敢，也反映早期的農民生活與現實困境。

2004 年九歌版重新排版，改為 25 開。新版復原先前初版送審被新聞處增刪的部分，並於正文前新增編輯部〈出版緣起：享受發現與再發現之旅〉、陳雨航〈編輯引言：因為簡單，可以包含更多——我看《峽地》〉，正文後有鄭清文〈新版後記〉，並附錄作者〈偶然與必然——文學的形成〉、〈《峽地》相關評論索引〉。

**三民書局 1970**

**三民書局 2005**

## 校園裡的椰子樹

臺北：三民書局
1970 年 11 月，40 開，201 頁
三民文庫 110

臺北：三民書局
2005 年 1 月，新 25 開，223 頁
三民叢刊 98

短篇小說集。本書以悲劇色彩濃厚的人物為主軸，藉由不同的故事，描寫人在歷經各種挫折、磨難之後的堅韌與樂觀。全書收錄〈二十年——二十年也勉強可算一代〉、〈鯉魚〉、〈天鵝〉、〈門〉、〈理髮師〉、〈會晤〉、〈信〉、〈校園裡的椰子樹〉、〈蛙聲〉九篇。

2005 年三民版與 1970 年三民版內容相同，唯重新排版為新 25 開。

### 鄭清文自選集

臺北：黎明文化公司
1975 年 12 月，32 開，274 頁
中國新文學叢刊 37

短篇小說集。本書爲鄭清文自選小說作品之集結。全書收錄〈一對斑鳩〉、〈水上組曲〉、〈又是中秋〉、〈永恆的微笑〉、〈姨太太生活的一天〉、〈校園裏的椰子樹〉、〈天鵝〉、〈秋天的黃昏〉、〈婚約〉、〈蛙聲〉、〈下水湯〉共 11 篇。正文前有「素描」、「生活照片」、「手跡」、「年表」，正文後有〈作品書目〉、〈作品評論引得〉。

爾雅出版社 1976　　爾雅出版社 1983

### 現代英雄

臺北：爾雅出版社
1976 年 4 月，32 開，213 頁
爾雅叢書 12

臺北：爾雅出版社
1983 年 4 月，32 開，200 頁
爾雅叢書 12

短篇小說集。本書以寫實的筆法，描繪在時代變遷的環境中，無論成功或失敗的人，都是現代的英雄。全書收錄〈五彩神仙〉、〈苦瓜〉、〈芍藥的花瓣〉、〈龐大的影子〉、〈鐘〉、〈寄草〉、〈父與女〉、〈雷公點心〉、〈黑面進旺之死〉九篇。正文前有鄭清文〈自序〉，正文後有洪醒夫〈誠實與含蓄的故事——鄭清文訪問記〉、〈鄭清文寫作年表〉。
1983 年爾雅出版社重排新版，易名《龐大的影子》，正文前新增鄭清文〈四版序〉。

### 最後的紳士

臺北：純文學出版社
1984 年 2 月，32 開，334 頁
純文學叢書 120

短篇小說集。本書藉由回溯臺灣社會的歷史敘述，呈現人們在精神上的痛苦，以及人與人之間溝通和互納的困難，並藉由小人物在現實生活中的遭遇，反映臺灣社會文化的變遷。全書收錄〈最後的紳士〉、〈秘密〉、〈堂嫂〉、〈玉蘭花〉、〈我要再回來唱歌〉、〈掩飾體〉、〈合歡〉、〈檳榔城〉、〈音響〉、〈婚約〉、〈姨太太生活的一天〉共 11 篇。正文前有鄭清文〈創作的信念——代序〉。

## 局外人

臺北：學英出版社
1984 年 9 月，32 開，247 頁
學英叢書 10

短篇小說集。本書描寫在時代變遷的過程中，小人物悲歡離合的人生境遇。全書收錄〈雞〉、〈緞帶花〉、〈山難〉、〈黃金屋〉、〈攣生姐妹〉、〈三腳馬〉、〈門檻〉、〈雨〉、〈局外人〉、〈師生〉10 篇。正文前有黃武忠〈風格的創造者——作者印象〉。

## 三本足の馬／中村ふじろ、松永正義、岡崎郁子譯

東京：研文出版社
1985 年 4 月，32 開，209 頁
延文選書 23

本書為臺灣現代小說選輯。全書收錄鄭清文〈三腳馬〉、李喬〈小說〉及陳映真〈山路〉。正文後有若林方丈〈語られはじめた現代史の沃野〉（現代史沃野初探）。

## 大火

臺北：時報文化出版公司
1986 年 4 月，32 開，270 頁
人間叢書 27

長篇小說。本書描寫小市民周金生與城市邊緣人物的交流過程，藉由心理及社會的層面去了解人生中的種種問題，進而體認人生真諦。全書分「出獄」、「日日春」、「老闆」、「屋頂花園」、「鹿櫥」、「鴿舍」、「信用狀」、「曇花」、「雨」、「沒有花的季節」、「效勞」、「一年生草木」、「植物園」等 24 章。

## 三腳馬（與李喬、陳映真合著）

臺北：名流出版社
1986 年 8 月，新 25 開，135 頁
臺灣現代小說選 III

短篇小說集。本書為日本研文出版社出版的《三本足の馬》中文版。全書收錄鄭清文〈三腳馬〉、李喬〈小說〉、陳映真〈山路〉。正文前有葉石濤〈《臺灣現代小說選》序〉，正文後有葉石濤譯、若林正丈著〈現代史沃野初探〉、〈作者介紹〉。

## 滄桑舊鎮

臺北：時報文化出版公司
1987 年 6 月，32 開，256 頁
人間叢書 108

短篇小說集。本書以舊鎮作為故事舞臺背景，描寫地方上各形
各色小人物的人生際遇。全書收錄〈故里人歸〉、〈死狗放水
流〉、〈厓叔〉、〈舊路〉、〈圓仔湯〉、〈割墓草的女孩〉、〈結〉七
篇。正文前有鄭清文〈大水河畔的童年——代序〉，正文後有
〈鄭清文著作目錄〉。

## 報馬仔

臺北：圓神出版社
1987 年 7 月，32 開，239 頁
圓神叢書 39

短篇小說集。本書記錄臺灣社會由農業轉為工商業的過程，呈
現出時代變遷下商業倫理的運作邏輯與樣貌。全書收錄〈下水
湯〉、〈升〉、〈報馬仔〉、〈祖與孫〉、〈不良老人〉、〈大廈〉、
〈抖〉、〈餐車上〉、〈煙斗〉九篇。正文前有鄭清文〈代序〉。

## 不良老人／許達然編

香港：文藝風出版社
1990 年 2 月，新 25 開，203 頁
臺灣文叢

短篇小說集。全書收錄〈水上組曲〉、〈又是中秋〉、〈天鵝〉、
〈故里人歸〉、〈三腳馬〉、〈檳榔城〉、〈最後的紳士〉、〈割墓草
的女孩〉、〈不良老人〉、〈報馬仔〉共 10 篇。正文前有許達然
〈序〉、正文後有〈鄭清文年表簡編〉。

## 春雨

臺北：遠流出版公司
1991 年 1 月，新 25 開，276 頁
小說館 45

短篇小說集。本書內容主要描寫男女之間的情感交流，以及人
們在現實社會中面臨的煩惱與無奈。全書收錄〈清明時節〉、
〈湖〉、〈在高樓〉、〈春雨〉、〈貓〉、〈女司機〉、〈花園與遊戲〉、
〈熠熠明星〉、〈焚——紀念慎恕的弟弟〉九篇。

## 合歡

北京：人民文學出版社
1992 年 2 月，25 開，374 頁
臺灣當代名家作品精選集小說系列

短篇小說集。全書收錄〈水上組曲〉、〈校園裡的椰子樹〉、〈天鵝〉、〈二十年〉、〈三腳馬〉、〈檳榔城〉、〈最後的紳士〉、〈割墓草的女孩〉、〈報馬仔〉、〈升〉、〈局外人〉、〈合歡〉、〈結〉共 13 篇。正文後附錄〈鄭清文創作年表〉。

## 相思子花

臺北：麥田出版公司
1992 年 7 月，新 25 開，290 頁
麥田文學 3

短篇小說集。本書集結作者自 1971 年至 1991 年之作品，可回顧其寫作歷程，內容多以日治時期結束末期為創作背景，用懷舊的情緒，描寫當代人無從發洩的精力、情欲及成人世界的悲歡，進而表達對人文的關懷。全書收錄〈相思子花〉、〈秋夜〉、〈髮〉、〈蛤仔船〉、〈睇〉、〈阿春嫂〉、〈轟炮臺〉、〈蚊子〉、〈重逢〉、〈來去新公園飼魚〉、〈贖畫記〉、〈死角〉共 12 篇。正文前有鄭清文〈序〉。

## 故里人歸

臺北：臺北縣立文化中心
1993 年 6 月，25 開，181 頁
北臺灣文學‧臺北縣作家作品集 8

短篇小說集。本書集結作者以故鄉「舊鎮」為創作舞台背景的小說作品，呈現出濃厚的鄉土情懷。全書收錄〈水上組曲〉、〈故里人歸〉、〈最後的紳士〉、〈圓仔湯〉、〈局外人〉、〈蛤仔船〉六篇。正文前有尤清〈縣長序〉、劉峰松〈主任序〉、鄭清文〈大水河畔的童年〉、陳垣三〈追尋——論鄭清文的文體〉，正文後有〈鄭清文年表〉。

### 檳榔城／董炳月編

武漢：長江文藝出版社
1993 年 10 月，新 25 開，256 頁
臺灣當代著名作家代表作大系 2

短篇小說集。全書收錄〈又是中秋〉、〈天鵝〉、〈下水湯〉、〈檳
榔城〉、〈三腳馬〉、〈圓仔湯〉、〈局外人〉、〈蛤仔船〉、〈贖畫
記〉、〈焚〉共 10 篇。正文前有董炳月〈歷史風俗畫與心靈備忘
錄〉、〈鄭清文小傳〉，正文後有〈著作目錄〉。

### 鄭清文集／林瑞明編

臺北：前衛出版社
1993 年 12 月，25 開，367 頁
臺灣作家全集・短篇小說卷／戰後第二代 1

短篇小說集。本書為「臺灣作家全集」系列之一，全書收錄
〈水上組曲〉、〈永恆的微笑〉、〈門〉、〈龐大的影子〉、〈寄草〉、
〈黑面進旺之死〉、〈故里人歸〉、〈雞〉、〈三腳馬〉、〈掩飾體〉、
〈局外人〉、〈師生〉、〈報馬仔〉、〈春雨〉共 14 篇。正文前有鍾
肇政〈緒言〉、林瑞明〈以生命的熱情觀察人生——鄭清文集
序〉，正文後有陳垣三〈追尋——論鄭清文的文體〉、林瑞明
〈描繪人性的觀察家——鄭清文的文字與風格〉、〈鄭清文小說
評論引得〉、〈鄭清文生平寫作年表〉。

### Three-Legged Horse／齊邦媛（Pang-yuan Chi）編

New York：Columbia University Press
1999 年，新 25 開，225 頁
Modern Chinese Literature from Taiwan

短篇小說集。本書為鄭清文小說作品英譯選集，題名取自短篇
小說〈三腳馬〉。全書收錄〈The River Suite〉、〈The
Mosquito〉、〈Betel Nut Town〉、〈A Fisherman's Family〉、〈The
Last of the Gentlemen〉、〈Secrets〉、〈God of Thunder's Gonna
Getcha〉、〈Autumn Night〉、〈Spring Rain〉、〈The Three-Legged
Horse〉、〈Hair〉、〈The Coconut Palms on Campus〉共 12 篇。正
文前有齊邦媛〈前言〉。

### 鄭清文短篇小說選

臺北：麥田出版公司
1999 年 12 月，25 開，275 頁
麥田小說 11

短篇小說集。本書爲《Three-Legged Horse》中文本，將書中各篇中文原文重新排印並易名出版，唯〈校園裡的椰子樹〉一文替換爲〈姨太太生活的一天〉。全書收錄〈水上組曲〉、〈蚊子〉、〈檳榔城〉、〈漁家〉、〈最後的紳士〉、〈秘密〉、〈雷公點心〉、〈秋夜〉、〈春雨〉、〈三腳馬〉、〈髮〉、〈姨太太生活的一天〉共 12 篇。正文前有照片二張、鄭清文〈序——桐山環太平洋書卷獎和《三腳馬》〉。

### 五彩神仙

臺北：桂冠圖書公司
2001 年 2 月，48 開，143 頁
九九文庫 16

中、短篇小說集。本書主要描寫社會上小人物的生活故事，以樸實簡單的敍述文字，呈現對現實社會價值觀的嘲諷以及對女性命運的悲憐。全書收錄〈五彩神仙〉、〈鐘〉、〈寄草〉、〈雷公點心〉、〈焚——紀念愼恕的弟弟〉五篇。正文前有鄭清文〈序：好像多出一朵花〉，正文後有〈鄭清文年表〉。

### 樹梅集

臺北：臺北縣文化局
2002 年 12 月，25 開，292 頁
北臺灣文學第 8 輯‧臺北縣作家作品集 58

短篇小說集。全書收錄〈小星星〉、〈貓咪貓咪〉、〈騙子〉、〈人與狗〉、〈驪歌〉、〈險路〉、〈誤會〉、〈孿生姊妹〉、〈仙桃〉、〈霧〉、〈早晨的公園〉、〈抖〉、〈大廈〉、〈毒藥〉、〈春雷〉、〈訪客〉、〈水仙花球〉、〈償〉共 18 篇。正文前有蘇貞昌〈縣長序〉、潘文忠〈局長序〉、鄭清文〈編輯導言〉，正文後有〈鄭清文寫作年表〉。

### 舊金山——一九七二

臺北:一方出版公司
2003 年 2 月,25 開,239 頁
一方文學 17

長篇小說。本書藉由旅美的經歷,以 1972 年的三藩市為故事背景,敍述一位旅美的女留學生林秀枝,因文化與環境的差異而產生的思想衝擊,並述及當時臺灣在敏感的政治環境下的百姓遭遇。全書分為「萍水」、「火警」、「唐人街」、「蟑螂」、「金門橋」、「史丹福」、「一九七四的美國學校」、「約賽米堤」、「天體營」、「祖母之死」10 章。正文後有鄭清文〈後記〉,並附錄鄭清文〈旅美雜感〉。

### 玉蘭花:鄭清文短篇小說選 2

臺北:麥田出版公司
2006 年 6 月,25 開,247 頁
麥田文學 198

短篇小說集。本書以女性的故事為主軸,描繪臺灣女性在各世代的社會中,多面向的生命圖像及堅毅無懼的性格。全書收錄〈玉蘭花〉、〈龐大的影子〉、〈阿春嫂〉、〈女司機〉、〈我要再回來唱歌〉、〈堂嫂〉、〈局外人〉、〈蛤仔船〉、〈相思子花〉、〈來去新公園飼魚〉、〈贖畫記〉、〈夜的聲音〉、〈放生〉共 13 篇。正文前有林鎮山、蘿司・史丹福〈香花與福爾摩沙——鄭清文的臺灣女性小說〉。

## 【劇本】

### 春雨／幾米繪圖

臺北:臺灣麥克公司
1998 年 12 月,16 開,28 頁
大師名作繪本 51

本書為文學繪本。作者以一場祭拜儀式帶出故事背後臺灣人飲水思源的文化情感,並對傳統進行體驗與反思。

# 【兒童文學】

### 新莊——失去龍穴的城鎮

臺北：臺灣省教育廳
1983 年 4 月，20.5×17 公分，57 頁
中華兒童叢書

本書以淺顯易懂的文字與說故事的形式，敘述新莊的開發過程、環境變遷、風俗民情等歷史風貌。

號角出版社　　　自立晚報社　　　玉山社

### 燕心果

臺北：號角出版社
1985 年 3 月，32 開，202 頁
號角叢書 45
何華仁繪圖

臺北：自立晚報社
1993 年 2 月，25 開，186 頁
酢漿草童書 3
劉伯樂繪圖

臺北：玉山社出版公司
2000 年 4 月，25 開，170 頁
本土新書 45
劉伯樂繪圖

本書為作者第一本童話創作集，藉由擬人化的手法，及對動物的描寫，來闡述其想法、觀念及對人性的暗喻，表現了作者對鄉土的熱愛與生命的關懷。全書收錄〈荔枝樹〉、〈鬼姑娘〉、〈紅龜粿〉等 19 篇。正文前有李喬〈序——成長的寓言〉。
1993 年自立版重新排版，改為 25 開，正文後新增作者〈後記〉，李喬〈成長的寓言——序「燕心果」〉改至正文後。
2000 年玉山社版正文後新增鄭清文〈後記（玉山社版）〉。

### 阿里山の神木：台湾の創作童話／岡崎郁子編譯

東京：研文出版社
1993 年 5 月，32 開，258 頁
研文選書 53

本書文章節選自《燕心果》一書，並翻譯為日文版。全書收錄〈燕心果〉、〈モチ〉、〈阿里山の神木〉等 15 篇文章。正文前有鄭清文〈日本語訳の出版によせて〉，正文後有岡崎郁子〈台湾文学に童話の新風——鄭清文の世界〉、〈鄭清文著作目錄〉。

### 沙灘上的琴聲／陳建良繪圖

臺北：英文雜誌社
1998 年 6 月，16 開，28 頁
精湛兒童之友月刊第 5 期

本書透過白鯨在沙灘上不惜失去生命，只爲讓下一代聆聽琴聲
的故事，傳達人與自然共處的生態保育觀念。

### 天燈·母親

臺北：玉山社出版公司
2000 年 4 月，25 開，210 頁
本土新書 46

本書透過十一指少年阿旺的成長記事，來敘述作者兒時住在舊
鎮大水河畔及桃園農村生活的過往經歷，呈現早期農村風貌及
不受成人規範的童年世界。全書收錄〈春天·早晨·斑甲的叫
聲〉、〈初夏·夜·火金姑〉、〈夏天·午後·紅蜻蜓〉、〈初秋·
大水·水豆油〉、〈初冬·老牛·送行的隊伍〉、〈寒冬·天燈·
母親〉六篇。正文後有陳玉玲〈導讀：論鄭清文的《天燈·母
親》〉、鄭清文〈後記〉。

### 春風新竹／林芬名繪圖

臺北：教育部兒童讀物出版會
2001 年 6 月，21x19 公分
中華兒童叢書

本書以淺顯易懂的文字與說故事的形式，敘述新竹的開發過
程、環境變遷、風俗民情等歷史風貌。

### 採桃記

臺北：玉山社出版公司
2004 年 8 月，25 開，248 頁
本土新書 91

本書敘述一群上山採桃的孩子，在路途中睡著而進入夢鄉的夢
境故事。作者透過 11 個孩子的身分描述 11 個夢境故事，將故
事與臺灣的風土文化、動植物生態結合，展現對大自然的熱愛
與關懷。全書收錄〈雷雨〉、〈臭青龜子〉、〈憨猴搬石頭〉、〈臺

灣黑熊〉、〈萬寶山〉、〈金螞蟻〉、〈樹靈碑〉、〈（魚桀）魚故鄉〉、〈蛇太祖媽〉、〈水晶宮〉、〈麗花園〉、〈魔神仔〉、〈雨後天晴〉共 13 篇。正文前有李喬〈序：童話新境、生命新景〉，正文後有鄭清文〈後記：採桃記〉。

### 三腳馬／唐壽南繪圖；許俊雅策劃導讀

臺北：遠流出版公司
2006 年 2 月，25 開，112 頁
臺灣小說・青春讀本 9

本書以〈三腳馬〉一文為主軸，搭配彩色插圖並結合文史資料，展現〈三腳馬〉的創作背景與歷史思維。正文前有許俊雅〈總序〉，正文後有〈鄭清文創作大事記〉、許俊雅導讀〈凝視生命的真實〉。

### 丘蟻一族

臺北：玉山社出版公司
2009 年 6 月，25 開，231 頁
本土新書 106

本書以丘蟻為主角，描寫丘蟻一族的災難與遭遇，暗喻臺灣社會的現實問題，形成充滿警世意味的寓言故事。全書收錄〈丘蟻一族〉、〈天馬降臨〉二篇文章。正文前有鄭谷苑〈序：變形願望〉。

### 紙青蛙：鄭清文精選集／林文寶主編；黃郁軒繪圖

臺北：九歌出版社
2010 年 4 月，25 開，230 頁
新世紀少兒文學家 1

本書精選作者短篇小說作品，內容主要為描寫少年、兒童的生活與升學制度等議題的探討，表現對日治時期、太平洋戰爭結束前後及當下的青少年兒童處境的關注。全書收錄〈　對斑鳩〉、〈睇〉、〈下水湯〉、〈雞〉、〈檳榔城〉、〈門檻〉、〈割墓草的女孩〉、〈貓〉、〈紙青蛙〉、〈童伴〉共 10 篇。正文前有林文寶〈編選前言〉與〈推薦鄭清文：描寫臺灣城鄉風土〉、鄭清文〈與小讀者談心：水庫的水源〉，正文後附錄〈鄭清文少兒文學著作一覽表〉。

# 【合集】

**鄭清文短篇小說全集／王德威、李喬、李瑞騰、梅家玲、許素蘭、陳芳明、齊邦媛編**

臺北：麥田出版公司
1998 年 6 月，25 開

合集共七冊，第一～六冊收錄作者小說作品，各冊正文前皆收錄一篇由本全集編輯委員所著之「專文評介」，除詳細介紹作者之作品，也表現了評論家對作者的獨到見解；第七冊爲別卷，收錄作者之短論、雜文，並精選數篇文學評論家對作者作品之論述及訪問紀錄。

## 鄭清文短篇小說全集 1・水上組曲

臺北：麥田出版公司
1998 年 6 月，25 開，327 頁

本書集結作者以鄉土農村爲寫作背景，且將傳統與現代化的轉變衝突作爲創作主題之作品。全書收錄〈寂寞的心〉、〈漁家〉、〈我的「傑作」〉、〈一對斑鳩〉、〈水上組曲〉、〈永恆的微笑〉、〈又是中秋〉、〈吊橋〉、〈姨太太生活的一天〉、〈苦瓜〉、〈黑面進旺之死〉、〈清明時節〉、〈湖〉、〈在高樓〉共 14 篇。正文前有齊邦媛〈新莊、舊鎮、大水河——鄭清文短篇小說和臺灣的百年滄桑〉、李喬〈舊鎮的椰子樹——序鄭清文全集〉。

## 鄭清文短篇小說全集 2・合歡

臺北：麥田出版公司
1998 年 6 月，25 開，308 頁

本書集結作者以倫理關係爲描寫主題的作品，內容敘述人在面對日常生活中最尋常的生活倫理與道德界線所產生的種種感情糾葛。全書收錄〈龐大的影子〉、〈睇〉、〈婚約〉、〈轟砲臺〉、〈下水湯〉、〈故里人歸〉、〈蚊子〉、〈重逢〉、〈雞〉、〈女司機〉、〈音響〉、〈合歡〉共 12 篇。正文前有王德威〈「聽香」的藝術——評鄭清文短篇小說全集《合歡》〉。

### 鄭清文短篇小說全集 3・三腳馬

臺北：麥田出版公司
1998 年 6 月，25 開，302 頁

本書內容包含作者對人性探索、故鄉描寫、對歷史人物描述和對社會的關懷等主題之創作，反映了作者對人生的觀察及其創作美學。全書收錄〈我要再回來唱歌〉、〈黃金屋〉、〈結〉、〈檳榔城〉、〈三腳馬〉、〈掩飾體〉、〈門檻〉、〈花園與遊戲〉、〈舊路〉共九篇。正文前有陳芳明〈英雄與反英雄崇拜——論鄭清文的短篇小說〉。

### 鄭清文短篇小說全集 4・最後的紳士

臺北：麥田出版公司
1998 年 6 月，25 開，308 頁

本書集結作者感時追往之作，經由書寫回憶，揭露過往時空中的人性弱點，也批判現代社會的缺陷，並藉此描寫女性在平凡生活中的掙扎與痛苦，表現出莫測多變的情理。全書收錄〈堂嫂〉、〈祕密〉、〈最後的紳士〉、〈圓仔湯〉、〈局外人〉、〈師生〉、〈升〉、〈割墓草的女孩〉、〈死角〉、〈焚——紀念慎恕的弟弟〉共 10 篇。正文前有梅家玲〈時間・女性・敘述——小說鄭清文〉。

### 鄭清文短篇小說全集 5・秋夜

臺北：麥田出版公司
1998 年 6 月，25 開，298 頁

本書主要為對自然的描述、對鄉土的熱愛與對現實的批判，作者利用自身曾經身處鄉村與都市的雙重經驗，記錄臺灣兩個世代的生命圖景。全書收錄〈不良老人〉、〈熠熠明星〉、〈貓〉、〈報馬仔〉、〈髮〉、〈蛤仔船〉、〈來去新公園飼魚〉、〈秋夜〉、〈相思子花〉、〈春雨〉、〈贖畫記〉共 11 篇。正文前有許素蘭〈發現鄭清文的臺灣小說〉。

## 鄭清文短篇小說全集 6・白色時代

臺北：麥田出版公司
1998 年 6 月，25 開，294 頁

本書收錄作者 1990 年代作品，內容包含社會、利益、情感的
衝突與人性的墮落，作者藉筆下人物批判現代社會的進步與混
亂，並批評國民政府迫遷來臺後，對臺灣政治力所造成的悲劇
與劫難，呈現作者對 1997 年以前臺灣社會的觀察。全書收錄
〈咖啡杯裏的湯匙〉、〈元宵後〉、〈皇帝魚的二次災厄〉、〈花
枝、末草、蝴蝶蘭〉、〈五色鳥的哭聲〉、〈楓樹下〉、〈夜的聲
音〉、〈一百年的詛咒〉、〈白色時代〉、〈舊書店〉、〈放生〉、〈鬥
魚〉共 12 篇。正文前有李瑞騰〈衝突：化解，或者更形惡化
——我讀鄭清文近期小說〉。

## 鄭清文短篇小說全集別卷・鄭清文和他的文學

臺北：麥田出版公司
1998 年 6 月，25 開，273 頁

本書主要內容有二：一為文學評論家對鄭清文小說作品的評論
及採訪鄭清文的訪問紀錄，二為作者本身所著之文學短論和雜
憶及鄭清文為書撰寫的序文。全書分為「評論選錄」、「文學短
論和雜憶」二部分，收錄彭瑞金〈大王椰子——二十年來的鄭
清文〉、陳垣三〈追尋——論鄭清文的文體〉、黃武忠〈風格的
創造者——鄭清文印象〉、林瑞明〈悲憫與同情——鄭清文的
小說主題〉等 31 篇文章。正文前有照片集、鄭清文手稿、鄭
清文序〈偶然與必然——文學的形成〉，正文後有〈鄭清文小
說評論索引〉、〈鄭清文寫作年表〉、〈鄭清文著作年表〉、〈一～
六卷目次總覽〉。

# 文學年表

| | | |
|---|---|---|
| 1932 年<br>（昭和 7 年） | 9 月 | 16 日，生於新竹州桃園郡水汴頭（舊稱「埔仔」，今桃園中正路尾一帶）。生父李邃田，生母楊柔，爲家中七個兄弟姊妹的么子。 |
| 1933 年<br>（昭和 8 年） | 9 月 | 與姊姊一起過繼給沒有子嗣的舅舅，養父鄭阿財，養母官金蓮，從此改姓鄭，居住於臺北洲新莊郡新莊街（今新北市新莊區）。 |
| 1937 年<br>（昭和 12 年） | 本年 | 養母官金蓮逝世。 |
| 1939 年<br>（昭和 14 年） | 本年 | 就讀臺北州新莊公學校（今新莊國民小學）。 |
| 1944 年<br>（昭和 19 年） | 本年 | 生母楊柔逝世。 |
| 1945 年<br>（昭和 20 年） | 本年 | 新莊東國民學校畢業。考入臺北國民中學（今大同中學）初中部。由於空襲頻繁，時常停課。 |
| 1948 年 | 本年 | 臺北國民中學初中部畢業。考入臺北商業學校高商部。 |
| 1949 年 | 本年 | 高二，因周良輔老師啓蒙，教授胡適的讀書方法，開始對語文感興趣，奠定語文基礎。 |
| 1951 年 | 本年 | 臺北商業學校高商部畢業。<br>參加就業考試，分發至華南銀行。 |
| 1954 年 | 9 月 | 考入臺灣大學法學院商學系。於華南銀行辦理留職停薪。 |
| | 本年 | 開始閱讀大量文學作品，影響最大的作家爲俄國的契訶夫與美國的海明威，並因閱讀外國名著而學習英語與法語。 |

1955 年　　本年　生父李遂田逝世。

1957 年　12 月　23 日，翻譯川端康成〈化妝〉於《聯合報》副刊。

1958 年　　1 月　18 日，發表〈第一課〉於《聯合報》副刊。

　　　　　3 月　7 日，翻譯川端康成〈妻的儀容〉於《聯合報》副刊。

　　　　　　　　13 日，發表第一篇短篇小說〈寂寞的心〉於《聯合報》副刊，因此結識副刊主編林海音，受其鼓勵，持續創作與投稿。

　　　　　4 月　2 日，養父鄭阿財逝世。

　　　　　5 月　30 日，翻譯志賀直哉〈清兵衛與葫蘆〉於《聯合報》副刊。

　　　　　6 月　10 日，發表短篇小說〈蛇藥〉於《聯合報》副刊。

　　　　　　　　臺灣大學商學系畢業。

　　　　　7 月　2 日，發表〈母舅〉於《聯合報》副刊。

　　　　　　　　15 日，發表短篇小說〈小星星〉於《聯合報》副刊。

　　　　　8 月　9 日，發表短篇小說〈甦醒〉於《聯合報》副刊。

　　　　　9 月　2 日，發表短篇小說〈退休〉於《聯合報》副刊。

　　　　　　　　12 日，翻譯國木田獨步〈春之鳥〉於《聯合報》副刊。

　　　　　本年　入伍服預備軍官役，共一年六個月。

　　　　　　　　透過相親介紹，開始與陳淑惠交往。

1959 年　　1 月　28 日，發表短篇小說〈月夜〉於《聯合報》副刊。

　　　　　5 月　20 日，發表短篇小說〈漁家〉於《聯合報》副刊。

　　　　　8 月　19 日，發表短篇小說〈簸箕谷〉於《聯合報》副刊。

　　　　　　　　25 日，發表短篇小說〈貓咪，貓咪〉於《聯合報》副刊。

　　　　　　　　28 日，發表〈血書〉於《聯合報》副刊。

　　　　　10 月　9 日，發表短篇小說〈老人〉於《聯合報》副刊。

|        | 11 月 | 19 日，發表短篇小說〈魚我所欲〉於《聯合報》副刊。 |
|--------|-------|-----|
|        | 12 月 | 2 日，發表〈談‧自‧殺〉於《聯合報》副刊。 |
| 1960 年 | 3 月  | 2 日，發表短篇小說〈路〉於《聯合報》副刊。 |
|        | 4 月  | 2 日，發表短篇小說〈獵〉於《聯合報》副刊。 |
|        |       | 6 日，發表短篇小說〈笑〉於《中國時報‧人間副刊》。 |
|        | 5 月  | 28 日，發表短篇小說〈打蚊記〉於《中國時報‧人間副刊》。 |
|        | 6 月  | 8 日，發表短篇小說〈百合〉於《聯合報》副刊。 |
|        | 8 月  | 23 日，發表短篇小說〈說謊〉於《中國時報‧人間副刊》。 |
|        | 本年  | 退伍。 |
|        |       | 於華南銀行復職，至 1998 年 1 月退休。 |
|        |       | 與陳淑患結婚。 |
| 1961 年 | 1 月  | 25 日，發表短篇小說〈黃昏後〉於《聯合報》副刊。 |
|        | 2 月  | 10 日，發表短篇小說〈等待〉於《聯合報》副刊。 |
|        | 7 月  | 13 日，發表短篇小說〈晤面記〉於《聯合報》副刊。 |
|        | 本年  | 長女鄭谷音出生。 |
| 1962 年 | 1 月  | 發表短篇小說〈我的傑作〉於《文星》第 61 期，並獲《文星》雜誌創刊五周年徵文特選。 |
|        | 10 月 | 11 日，發表〈讀《魯冰花》〉（鍾肇政著）於《聯合報》副刊。 |
|        | 本年  | 長子鄭谷懷出生。 |
| 1963 年 | 6 月  | 發表短篇小說〈芍藥的花瓣〉於《文星》第 68 期。 |
|        | 5 月  | 28～29 日，短篇小說〈一對斑鳩〉連載於《聯合報》副刊。 |
|        | 12 月 | 18 日，發表短篇小說〈重疊的影子〉於《新生報》副刊。 |

|  | 本年 | 獲臺北市西區扶輪社「扶輪文學獎」。 |
| --- | --- | --- |
| 1964 年 | 5 月 | 發表短篇小說〈水上組曲〉於《臺灣文藝》第 2 期。 |
|  | 8 月 | 4～10 日，短篇小說〈死亡邊緣〉連載於《聯合報》副刊。 |
|  | 9 月 | 30 日，發表〈我家有個女詩人〉於《中央日報》副刊。 |
|  |  | 發表〈簡述無形資產及其評價〉於《華銀月刊》第 165 期。 |
|  | 11 月 | 5 日，發表短篇小說〈盲人之歌〉於《中央日報》副刊。 |
|  | 本年 | 次女鄭谷苑出生。 |
| 1965 年 | 1 月 | 發表短篇小說〈永恆的微笑〉於《臺灣文藝》第 7 期。 |
|  |  | 發表短篇小說〈故事〉於《幼獅文藝》第 142 期。 |
|  | 8 月 | 2 日，發表短篇小說〈騙子〉於《中國時報‧人間副刊》。 |
|  | 9 月 | 6～7 日，短篇小說〈又是中秋〉連載於《聯合報》副刊。 |
|  | 10 月 | 短篇小說集《簸箕谷》由臺北幼獅文化公司出版。 |
| 1966 年 | 1 月 | 發表短篇小說〈疏散大橋〉於《臺灣文藝》第 63 期。 |
|  | 2 月 | 28 日，發表〈人與狗〉於《中國時報》第 7 版。 |
|  | 3 月 | 短篇小說〈吊橋〉獲青年節小說徵文入選第二名。 |
|  | 5 月 | 發表短篇小說〈吊橋〉於《幼獅文藝》第 149 期。 |
|  | 6 月 | 發表短篇小說〈姨太太生活的一天〉於《皇冠》第 149 期。 |
|  | 本年 | 與一起被收養的親姊分家，遷居桃園。 |
| 1967 年 | 1 月 | 發表短篇小說〈校園裡的椰子樹〉於《純文學》第 1 期。 |
|  |  | 發表短篇小說〈缺口〉於《臺灣文藝》第 14 期。 |
|  | 3 月 | 發表短篇小說〈手術枱的周圍〉於《幼獅文藝》第 159 期。 |

6月　發表短篇小說〈二十年〉於《皇冠》第 161 期。

發表短篇小說〈一粒米〉於《青溪》第 6 期。

7月　發表短篇小說〈天鵝〉於《純文學》第 7 期。

10月　發表短篇小說〈秋天的黃昏〉於《幼獅文藝》第 166 期。

本年　遷居臺北市和平東路。

1968 年　1月　發表短篇小說〈門〉於《臺灣文藝》第 18 期。

3月　17 日，應邀參加於桃園中壢杜潘芳格家舉辦的笠詩社年會，與會者有林亨泰、陳千武、錦連、羅浪、趙天儀、陳秀喜、吳瀛濤、羅明河、鄭炯明、杜潘芳格、林煥彰、林錫嘉、白萩、葉笛、林宗源、洪炎秋、郭水潭、鍾肇政、林鍾隆、辛牧、陳明台、拾虹等人。

5月　發表短篇小說〈苦瓜〉於《純文學》第 17 期。

6月　短篇小說集《故事》由臺北蘭開書局出版。

8月　發表短篇小說〈驪歌〉於《幼獅文藝》第 169 期。

11月　發表短篇小說〈信〉於《中華文化復興月刊》第 1 卷第 9 期。

發表〈永遠的旅人──川端康成其人及其作品〉於《純文學》第 23 期。

12月　翻譯川端康成〈飛燕號的女孩〉於《幼獅文藝》第 173 期。

1969 年　2月　11 日，發表〈凝視星空〉於《中國時報‧人間副刊》。

發表短篇小說〈會晤〉於《自由青年》第 474 期。

4月　發表短篇小說〈黑面進旺之死〉於《純文學》第 28 期。

21 日，短篇小說〈門〉獲第四屆臺灣文學獎。

發表短篇小說〈花與靜默〉、〈第四屆臺灣文學獎特輯──寫作雜憶〉於《臺灣文藝》第 23 期。

發表短篇小說〈理髮師〉於《幼獅文藝》第 184 期。

5 月　4 日，發表短篇小說〈蛙聲〉於《中國時報‧人間副刊》。

8 月　20 日，發表短篇小說〈五彩神仙〉於《中國時報‧人間副刊》。

發表短篇小說〈彎角〉於《文藝》第 2 期。

12 月　發表〈關於見克特〉於《純文學》第 36 期。

1970 年　6 月　長篇小說《峽地》由臺中臺灣省新聞處出版。

8 月　8～25 日，短篇小說〈倦鳥〉連載於《中國時報‧人間副刊》。

10 月　發表〈讀〈人球〉〉（李喬著）於《臺灣文藝》第 29 期。

11 月　短篇小說集《校園裡的椰子樹》由臺北三民書局出版。

發表〈談文章〉於《幼獅文藝》第 203 期。

12 月　9 日，發表短篇小說〈父與女〉於《中國時報‧人間副刊》。

1971 年　1 月　發表短篇小說〈青椒苗〉於《臺灣文藝》第 31 期。

發表短篇小說〈龐大的影子〉於《純文學》第 49 期。

3 月　發表短篇小說〈睇〉於《青溪》第 45 期。

9 月　發表〈讀《鍾理和短篇小說集》〉於《青溪》第 51 期。

1972 年　7 月　發表短篇小說〈鐘〉於《青溪》第 55 期。

11 月　發表短篇小說〈仙桃〉於《青溪》第 59 期。

本年　赴美國舊金山加州銀行（Bank of California）研習半年，並藉此機會前往波士頓、紐約、倫敦、巴黎、羅馬等地旅遊，也因爲這半年的旅居經驗，引發其寫作《舊金山——一九七二》的動機。

1973 年　6 月　發表短篇小說〈雷公點心〉於《新文藝》第 207 期。

|  | 7 月 | 發表短篇小說〈早晨的公園〉於《大同半月刊》第 55 卷第 13 期。 |
|---|---|---|
|  | 11 月 | 發表短篇小說〈婚約〉於《大同半月刊》第 55 卷第 21 期。 |
|  | 10 月 | 發表〈旅美雜感〉於《臺灣文藝》第 11 卷第 41 期。 |
|  | 本年 | 遷居臺北市永康街。 |
| 1974 年 | 2 月 | 發表短篇小說〈下水湯〉於《中外文學》第 21 期。 |
|  | 6 月 | 發表短篇小說〈寄草〉於《中外文學》第 25 期。 |
|  | 11 月 | 發表短篇小說〈評《恍惚的世界》〉（李喬著）於《書評書目》第 19 期。 |
| 1975 年 | 12 月 | 短篇小說集《鄭清文自選集》由臺北黎明文化公司出版。 |
|  | 本年 | 翻譯契訶夫（Chekhov, Anton Pavlovich）《可愛的女人》，由臺北志文出版社出版。 |
| 1976 年 | 1 月 | 8 日，發表〈「愛國忌」〉於《中華日報》副刊。 |
|  |  | 10 日，發表〈靖國神社〉於《中華日報》副刊。 |
|  | 4 月 | 短篇小說集《現代英雄》由臺北爾雅出版社出版。 |
|  | 6 月 | 發表短篇小說〈抖〉於《中外文學》第 49 期。 |
|  |  | 發表〈巴黎行〉於《中央日報》副刊。 |
|  | 9 月 | 16 日，〈故里人歸〉獲聯合報小說獎佳作，並應邀參加贈獎茶會。 |
|  | 12 月 | 9～10 日，短篇小說〈故里人歸〉連載於《聯合報》副刊。 |
| 1977 年 | 2 月 | 發表短篇小說〈大廈〉於《幼獅文藝》第 278 期。 |
|  | 6 月 | 29 日，發表短篇小說〈春雷〉於《自立晚報》副刊。 |
|  |  | 發表短篇小說〈蛇婆〉於《快樂家庭》。 |
|  | 10 月 | 發表短篇小說〈豆漿店〉於《幼獅文藝》第 286 期。 |

　　　　　　　　　　發表〈天生的作家——《抓住一個春天》〉（吳念真著）於
　　　　　　　　　　《書評書目》第 54 期。

　　　　　　　　　　發表短篇小說〈重逢〉於《臺灣文藝》第 56 期。

　　　　　　12 月　發表短篇小說〈捉鬼記〉於《幼獅文藝》第 288 期。

　　　　　　　　　　翻譯普希金（Pushkin, Aleksander sergeevich）《永恆的戀
　　　　　　　　　　人》，由臺北志文出版社出版。

1978 年　　1 月　發表〈作家的起點〉於《臺灣文藝》第 57 期。

　　　　　　2 月　發表短篇小說〈雞〉於《中外文學》第 74 期。

　　　　　　3 月　發表〈義大利印象記〉於《明道文藝》第 24 期。

　　　　　　4 月　發表短篇小說〈死狗放水流〉於《中外文學》第 76 期。

　　　　　　6 月　發表短篇小說〈厄叔〉於《明道文藝》第 30 期。

　　　　　　　　　　發表短篇小說〈鬼姑娘〉於《幼獅少年》第 23 期。

　　　　　　本年　翻譯列夫・托爾斯泰（Tolstoy Lev Nikolaevich）《婚姻生
　　　　　　　　　　活的幸福》，由臺北志文出版社出版。

1979 年　　1 月　15 日，發表〈尋找自己、尋找人生〉於《民眾日報》副
　　　　　　　　　　刊。

　　　　　　　　　　發表短篇小說〈我要再回來唱歌〉於《明道文藝》第 37
　　　　　　　　　　期。

　　　　　　2 月　3～4 日，短篇小說〈山難〉連載於《民眾日報》副刊。

　　　　　　　　　　發表短篇小說〈荔枝樹〉於《幼獅少年》第 28 期。

　　　　　　3 月　發表〈作家明信片 20〉於《聯合報》副刊。

　　　　　　　　　　發表短篇小說〈三腳馬〉於《臺灣文藝》第 62 期。

　　　　　　7 月　31 日，發表短篇小說〈檳榔城〉於《聯合報》副刊。

　　　　　　8 月　14 日，發表〈花的日記〉、〈《文藝春秋》八百期〉於《臺
　　　　　　　　　　灣時報》副刊。

　　　　　　　　　　22 日，發表〈敬業與恨業〉於《民眾日報》副刊。

11 月　發表短篇小說〈掩飾體〉於《臺灣文藝》第 64 期。

12 月　11 日，發表〈澀果〉於《民眾日報》副刊。

1980 年　3 月　3 日，發表〈黑衣人，你心何忍？當房子著火時，詩人應該停止歌唱，拿起水桶去救火〉於《聯合報》副刊。

發表短篇小說〈舊路〉於《臺灣文藝》第 66 期。

發表短篇小說〈春雨〉於《幼獅文藝》第 435 期。

5 月　8 日，發表〈人文精神的教育〉於《民眾日報》副刊。

12 日，發表〈悼佛洛姆〉於《民眾日報》副刊。

6 月　1 日，以筆名谷嵐發表〈語文電腦速記〉於《書評書目》第 86 期。

23 日，發表〈作家座右銘〉於《中國時報‧人間副刊》。

9 月　16 日，發表〈我看小說——中、長篇評審委員一顆誠摯的心〉於《聯合報》副刊。

10 月　26 日，應邀參加《聯合報》第五屆小說獎中長篇小說總評會議，擔任評選委員，與會者有尼洛、司馬中原、彭歌、齊邦媛等人。

12 月　發表短篇小說〈花園與遊戲〉於《臺灣文藝》第 70 期。

1981 年　1 月　23 日，發表短篇小說〈雨〉於《自由日報》自由副刊。

23 日，發表短篇小說〈西窗故事：夫妻〉於《聯合報》副刊。

3 月　14 日，應邀參加《聯合報》主辦的「美感的疊現」插畫與小說座談會，與會者有徐秀美、何懷碩、霍驤、袁瓊瓊、高陽等人。

5 月　發表兒童文學〈火雞密使〉於《幼獅少年》第 55 期。

6 月　23 日，發表短篇小說〈堂嫂〉於《聯合報》副刊。

9 月　14 日，發表〈聯副與我：時代與永恆〉於《聯合報》。

| | 10 月 | 發表兒童文學〈飛傘〉於《家庭月刊》第 61 期。 |

10 月　　發表兒童文學〈飛傘〉於《家庭月刊》第 61 期。

12 月　　27 日，應邀參加《文學界》於高雄舉辦之「鄭清文作品討論會」，與會者有李喬、葉石濤、彭瑞金、鄭烱明、應鳳凰等人。

應邀參加《文學界》於高雄舉辦之「《文學界》成立酒會」，與會者有李喬、葉石濤、彭瑞金、鄭烱明、應鳳凰、許振江等人。

1982 年　　2 月　　18 日，發表〈青笛仔與苦楝〉於《自立晚報》副刊。

發表短篇小說〈圓仔湯〉於《文學界》第 2 期。

3 月　　5 日，發表〈一個心願〉於《民眾日報》副刊。

7 日，發表〈問題的另一面〉於《臺灣時報》副刊。

18 日，發表〈文學的路不只一條〉於《臺灣時報》副刊。

29 日，發表〈看〈日本能，我們為什麼不能？〉有感〉（埃洛德著）於《臺灣時報》副刊。

4 月　　18 日，發表短篇小說〈清明時節〉、〈墓是一段無言的歷史〉於《臺灣時報》副刊。

6 月　　發表第一篇兒童文學〈燕心果〉於《臺灣時報》副刊，此篇作品為響應黃春明、林懷民提倡兒童文學所作，從此開啟鄭清文童話創作之路。

8 月　　1 日，發表〈未竟的鄉謠：認真、辛苦、匆促的腳步——悼洪醒夫〉於《聯合報》副刊。

1983 年　　1 月　　發表〈我的文學觀〉於《文訊》第 13 期。

發表短篇小說〈升〉於《臺灣文藝》第 80 期。

4 月　　《新莊——失去龍穴的城鎮》由臺中臺灣省教育廳出版。

短篇小說集《龐大的影子》（原名《現代英雄》），由臺北

爾雅出版社出版。

10 月　25 日，發表兒童文學〈恐龍的末日〉於《民生報》兒童版。

1984 年　2 月　12 日，發表〈讀書專輯：發願讀書〉於《聯合報》副刊。

短篇小說集《最後的紳士》由臺北純文學出版社出版。

7 月　發表兒童文學〈白沙灘上的琴聲〉於《幼獅少年》第 93 期。

8 月　8 日，應邀參加《聯合報》第九屆小說獎決選會議，擔任決審委員，與會者有楊念慈、姚一葦、朱炎、齊邦媛、高陽等人。

9 月　28 日，發表〈一個里程碑：〈日頭雨〉讀後感〉（李永平著）於《聯合報》副刊。

短篇小說集《局外人》由臺北學英出版社出版。

11 月　發表短篇小說〈焚〉於《文學界》第 11 期。

發表短篇小說〈死角〉於《推理雜誌》第 1 期。

5 月　發表短篇小說〈不良老人〉於《臺灣文藝》第 88 期。

本年　與駱梵合譯《席頓・杜南》，由臺北光復書局出版。

1985 年　2 月　27 日，發表〈最平凡的一個月份〉於《聯合報》副刊。

3 月　兒童文學《燕心果》由臺北號角出版社出版。

7 月　8 日，發表〈我的抗戰經驗〉於《聯合報》副刊。

發表短篇小說〈熠熠明星〉於《臺灣文藝》第 95 期。

9 月　發表〈我的戰爭經驗〉於《聯合文學》第 9 期。

10 月　發表〈松本清張與日本推理小說〉於《聯合文學》第 10 期。

1986 年　1 月　2 日，發表〈唐逸夫小說面面觀：無助的善良〉於《聯合

報》副刊。

4 月　發表短篇小說〈貓〉於《幼獅文藝》第 388 期。

長篇小說《大火》由臺北時報文化出版公司出版。

發表〈我的筆墨生涯：生活、思想與藝術的結合〉於《文訊》第 23 期。

6 月　7 日，發表〈大學生寫小說〉於《臺灣時報》副刊。

發表短篇小說〈龍獅拱珠旗〉於《聯合文學》第 18 期。

7 月　24 日，發表〈氣質〉於《臺灣時報》副刊。

發表極短篇小說〈廢橋〉於《聯合文學》第 19 期。

12 月　發表〈我的筆墨生涯〉於《文訊》第 23 期。

1987 年　2 月　3 日，發表短篇小說〈鬼妻〉於《臺灣時報》副刊。

發表〈電影與我〉於《幼獅少年》第 124 期。

3 月　發表短篇小說〈音響〉於《光華》雜誌第 12 卷 3 期。

4 月　6 日，發表〈滄桑舊鎮・大水河畔的童年——代序〉於《中華日報》副刊。

6 月　短篇小說集《滄桑舊鎮》由臺北時報文化出版公司出版。

7 月　短篇小說集《報馬仔》由臺北圓神出版社出版。

9 月　發表短篇小說〈報馬仔〉於《文學界》第 21 期。

12 月　3 日，獲第 10 屆吳三連文藝獎小說獎，於臺北國賓大飯店國際廳舉行頒獎典禮，由吳三連頒獎。

本年　翻譯夏目漱石《草枕》，由臺北光復書局出版。

1988 年　7 月　28 日，發表〈飛翔的人〉於《中央日報》副刊。

9 月　27 日，應邀參加《聯合報》抗戰文學獎決審會議，擔任決審委員，與會者有尼洛、齊邦媛等人。

10 月　擔任《聯合報》書評委員，任期半年，至 1989 年 3 月。

本年　翻譯赫塞（Hesse Hermann）《生活與人生》，由臺北純文

學出版社出版。

翻譯傑克倫敦（Jack London）《荒野之狼》，由臺北光復書局出版。

翻譯沃爾特・史考特（Walter Scott）《獅王李察》，由臺北光復書局出版。

| | | |
|---|---|---|
| 1989 年 | 1 月 | 發表〈重讀鍾理和的短篇小說〉於《臺灣春秋》第 13 期。 |
| | 4 月 | 22 日，應邀參加聯合報系七十七年度文學好書評選決選會議，為小說類評選委員，與會者有陳黎、蔡源煌、齊邦媛等人。 |
| | | 發表短篇小說〈蛤仔船〉於《臺灣春秋》第 4 期。 |
| | | 發表短篇小說〈髮〉於《聯合文學》第 52 期。 |
| | 6 月 | 4 日，發表〈文學作品的社會性與藝術性〉於《首都日報》副刊。 |
| 1990 年 | 2 月 | 發表短篇小說〈來去新公園飼魚〉於《臺灣春秋》第 16 期。 |
| | | 發表〈評介《保衛蒙古人》〉（張國立著）於《文訊》第 52 期。 |
| | | 短篇小說集《不良老人》由香港文藝風出版社出版。 |
| | 3 月 | 發表短篇小說〈春雨〉於《幼獅文藝》第 435 期。 |
| | 4 月 | 發表短篇小說〈秋夜〉於《新地文學》第 1 期。 |
| | 7 月 | 19 日，發表〈文化大魔咒〉於《首都日報》副刊。 |
| | 8 月 | 發表短篇小說〈舊金山・1972——萍水〉於《新地文學》第 3 期。 |
| | 9 月 | 發表〈沒有創新、那有繼承〉於《臺灣春秋》第 21 期。 |
| | | 發表〈讀齊邦媛《千年之淚》〉於《文訊》第 59 期。 |
| | 12 月 | 5 日，發表〈由投訴提升為藝術〉於《中央日報》副刊。 |

|  |  | 發表〈追求心靈的高利潤〉於《聯合文學》第 72 期。 |
| 1991 年 | 1 月 | 短篇小說集《春雨》由臺北遠流出版公司出版。 |
|  | 4 月 | 25 日，發表〈為聯合報小說獎擊鼓！尋回心靈的風土〉於《聯合報》副刊。 |
|  |  | 發表短篇小說〈舊金山‧1972——火警〉於《新地文學》第 7 期。 |
|  |  | 發表短篇小說〈紙青蛙〉於《幼獅少年》第 174 期。 |
|  | 7 月 | 28 日，參加《聯合報》第十三屆小說獎中短篇小說決審會議，擔任決審委員，與會者有齊邦媛、馬各、李有成、張大春等人。。 |
|  | 8 月 | 發表短篇小說〈舊金山‧1972——唐人街〉於《新地文學》第 9 期。 |
|  | 9 月 | 19 日，發表〈素材豐富，態度真誠——評《童女之舞》〉（曹麗娟著）於《聯合報》副刊。 |
|  | 11 月 | 29 日，發表〈《一個臺灣老朽作家的五〇年代》〉（葉石濤著）於《中國時報》開卷評論。 |
|  | 12 月 | 發表短篇小說〈贖畫記〉於《文學臺灣》創刊號。 |
| 1992 年 | 1 月 | 15 日，發表〈單色報紙〉於《中國時報‧人間副刊》。 |
|  |  | 26 日，發表〈烏秋、烏魚、蓬萊米〉於《自立晚報》副刊。 |
|  | 2 月 | 2 日，發表〈兩個過年〉於《中央日報》副刊。 |
|  |  | 20 日，發表〈銀行生活四十年〉於《中央日報》副刊。 |
|  |  | 短篇小說集《合歡》由北京人民文學出版社出版。 |
|  | 4 月 | 發表〈童年不再貧瘠〉於《文學臺灣》第 4 期。 |
|  |  | 發表短篇小說〈舊金山‧1972——蟑螂〉於《幼獅文藝》第 460 期。 |
|  | 6 月 | 4 日，發表〈大自然的教室〉於《聯合報》副刊。 |

7 月　《臺灣文學的基點》由高雄派色文化出版社出版。

短篇小說集《相思子花》由臺北麥田出版公司出版。

8 月　1 日，發表〈老片重映伊凡雷帝〈恐怖的伊凡〉〉於《中國時報・人間副刊》。

9 月　26 日，發表〈讓座〉於《中國時報・人間副刊》。

30 日，發表〈兩種年輕人〉於《中央日報》副刊。

發表〈童年不再貧瘠──《燕心果》日譯本序〉於《文學臺灣》第 4 期。

12 月　發表〈真正的自己──評路寒袖的《憂鬱三千公尺》〉於《聯合文學》第 98 期。

本年　應聘為聯合報系全國文學新書評選委員。

1993 年　1 月　21 口，發表〈《小人物列傳》評介〉（黃武忠著）於《聯合報》讀書人。

發表短篇小說〈元宵後〉於《文學臺灣》第 5 期。

2 月　發表短篇小說〈咖啡杯裡的湯匙〉於《幼獅文藝》第 470 期。

5 月　發表短篇小說〈皇帝魚的二次災厄〉於《幼獅文藝》第 473 期。

兒童文學《阿里山の神木：台湾の創作童話》由東京研文出版社出版。（岡崎郁子日譯）

6 月　短篇小說集《故里人歸》由臺北縣立文化中心出版。

7 月　發表短篇小說〈花枝、末草、蝴蝶蘭〉於《文學臺灣》第 6 期。

10 月　短篇小說集《檳榔城》由武漢長江文藝出版社出版。

4 日，發表〈我妹妹〉（張大春著）於《聯合報》讀書人。

| 12 月 | 17 日，應邀參加聯合報系文化基金會、《聯合報》副刊、聯合文學雜誌社於臺北圓山大飯店共同舉辦的「四十年來中國文學會議」，發表閉幕演講：「渡船頭的孤燈」，演講稿刊載於同日《聯合報》副刊。 |

18 日，以《相思子花》獲「第十六屆時報文學獎」推薦獎，參加《中國時報‧人間副刊》於臺北福華飯店福華廳舉行的贈獎酒會，並上臺致詞。

短篇小說集《鄭清文集》由臺北前衛出版社出版。

| 1994 年 | 1 月 | 11 日，發表〈行山樂〉於《中華日報》副刊。 |
| | 3 月 | 18 日，發表〈現代生活的一種模式〉於《中央日報》副刊。 |

發表〈兩位編輯〉於《聯合文學》第 111 期。

6 月　發表〈溫煦的人性光輝——評《尼爾斯奇遇記》〉（賽爾瑪‧拉格洛芙 Selma Lagerlof 著）於《中華民國兒童文學學會會訊》第 10 卷第 3 期。

發表〈總督府和臺灣神社〉於《聯合文學》第 116 期。

7 月　15 日，發表〈一張書單〉於《臺灣時報》副刊。

發表短篇小說〈夜的聲音〉於《文學臺灣》第 11 期。

8 月　5 日，發表〈一椿現代婚姻的悲喜劇〉於《中央日報》副刊。

發表〈總督府和臺灣神社〉於《聯合文學》第 116 期。

10 月　14 日，發表〈探討生死〉於《聯合報》副刊。發表〈對性的描寫露骨、直接〉於《中央日報》副刊。

11 月　25 日，應邀參加行政院文化建設委員會、清華大學臺灣研究室、賴和文教基金會於清華大學共同主辦之「賴和及其同時代的作家：日據時期臺灣文學國際學術會議」。與

會者有陳萬益、呂興昌、呂正惠、張良澤、黃英哲、林瑞明、藤井省三、下村作次郎、趙天儀等人。

發表〈心中的女人〉於《聯合文學》第 119 期。

| | | |
|---|---|---|
| 1995 年 | 2 月 | 4 日，發表〈一局巧妙的拼圖遊戲〉於《中央日報》副刊。 |
| | | 24 日，發表〈過於繁複的裝飾音〉於《中央日報》副刊。 |
| | 7 月 | 20 日，發表〈活標本〉於《自立晚報》副刊。 |
| | | 發表短篇小說〈白色時代〉於《文學臺灣》第 15 期。 |
| | 10 月 | 22 日，應邀參加臺北市立圖書館主辦之「作家與作品對談」專題講座，擔任主講人。 |
| | 12 月 | 7 日，發表〈罕見的舊情懷〉於《中國時報》開卷周報。 |
| 1996 年 | 1 月 | 23 日，發表〈善待土地的心意──評〈失樂土〉〉（羅葉著）於《中央日報》副刊。 |
| | 2 月 | 24 日，發表〈晦澀的道理〉於《中央日報》副刊。 |
| | | 發表短篇小說〈放生〉於《幼獅文藝》第 518 期。 |
| | | 發表短篇小說〈押解〉於《百合臺灣》第 2 期。 |
| | | 發表〈活馬綁在死柴頭〉於《臺灣文藝》第 153 期。 |
| | 3 月 | 發表短篇小說〈舊金山‧1972──一九七四的美國學校〉於《中外文學》第 298 期。 |
| | 4 月 | 發表〈舊書店〉於《臺灣文藝》第 154 期。 |
| | 5 月 | 27 日，發表〈我的啟蒙書《安娜‧卡列尼娜》〉（列夫‧托爾斯泰著）於《中央日報》副刊。 |
| | 6 月 | 8 日，發表〈興外方──臺灣沒有文學？〉於《中國時報‧人間副刊》。 |
| | | 發表短篇小說〈牽手〉於《百合臺灣》第 6 期。 |
| | 7 月 | 發表〈賀葉笛先生得獎〉於《文學臺灣》第 19 期。 |

8 月　　發表短篇小說〈舊金山・1972——金門橋〉於《臺灣文藝》第 156 期。

11 月　　30 日，應邀參加聯合文學出版公司於臺灣師範大學主辦之「呂赫若文學研討會」，擔任論文講評人，與會者有陳萬益、巫永福、蘇友鵬、李昂、葉笛、吳潛誠等人。

本年　　擔任「臺灣筆會」第六屆會長。

1997 年　　1 月　　30 日，發表〈我在牛身邊的日子：昨日之牛〉於《中國時報》開卷周報。

發表短篇小說〈舊金山・1972——史丹福〉於《文學臺灣》第 21 期。

2 月　　發表短篇小說〈放生〉於《幼獅文藝》第 518 期。

4 月　　30 日，應邀參加鍾肇政於臺灣師範大學舉辦的人文講座，擔任主持人。

發表〈担柴入內山——兼評老舍的童話《寶船》〉於《文學臺灣》第 22 期。

6 月　　21 日，發表〈終戰前後〉於《中國時報・人間副刊》。

10 月　　發表短篇小說〈鬥魚〉於《幼獅文藝》第 526 期。

發表短篇小說〈舊金山・1972——約賽米堤〉於《文學臺灣》第 24 期。

11 月　　2 日，應邀參加淡水工商管理學院臺灣文學系（今真理大學臺灣文學系）、臺灣筆會於淡水學院音樂廳共同主辦的「福爾摩莎的桂冠——巫永福文學會議」。

1998 年　　1 月　　6 日，發表〈臺灣文學必須擺脫中國文學〉於《臺灣日報》副刊。

16 日，自華南銀行職務退休。

發表短篇小說〈暗光鳥塚〉於《滿天星》第 49 期。

| 3 月 | 應聘擔任臺灣師範大學「人文學科推廣班」講師，講授「現代小說創作與賞析」課程。 |
| 4 月 | 發表〈偶然與必然——文學的形成〉於《文學臺灣》第 26 期。 |
| 5 月 | 13 日，發表〈興外方〉於《民眾日報》副刊。 |
| 6 月 | 12 日，應邀參加臺灣英文雜誌社舉辦的兒童文學《沙灘上的琴聲》新書發表會。 |
| | 15 日，發表〈民國新山〉於《自立晚報》副刊。 |
| | 《鄭清文短篇小說全集》（共七冊）由臺北麥田出版公司出版。 |
| | 應邀擔任第 19 屆巫永福文學獎小說組評審。 |
| | 兒童文學《沙灘上的琴聲》由臺北英文雜誌社出版。 |
| 7 月 | 1 日，發表〈臺灣日文文學作品的翻譯和評價〉於《民眾日報》副刊。 |
| 8 月 | 6 日，應邀參加麥田出版公司於臺北國賓飯店舉辦的《鄭清文短篇小說全集》新書發表會。 |
| 9 月 | 3 日，發表〈讀郭良蕙致謝老前輩——我沒有哭〉於《民眾日報》副刊。 |
| | 22 日，應邀參加第 20 屆《聯合報》文學獎短篇小說獎決審會議，擔任決審委員，與會者有朱天心、廖咸浩、詹宏志、鄭樹森等人。 |
| | 應聘擔任國家文化藝術基金會第二屆監事，同屆監事為馬秀如、陳惠馨、董保成、辜炳珍。 |
| 10 月 | 發表〈評審意見——虛構與真實〉於《文學臺灣》第 28 期。 |
| 11 月 | 4 日，發表〈陽貨欲見孔子〉於《民眾日報》副刊。 |
| | 11 日，發表〈呂赫若日記〉於《民眾日報》副刊。 |

27 日，發表〈喜見喜劇〉於《聯合報》副刊。

12 月　10 日，發表〈歷史的觀點〉於《民眾日報》副刊。

30～31 日，〈廿世紀史〉連載於《民眾日報》副刊。

兒童文學《春雨》由臺北格林文化公司出版。

1999 年　1 月　18 日，發表〈青山？或沙漠？〉於《臺灣日報》副刊。

發表〈文學地圖〉於《文學臺灣》第 29 期。

兒童文學〈祕雕魚〉連載於《幼獅文藝》第 541～542 期。

發表〈樹木的名字〉於《臺北畫刊》第 372 期。

4 月　16 日，發表〈文學和傳道〉於《民眾日報》副刊。

發表〈談聯合報選「臺灣文學經典名著」〉於《文學臺灣》第 30 期。

發表〈屋頂上的菜園〉於《聯合文學》第 174 期。

5 月　10 日，發表〈放竹筏〉於《自由時報》副刊。

17 日，發表〈高聳的堤防〉於《自由時報》副刊。

24 日，發表〈橋的聯想〉於《自由時報》副刊。

31 日，發表〈王璞的《自傳》〉於《自由時報》副刊。

應邀擔任臺灣師範大學「人文講席」講師，與李喬、鍾肇政、陳若曦、許素蘭對談：「小說的世界」。

6 月　7 日，發表〈登玉山〉於《自由時報》副刊。

14 日，發表〈二二八公園的銅馬〉於《自由時報》副刊。

21 日，發表〈花臺上的番薯〉於《自由時報》副刊。

28 日，發表〈文學素養〉於《自由時報》副刊。

7 月　5 日，發表〈《恍惚的世界》——文學素養（二）〉於《自由時報》副刊。

12 日，發表〈臺灣哪有文學？——文學素養（三）〉於

《自由時報》副刊。

15～20 日，短篇小說〈土石流〉連載於《中國時報‧人間副刊》。

19 日，發表〈世界文學大猜謎——文學素養（四)〉於《自由時報》副刊。

26 日，發表〈正統，用全力來決定——岡崎郁子的《臺灣文學——異端的系譜》〉於《自由時報》副刊。

發表〈再談聯合報選「臺灣文學經典名著」〉於《文學臺灣》第 31 期。

發表〈最後一滴墨水——悼念陳火泉先生〉於《文訊》第 165 期。

8 月　2 日，發表〈臺灣文學的統派〉於《自由時報》副刊。

9 日，發表〈臺灣史料的重現——關於《明台報》〉於《自由時報》副刊。

16 日，發表〈倒立的金字塔〉於《自由時報》副刊。

23 日，發表〈童話〉於《自由時報》副刊。

30 日，發表〈拉丁美洲的文學〉於《自由時報》副刊。

發表〈臺灣文學的路〉於《文訊》第 166 期。

9 月　6 日，發表〈黃靈芝論〉於《自由時報》副刊。

13 日，發表〈碰觸人生的機微——黃靈芝的文學〉於《自由時報》副刊。

20 日，發表〈鬱卒黃靈芝〉於《自由時報》副刊。

27 日，發表〈生活語言〉於《自由時報》副刊。

10 月　4 日，發表〈人心震醒〉於《自由時報》副刊。

11 日，發表〈諾貝爾綺想〉於《自由時報》副刊。

25 日，發表〈臺灣歲時記〉於《自由時報》副刊。

短篇小說集 *Three-Legged Horse* 英譯本由美國哥倫比亞大學出版，獲美國「第四屆桐山環太平洋書卷獎」小說獎。

11 月　1 日，發表〈不為人知的臺灣〉於《自由時報》副刊。

8 日，發表〈贖罪〉於《自由時報》副刊。

22 日，發表〈好像多出一朵花〉於《自由時報》副刊。

29 日，發表〈消除國界的聲音〉於《自由時報》副刊。

12 月　4 日，應日本社會文學學會之邀，至東京法政大學參加「第二屆近代日本與臺灣研討會」，發表專題演講：「臺灣文學的走向」。

6 日，發表〈二〇五〇年〉於《自由時報》副刊。

10 日，發表〈小國家大文學〉於《民眾日報》副刊。

13 日，發表〈窮兵黷武〉於《自由時報》副刊。

20 日，發表〈成田機場效率差〉於《自由時報》副刊。

27 日，發表〈西田勝的見解〉於《自由時報》副刊。

短篇小說集《鄭清文短篇小說選》由臺北麥田出版公司出版。

以《鄭清文短篇小說全集》獲行政院新聞局金鼎獎文學創作類獎項。

2000 年　1 月　10 日，發表〈綠島小夜曲〉於《自由時報》副刊。

17 日，發表〈口號文化〉於《自由時報》副刊。

24 日，發表〈國恥〉於《自由時報》副刊。

31 日，發表〈十億豆花〉於《自由時報》副刊。

應聘擔任臺北市道藩圖書館駐館作家，至 6 月止。

2 月　18 日，以《春雨》獲「第四屆小太陽獎」，於臺北世貿二館國際書展進行頒獎。

21 日，發表〈噴鼓吹的小孩〉於《自由時報》副刊。

3 月　6 日，發表〈橘與枳〉於《自由時報》副刊。

13 日，發表〈白皮書〉於《自由時報》副刊。

20 日，發表〈一張舊地圖〉於《自由時報》副刊。

27 日，發表〈北京牛〉於《自由時報》副刊。

4 月　3 日，發表〈黃河的出口〉於《自由時報》副刊。

5 日，應邀參加臺北縣政府主辦之第六屆北臺灣文學研習營，。

10 日，發表〈橋〉於《自由時報》副刊。

14～19 日，短篇小說〈中正紀念堂命案〉連載於《聯合報》副刊。

17 日，發表〈中華中毒〉於《自由時報》副刊。

29 日，發表〈停雲與飛鳥〉於《臺灣日報》副刊。

兒童文學《燕心果》由臺北玉山社出版公司出版。

發表〈停雲與飛鳥〉於《文學臺灣》第 34 期。

兒童文學《天燈‧母親》由臺北玉山社出版公司出版。

5 月　8 日，應邀參加「莫斯科藝術學院」來臺演出契訶夫之名作「凡尼亞舅舅」記者發表會。

27～28 日，〈新和舊──談契訶夫文學〉連載於《中國時報‧人間副刊》。

應邀擔任第九屆賴和文學獎評審委員。

發表短篇小說〈貓藥〉於《聯合文學》第 187 期。

7 月　3 日，發表〈天燈‧母親〉於《中央日報》副刊。

發表〈《保險業務員簡評》〉（阮慶岳著）於《文學臺灣》第 35 期。

8 月　23 日，發表〈如何寫得獎作品〉於《民眾日報》副刊。

26 日，應邀參加第 22 屆《聯合報》文學獎短篇小說決審會議，擔任決審委員。與會者有李永平、李黎、尉天驄、

陳芳明等人。

獲第 22 屆鹽分地帶文藝營「臺灣新文學貢獻獎」。

9 月　發表〈說和演——文學和電視的結合〉於《民眾日報》副刊。

應聘擔任真理大學臺灣文學系講師,講授「臺外文學比較」課程。

10 月　9 日,發表〈豬公條仔〉於《民眾日報》副刊。

18 日,發表〈亭仔腳〉於《臺灣日報》副刊。

《小國家大文學》由臺北玉山社出版公司出版。

11 月　4 日,應邀參加宜蘭縣員山鄉公所主辦之「臺灣沖繩歷史文化研討會」,發表演講:「什麼是鄉土文學」。

8 日,發表〈飛鳥和落石〉於《民眾日報》副刊。

22 日,發表〈水庫乾涸了?〉於《民眾日報》副刊。

12 月　13 日,發表〈陽光、雨水或戴奧辛〉於《民眾日報》副刊。

21 日,發表〈楊梅花開〉於《民眾日報》副刊。

2001 年　1 月　4 日,發表〈講故事,聽故事〉於《民眾日報》副刊。

17 日,發表〈大文學〉於《民眾日報》副刊。

2 月　7 日,發表〈解獨戰後〉於《民眾日報》副刊。

14 日,發表〈反羅曼的婚於約〉於《臺灣日報》副刊。

短篇小說集《五彩神仙》由臺北桂冠圖書公司出版。

3 月　4 日,發表〈玉和鼎鼐〉於《中央日報》副刊。

21 日,發表〈真實的反共文學?——統派文學家的遐思〉於《民眾日報》副刊。

28 日,發表〈一位浪漫氣質的作家——統派文學家的遐思〉於《民眾日報》副刊。

4 月　18 日，發表〈杜潘芳格的少女日記〉於《民眾日報》副刊。

5 月　10 日，發表〈食蟻獸的啓示〉於《新臺灣新聞週刊》第268 期。

16 日，發表〈高唱民族主義——統派文學家的遐思〉於《民眾日報》副刊。

17 日，應邀參加臺灣文化協會於臺北六福皇宮舉辦之「新世紀文化運動」系列活動：第一場「文化診斷・世紀反省」座談會，擔任引言人。

6 月　14 日，發表〈多情與嚴法——試探李喬《白蛇新傳》的文學與宗教〉於《自由時報》副刊。

17 日，以《小國家大文學》獲第 22 屆巫永福文學獎「文學評論獎」。

7 月　2 日，發表〈神話能豐富文學〉於《臺灣日報》副刊。

16 日，發表〈宗教與文學〉於《臺灣日報》副刊。

27 日，發表〈令人汗顏的中國人〉於《新臺灣新聞週刊》第 279 期。

30 日，發表〈宗教與中國文學〉於《臺灣日報》副刊。

應邀參加財團法人新竹縣文化基金會舉辦之「第一屆吳濁流文藝營」，擔任講師。

8 月　13 日，發表〈沒有花的花園〉於《臺灣日報》副刊。

27 日，發表〈愛和寫〉於《臺灣日報》副刊。

9 月　7 日，應邀參加輔仁大學外語學院、臺灣文學協會共同舉辦之「當代臺灣小說講座」，擔任主講人。

10 日，發表〈僵硬的人際關係〉於《臺灣日報》副刊。

24 日，發表〈春好水暖鴨先知〉於《臺灣日報》副刊。

27 日，發表〈我不爲這種政府服務〉於《新臺灣新聞週

刊》第 288 期。

10 月　22 日，發表〈臉譜〉於《臺灣日報》副刊。

25 日，發表〈做主人，不做奴才〉於《新臺灣新聞週刊》第 292 期。

發表〈評審意見〉於《文學臺灣》第 40 期。

發表短篇小說〈舊金山‧1972——天體營〉於《文學臺灣》第 40 期。

11 月　15 日，發表〈畏畏縮縮的文學〉於《臺灣日報》副刊。

19 日，發表〈寂靜的春天〉於《臺灣日報》副刊。

發表〈笑史？〉於《新臺灣》第 294 期。

發表〈從《阿輝的心》談少年小說的寫實主義〉（林鍾隆著）於《中華民國兒童文學學會會訊》第 17 卷第 6 期。

12 月　3 日，發表〈懷念文壇奇女子〉於《中國時報‧人間副刊》；發表〈善於寫時代的女人〉於《聯合報》副刊；發表〈雞兔同籠〉於《臺灣日報》副刊。

17 日，發表〈批評與創作〉於《臺灣日報》副刊。

31 日，發表〈蜻蜓點水〉於《臺灣日報》副刊。

發表〈談童話寫作經驗〉於《文學界》第 62 期。

2002 年　1 月　14 日，發表〈賀李魁賢得文化獎〉於《臺灣日報》副刊。

28 日，發表〈雅與不雅〉於《臺灣日報》副刊。

2 月　11 日，發表〈語言與政治〉於《臺灣日報》副刊。

25 日，發表〈文學與語言〉於《臺灣日報》副刊。

3 月　1 日，發表〈火車經驗〉於《中國時報‧人間副刊》。

11 日，發表〈牛馬走〉於《臺灣日報》副刊。

應邀參加於美國加州大學聖塔芭芭拉分校舉行的「臺灣文學與世華文學國際學術研討會」。

4 月　22 日，發表〈臺灣文學不屬中國文學〉於《臺灣日報》副刊。

6 月　30 日，發表〈大象的鼻子〉於《臺灣日報》副刊。

7 月　15 日，發表〈慢半拍的十七八歲〉於《自由時報》副刊。

發表〈民間故事的改寫〉於《文學臺灣》第 43 期。

11 月　1 日，發表〈放蠱者〉於《新臺灣新聞週刊》第 345 期。

19 日，發表兒童文學〈松雞王〉於《新臺灣新聞週刊》第 347 期。

27 日，發表〈照鏡子、擠柱子〉於《新臺灣新聞週刊》第 348 期。

12 月　4 日，發表〈打拳賣膏藥〉於《新臺灣新聞週刊》第 349 期。

11 日，發表〈火雞與孔雀〉於《新臺灣新聞週刊》第 350 期。

27 日，發表〈跪〉於《新臺灣新聞週刊》第 353 期。

短篇小說集《樹梅集》由臺北縣政府文化局出版。

2003 年　1 月　27 日，發表〈退休五年〉於《中國時報‧人間副刊》。

2 月　發表〈情真書簡專輯：也算後記〉於《臺灣文藝》第 186 期。

長篇小說《舊金山──一九七二》由臺北一方出版公司出版。

3 月　應邀參加第五屆「世界華文作家協會」年會，獲「世界華文文學終身成就獎」。

5 月　5 日，發表〈廟口的露店〉於《自由時報》副刊。

7 月　13 日，兒童文學〈臭青龜子〉連載於《自由時報》副刊。

24～25 日，發表兒童文學〈金螞蟻〉於《中央日報》副刊。

發表短篇小說〈戀猴搬石頭〉、〈麗花園〉、〈鮕魚故鄉〉於《文學臺灣》第 47 期。

9 月　2 日，發表〈大與細：鍾肇政和「情色小說」〉於《中國時報・人間副刊》。

11 月　6 日，發表〈升旗〉於《新臺灣新聞週刊》第 397 期。

發表〈什麼才是好小說？〉於《聯合文學》第 229 期。

12 月　發表兒童文學〈蛇太祖廟〉、〈樹靈碑〉、〈長篇小說的能手——六〇年代的鍾肇政〉於《聯合文學》第 230 期。

2004 年　1 月　18 日，發表〈腳踏實地愛臺灣：《蒼茫暮色裡的趕路人》〉（夏祖麗、應鳳凰、張至璋合著）於《聯合報》副刊。

發表〈「臺灣作家代表團」訪日記〉於《文學臺灣》第 49 期。

發表〈初中三年半〉於《華南金控月刊》第 13 期。

2 月　29 日，發表〈夢是很好發揮的題材〉於《聯合報》副刊。

3 月　以〈臭青龜子〉獲得九歌出版社評選「最佳年度童話獎」。

4 月　25 日，應邀參加臺積電青年小說創作獎決審會議，擔任決審委員。

發表〈葉老未老〉於《文學臺灣》第 50 期。

5 月　《多情與嚴法》由臺北玉山社出版公司出版。

6 月　1 日，發表〈評審的話：它是我心目中的第一名〉於《聯合報》副刊。

6 日，發表〈閱讀與小說寫作〉於《自由時報》副刊。

發表〈雪茄與手錶〉於《聯合文學》第 236 期。

| | | |
|---|---|---|
| | 8 月 | 兒童文學《採桃記》由臺北玉山社出版公司出版。 |
| | 9 月 | 16 日，發表〈海洋文學期許壯美未來〉於《新臺灣新聞週刊》第 443 期。 |
| | | 發表短篇小說〈收集者〉於《聯合文學》第 239 期。 |
| | 10 月 | 17 日，發表〈批判與承受──二戰前後鍾理和的轉變〉於《自由時報》副刊。 |
| | | 發表短篇小說〈狼年記事〉於《文學臺灣》第 52 期。 |
| | 11 月 | 發表短篇小說〈收集者〉於《聯合文學》第 20 卷第 11 期。 |
| | | 長篇小說《峽地》由臺北九歌出版社出版。 |
| 2005 年 | 1 月 | 發表〈軍國少年〉於《華南金控月刊》第 25 期。 |
| | 2 月 | 13 日，發表〈踩高的喜悅〉於《自由時報》副刊；發表〈賭〉於《中國時報‧人間副刊》。 |
| | 7 月 | 獲頒第九屆國家文藝獎，十月於高雄市文化中心至善廳進行頒獎。 |
| | 8 月 | 18 日，應杜國清之邀，赴美國加州大學聖塔芭芭拉校區擔任「短期駐校作家」，至 10 月 12 日止。 |
| | 9 月 | 發表短篇小說〈大和撫子（上）〉於《聯合文學》第 251 期。 |
| | 10 月 | 20 日，獲國家文化藝術基金會「第九屆國家文藝獎」，於高雄市文化中心至善廳進行頒獎。 |
| 2006 年 | 1 月 | 發表〈談臺灣文學的外文翻譯──從《三腳馬》說起〉於《文學臺灣》第 57 期。 |
| | 2 月 | 13 日，發表短篇小說〈賭〉於《中國時報‧人間副刊》。 |
| | | 短篇小說《三腳馬》由臺北遠流出版公司出版。 |
| | | 發表短篇小說〈虯毛伯〉於《鹽分地帶文學》第 2 期。 |

發表短篇小說〈大和撫子（下）〉於《聯合文學》第 256 期。

4 月　30 日，應邀參加臺積電文教基金會、聯合報副刊於誠品書店信義店舉辦之「我心中的青春寫作靈魂」座談，與談人有廖玉蕙、羅智成、楊照。

發表短篇小說〈乳房記憶〉於《文學臺灣》第 58 期。

5 月　11 日，發表〈二隻吉娃娃〉於《聯合報》副刊。

27 日，發表〈樹的見證〉於《聯合報》副刊。

27～28 日，應邀參加中正大學臺灣文學研究所主辦的「鄭清文國際學術研討會」，與會者有陳千武、李魁賢、黃英哲、陳萬益、江寶釵、吳麗珠等人。

6 月　29 日，發表短篇小說〈阿子之死〉於《中國時報‧人間副刊》。

發表〈攫取時間（懷念葉笛）〉、〈同學會〉於《鹽分地帶文學》第 4 期。

短篇小說集《玉蘭花：鄭清文短篇小說選 2》由臺北麥田出版公司出版。

7 月　發表〈樹的見證〉於《文學臺灣》第 59 期。

9 月　18 日，發表短篇小說〈土人間〉於《自由時報》副刊。

10 月　23 日，發表短篇小說〈札幌拉麵〉於《中國時報‧人間副刊》。

發表短篇小說〈公園即景三則〉於《文學臺灣》第 60 期。

2007 年　1 月　發表〈我與俄羅斯文學〉、短篇小說〈壽山三年〉於《文學臺灣》第 61 期。

3 月　19～20 日，發表短篇小說〈鰹節〉連載於《中國時報‧

人間副刊》。

4 月　發表短篇小說〈丘蟻一族〉於《文學臺灣》第 62 期。

7 月　5 日，長子鄭谷懷因癌症逝世。

發表〈站在文學高崗上——記「北臺灣文學」〉於《文訊》第 261 期。

發表〈從李喬小說談臺灣文學的建立〉於《文學臺灣》第 63 期。

8 月　1 日，發表短篇小說〈阿子再生〉於《中國時報・人間副刊》。

9 月　發表短篇小說〈青椒苗〉於《新地文學》第 1 期。

10 月　發表短篇小說〈椅子〉於《文學臺灣》第 64 期。

11 月　7 日，應邀參加中正大學臺灣文學研究所主辦的「鄭清文小說創作與研究」工作坊。

12 月　25 日，發表〈不存在的自己〉於《自由時報》副刊。

鄭谷苑著《走出峽地：鄭清文的人生故事》，由臺北麥田・城邦文化公司出版，並於 27 日舉辦新書發表會。

應邀擔任「打狗文學獎」小說組決審評審。

2008 年　1 月　3～4 日，短篇小說〈童伴〉連載於《中國時報・人間副刊》。

3 月　發表短篇小說〈人像〉於《新地文學》第 3 期。

4 月　發表短篇小說〈天馬降臨〉於《文學臺灣》第 66 期。

8 月　發表短篇小說〈李宗文〉於《春醒》創刊號。

9 月　22～23 日，短篇小說〈甘蔗田的小田鼠〉連載於《國語日報》。

24～25 日，短篇小說〈猴子與手機〉連載於《國語日報》。

| 10 月 | 2 日，發表〈偏重古文的後遺症〉於《自由時報》自由廣場。 |
| --- | --- |
| 11 月 | 22～23 日，應邀參加中華民國兒童文學學會於臺北市立圖書館國際會議廳舉辦的「資深作家黃春明、鄭清文童話研討會」，與會者有林良、徐錦成、林黛嫚、趙天儀、吳玫瑛等人。 |
| | 有聲書《小說與我》由臺北臺灣大學出版中心出版。 |
| 12 月 | 發表〈童話與動物的讀者〉於《新地文學》第 6 期。 |

| 2009 年 | 1 月 | 發表短篇小說〈新婚夜〉於《文學臺灣》第 69 期。 |
| --- | --- | --- |
| | | 發表短篇小說〈求龜〉於《文訊》第 279 期。 |
| | 4 月 | 發表短篇小說〈今日拜幾〉於《文學臺灣》第 70 期。 |
| | | 發表短篇小說〈觀音山〉於《鹽分地帶文學》第 21 期。 |
| | 6 月 | 21 日，發表〈丘蟻一族〉於《人間福報》閱讀。 |
| | | 25 日，應邀以評審身分參加行政院文建會舉辦的「大家說故事——啓航！閱讀夢想號」徵選活動記者會。 |
| | | 30 日，發表〈《丘蟻一族》〉於《自由時報》副刊。 |
| | | 兒童文學《丘蟻一族》由臺北玉山社出版公司出版。 |
| | 9 月 | 發表短篇小說〈學生畫家〉於《新地文學》第 9 期。 |
| | 10 月 | 24 日，應邀參加行政院文建會舉辦的「好山好水‧讀好書」系列講座，於臺北縣石碇鄉三才靈芝教育農場演講：「童話寫作經驗」。 |
| | 11 月 | 28 日，獲真理大學「第 13 屆臺灣文學家牛津獎」，並應邀參加「第 13 屆臺灣文學家牛津獎暨鄭清文文學學術研討會」。 |

| 2010 年 | 1 月 | 發表短篇小說〈山腳村〉於《文學臺灣》第 73 期。 |
| --- | --- | --- |
| | 2 月 | 兒童文學《燕心果》、《十二支鉛筆》、《火雞與孔雀的戰 |

　　　　　　　　爭》由臺北星月書房出版。

　　4 月　　3 日，發表〈水庫的水源〉於《聯合報》副刊。

　　　　　　　30 日，應邀參加玉山社出版公司於誠品‧臺東故事館舉辦的「作夥來聽鄭清文ㄟ童話──鄭清文座談會」新書演講活動。

　　　　　　　兒童文學《紙青蛙：鄭清文精選集》由臺北九歌出版社出版。

　　　　　　　發表〈杜文靖的臺灣心〉於《鹽分地帶文學》第 27 期。

　　6 月　　應邀參加加拿大多倫多約克大學舉辦的「第 11 屆英文短篇小說國際會議」。

　　7 月　　短篇小說〈清明時節〉、〈苦瓜〉，由吳念真改編為舞臺劇「清明時節」，由綠光劇團在臺灣各地巡迴演出。

　　9 月　　9～27 口，短篇小說〈捉魔神仔〉連載於《國語日報》。

　　　　　　　發表〈相約在清明時節〉於《聯合文學》第 311 期。

　　10 月　　3 日，發表〈我寫〈清明時節〉〉於《自由時報》副刊。

　　12 月　　兒童文學《鹿角神木》由臺北星月書房出版。

2011 年　　1 月　　兒童文學《飛傘》、《松鼠的尾巴》由臺北星月書房出版。

　　　　　　　發表〈〈秋夜〉的表姨〉於《聯合文學》第 315 期。

　　2 月　　發表〈〈林中之死〉的老農婦〉（舍伍德‧安德森著）於《聯合文學》第 316 期。

　　3 月　　發表〈黑面進旺之死──保正的媳婦〉於《聯合文學》第 317 期。

　　4 月　　發表〈鋼索的高度──李喬的文學成就〉於《文學臺灣》第 78 期。

　　　　　　　發表〈《窄門》的阿麗莎〉（紀德著）於《聯合文學》第 318 期。

5月　發表〈〈花枝、末草、蝴蝶蘭〉的秀涓〉於《聯合文學》第 319 期。

6月　發表〈《卡門》中的卡門〉（梅里美著）於《聯合文學》第 320 期。

7月　發表〈〈五色鳥的哭聲〉中的孫太太〉於《聯合文學》第 321 期。

　　　應日本「殖民地文化學會」邀請，紀念其創設十周年，前往發表專題演講：「為什麼寫童話」。

8月　發表〈〈給艾蜜莉的玫瑰〉中的艾蜜莉〉（福克納著）於《聯合文學》第 322 期。

9月　發表〈〈局外人〉的秀卿的母親〉於《聯合文學》第 323 期。

## 參考資料：

．王德威、李喬、李瑞騰、梅家玲、許素蘭、陳芳明、齊邦媛編，《鄭清文短篇小說全集別卷——鄭清文和他的文學》，臺北：麥田出版公司，1998 年 6 月。

．鄭谷苑，《走出峽地：鄭清文的人生故事》，臺北：麥田・城邦文化公司出版，2007 年 12 月。

．許素蘭，《冰山底下的大水河——鄭清文短篇小說研究》，靜宜大學中國文學系碩士論文，2000 年。

．張美玲，《鄭清文小說死亡書寫研究》，臺北教育大學語文與創作學系碩士論文，2009 年 2 月。

．網站：國家文化藝術基金會——國家文藝獎——歷屆得主傳記。http://www.ncafroc.org.tw/Content/award-history.asp?Prize_year=2005&Prize_no=%A4E（2011 年 12 月 12 日瀏覽）

．網站：當代文學史料知識加值系統。http://lit.ncl.edu.tw/litft/home.action （2011 年 12 月 12 日瀏覽）

・電子資料庫：臺灣新聞智慧網。　（2011 年 12 月 12 日瀏覽）

・電子資料庫：聯合知識庫。（2011 年 12 月 12 日瀏覽）

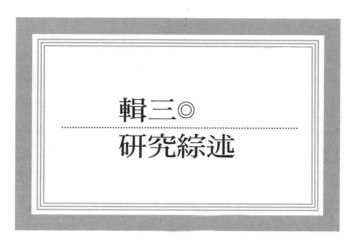

輯三◎
研究綜述

# 根植臺灣・追求自我

鄭清文研究綜述

◎李進益

## 一、他所有的作品都在寫臺灣

鄭清文（1932—）以處女作短篇小說〈寂寞的心〉，發表於 1958 年 3 月 13 日《聯合報》副刊，持續寫作至今已逾半世紀，其傲人的創作成果，不但獲得許多國內重要文學獎項，而且，在 1999 年榮獲美國「桐山環太平洋書卷獎」，作品已譯成英、日、德等多種語言，普受海內外文壇重視。

鄭清文已出版數十種作品集，包括長、短篇小說、童話、評論及翻譯等。綜觀這些短篇小說作品，簡而言之，他以習自海明威的寫作手法，用極為簡潔明瞭的文字，刻劃描摹複雜多變的人性，並且不失精準與細膩。作品所呈現的深層義涵，除了體現作家一己小我生命意義的追求與完成，更重要的是，作家經由虛實兼具的筆觸，建構出一個完美的文學世界，藉以表達他對臺灣這塊土地深厚的情感。

鄭清文不知「老之將至」，他仍日夜伏案寫作。筆者訪談李喬，他說：「鄭清文正在努力完成一部廿多萬字的小說。」[1]據筆者所知，應該與已發表一系列以「石世文」為主角的小說如〈新婚夜〉、〈山腳村〉、〈大和撫子〉有關：

> 鄭清文這幾年通過「石世文」的畫筆，彩繪了他心目中的臺灣歷史與人

---

[1]筆者於 2011 年 7 月 3 日去苗栗訪問李喬，承蒙作家告知，謹此致謝。

物群像，從日治殖民的戰爭經驗與記憶，隨之而來的戰後「二二八事件」的驚懼、五〇年代白色恐怖的傷痕，到「動員戡亂時期」的戒嚴、肅殺等臺灣百年來的歷史與事件。鄭清文說：「有人說臺灣沒有歷史。臺灣沒有歷史嗎？（中略）有人就有歷史，有動物，有植物，也是歷史。已存在世界上的萬物，不管時間長短，不必經由他者命名或肯定，其存在的事實是不容否認的。」他說：「臺灣有很多巨大的樹，它們的樹齡都超過千年。（中略）千年來，那些樹就在那裡，有不少，現在還在。樹只有存在，並不需要名字。」上述引言，可看出作家書寫臺灣歷史的意念與目的不在為臺灣重新命名，主要是將存在的事實，以及曾在這個「美麗的小島」上發生過的歷史，以庶民的立場加以紀錄。[2]

鄭清文用其一生寫作，他所描繪與建構的文學世界，正是來自他立足的臺灣。臺灣，不僅是他的母土，也是他文學創作的源泉和對象。可以說，他所有的作品都在寫臺灣。

## 二、大家都在探測文學冰山的深度

鄭清文的小說不好懂？是的，一般讀者是這麼認為，連鄭清文自己都說：「我在寫作過程，也時常碰到一些朋友說我的作品不容易懂。」（〈我的筆墨生涯〉）由於他運用海明威的「冰山理論」寫作，同時，又喜歡挖掘與描摹人性幽微處，加上，他使用簡單的文句，簡單到可蘊含寓意深遠的「兩可性」（"ambiguity"），於是，只要是受過國民義務教育的讀者，都不用查字典便可讀通他的作品。不過，讀得通，不代表讀得懂。這種「少即是多」的技法，讀者非得深思熟慮，恐怕是無法懂得字裡行間的奧義與底蘊。

目前關於鄭清文的學術論文期刊，為數不少，但說不上汗牛充棟，原

---

[2] 李進益，〈鄭清文作品中的臺灣歷史與記憶〉，收入中研院中國文哲研究所主辦「跨文化與現代性：歐亞文化語境中的華文文學與文化（一）學術研討會」論文集（2010 年 5 月 20 日），頁 39。

因或許就在於他的小說看似簡單，其實寫得深沉且費解，同時，也因而不易獲得大眾讀者的熱烈掌聲，成為暢銷排行榜的寵兒。

目前所見關於鄭清文的生平、作品評論、專書與學位論文近六百筆資料裡，學位論文始見於 2000 年，這個現象說明研究鄭清文，對年輕學子而言，似乎不是可輕易入手的。這些研究鄭清文的評論文章與學位論文，已經將作家的主要作品作了深入的探究。儘管如此，要了解或研究鄭清文，作家自言及訪談，依舊是很重要，且不可或缺的一手資料。

## （一）作家自言，他人評論

「誰是鄭清文？」鄭清文已出道 20 年時，尚不為世人所熟知，董保中在《聯合報》副刊發表〈誰是鄭清文？〉（1978 年 6 月 17～18 日）在這之前，談論鄭清文的文章確實不多，比較重要的有林海音〈臺籍作家的寫作生活〉（《文星》第 26 期，1959 年 12 月），不過也只是簡單幾筆介紹。另外，就是鍾肇政編輯「本省籍作家作品選集」叢書，編選了鄭清文九篇十萬字小說，集成《簸箕谷》一書。鍾肇政特別寫序推薦，之後，又以〈鄭清文和他的「簸箕谷」〉發表在《自由青年》。這篇文章點出了鄭清文《簸箕谷》的文字風格，「他似乎永遠牢守著客觀的分寸，以致文體冷峻，有時甚且近乎冷漠」，「它的文句是打破慣常文法的，句子冗長，用詞樸拙，醞釀成另一種味道。（中略）鄭清文確乎是一個很了不起的 Stylist」。樸實與簡明的風格，成為鄭清文的標誌。

## （二）從訪談、座談到研討會瞄準作家

訪談與作家作品的座談會紀錄，也是研究鄭清文不可或缺的文獻資料。較重要的訪問首推洪醒夫〈誠實與含蓄的故事──鄭清文訪問記〉[3]是最早訪問鄭清文的文稿，也是作家第一次較全面性的談作品，對理解鄭清文作品具有指引作用。再者，《文學界》雜誌於 1982 年 4 月刊登「鄭清文作品討論會」專刊，由葉石濤、李喬、彭瑞金等作家及評論家齊聚一堂，

---

[3]洪醒夫，〈誠實與含蓄的故事──鄭清文訪問記〉，《書評書目》第 29 期（1975 年 9 月），頁 110～122。

共同討論鄭清文創作上的特點與方向，相當廣泛地探討了鄭清文作品的社會意識及小說主題。進入 21 世紀，鄭清文已是揚名海內外的重要作家，臺灣文學研究也進入學院，成為文學學門重要的一支系，國立臺灣文學館積極推動文學進入社會各角落，希望提升大眾對臺灣文學的熱愛，舉辦多場當代小說家的對談，其中，2007 年鄭清文與許素蘭的對談紀錄，便是認識與研究鄭清文半世紀創作最重要的資料與依據之一。再者，2009 年《文學臺灣》刊登日本東京大學研究生松崎寬子來臺訪問鄭清文的文章，松崎寬子準備以研究鄭清文作為博士論文，從訪錄文稿可以看出，鄭清文一再強調他重視從臺灣風土與社會取材。

## 三、童話研究

鄭清文在兒童文學創作方面有很凸出的成績，至今已有《燕心果》等四部作品付梓。討論鄭清文童話的文章不少，而作家自身也寫了〈童話與我〉、〈我的童話觀〉、〈童話與動物的讀者〉等篇，而鄭谷苑則發表〈給八歲到八八歲的讀者──從童話談鄭清文的文學思考〉，這些文章幫助我們快速進入鄭清文的兒童文學世界。

李喬在 1985 年曾對《燕心果》作一討論，他為《燕心果》寫了一篇序〈成長的預言〉，另外，1989 年發表〈兒童文學的文化角色──兼評論鄭清文《燕心果》童話集〉，認為兒童文學不但具有童心童言的關鍵樂趣，而且，也可以對文化產生影響。

1996 年日本學者岡崎郁子《臺灣文學──異端的系譜》出版，書中收錄她研究陳映真、劉大任、鄭清文等作品多篇文章，其中，〈鄭清文──為臺灣啓開創作童話的新頁〉探討了《燕心果》此部充滿童趣、草根味的童話創作集，點出作品具有鄉土氣息，故事內容豐富，對人性深刻的描繪，技巧卓越等都是此部作品的特色。

鄭清文童話創作有著個人鮮明色彩，注重本土、鄉土、人性以及童趣，且極富幻想力。1999 年陳玉玲發表〈農村的烏托邦──鄭清文的童話

空間〉[4]，以皮爾森「聖嬰」原型，探討《天燈母親》童話主角阿旺的孤兒特質，並且引用莫依《性與文本的政治》的理論，論述阿旺母親割捨不斷的血緣關係，再從農村空間說明童話背後的義涵，亦即，本文強調《天燈母親》的空間，是已逝的臺灣農村，「這便是令作者懷念不已的心靈故鄉」。

2004 年何慧倫碩士論文《鄭清文童話研究》完成。之後，2005 年徐錦成《鄭清文童話現象研究》博士論文問世。此部著作討論鄭清文《燕心果》、《天燈母親》及《採桃記》三部童話，值得注意的是，研究者不認為童話只是給幼兒青少年讀，他提出「成人童話」觀點，並據以分析鄭清文童話，因而有了第五章「本土色彩──鄭清文童話的政治意識。」徐錦成於 2006 年再發表〈重探鄭清文童話的爭議──以「幻想性」、「兒童性」為討論中心〉，強調鄭清文童話具有可讀性與重要性，不可因「不太適合兒童閱讀」而受到兒童文學界的忽略，他認為如此一來，「無疑是兒童文學界的損失。」此外，2007 年有一本碩士論文研究鄭清文童話的教育意義。2008 年另有黃靖涵《鄭清文童話主題研究》。

## 四、世紀交替前後的研究情形

前衛出版社於 1991 年起陸續刊行《臺灣作家全集》50 冊，1993 年由林瑞明、陳萬益主編「戰後第二代」《鄭清文集》付梓，書中除編選〈春雨〉等 14 篇小說，另附有相關評論文章、年表、論文索引，呈現當年學界對鄭清文研究的成果。許素蘭參與了編輯，並於 1994 發表〈在孤冷的冰山下燃燒──釋放鄭清文小說中女性的特質〉，以女性研究者的立場，深入且細膩地分析小說女性角色的心理及象徵義涵，剖析作家創作的企圖所在。

---

[4]陳玉玲，〈農村的烏托邦──鄭清文的童話空間〉，原發表於「中國小說研究方法論的應用國際學術研討會」(香港：亞洲文化中心，1999 年 3 月 26～27 日)。今收入陳玉玲，《臺灣文學的國度──女性‧本土‧反殖民論述》，(臺北：博揚出版社，2000 年 7 月)，頁 135～159。

　　1995 年賴松輝〈「冰山理論」與鄭清文的創作觀〉[5]，提出鄭清文的創作觀雖然強調簡單、含蓄，「但是文字簡潔只是文字風格，與內容含蓄的多寡，沒有必然的關係」，由此論證海明威「冰山理論」與大家所認爲的鄭清文文字風格，實質上是有所不同的。

　　學界、出版界對鄭清文再次重視，便是表現在 20 世紀末出版的鄭清文小全集。在 1998 年 6 月，麥田出版社委由王德威等七名編輯委員，編選一套《鄭清文短篇小說全集》七卷問世。第一至第六卷首，都有委員撰寫專文評介，第一卷則有齊邦媛一篇精彩的總序〈新莊、舊鎮、大水河〉。至於第七冊「別卷」，收錄作家序文〈偶然與必然——文字的形成〉，具有代表性的評論文章，以及作品評論索引、著作年表等資料。這套《鄭清文小說全集》從鄭清文的文學作品中作一嚴謹的挑選，對在推廣、教學或研究而言，都是最佳的範本。由於鄭清文作品散見報章雜誌，經過了 30 年，發表數量超過一百多篇，早期結成集子的作品《簸箕谷》、《故事》及《峽地》，都已不在書市流通，這套小全集正好提供讀者及研究者不少助益。最重要的是，每卷卷頭，都由專家學者撰寫一篇精彩的研究論文，這些單篇論文開啓了 21 世紀學院撰寫研究鄭清文作品新的方向，博碩士論文驟增，幾乎年年都有碩士論文出現，除了本土文學作家受到重視之外，與此套小全集的刊行或多或少應有關連。

　　近年來各種以作家爲名的研討會方興未艾，臺灣語文學系及研究所以鄭清文之名舉辦學術研討會共有兩次。第一次是 2006 年 5 月 27、28 日，由嘉義中正大學臺文所主辦「鄭清文國際學術研討會」，中外學者發表論文近二十篇，會後出版的論文集則以鄭清文專題演講題目，名爲《樹的見證——鄭清文文學論集》[6]，論文涵蓋作家半世紀寫作生涯裡最重要的代表性作品的探討，翻譯問題，小說敘事技巧的論述，以及作品與臺灣社會文

---

[5] 賴松輝，〈「冰山理論」與鄭清文的創作觀〉，收入臺灣磺溪文化學會主編《新生代臺灣文化研究的面向論文集》（1995 年 6 月），頁 97～125。

[6] 江寶釵、林鎮山編，《樹的見證——鄭清文文學論集》（臺北：麥田出版公司，2007 年 3 月）。

化的關連性。第二次則爲 2009 年 11 月 28 日，真理大學頒發第 13 屆臺灣文學家牛津獎給鄭清文，同時舉行「鄭清文文學學術研討會」，共有專題演講三場及九篇論文發表，分別討論鄭清文創作上的特點，當年新出版的童話《丘蟻一族》，鄭清文童話繪本創作與出版，以及近作小說〈大和撫子〉等。此次研討會論及作家新著或近作比例不小，其中，專題演講三場，兩場談論鄭清文童話繪本，可說是此次會議特色之一。[7]

　　學術期刊論文、專著以及博碩士論文，在 2000 年後，有逐漸增加的趨勢，不過，學位論文除了前述徐錦成博士論文外，大多是碩士論文。另外，2004 年，李進益出版《繼承與創新──論鄭清文的文學世界》，討論鄭清文「冰山理論」，作家與中外文學關係，以及作家文學理念。在 2000 到 2010 年爲止，關於鄭清文的學術研究，主要集中在短篇小說人物，主題，以及敘事技巧的探究。如許素蘭《冰山底下的大水河──鄭清文短篇小說研究》（2000 年）、呂佳龍《成長與記憶之河　鄭清文短篇小說研究》（2003 年）、鄧斐文《鄭清文短篇小說人物研究》（2006 年）、簡國明《鄭清文短篇小說女性人物研究》（2008 年）等。

　　發表於學術期刊的有：詹家觀〈鄭清文小說中的家國想像與政治書寫〉（《中文研究學報》第 3 期，政大中文所，2000 年 6 月）、張靜茹〈結與解──鄭清文短篇小說中的困境與抉擇〉（《馬偕護理專科學校學報》第 2 期，2002 年 4 月）、林雯卿〈鄭清文短篇小說中的自我追尋、孤獨與超越〉（《東方人文學報》第 2 卷第 1 期，2003 年 3 月）、李進益〈真面人生──談論契訶夫對鄭清文短篇小說之影響〉（《花蓮師院學報》第 17 期，2003 年 11 月）、許建崑〈童心、原創與鄉土──鄭清文的童話圖譜〉（《東海中文學報》第 19 期，2007 年 7 月）、林秀蓉〈鄭清文短篇小說中的死亡意蘊探析〉（《中國語文》第 101 卷第 4 期，2007 年 10 月）、江寶

釵〈我要回來再唱歌——從階層書寫論「隱含作者」在鄭清文小說文體中的實踐〉（《文與哲》14 期，2009 年 6 月）等。

## 五、小結

綜上所述，在 2000 年以後的研究，仍以小說爲主要的研究對象，並且已見多篇文章援引西方理論，試圖深化此一研究，如林鎮山〈畸零人「物語」——論鄭清文的〈三腳馬〉與〈髮〉的邊緣發聲〉[8]，便是運用敘事理論及後殖民觀點，再者，江寶釵發表於《文與哲》的論文，也是援引理論而取得不錯的研究成果，另一篇〈聲音與驚怕〉也是運用敘事學理論。[9]蔡振念〈鄭清文短篇小說中異化的現代英雄〉（收入《樹的見證》）則從馬克思及法蘭克福學派的異化理論切入，對鄭清文作品中人物異化的形象作一分析與詮釋。陳國偉〈被訴說的歷史主體——鄭清文的小說「物體」系〉，援引布希亞《物體系》以文字符號指涉物體的概念，分析鄭清文小說中的時間性。[10]

由於鄭清文持續寫作，時有作品發表於刊物，因此，鄭清文這座文學冰山，可說舊冰尚未融解，新冰卻陸續形成，我們相信，今後會有更多學者用各種方法理論來加速融化冰山，新的研究成果和作家作品將同時呈現臺灣文學豐沛旺盛的生命力。

---

[8]林鎮山，〈畸零人「物語」——論鄭清文的〈三腳馬〉與〈髮〉的邊緣發聲〉，《離散・家國・敘述》（臺北：前衛出版社，2006 年 7 月），頁 141～162。
[9]林鎮山，〈聲音與懼怕——夜的聲音與「來去新公園飼魚」中的等待與牽掛〉，收入《樹的見證》，頁 3～35。
[10]陳國偉，〈被訴說的歷史主體——鄭清文的小說「物體」系〉，《樹的見證》，頁 63～84。

# 輯四◎
# 重要評論文章選刊

# 尋找自已・尋找人生

◎鄭清文

創作的奧祕在不斷的尋索和不斷的製作。

我常常這樣想，創作就是無中生有，正如母雞生蛋，或草木開花。

但母雞生蛋和草木開花，並不完全是無中生有。母雞和草木都需要養料。不知多少人說過了，讀書、觀察和思考，就是寫作的養料。

我一向讀書不求甚解，有時信手拿起一本書，隨便翻一頁就讀了起來。我已痛下決心，要改變這種壞習慣，要找一本大書，從頭一頁一頁的讀，讀到最後一個字，而且要查參考書，要做筆記。說起來慚愧，決心已下了一兩年，到現在還沒有實現。

觀察和讀書不同。觀察往往是外表的。但真正具有眼光的人，卻可從一根煙斗看到一段歷史，從一株不開花的水仙，推想到一個不幸的女人。

也許會有人說，寫小說要的是感覺，而不是思考。不錯，許多藝術是訴諸直覺的，但真正的藝術作品，都散發著思想的光輝。我們只要讀羅丹或托爾斯泰的書，就知道一件作品如何醞釀，如何形成的了。我是一個懶惰的人，不管讀到什麼好書，看到什麼驚人的事故，或想到什麼新穎的道理，都把它堆放在心裡，正如小時候，在學校做堆肥那樣，把土、灰、草一層一層堆上去，讓它腐化，變成肥料。

現在，方法雖然差不多，比較重要的資料，我會把它記下來。因為一年前，我有一個長篇的材料，居然從記憶裡消失了，現在還一直追悔著。

有人把寫作比喻成採礦。對我而言，礦脈實在太大了，我只能擁有一堆小小的堆肥。寫作和堆肥一樣，必須不斷地補充，把新的土、灰和草堆

上去。我讀過不少書，也受過不少的影響。我讀過契訶夫、海明威、托爾斯泰等人的作品，但他們的作品都已變成我的養料，變成我的血肉，已變成我這一個人成長過來，在我的作品中，再也看不到他們的影子。我認為這和母雞生蛋一樣，生出來的不是飼料，而是蛋。這才是創作，也是創作的奧祕。

創作如果還有奧祕，那就是作家對創作的信念。

不管寫作是喜悅，還是痛苦，一個作家在從事寫作，就必須要有信念。我在一個偶然的機會得到一個題材，我想把它寫成喜劇。我很少寫喜劇，但當時我抱定一種信心，莎士比亞能寫喜劇，我也可以寫。所以我寫了〈黃金屋〉。我並沒有意思拿自己的作品和莎士比亞的比，但面臨著寫作的心情，應該是一樣莊重，一樣嚴肅的吧。一個作家，就必須要有這種信念，他才能敬重自己的作品，他人才能對他的作品感到興趣。

我對寫作並不迷信，我不相信一枝筆有多大的力量。我寫作，是在尋找自己，並希望能在尋找自己的過程中，逐漸純化自己。如果有幾個知己，或者更幸運的話，如果能有幾個陌生的人，說我說出了他們的想法，我就很可安慰的了。

我不是一個悲觀的人，但我始終認為人生是一種痛苦。現實的社會充滿著不和諧，而人生的終極又是「死」。人不能擺脫死，所以人生本身便是一齣更大的悲劇。但，人已生下來了，就必須活下去，而且要好好的活下去。一個高級社會的人要活下去，一個低層社會的人，仍然要活下去。低層社會的人，往往很不快活，高級社會人士，也不一定快活。但每一個人，都必須尋找自己的生活的路。

有人說，中國只有迷信，沒有宗教。有宗教的地方，可以用宗教來彌補人生。其實，既然是宗教，也不管是那一種宗教，迷信的成分都很濃厚。但現在，因為知識的普及和進展，人已對宗教起了疑心。現代人的最大悲劇，是宗教的崩潰，是宗教心的喪失。但知識本身又不能替代宗教。財富不能，地位和權勢也不能。現代的人，已不能像以前的人那樣，在心

靈上找到無償的依憑了。

　　我曾寫過一篇小說〈門〉，寫一個無緣無故被開除的職員，和他心理上的掙扎。最後，他找到了一道門。他不知道那是一道真門，還是一道假門。他沒有那種能力，因為故事的結束，並不代表人生的結束。

　　當時，我認為這是很了不起的發現，也認為這是一篇真正的創作。因為我發現了前人所未發現的，我已寫下了前人所未寫過的。因為我似已替痛苦的心靈找到了一條解脫之路。一直到有一天，我發現到孔子所說的「不遷怒，不二過」，正是那個人所找到的門。開始，我很洩氣，就好像孫悟空翻不出如來佛的手掌那樣。

　　後來，我的心境也慢慢平靜下來了。我覺得我應該滿意。許多人說儒家的思想不是宗教。但儒家的思想裡，卻有許多看似平易的道理，為一般人所忽略的。我不敢說我受過儒家的影響，但儒家思想的影響，已普及整個社會。在這種意義之下，耳濡目染，已經有些儒家的影子活在我的心中了吧。

　　我想在沒有宗教的國度裡，尋找一點心靈上的依憑，卻意外的發現到一些在外表上看來很簡單的道理，含有深遠的意義。我相信，在宗教以外，應該還有信仰；沒有迷信，而仍有信仰，便是宗教。如果在將來，在沒有宗教的世界裡，人的心靈仍然有救濟的辦法，那很可能就是人透過自我尋索，完成自己，而獲得人和人之間的和諧。那時，人將不再孤寂。

　　一個作家，並不一定是一個救濟者。但只要他對社會和人類的前途有所關心，他將可以找到自己的努力方向。

　　尋找自己，尋找人生，便是我的創作的奧祕。

——1979 年 10 月 15 日，《民眾日報》

——選自鄭清文《臺灣文學的基點》<br>高雄：派色文化出版社，1992 年 7 月

# 樹的見證
## 寫在鄭清文國際學術研討會之前

◎鄭清文

　　看臺灣，住臺灣，寫臺灣，我們都需要有一顆敬畏的心，像一棵矗立在那裡，承受風吹、雨打、雷劈的大樹……。

　　三十多年前，有情治人員到我上班的地方，問我，銀行的工作，很不錯，為什麼還要寫文章？

　　我笑笑，沒有回答。我想繼續寫文章。

　　那個時代，我們都很小心。那個時代，情治人員駐在郵局，可以隨時查閱私人的信件。那個時代有人連日記都不敢寫，甚至有人把日記燒掉。

　　那一次訪問，我很清楚的意識到山谷的存在。之前，我曾讀過契訶夫的一篇作品〈山谷〉。

　　臺灣的整個情況，像四周圍繞著山的山谷。臺灣，四周是海，臺灣人不能靠近海。臺灣有三分之二是山，臺灣人入山要辦入山證。臺灣人，也不能自己出入臺灣。

　　我寫山谷，也寫湖，寫水庫。我寫橋，也寫隧洞。那是通往外界的有限的管道。

　　實際上，數量不多，我也寫過山，寫過海。

　　我所讀的〈山谷〉，是日語本，書名叫《俄羅斯三人集》，除了契訶夫，另外是果戈里和高爾基。那是一本連封面都已破損的書，出版於昭和初期，比我還老一點。當時，俄國作品還是禁書，那本書是日本人留下來，流到舊書攤。

　　那本書，在我的個人和寫作的成長過程，給我許多滋養。我從那裡，

了解什麼是小說，什麼是文學，也學習到人要有同情心。

俄國作家納布可夫在論契訶夫的文學時提到，契訶夫寫好人，那些好人卻不能做好事。

為什麼好人不能做好事？那是個人的因素？還是社會的因素？

契訶夫有一篇很短的小說，叫〈悲哀〉。一個馬車夫，他的兒子死掉了。他告訴坐馬車的客人，兒子死掉了。沒有人理會他。最後，他告訴他的馬，我兒子死掉了。

好人不能做好事，是多麼悲哀的事。

兩年前，我坐小型公車上貓空，正在 2004 年總統大選前。在車上，碰到一個年齡和我差不多的老人。

有人問他選誰，他回答，誰管都一樣！

日本人管，和國民黨管，一樣嗎？蔣介石管，蔣經國管，和李登輝管，一樣嗎？

以前不能選擇，現在能選擇，一樣嗎？

我感到驚訝，不滿和悲哀。是不是被人管太久了？

我想到納布可夫的話。不錯，車內碰到的那個人是一個好人，卻不知道如何做好事。

那個人，應該有 70 歲了，看來那麼樸實，那麼善良，很可能是當地的茶農。

那是人的無知？還是人的惰性？還是他想永遠做一個安分守己的人？

以前小孩哭不停，大人會說，警察來了。我們那個時代，很多人是這樣長大的。那個人也一樣嗎？他是不是也用同樣的方式，帶大他的小孩？

我看著他下車，看著他的背影。他真的是一個又樸實，又善良的人。

納布可夫又說，那種人，在蘇維埃的俄羅斯是不可能有的。

以前，在電視上會看到一種畫面，很多蘇俄人在排隊。有些人，甚至不知道為什麼排隊。他們唯一清楚的是，排隊一定不會吃虧。這是他們的生活，也是他們的哲學。在我們的印象中，俄羅斯人是高大的。為什麼高

大的俄羅斯人會變得那麼矮小？是因爲在那種政治制度下，好人消失了？

不過，那些俄羅斯人至少懂得排隊。

在三十多年前，或者更早，有一位住在鄉下的同事，騎摩托車經過，看到有人被車撞倒在地上，撞人的人已逃逸了。他把傷者扶起來，送去醫院。那人反過來咬住他，說是他撞他，要他賠償。最後還告到法院。法院判我的同事要賠償，理由是，如果你沒有撞到人，爲什麼要送他去醫院。

好人不能做好事，的確是個人的悲哀，也是整個社會的悲哀。

這是無助的，卻不是絕望。

臺灣的社會，在改變中。

十年前，我上班的地方靠近二二八公園，午飯後，我會去公園走走。

有一天，我看到池塘周圍有很多人。有人在池塘裡放毒，殺了很多魚，有人在救魚。有大人，有小孩，有男人，有女人。他們脫掉鞋子，撩起褲子或裙了，在發臭的毒水裡面救魚。有人，爲了人與人之間的恩怨毒魚，有人爲了尊重魚的生命救魚。

有人虐待自己的子女，也有人收養孤兒。有一對夫妻，收養了幾個孤兒，卻不選擇健康可愛的小孩。有缺陷的小孩，他們照收。一個家庭裡，出現一個有缺陷的小孩，是一家族一輩子的重擔。較早期的臺灣社會，有人這樣想，這是前世的負欠，是來討債的。

我寫過一篇作品，叫〈秋夜〉。婆婆 38 歲死去丈夫，要求媳婦在 38 歲以後，不能再和丈夫同房。她有三個媳婦，大的遵守，還監視其他兩個。另外一個，耐不住寂寞，交了別的男人。

三媳婦，在中秋的次夜，月亮正圓正明亮時，走了幾個鐘頭的山路，沒有燈光，也幾乎沒有人影，只有蛇和野狗的山路，去會見丈夫。她不是有計畫，只是在不知不覺中，丈夫的引力超過了婆婆的阻力。

以前，有人死了，沒有家人收埋，把他放在「有應公廟」，以免成爲孤魂野鬼。最近看報，有人替這種無名屍做了墳墓，還每年祭拜他們。

我們在臺灣，能夠看到越來越多的好人，有能力，也懂得做好事。

我曾經寫過，一個年輕的女學者，身體有缺陷。她很孤單，很寂寞。寂寞，連猴子都會發瘋。但是，她卻固守著寂寞。她看到了校園裡的大王椰子，一張葉子掉下來，不是葉子的死，是樹的成長。

老祖母大我 77 歲。我只記得她裹小腳，一顆牙齒也沒有，身邊帶著一根拐杖。拐杖用來幫助她走路，有時也可以打人。用腳踩踏掉在地上的米粒，一定會被打。她不識字，卻可以將「米」字拆成八十八。一粒米，農人要經過 88 道手續才能完成。

這一件事，我一直記在心裡。我發現，那是一種敬畏的心。對於人、物、事的敬畏之心。

我寫大王椰子，喜歡那種筆直，向上生長的姿態。直和高，是一種心的狀態，也是心的方向。

人，年紀越大，駝背越厲害。我到植物園散步，樹會提醒你，要伸直身體，往上看，看它的樹巔。臺北的植物園還不到 100 年，每次去，總覺得那些樹又長高了。

在有生命的物種中，只有樹是往上生長的。很多物種，都很難抗拒地心引力。

我寫過一篇童話，一個砍木人，在砍樹之前，要先向那棵樹行禮。小時候，雞鴨是自己宰殺的。家人在動刀之前，要唸唸有詞，「做雞做鴨無了時，趕急出生大厝人子兒」。這不是迷信，是對生命的敬畏之心。

小時候，喜歡爬樹。公會堂有很多樹。爬茄苳樹搖金龜。不過，茄苳樹有許多毛毛蟲。爬朴仔樹採朴仔子，可以打朴仔管。爬苦楝樹，採樹子，打同伴的頭。

公會堂，也有大王椰子，不過樹幹太粗大，爬不上去，可以爬檳榔樹。檳榔樹也是筆直的。不過，不管爬什麼樹，都必須下來。

榕樹、茄苳、樟樹、欒樹，都是臺灣的景觀。各種樹，有不同的顏色，不同的味道和不同的樣態。都那麼熟悉，也都那麼迷人。

樟樹是臺灣的特產。以前，化學藥品還沒有那麼發達，樟腦是臺灣的

特產，幾乎占全世界 90%的產量。

我們看樹，都是看地上的部分。小時候，聽大人說，一棵樹，地上的枝葉有多大，在地下的樹根也多大。

1972 年，我在參觀梵蒂岡聖彼得大教堂。導遊是一位歷史教授，他說聖彼得大教堂上面有多高，地下就有多深。這有幾種啓示。

我們寫小說，常常只寫地上的部分。從另一角度看，我們寫人的正面，也寫人的負面。

用樹或梵蒂岡來做比喻，也許不是很恰當。不過，文學作品的確是這樣架構的。臺灣還有一種樹，叫檜木。這是臺灣的國寶。

檜木，和大王椰子一樣挺直，卻更爲高大。

檜木，不管是外觀或材質，都是上等的。它有高大挺直的樹幹。它的材質，硬軟適當，紋理美觀，還飄著清香，也可以煉製油精，連蛀蟲都不敢接近。

美國有一種樹，叫紅木，因爲材質太硬，刀斧不入，無法利用，所以存活下來，形成偉大的景觀。

檜木，不但要經過風吹、雨打，還有雷劈。最可怕的是人類的砍伐。樹最害怕外力的傷害。

人的生命是用十年計算的。樹是用百年、千年計算的。

人可以看到貓、狗出生、長大、死去。同樣樹可以看到人的出生，長大和死亡。

有人說，臺灣只是一個小島。它是一個美麗的小島。

葡萄牙人說，臺灣是個美麗的島嶼。因爲臺灣有美麗的海，有美麗的山，以及山上有美麗的樹。

臺灣有東亞最高的山。它有不同的氣候帶，適合各種動物和植物，包括世界上最珍貴的檜木。

臺灣的四周是海洋，比任何大陸要更大的海洋。

以前，臺灣的作家不大寫山和海。那是因爲長久以來，臺灣人不容易

接近山和海。現在,已有不少人在開拓這方面的領域了。

有人說臺灣沒有歷史。臺灣沒有歷史嗎?臺灣並不限周朝或漢朝,也不限印度、埃及和希臘。有人就有歷史,有動物,有植物也是歷史。

臺灣有很多巨大的樹,它們的樹齡都超過千年。有人很重視,有人說要替這些樹命名。2500 年的叫孔子樹,2000 年的叫司馬遷樹。超過 3000 年的呢?

千年來,那些樹就在那裡,有不少,現在還在。樹只有存在,並不需要名字。

那些樹在那裡,默默地成長著,靜靜地看著時間的流逝,和歷史的更迭。

它們,長得那麼高大,又那麼挺直。

它們,看著這一塊土地上的山川草木,也看著這塊土地上的人與事。一棵千年以上的樹,已有足夠的時間去看到地理的變化以及人事的消長。

看臺灣,住臺灣,寫臺灣,我們都需要有一顆敬畏的心,像一棵矗立在那裡,承受風吹、雨打、雷劈的大樹。

　　　　　　　　　　　　　　　　——2006 年 5 月 27 日,《聯合報》

　　　　　　　　　　——選自鄭清文《樹的見證:鄭清文文學論集》
　　　　　　　　　　臺北:麥田出版社公司,2007 年 3 月

# 生活‧藝術及思想

鄭清文談小說經驗

◎楊錦郁[*]

　　從民國 47 年在林海音先生主編的聯合副刊發表第一篇作品〈寂寞的心〉迄今，鄭清文剛好在小說園地裡筆耕了 30 年。30 年來，他共出版了《簸箕谷》、《故事》、《峽地》、《校園裡的椰子樹》、《鄭清文自選集》、《現代英雄》、《最後的紳士》、《局外人》、《燕心果》、《大火》、《滄桑舊鎮》、《報馬仔》等書。

　　鄭清文非常努力地創作。不過和一般流行作家相比，他的讀者群不廣，受到的討論也不多，箇中原因多少和他嚴謹的寫作態度和含蓄的表達方式有關。針對這一點，鄭清文自己的看法是，「有人看得懂，喜歡看當然最好；沒有人看，也要寫下去。」他執著的耕耘終於在去年開花結果——榮獲吳三連文藝獎的小說獎。

　　「在我們這個社會，什麼事都可能發生。」這是鄭清文對生活的看法，所以當他這個銀行經理竟然得到了文藝獎，也就無足為怪了。當銀行經理和寫小說，在鄭清文的身上似乎並行不悖，他在金融界服務了 38 年，比一般文藝作家多一層對商業社會的感觸，這份經驗寬廣了他寫作的題材，「小說題材來自生活，在商圈的確可以增加不少素材，不過我用的並不多，因為商圈多半是熟人，直接以他們入文，感覺很不好意思，我通常會從事件本身吸收一點情節，再加以變化，像〈龐大的影子〉、〈報馬仔〉雖然以金融界為背景，不過故事已經經過調理了。」感覺上總以為商

*發表時為出版社編譯，現為《聯合報》副刊組編輯、淡江大學中國文學系博士候選人。

人是營營逐利的一群，鄭清文說明，「商圈著重利益，在談到現實時，大家比較尖銳，但是大體說來，人類所流露出來的本性都差不多。」

人性問題的探討一直是鄭清文小說的重點，他的小說中，經常以社會上不幸或弱勢者所特見殘缺的人生經驗所造成的無奈、悲劇來反映人性的本質，隱地說過，「鄭清文的基本色調是悲劇」，在生活的過程中或許面臨悲劇，但是終筆之際，鄭清文卻有意讓小說人物有較好的歸宿，他解釋道，「我認為人生是一場悲劇，因為人會衰老，無法避免死亡，解決的辦法就是今天比昨天強，明天比今天強，也就是超越自己。我以為一個人要克服最大悲劇，主要還在超越自己。人並沒有強弱之分，從生活面來說，一個人也許可稱是強者，實際上，若有人得到啟示而領悟，才是真正的強者。」

鄭清文最喜歡引述〈校園裡的椰子樹〉來加以印證，該文敘述一個行將升任大學講師的女助教，由於天生右手蜷曲，在人際交往間遭遇到很大的挫折感，由於看到校園的椰子樹，「上面有一圈一圈灰白色的的痕跡。每一圈痕跡代表著一張葉子。一張葉子離開了樹幹，就在它的母體上留下一道圓箍。一張葉子的掉落，並不代表它的死滅，它代表母樹的成長。」最後領悟到，只要意志堅強，便能昂揚的生活著。

在人們還沒有克服死亡之前，路還是要走的，但是鄭清文卻認為有能力走的人並不多，「所以，我才需要寫下去，如果讀者能從中得到啟示，我認為作品就有價值，這種想法有點宗教意味，可是我並不太相信宗教，因此便要相信自己，自己先想辦法。〈校園裡的椰子樹〉便隱含這種想法。」

最近，在鄭清文的作品中似乎比較沒有這麼明顯的主題，原因在於他不想重複相同的東西，因而逐漸將它淡化，像〈大火〉、〈祖與孫〉都約略還有軌跡可尋，只是不易察覺罷了，鄭清文衷心盼望的是能更高層次的擴充這個人生的主題，帶給讀者另一番體會。

除了以人性為軸心外，他還用三件要素來包裝自己的小說，那就是

「生活、藝術、思想」，這三點成爲他牢固的創作理念，在他的作品中也經常流洩出這三合一的影像，鄭清文自己詳加說明：

　　「小說最主要還是生活，加上處理時的藝術及思想。我所謂的生活是抽象的想法，並非指自己的生活，而是把現代人的生活反應到作品，我追求的是廣大的生活，如〈不良老人〉中由大陸來臺的人士便是生活的一部分，我很注意生活細節，能夠從中看出生活的意義，並將自己切身的經驗移轉到別人身上，也就是說把生活移轉到某個形式上，再利用具體的細節表現出來。」

　　在藝術方面，鄭清文強調小說的藝術包括文字、人物、結構，他排斥華麗、文謅謅的詞句，喜歡採取簡潔的敘述方式，行文遣詞之間自然流露出一股平實無華的韻味。至於結構，在下筆前，他通常就預設好全篇的情節起伏，每每在結局譜上一個高潮，留給讀者很多思考空間，也讓人低迴不已。鄭清文以爲這種適可而止的手法，也是藝術表現的一種，「我們在看小說時，總會覺得結尾要長一點，但這又不是在聽交響樂或連續劇，我認爲前文已經表達很清楚，結尾再長便多了一個尾巴，譬如我寫過一篇〈魚〉，最後把一條魚放到水裡，這已經是結局了，不需要再敘述感覺如何，我不想把讀者當做沒有欣賞能力，凡事交代清楚，而希望他們可以跟隨文章萌生自我的感受。」

　　談到思想，鄭清文肯定思想應該融於生活、藝術當中，他以自己的小說〈門〉爲例，敘述一個人無緣無故被公司解僱，他生氣的回家，太太吵著要他送一件衣服，小孩鬧著吃麵包，他經過一番心情變化，終於超越自己的忿怒，暫且忘掉不快，帶著妻兒去買衣服和麵包，「在這篇文章中，被公司解僱是生活，因爲生氣，所以用憤怒的口吻，這是藝術，在思想方面則近於『不遷怒，不貳過』，可是要完成這種想法卻必須用盡全部的心力。」這便是鄭清文以生活爲背景、藝術爲方式來表達思想的小說創作理念。

　　除了文字樸實、觀察敏銳、略帶悲劇色彩外，鄭清文的小說還有一項

特色，就是他喜歡採取限制觀點的寫法，他自承，「我的作品大都用限制觀點，因爲我注重真實性，也就是主角看到、聽到的事情，這種觀點很好，讓作者變得謙虛，不會發生很大錯誤，而且可以讓讀者自由去想像，講起來是比較取巧，讓小說的人物去錯，像我在〈姨太太生活的一天〉中便把『犬儒主義』的『犬』寫成『狗』，故意讓人物如此說，如果用全知觀點就不能發生這種錯誤，由於限制觀點較小，不會把作者的身分暴露出來，而一切卻仍在作者的控制之下。」

鄭清文寫了 30 年的小說，他的題材似乎取之不盡，他說，目前儲存的短篇小說題材約有二、三十個，長篇二、三個，能有如此豐碩的庫存，主要可能歸因於他對生活專注的體會和過人的思考，以及他長期做筆記的習慣，他說，「我平常會簡單做筆記，把素材寫下來，以備隨時應用，像最近我和同事到某餐廳開會，看到櫥窗裡掛的烤雞，尾巴上還留著一撮毛，我便聯想到師傅在教小徒弟拔毛、考驗他的情形，這小徒弟是普通人家的小孩，不愛念書……這便是累積素材的過程。」也就是先有故事輪廓背景再提煉主題意識，不過，有時也會反過來，先有理念再虛構故事，像他在寫〈蛙聲〉時便因爲在和平東路聽到蛙聲，而想到人爲的矯情，於是故事便像閃電般一下轟然出現。

在寫作的習慣上，鄭清文在下筆前會將文章的脈絡想得很清楚，然後先寫草稿，再修改兩、三次。多年來，他每天下班，便開始伏案疾書，小說創作將他的思考磨練得更敏銳，使他能在自己的天地外，領略到人生的另一片天空，鄭清文莞爾的說，寫作帶給他最大的收穫就好像生了一個很爭氣的兒子，兒子使他沾光不少，爲此，他就像天下父母心一樣，希望有更多人認識、了解他出色的結晶。

——選自《文訊》第 36 期，1988 年 6 月

# 冰山底下的大水河

## 從《簸箕谷》到《採桃記》

◎鄭清文
◎許素蘭[*]

　　**許素蘭（以下簡稱「許」）：**今天訂的題目有三個名詞，分別是「冰山」、「大水河」、「簸箕谷」，這三個名詞都具有多重意思，在開始對談之前，我想先解釋一下它們的意思。首先是冰山：早期的評論者經常喜歡以海明威的冰山理論說明鄭先生的小說；所謂「冰山理論」，是指作家寫作就像冰山，其所要表達的義涵，往往只是八分之一表露出來，其餘八分之七則藏在水底下，需要讀者自己思考。因為鄭先生的作品，內容含蓄而節制，很多人就用冰山做為鄭先生的文學象徵，表示他的作品只有讓我們看到冰山一角。

　　其次，大水河是鄭先生小說中經常出現的一條河的名稱，同時也是鄭先生文學中重要的意象之一。另外，我覺得大水河也是整個鄭清文文學的象徵。

　　雖然早期很多人都以冰山的意象，說明鄭先生作品的特色，但是，我認為鄭先生的文學，不只是冰山而已，而是具有大水河氣魄的文學，因此，後來我在寫作以鄭先生的作品為研究對象的碩士論文時，便以「冰山底下的大水河」說明鄭先生的文學特色。

　　鄭先生文學的另一個重要意象是簸箕谷。「簸箕谷」是鄭先生小說中的地名，也是鄭先生一篇小說的篇名，後來並且成為鄭先生第一本小說集

[*]國立臺灣文學館研究典藏組研究助理。

的書名。

　　「大水河」與「簸箕谷」,其實也代表鄭先生的兩個故鄉,一個在新莊,一個在桃園,這兩個地方都是鄭先生文學最初的源頭,今天我把題目訂爲「冰山底下的大水河──從《簸箕谷》到《採桃記》」,一方面既有意以鄭先生第一本小說集,和最新出版的童話《採桃記》,串連鄭先生從早期到近期的文學創作,同時也試圖透過這樣的題目,把鄭先生小說中幾個重要的意象呈顯出來。大家一定會問「大水河」到底是怎樣的一條河?而「簸箕谷」是什麼樣的地形以及形象呢?我們請鄭先生自己直接來談什麼是「大水河」以及「簸箕谷」?

　　**鄭清文(以下簡稱「鄭」)**:我先來談簸箕谷,「簸箕」和「畚箕」不一樣,「畚箕」是裝土、裝肥料,而「簸箕」是裝穀物,「畚箕」的竹子比較粗,空隙較大,「簸箕」較精細,兩者不太一樣,我那時候用「簸箕谷」,而不是用「畚箕谷」。

　　「簸箕谷」是一個想像出來的地方,臺灣實際上有這種形狀的山谷,是講山和山之間的地形,當時我會寫這個地方,是看契訶夫的作品《山谷》,是契訶夫很有名的代表作,山谷代表沒有出路。爲什麼沒有出路呢?有幾種原因,一是代表臺灣在那個時代比較封閉,另外就是臺灣雖然四面環海,但是臺灣被閉鎖住,不能出去,另外也有山阻隔,外人不能進去,這其中多少有些象徵的意義,是寫山谷裡面的生活,以及要離開山谷的想法,我作品裡面表達出這些意念。

　　另外「大水河」就是淡水河,現在下游叫做淡水河,上游的部分叫做大漢溪,但是在我們小時候就叫淡水河,叫淡水河太過於明顯,所以改成「大水河」;叫做「大水河」也有其他的用意,它平常水流不大,十分平靜,但是水流一大,就如同現在颱風天的景象一樣,所以就叫做「大水河」,有時水很多,有時水很少,而且淡水河剛好流過我小時候生長的故鄉新莊,所以我小時候經常在河邊玩水、釣魚、坐船。這兩個是我生活經驗中很重要的部分。我們常說寫小說有兩個最重要的來源,一個是故鄉,

一個是童年，別人有一個故鄉、一個童年，但是我有兩個故鄉、兩個童年，一個是在新莊，包括大水河的部分，一個是在桃園的鄉下，這當然和「簸箕谷」沒有一致的地方，但也代表了鄉下，這個地方是農村，我的作品都是從這兩個地方出發，後來生活環境轉移到都市，我也寫都市，大概是這樣的情形。那時候你說對「簸箕谷」和「大水河」有自己的想法，你要不要說一說？

　　許：看鄭先生的小說是很愉快的經驗，可是寫鄭先生的小說研究卻是很不簡單，剛剛說到「簸箕谷」和「大水河」，我覺得鄭先生的小說人物一直在尋找一個生命的出口，「簸箕谷」是一個封閉的地方，但是有一個出口；而「大水河」是一個生命的延續，他小說中很多人物是繞著這樣的生命情境在尋找生命的出口。

## 小說特質與研究困境

　　許：有一陣子很多朋友問我為什麼會想到要研究鄭先生的小說？朋友會這樣問是因為據說鄭先生的小說很難懂；另外一方面鄭先生使用文字相當的節制、含蓄而且清淡，所以有的人覺得這樣的作品比較缺乏研究的趣味。我實在想不出理由來，因為自然而然就會去讀他的作品，倒是另一位小說家，同時也是鄭先生好朋友的李喬先生，他說我為什麼會研究鄭先生的作品，是因為我生命中缺乏鄭先生這樣的理性和冷靜，因為生命中缺乏這樣的部分，又一直希望能夠這麼理性和冷靜，所以一直閱讀鄭先生的作品。是不是這樣我並不知道，但是鄭先生的小說特質是他一直用冷靜的態度去面對他的小說人物，小說中人物尋找生命出口的姿態是相當理性的。

　　在我研究鄭先生的小說時，遇到一個困境，就是他小說的題材沒有限定在某一個範疇，這也是鄭先生和其他小說家不同的地方。比如說我們讀楊青矗的小說，會知道他在寫工人，寫加工區的範疇；看白先勇，就會知道他寫很多從中國來臺的大陸移民，尤其是聚居在臺北的「臺北人」；但是鄭先生的小說不一樣，他從故鄉桃園，寫到臺北新莊，後來在城市中生

活,甚至到舊金山銀行實習半年,都成為他的小說題材,比如說他雖然寫到都市生活的變遷,卻不會聚焦在一個範圍中,比較難去掌握小說的主軸。但是他的作品每一篇都有它的主題思想,我每次讀他的作品,都會一再地讀,如果有所領會,那種快樂,就好像我學生時代解數學題目一樣。有可能是鄭先生的作品要反覆讀好幾遍才會讀得懂,所以很多人才會說鄭先生的作品難讀,不曉得鄭先生對於別人這樣的說法有什麼看法?

鄭:也許它比較不容易懂的原因,一是文字比較簡單,第二是我寫的方式和傳統方式比較不一樣,比如說海明威有一個有名的作法,就是他寫作盡量用名詞和動詞,盡量不用形容詞和副詞,因為他有這一個脾氣,用這種方式表達比較不容易了解。譬如說有一首古詩「枯藤老樹昏鴉,小橋流水人家」,像這裡面,都是用形容詞加名詞,很簡單,可以說懂,也可以說是不懂,但是最後必須加上一句「斷腸人在天涯」。但是我寫的時候,就不要加上一句「斷腸人在天涯」,這是不同的方式,是所謂冰山的作法,像「斷腸人在天涯」有人說是畫龍點睛,有人說是畫蛇添足,這是很大的差異,這一個差異就是中國古代文學傳統和現代西方文學不一樣。中國文學傳統比較屬於個人的東西,西洋文學傳統比較著眼於人和社會的關係。我寫的東西雖然關係比較複雜,但是文字比較簡單,用比較簡單的文字去掌握複雜的人際關係,掌握人和社會的關係,這也許是其中一個原因。

許:關漢卿的「枯藤老樹昏鴉,小橋流水人家」的孤寂情境,是要展現「斷腸人在天涯」的感受,如果鄭先生來寫的話,不會把「斷腸人在天涯」直接點出來,而是借之前的情境給讀者比較多思索的空間,至於到底是不是「斷腸人在天涯」,則留給讀者去體會。鄭先生的小說,往往前面會有不少伏筆,最後主題才浮現出來,比如鄭先生很重要的作品〈三腳馬〉,到最後敘述者本來要買一隻他很喜歡的三腳馬,後來經過雕刻師的解釋之後,就把三腳馬放回去,為什麼要把三腳馬放回去呢?作品裡面沒有交代,但是讀者卻可以從小說的情節脈絡中,去找出為何會有這樣的情

節安排？這也是鄭先生小說的魅力，不是只有小說的文字很美，讀過就算了，而是透過裡面的描寫，有很多值得思索的地方。

## 生活經驗與題材來源

許：鄭先生的生平十分簡單，他 19 歲進入華南銀行，一直工作到 66 歲才退休，生活十分單純，我們說作家要有比較豐富的生活經驗，或是比較傳奇的生平故事，但是鄭先生都沒有，卻出版過許多作品，從桃園到新莊，從臺北到舊金山，創作量很大，怎麼會有這麼多寫作題材呢？另外，鄭先生非常要求細節的準確性，在小說中要用什麼樣的名詞，敘寫什麼樣的細節，都十分注重。細節在小說寫作上有這麼重要嗎？

鄭：其實細節很重要，很多細節，可以用物來表達。比如說現在你寫眼前這個沙發，為什麼不是另外一種沙發？細節的重要性，在它能表現什麼樣的情況，什麼樣的差異。我的重點是生活，物是和生活在一起的，細節最重要是能把現實的情況，或是時代表露出來。另外說到細節，平常說到物，好像沒有感情，說沒有感情並不是沒有感情，而是感情埋在裡面，用物來表達感情。我們剛才講「枯藤老樹昏鴉」，寫的是物，卻寄託感情在裡面，把荒涼的情景表達出來。細節就是一個方式，把物寫得很正確，把時代、身分，甚至把人的性格都寫在裡面。

其實我們寫的東西，題材哪裡來？題材來源比較主要的是經驗，一個是直接的經驗，直接的經驗是你碰到的，一個是間接的經驗。寫小說有一個最大的祕密就是虛構的部分，虛構很重要，我四十幾年在銀行工作，坐在辦公室裡面，剛開始算錢，後來沒有算錢，雖然沒有算錢，但是也看數字，平常就是上下班，為什麼有那麼多東西？邢就是虛構出來的，虛構出來的要合理，我常說一個文學作品或是一個小說家，最大的關鍵就在虛構的能力，能把虛構的東西寫成合理的事物，寫得像真的一樣，你的材料就會無限，當然虛構的部分也要靠想像力，也有很多培養想像力的方法，這個東西今天只能講到這個樣子。

許：我突然想起鄭先生早期的一篇小說：〈姨太太生活的一天〉，這篇小說寫姨太太一天的生活：早晨起來喝牛奶、吃早餐、做頭髮、逛舶來品店等等，剛開始這篇小說出現時，很多鄭先生的朋友，或是認識、不認識的朋友都會說鄭先生怎麼能夠把姨太太的生活寫得這麼逼真詳細呢？是不是鄭先生有過這樣的經驗？這中間是不是因為細節描繪太逼真了，才讓讀者有這樣的錯覺？

鄭：可以這樣講，細節第一是準確，第二要豐富，第三要有重量，比如說寫桌子、椅子寫半天，卻沒有分量。我寫一篇作品叫做〈髮〉，寫一個女人，在我那個鄉下農村，農村本來是很樸實平靜的地方，突然間有雞被偷了，大家都懷疑一個新來的媳婦，所以人家就問她有沒有偷，她回答說如果我有偷的話，頭就被斬掉。後來證明雞是她偷的，有人就對她先生說，她說她如果偷雞，她的頭就被斬掉，她先生就拿出一把刀和一塊砧板，是剁豬用的砧板，就把太太的頭壓下去，後來當然沒有砍，象徵性的砍掉太太的頭髮，這就是細節的重量。比如說有人去掃墓，賺外快，附近的人出來幫忙割墓草，有男孩也有女孩，男孩的力氣比較大，女孩力氣比較小，但是掃墓的人一定要請女孩，因為男孩給人的感覺不好，所以就請女孩割墓草。男孩很氣，事後就把女孩的錢搶過來，女孩也很氣，就把男孩的手指頭咬斷。細節就是要重量。又比如說我寫一篇叫做〈春雨〉，春天看到菅芒在開花，芒草本來是秋天開花，卻看到在春天開花，日本把芒草叫做「秋的七草」，是秋天最主要的草之一，可是我上山的時候卻看到芒草在春天開花，由於細節要準確，所以我上山三次，的確看到芒草開花，雖然數量不是很多，的確有，這就是細節的講究，細節可以把背景烘托出來，表現出真實感。所以，虛構雖然是假的，卻要讓人感受到真實，所以細節是構成作品很重要的部分。

許：這邊有說到閱讀鄭先生作品很重要的部分，就在他的細節，細節裡面也有象徵性的意義，比如說剛剛提到的〈髮〉，小說中的主角，對於犯了偷竊罪的太太，死了三、四十年之後，一直沒有忘掉她，那種思念，

連綿如髮，小說篇名的「髮」還是有象徵意義的。剛剛提到割墓草，那篇小說叫做〈割墓草的女孩〉，一個女孩子要去反抗比她強大的力量，最原始本能的方式就是去咬他的手指，這裡面也顯現出那種力量的對立和懸殊，一個女性所能做到反抗的方式，所以像這些地方鄭先生雖然使用的文字很簡單，但是在簡單的文字裡面，蘊含了很多可以去深思、思考的部分。

## 寫作方向與當代文學潮流之離合

　　**許**：鄭先生從 1958 年開始寫作，到現在 2004 年，這期間剛好經歷整個戰後文學史的發展，包括 1960 年代的現代主義時期、1970 年代的鄉土文學論戰，到 1980 年代的政治小說興起，面對這些時代潮流，鄭先生的作品多少也反映了當代的文學思潮，但是題材的處理和想法卻又和當時的潮流不一樣，譬如說在 1962 年有一篇作品叫做〈我的傑作〉，〈我的傑作〉這篇作品是鄭先生整個小說創作很重要的轉折點，這篇小說裡面探討到人生和藝術的辯證關係。1960 年代是現代主義在臺灣興起的年代，較強調藝術的價值和藝術的自由等等，甚至講到藝術可以超越人的生命和尊嚴，但是鄭先生在〈我的傑作〉裡，卻提到「人是否可以為藝術犧牲另外一個人」的質疑。還有，1967 年鄭先生有一篇作品叫做〈校園裡的椰子樹〉，這是鄭先生的代表作，後來也有人以「椰子樹」來代表鄭先生的文學。在〈校園裡的椰子樹〉提到人存在的價值以及人存在的意義，1960 年代表現存在主義的作品很多都寫得很抽象，然後把生命的哲理推往很虛玄、很抽象的方向去，但是在〈校園裡的椰子樹〉裡，鄭先生也是以很具體、很理性的方式，把生命抽象的意義和本質表現出來，這樣的表現方式也跟當時很多現代主義的作品不一樣。到了 1979 年，也就是 1970 年代鄉土文學興起時，鄭先生有一篇作品叫做〈檳榔城〉，這篇作品寫一個都市的女孩子到鄉下同學家去拜訪，這篇作品透過很多農村生活的細節描繪，表現出城鄉文化及認知的差異，而不只是片面地敘寫農村生活。

　　另外，到了 1980 年代，〈三腳馬〉這篇小說，是以日治時代一位臺灣人的刑警，我們所謂的「三腳仔」為主角。一般我們在戰後講到「三腳仔」，都是用比較責備的態度去對待這樣的一種人，但是鄭先生在這篇作品裡是以人物為什麼會形成這樣的個性和做法為情節重點，從他童年的背景，從時代的背景去寫這樣的人物。〈三腳馬〉的主角叫做曾吉祥，從小是一個沒有爸爸的小孩，靠他媽媽幫人家洗衣服，這個人長得跟人家不一樣，鼻子上有一條白斑，所以人家都叫他「白鼻狸」，因為環境的關係、因為家庭的因素，在學校常受到同學的欺負，連日本老師也會無緣無故地責打他，所以從小就是一個被人欺負的人，他家在一個很深山的地方，鄭先生小說中寫到他從家裡要走兩個小時才能到外面的村莊，還要再走兩個小時才能到鎮上，之後再走兩個小時才能到有火車經過的地方，阿祥從這個山崙才能看到火車過隧道，「火車」和「隧道」是文學中很重要的意象，因為「火車」會把我們從這個地方帶到另一個地方，而「隧道」是從黑暗到光明，代表著生命的出口，這個主角常常去看這樣的隧道，這是他生命基本追求的象徵，要離開他現在被欺負的生命情境走向另一個情境。到後來他就覺得如果我變成一個告密的人或是刑警，就會改變我的位置，從這樣的過程，寫出一個悲劇人物的時代因素，還有在這一篇小說中他也把藝術性放進來，寫出「三腳馬」的意象，這寫法和一般的政治小說不一樣，另外像 1990 年代的〈熠熠明星〉和〈來去新公園飼魚〉，也都和當代文學思潮有關連，但是在表現上不是那麼貼近流行，不知道您寫作品，是否會考慮到當時文學思潮的問題？

　　**鄭：**我想當時有什麼文學作品或是文學思潮也會注意到，但是沒有盲目地跟著人家走。比如說寫〈三腳馬〉，當時叫日本人是四腳的狗，叫臺灣人跟著日本人為「三腳仔」，要責備這些人很容易，但是我用一個比較不同的方式，用同情的角度去寫，寫人格的形成，從一個被欺負的人變成欺負人的人，從時代的變化，寫到人家要去處罰他，但是他逃走，所以人家沒有處罰他，他的太太替他承擔，而後死去，他為此處罰自己，我是從

這個角度去寫這樣的東西。當時多站在政府的角度，跟著政策走，東西很容易寫，可是我並沒有，而是按照自己的腳步走。

另外，當時有一些文學思潮，比如說為什麼會寫〈校園裡的椰子樹〉，因為當時尼采的一些東西，我也有讀到，比如說「上帝死了」，上帝死了，人怎麼辦？上帝死了，人怎麼自救？這是不是當時存在主義那些人的思想，我不是很清楚，我當時就自己想這事情要如何解決？我就寫這一篇〈校園裡的椰子樹〉，當時多多少少會受存在主義的影響。另外比如說我寫〈水上組曲〉，是我看伍爾芙有一部作品叫做《燈塔行》，我覺得伍爾芙是在寫音樂，當時我就想寫一條河，也像音樂一樣，有時很平靜，有時很瘋狂，用比較緩和的文字寫平靜的河，用比較激越的文字寫瘋狂的河。就像我們現在常常看到的，當時我在新莊剛好碰到新莊淹水，新莊不常淹水，剛好那次是碰到石門水庫洩洪，就跟現在類似，水就淹到家裡來，我剛好看到伍爾芙的〈燈塔行〉，而〈水上組曲〉也模仿韓德爾的音樂，有這個味道，把這幾個因素放在裡面。受到影響，我想零零星星都有。

又比如說福克納，我學到什麼？就是大膽去取材，比如說〈局外人〉，就是寫一個媳婦輩害死一個婆婆輩的，這在中國的傳統倫理上是不被許可的，但是我要用這樣的題材，這裡面有一點推理小說的味道，推理小說常常有人被殺，會立刻聯想到殺人的動機，財殺、情殺、仇殺，這一篇沒有，是因為媳婦自己快要死掉，要先把長輩殺死，為什麼要把長輩殺死？因為這個長輩令人感覺很髒，很討厭，如果媳婦先死掉，那個長輩後死掉，一定會死得很慘，她是這樣感覺，所以她在自己死掉之前要先把長輩殺掉。我認為是用一個比較高貴的動機，當然殺人是沒有什麼高貴不高貴，這就是從福克納那裡學到的大膽取材，我想大膽取材很重要，如果你很保守的話，永遠就沒有辦法突破，因為材料到處有，只是你不敢去用或是沒有辦法去用，看你的態度如何？敢去用或是不敢去用，我想這是很重要的，如果你比較保守的話，你就沒有辦法突破。

許：那這樣說來不是材料的問題，而是作家要有想法，鄭先生常提到文學就是生活、藝術和思想，生活當然來自於你生活中所接觸到，和現實有關；藝術就是處理文學的一種方式；而思想是作品要表達的主題內容。剛剛提到〈局外人〉這部作品，那個媳婦爲什麼會殺死婆婆呢？因爲那個媳婦去檢查發現自己得了癌症，怕自己先死掉，就沒有人幫婆婆處理後事，於是就先把婆婆害死。這篇小說提出了一個高貴的殺人動機，這是作家和社會流俗比較不一樣的想法。如果大家剛剛有仔細聽，大概就會注意到，鄭先生提到好幾位外國作家，包括契訶夫、伍爾芙、福克納和卡繆。一個創作者或是一個作家要讀很多書，鄭先生除了讀文學作品，還讀了不少知識性的書，包括讀天文學等等。除了鄭先生剛剛說的這些，鄭先生的童話也用了很多觀念，包括數學公式也放進去他的童話創作裡面。除了長篇小說之外，鄭先生的小說都沒有很長，大概一兩萬字，這和用字簡單有關嗎？

鄭：〈結〉這篇小說蠻長的。

## 對中國文學、中國文化的批判

許：我們剛剛提到的都是鄭先生解嚴之前的作品，鄭先生表達得比較含蓄，不會直接的批判，到了寫《舊金山：一九七二》就比較直接。這本書發表和出版中間隔了好幾天。《舊金山：一九七二》發表的年代是在1990年代初期，但是出版的時間卻是2003年。在1990年代以後，鄭先生的作品有一個特色，那就是批判比較直接，而且強烈，在《舊金山：一九七二》透過一個從臺灣到美國留學的留學生在美國觀察到的現象，將這些現象拿來和中國與臺灣做一個比較，裡面對中國文化有很多批判。到了《小國家大文學》和最近出版的《多情與嚴法》裡面，鄭先生除了彰顯臺灣文學或是臺灣文化的特質之外，也對於中國文化多所批判，尤其在《小國家大文學》中，提到愛爾蘭是一個小國家，可是它有大文學；中國雖然是個大國家，可是卻有小文學。因爲這些作品都是比較強烈，和鄭先生含

蓄的個性不太一樣，而且這些作品都是在解嚴之後寫的，尤其是在臺灣主題意識浮現之後，會讓人家覺得這是不是和政治意識有關，是否是「政治正確」下的選擇。是這樣嗎？

鄭：這應該和政治有關，但是和「政治正確」沒有關係。政治照理應該這樣子，但是卻沒有這樣子，所以應該照理這樣子寫，解嚴之後，在文學的創作來講，寫了很多這方面，把之前一些事情，一些不公不義的事情寫得比較多，為什麼寫得比較多？因為可以寫，而且這些東西本來就有比較多材料在那裡，我其實有很多材料已經寫過，但是這方面卻沒有，所以一定要寫，這是臺灣人的生活和歷史，用一些文學的方式來寫，但是我還是沒有時間把一些觀念性的東西寫下來，當然我想你說政治，什麼叫做政治？民主應該很重要，而專制應該要唾棄，這十分清楚，在專制之下不公不義的情形，在民主的時候應該來表達，我以前也寫過，並不是沒有，寫〈升〉也有，寫童話也有，像〈松雞王〉，鳥要選國王，如何選，因為鳥會飛，飛是最重要的技能，用飛的技術來選，但是有別的意見，只有飛不夠，還會倒過來飛。現在政治上很多政治人物是倒過來飛的鳥，以前雖然有寫政治的部分，都是隱喻，所以不明顯。創作的部分包括小說和童話，童話涵蓋的比較多，比如說寫孔雀，〈火雞密使〉是影射國民黨和共產黨內鬥的歷史，但是以前不敢寫得太露骨，所以就用童話的方式來表達，照理說國民黨是從北邊跑到南邊，所以討救兵要到南邊，但是這樣寫太明顯了，所以要把討救兵的方向和城門放在哪裡？當時就有這樣的問題。

至於評論方面，主要是在戒嚴之後寫的，那時候我在真理大學教書，他們要我教文學的比較，比較西方文學和中國文學，後來發現中國文學不行，為什麼中國文學不行？主要是在中國傳統文學中沒有現代人的思想，沒有現代人的生活，比如說中國傳統文學中沒有愛情，我提到愛情，大家一定會想《紅樓夢》，可是《紅樓夢》中到底有沒有愛情？大家一定會知道，由於教書，自然就會拿中國文學和西方文學比較。

另外當時還有兩家報紙邀請我寫專欄，有《自由時報》和《臺灣日

報》，寫專欄想來想去要寫什麼？後來因為教書發現中國文學有這些問題，所以就決定寫在專欄裡，最近我要寫一篇文章，就去查「肺炎」這個詞，不是「肺癌」，我查了三民書局出版的《大辭典》，六千多頁，但是沒有「肺炎」這個詞，很令人驚訝，為什麼字典裡沒有「肺炎」這個詞；接下來我去查日本的字典，二千多頁，裡面有肺炎，字典先告訴我們肺炎的症狀是什麼？第二個告訴我們肺炎是怎麼發生？是病毒還是什麼？接下來是肺炎怎麼醫治？當然不是醫學的書，從這裡面你會看到這個大辭典為什麼沒有肺炎，很簡單，因為這些辭典是去抄以前的辭典，以前的辭典沒有肺炎這兩個字，另外自己不會想去更新，而且在中國文學裡沒有提到肺炎，只有肺病、肺癆，像《紅樓夢》中的林黛玉就是肺癆，這個和文學、文化和思想都有關係，我們仔細去想，翻到一本字典，統統在講古代的事，比如說鄭板橋是誰？字典有，卻不知道什麼是肺炎？講到盤古是誰？很多東西查得到，很多東西查不到，一個和現代的文學有關的查不到，和現代的生活有關的也查不到。

其實文學也一樣，和現代生活沒有關係的文學氾濫，和現代生活有關係的文學卻沒有人注意，我在《小國家大文學》中提到一個觀念，所有國家的文學教育都是金字塔形狀，古代的文學教的最少，現代文學教的最多，但是臺灣卻剛好相反，古代的文學教的最多，現代文學教的最少，這就是肺炎這個字不會出現在字典的原因。所以我在《小國家大文學》中有一篇文章〈烏秋、烏秋、蓬萊米〉，我查了臺灣當時五大字典，所有的烏魚都叫做「鯔魚」，有的有圖，怎麼都不像臺灣的烏魚，和生活有關的，辭典卻都沒有提到。《小國家大文學》有一篇叫做〈文學地圖〉，那是英國人寫的，從莎士比亞開始寫，講文學家和地理環境的關係，愛爾蘭這一個小國家有三張地圖，而中國卻連一張地圖都沒有，有人會講說我是「去中國化」，我想不是「去中國化」，我是拿中國和世界比較，你說那是英國人寫的，當然講英國的文學比較多，講現代文學好了，我們要學習什麼？模仿什麼？不是要模仿《紅樓夢》這一類的愛情故事，可能要模仿巴

爾札克這一類的東西，我們從這裡出發，不是要模仿，而是要創作，我們從這裡面創作出來的東西一定和中國不一樣。

許：我常常喜歡拿鄭先生的文學作為臺灣文學和中國文學是不一樣發展的例子，除了在文字上面，我們看到鄭先生小說和中國文學最大的不同，中國文學比較常用修飾性的形容詞和誇飾性的寫法，像要寫一棵樹，會寫這棵樹長得怎麼樣，用一些象徵或是用一些抽象的形容詞去形容，鄭先生寫一棟樹可能會說這是榕樹或是相思樹，這是在文詞方面，鄭先生和中國文學不同的表達。另外就是鄭先生很多的想法和中國文學作品裡面的想法也很不一樣。鄭先生戰後才開始學習北京話，大學的時候念的是商學系，所以和中國文學的淵源是很淺的，鄭先生閱讀是透過日文和英文去閱讀西方的文學作品，和中國文學是沒有什麼關聯，就鄭先生的例子來看，可以看出中國文學和臺灣文學是兩個不一樣走向的文學傳統。

## 童話寫作

許：剛剛講的都是鄭先生的小說部分，其實我們等一下可以來談談鄭先生精彩的童話創作部分。日本很多重要的作家，終其一生一定要為他國家的兒童寫童話故事，鄭先生從 1978 年發表第一篇童話故事〈鬼姑娘〉到 1985 年出版第一部童話《燕心果》，2001 年出版《天燈‧母親》，還有最近出版的《採桃記》（2004 年 8 月），總共出版了三本童話。李喬曾經在《採桃記》的〈序〉裡提到：「《燕心果》是小說家的童話，《天燈‧母親》是文學家的童話，而《採桃記》是純淨的人的童話。」這是從作者的角度來看；我從讀者的角度來看，《燕心果》是很感動人的故事，也很感傷，裡面蘊含的哲理是很深的。我覺得童話並不一定要界定給哪一個年齡層來看。小孩子看可能會很有趣，或是很感傷，但是給大人來看，卻會看出其中蘊含的哲理來。

《天燈‧母親》寫一個小孩，小時候母親生他的時候難產而死，一直到長大這個小孩都在思念母親，還會去跟母親的鬼魂見面，最後放了天

燈，把對母親的愛釋放掉了，這裡面還有寫很多關於農村的生活，還有各
式各樣的鳥，各種聲音，季節的味道，各種農村生活的細節，這部分讀起
來是充滿童趣的、大自然的優美，當然裡面也有感傷的部分，比如說老牛
辛苦了一生最後要被送到屠宰場，小孩還有很多動物來送行離情依依的情
形。《採桃記》我覺得讀起來很快樂，裡面有很多臺灣特有的動物和植
物，相當具有想像力，超越之前的童話，比如說寫到臭青龜子有五隻腳，
這裡面我鬧了一個笑話，因為當時我們館裡要我選一些段落做成
powerpoint，我挑了一些句子，後來和鄭先生談一談，他就說這好像不是重
點，他說是臭青龜子有五隻腳這段是個重點。我後來又讀了讀，還是不知
道為什麼這一段鄭先生說是重點所在。後來我才知道，真正的臭青龜子有
六隻腳，因為要表示童話裡的臭青龜子是想像的動物，所以說牠有五隻
腳。所以讀鄭先生的童話需要一些常識，不然有時候作者寫得很精采，讀
者卻看不到作者要表達的意思；還有寫到螞蟻，金螞蟻會變身，還有數學
的公式在裡面，還包括我們一般說「披羊皮的狼」，但是鄭先生寫的是
「披狼皮的羊」，還有〈水晶宮〉中講到人掉下來的眼淚都是水晶做成
的。聽說現在讀鄭先生童話的人比讀他小說的人還多，說不定有一天有人
會問鄭先生說你寫這麼多童話，會不會寫小說呢？就像曾經有人問李喬：
你寫那麼多長篇，那你會不會寫短篇呢？會不會有一天有人稱鄭先生為童
話作家鄭清文，而不是小說家鄭清文呢？

　　**鄭**：有人說過一個笑話，三島由紀夫很會寫評論，有人有一天幫他寫
評論，就說三島由紀夫第一是評論家，第二是劇作家，第三是小說家，因
為我看到這一段文章，有一天我就這樣想，會不會有人說鄭清文一是童話
作家，接下來是文化評論家，最後才是小說家。那時候洪醒夫還在，他在
主編《臺灣文藝》，有一天他要去找黃春明要稿子，但是洪醒夫不敢一個
人去，他聽說黃春明很凶，但是我比黃春明年紀大，所以他不敢對我凶，
所以就找我一起去，要找黃春明寫鄉土的文章，後來黃春明有答應，卻沒
有寫。當時他講應該寫一些童話給小孩子看，並不是如同李喬所說的，作

家一生要爲小孩子寫童話。寫《燕心果》時都是短篇，想到什麼就寫什麼，想到覺得自己有意思，就寫什麼，有幾家兒童刊物看到我在寫，也會要我寫幾篇稿子，後來就集結成爲《燕心果》；而《天燈・母親》有提到故鄉童年，臺灣的農村對我很重要，而且故鄉農村的生活情景和現在的農村生活都不一樣，比如說農耕方式就不一樣了，我覺得生活是很重要，以前的人寫歷史傳記，都講皇帝是怎麼樣？可是卻不會記錄下農夫耕作時所穿的鞋子，所以生活也是歷史的一部分，國外有些歷史慢慢注重到生活的層面，那時候我就想應該把我知道農村生活的情形，用文字或是童話的方式寫下來，讓讀者知道臺灣農村的生活。我想有幾個重點，第一個從聲音來寫，就是從聽覺來寫，第二是從視覺，第三是從嗅覺來寫，第四個從摸的，從觸覺來寫，這就是《天燈・母親》，剛剛素蘭有提一下。

　　最近出了一本書叫做《採桃記》，爲什麼叫做《採桃記》？有一次李敏勇在一個出版社，當時他就要我寫一本童話，後來他雖然離開那一個出版社，但是我心中有一個故事已經成形了，去年碰到 SARS，比較不想出門，我就用了兩個月的時間把《採桃記》寫好，總共寫了三次左右。寫這一篇我們剛剛提到文學的作品想像很重要，除了想像之外，作品也要很真實，但是我這個《採桃記》有想像的成分。

　　我是以一些夢境來書寫，寫一個老師帶著幾個小孩到山上去採桃，卻碰到大雨不能回來，那一天除了大雨，還有閃電及打雷，大家問閃電像什麼？有人說像路，那天晚上就有人夢到走上路到森林去探險，森林的背景大部分是以臺灣爲背景，剛剛素蘭說的〈臭青龜子〉，這是第一篇，第一篇就是暗示，故事就是這樣講的，我當時有想到天方夜譚的音樂，想到如何用音樂來表達女主角講故事的情景，這一篇告訴你什麼是故事？大家在跳舞、在玩鬧，故事就是這樣子。臭青龜子爲什麼是五個腳？因爲一般的昆蟲是六個腳，而哺乳類是四個腳，哺乳類是獅或是虎啦！人也是四個腳，這裡面有開一些玩笑，比如說什麼是最大的昆蟲？有人說象是最大的昆蟲，有人說不對，鯨才是最大的昆蟲，所以這是在真實與虛構間反反覆

覆，有人說誰是最聰明的昆蟲？就有人回答人是最聰明的昆蟲，因為在昆蟲的眼光中，所有的東西都是昆蟲，把自己拿來比較，就是這樣的意思。

　　許老師說讀這個很愉快，其實我寫這個也是很愉快，因為寫小說比較拘束，但是寫童話就不一樣，想寫什麼就寫什麼。不管虛構或寫實，寫到哪裡就到哪裡。我很注意到細節的準確性，比如說寫到臺灣黑熊，我們說人為什麼要打動物，第一個是要吃牠，第二個是怕牠，比如說人晚上碰到狗為什麼會恐懼？你會怕牠咬你，所以你才會去打牠，但是人很怕熊，熊也很怕人，所以這個故事的起源是想到《伊索寓言》裡面，有兩個朋友跑到森林裡面去，碰到熊，一個爬到樹上去，一個趴在地上，熊就聞一聞趴在地上的人而後走開了，爬到樹上的那個人就下來，問那個人熊剛剛跟你講什麼？這就是講那個爬到樹上的人不是真正的朋友，這個故事害死很多人。我讀到一本日本人寫的書，日本有一種熊，不是臺灣黑熊，而是灰熊，日本人在山上碰到熊時，就趴在地上，結果熊就說：「謝謝。」把人吃掉了，所以我利用這個故事表達這樣的想法，那就是動物或是黑熊，也可以和人很親近的，利用這個動物把臺灣的情況寫下來。

　　還有一段是和政治有關，剛剛素蘭有講到〈麗花園〉，「麗花園」就是「立法院」的諧音，在羊國中，羊都是吃草，但是「麗花園」卻種滿了花，可以讓羊國中特別尊貴的羊進入，還可以去吃那些花，其他一般的羊只能吃草，但是大家都想吃「麗花園」中的花，擺不平怎麼辦？有人就說「麗花園」中有一張狼皮，由羊大老輪流穿，穿上狼皮的羊就可以指揮一切，大家會想到蔣介石的披風，類似那個，可以做王，有一天有一隻羊，不肯脫下狼皮，大家抗議也沒有辦法，這就是獨裁政權，其他是羊，牠是狼，永遠的狼，有一天牠要把狼皮脫掉，可是脫不掉，因為已經黏起來了。一般羊吃草，可是牠吃肉；有一天牠跑到海邊去叫，有人問牠說你叫什麼？我在懷念我的故鄉，故鄉在海的那邊，其他羊就很高興牠在懷念故鄉，所以就造了一艘船讓牠回到故鄉，但是羊不會用木材造船，而是泥巴造的，所以船到海中就沉下去，狼的屍體又飄回來，怎麼辦？「麗花園」

的大老表決，決定把狼的屍體再做成標本，這中間暗示歷史要重演。

　　這裡面有螞蟻的故事、黑熊的故事、狼和羊的故事，還有魔神仔的故事。另外一篇蛇的故事是這樣的，有一個女孩救了一尾小蛇，蛇精就問她有什麼希望？她說希望永遠長生不老、青春永駐。蛇會脫皮，脫一層皮，就會很漂亮，脫皮之後，一直長大，變成巨人。因為大家會怕她，所以她只好躲到深山裡面去，永生是不是一定就會幸福？雖然小孩子不一定要看到這裡，有人只是看故事，今天不懂，十年以後可能會懂，我的童話多多少少是給大人看的。有一次，有一個國中的學生要我送他一本書，我就送他一本童話，那個學生就很生氣的說：「我很大了，你為什麼送我童話？」我的女兒告訴他說，我的童話是 90 歲的人也可以看的，如果現在看不懂，等 70 年再說。要說一些創作童話的經過，還有很多會說不完。

## 答客問

　　**米賓一**：前年我看到鄭先生的《小國家大文學》裡面提到愛爾蘭是一個這麼小的國家卻有這麼豐富的文學，我想請問鄭先生臺灣這麼小的一個國家，要怎樣走出我們自己的文學呢？

　　**鄭**：其實臺灣和愛爾蘭很像，但是也不是非常類似，最近有一個雜誌要我寫到臺灣的海洋文化，我第一個就想到銀行界，不是我的銀行，是另外的銀行有一位前輩。當時他在臺大外文系有做論文，我問他說是做誰的論文？他說是愛爾蘭的作家辛格，我有讀過他的書，我就和他談一下，當時不是很了解就問他說為什麼會選愛爾蘭的作家當作是論文的題目，後來談一談，他說愛爾蘭和臺灣很相似，但是卻不是完全相似。比如說他有一本《航向海的騎士》（或譯作《海上騎士》）。辛格寫的好像是戲劇，寫一個漁夫的家庭，漁夫有很多小孩，都出海捕魚死掉，剩下最後一個也要出海，媽媽說不要出海，我們家只剩下兩個人，爸爸和哥哥都死在海上，海那麼危險，為什麼你要出海？他就回答說很多人都死在床上，人還是要在床上睡覺，後來這個人也出海死掉了，這就是寫愛爾蘭的西邊，跟英國相

反的一邊，很荒涼，愛爾蘭屬於北海，很冷，風浪很大，而且魚很多，有這種誘惑和困難，所以愛爾蘭有很多冒險的故事，有很多冒險的精神；但是臺灣沒有，比較保守，因為臺灣和愛爾蘭的海洋環境不同，整體說來比較保守，但是現在臺灣的文學已經慢慢建立。

之前我讀到一篇老舍的童話，我覺得寫得不好，我 30 年前寫的第一篇童話〈鬼姑娘〉，〈鬼姑娘〉已經寫得比他好了，我敢這樣講，老舍寫的童話裡中國舊的想法還在，一是老人第一，二是只要靠老人就好，也不需要用腦筋，為什麼不要用腦筋？他說有一個公主生病，生病了怎麼辦？那一個八十老人很快用靈芝來救公主，動不動就靠老人來救，動不動就靠法術來救，動不動就靠靈芝來救，沒有科學的方法，這不是很好，這就是老舍這樣的大作家，在中國僅次於魯迅的作家。我的〈鬼姑娘〉有一個鬼，白天是白姑娘，晚上是黑姑娘，兩個人是一體的，現在是白姑娘生病，黑姑娘越來越強，中國的作法是將兩個姑娘一起殺掉，但是最後雖然是一樣，我讓這個小孩子去找藥來救白姑娘。完全不一樣。

臺灣的文學困境，一個是中國文學的影響，把臺灣文學帶往不好的方向，一個是沒有冒險的精神，沒有冒險的精神，包括臺灣有能力的人，以前有能力的人都去念醫生，現在有能力的人都去念電子，沒有去參與文學這個工作，這就是為什麼。愛爾蘭為什麼海那麼危險，大家還是要往海上去，這就是民族性的問題，臺灣這一方面比較沒有；另外一個是多元化的生活，人對於小說和文學的重視比較沒有以往那麼看重，臺灣有這個困境，但是臺灣有好的東西一直在出現，文學不是五年、十年的事，而是 50 年或是 100 年的事，所以臺灣一定會起來，會更有希望。

**來賓二**：看了你的小說非常喜歡，我知道之前你的小說〈三腳馬〉英譯，獲得桐山環太平洋書卷獎，你懂英文，也懂日文，也會翻譯，你看那本翻譯集，覺得它的文字表達的流暢度如何呢？

**鄭**：不好意思，我沒有看，因為他們本來是在中華筆會，陸陸續續翻譯出來，然後拿去給哥倫比亞大學出版，但是聽說哥倫比亞大學好像有一

些意見，所以就拿給一個人重新校對。翻譯非常難，比如說翻譯我第一篇作品〈水上組曲〉，那是二十幾年前就翻了，是臺大外文系一位教授翻的，好像姓蕭；後來殷琪的媽媽，殷張蘭熙，她的英文非常好，她告訴我，這個翻譯的文章〈水上組曲〉她有幫他改過，所以知道翻譯有多麼難，好像到哥倫比亞大學，他們也有請人再改過。我這次去拿桐山環太平洋書卷獎，他們不是事先告訴你，他要你先來，好像選美大會一樣，問你幾個問題，再告訴你是否得獎。桐山環太平洋書卷獎的評審都告訴我裡面的英文翻得非常好，他們問是誰幫你翻的？我說是十一個人翻的，他們就嚇一跳。應該是哥倫比亞大學最後有找人統一潤稿，所以這樣回答你，因為我沒有看過，不過他們說非常棒，過一天發表是我得獎。我沒有看，真的很抱歉。

**來賓三**：鄭老師你好，對於鄭老師有那麼多題材可以寫成小說實在很羨慕，在座的我們如果有一些小靈感，要如何匯聚成一篇小說？請問鄭老師有什麼建議呢？謝謝。

**鄭**：我想讀一些文學作品很重要，這是最簡單的方式，比如說你會知道人家寫什麼樣的內容，用什麼樣的技巧，我想舉一個最簡單的例子，我讀到一本書叫做《如何寫暢銷小說》，這是美國一位暢銷作家所寫的，勸人要多讀一些書，我粗略估計至少超過 1000 本，他說如果你讀 200 本書，不要想成為一個作家；如果你讀 500 本書，請你努力再讀，如果你讀 800 本書，有能力的話，可以寫寫看。剛剛許老師提到，但是我不是讀很多書，而是雜七雜八的一直讀，所以比如說寫一篇作品，剛剛提到的〈校園的椰子樹〉，是我之前讀到尼采的一句話「上帝已死」，如果我沒有讀到尼采的那一句話，我就不會寫這篇小說了，所以讀書是蠻重要的；如果我沒有讀過伍爾芙的《燈塔行》，就不會寫〈水上組曲〉，或是〈水上組曲〉就不會是這樣的，所以讀書很重要，會不斷的影響作家，給作家養分。剛剛許老師談到的靈感，我贊成水庫，不斷的把水放進去儲存，要用才可以使用出來，靠靈感，我舉一個例子，大家可能忘掉了，鄭余鎮說天

上掉下來一個禮物，結果不是一個女孩子，而是毒藥；雖然說水庫和靈感是類似的，靈感好像是冒出來，水庫卻是儲存起來的結果，所以在觀念上，我還是用水庫的概念。

──選自許素蘭等著《徬徨的戰鬥／十場臺灣當代小說的心靈饗宴：
國立臺灣文學館‧第三季週末文學對談》
臺南：國立臺灣文學館，2007 年 12 月

# 認真的，誠懇的

◎林海音*

　　有一年鄭清文出差到美國，見到了莊因、祖美夫婦，過後他們寫信來說，鄭清文可真不像寫〈姨太太生活的一天〉的那種人呀！這篇小說我們一家人都很喜歡，別的讀者也一樣。最近鄭清文整理一部分短篇小說要出版，又談到這篇小說，他說這篇 17 年前的老作品，常常有人提到它，像是「懷念的老歌」一樣。一般人都把它看成寫實的作品，但是當時他是把它當作觀念小說來處理的。人們喜愛這篇小說，是看到了不同的一面吧，莊因大婦說他不像是寫這篇小說的作家，因為鄭清文在外表看起來是那樣的誠懇、老實。其實，難道寫這樣題材的小說，該是調皮淘氣模樣的人才能寫嗎？不一定吧！

　　25 年前的民國 47 年，他的第一篇正式投稿刊在聯副，從此鼓舞並奠定了他的寫作生涯，他在懷念並追憶當時的心情時說：「當一個人的文字和思想都還沒有成熟，正在一種類似沙漠的情況中徬徨的時候，忽然有人肯定了你正在摸索的路，你便有足夠的勇氣走下去。」25 年來，他寫了一百多篇短篇小說；清文並非職業作家，他學商，在銀行工作，已經是位主管級了。正因為如此，他才也說，他能維持寫作，主要固然是有一份安定的工作，但也是他認為他「可以寫、應該寫、和怎麼寫」的信念。所以他對寫作一直抱著認真和誠懇的態度，他也拿這種態度去告訴喜愛寫作的青年，因為這種被忽略的寫作態度，也是做人做事的基本，而清文自己，你

*林海音（1918～2001）散文家、小說家。苗栗人。本名林含英。發表文章時為純文學出版社發行
　人兼主編。

和他認識了以後，就漸漸發現，他正是這樣的人——認真的，誠懇的。

　　跟清文聊起天來，很有意思，他有時笑嘻嘻的會冒出一些很幽默的話來。我曾問他既然喜愛文學。日文英文底子都不錯，怎麼在大學沒念文學系，卻上了臺大商學系呢？他說他原是北商畢業，做了兩三年事，才又想起考大學，自己認為他既是北商畢業，大概只能填商學系，而且也以為自己英文不好，考不上文學系，就糊裡糊塗的報考商學系，後來才知道他的英文分數還不錯哪！這樣也好，還是那句話，有了安定的工作，不至於因為稻粱謀而急急拿稿子換錢買米，也不會把很好的題材浪費掉，反而可以從從容容的寫作，因此他的每一篇小說都是精細的琢磨，思想得很周全才下筆。正如他自己所說：「創作的奧祕在不斷的尋索和不斷的製作。」

——選自《聯合報》1983 年 12 月 2 日，8 版

# 鄭清文和他的《簸箕谷》

◎鍾肇政[*]

　　我曾把本省籍作家約略地分為光復後第一代和繼起一代兩種，前者指光復後出現最早的省籍作者，後者即是稍後才開始受文壇注目的人。依此分類，鄭清文大致可以歸於後者；而在繼起的一代中，他是最早開始寫作，也是最早成名的一位。

　　鄭清文，臺北縣人，民國 21 年生，民國 47 年尚在臺大法學院商學系讀四年級時，便開始寫作，有〈貓咪〉、〈老人〉、〈簸箕谷〉等短小精悍的小說陸續在林海音主編的聯副發表，以其細緻的觀察，輕靈而又不失其深入的筆觸，深受矚目。屈指一算，已整整七個年頭，在這不算短促的歲月當中，鄭清文的作品，僅有一篇三萬餘字的中篇小說〈重疊的影子〉和三、四十篇的短篇小說，如果以字數計，大概也在三、四十萬字之譜，可以說產量是非常地少。

　　其所以如此，除了早期寫作是為了換幾文稿費，買一兩本心愛的書（換言之，非有想買的書在店頭引誘他，他便提不起勁兒來寫作）以外，其後是因為本身在銀行工作，餘暇不多，加以他又好學不倦，參加法文講習班讀了幾年法文，執筆時間自然少之又少。不過主要原因，似乎還是因為他的寫作態度的一絲不苟。迄至目前為止，他每作必三易其稿，寫了又寫，改了又改，非到完全滿意便不肯出手。在這種情形下，作品產量少毋寧是自然而必然的！

　　我常常說，與其 100 篇泛泛之作，還不如結結實實的一篇好文章；如

[*]發表文章時為桃園龍潭國小教師，現專事寫作。

果這種說法也有幾分道理的話，那麼作品之少對於鄭清文做為一個作家的價值判斷，是毫無損傷的。相反地，他那些靠細工慢活，刻苦經營而成的精緻作品，縱使為數不多，卻也正是他所以贏得今日聲譽的唯一憑藉。

最近，鄭清文的第一本著作《簸箕谷》，以臺灣青年文學叢書之一問世。此書包括九篇作品，都十萬言，是名符其實的「小書」，但我卻認為在此時此地的吾國文壇，是一本結結實實極具份量的集子。九篇作品中，六篇屬於較早期的，三篇則是近期的，我們可以從這些不同時期的代表作看出作家鄭清文在藝術上演進的明晰軌跡，從單純趨於複雜，從靈性趨於知性，從素樸的而技巧的；不過它們有一個一貫的基調，那就是從悲劇面去闡發、估量人類的善良價值——包括道德與愛心。

在這篇小文裡頭，我沒法對鄭清文的作品多作介紹，即以《簸箕谷》裡頭諸篇，也受了字數限制無法一一論列，不過我願拿其中的一篇題名〈水上組曲〉的小說做為代表來看看鄭清文如何靠作品來構成前述的基調。

〈水上組曲〉寫的是一個擺渡船夫的故事。一個愚拙的壯健船夫，一個在深宅大院中的謎樣少女，一條奔騰的怒河，譜成一闋低沉悒鬱的交響曲。洪水在那兒怒吼著，他不顧危險躍身進去，為的是救助一個即將被洪水捲走的撐筏工人。然而這只是表面上而已，推動著他驅策著他的是一顆愛心——對那少女的空濛濛的愛。在鄭清文筆下，那個船夫被塑造成一個那麼地單純，那麼地愚樸的人物，因而當我們看到他居然為了那若有若無的愛而躍入洪流時，不禁為愛情之偉大而禁不住微笑，禁不住感歎。可是結果呢？那女孩因為在豪雨中淋雨佇候他看守他的英勇行為而致一病不起，這又使我們不禁地想到他所寫的一切——不管洪水也好，女孩也好，都是另有所屬的。也許這是粗俗的看法，似乎洪水所象徵的是人間的罪惡，而少女或者說愛情正是道德力量的化身。從悲劇面來估量道德價值，於此我們可得到一個屬於鄭清文的藝術觀的基調。

綜觀鄭清文筆下的人物，絕大多數是善良的，也帶著幾分憨氣，他們

往往都缺乏一種處世的狡猾心機，因而命運之神就不肯饒過他們了，於是常常演成悲劇。人類，在鄭清文而言似乎就是這麼無力的。

　　鄭清文的文字風格也頗值得在這兒一談。在執筆為文時，他似乎永遠牢守著客觀的分寸，以致文體冷峻，有時甚且近乎冷漠。即在描寫激情的場合，他也能那麼冷，冷到把激情也一筆帶過。句子是那麼簡潔，那麼短促，只找那些意象鮮明的文詞，靠那種簡短句法來表達，因而描物狀景寫情敘事都正確無比，鮮明無比。

　　自然，鄭清文的文字句法也並非一成不變的，他經常地都在嘗試、實驗、探索。在《簸箕谷》裡頭的〈永恆的微笑〉一作裡，我們可以窺見他在這一方面的努力。它的文句是打破慣常文法的，句子冗長，用詞樸拙，醞釀成另一種味道。在讀到這些時，我們似乎應該說，鄭清文確乎是一個很了不起的 Stylist。

　　鄭清文目前仍在銀行工作，但他身上一點兒銅臭味也沒有，住的是臺北近郊，可是散發出來的卻更多鄉村氣息，不修邊幅，滿臉書卷氣。不過做為一個從事小說創作的人，他倒是相當狷介的，對那些流行作家，流行作品，多產作家，他不僅從不稱羨，反而持冷眼旁觀態度。不過另一方面，在他那冰山般的冷漠底下，蘊藏著的卻是一股熊熊烈火般的熱情。他參與《臺灣文藝》季刊編務，事繁而雜，又是義務的，可是他一絲不苟，肩負重責，毫無怨言。他實在是位可敬可愛的年輕人。

　　他目前膝下有三個兒女，賢慧的太太對他的文學事業十分理解，常幫他繕稿，在這　點上，鄭清文是十分幸運的。他有湛湛的英、日文修養，法文也能讀。我們可以相信，目前的他的成就還只是初步的，更好更好的作品將由他筆下源源產生。這也是他的朋友們讀者們一致的期望。

——民國 55 年 1 月

——選自《自由青年》第 35 卷第 2 期，1966 年 1 月 16 日

# 論鄭清文小說裡的「社會意識」

◎葉石濤[*]

　　大約在民國 57 年吧，我曾經寫過一篇評論〈校園裡的椰子樹〉，不知不覺之中差不多十年的時間過去了。正如鄭清文回答洪醒夫的訪問時所說的話一樣，在這十年之中，鄭清文猶如那椰子樹一樣：「葉子不斷地衰敗，但是母樹卻不斷地生長」。當然，作爲一個作家的鄭清文也不斷地生長。套用他說過的一句話來說：「不斷的生長便是一種自善之路」。換言之，生長過程中有新生事物產生，才能超越死亡。

　　乍看，鄭清文的小說在體裁上、形式上、技巧和風格上似乎沒有多大的改變，他仍然喜歡把作者自己隱藏起來，在小說裡避免暴露自己。

　　我們首先把他的《自選集》拿來讀一讀，從民國 52 至 63 年他所寫的一系列小說，那麼很不容易感覺出來他的生長。真的他沒有改變嗎？他的小說裡再也找不到任何新生事物嗎？

　　假若你再去找他的另一本短篇小說集《現代英雄》來看，我相信你會隱約地感覺到，的確有些新生事物隱藏在那小說深處。

　　那麼這是怎樣的一種改變？如果容我坦白指陳，我以爲從 59 年所寫的那篇〈父與女〉開始，他小說裡的「社會性」成分愈來愈強烈。

　　我並不是說，在鄭清文以前的小說裡看不出社會性；因爲新生事物原本是藏在舊的軀殼裡的，所以在以前的小說裡也不難找到蛛絲馬跡。

　　像以前他所寫的傑作〈水上組曲〉，是最富於朦朧的、含蓄的詩意的

[*]葉石濤（1925～2008），散文家、小說家、翻譯家、文學評論家。臺南人。筆名葉左金、鄧石榕等。發表文章時爲高雄甲圍國小教師。

小說,那深邃幽美的意境令人歎爲觀止。然而這樣的一篇近似散文詩的小說也並非缺少社會性的,剛相反,這篇小說之所以令人產生美感,卻是由於這篇小說以現實社會做骨架的緣故。這骨架到底是什麼呢?那便是一個臺灣的古老小鎮;以這小鎮的社會歷史的變遷爲其骨架,這篇小說才不會游離現實感覺,墮爲海市蜃樓般的美麗故事。小說的世界的確是紮根於殘酷的現實,否則愛的挫敗和幻滅,可能脫不了淺薄的言情小說的世界。

事實上,鄭清文的幾乎長達二十多年的寫作生涯裡,他的小說向來亦步亦趨地跟隨著臺灣社會的發展,反映了在這社會的每一個階段裡生存的各種人物的內心裡正在醞釀的或已爆發開來的悲劇。

從鄭清文的一些較早期的小說裡,我們容易嗅得出過去農業社會悠揚、昇平的氣氛;這時期的幾篇小說反映了農業社會裡的封建性風俗習慣所損害的人性;如迷信、愚昧、窮苦等的悲劇。

然而,如果我說,外在世界的重壓引起了人生存的各種悲劇。我相信鄭清文一定並不以爲然;因爲鄭清文一向的觀點是人本身心靈裡原來就藏著悲劇的種籽,外在世界只是予以刺激或衝擊,使那種籽萌芽、怒放,以至於使人得救或毀滅而已。換言之,人本來具有的所謂悲劇性,說穿了就是個性、心理趨向、遺傳等諸要素的傾軋所釀成的,這也許是所謂宿命吧?在這悲劇產生的過程中,內心世界的壓抑是軸,外在世界的介入是轂,而其力量甚微。

如果以那〈校園裡的椰子樹〉爲例,鄭清文認爲椰子樹的不斷生長是它本身所具有的生命力所造成的,人只要感覺到「今天能夠勝過昨天」就能生長,可以超越死亡。所有發生在人身上的生、老、病、死的悲劇,唯有以自己堅強的生命力去克服。換言之,在他的早期小說裡,外在世界的社會給人的影響微不足道,起碼只是造成一種改變的「契機」,而非「動機」——即主要因素。錯綜複雜的因果關係所惹起的悲劇皆紮根於人的內心世界裡,社會是次要的因素,所謂物質生活是虛象而非實象。物質生活並不具有扭轉精神悲劇的力量。於是,有時極端的愚昧倒解決了生、老、

病、死的人生障礙，而聰明和財富有時在精神領域中招來了挫敗、憂患以及無可挽回的心理創傷。

　　照理來說，鄭清文若按照他一向的世界觀去展開他底小說，他將「衝向無門的死巷」。他固執這種世界觀的結果，顯而易見，不管他如何去求變，尋求形式的多樣性，他小說的世界仍然局限在一個心靈世界裡，縱令有成就也只是獨樹一幟的作家而並非偉大作家——如他所推崇的福克納或者契訶夫。

　　然而他卻無可避免地改變了，在他的小說裡出現了新的聲音，那聲音起初是喃喃自語般微弱不清楚，後來愈來愈清晰，有時幾乎涵蓋了整篇小說。那麼這新的聲音是什麼呢？那便是外在世界的介入。本來他小說裡的人物彷彿都各自揹負著原罪也似的十字架，而這十字架是小說中人物本身靈魂中的傾軋、糾纏不清的潛意識所造成的。但這一次十字架增加的重量，並不單單是本身性靈的悲劇，而是外在世界的介入悄悄地放下來的重量。也許有一天，他會達到統合，使內在的、外在的重量等量齊觀。

　　本來這應該是生長的正常過程，作為一個作家而言，在人的存在裡，忽視物質生活的控制力量是不太行得通的路。人本來就是經濟動物。尤其在指向高度工業化的社會裡，人的內心生活並非孤立地發展下來的，他須受到外在社會環境的支配，特別是經濟環境的桎梏。

　　當然我說鄭清文小說世界的社會性越來越明顯，並非指他小說裡的社會意識越來越「尖銳化」，或他已具有參與「社會」的任何熱忱；鄭清文這種類型的作家很難走上這一條路。

　　鄭清文小說裡的社會意識早已在他民國 54 年所寫的小說〈疏散大橋〉露出其端倪，而同年發表的小說，〈姨太太生活的一天〉以隱藏的手法，批判了現時社會道德衰敗的一個層面。〈疏散大橋〉這篇小說，如果我的記憶可靠的話，似乎描寫都市郊外的農地逐漸被都市蠶食為主題的小說。在郊外種植蔬菜為主的農家，由於都市的不斷擴張，終於以高價出售土地，全家人邁進新生活。在這小說裡幾乎看不出鄭清文向來一貫的技法；

即透視社會芸芸眾生的性靈裡所發生的悲劇。儘管鄭清文懷疑這種經濟生活的改善是否導致幸福，但這篇小說所呈現的主要面貌是夠鮮明的；他描寫了從農業社會逐漸走上工業社會過渡期的一則插話。仔細一想，茱農一家生活的改善或改惡，並非由他們意志所能決定的，而是外在世界的蛻變所帶來的結果。

〈姨太太生活的一天〉裡展開的是姨太太似是而非的人生哲學，她的生活哲學似乎把我們的正常道德價值給顛倒過來，儘管如此，我們卻在不知不覺之中認同了姨太太的生活哲學；這是小說的可怕的魅力搞的鬼吧？此外，附帶地呈現出來富人生活的層面以及姨太太對這種物質生活的禮讚。難道鄭清文真的肯定富人優裕的生活嗎？倒也不見得，他只是提示了現代社會某一階層生活的層面而已。作者冷靜地寫下來這種「逆說」（Paradox），莫非是叫我們繞一圈找到真相罷了。總之，我們不能期待每一個作家都「文以載道」。

讀完這篇小說後，我們的道德感會受到挑戰，而後我們會產生批判。這篇小說明顯地透露出來現代社會的評價標準的改變；而使評價標準引起激烈改變的，不外是社會經濟制度的變化。姨太太的生活哲學並不是憑空發生的，也不是她的性向所導致的結果；說明白些，那就是社會經濟生活所塑造的意識形態罷了。

附帶說一句，這篇小說的手法同契訶夫 29 歲時所寫的〈寂寞的故事〉有血緣關係；難怪後來鄭清文會翻譯契訶夫的短篇小說集《可愛的女人》了。

57 年他寫的小說〈門〉得到第四屆臺灣文學獎。套用鄭清文自己的話來做註腳，「門」是「我自己的故事的變形」。這篇小說我曾經翻譯為日文所以印象特深。這是一篇獨白體的小說。小說主角的白仁光，由於同情了公司裡的「反派」而遭解僱。到底所謂「反派」做了些什麼事卻語焉不詳，這也是所謂鄭清文的含蓄吧？反正事情已經發生，白仁光砸了飯碗。在小說裡，鄭清文冷酷地記錄了白仁光自晨至夜的潛意識之流。在這樣的

心理過程裡，憤怒、絕望、怨恨等等感情相繼起伏，予人以緊張不堪的壓迫感。乍看，這又是內心世界裡發生的悲劇故事，其實不然，內心世界的彷徨卻完全是外在世界的「機構」（在本篇裡即指公司）所帶來的。「機構」像一把巨大的鉗子，牢牢地夾住了在「機構」裡討生活的可憐蟲。控制了他們的生活，使他們不得不俯首聽命。這篇小說的確反映了現代工業社會機械化的，冷酷、無情的一面。這篇小說算是鄭清文小說裡難得一見的社會意識最濃厚的作品。

　　為什麼在鄭清文後期的小說裡，「社會性」逐漸加重？在他早期的小說裡，鄭清文一向小心翼翼地避免露骨地涉及到外在世界的枝枝節節。他願意在庸碌的人的瑣瑣屑屑的日常生活裡暗示社會轉變的徵象。然而他不得不轉變，不得不肯定時代、社會的蛻變會給人帶來莫大的心理創傷，甚至會毀滅一個人。這可能是鄭清文所處的現代社會激烈的擺盪所帶來的結果。

　　從 1960 年代到 1970 年代的現在，在我們這個世界裡曾經有過幾次激變。尤其是臺灣，每一次國際性的動盪，似乎都帶來直接的衝擊。回想這十多年來接二連三地襲來的狂飆，真叫人驚心動魄；如越戰、石油危機、尼克森休克、經濟蕭條、均富爭論、勞工問題、農村經濟的凋敝，都市的畸形發展、暴行等等簡直不勝枚舉。這些變動都曾經很嚴重地損害和摧殘了人的性靈。這都是人無能為力的外在世界的介入所致的結果。現實世界是一種可怕的力量，足以壓碎任何一個人的性靈，使人得救或挫敗。那麼，在這樣的處境裡，難道作家能絲毫無動於衷嗎？鄭清文自也不例外。究竟臺灣社會的轉變在鄭清文的小說裡投射了怎樣的影子，我們按照他的小說發表的順序依次看下去。

　　〈父與女〉是 59 年發表的。這篇小說以工業起飛，臺灣社會的物質生活漸趨富裕，家家戶戶幾乎都有電視機的時代為背景，而這情勢一直延續到現在。「父」是個退休公務員，過著游手好閒摸八圈為生的日子。他抱著做兒女的必須孝順的「堅定」信念，為一己的私慾，把女兒當作搖錢

樹；附帶說一句，這也許是臺灣社會的封建遺毒吧？夾在父與女中間的
「母」，一想到女兒的幸福就憂心如焚，痛不欲生。「女」的仍遵守著
「孝順」的本分，而為自己人生另闢途徑。可想而知，她的「新生」路程
充滿了荊棘坎坷，但她毅然掙脫舊道德的枷鎖爭取自由去，其實也許她只
是再落進另一個陷阱罷了。為「父」的自私，為「母」的慈愛，女兒的覺
醒，交錯激盪構造了這篇感人至深的小說。乍看，這篇小說同鄭清文的任
何一篇小說一樣注重的是這三個人物的內心悲劇。然而這三個人的意識形
態都深刻的染上了這時代社會的病態色彩——拜金主義，即笑貧不笑娼。
為父的把兒女的孝順當作他應享的權利恬不知羞，女兒為了自己的幸福和
前途已顧不到舊道德，她的原有價值標準若不是已蕩然無存也已經發生動
搖；而為「母」的明知道女兒齷齪的謀生方法，但不得不帶著悲哀，眼看
女兒走上另一條歧途。這是一幅現代社會舊道德淪喪的繪卷；而道德的沉
淪，的確是外在現實世界所塑形的。

　　〈龐大的影子〉是 60 年發表的。這篇小說涉及到現代工業社會裡公司
組織裡的枝枝節節。小說是透過董事長祕書的一位白小姐的觀察而展開
的。白小姐周圍有兩個求愛人物出現；一個是野心勃勃不擇手段的現代
《紅與黑》的朱里安‧索列爾——許濟民，另一個是年老想吃天鵝肉的董
事長。而這兩個都是還沒成熟的臺灣資本家的雛型。許濟民靠他的能力，
靠他的策略，靠他的無情，終於爬上了公司的頂峰，勢必取代年老董事長
掌握權力。這權力的交替經過是按照臺灣一些家族化公司通常的模式進行
的；許濟民討了董事長的女兒為妻。在許濟民的心目裡，愛、勇敢、正義
等等良善美德無異是一文不值的勞什子。他的自私已達到登峰造極的地步
令人不寒而慄。現代社會已造成了精神極端荒蕪的這類年輕人，證明我們
的教育制度有重大缺陷。不過，想到日本三井、三菱，美國洛克‧菲勒家
族成為大財閥的過程，究竟有多麼惡辣、殘忍，我們就應該替許濟民（請
注意「濟民」這個名字，這是諷刺 irony 呢！）喝采，因為他正是今日臺灣
資本家雄心的寫照呢！小說中的白小姐冷靜得可愛，又擅於分析，可能同

〈門〉裡的白仁光一樣，是作者的另一個化身。這篇小說注重的並非「機構」或「制度」的分析，而是被現代物質社會所損害的人性的扭曲。

　　〈鐘〉是 61 年發表的，一個初中畢業的荳蔻年華的女孩，在杜鵑花盛開的大學對面，她阿姨所開的飲食店幫工。她是尊敬學問的純淨甜美的鄉下女孩，她從沒想到這世間多的是衣冠禽獸！她後來認識了大學研究所的一個研究生尚儒（請注意這名字取得多滑稽，多令人噴飯），奉獻貞操，結果有了孕，卻死也不肯墮胎。她仰慕崇高學問的結果，除去得到無妄之災之外，一無所有。然而她始終保持崇高的良善人性，不爲悖德所擊敗。反省她的對象尚儒，一個現代高級知識分子多卑鄙，他爲了自己的前途和出國棄她如敝屣；我們在這裡又碰到另一個許濟民！他們兩個屬於同一類型，都是這現實社會產生的評價標準已顛倒的畸型怪物。作者只忠實地記錄了他們的行爲，無意批評，這倒能獲致上乘的效果；這迫使讀者去深一層了解這行爲後面所存在的社會損害人心靈的巨人力量。此外受騙女孩的堅持把孩子養下，不怕孩子將來變成私生兒，這事也值得提一提。這女孩已不是舊式女子，她顯然有獨立的主見，相當堅強，這表示女人對愛情、婚姻等切身的問題已樹立了新的評價標準，若是這樣，那麼現代社會可說已經給了女性解放方面較寬的生存環境。

　　鄭清文是現代臺灣的中國作家中，始終按一己的寫作理想寫作不輟的獨樹一幟的作家。在我們這個時代裡，偏執和排斥是普遍的現象。因此，他似乎得不到應有的評價。這固然絲毫無損於他的作家魂，然而說起來仍然令人覺得心酸。他的小說都紮根於鄉土裡，從不標榜自己小說裡的鄉土性；因爲他認爲心靈的悲劇是普遍的現象，不能局限在一個小天地。然而，臺灣特殊的歷史性、社會性仍然反映在他的小說裡，正如契訶夫的小說有濃厚的斯拉夫民族風格一樣。

——選自《臺灣文藝》第 56 期，1977 年 10 月

# 新莊、舊鎮、大水河

## 鄭清文短篇小說和臺灣的百年滄桑

◎齊邦媛*

　　在當代臺灣小說家中，很少人像鄭清文這樣沉靜地鍥而不捨地寫了 40 年，而且還會寫下去。他得過一些重要的文學獎，是令人尊敬的主要作家。將近兩百篇短篇小說保持一定的品質水準，每篇創造一個中心人物，然後以淡墨和少許色彩襯托出時空與情境，累積至今，相當翔實地描繪出臺灣人最真實的面貌，是最「純粹」的鄉土文學作家，但是他從不曾參與過任何論戰，也不曾以任何方式「轟動」過文壇。自從 1958 年第一篇小說〈寂寞的心〉發表以後，他堅持做沉默的「鄉土書寫」者。彭瑞金曾以「不以花，不以果誘人，不存心引人注目，總挺立的大王椰子」在 1977 年討論「二十年來的鄭清文」的寫作態度。許素蘭在整整 20 年後又以「寂寞的大王椰子」爲題，繼她 1995 年〈無聲的訊息——從靜默之處解讀鄭清文的小說〉相當詳細地分析鄭清文各期的代表作品。她結語說他的小說形態，其實是更接近「河流」而不是冰山（鄭清文頗贊同海明威的「冰山理論」，八分之七不浮現在水面上）。「表面上水波平靜，內蘊的豐美、多變、富於生機，則恰似河流之暗藏漩渦、急流、以及豐富的漁產資源，必須實際親近才能體會、發現。」這種寂寞，應是在這樣競相摧毀人生尊嚴的色情、暴力的世界裡，一種仍可執筆爲文的必須境界吧。他是進入爾雅年度小說選最多次的作家。繼麥田出版社隆重合輯六冊的全集之後，英文版的《三腳馬——鄭清文短篇小說選》亦將於今年秋季由哥倫比亞大學出

*發表文章時爲臺灣大學外國語文學系榮譽教授，現爲文學評論家。

版社出版。筆會季刊自 1974 年開始由殷張蘭熙和我持續英譯鄭清文小說，今得以成集進入國際文壇，甚感欣慰。

　　鄭清文開始寫作的時候，大約並未想到給時代做見證的使命。無論是偶然還是必然，孜孜 40 年不間斷地寫下來，正無可逃避地成爲少數的完整記錄者和見證者。1945 年日本戰敗撤出臺灣的時候，以閩南語爲母語的鄭清文剛剛小學畢業，在小學與日文奮鬥了六年之後，開始練習用中文書寫。文字的遽然改變，比政治、社會的變遷帶給已經成熟的作家更大的失落感，但是鄭清文在生命的清晨，正是一個開始能充分記憶、觀察、接納、貯存的年齡，六年的日文教育增加了他閱讀世界文學的能力。他由河邊小鎮來到臺北，受了完整的中學與大學教育，在公營的華南銀行 40 年，結婚生子、順遂認真地工作、升遷、直至退休。他天生沉穩的性格在這樣平順安定的生命過程中助他發展成一個冷靜的觀察者，由一個相當安全的距離觀察這個變化多端的時代，處境微妙的臺灣故鄉，種種無奈的人與事成了他創作靈感取之不盡的泉源。

　　即使回溯到早期的移民史，臺灣這個 36,000 平方公里的島嶼也從不曾以浪漫的熱帶風情著稱，它也從不曾做過罪犯的流放地。從福建渡海來臺的是來討生活的小商人和靠天吃飯的農民，世代相傳的生活態度是節儉保守，一般人的性格是樸實謹慎的。與較爲西方研究者熟知的黃春明、陳映真和王禎和不同的是，鄭清文小說中眾多人物的愛欲、追尋、失望、悔憾和妥協較少戲劇性和繁複的糾葛，也甚少笑淚交迸的喜劇效果和諧趣。無論是敘述或嘲諷，他的聲調似是淡漠實是拙樸，筆下甚少奔放的狂喜或暴怒，抱怨與訴苦的場面亦不多。許多角色一生煎熬，在書中不過數行，靜靜敘過。這樣節制內歛的書寫風格在今日臺灣文壇是很獨特的，實際上卻更適切地描繪了正在逝去的時代裡臺灣人的性格。對於一個在過去百年間由數百萬增至爲兩千多萬人口的多元族群來說，誰能用任何簡潔的語言說明什麼是臺灣人的性格呢？賴和、吳濁流、楊逵、葉石濤、鍾肇政、李喬、黃春明、陳映真、王禎和、七等生、蕭麗紅等人的小說都留下了許多

鮮明的畫像，各種面貌栩栩如生，但是鄭清文兩百多篇小說，散布在 40 年的漫長歲月中，他有足夠的時間觀察、思考、選擇、構想，寫出一篇篇頗有代表臺灣風土的小說。

李喬主編爾雅《72 年短篇小說選》時，選進〈割墓草的女孩〉。他認為，「最正統的『鄭清文小說』」，在主題趨向方面擅寫生命裡無可奈何的情境，著重悲劇過程的探討，「得救在於自覺奮鬥，不斷成長。從深層面看社會問題，避免浮光掠影的吶喊，專事真相的冷靜提出，他認為人生難免要在取捨選擇中備嘗痛苦，不過卻因而呈現了生之意義」。13 歲的女孩為了幫助做小工獨力撐家的媽媽和殘廢的哥哥，清明時到山上去為掃墓人割墓草賺些衣食錢，一再遭到同鄉男孩的剝奪欺凌，她終於為自救而反抗。反抗的後果如何？令讀者不免擔心，但是這自救的勇氣，即是生存的意思和莊嚴。李喬說，「筆者突然有個奇妙的『感覺』：如果孫中山先生讀到這篇小說，一定會很喜歡的。」

具有同樣生之尊嚴的奮鬥精神的〈檳榔城〉、〈秋夜〉和〈春雨〉被選入英文選集，不僅是為了代表作者這個「正統」的態度，也是因為他所採取向逆境反抗的策略和看似拙樸實際細緻的文字，寫景敘事處處可見象徵手法的深意。〈檳榔城〉裡的大學生陳西林，一心一意想在大學農科學點東西來改良自己故鄉的農耕成果。下田、踩稻頭，風吹日曬對他只是人生的補修學分。〈秋夜〉的月夜鄉野路的恐怖氣氛當然是在寫那奮勇獨行女子的心境。在那個大家庭時代，要有多大的勇氣才敢違反婆婆禁欲的命令！今天手操駕駛盤的新女性大約無法想像，只在幾十年前，女子對情欲的罪惡感以何種形式控制了女子的生命，鄭清文是少數真正尊重及了解的現代男人。

他同一年的作品〈春雨〉中所追尋的生之意義又高一層境界了。

英文本選集將以〈三腳馬〉為書名，哥倫比亞大學出版社的主編對這篇小說特別印象深刻。這個老人以餘生尋求贖罪的故事，符合希臘悲劇的定義。他曾經試過超越己身的限制，卻終被命運擊敗。在日據時代末期，

他相信只有做警察，所有的人才會尊敬他，畏懼他。他幫助推行皇民化，按日本儀式結婚，還要拜他們的神，改成日本姓名爭取特權。誰知日本戰敗，在臺灣的民間報復行動中，他的妻子爲他跪地贖罪而至病死……他自囚斗室，雕刻一些奇奇怪怪的東西，尤其是殘廢的馬。夢見之後他刻了一隻，「牠三腳跪地，用一隻前腳硬撐著身體的重量，牠的頭部微歪，嘴巴張開，鼻孔張得特別大，好像在喘氣，也好像在嘶叫，牠的鬃毛散亂。我再仔細一看，有一隻後腿已折斷，無力地拖著」。——在當時，臺灣人稱日本人是狗，是四腳，替日本人做事的走狗，是三腳。

這一篇〈三腳馬〉無論就文學技巧、歷史意識，悲憫的胸襟而言，都是成功之作。他另一篇相似題材小說〈報馬仔〉則以嘲諷體寫一個仍沉溺在當年「光榮」回憶中的人物。對於自己在日據時代以「特別高等警察」的身分爲虎作倀的身分，不但毫無憾悔，且至今仍很得意呢。他殘餘的權威感只需爭取幾包香煙、餐券、捲筒衛生紙即可滿足。鄭清文以看似平淡的筆墨，描繪出這樣一個猥瑣、卑微、不知羞愧的人物，和寫〈三腳馬〉一樣真切，傳達出他對那個時代臺灣人處境的沉痛之感。他也以嘲諷手法寫基本人性中的脆弱、貪婪和虛誇。如〈熠熠明星〉中的老立法委員，〈花園與遊戲〉中富裕社會青年男女，〈姨太太生活的一天〉的享樂主義等等，都令人想到他那「了然於心」的笑容。季季在爾雅《七十六年短篇小說選》評介〈報馬仔〉時說的，「你必須耐心的去『讀』他的笑容，才能漸漸知道笑容之下其實潛藏著更深的內涵。」

當他寫〈雷公點心〉的時候，這個笑容仍在。一個在古早苦日子挨過飢餓的鄉下老婦，深信丟棄食物會減少福分，所以到兒子開的餐館中仍忍不住搶救桌上剩菜。但是寫〈最後的紳士〉時，這一抹笑容已是忽隱忽現而已，他的主要關懷已經跟隨著送葬老人僵硬的腳步移至百年滄桑的時空意義。回憶中一切「紳士」時代美好的事物都在消逝之中。他穿上完全過時的白色西裝，歲月縮短了他的長腿，他一直踩著褲管，奮力隨著沒有格調的鼓鑼樂隊走在蓋滿了沒有格調的高樓之間，他已經認不出這個他居住

了一生的舊鎮——新的臺北地圖上已定名爲「新莊」。

　　舊鎮和大水河的風土人物一直是鄭清文的鄉愁所繫吧。他在童年稱爲大水河的淡水河，好似太平洋穿過臺灣海峽伸出半臂環抱著臺北盆地，曾經是一條洶湧雄渾的一條河，直到經濟繁榮將它污染淤塞了。它岸邊許多早期移民的小鎮，現在都已寸土寸金，蓋滿了〈最後的紳士〉所見的俗氣高樓。1974 年剛剛創刊兩年的中華民國筆會季刊刊載英譯的〈水上組曲〉時，距離它完稿已十年了。寫〈水上組曲〉時的鄭清文仍在寫詩的階段吧，他用散文詩的形式寫一個表面上從無一語，內心裡是波濤起伏的戀慕。年輕的渡船夫，五年來不分晴雨地守望著一座古老房子的大門，全然靜穆地等待那洗衣女子，一手挽著籃子，手提著木屐，輕盈地由石階走下來到河邊洗衣。颱風中他在洪流中救人，鎮上要頒獎給他，他想告訴她，但是她不再來到河邊了。全篇中心是暴風雨中的大河，「在呼嘯、在怒吼，那隻無羈無絆的，無限大的野獸，在翻滾，在掀動」，呼應著年輕船夫的激盪之心。以四段組曲的節奏，步步升高愛慕、期待和焦慮的層次。達到了他所有作品中少見的豐沛情境。

　　在自傳體的〈大水河畔的童年〉中鄭清文說當年夜歸人由城裡回到舊鎮，遠遠看到渡船頭沙岬上插著一根樹枝，掛上一盞油燈，就感到安全放心了。他常常想到船夫的孤獨和勇敢，「如果膽子大一點，我也很想去當船夫」。然後，人們來採砂石，兩岸的寧靜小鎮全都漸漸消失在水泥堆裡了，然後，有了橋。20 歲的時候，在聯合報辦的 40 年來中國文學研討會裡，他以〈渡船頭的孤燈——臺灣文學的堅守精神〉爲題作閉幕演講，以呂赫若、鍾理和、李喬、鍾鐵民等等的寫作爲例，「能在困苦中逐漸成長而不迷失自己，是因爲他們在寫作過程中，心內一直有一個指針，就像渡船頭那一盞小小的孤燈，讓他們有一個方向，也給他們信心和力量」。也照亮了後世許多遲疑迷惘的作家。

　　〈春雨〉也是一篇豐沛之作。全篇似乎在傾注的大雨中一氣呵成。人生的艱難隨著拜墓者的腳步展開。這篇近期的作品和他早期的〈蚊子〉一

樣以一位招贅的男子爲主角，但是在〈春雨〉中出身孤兒院的安民並不自
憐身世，他終於悟得，「不一定自己生的，才是自己的孩子……生命應該
是屬於全人類的一條大河吧」。一直努力傳宗接代失敗的妻子死後，他開
始領養孤兒。春寒，雨不停地從天上澆下來，安民半爬半蹬走上急陡的山
坡，揹著孩子去拜亡妻的墓，給她看看生命的延續。雨並未停歇，而山上
草木長滿了新芽，許多花已開了。英譯在選譯的過程和在筆會季刊登出之
後都曾令許多人感動。這個孤獨地揹著嬰兒的男子令人想起《詩經》裡那
種素樸無怨、溫柔敦厚的人道主義。置身於這樣強烈、豐沛的自然恩威之
下，他自有承先啓後的尊嚴！他和鄭清文筆下的鄉土人物、選舉人物、懷
鄉的老兵、感歎新事物的小市民、不自知生存空虛的新人類，40 年來合繪
了 20 世紀真正的臺灣人面貌。鄭清文似乎從未熱衷遵循任何時期的「政治
正確」路線，構思下筆甚少局限。題材涵蓋面之廣，內在思索之深刻，今
日文壇已不多見，麥田全集出版，英譯本亦即將問世，今日讀者和後世讀
者，在分享這些小人物的笑與淚之際，會在流行文壇，震耳欲聾的性與暴
力作品之外，聽到一些寧靜、溫和但是持久可信的聲音。歷史對臺灣文學
的評估也因此可增一些敬意。

——1998 年 5 月 4 日於濃郁春雨中、臺北

——選自王德威等編《鄭清文短篇小說全集・水上組曲》
臺北：麥田出版公司，1998 年 9 月

# 舊鎮的椰子樹
序鄭清文全集

◎李喬[*]

　　結識鄭清文超過 30 年，斷斷續續閱讀他的小說也已 30 年。我們夫婦捉對交往，可能第二代還會成為朋友，人，夠熟悉了；偶爾夜宿鄭宅，總是挑燈夜戰搶著講話，所談無非文學文事。我個人也寫過幾篇有關鄭清文文學的文字；在其文學全集出版之際表達一些看法想法，當作一種引介導讀，或許有些用處。因為，文壇公認：鄭清文的作品，不容易懂。

　　然而，所謂引介導讀，可能反而成為一種障礙？不過，對有心朋友還是有正面意義的：挑出筆者的誤失，或相反的論說。反正對於「鄭清文文學的謎團」的解剖，應該是正面的。

　　理解或研究一篇文學作品，需不需要知解作者？這在傳統說法裡是毋庸置疑的。但是自「新批評」以降，主張「文本批評」（text critique），把作品的外延存在給砍斷了；這個擺脫周邊糾纏，拒斥喧賓奪主的結果。實際上完整的文學研究，內部外部是一體而不可偏廢的，內部：主題結構，敘事結構，人物，語言，象徵等是文學主體；但是外部：作者身世，生命歷程，心理特質，綿密的文獻學的調查與檢討，時代風雨人世趨勢等，這是徹底理解文學主體的必備資料，也是論定作品一時一地以及歷時普同意義的座標，不可能忽略的——失去時空特性，也就難尋人間的普遍永恆。

　　據於此，以下就其人其文學兩層面，試作個人的解讀，供有心於研究的年輕朋友參考：

---

[*]本名李能棋，專事寫作。

## 一、鄭清文這個人

鄭給人一般印象是謹言內斂、溫文踏實；那煦煦笑容，樸拙的言辭，簡明的應對，適當的距離——在他四周造成薄薄的煙嵐，人人看得到但看不清楚。奇妙的，他整體的 image，巧妙地正呈現了「鄭清文文學」的象徵。

一言以蔽之，鄭清文呈現的是：臺灣鄉下人本色；1930、1940 年代的臺灣鄉下人。

平實踏實是他這個人的特質；同樣的，平實踏實也是鄭清文文學的特質。

他幾乎不曾過「放言高論」，也不肯把拒受喜惡之情以誇張的言辭表情呈現出來，至多也不過在眼神唇角飄忽地「展示」心底的明確而堅定的可否而已。他極少置身喧嘩沸騰的場合，或從繽紛光影中擷取體材；他總是潛入內裡，冷靜地追索深藏的因緣，把實實在在的感受、想法，以「令人很難忍受」的沉默低調文字、形式表達出來。關於這一點，如果要在臺灣文壇找一個「人格文格絕對一致」的例子，鄭清文、鄭清文文學就是。（區區是相反的例子，因為生命上有許多雜渣，永遠臻不到鄭的境地。）

鄭清文的實際生活和文學的姿態一樣：十分踏實。踏實不是不生火花不揚波瀾，而是有意的，或者說性格本身使然——讓那些火花波瀾隱藏在日常生活的底層，或「故作」簡簡單單的小說情節中。

他 40 年的銀行員生涯是一個不等邊三角形：住家，冷調舒適的高級行員辦公室，木柵的小山。這是外顯的空間。他擁有另一三角形：「舊鎮」生命回溯的舞臺；上述的外顯空間壓縮為此三角形的一邊；另外就是思想，心靈宇宙的無限縱深。這個「結構」是「臺灣社會人鄭清文」的，也是「臺灣作家鄭清文」的。平淡簡單的人物與故事，就隱蓄著繁複深邃的內在潛藏。於是，我們可以「調侃」地說：鄭清文的存在本身就是一篇「現代小說」，或者說：他就是「現代小說」的象徵——「現代小說」的

特色不就是這樣嗎？

這個人在十丈紅塵的臺北火宅生活了四十多年，迄今還擁有臺灣鄉下人的風貌，可以說是奇蹟。他怎麼做到的？問他本人他一定向你微笑；實際上他也回答不出來。不過無妨，從他的豐富小說作品中可以摸索到一些信息。當然，這個世代的後生人大都很難想像所謂「臺灣鄉下人」是何種存在。有心一探的，就請捧讀鄭的小說吧。

鄉下人的行為模式，除了平實踏實之外，就是謙虛、認真。跟鄭接觸過的人都會感受到其待人處事的謙虛內歛。他懂得很多很多，卻非必要一定不肯露一手。朋友們都知道這個人精通日語、美語還能閱讀法文，可是他的口說手寫幾乎蟹行文字絕跡。何時表現長才？那就是向他請教一些偏僻的觀念或關鍵性詞語時，他會「不客氣」地告訴你原典出處與來龍去脈。

他在這方面的「德行」表現得淋漓盡致的是：在小說創作下筆之前，為一草木名物，他會跑遍全島，而且到處敬謹請教；如果某一關節尚有疑問，一篇小說素材他會懸案三年五載，甚至放棄成篇。和這個脾性相連的，那就是他的潔癖。沒有把握的、有疑竇的、待釐清的，一律拒之；同樣的，多餘的、不協調的、朦朧模糊的——人物，情節，章句一律不予呈現。是的，這種脾性，終於呈現「鄭清文風格」的那種篇章，那種文字。此處又再次證明「人格文格合一」的奧祕與事實。

而鄭清文的小說，是絕不含雜渣的純文學，這是定論。誠然，純文學有時候是「寂寞」的代名詞。然而，正如他的一篇小說的篇名〈校園裡的椰子樹〉一樣，鄭清文其人正如一棵大王椰子，其作品也是大王椰子；一時一地觀，椰子的葉片紛紛掉落，然而椰樹本身卻自信十足地，也是不吭不哼地不斷茁壯成長。

鄭清文是一個念舊的人。他的作品不斷出現「舊鎮」這個字眼與影像。「舊鎮」指的大概是「新莊」，他童年笑聲淚痕儲存所在。不過出生於桃園鄉下；成長為新莊鄭家人，他的心靈底層仍有一模糊的生命定點的

故鄉，所以他的「舊鎮」是「複製」的；這是鄭的故鄉情結有其異於一般人深邃的因緣在。我以爲理解其人其文學，這個因素不能說不重要。他喜歡丘陵、草徑、大小河流河水；也許越是年老，「大水河畔的童年」越清晰地回到夢境來；而〈水上組曲〉——33 歲發表的名作，其中襯著交響曲背景的緩緩河流，是他的作品風格，也是生命流程；渡口船夫是他的側影；河岸深閉的神祕門扉以及女人，應該是那個年紀所能觸及的文學與人生追尋的模糊形象。據於此，我曾替鄭清文其人其文學作一塑型：芳草萋萋的小小鄉鎮上，一棵壯碩矗立的大王椰子；春風秋雨時有落葉，軀幹卻悠然而默默成長。其背景是：街莊背後坡度舒緩的丘陵；丘陵的兩端綿延到島嶼脊背的山脈裡去。至於前景是寬闊的大河，河流漣漪處處而河水緩緩前行……。

　　這一靜一動的構圖，可視作鄭清文文學的象徵。

## 二、鄭清文文學

　　15 年前我曾在《文學界》舉辦的「鄭清文先生作品專輯」討論會上，提出「鄭清文小說特色」的報告。15 年後看法基本上沒有改變，但有較深入的體會。茲斟酌後提出以下看法：

### （一）著重悲劇過程的探討

　　鄭清文的小說，基本上是從存在的悲劇性切入的。

　　古典悲劇多半處理宇宙力與人力的相互作用問題。鄭寫的是現代人的悲劇，以社會因素與心理因素的糾葛爲主；而他的作風是社會因素往往只是簡略的背景交代；其重點在深淺心理層面「刺激反應」、醞釀變化歷程的「冷靜呈現」。

　　因而他的作品，「場景」樸素淡彩，人物簡單甚至有些形貌模糊；他用力處在於人物心靈奧底的呈現；說「呈現」是因爲作者堅持客觀交代，不作情緒甚至情感的宣洩；他著力的是把那個「變」或「結果」的過程表達出來。因爲緊密追尋那悲劇的來龍去脈，所以說是著重悲劇過程的探

討。例如名作〈苦瓜〉寫的是倔強少婦秀卿在丈夫離棄之後，伊如何「消解」心中「苦瓜」的過程；真是驚濤駭浪，動人心弦。〈三腳馬〉的吉祥叔所以成為「三腳仔」是有其「必然過程」的。〈清明時節〉寫被棄妻子的故事。此作從始至終探討的是，妻子造成如此場面的經過；人間，生活或者生存本身就是一個難題，小說中人物無奈，因而提示了人間無盡悲劇的線索。至於〈焚〉這篇可怕的小說，主角梁美芳在婆婆嫉視之下與丈夫永福過一段「鋼索上的快樂日子」，突然丈夫死亡，伊在涉過千山萬水的人事糾葛，捨離愛怨情仇之後，以為解脫了，可是婆婆一句「妳肚子的孩子是誰的？」伊還是天旋地轉而崩潰了。這篇顯然觸及悲劇的核心；人是什麼？人性是什麼？極限存在嗎？「內在性」的？「超越性」的？這個主題推進到某個極限，成了鄭清文文學前面的萬丈高牆。

　　鄭清文是文學者小說家，牆頂牆外不必去操心。我們到此注意到，在他諸多描繪悲劇的篇章中，隱藏著一個莊嚴的主題：人生內裡的悲劇性，而文學的「任務」就是冷靜地把生之悲劇性記錄下來。正因為被敘述的客體是叫人「眼淚婆娑」的，如果再用溫情的文字渲染，豈不讓讀者溺斃於淚海？這是我個人對他文字潔癖的看法。

### （二）「解脫與救贖」是核心

　　這是個人近年來以宗教角度研讀臺灣小說時的重大發現：鄭清文的文學，其主題傾向大都可以「解脫與救贖」觀的戲劇化演出來概括。

　　生命是未經擁有者同意，被拋置在世上而存在的。生命本身無意義，生命有限而生命過程十分痛苦；究竟又歸之於無。這是勇敢凝視生命真相的人看到又身受的事實。鄭清文在心靈上是樸拙鄉下人，而他是內省型作家，又是以「觀念」引導創作的人。當他凝視生命痛苦的事實，描繪悲劇的過程之後，如何「處理」這些「生之實況」？那就是提出解脫與救贖的「策略」來。

　　有趣的是，鄭乃非宗教型的作家。他把解脫與救贖的「觀念」以十分「屬世」的「生長」包裝起來。

　　生命或痛苦的解除，有兩種不同說法。一是解脫一是救贖。前者是佛教型的生命觀，後者是基督型的生命觀；它分別代表「內在性」與「超越性」宗教信仰。佛教認為生命無不變實體，所以無善惡定著，也無罪的負擔；唯一旦發動而實現，罪業便跟隨而來。因每個生命體的宿業不同，罪業乃有輕重深淺之分。然則罪業也好，痛苦也好，是外染的──佛說眾生平等，人人自具佛性──於是重點在擺脫解除外染是重點。所以是「解脫」。

　　基督思想的核心是「罪」（sin），人是「受造者」，因人的始祖違背創造者的命諭──犯了罪，於是被逐出伊甸園而「流浪」。這個「流浪」代代延續，代代追尋無罪的原我；其中「磨難」重重而人在磨難中接受啟蒙。所以苦難的解除必須付出代價──被質的有罪之心身，要經贖出來的過程，苦難痛苦才能消除。

　　縱觀鄭清文的生命思想，其「人文性」極強，注重個人個別的智慧、覺悟；主張由體現「實在的自己」而獲得解脫。他屬於「內在型」的解脫論者，但過程中幾乎無例外，必然有所「付出」，所以又可列入「救贖論」裡；因其重視「人自身」的覺悟與行動，所以可以稱之為「積極的救贖論者」。

　　這兩者如何涵融互用？那就是前段所提的「生長」來「包裝」。「教訓是慘痛的，而生長卻是緩慢的。」「記得教訓，使自己成長。」（見〈苦瓜〉第三節）。「一張葉子的掉落，並不代表它的死滅，它代表母樹的成長。」（見〈校園裡的椰子樹〉第五節）「人需要不斷的成長，但每一種成長都不免伴隨著一些惆悵……」「成長是必然的事，但是成長的過程中，要附隨著悲哀也是必然的嗎？」（見〈睨〉）。也許以「成長」包裝解脫與救贖有化繁為簡之議，但做為文學作品，毋寧說是更符合人間性吧？

## （三）觀念性與現實性結合

　　鄭清文的小說著重悲劇過程的探討，而以解脫與救贖為核心，所以他是從社會的深層看社會問題。正因為如此，也招來一些人對鄭氏的誤會──

—認為他不夠「寫實」，少關心社會政治層面的探討。他關心社會現實嗎？寫不寫社會問題？答案是肯定的，但是由於個性與藝術性的堅持，他力拒喧嘩的浮面，他不愛淚血交迸的激情；他是從社會的結構層，人性的幽邃處去描繪；他嗜好叫讀者自己去思索、尋求答案。

換言之，那是深入人間社會內裡，加以理解並以重視現實的形式呈現。也就是梳理現象面後，成為比較有普遍性的觀念——以觀念性去組合小說。「觀念性小說」極為危險；它容易落入作者自言自語、自以為是的陷阱。然而鄭清文的小說躲開這個毛病，原因是這個人強烈的鄉土之情、大地之愛予以「觀念性」豐腴飽滿的血肉情味。於是勻稱地結合了觀念性與現實性。正因為如此，讀他的作品，猶如面對三稜鏡，角度與眼界不同，獲得的景觀色彩各異。例如〈姨太太生活的一天〉，甚至引起對峙的爭論，其他「現代英雄」系列莫不如此。

## （四）「深潭漩渦型」的語言

鄭清文的作品被認為是當代作家中最難懂者之一。由於上述三者其難懂是很自然的，可是他的語言文字卻是 12 分的淺顯、簡單、明白。我們讀者往往有被「打敗」的感受。

他的好友陳垣三先生認為，鄭在遣詞造句上用苦心，乃源於他的世界觀。葉石濤先生的「描述」比較清楚：「鄭清文樸實無華的風格，來自『誠實與穎智』。他似乎有一牢固不拔的觀念，以為作家必須正確地驅使語言。這種對於語言的過度神經質，使他產生一種獨異的文體。這平淡無奇的文體，卻頗似精巧的陷阱，誘人進入或上鉤。當我們習慣了這文體後，我們不再被庸庸碌碌的外表所迷惑了；有時裡面隱藏的世界恰似電光的一閃，使我們瞥見那深不見底的世界，人生黑暗朦朧的領域。這好比在凝視波平浪靜的湖面，乍看湖面是平靜平和的，但當我們把手伸進水裡，我們便愕然醒覺：原來湖底有一股旋轉、騷動的暗流。」接下去，葉先生說：他布下平凡冷靜的陷阱的外表，裡面卻躲藏著使人欲哭無淚，搥胸頓足的複雜人生悲劇。

　　以上的敘述只是「描繪」，並未能如實地「說明」；區區在下也不能。他的語言風格來自他的「潔癖」性格，完全不受傳統中文標準的拘束；另外就是觀念上他篤信「冰山理論」——他的名言是：「因爲簡單，所以包含更多」他的文體，正是理論的具體實踐的成果。就理論說：語言是實體世界的符號；符號與實體之間是有「誤差」的，而每個作者所擁有的符號，彼此之間當然不同，每個讀者之間，作者與讀者之間也是不同而互有「誤差」。文學是作者以符號（語言文字）承載實體世界，又以符號觸動引起讀者實體世界的「轉換過程」。其中語言之爲符號身分，以及其本身的局限，讀者作者之間的「誤差」：凡此構成文學的神祕美感。鄭清文的執著與操作，是一種「狡猾」——謂之「藝術性狡猾」。我們還是無能「說明」，但可以形容他的語言文字爲「深潭漩渦型」。其他，只好心甘情願掉落其美麗陷阱而已。

　　由於媒體與交通網把世界縮小了，所以時間流轉越來越迅速；1945 年至 1965 年之間的「20 年」，和 1975 年至 1995 年之間的「20 年」，其「二十年的意義」是非常不同的，這就是「自然時間」與「人文時間」的不同。十年前感覺得出「日據時代的臺灣作家與作品」，是以文學史的意義存在的，可是近年來由於「時間加速」驚人，「戰後的第一代第二代作家與作品」，不知不覺間好像也被「歸檔」而爲文學史的意義存在的了。

　　不過，鄭清文個人存在與生活的身影，雖然孤獨而有些步履維艱，然而其生命投射的文學殿堂卻是龐大堅實崇高無比。他是定根成長於臺灣舊鎮的一棵大王椰子，以傲天之姿不斷茁長壯大；落葉繽紛，其姿態與影像將會永遠存在天幕之上，也活躍在不同世代的人們心田上。

——選自王德威等編《鄭清文短篇小說全集‧水上組曲》
臺北：麥田出版公司，1998 年 6 月

# 追尋
## 論鄭清文的文體

◎陳垣三[*]

一

這幾年來，儘管鄭清文陸續出版了幾本短篇小說集，也獲得了幾次小說獎，但他的文名比起同輩的其他小說家卻小得多，這個原因可能與他的文體有關。鄭清文曾表示過：

> 第一、我不喜歡浮華的字眼。
> 第二、我認為簡單的字有簡單的好處，因為它簡單，所以它可以含蓄得更多。[1]

這種選擇，固然無所謂正確與否，端視作家的個性使然。然而作品之含蓄與作品之晦澀常常無從區分，尤其當作家所描述的世界對一般人相當陌生時，簡單的字就容易造成認知上的障礙。因此作家必須掌握某種技巧，才能表現出他的感受。鄭清文似乎一開始便在嘗試一種寫作方法，而那種寫作方法表面上看來相當簡單，卻要消化掉許多素材。我們從他的作品中也許能探索到一點跡象。

現在就讓我們來做這項工作吧。

---

[*]發表文章時為臺北師大附中教師，現已退休。
[1]洪醒夫，〈誠實與含蓄的故事〉，《現代英雄》（臺北：爾雅出版社，1976 年），頁 197。

二

在鄭清文最早的一篇短篇小說〈寂寞的心〉，有一段文字這樣寫著：

> 寒假，我回家時，父親正坐在藤椅上打瞌睡。他聽了我的腳步聲，忽然
> 驚醒過來說：「怎麼不先寫信回家？」他說話好像有些吃力，但他微笑
> 著。[2]

他藉著「打瞌睡」和「驚醒」兩個動詞襯托出老人的寂寞。僅用「好像有些吃力」來修飾「說話」的樣子，然後以「微笑」點出老人的滿足感。他對動詞的掌握相當成功，例如在〈一對斑鳩〉裡，他把表姐表弟的感情濃縮到一個動詞。

> 大表哥，二表哥都到山園工作去了，他們的年紀都和我差不多。三表哥
> 還在縣城裡的農校讀書，他和我同是高一，但他比我早生幾個月。
> 第一天下午，他帶我到果子園。我邀四表弟一起去，他卻嘟著嘴跑開
> 了。[3]

很顯然，前面一段文字只是平鋪直敘，交代大表哥、二表哥、三表哥和「我」的關係。這種關係並不指涉親戚關係，而是暗示著存在於我們習俗中男女間感情的可能性。在後面一段文字裡，「跑開」使四表弟由從屬的地位一躍而成為主要的地位。於是：「阿姐，妳出來一下。」[4]

在整個故事的發展上，就顯得非常有力。如果我們套用一句司威孚德（Swift）的話，即「最好的字放在最好的位置」。[5]

---

[2]鄭清文，〈寂寞的心〉，《簸箕谷》（臺北：幼獅文化公司，1965 年），頁 3。
[3]鄭清文，〈一對斑鳩〉，《自選集》（臺北：黎明文化公司，1975 年），頁 7。
[4]同前註，頁 8。
[5]此處採用梁實秋譯文。開明書店《文學概論》譯為「適當的詞置於適當的處所」，見該書頁 80。

　　鄭清文在處理最細微的感情時，常使用敘述法，句子平淡無奇，例如在〈五彩神仙〉裡，一開頭便這樣寫著：

> 調到催收部門來，所處理的第一件案件，竟是拍賣陳成興的房屋。賣房子，本來就不是一件愉快的事，何況是拍賣，而拍賣的又是陳成興的。陳成興是我的同學……。[6]

　　就像在前述〈一對斑鳩〉所引錄的文字一樣，這種敘述法在整個小說結構中，並不如表面所看到的那麼簡單。也許在這裡所引錄〈五彩神仙〉一開頭的那段文字，有別的處理方法，卻要有更高的技巧，才能使前後平穩。雖然這段文字隱約流露出敘述者的激動，但是不可否認這段文字不能省略。如果我們能回顧一下古文，卻也不難發現這種敘述法並非全無可取。例如有歸有光〈先妣事略〉裡就這樣寫著：

> 先妣周孺人，弘治元年二月十一日生。年十六來歸。踰年生女淑靜——淑靜者，大姊也。期而生有光，又期而生女子；殤一人，期而不育者一人。又踰年生尚，姓十二月。踰年，生淑順。一歲，又生有功。[7]

　　這種敘述法的妙處是它能呈現出事實的複雜性，尤其當作家陷入情緒低潮時。例如歸有光在寫〈先妣事略〉時的心情，他必須借助於這種敘述法，來喚起讀者對「孺人卒。諸兒見家人泣，則隨之泣，然猶以為母寢也。」那種景象。如果他改換另一種寫法，而且使用華麗的詞藻，則諸兒的泣聲，就會變成歌仔戲中的哭調了。

　　現在我們回來檢視一下鄭清文在〈五彩神仙〉裡所製造出的效果，他用敘述法說明為什麼會再和同學重逢的原委之後，便以他最熟練的對話技

---

[6]鄭清文，〈五彩神仙〉，《現代英雄》（臺北：爾雅出版社，1976年），頁7。
[7]歸有光，〈先妣事略〉，《明清散文選》。

巧，很生動地烘托出一幅圖畫。由於「陳咸興是我的同學」，所以才有下述的對話。

俞小姐站起來，她雖然坐了那麼久只是略微把腳部伸屈一下，又如進來一般，筆挺挺地走了出去。餐廳裡的人，幾乎又全部把視線投向她，一直到她出了門。

「你應該和她結婚。」我有些激動。

「為什麼？」

「她很漂亮。」

「她很漂亮，不錯。還有什麼？」

「你們的脾氣也很像。」

「你說的也許對。我們想吃點什麼，就非想辦法把它吃到不可，兩個人的確都有這種脾氣。其他還有什麼嗎？」

「當然還有許多，一定還有。」

「我不能和她結婚。」

「你當真？」

「她也不會和我結婚。」

「為什麼？」

「我們只能這樣，誰一時高興，就打個電話，約定在一個地方一起吃飯，不管到什麼地方，只要能夠到的地方。吃完了，兩個人就各走各的。有時，還像剛才那樣，誰高興，誰就先走，也不必等着對方。你說這不是更自由自在嗎？」

「可是……」

「再叫點什麼？」

「不。但你們這也不是辦法。」

「也沒什麼辦法呀。」

「這樣你們要維持到什麼時候？」

「那也不會很久吧，反正我把錢用完，自然就會分手吧。」陳咸興微微
地皺了皺眉頭，但很快就又朗開來，好像什麼也沒發生過。

「……」

「真的，吃點水菓如何？」

「不，不必了。我只想去看看熱帶魚，你可以陪我一下？」

「不。」陳咸興猶豫了一下。

「我想去看看五彩神仙魚。」

「那是很漂亮的魚。你沒看過，可以去看看。我是看過的了，也許有一
天我會獨自跑去看它們，但不是現在。」

他向我瞅了一眼，好像在問我懂不懂他的意思。[8]

　　林海音在〈臺籍作家寫作生活〉中，曾談到鄭清文。「他開始是喜歡
契訶夫的短篇小說，認為那平凡人物的故事非常動人，但他漸漸又覺得契
訶夫的作品中缺少暗示性和象徵性，他認為海明威的作品在這些地方就做
得成功。」[9]

　　顯然林海音很明白地指出契訶夫是屬於內容方面，而海明威是屬於形
式方面。但從上面的一段文字裡，例如「再叫點什麼？」「真的，吃點水果
如何？」突然出現在那扣人心弦的對話中，以便把談話的重心移開的這種
技巧，在契訶夫的作品中使用很多。鄭清文則用來描寫陳咸興內心的彷
徨；當然也可以暗示陳咸興個性中令他在現實中失敗的原因之一。〈五彩
神仙〉本就具有象徵意味，「那是很漂亮的魚。你沒有看過，可以去看
看。我是看過的了，也許有一天我會獨自跑去看它們，但不是現在。」那
一幕幻景落幕了，時間失去了壓迫感，今天明天都沒有什麼區別。

---

[8]鄭清文，〈五彩神仙〉，《現代英雄》（臺北：爾雅出版社，1976 年）頁 19～21。
[9]林海音，〈臺籍作家的寫作生活〉，《文星雜誌》第 5 卷第 2 期（出版年月待查），頁 29。

## 三

在這裡，我們無意論斷海明威的作品是否偉大，文體是否文法鬆懈，逼近口語，單調而沒有餘味[10]，至少根據馬卡斯‧堪利夫在《美國的文學》中提到，儘管海明威某些作品有缺點，「然而海明威是一個非凡的天才作家。他的初期的小說或短篇小說，例如《我們的時代》、《沒有女人的男人》、《勝者一無所獲》等，對於他人有極大的影響：許多海明威的仿作已近乎亂真。但若重新閱讀他的早期小說和最佳短篇小說，仍會覺得它們之情趣新奇，引人入勝。海明威嚴格地限制自己從事寫作，他拒絕各種文學技巧之援助，但他使他的作品孕藏著驚人的、富麗的力量。」[11]

海明威對鄭清文的影響是他的寫作態度，尤其冰山的比喻，一直是鄭清文寫作的金科玉律之一。早在〈我的傑作〉發表之前，鄭清文企圖不假借任何寫作技巧之援助，塑造他自己獨特的文體，在〈簸箕谷〉中，他以抒情的筆法貫穿全篇，似乎也約略呈現出孕藏在他的小說世界中，很難處理但很重要的一個主題——悲劇的來源。他的悲劇觀，不是伊迪帕斯式的，也不是漢姆雷特式的，而是存在於人與人之間，那一絲似可溝通又不可溝通的情感，以及無法逃避的情境。在〈簸箕谷〉中如此，在〈我的傑作〉中也是如此，在〈重疊的影子〉中更是如此。可惜〈簸箕谷〉並未獲得賞識，而〈我的傑作〉的成功，使鄭清文走向另一條路。

在鄭清文發現海明威的對話體如能適當應用會省卻許多筆墨而且更達意之前，文心在〈千歲檜〉已嘗試過這種技巧。我們無法確知文心是否在這方面給鄭清文做了鋪路工作，無可諱言地，中外句法不同，一種技巧的移植是件艱苦的事，文心和鄭清文都盡了最大努力。

下面我們舉出兩個典型的例子：

---

[10]夏志清，〈文學雜談〉，《中外文學》第 2 卷第 1 期（1973 年 6 月），頁 52。
[11]馬卡斯‧堪利夫著；張芳杰譯，《美國的文學》（臺北：東方出版社，1957 年），頁 233

1

這件事我以為沒有人知道，其實母親老早就知道了。有一次，她問我：

「你們在房間裡搞什麼？」

「畫畫！」我理直氣壯的說。

「還有呢？」

「沒有了。」

「真的？」

「當然。」

「你們還是早點結婚了好。」

「不，我不結婚。」

「什麼！」

「我還不打算結婚。」

「你不喜歡她？」

「她很乖，我也頂喜歡她。」

「那你為什麼不和她結婚？」

「我不和任何人結婚。我打算一直畫畫。」

「那她怎辦？」

「她還可以再嫁人呀。」

「嫁人？你說什麼，還有誰要她？」

「她和以前還是一樣的。」

「你知道對一個女孩子是不能太隨便的。你為什麼說要和她結婚？」

「我不這麼說，她怎肯讓我畫？我必須畫她，為了藝術什麼都可以犧牲的，甚至於我自己的生命。」

「為了藝術？我不知道你們的藝術，是什麼玩藝兒。我們辛辛苦苦給你唸書，教你回來撒謊，回來欺侮自己的人。好吧，你們還是結婚了好，不然阿治有了長短，我這條老命也可以不要了。」

「不！至少我現在還不打算結婚。」[12]

2

他們離開舊鎮的時候，載了三卡車出去，回來，卻只裝了一輛中型卡車。

「我要出去一下。」張百福醫生站在後門。

「你急著出去獻醜，讓人家知道你已衰敗着回來？」

「我要出去。」

「要出去，就從前門出去。」

「前面已租給人家。」

「那是我們的房子。」

「到現在何必再堅持着這一點面子？」他說，頭也不回地走了。

他走到大街上，街道狹窄，人比螞蟻還多。[13]

〈我的傑作〉是《文星雜誌》創刊五週年紀念徵文的特選作品；〈故里人歸〉是聯合報第一屆小說獎的佳作。寫作的時間，前後相距有十多年之久。但在這裡所引錄的對話，其基本形態仍保持若干共同點。一、對話中的語句接近口語。二、對話者的語氣、表情很少加以描寫。這是非常海明威式的寫作技巧，鄭清文很巧妙地揉合在他的作品中。我們特意選擇這兩篇入選作品的對話作為例子，無非想說明一點，鄭清文所使用的寫作技巧中，以這裡所提到的寫作技巧來處理問題，較易引起讀者的共鳴。其實他對文字的謹慎，已到了頑固的程度。他佩服契訶夫只做證人的寫作態度，因此就影響到他對形容詞和副詞的看法。在洪醒夫的〈誠實與含蓄的故事〉裡，鄭清文現身說法：

……文學作品的本身就有許多道理，它是把你的感覺根據一個很實在

---

[12]鄭清文，〈我的傑作〉，《簸箕谷》頁 22～24。
[13]〈故里人歸〉（六十五年度聯合報小說獎作品集）

的，具體的事件表達出來的，裡面有你對生命的看法，對社會的看法，
對一切事物的看法，即使不直接把這些看法說出來。

……譬如你說：「我要走路」，你說：「我要坐車」，走路自有走路的
人生觀，坐車也有坐車的人生觀，只是沒有直接表達出來。[14]

鄭清文堅信「我要走路」「我要坐車」等文字所表達的人生觀，對讀者
而言，早已具有最原始的概念，這種概念植根於一個社會的風尚，在一個
爭相以坐車爲榮的社會，「我要走路」便說明了一個意願，無須作家再多
描述。羅素在《邏輯與知識》裡說得很明白：「……在一個邏輯上正確的
符號系統裡，事實與代表該事實的符號之間經常具有一種結構上的基本同
一性。並且……符號之複雜性非常緊密地對應著它所表示的事實的複雜
性。」[15]文字是一種符號，而符號之複雜性是否即是句子結構的複雜性，這
便是見仁見智的事。而鄭清文在他的小說中所表現卻是布局的複雜性。因
此他在描寫驚心動魄的場面時，乾脆摒棄形容詞和副詞。

「把它叉住。」他說。那時我的腳動了一下，那條魚好像受驚了，就想
逃開。

「咦！」我用力戳了過去。

「哎唷……」

不好了，我叉到了阿芳的腳。他的身子向後跟蹌了幾步，差點把電石燈
都摔在水裡。

他連忙退到岸上，用燈一照，左腳的大姆指給叉到了，血在流。[16]

在我們日常生活中，流血的經驗很多。即使不曾流過血，從聽聞和報

---

14 洪醒夫，〈誠實與含蓄的故事〉，見《現代英雄》（臺北：爾雅出版社，1976 年），頁 197。
15 羅素，《邏輯與知識》，譯文引自 William P. Alston 著，何秀煌譯《語言的哲學》（臺北：三民書局，1969 年），頁 4。
16 〈一對斑鳩〉，《故事》，頁 65。

章雜誌中，對「血」字已構成相當複雜的意象。海明威在《戰地春夢》中描寫流血：「The drops fell very slowly, as they fall from an icicle after the sun has gone」（血滴慢慢淌下來，它們彷彿是從日落後的冰柱上滴下來的一樣）。[17]日落後，大地開始安息，血從冰柱滴下來，冰柱是冷的，血流多了身體就發冷。這些隱喻配合得很巧妙，都跟生命垂危有關。然而鄭清文在處理流血的描寫上，更澈底去除任何修飾，使血本身的意象赤裸裸地呈露出來。一個女孩子在夜晚和一個年紀比她小的男孩子，在溪中用叉子捉魚，由於女孩子的疏忽而造成了意外，「血在流」不就足夠令人毛骨悚然了嗎？但鄭清文並沒有讓緊張的弦繃得太久，他把筆鋒一轉，我們鬆了一口氣。

> 「對不起！」
> 「沒關係。」[18]

## 四

　　如果寫一篇小說而不用形容詞和副詞以及修飾的片語或子句，確是一件不可思議的事。鄭清文寫小說當然也不能例外。但要欣賞他的作品，不得不探究他如何使用這類詞句。在〈寂寞的心〉有一段文字這樣寫著：

> 四歲的時候，母親逝世了。父親很寵縱我，一定像這鄉下婦女一樣任憑我哭鬧。小時候的事已記不清楚了，但姐姐有時還笑我。記得高二時，辭不了同學的邀請，到他的家吃拜拜，也不曾託人告訴父親，一直到收音機在找人才知道趕回家。姐姐告訴我，父親很焦急，問了許多人都不知道，就到警察局報案。我向父親道歉，他笑着對我說到什麼地方去應

---

[17]Ernest Hemingway,"*A Farewell to Arms*"(London：Heinemann Educationd Books,1971),p.47.
[18]〈一對斑鳩〉，《故事》，頁 65。

該託人回家說一聲。我看見他兩眼紅紅的。[19]

假定光從這段文字孤立起來品嚐，的確不覺得有什麼值得稱讚的地方。「父親很焦急」是個很平凡的描寫，亦即懷黑德（Alfred N. Whitehead）所謂的墮落語句，他引述柯立芝（Samuel T. Coleridge）在他的《文學傳記》中，反對一群遊客凝視一水狂流而迸出「好美呀！」來當作這撼人景觀的空泛形容。無疑地，這「好美呀！」的語句，使風景的全部鮮明性喪失了。[20]但鄭清文並不嫌棄這種墮落語句。他的作品中的語句，在意義上，往往是前後依存。父親的焦急表現於到警察局報案，收音機廣播尋人等事件上。但最重要的是「見證」，「我看見他兩眼紅紅的。」「紅紅的」是形容詞，卻不僅形容眼睛，而且展現內心的焦慮。我們還會看到，「像這鄉下婦女一樣」的修飾片語，居然必須出前一段描寫才能界定。

三等車內很擁擠。坐在我對面的是一對三十歲左右的鄉下夫妻。女的背上背着一個男孩，男的膝上抱着一個女孩，女的兩膝之間還站着一個七八歲的男孩，要這要那，不斷地哭鬧着。母親降低嗓子哄著他，他哭得更大聲了。父親生氣了，狠狠地打了他兩下，他不哭了。母親罵了丈夫幾句，連忙把孩子抱住，好像輪胎爆炸似的，他又哭了，而且哭得比剛才更加痛切。[21]

一旦我們把兩段文字合併起來，便展現一幅生動的圖畫。這種技巧其實是《古詩十九首》的作者、陶潛和王維等詩人慣用的方法。王國維在《人間詞話》中說：「蓋意足則不暇代，語妙則不必代，此少游之小樓連苑、繡轂雕鞍，所以爲東坡所譏也。」「歷代詩餘話卷五引曾慥高齋詞話，

---

[19]鄭清文，〈寂寞的心〉，見《簸箕谷》（臺北：幼獅文化公司，1965 年），頁 1。
[20]Whitehead, Alfred North. *"Modes of Thought"* P.7.
[21]鄭清文，〈寂寞的心〉，見《簸箕谷》，頁 1。

少游自會稽入都見東坡。東坡問作何詞，少游舉小樓連苑橫空，下窺繡轂雕鞍驟。東坡曰：十三個字只說得一個人騎馬樓前過。」[22]鄭清文的作品不會犯這種堆砌辭句的毛病，即使寫景也不大用形容詞。如果他使用形容詞，則這些形容詞必須產生某種效果。例如在〈又是中秋〉中他寫著：

> 溪水兩邊都是墓地，四周盡是高高低低的饅頭型的土墳。周圍都是竹屏，其中雜著些相思樹，在竹屏上浮彫出黑色的枝葉。竹屏過去是我們的田，是此地最貧瘠的田。渾圓的月亮高高掛在天空，照亮着四周。
> ——《簸箕谷》，頁 94

這是一幅淡墨畫，「黑色的」這個形容詞是必要的，在「渾圓的月亮」照射下，相思樹和竹屏顯得格外分明。「黑色的」又代表惡的，本來「渾圓的」應該代表團圓的，而這種團圓有點踰越常軌。於是一場不可避免的喜劇發生了。

> 「阿生，阿生，你不能這樣，就算我答應了，也應該等……」但他沒有回答。我只覺得他手壓在我的胸口，解開了衣扣，我睜開眼睛想看他的臉孔。我只覺得月光一直照射下來，突然他的頭部像朵黑雲遮住了月光我再閉住了眼睛。我感到他的身體的重量。[23]

也許我們在這裡所討論的問題，並不能完全適用於他的全部作品。有時他未必能全神貫注營造出一個富於象徵意味的形容詞來。因此有些形容詞僅止於表面意義。大體上，他不太使用副詞，其次是形容詞，他寧願讓名詞和動詞去顯露出事實的真相。下面的例子是〈婚約〉中的文字：

---

[22]王國維《人間詞話》（臺灣：開明書店，1963 年）頁 20、21，註 3。
[23]鄭清文，〈又見中秋〉，《自選集》（臺北：黎明文化公司，1975 年），頁 58。

　　她看著伯川快要走到河邊的濕沙時，停了一下，然後好像下了決心，突然向左邊轉了一個正九十度，把本來和河岸直交的線，拉成和河岸平行了。

　　她看了，頓覺四肢乏力，整個人就要癱瘓在沙地上。如果她真的癱下來，可能不到半個小時，就要被烤成人乾了。

　　伯川實在沒有理由對她這樣的。

　　她再回頭一看，後面是更遠了，無法退回去。[24]

# 五

　　威廉·房·洪波特（Karl Wilhelm Von Humboldt）[25]主張：「如果我們把語言當作僅僅『字』的組合，我們將不可能獲得真正的洞見以了解人類語言的性格和作用。在語言之間的真正差異，並不是聲音不同或者記號不同，而是『世界觀』的差別。」他又認為：「依我們的一般觀念，構成一種語言的文字與規則，實在只存在於連貫的語言的活動。把它們當作分立的實體乃『不外只是我們的拙劣的科學分析的一個僵死的成果』而已！語言必須被當作一種能力，而甚於一個成品。它不是一件現成的事物，而是一個連續的歷程；它乃是人心的一再重複的苦工，運用有音節的聲響來表達出思想。」

　　從我們的分析中，不難發現鄭清文在造詞遣字上所用的苦心，乃源於他的世界觀。如果期望他在文字上能有所改變，乃是一種無見識而不負責任的建議。從〈寂寞的心〉以至〈故里人歸〉他已嘗試過他能力所能及的各種文體，仍然無法改變他那獨特而富有律動的筆調。其實小說家唯一能改變的是他對故事結構的掌握。他能從以往的小說家學到布局，觀點轉

---

[24]鄭清文，〈婚約〉，《自選集》（臺北：黎明文化公司，1975 年），頁 203～204。
[25]Cassirer, Ernst 原著，劉述先譯，《論人》（臺北：東海大學出版，文星書店發行，1959 年），頁 137。

移，氣氛製造，意識連續等技法，卻無法學到生活體驗，尤其做為一個現代小說家的感受和對生命的看法。正如鍾肇政在《作家群像》中指出：「自然，鄭清文的文字句法也並非一成不變的，他經常地都在嘗試、實驗、探索。在《簸箕谷》裡頭的〈永恆的微笑〉一作裡，我們可以窺見他在這一方面的努力。它的文句是打破慣常文法的，句子冗長，用詞樸拙，醞釀成另一種味道。」誠然，〈永恆的微笑〉是一篇不可多得的力作，如果據此就鼓勵鄭清文在這方面努力，無異會跟王禎和在〈嫁粧一牛車〉獲得好評後，所遭遇到的同一難題。一個小說家有他造句的習慣，一旦這種習慣受到干擾，整個思路便紊亂起來。除非他能適應另一種造句的習慣，否則他的思想便枯竭了，再也無法有新的作品出現。

亮軒在〈永恆的生機〉裡[26]有一段很中肯的評語：「葉石濤在一篇評論鄭氏的文章中說，鄭清文『企圖把平實的人生重現於小說之中。』差不多就說明了他何以會在技巧上有這個特色。不過葉氏以其『極端厭惡炫奇的字眼或富有色彩和音響的字句，他對於字眼的選擇字句斟酌顯得過敏，這往往導致他底小說缺乏些力量，缺乏鮮活的映像。』這一番話，不宜盡信。執著平實可能使得作品缺乏力量，但兩者之間無必然關係，只要表現技巧純熟取捨得當，同樣會產生震撼力，甚至產生『炫奇』。」

其實鄭清文的小說文體，最大特色便是那自然流露出來的律動。在〈水上組曲〉中，他利用同一副詞來製造音響效果。

> 她已到河邊了，把裙子輕輕撩起，輕輕盈盈的蹲下。水輕輕地蕩起，水聲輕輕地響著。肥皂的泡沫慢慢地流了過來。然後，她揮起擣杵，那聲音響徹了河面，然後，又是一聲輕輕的水聲。[27]

「輕輕地」這聲音很容易使我們感覺到在那靜謐氣氛中的一切音響：

---

[26]亮軒，〈永恆的生機〉，《落花一片天上來》（臺北：爾雅出版社，1976 年），頁 130。
[27]鄭清文，〈水上組曲〉，《簸箕谷》（臺北：幼獅文化公司，1965 年），頁 56。

流水聲，潑水聲。

　　當然，文字的音響效果不如音樂來得直接。然而，如果我們能細心揣摩，即使不讀出聲，文章到底還是有音調的。例如欣賞坡（Edgar Allan Poe）的詩和托馬斯‧吳爾夫（Thomas Wolfe）的小說，其音樂性是很明顯的。而史篤姆（Theodor Storm）和海明威的小說，則是另一種格調。若是說所有的文章都具音樂性，這一點實在不敢苟同，有些文章直是一片噪音。鄭清文的小說，在文章的音調方面，就像高山流水涓涓淙淙。如果我們能順著他的意識流穿梭，一景接一景，直到故事完結，恰似沉浸於一片優雅的旋律中。

　　這幾年來，開始漸漸有人討論鄭清文的小說，不管是褒是貶，有人討論就說明了他的作品是有值得討論的地方。一般的討論卻較著重內容方面，因此造成對他的某些作品無法深入的現象。當然這類批評，不乏有深度有見解的文章，然而總覺得不夠嚴謹。鄭清文的小說往往無法二言兩語道出其梗概，也無法從故事了解其意義，而必須直接閱讀他的作品，就在那一瞬間，我們似乎感受到什麼，隨即又化成一片音響。以這種態度，從他的文體發展方面去研究，他的一些較重要卻較隱晦的作品，才能被了解而受到應得的讚賞。

──選自《臺灣文藝》第 52 期，1977 年 10 月

# 誰是鄭清文？

◎董保中[*]

　　「誰是鄭清文？」當朋友們聽到或看到我在最近召開的亞洲文學會議的一篇有關鄭清文短篇小說的論文時，都這麼問我。有幾位甚至以爲鄭清文是大陸或是 1930 年代的作家。當我告訴他們鄭清文是一位本省籍作家的時候，我可以看到一雙雙睜大了的眼睛，因爲我那些朋友都知道我對臺灣文學的興趣及研學只是最近的事，看著那些驚異的面孔，我也不禁有點暗自得意。

　　發現鄭清文的小說，對我來說也是很偶然的。由於我這一年來正在收集臺灣作家們的作品，看見爾雅出版社有鄭清文的短篇小說集《現代英雄》，就買了一本回來。當然，我那時也根本沒有聽說過鄭清文的名字，只是覺得爾雅出版社的隱地先生不是隨便出書的人，所以對爾雅出的書有相當的信心。看了《現代英雄》後，覺得集中的幾篇短篇小說，不但可讀性極高，而且有很引人深思的內容。鄭清文的文筆很清淡，簡單的字，簡單的語句，簡單。絲毫不驚人的描寫敘述，刻劃出作者旁觀的，保持距離的清醒與冷靜，而使讀者自己在主角們的對白中，故事的情節裡去體會，發掘每篇故事中的涵義。鄭清文與我們現今很多其他小說作家之不同，是那些作家們都往往是太急於想把心中的話傳達給讀者，深怕讀者不能領會作者的意思與目的，因此寫來一目瞭然；他們太熱情了，鄭清文似乎不是這麼性急，他讓讀者們自己去品味故事中的意義！很可能，鄭清文在寫作的根本就沒有什麼特殊的，一定的目的想使讀者知道。我的感覺是，以

[*]發表文章時爲臺灣大學外文系客座教授，現爲美國水牛城紐約州立大學榮譽教授，專事寫作。

《現代英雄》中的短篇小說來說（我還沒有看過鄭清文其它的作品），鄭清文的作品是我們當前文藝作品中很少的幾個值得一讀再讀三讀的。

《現代英雄》內中的短篇小說最引起我興趣的是故事中所表現的一種人際關係的特殊的體驗與態度。這些故事中的「現代英雄」實在不是現實生活點滴的代表，而是某些抽象意念的，透過藝術形式的具體化與形象化。這些「現代英雄」們的快樂，失望，痛苦是決定於他們人際之間彼此的牽羈，義務，信念，情感的轉變與應付；甚至於因此而產生不可挽救的悲劇。

〈黑面進旺之死〉就是這麼一個悲劇，黑面進旺幾乎是一個傳奇性的人物，特別是這個故事是透過敘述者的尼叔的敘述。這是一個很技巧恰當的手法，一方面尼叔的第一人稱的「我」，使故事保留著對讀者親近切身之感，但同時由於「第一敘述者」的轉述，增加了故事與讀者的距離以及故事的神祕的傳奇性。

〈黑面進旺之死〉是敘述一個在暴力兇殘中生長成人的一個青年的悲劇，可能是由於他性格倔強的母親的影響，進旺也養成一副更倔強固執的脾氣，外加男性所特有的，體質上的殘忍暴烈，使進旺養成為一個有仇必報的人際觀。他母親就跟他說過：「男孩子，哭甚麼？要打架，就打贏，打輸了，打死了再回來，但不准你哭。」每次鎮上打架都有他。在一次偶然事故中，進旺的父親為人殺死，他母親的話是：「你既然不能讀書做人……就給我做個大流氓，把殺死你爸爸的那個人也殺回來。」果然，經過一再的探聽，進旺把殺死父親的人找了出來，在鎮上追了兩小時把那個仇人殺死。那時進旺大概是 20 歲，還是在日據時代，警察下令緝捕他，卻始終找不到。

還有一次，是為了一個只有「一面之交」的朋友抱不平，進旺在一個生意人「大擺筵席，宴請政府名流，巨商富紳」中忽然出現，當著眾賓客，包括不少日本警察、刑事和便衣，用尖鈍的短刀，把主人的臉割割了47 刀而去。不過進旺專倚暴力來應付一切人際關係的生活方式不能永遠為

社會所接受，等到太平洋戰爭結束不久，國軍在基隆登岸，他的時代也過去了。但由於他強烈的有仇必報的人生態度，進旺「幾乎已變成了一隻逢人便咬的瘋狗」，轉變成為殘暴而殘暴的人：殺人、強姦，進旺已經完全被社會隔離，失去了任何正常人際關係的接觸與交往。暴力也許表現著進旺人際關係交通的一種複雜心理狀態。強姦，比方說，雖然可以解釋為生理上的需求，但就進旺來講，也可能是由於他對人際交往重建的變態渴求、報復、同情與愛的追求的錯綜情感與潛意識。最後，進旺逼迫著一個女人───一個保正家的媳婦───隨他到他隱藏的地方來；自然，預備強姦她。對這個不幸的媳婦來說，生活在一個保守的，對女人貞操過分強調的社會裡，被強姦後也就不會為那個社會、家人所接受容忍。死，恐怕是那個媳婦唯一的選擇，經過一段鄭清文所特有的簡樸但有深意的對白後，那個女人對進旺說：「你害怕（死）嗎？聽說你不是那種人。」「大家都這麼說？」……。那個媳婦：「我要看你怕死不怕。」「不過要看怎麼死。」「我陪你死，不管怎麼死，我都比你年輕得多。」「妳？」「像你這樣，東躲西藏也不是辦法。」「妳真的要陪我？」「把手榴彈給我……我們要抱在一起。」「沒有別的方法了？」「有，可是不比這好，對你對我都是如此。」

　　進旺的母親聽到兒子死了，趕去看他，她沒流下一滴眼淚，倒是發現進旺的眼角上的確含著一點淚水。他母親說：「你生下來沒哭，我覺得奇怪，想不到你現在卻哭了。」死對進旺有兩重意義：一是在死的到來的最後一刻───他跟那個女人擁抱而死───進旺終於尋找到與另外一個人類交往的可能，而對死的選擇更是對一切人際關係所產生的重壓的最澈底的解脫。進旺臨死的眼淚應該是對這最終的解脫所表現的歡欣。

　　對死的安詳，從容的接受也出現在《現代英雄》中另一篇故事，〈苦瓜〉裡。不過，〈苦瓜〉的主題意義卻是通過故事中女主角秀卿啟示出來。苦瓜似乎代表著秀卿自己的一段痛苦經驗的難以忘懷，也同時暗示著她潛意識的報復，自懲心理。她強迫她的兩個孩子───一個七歲，一個五

歲——餐餐吃苦瓜；已經吃了六個多月了。如果不吃，就會受到她嚴厲的處罰。作者對女主角心理，情緒的紛擾有深刻的了解，同時也沒忽略一個深受創傷損害的母親對孩子的溫愛與照顧。明顯的，秀卿雖然潛意識的，甚或自覺的對她死去的丈夫有著強烈的報復心理，也同樣的，對於她丈夫，及丈夫情人兩人的死，抱有深沉的自疚與罪惡感。自某一定的角度看來，秀卿的自譴的罪惡感，痛苦的回憶，報復心理，使自己跟孩子們都受著不必要的痛苦是由於她對人際關係，堅持著於不能容忍、原恕的態度，「妳不要把孩子們當作仇人。」一個對她有誠摯愛情的追求者華堂曾經跟她這麼說過。而且她也知道，她只要「在父親、公公或者華堂三個人中任挑一個，他們（她跟孩子們）就可以不要受罪。」問題是秀卿能不能從一個舊的人際關係的牽扯負擔解脫出來，可是再度進入一個新的人際的「牽扯與負擔」？當華堂要求秀卿給他一個答覆時，秀卿只間接婉曲的說：「我並沒有意思傷害你，你會知道我是不會再傷害任何一個人啦。」這個時候，她的兩個孩子正快樂的暢吃華堂帶來的麵包、奶油、果醬、牛奶。「我花了六個多月的時間，到今天才勉強教孩子們吞了幾塊苦瓜，你一來就……」秀卿對華堂說。也許秀卿對人際間的情感、責任及其他的牽扯關係有了一個新的態度？孩子們跟她說：「媽，牛奶最好吃。」她說：「好吃嗎？比苦瓜好吃嗎？」「嗯！」兩個孩子用力把頭點了一下。秀卿面對著一個選擇。「她看廚房裡還有兩三個苦瓜，但那總是明後天的事吧。」

在鄭清文這一系列的故事中，〈五彩神仙〉大概是最特殊，最象徵性的表現出一種人際關係的哲學觀。我說「象徵性」是因為這個故事中很多的對話，描述都有著象徵的意義。這個故事的敘述者幫助他的一個同班同學陳咸興賣了他父親遺留給他的最後一幢房子後，陳咸興為了表示感謝，請這位敘述者吃一頓飯。到了飯館才發現陳咸興還請了一位客人——俞小姐：「『俞小姐是誰？』『只是普通朋友。』他笑著說。……『常常和俞小姐在一起？』『有時也一起吃飯。』」

這就是陳咸興和俞小姐之間的關係，他們彼此認識已有兩年多了，可

是彼此之間沒有意思結婚，或進一步的關係，「只是有時一起吃飯，一起吃一點兩個人都喜歡的東西。」在吃飯的時候，敘述者忽然發現這兩個人「有什麼很相似，實在是天生的一對。」可是陳咸興和俞小姐除了有時在一起吃飯外，沒有彼此的牽掛。一盤盤精選的好菜端上來，可是俞小姐「每一樣只吃一兩口。」陳咸興也吃得不多，俞小姐解釋說：「我們無論吃什麼，都是吃一點點，我們總守著這個原則，你吃一點點，才能永遠記得味道呀。」把這一句話置於整個故事的情節結構裡解釋，它的象徵意義就很明顯了。

這位胃口非常好的敘述者還在大吞大嚼的當兒，俞小姐已經吃完了，站起來告辭要先離去。看到這位主客局促不安，俞小姐說：「我們平時都是這樣，誰有事誰先走。……」陳咸興和俞小姐如此相似，不禁使這位敘述者「激動的」說：「你應該和她結婚。」可是陳的回答卻是：「我不能和她結婚……她也不會和我結婚。」「為什麼？」因為「我們只能這樣，誰一時高興，就打個電話，約定在一個地方一起吃飯……吃完了，兩個人就各走各的。有時，還像剛才那樣，誰高興，誰就先走，也不必等著對方。你說這不是更自由自在嗎？」這種聽其自然，不必勉強，類乎道家哲學的人際關係，在〈五彩神仙〉裡非常透徹的表現出來。但是作者是不是認為這種無牽無掛負擔的人際關係可以永久維持下去，可以在現實社會中存在呢？通過敘述者，作者問：「『這樣你們要維持到什麼時候？』『那也不會很久吧！反正我把錢用完，自然就會分手吧。』陳咸興微微的皺了皺眉頭，但很快的就又朗開來，好像什麼也沒發現過。」

《現代英雄》除了〈黑面進旺之死〉、〈苦瓜〉和〈五彩神仙〉外，還有〈芍藥的花瓣〉、〈龐大的影子〉、〈鐘〉，〈寄草〉，〈父與女〉，及〈雷公點心〉。只以這幾個故事來說，鄭清文不是「寫實主義」作家，不是現實生活點滴之模擬翻版。他是透過文學藝術的形象來表達人生。事實上，他的每篇故事都包含有不同層次的意義。就如人際關係本身的複雜一樣，鄭清文的《現代英雄》中的故事也都有各種不同的解釋的深

度，都經得住一讀再讀的考驗。在這些故事裡，作者豐富的想像力，對人生面的敏銳感覺及樸實但有個性及技巧的表現藝術，可以了解到鄭清文不是一個平凡的作家。

　　誰是鄭清文？在這篇文章將完成時，我曾應某一團體演講，不是講鄭清文的小說。講完，跟一些聽眾聊了一會兒。走出會場，忽然發現一位面孔好像在那裡見過的人。帶著黑邊眼睛，五官端正，個子比我矮一點。他望著我，我也望著他，我走過去跟那位先生說：「你的面很熟，我們是不是在那裡見過？」那位先生好像說：「沒有。」我說「好像」，因為那位先生說話聲音很低，沒聽得很清楚。但是我覺得有點窘，認錯人是有這種滋味，雖然那位先生仍微笑著，下不了台，我只好問：「你貴姓？」「……」我又沒聽清楚，街上的車聲太吵了。我又問了一次，終於聽見了：「鄭清文。」我不禁大喜，抓住他的手拚命搖，可是他還是那麼冷靜，就像他小說中的一些人物。說了幾句話，彼此有事，就「再見」分手了。我想，這就是鄭清文。

——選自《聯合報》1978 年 6 月 17～18 日，12 版

# 大王椰子
## 二十年來的鄭清文

◎彭瑞金[*]

　　不知什麼時候，它已筆直地聳立在那裡，沒有人盼望它開花，也沒有人盼望它結果，不管是在驕陽抑或在月光下、在風中、在雨裡，它的存在早已被當成自然又自然的事實。偶然有人從它身邊走過，撫著它粗褐的體幹說一聲：好高哦！好壯啊！卻很難停下來想它如何從日裡、夜裡、強風、暴雨中攝取滋養，「默默地，一分一寸，固執地指著一個方向，慢慢地成長著。」四季的花序，像商議妥當了旅程，輪番示現：雅的、俗的、清幽的、豔麗的、久的、暫的。即使短得只有一個時辰，忙著期待、忙著攀折、禮讚、慨歎，已夠人們忙了，誰耐心地去知道椰子樹的「樹幹是不平的，上面有一圈一圈灰白的痕跡。每一圈痕跡代表著一張葉子。一張葉子離開了樹幹，就在它的母體上留下一道圓箍」，除非「寂寞」如鄭清文。一張葉子不經意地掉落，不是凋退而是成長，「此中有真意、欲辨已忘言」，「永不卑屈，也永不驕矜」的椰子樹影像總環繞著鄭清文的作品，但同為棕櫚科，要之，唯有不以花、不以果誘人，不存心引人注目總挺立的大王椰子才是鄭清文。

　　說鄭清文「寂寞」也許要遭到誤解，尤其這兩年來聯合報小說獎、幼獅文藝的全國小說大競寫，全湊上了，大大小小的獎，甚至今年的金筆獎也得了，何來寂寞之有？不過我要說的是他心中的那棵椰子樹，枝葉扶疏、體幹灰樸，即使層層剝落，卻步步成長，穩健而踏實。但人們卻忘了或根本就沒有記住過

---

[*]靜宜大學臺灣文學系教授兼系主任。

它原本植根在哪裡，有一天人們突然覺得它的存在，也就認可了這個事實，它也就這樣老實不客氣、傲岸地挺立在這大都會的喧囂擾嚷中。不管是人文薈萃的大道邊或高樓吞噬的校園裡，它既是盡職的守衛，又是倔強的見證，不說從這裡走過的、流過的、飄過的，逃不過它的「法眼」，就是士敏土遮蔽了的地面下，它仍然盤住腳根，向上成長。雖然早已成為大都會的一景，卻有遺世而獨立的落寞。就像我們曾擔心鄭清文不但在繁華的大臺北，甚至選擇在鈔票堆（銀行）裡服務，仍要寫作、仍要呼吸文藝的氣息是多麼困難一樣。然而事實證明我們的操心是多餘的。只要明白他心中有一棵大王椰子在，他就能每剝落一片葉子成長一寸。

椰子樹特有的單調的枝葉和灰樸的體幹醸成鄭清文作品中特有的淳樸風格。葉石濤曾批評他說：「他的誠實表現在他的運用文字的技巧上，他底文章實在顯得單調又稚拙。」不暴露、不渲染，不但文字如此，情節亦復如此，但我不認為這是缺點，鄭清文的樸實既不是由絢爛歸於平淡的矯造，亦不是詞窮而拙樸，而是他心中椰子樹影像的昇華，是他哲學理念的自然展示。我們不難想見這一棵椰子樹在移植到大都會之前原就是植根在土壤裡，土壤才是它滋養生命的泉源，就像那來自鄉野的根，使他在浮華世界中保持樸實的一面，使他能冷靜地關照這個世界，旁觀這個社會的變遷。否則若在椰子樹幹施以彩飾、懸上宮燈，充其量也只不過是芸芸世界中的丑角，遑論風格？只怕空無一物了。故而敷衍情節固然是小說之所以為小說的一項理由，但作家誠實地選擇最切近自己的態式表達自己卻比隨俗敷衍更重要，作家風格的建立當以此為首要課題。鄭清文自己雖說這是「個性」使然，但一旦貫徹如一，這便是思想的產物了，無疑標誌仍是自己訂的。

誠實是做為大作家最必要的資質，實實在在地表達自己的經驗世界，實實在在地說心裡想說的話，仔細探討鄭清文，他是誠篤地握持這個原則的。

光復之際，他已念完了六年書，不大不小，舊的社會屬於異族迫害的一面，和新的社會政治經濟的大變動都不是太切身的經驗，因之童年生活中記憶較深邃的只是鄉居生活的印象。成年後，社會各方面的變遷已在和緩中進行

了，雖然這些都成了他作品的素材，但他的鄉居生活是停留在田園詩的情趣上的，他享受過這樣的生活，所以他喜愛這樣的生活。因為以他的年齡只嘗到了鄉村生活恬適的一面，也從田野中獲得了淳樸、謙遜、靜逸的本質。至於鄉村貧困艱苦的一面，因為不在其位不謀其政，沒有很深的印象，自然也就不會深一層去探究了。我們從他的筆下所看到的舊社會，雖然也有愁苦，但都相當的堅毅，那種苦難經常是會被克服的，它是這人群中自然而然的一部分，鄉野生活在他印象中是完美的甜蜜的，甚至是他渴望的理想生活，是他思想的出發也是歸宿。所以鄉村的景物人物一直是他作品的舞臺道具，沒有躍升為他作品的主題主角，原因即在此。這和在他之前、在他之後的許多在地作家不同，他們常在鄉村貧困的一面大作文章用以證明他作品的根源，在這一點鄭清文卻別有懷抱。

　　導引他的作品的，固然是誠實的本性，但一個作家的睿智在乎他的抉擇。貧窮也許是這個社會的表象，一定要指責這是它獨自馱負的病態卻也未必然。從長遠看，從前富的，今日窮了；從前之富，已是今日之窮，未必要這樣的題材才是作家賦予人生的熱烈關照；從深一點看，看人性的真相、人性的轉遞，或許更能探到悲劇人生的悲劇本質，鄭清文選擇的是這個方向吧！有人願意為人世的現象激動得鼓譟吶喊，有人為人性潛存的暗流憂心忡忡，亦只是人各有志罷了！豈必妄加軒輊呢？

　　同是導源於鄉野，一是以哲人悲天憫人的胸襟申述抗議，一是以老農的寬容堅毅品嚐真正的生活，所以不管評量人生、批判人生，鄭清文早年的鄉居生活影響他甚大。

　　從大自然中體驗的，鄭清文對人生、人性抱持極為誠敬的態度，對他身邊的「人」與「事」不但不用決然的抨擊，甚至有失厚道的「嘲諷」亦不用。有時候我們真要為鄭清文不慍不火的慢郎中作風暗暗著急，事實上著急不得，他不是會吶喊的作家，他的溫和是骨子裡的。再尖銳的題材在他手裡仍要化戾氣為祥和的，有很多次鄭清文幾乎觸到激烈的邊緣了，卻都戛然而止。他寧願用雕刻家手法去雕鏤一顆他理想中的人心，卻不願像法官斷案一樣，斷然劈清人

世間的是與非。也許人世間的善惡易斷，文學中的是非難分，文學不可能像說給小孩子聽的故事一樣，「好人」、「壞人」分得明確，它是人生現象的整體呈現。有一棵樹，樹幹空了，枝上還長著葉子；又有一棵樹，枝葉全沒了，樹幹還在發芽；還有一棵樹，樹幹倒了，根還頑強地附在土裡生長……，不完美本來就是生命的本象，鄭清文筆下的人物雖然都有欠缺，但他都不忍撻伐，其實又何該撻伐？就是〈又是中秋〉裡阿生的母親，只因她迷信「斷掌」之說造成了一幕慘劇，但悲劇的製造人也是悲劇的受害者，我們又何忍苛責？其實怨天尤人很可能把作家導引在捕風捉影追逐人生的表象，唯有向內發展勇於墾發心靈世界的作家才能誠懇探索生命的真相，進而能對生命產生虔誠的信念。假如文字能有結實的力量，能像暮鼓、像晨鐘，幽幽一盪就感應無窮，又豈必生花妙筆？

　　綜括鄭清文作品中所表現的，我們約略可以得到這樣一個體系。少年時代以前的鄉居完美印象，是他思想的基本立足點，舊社會優雅、勤奮、樸實的一面對他的影響極大，除了積極闡揚這些舊社會的好德性之外，對於工商社會帶來的道德遞變、價值顛倒的現象，這一棵椰子樹又像站在十字路口，苦口婆心的傳教士一樣勸人記取舊社會的美德，甚至有意無意之間對現代社會「驚人進步」的一面抱持略帶倦怠的懷疑。舊社會從容不迫的一面往往成了他心靈的避難所。

　　所以我們認為鄭清文是一位具有堅強生命信念的作家，完全是由於他對闡揚人性中的普遍性的執著。人與人之間誠摯相與的情愛就是他作品中魂牽夢繞的主題，〈路〉裡的愛情、〈一對斑鳩〉的親情、〈吊橋〉的友情，這原是人性中極平常、極自然的德性，固然亦是文學中常用的題材。但作家習慣擷取人生中具有「戲劇性」的一面，不是偉大的，就是奇特的；不是可喜的，就是可悲的。平平凡凡的愛情、友情、親情在人生舞台中是常態就沒有人注意，就如必也奇花異卉才有人喜愛，對椰子樹出神的自然只有寂寞如鄭清文了。不過這種寂寞是一種哲人的沉思，從普遍中去通達人性的常理，當平平凡凡的，人們都失去了，再高呼偉大的、崇高的，豈不是很大的諷刺？鄭清文甘於寂寞，不

停地耐心的去勾勒這些平淡的人性之常，自是出自他淳樸的天性。但從沉靜中
體驗了至理，不要掌聲、不求喝采，不斷地以語重心長的哲人胸懷諄諄呼喚迷
途於物慾世界的人心，告訴人在純真信實之中別有洞天。所以不要可生可死
（愛之欲其生，惡之欲其死）的情愛，淌一滴汗（如〈一對斑鳩〉）、拈一朵
花（如〈故事〉）的愛情，只要是真的，就是恆常的，這是鄭清文積極肯定的
第一面。其實誇大特異的愈多，人與人之間的情愛就愈是不務實、不穩當，但
從小說寫作的立場來說，不管是取材描述，從特意處著筆便已先搶了三分贏
面，若非抱持苦行僧的志節，平淡的人性之常寫來是既吃力又不討好的。然而
從恆久看，纏綿悱惻又不如平淡的人性之常，這就是有中心思想為先導的作家
與無思想根基徒事塗抹的作家之間最大的差異，鄭清文甘於寂寞，仍能保持堅
定，乃因為他有信仰。

　　從這裡延伸：光復後的臺灣社會在各方面都可以說遭逢了極大的變動，不
管是戰前或戰後出生的作家，大部分都把焦點放在看得見的、有形的變動上，
舉凡政治、經濟的遷異都是被注目的對象，固然生活形態的變異是潮流所趨，
鄭清文卻斷然撕裂這襲外衣直透內心。從貧窮（或許在鄭清文心裡只是樸實）
到繁華的路上，人們不是用努力、血汗鋪橋築路，而是用狡詐、欺騙捨義逐利
去填慾望之河，這些「現代英雄」適足是鄭清文心目中的浪子。椰子樹的內心
也許是憤怒得希望雷公去點他們的心，但它堅厚的外皮又把一切包容了，我們
只見它不時地抖動著枝葉，希望陣陣的涼風能在燥熱繁華中清醒一些什麼。這
是鄭清文肯定的第二面。人的過失是否人性之常？還是悲劇人生中的一部分？
恐怕是鄭清文遲疑著不肯撻伐人物的主要原因吧！其實不只是人性中的自私、
慵懶、奢靡，就是貪慾、狡詐又豈是純粹個人的行為？椰子樹冒的風多、雨
多，它一定能告訴我們擾擾嚷嚷的人潮中有多少不得已？

　　事實上人性的出處就是人性的歸處，套一句老子的話該「道可道，非常
道」。人性中最不合情理的，亦即是人世中必然的情理，若果強要問為什麼？
唯一的答案是人生本就是一場不落幕的悲劇。譬如〈峽地〉裡被丈夫遺棄的
「阿福嫂」、〈永恆的微笑〉裡的「王老爹」、〈寄草〉中的「寄草」，他們

生存下去的理由，與其說是爲自己，不如說是爲別人；與其說是一種權利，不如說是一種不自覺的態式，這樣的人生合理嗎？這卻不是簡單的二分法就能論斷的，所以生而爲人，在不合理的世界中去找一個合理的生存藉口就是悲劇人生的真相。且看〈峽地〉中阿福嫂的哲學：「他打妳，妳就讓他打，反正打不死。」、「妳不能忍耐，就不必忍耐，知道嗎？」這種「理」是超乎邏輯之上的，也不是宿命，但這是這一個人群生存的祕密。早年的鄉村生活一定在鄭清文的腦海中種下這種人物的形象，他們固執得近乎頑強，但他們善良真實、按著一定的軌跡生活在自己的世界裡，知足而不侵犯別人，根本不去探討合理不合理，活得辛苦但自在心安。所以在這個社會急遽異動，快速成長和爾虞我詐造成的緊張感到倦勤時，很自然地鄉村生活就成了鄭清文心靈上的避難所了，他不但以爲鄉村舊社會的淳樸真誠可以療癒現代生活的緊張，甚至可以拯救現代人心靈的脆弱。從〈鯉魚〉的最後一幕（高永霖放走的，既是鯉魚，也是漁家女，更是自己久經桎梏的病靈魂。）可以看出鄭清文內心的這種傾向，這是鄭清文肯定的第三面。從這一個面，鄭清文才算將他的觸角探入了廣大的社會群中，不再只是雕鏤內在的那顆「心」了。

　　鄭清文不是多產的作家，從民國 47 年在聯副發表〈寂寞的心〉以來，已堂堂寫了 20 年了。20 年在文學上勉強可以算是一個世紀，然而一個世紀下來，除了一部長篇〈峽地〉之外，出現在各報章雜誌上的短篇小說總共只有 70、80 篇。也許由於謹慎，尚有許多寫了未發表的，但無論如何，在量上並不很豐富，可貴的是在內蘊和形式方面卻見不斷的自我超越，兵不在多而在精，想必鄭清文是抱如是觀吧！

　　大致說起來，這 20 年的所有成果可以分成三個階段來討論。以時間區分，民國 54 年以前是摸索的嘗試期；民國 55、56 兩年則是在停頓中醞釀改變文風的轉變期；民國 57 年以後則是轉變成功的創新期。若以作品劃分，也可以約略的說集結在《簸箕谷》（凡八篇）和《故事》（凡 14 篇，有兩篇已見於簸箕谷中）的作品是嘗試期的總結；收集在《校園裡的椰子樹》（凡九篇）的則是轉變期中過渡的試驗性產品；而《現代英雄》（凡九篇，其中〈芍藥的花

瓣〉發表於民國 52 年）則是創新期的代表作。

在嘗試期中，鄭清文並未能主動地按著一定的系列選擇題材，只是隨手擷拾環繞他身邊的可用素材。如此一來，題材的龐雜難免缺乏主動批判人生的意圖，只能被動的呈現自己的心靈世界。所以，雖則每一篇作品都可以說是出自他細微心靈的一個悸動，每一篇都有一個可以自適其是的主題，像一盤大大小小、晶瑩剔透的珠子卻欠缺可以串連的絲繩。投石問路的作品我們不談，也許能搔著一二大千世界的癢處，例如指陳迷信、指陳舊社會的愚昧……，但都沒有可觀的成就，這一段時期他最大的成果就是展示了他幼年時代心靈生活幾近完美的鄉野世界，這不但確定了他日後念茲在茲的道德信念，也樹立了他特異的文風。像〈一對斑鳩〉中寫人與人之間真摯相與的情感，〈路〉表達夫妻之間無聲勝有聲的老式愛情……，完全是尚未為現代文明污染的混沌世界，在情感上多少有烏托邦的嫌疑。雖然這個世界也有虛假、也有缺憾，舊有的道德力量已經有式微的跡象，但可以看出還是一個相當平和的世界，道德力量仍是維繫人心的主力。鄭清文不是一個愛炫奇的人，擂鼓吶喊不是他的天性，默默的操起解剖刀選擇最僻冷的人性著手進行剖析才是他的本性，因為真正讓他動心的不是映在眼中的現象，而是來自他心中的悸動。鄭清文出過好幾本集子，卻只在《現代英雄》的前面寫過一篇自序，在這篇自序裡他曾說，寫作像小孩在稻埕上畫圈圈，誰畫的圈圈就屬於誰所有，他不是一個貪心的人，一開始他就把圓圈畫得很小，小得只容自己的心靈世界。所以這一段時期的鄭清文不是用筆來寫小說，而是用他的感覺來寫小說，圓圈畫得小，利弊相參，好處是奠定了對人性觀測的深刻，缺點是劃地自限，他簡直像是一個自苦的藝術雕刻家，懷著一個極高的想望閉著門，企圖鏤出一顆放諸四海皆準的常心，可是卻完全忘了和他存身的世界相關照，所以他沒有流為勾勒早期生根在他腦海中的鄉野人物形象的畫匠，而成為鄉土靈魂的解剖師自是萬幸，但如果往後不能跳出這褊狹尖銳的窠臼，卻可能陷入苦悶的困境。

以《簸箕谷》、《故事》兩本集子中的壓卷之作〈一對斑鳩〉為例，可以說明這一段期間他自我期許的總合，亦可以看出他傑出的敏銳心思。透過一個

光禿禿的平凡事件，把兩個不同生活領域的心靈串連起來了。不管人類的生活環境如何變異，在平凡的層面上人與人之間仍有雋永的情誼在（只要我們不故意曲解），透過一對斑鳩短短的時間就使人由陌生隔閡進而親近信賴，甚至靈犀相通，只因在心的內底有共通的想望。「我」心中的山野和阿芳心中的海是同一的自然，「我」無意中讓手中的一隻斑鳩飛走了，阿芳也馬上放走了另一隻，不言之中自有一種和合。人與人之間本應該如此推誠相與，知識環境亦不能隔離這些，譬如飽受科學洗禮的「我」和「想到城裡心裡就害怕起來」的「舅母」之間依然能在指月亮割耳朵這樣的事件上獲得調和。有意無意之間也許還在闡明人與人最容易撤除自我藩籬，表露真性情的地方還是鄉野之中。當然最後一幕一對斑鳩「飛向同一方向」更是企圖說明人生的完美還在於對生命的共同賦予的尊重。人生的路也許是一段漫長的守候，像阿芳守候相思樹杈的斑鳩一樣，得到了並不一定完美，也許抓住了再順手一揚反而是一種喜悅。〈一對斑鳩〉不但充分顯露出作者從平淡中取材、從平淡中創造神奇的文字技巧，更表示了作者這段期間人生的一種想望。

　　〈一對斑鳩〉之外，〈永恆的微笑〉、〈姨太太生活的一天〉、〈水上組曲〉都是相當紮實的作品。譬如〈永恆的微笑〉的王老爹相繼被自己的父親、妻子，甚至自己的兒子指著鼻子宣布爲「沒有用的東西」，懵懂的一生幾乎什麼都沒有了，而且能失去的都失去了，老子不要他，妻子跟人跑了，兒子也因爲不肯吃一輩子的蘿蔔干走了，但死後一無虧欠的一生卻帶著永恆的微笑以最盛大的行列走出山鎮上，走出人生。又如〈姨太太生活的一天〉，當錦衣玉食的姨太太呢？還是寧可吃蕃薯簽呢？得失之間、取捨之道，都有人生的至理在，也都是探討莊嚴的人生問題，不過寫得都不如〈一對斑鳩〉含蓄，作者忍不住要跳出來告訴人他寫的是什麼，效果自然也不如一對斑鳩了。主要的原因還是這種以自我理想爲中心的寫作方式很難顧及人物各自應有的特性，作者所要表達的只是一種自我的理念，如果說自我呈現固然已經足夠，但要說批評人生則可能不夠客觀。總結這一個時期鄭清文確實對自己的內心世界做了一次很坦誠很澈底的剖析、探索，對人生的意義也有深入的參悟，但這只到達圓融自

適的境界，若果要應付外在的世界就顯得拘束不自在了。

　　寫作從自身出發是當然的事，幾乎每一位作家都經過納蕤思式的自戀階段，但如何跳出這一個階段亦是重要的考驗。一個偉大的作家一定不能一直拘囚於自傳式的題材中，鄭清文雖然謙遜，但當仁不讓，遠大的抱負還是有的。所有在轉變期中的作品，大約是他經過一段時間的沉思之後，決定把過去較有把握的心理分析作為他今後努力的方向，主要的原因當然是心理分析比較容易達成客觀的理想，〈校園裡的椰子樹〉就是這個階段的一篇力作。收集在《校園裡的椰子樹》集中的〈二十年〉、〈天鵝〉、〈蛙〉、〈會晤〉……都是這一個系列的作品。除了傳承了上一個時期追索生命意義的特色之外，這個時期已逐漸捨去心理的白描，已能和「行為」相照應了，在技巧上已不再那麼拘泥。如果說〈校園裡的椰子樹〉銜接了上一階段的心靈獨白的優點，那麼〈天鵝〉可以說開啟了下一階段的觀測外在行為的先驅。雖然同樣都是注重人物內心的形態，但前期他只是按照自己的理想把雕好的「人心」一顆顆安裝在書中人物裡；後期卻能注意到原來每一顆心都有每一顆心不同的成長歷程。過去他只知道追尋一顆完美的心，現在他知道了每一顆心成長的過程都是驚心動魄的。〈校園裡的椰子樹〉就是他試圖從自己之外去尋求的第一個可貴的生命現象。從「追求完美」到留心「到完美的路上」，鄭清文可以說開了一面窗子。不過他還是把人關在房子裡，沒有讓這些人物走出門來。說到門，〈門〉這篇得臺灣文學獎的作品可以說是這一段時期唯一把一隻腳伸到門外的作品，但他自認為太激烈了，又縮了回去。

　　總括這一段時期是他心理分析發展的高峰，但也在這裡停滯了。不過這一段時間的成果，不論在當代文壇，抑或他個人的寫作里程上都是可稱述可追憶的。心理分析是寫作技巧的一格，幾乎每一位作家都可能或多或少嘗試過，但像鄭清文一樣畫了圓圈專心一注的並不多見。年青一代的作家中雖有專力於心理分析的，但都私淑了佛洛依德，以一套公式刻意扭曲人世間的現象，終是水土不服，與鄭清文應不應囿於任何學說的理論，完全憑自己的感覺以為功的，自是不能同日而語了。

　　經過了轉變期之後，鄭清文是真的走出大門來了，捨去心的雕鏤，開始注意人怎麼行止怎麼呼吸了。在創新期的鄭清文看人是看整體的面貌，不再只看一顆心了，也能主動的選擇寫作的題材，例如在《現代英雄》為標示寫下的一群現代英雄的行為，他們跳躍在現代人生的舞臺上，有坐吃數棟樓房面不改色的英雄陳咸興（〈五彩神仙〉）、有要女兒當歌星搖錢的英雄父親水旺（〈父與女〉）、有掛著知識招牌招搖撞騙的學府英雄尚儒（〈鐘〉）、有不顧妻小與酒女效魚雁雙飛的殉情英雄輝昌（〈苦瓜〉）……他們在新的工商社會的各個角落裡分別扮演一種英勇昂揚的角色。鄭清文轉到這個方向來畫另一個圈圈，取材上海闊天空，圈圈也可以畫得更大一點了。從他毅然拋下雕刻刀執起彩筆畫現代英雄的臉譜，我們知道苦行僧終於動了念要入世現身說法了。這是可喜的現象。孔子說的「唯仁者，能好人，能惡人」，作家經過長期的淡泊自省式的琢磨，是應該讓自己精心陶鑄的價值觀念揆諸實際的人群生活的。不但可以讓自己作品的幅度邁入較寬闊的境界，更重要的還是讓作品沾一點人間煙火，使具有時代感。尤其是鄭清文，以其早期對人性悲苦一面的認真體驗早已確立了寫作的職責，再配上他特有的冷靜含蓄氣質，即使走入花花世界，面對價值顛倒的人群，他也不至於用上抨擊怒罵的激烈手段，他仍是幽幽的鐘聲，苦心的等待盪醒什麼。

　　鄭清文筆下的現代英雄，有的英勇地吞食了祖先留下的產業，有的吞食了父母的愛心，吞食妻女的身心……，都不外是人心的惡獸在吞食人世間的善良。或許這是現代人生的凡例，為一面小小的執著亢奮不已，甚至成為他拒絕履行做人責任的藉口。我們不知道鄭清文手中敲響的小小木鐸能敲醒多少被謔稱的英雄？或許誰是真正的英雄也是疑問。視死如歸抱著酒女殉情的輝昌是英雄？還是苦瓜拌飯依然撫孤恤幼的秀卿是英雄（〈苦瓜〉）？是揮霍祖產一擲千金的是英雄？還是克勤克儉堅守人生本分的是英雄（〈五彩神仙〉）？是吃軟飯說大話的是英雄？還是當妓女養家的是英雄（〈寄草〉）？人生的舞臺上也許早就有白臉的英雄和紅臉英雄同場的戲，但今天白臉英雄的氣焰更長罷了。鄭清文替白臉英雄造像是他邁出大門的一件大事，除了保持他貫有的淳樸穩健的氣

候之外，他對人事觀測的敏銳絕不下於人心的觀測。推出現代英雄系列也許有意投石問路，其實不必如此，以椰子樹的風標立在哪裡都是擎天一柱的。以早期自省中建立的嚴密的道德體系爲中心畫任何一個圈都會是圓，《現代英雄》集中的作品幾乎篇篇功力相垺，正說明了有源之水自能長流。

據洪醒夫的〈鄭清文訪問記〉透露，鄭清文除了現代英雄系列之外，還在進行寫「舊鎮的故事」，也許去年參加聯合報小說獎的作品〈故里人歸〉就是成品之一。如果屬實，鄭清文下一個圈圈又畫回去了。從〈故里人歸〉看起來，除了早期勾勒舊時情懷的優點之外就剩下一個老故事了。鑒於現代英雄的風采，爲何不把下一個圓圈畫在臺北大稻埕呢？

鄭清文的確不是一個貪心的人，總共畫完了三個圓圈。前兩個圓圈都畫得很小，後一個圓圈畫得大些，每畫完一個圓圈他都細心的占領了、仔細的耕耘了、充分的利用了這塊上地。但可惜的是每一個圓圈都是一個獨立自足的王國，並未緊密地串鎖在一起，其實現代英雄的心，用解剖刀劃下去依然能滲出血來的，且不管是什麼顏色。其實鄭清文有能力畫一個更大的圓圈，把已占有的三個圈圈包融在裡面之外，這個圓圈大可畫出院子的圍牆──雖然他不是會拆掉院子圍牆的人。文學畢竟不是哲學，深山沒有，面壁、打坐沒有。

──選自《臺灣文藝》第 56 期，1977 年 10 月

# 走出簸箕谷‧走向廣闊的世界

## 論鄭清文小說中的「山谷」意象及其變衍

◎許素蘭

## 一、前言：從腳下的土地開始延展

山巒環繞，有道路通往外界的半封閉空間──「山谷」，是鄭清文小說中經常出現的重要意象之一，也是鄭清文文學的「原初形象」，與小說中另一重要意象──「大水河」形成強烈對比，具有多項文學意義，探討小說中的「山谷」意象及其象徵意義，是研究鄭清文文學的重要入門鑰匙。

本文將以小說中，「山谷」的原始圖形 ──「簸箕谷」的意象內涵與情感表徵為基點，討論鄭清文小說中「山谷」意象的類型表現、意象轉化與衍生，並探索「山谷」對於作家本身的情感意義，以及作家透過「山谷」的意象書寫，所欲傳達的生命態度與人生觀。

偉大的文學作品，往往都是從作家腳下的土地開始延展。今日讀者眼中視野寬闊的鄭清文文學，其實早在四十多年前，開始創作的初始，透過「山谷」的意象書寫，鄭清文即已確立了他未來要走的創作方向；本論文提出「山谷意象」的討論，目的之一，即在於說明鄭清文的文學，也是從他腳下生活的土地開始，而越走越遠，越走越廣闊……。

## 二、站在「簸箕谷」的出發點上

在文獻上第一篇鄭清文專訪──洪醒夫〈誠實與含蓄的故事──鄭清

文訪問記〉裡[1]，鄭清文曾談到他自己比較喜歡的自己作品的類型，主要有兩種；一種是：自己認為「這是自己的作品」的，「這些東西別的地方看不到，可以說完全屬於自己的，也許受過別人的影響，但它完成之後，卻可以聞到自己的生命」；另一種則是：「別人不一定有什麼特別的評價，但對作者來說，卻有一番特別的意義」[2]。關於前者，鄭清文舉的例子是：〈水上組曲〉、〈門〉、〈永恆的微笑〉、〈校園裡的椰子樹〉、〈鯉魚〉等；而後者，舉的是：〈簸箕谷〉、〈故事〉、〈姨太太生活的一天〉、〈天鵝〉等[3]。

這篇訪問完成於距今超過 30 年的 1975 年，30 年後的現在，鄭清文所舉的這些作品，大都已成為經常被討論的鄭清文的代表作，除了〈簸箕谷〉、〈故事〉、〈天鵝〉等三篇。

這三篇作品，都與死亡有關——

〈天鵝〉敘寫在工作上努力表現、求升遷，卻長期忽略摯愛妻子的存在，並疏遠自己所熱愛之音樂的主角王良和，在妻子靜雲彌留之際，為妻子演奏「天鵝」這首曲子的故事。

靜雲是一位心思細膩、默默為家庭奉獻的女性。即使丈夫因全心投入工作而忽略家庭生活、荒廢藝術生命（音樂），靜雲仍細心照料、擦拭那把曾經帶給他們意義，留有共同記憶與生活面影的提琴，而期待有一天丈夫能再度親近音樂、再為她演奏《天鵝》。

靜雲之不放棄，對照著王良和在現實壓力下的屈服。

小說最後，荒廢日久、對音樂已感生疏的王良和，焦急調音，試圖在妻子生命最後一刻，演奏她一直想聽的《天鵝》；而陷入昏迷的妻子，受

---

[1] 有關鄭清文訪談之文獻資料，乃根據許素蘭編；鄭清文增訂〈鄭清文小說評論索引〉，文見《鄭清文短篇小說全集》（以下簡稱「全集」）「別卷」頁 246～255，（臺北：麥田出版公司，1998 年 6 月）。

[2] 洪醒夫，〈誠實與含蓄的故事——鄭清文訪問記〉，《全集》「別卷」頁 143。（原刊《書評書目》第 29 期，1975 年 9 月）。

[3] 同前註。

到丈夫深情，以及樂音的召喚，奮力與死神拔河的一幕，凝聚了整篇小說的戲劇張力，最是感人。

鄭清文說，這一篇寫的是「一個親人的死。」[4]。

〈故事〉採第一人稱敘事觀點寫作，透過女性敘事者富於感性、抒情的「聲調」，敘寫兩段深刻的情感「故事」——一段是「我」和喜歡說故事的姑母，有若母女的親情故事；另一段則是喜歡花的姑母，年輕時代不為人知的、淒美的情愛故事。

整篇小說迴盪著淡淡的哀愁與微細的清香；篇幅雖短，卻像故事中的小白花，小小的，顏色不起眼，香味卻清幽悠遠。

〈故事〉的寫作動機，主要來自鄭清文對生母的懷念：

> 〈故事〉，寫從前鄉下那種生活，那時在鄉下，人死了，就抬到亂葬崗埋起來，沒有墓碑，只隨便從小河裡撈一塊石頭豎在墳前，別人看起來也許沒有什麼，我小時候卻親眼看到我的生母就是這樣埋葬的。[5]

鄭清文五歲失去疼他、關心他教育問題的母親（舅母），12歲失去殷殷盼望他寒暑假回埔仔小住的生母；喪母的哀傷，以及看到生母被草草埋葬，連一塊像樣的墓碑也沒有的沉痛，誠如他所說，「是自己生活的最深部分，是無法言喻的」[6]。

〈簸箕谷〉寫一對從小一起長大，因家長反對，無法結婚的戀人，原本相約私奔，不料女主角阿梅，在赴約途中不慎跌落坡底，受傷昏迷；男主角「我」在不知情的情形下，以為阿梅變卦，失望地獨自離開故鄉，發誓不再回「簸箕谷」。

六年後，「我」再度回到「簸箕谷」，才知道阿梅那次跌倒後，腦部

---

[4]同註2。
[5]同註2。
[6]同註2。

受傷，已喪失記憶，且變得痴痴傻傻。

此時，阿梅的父親，以及認為「阿梅太聰明，怕不能長壽」[7]，強烈反對他們結婚的「我」的母親皆已去世，兩人之間再無結婚的阻力，可是，看著痴痴傻傻、什麼都不記得的阿梅，「我」只能默默地，再度獨自離開故鄉。

對於父母，尤其是母親的偏執，「我」沒有吐露任何的譴責或怨怪，整篇小說的調子，始終是溫和而充滿感情的。

然而，「我」和阿梅試圖突破困境，卻被「命運」（阿梅意外跌倒）捉弄的境遇，卻讓讀者心情沉重。

〈簸箕谷〉除了敘寫一段愛情悲劇，同時也隱藏著「我」對故鄉、對親人，特別是母親的思念。

小說中，並且提到，「我」的母親去世後的墓石，「只是一塊橢圓形的石頭，上面也沒刻著字」[8]。

鄭清文以〈簸箕谷〉作為他第一本小說集的書名。

〈簸箕谷〉、〈故事〉、〈天鵝〉，都是鄭清文所說，「別人（就）不一定有什麼特別的評價，但對作者來說，卻有一番特別的意義」的作品；「故事都經過變形，卻有真正的感情」[9]。

然而，這三篇作品，果真如鄭清文所謙稱的，只是對作者有特別意義，而「別人」不一定有特別評價嗎？

〈天鵝〉的故事，除了以深沉的情感感染讀者，在小說中，鄭清文同時也寫出他對「死亡」的感悟：那是人力無法抵擋、無法挽回，澈底的、確定的，永遠的消失與脫離，曾經經歷過的一切，再也無法重複。

這樣的感悟，已超越了作者個人情感的局限，而具有人世的共通性。

主角王良和無法克服現實壓力，而與音樂逐漸疏遠，則正如卡夫卡（F.

---

[7]鄭清文，〈簸箕谷〉，《簸箕谷》，（臺北：幼獅文化公司，1965 年 10 月），頁 10。
[8]同前註，頁 9。
[9]同註 2。

Kafka）在〈飢餓藝術家〉裡所揭示的：藝術的堅持，是需要高度的精神毅力和不與世俗妥協的勇氣的。

　　鄭清文透過〈天鵝〉所傳遞，對於藝術的認知，也是超越個人對於「親人之死」的創作局限的。

　　〈故事〉的寫作動機雖來自感傷生母被草草埋葬的的真實情感，但是，在〈故事〉中，鄭清文並未直接書寫他對母親的情感，甚至完全隱藏了自己真正的情感，特意把情節重心放在「姑母」少女時代的情愛故事，藉以淡化「我」與「姑母」的親情，讓讀者誤以爲這是一篇愛情故事。

　　藉變形的、虛構的故事，隱藏內心深沉、巨大的傷痛，讓重大的事情反而比重變輕了，〈故事〉的寫法，不正符合鄭清文一向所採取的、來自契訶夫（A. Chekhov）：「**有重大的事情，就輕輕的提一下**」的寫作原則嗎？

　　進一步地，若將鄭清文三篇同樣寓寫思母主題的作品——〈故事〉（1965 年）、〈鹿角神木〉（1980 年）、《大燈・母親》（1997 年），依發表的年代順序讀下來，則可以看到，鄭清文小說中的情感表現，由含蓄、壓抑，到明朗、直接，「冰山」逐漸浮現的痕跡。

　　〈故事〉正可以作爲鄭清文不同時期之作品風格的觀察對象。

　　而除了個人隱微的情感，〈故事〉透過小說中爲摘花跌落「土地公崁」喪生的少年，草草被埋葬的情節，寫出貧寒年代，人們生不足惜、死亦草草，「輕」的生命，也透露出鄭清文悲憫的人道精神。

　　這樣的文學創作，是超乎僅僅作爲作者個人抒發情感的功能之外，而值得讀者關注的。

　　至於蘊含了鄭清文豐富情感能量的〈簸箕谷〉，則更是通往鄭清文文學世界的重要門徑；小說中的重要場景——「簸箕谷」的地貌，清楚地勾勒出「山谷」的形象，而「山谷」，正是鄭清文文學裡相當重要的文學意象，鄭清文小說中的思想主題、他所欲傳遞的文學訊息，幾乎都是從這個意象延伸出來的。

從〈簸箕谷〉出發，探討鄭清文小說中「山谷」意象的象徵意義、意象轉化與變衍，以及鄭清文透過這個意象所欲傳達的文本訊息，將可發現隱藏在鄭清文簡約、清淡、澄淨的文字底下，廣闊的文學世界。

## 三、「簸箕谷」及其變衍

一如「傑弗遜鎮」之於福克納（W. Faulkner），是其以美國南方社會為藍本，創造出來的小說場景；「簸箕谷」也是鄭清文以臺灣北部農村為藍本，虛構而成的小說背景。

「簸箕谷」的靈感來源，一部分來自鄭清文的童年記憶，一部分來自鄭清文的閱讀經驗──「簸箕谷」這個地名，原是現今臺北縣泰山國小附近，一處舊時有許多墳墓的小山丘的地名，鄭清文阿公的墓就在那裡。

有親人埋葬的地方，是個人有特殊情感的地方，也是容易與死亡產生聯想的地方。

它是荒涼、冷清、孤寂的意象表徵。

然而，小說中的「簸箕谷」，卻只是借用真實世界中「簸箕谷」的名字，它的形貌和鄭清文阿公墓地所在的「簸箕谷」，是不一樣的：

小說中的「簸箕谷」，三面環山，坡頂有大榕樹，沿著山腰有雜草叢生的相思樹林，也有清而淺的溪水流過；梯田裡種有稻子，是人們可以居住、謀生的地方。

「簸箕谷」只有一條出口，給人的感覺是封閉的，與外界隔絕的。

小時候，鄭清文就曾經到過類似這樣的地方。那是在桃園臺地附近，林口往桃園、靠近桃園的路上，離馬路較遠，與外界有些隔絕的不知名的山裡，那裡有樹林、有溪流[10]。

想像童年時代膽小、怕鬼的鄭清文，若是獨自進入這與外界隔絕的、有著濃鬱林蔭的樹林，內心將是充滿驚懼與戒慎吧！

---

[10] 2000 年 11 月，筆者曾就「簸箕谷」的取材問題，請教鄭清文先生，此段文字乃根據當時訪談內容整理而成。

　　童年足跡走過留下來的鮮明影像，以及埋葬親人的「簸箕谷」的地理名詞，始終儲存在鄭清文記憶的水庫裡。

　　1950 年代，鄭清文在臺北的舊書攤，找到一本《俄羅斯三人集》的日文書[11]，讀了契訶夫 1900 年發表的〈在峽谷裡〉。

　　契訶夫的〈在峽谷裡〉，主要描寫座落在峽谷裡的烏克列耶沃村中，以齊布金家族爲中心的生活故事[12]。

　　烏克列耶沃村，周圍被山巒環繞，村外有樹林，有河流，是一個以栽種黑麥、燕麥爲主的農村，居民生活單調、貧乏而封閉。

　　從山坡上俯瞰，烏克列耶沃村，寧靜而美麗，只有一條路通往外界。

　　烏克列耶沃村的山谷意象，透過書頁，召喚著青年鄭清文遙遠的童年記憶，成爲鄭清文創作的靈感觸發；激發鄭清文筆下，一座具有臺灣農村形貌特色的山谷——「簸箕谷」的誕生。

　　「簸箕谷」，形如「簸箕」。「簸箕」類似「畚箕」，而製作較精細，同樣都是臺灣農村常見的盛物器具，「畚箕」通常作爲盛放砂土、牛糞、垃圾等物之用；「簸箕」則用於將稻穀、種籽等農產品，從甲容器取放到乙容器（如從穀倉取出，裝進布袋），或播種時盛放穀物、種籽等，農人一手將「簸箕」靠在腰際，邊走邊撒種。

　　相較於「畚箕」的粗陋，鄭清文說，編目較細的「簸箕」，是比較「藝術化」的[13]。

　　姑且不論阿公墓地——「簸箕谷」的命名關聯，從「簸箕」之作爲器物的特質觀之，「簸箕谷」的符徵，至少含有以下兩個符旨：一、生活的；二、藝術的；而這兩個義涵，也正是鄭清文一向所秉持的創作理念—

---

[11]鄭清文，〈新與舊——談契訶夫文學〉，《小國家大文學》（臺北：玉山社出版公司，2000 年 10 月），頁 115。
[12]筆者所參考契訶夫〈在峽谷裡〉，乃根據汝龍譯《契訶夫小說選》之中譯本（北京：人民文學出版社，1995 年）。
[13]2003 年 8 月，筆者與鄭清文先生在國家臺灣文學館「週末文學對談」中，鄭先生曾說明「簸箕」和「畚箕」的異同。

—「文學就是生活、藝術、思想」的主要構成之二。

〈簸箕谷〉發表於 1959 年，也就是鄭清文開始創作的隔年；如今回顧，四十多年來始終努力實踐「文學就是生活、藝術、思想」的鄭清文，似乎在創作的初期，即已將他的文學旨趣，有意無意地，寓含在他「簸箕谷」的意象中了。

由此看來，鄭清文可說是一位在創作的初始，即已奠定自身文學基點的作家。

雖然鄭清文的出生地——桃園埔仔的地理景觀，和「簸箕谷」不盡相同[14]，但是，綜合各種心靈圖象，多重顯影的「簸箕谷」，在鄭清文的文學世界裡，卻同時也是故鄉影像的投射：

> 我出生在鄉下。
>
> 那裡有個山谷，我曾替它起了名字，叫「簸箕谷」。
>
> 每年，我總要回到鄉下一兩次。那裡有我的親人，有我的童年，我要看看我度過許多歲月的地方，我瞭解故鄉的人物，我也熟悉山谷裡的每個角落。[15]

這段文字摘引自鄭清文 1965 年發表的〈《簸箕谷》自序〉。只有名詞、動詞，沒有形容詞與副詞的句式，是典型「鄭清文式」的句型運用，整段文字看不到表露情感的辭彙，卻流動著濃郁的，對於故鄉、親人和童年的懷念之情，以及隱藏在鄭清文內心深處，無人知曉的，因過繼給舅舅，而與親生父母分離的失落感。

---

[14]「埔仔」是一個以稻米為主要農作的農村，位於桃園臺地一處地勢平坦的地方，四周並無明顯的山巒環繞；村中散見龍眼樹、荔枝樹、相思樹……，房子附近、田路間，則栽種竹子做成「竹圍」或「竹埒」，以防霜擋風，它的形貌和臺灣常見的農村沒有多大差異，居民勤勞、節儉、善良，是典型保守，幾近封閉的聚落。

[15]鄭清文，《臺灣文學的基點》，（高雄：派色文化出版社，1992 年 7 月），頁 143。
這段文字，出現在 1965 年 11 月《幼獅文藝》第 23 卷第 4 期，原題〈簸箕谷〉自序〉文中，後來這篇「自序」並未放進《簸箕谷》書中，直到 1992 年才收入《臺灣文學的基點》。

　　從這段文字，似乎也可以測量出鄭清文以《簸箕谷》，作爲他第一本小說集書名的情感能量了。

　　從阿公的墓、童年深山的記憶再現，到契訶夫〈在峽谷裡〉的文學觸發，最後定位於出生地埔仔[16]；包含了荒涼、孤冷、僻遠、封閉的現實感知與失落的故鄉情感，以及文學想像的「簸箕谷」，既是鄭清文心靈的故鄉，也是鄭清文文學的原鄉；他的許多小說場景，幾乎都是從「簸箕谷」的山谷意象衍化而來，例如：

　　上了一段坡路，到了大榕樹下的土地公廟。

　　（中略）從坡頂，我可以望到我的家。

——〈我的「傑作」〉[17]

　　我終於走過了那山巒。從那裡望過去，眼前的一切都落在深邃的谷底。一條溪水像一條銀色的帶子靜靜地躺在腳底下，沐浴在春天的陽光裡，那麼安詳。

——〈一對斑鳩〉[18]

　　山路彎曲不平，左邊是山，右邊是高高低低的梯田，由上望下，盡是一片綠，一直綠到谷底。（中略）

　　太陽從頭頂上照下來，照到谷底的溪水，發出白色閃爍的光。

——〈又是中秋〉[19]

　　一眼望去，起起伏伏的山巒，盡是鬱綠的相思樹，在無風的太陽底下，

---

[16]鄭清文童年時代，埔仔只有一條沿著「後壁溝」延伸的路，通往外面，其所形成半封閉狀態的地域特質，在意義上，與「簸箕谷」是相同的。

[17]「全集」卷1《水上組曲》，頁40。

[18]「全集」卷1《水上組曲》，頁56。

[19]「全集」卷1《水上組曲》，頁115。

靜靜地佇立著。

——〈三腳馬〉[20]

我們站在山坡上，往遠處看，看到一片蒼綠的矮山，和山谷間的綠色的田畝，以及一些散落其間的村落。

——〈相思子花〉[21]

除了上舉的山谷意象，〈髮〉、〈秋夜〉裡的「鄉下」、「埔仔」，〈檳榔城〉裡的「檳榔城」，〈鯉魚〉裡的深山湖岸等小說場景，也可視為「簸箕谷」的意象轉化。

原初的「簸箕谷」，「靜靜的沐浴在陽光裡。梯田上的稻子都成熟了，有的已收割」[22]，給人寧謐、豐實的感覺；山谷裡的小溪，清澈冷冽，足以消除大熱天的暑氣，溪水潺潺流動，與寧靜的稻田，形成動靜平衡的生命律動。

〈一對斑鳩〉、〈又是中秋〉、〈三腳馬〉、〈相思子花〉等作品中，從「簸箕谷」衍化而來的山谷，同樣也是寧靜、安詳，飽含生命力。

而〈髮〉、〈秋夜〉裡，具有「山谷」之封閉性的鄉下，春天的時候，樹芽初萌、秧苗新播，到處綠意盎然；秋天裡，飽實低垂的稻穗，在陽光下閃動金黃色澤，等待收割；村中的「後壁溝」，白天有女人在那裡洗衣服、洗菜；小孩在溝裡抓蝦、抓小魚；水牛在溝中泡澡，形構出和樂、素樸的生命圖形。

〈鯉魚〉裡遠離塵囂、自成天地的湖畔漁家，「在木瓜樹的中間，有一間褐色的木屋，屋後的煙囪在稀稀吐出白色的炊烟，在深綠色的背景上襯出一幅寧靜的圖畫。」[23]，則讓從城市來的主角，度過「一個他一生很少

---

[20]「全集」卷 3《三腳馬》，頁 179。
[21]「全集」卷 5《秋夜》，頁 238。
[22]鄭清文，〈簸箕谷〉，《簸箕谷》，頁 7。
[23]鄭清文，《校園裡的椰子樹》，（臺北：三民書局，1970 年 11 月），頁 52。

經驗過的平靜夜晚」[24]。

〈檳榔城〉裡，女主角從急馳的火車車窗，看到窗外，在一片田畝之間「一座四四方方的田莊，圍繞著矗立的檳榔樹，正好頂著那美麗的落日」[25]，隨即閃過「檳榔城」這個美麗的名字，並將田莊與美麗的落日連結在一起，而賦予田莊童話般的「城堡」義涵[26]。

透過這些場景描寫，鄭清文的山谷意象，將臺灣寧謐、祥和、柔美的自然景觀，鮮明地呈現在讀者眼前。

「山谷」有寧靜、柔美的一面，也有封閉、壓抑的一面。

「山谷」的幽閉意象，正是威權時代，被禁制的心靈象徵。

依照榮格（C. Jung）的說法，人類自始以來，即具有原生、天生、遺傳而來，殘留心靈，被榮格稱為「原始形象」（"primordial image"），或「原型」（"archetypes"）的共同的「原初殘餘」[27]。這些作為人類共同潛意識表象的「原初殘餘」，往往以「基本的組合模式不變」，但「在細節上可以千變萬化」的表象出現，形構成所謂的「原型」[28]。

鄭清文的「簸箕谷」意象，雖然無法證明是否為臺灣人自始以來即具有的、共同的「原初殘餘」，但是，從小說中反覆出現的「基本的組合模式不變」，而「細節（上可以）千變萬化」的「簸箕谷」意象看來，「簸箕谷」可說是鄭清文文學心靈的「原初形象」所形構的「文學原型」，內

---

[24]同前註，頁 54。

[25]「全集」卷 3《三腳馬》，頁 153。

[26]此處將「檳榔城」比喻為童話裡的城堡，實為反喻──在〈檳榔城〉裡，「都市人」的洪月華，從流動的風景中，看到頂著落日，被檳榔樹圍繞的田莊時，很自然地即產生美麗、浪漫的聯想；但是，當她親自去了一趟「檳榔城」，抱著「好玩」的心情，加入「踏稻頭」的行列，感受到「站在泥土裡，好像已被黏住，無法拔脫出來」的艱難（「全集」卷 3《三腳馬》，頁 164），並且從飲食習慣、居住環境等方面，體驗到城鄉差異之後，終於了悟到：農村生活的辛苦、粗礪，並不是不諳體力勞動、重視物質生活的都市人想像中的悠閒、浪漫。
透過洪月華、鄭清文讓讀者看到農民腳踏實地、流汗耕種的生活面貌；也揭露了「美麗圖畫」背後的人間性：那是莊嚴、認真的生活圖像，而非「好玩」、可以遊戲的童話城堡。

[27]《人及其象徵》卡爾‧榮格主編，龔卓軍譯（臺北：立緒文化出版公司，1999 年 5 月），頁 63～65。

[28]同前註，頁 65。

蘊著鄭清文對「山谷」無限深濃的情感[29]。

## 四、走出「簸箕谷」：〈簸箕谷〉與〈三腳馬〉

那麼，做為隱含了鄭清文文學原初形象的〈簸箕谷〉這篇小說，到底又透露了哪些文學訊息呢？

若以原初的〈簸箕谷〉作為「原型」加以分析，女主角阿梅站在坡頂，「兩目凝視著山谷（的）出口」的眺望之姿[30]，即是人類渴望超越環境局限的內在形象。

「坡頂」是「簸箕谷」的制高點，站在「坡頂」可以看到山谷的出口，也「可以看到通往外鄉的馬路」[31]。

馬路向外延伸，連結無限寬廣的谷外世界。

阿梅的眼神，無言訴說意欲「走出簸箕谷・走向廣闊世界」的心靈渴望。

而阿梅與「我」，為情愛自由、婚姻自主，相約私奔的會合地點——沿著山腰靜靜流動的溪流，也是通往廣闊世界的象徵——溪流匯聚細水，終將流入寬闊的大海。

「我」在溪邊等候阿梅，「坐也不是，站也不是」[32]，內心澎湃的正是一股勇於打破禁制、追求自主性的血潮。

「我」和「阿梅」，「坡頂」與「溪流」，交織成與谷內之壓抑性、封閉性相抗衡、往外擴展的生命力量，即為「簸箕谷」原型的主要象徵義涵。

雖然，這一股生命力量，在〈簸箕谷〉裡並沒有發揮它突破困境的作用，反而讓阿梅在赴約途中，「意外」跌落坡底，最後以悲劇收場。

---

[29]鄭清文對「山谷」的感情深度同時表現在他對三位子女名字：谷音、谷懷、谷苑，以及自己的筆名：谷巴（「三谷」的爸爸）、谷嵐的命意上。
[30]鄭清文，〈簸箕谷〉，《簸箕谷》，頁12。
[31]同前註。
[32]同註30。

　　但是，正如鄭清文在與〈簸箕谷〉同年發表的〈一條生命的大河〉文中所寫：「生命的開始是微弱的，像山谷間的細流。但生命的開始卻特別艱難，到處充滿著高大的阻塞。它必須先充實自己，才能超過它們。」[33]。

　　〈簸箕谷〉只是一個艱難的開始，它的力量是微弱的；但是，那「通往外鄉的馬路」，那許許多多存在鄭清文作品中的「唯一的出口」（〈一對斑鳩〉）、「通往外界的唯一一條路」（〈髮〉、〈三腳馬〉、〈秋夜〉）、「延伸到很遠地方的鐵路路基」（〈檳榔城〉）、「在石縫間穿來穿去，時隱時現的小小水流」（〈相思子花〉），卻以無比的力量，召喚人們內在躍動的海洋之心，彷彿地平線「在無邊際的天空／長久在遠處退縮地引逗著我們／活著」[34]，不斷鼓動人們走出山谷、走向廣闊世界的生命意志[35]。

　　然而，走出「簸箕谷」，就能走向「比陸地／多麼廣闊的海」[36]嗎？

　　2005 年 9 月，鄭清文應邀前往聖塔巴巴拉大學，參加「臺灣文學與英譯國際研討會」，在〈談臺灣文學的外文翻譯——從《三腳馬》說起〉的演講裡，即曾經提到：「三腳馬的主角，從兩個隧洞之間的山谷走出去之後，卻只做到狐假虎威的日本警察，他沒有走進更廣大的世界。」[37]。

　　從字面上，雖然很難推測鄭清文這段話是對曾吉祥（〈三腳馬〉）的

---

[33] 〈一條生命的大河〉為鄭清文 1959 年 8 月 7 日發表於《新生報》，關於羅曼・羅蘭《約翰克利斯朵夫》的短評。

[34] 借用白萩〈雁〉的詩句而稍作更動，原句如下：「在無邊際的天空／地平線長久在遠處退縮地引逗著我們／活著」（《文學臺灣》雜誌社策劃《混聲合唱——「笠」詩選》，高雄：春暉出版社，1992 年 9 月，頁 330）。

[35] 「簸箕谷」的幽閉特徵，在〈攣生姊妹〉（1979 年）、〈門檻〉（1980 年）、〈春雨〉（1990 年）等作品中，則衍化成凝滯、延宕、自我囚禁於生命幽谷的心靈狀態。（請詳閱許素蘭《冰山底下的大水河——鄭清文短篇小說研究》，靜宜大學中研所碩士論文，2001 年 7 月，頁 76～77）。

[36] 郭水潭〈廣闊的海——給出嫁的妹妹〉詩句，陳千武譯；《光復前臺灣文學全集 10 廣闊的海》，（臺北：遠景出版公司，1982 年 5 月），頁 22。

[37] 《文學臺灣》第 57 期（2006 年 1 月），頁 74。

主角）表示遺憾、惋惜，或譴責（或者只是陳述事實？）[38]；但是，在〈三腳馬〉的文本裡，鄭清文對曾吉祥之「只做到狐假虎威的日本警察」，卻是充滿歷史的同情與諒解；對於「三腳仔」這個臺灣特殊歷史背景下的「時代產物」，則有著更開闊的歷史詮釋，尤其是關於戰後的曾吉祥是否能獲得救贖的問題，鄭清文更是在小說最後安排一個有著不同解讀方式的結局，讓讀者思考：

〈三腳馬〉裡的曾吉祥，因為天生「鼻樑上有一道白斑」，被同伴取了帶有屈辱意味的綽號：「白鼻狸」，並因此經常被同伴取笑、欺負、排擠，也經常被日籍老師無故責打，成為「受人欺負的人」。

某天，在上學途中，曾吉祥為了追一隻「樣子像水鴨，但鼻上卻有一塊紅肉冠，有點像蕃鴨，但小得多」的「奇怪的鳥」[39]，沒趕上上學的時間。

像什麼又不是什麼的鳥，難被歸屬，不容易被認同，有如被排擠、被孤立的曾吉祥，孤獨、悲涼、寂寞，彷彿異類。

為了逃避日籍老師必然的毒打，曾吉祥決定逃學，並且走了將近四小時的路，到接近外莊的地方看他從來沒見過的火車。

曾吉祥兩眼凝望兩堵山壁間，向遠處延伸而去的鐵路，內心充滿走出山谷的渴望，他甚至攀下山坡，懷著像「偷摸土地公的臉」的既敬畏又希罕的心情，摸著鐵軌。

曾吉祥必須走四小時的路，才能看到火車，可見他住得多麼偏遠、荒僻，多麼「內山」——鄭清文並且替它取了一個頗為貼切的地名：「深埔村」。

---

[38] 在鄭清文的小說中，曾吉祥並不是唯一一位「沒有走進廣大世界」的人；〈我的「傑作」〉裡，「為了藝術什麼都可以犧牲」，最後卻犧牲別人生命的「我」；〈龐大的影子〉裡，勢利、寡情、虛偽的許濟民，也都曾經走出山谷（寒村），到外面接受教育、擴展眼界，但是，知識並沒有讓他們變成視野開闊，愛自己也愛別人的人，反而成為「回來欺侮自己的人」的人（〈我的「傑作」〉），或「牛屎」（〈龐大的影子〉），他們也都是「走出簸箕谷」，卻沒有「走進廣大世界」的人，鄭清文在文本裡，對他們多少帶有譴責的意味。

[39] 同註 20，頁 181。

如果，「火車」是進步、現代化，也是打開幽閉之門的表徵，背負著無法自主的宿命，努力要掙脫孤立、封閉的現實困境，試圖改變命運的曾吉祥，從僻遠的「內山」，走向廣闊世界的路途，將是何其遙遠、漫長而艱難啊！

尤其是在殖民時代，像曾吉祥這樣出身貧寒、書讀得不多、缺乏人脈的邊緣人，又有多少機會可以循「正途」，改變自己的宿命呢？

曾吉祥「沒有走進更廣大的世界」，在某種意義上，不也是殖民時代，臺灣人的歷史縮影嗎？

「馬」的姿態，應該是雄姿飛揚、絕塵而去的。曾吉祥「把自己刻上去」的馬，卻是扭曲、受挫、折肢：「三腳跪地，用一隻腳硬撐著身體的重量。他的頭部微微扭歪，嘴巴張開，鼻孔張得特別大，好像在喘氣，也好像在嘶叫，他的鬃毛散亂。（中略）有一隻後腿已折斷，無力地拖著。」[40]，充滿痛苦與愧怍的表情。

曾吉祥的「罪與罰」，或許是他為了改變自己的命運，和「魔鬼」（殖民者）交換靈魂，必須付出的代價[41]，但是，「三腳馬」「後腿折斷」、「無力地拖著」的身影，不也是背負著「民族罪人」之歷史罪名的「三腳仔」，內心重荷的陰影投射嗎？

戰後替他頂罪、勇敢地跪在民眾面前接受辱罵的摯愛妻子已逝，歷史情境也消失了，人們逐漸把曾吉祥淡忘了，但是，始終無法獲得救贖的曾吉祥，33 年來的愧疚與痛苦，卻彷彿無法治癒的病灶，日夜相隨。

曾吉祥就這樣被棄置在歷史陰暗的角落，永無救贖嗎？

〈三腳馬〉小說最後，成為木雕雕刻師的曾吉祥，本欲將他最怕被

---

[40]同註 20，頁 205。

[41]在〈三腳馬〉裡，敘述者「我」問曾吉祥：「你為什麼只刻馬？而不刻其他的動物？」；曾吉祥回答：「因為他們要的是馬。」（《三腳馬》，頁 204）──「他們要的是馬」，一方面指木雕收購者的市場偏好，另方面不也暗指：在殖民時代，曾吉祥曾經自我期許、也被要求當飛揚奔騰的「馬」嗎？

挑走的木雕馬，亦即前文所引「三腳跪地，用一隻腳硬撐著身體的重量」的「三腳馬」，送給專門收藏木雕藝品的敘述者「我」。這隻馬，是「我」在曾吉祥所有作品中，所挑出最具代表性的一隻[42]。

但是，「我」卻在聽了曾吉祥說，這隻馬是他在許久沒夢見妻子，一天晚上終於夢見她，醒來所刻的作品之後，「我」「先看馬，再看他（曾吉祥）」，卻「趕快把頭轉開，把手裡的馬輕輕地放了回去」[43]，並趕快退出曾吉祥的房子。

「我」既是「藝術收集者」，「三腳馬」又極具收藏價值──「三腳馬」本身造型獨特、表情生動，富於藝術性；牠的背後又有一段隱藏作者情感、深具故事性的「創作背景」，應是收藏家的最愛──「我」為何又把牠放回去呢？難道在「我」心中，有更高於「收藏之興味」的東西存在嗎？

「我」出生於日據時代的「舊鎮」，戰爭結束，鎮民在慈佑宮前罰曾吉祥妻子向全體鎮民謝罪的時候，「我」大約 11、12 歲；對於此事，「我」雖然印象深刻，對於曾吉祥的「三腳仔」行為，也有來自父親所說：「三腳的比四腳的更可惡」的「歷史訓示」[44]，但是，童稚的「我」，對於曾吉祥之所以成為「三腳仔」的背後辛酸，卻是有所不知的[45]；相對地，對於臺灣日據時期的歷史記憶，「我」也是片段、模糊的。

然而，透過「三腳馬」，「我先看馬，再看他（曾吉祥）」，看到

---

[42]「我」怕付不起金錢代價，不敢表示想買下曾吉祥全部的木雕馬，只敢請求曾吉祥「能不能賣一隻」給他，曾吉祥遲疑了一下，說：「你挑一隻吧。」（《三腳馬》，頁 204）；具藝術鑑賞力的「我」，挑了這隻，足見牠的代表性。

[43]同註 40。

[44]同註 20，頁 174。

[45]在《三腳馬》裡，開頭與結尾的部分，都是以第一人稱敘述觀點寫作，讓「我」和曾吉祥直接對話；而中間敘述曾吉祥成為「三腳仔」之過程的部分，則採第三人稱敘述觀點，除了強調「只做證人，不做判官」的客觀立場，同時也暗示這一段過程，是「我」所不知道的「歷史真相」。

「他那乾涸無神的眼睛突然濕潤起來」[46]，「我」的內心在剎那間被撼動了，「我」的歷史記憶也重新被建構了，此時，在「我」內心湧動的，早已不是藝術蒐集者「見獵心喜」的占有慾，而是對於曾吉祥所犯之「歷史錯誤」的同情與諒解、不忍與悲憫。

於是，「我」將馬輕輕地放回去。

而曾吉祥 33 年來埋藏內心深處，無法釋放、無法救贖的自責、懺悔、愧疚，也因為「三腳馬」之「被看見」、「被重視」，並因而有對象可以聽他說出久藏的懺悔與痛苦，原本乾涸無神的眼睛，終於流出激動的眼淚。

雖然小說最後，鄭清文依然沒有明確寫出曾吉祥是否獲得救贖，但是，曾吉祥「乾涸無神」的眼睛，「突然濕潤起來」，藉著「傾訴」，以及淚水的洗滌與淨化，曾吉祥的內心，想必會比較平靜，而獲得救贖吧？！

完成這個「救贖儀式」的「牲禮」，即是作為藝術品的「三腳馬」──「我」從作為藝術品的「三腳馬」臉上的表情與身體的姿態，體會到曾吉祥內心的痛苦與懺悔；「我」的感動來自「三腳馬」所含蘊的藝術力量；「藝術創作」讓戰後的曾吉祥得以走出「三腳仔」的歷史幽谷，走向歷史的寬容、仇恨的化解。

這樣的結局，為歷史的傷痛，提示了「藝術救贖」的解救方法。

## 五、結論：另類「海洋文學」

鄭清文曾經說過：「一個作家，並不一定是一個救濟者。但只要他對社會及人類前途有所關心，他將可以找到自己的努力方向。」；「尋找自己，尋找人生，便是我創作的奧祕。」[47]；四十多年來，「創作」恰似從「山谷」「通往外界的一條路」，鄭清文在這條路上，認真地、誠摯地，永

---

[46]同註 40。
[47]鄭清文，《最後的紳士》，(臺北：純文學出版社，1984 年 2 月)，頁 10。

不停歇地走著，就像四十多年前，他在〈一條生命的大河〉裡，對約翰克利斯朵夫的評論：「一個人的生命的過程正如一條河流。（中略）克利斯朵夫不斷地發現自己，完成自己。最後，他終於找到了偉大的歸宿，浩浩蕩蕩地流入大海。」[48]；鄭清文源於「山谷」的生命溪流，透過寫作所匯聚的能量，如今也浩浩蕩蕩地流入大海，不僅找到了自己生命偉大的歸向，也在臺灣文學史上，寫下具有另類義涵的「海洋文學」。

## 參考文獻

### 一、專書

• 鄭清文，《鄭清文短篇小說全集》共七卷（臺北：麥田出版公司，1998 年 6 月）

• 鄭清文，《簸箕谷》（臺北：幼獅文化公司，1965 年 10 月）

• 鄭清文，《故事》（臺北：蘭開書局，1968 年 6 月）

• 鄭清文，《校園裡的椰子樹》（臺北：三民書局，1970 年 11 月）

• 鄭清文，《最後的紳士》（臺北：純文學出版社，1984 年 2 月）。

• 鄭清文，《臺灣文學的基點》（高雄：派色文化出版社，1992 年 7 月）

• 鄭清文，《小國家大文學》（臺北：玉山社出版公司，2000 年 10 月）

• 鄭清文，《燕心果》（臺北：玉山社出版公司，2000 年 4 月）

• 鄭清文，《天燈・母親》（臺北：玉山社出版公司，2000 年 4 月）

• 郭水潭等著，陳千武等譯，《光復前臺灣文學全集 10 廣闊的海》（臺北：遠景出版公司，1982 年 5 月）

• 《文學臺灣》雜誌社策劃，《混聲合唱——「笠」詩選》（高雄：春暉出版社，1992 年 9 月）

• 卡爾・榮格主編，龔卓軍譯，《人及其象徵》（臺北：立緒文化出版公司，1999 年 5 月）

• 契訶夫著，汝龍譯，〈在峽谷裡〉，《契訶夫小說選》（北京：人民文學出版社，

---

[48]同註 33。

1995 年）。

## 二、單篇

### 1. 期刊

・鄭清文，〈簸箕谷自序〉，《幼獅文藝》第 23 卷第 4 期（1965 年 11 月）

・鄭清文，〈談臺灣文學的外文翻譯──從《三腳馬》說起〉，《文學臺灣》第 57 期
（2006 年 1 月）

### 2. 碩士論文

・許素蘭，〈冰山底下的大水河──鄭清文短篇小說研究〉（臺中：靜宜大學中國文學
系研究所碩士論文，2001 年 7 月）

### 3. 研討會論文

・黃美娥，〈鐵血與鐵血之外── 閱讀詩人吳濁流〉（新竹：吳濁流作品國際研討會，
2000 年 5 月 27〜28 日

### 4. 報紙文章

・鄭清文，〈一條生命的大河〉，《新生報》，1959 年 8 月 7 日。

──選自江寶釵、林鎮山編《樹的見證──鄭清文文學論集》
臺北：麥田出版公司，2007 年 3 月

# 英雄與反英雄崇拜

## 論鄭清文的短篇小說

◎陳芳明[*]

　　鄭清文的文學生涯，持續到今天已長達 40 年。與他一起出發的同世代
作家，在現階段仍然投注於創作的，可謂寥若星辰。在戰後文學史上，像
他這樣創作意志堅定，而創作產量穩定的作家，少之又少；但是，他所受
到的注意，卻是相當稀薄。他的位置之所以沒有得到應該得到的重視，原
因其實是不難理解的。

　　在戒嚴時期，鄭清文的小說題材總是沒有偏離本鄉本土的人物與事
件。臺灣社會停留於封閉階段之際，盛行過屬於主流的反共文學與現代主
義文學。這些作品基本上並不是以臺灣社會為主要關切，但是在發言的分
量上卻是來得豐碩而龐大。在那段期間，鄭清文的創作精神顯然並沒有與
這些主流交會過；從而，他的作品釋放出來的聲音，自然就無聞於當時的
批評者。進入 1970 年代以後，臺灣意識與本土聲音日益升高，鄭清文並沒
有因為文學風潮的轉變而搖旗吶喊。本土文學逐漸獲得主流位置之際，他
仍堅守自己沉默卻極其辛勤的立場。鄭清文既然沒有主動與臺灣意識的主
張結盟，他的作品也就順理成章地保持其隱遁的角色與角落。解嚴以後，
臺灣文學突然打開了一個多元卻混亂的局面，各種不同顏色的旗幟揮舞於
眾多的媒體與作家之間。鄭清文還是維持一貫的素樸風格，不追逐風尚，
不高張豔幟。在創作心思與技巧不斷翻新的今天，他依舊持續他長年以來
對人與人性的觀察。

[*]發表文章時為政治大學中國文學系教授，現為政治大學講座教授兼臺灣文學研究所所長。

　　鄭清文的創作歷程顯示，在戰後文學史上的每個階段，他都與各時期的主流文學維持疏離的關係。正因如此，他的作品就很難受到主流批評家的眷顧。不過，沒有被編入主流的脈絡，並不意味他就是不重要的作家。相反的，隨著時間的流逝，鄭清文作品的文學意義與歷史意義將篤定彰顯出來。

　　由於始終都堅守著邊緣的位置，他反而獲得了一個較其他主流作家還更開闊的空間；他的思考與書寫，全然無需迎合主流的風潮，因此也就不必受到主流格局的限制。唯其是邊緣的，他所看到的人物與景象，也是一些被視為主流的作家所看不到的。從出發之初，鄭清文似乎就沒有追求任何所謂「大敘述」的企圖；然而，長期的營造與累積，使他的作品在不經意之間變成了戰後臺灣社會發展的歷史見證。

　　在沉默寂靜的角落，鄭清文投射著銳利的眼光，在尋常的事物裡發現不尋常的意義；而那樣的意義，幾乎不可能引起多少人的注意。他在《現代英雄》的〈自序〉裡說：「人或者可以分成兩種，插隊搶位子和靜候輪到自己的人。我沒有見過涇渭分得這麼清楚。我看到了人的莊嚴和尊貴，我感激也感動。」如此簡短的一段話，頗能反映他對整個人生的觀察。他對那些在候車站爭先恐後的人表示深惡痛絕，卻對靜靜排隊的善良乘客致以最大的敬意。這種明暗善惡的對比，也許就是主導著他創作時的美學。透過這樣的美學，就可理解他塑造的小說人物為何是淡漠的、平凡的，並且是毫不出色的。

　　使鄭清文感動的人物，是那種堅守崗位、敬業盡職的尋常百姓。他的觀點，恰好與歷來的「英雄史觀」劃清了界線。傳統史家對歷史解釋的態度，往往以為人類歷史總是由少數幾位英雄與少數重大事件所構成。這樣的英雄，如果不是人格上完美無缺，便是體格上健壯雄武。他們似乎支配著歷史發展的方向，似乎也是複製著各種思想典律等等的道德規範。在英雄史觀中，真正承受歷史苦難的一般大眾完全不可能得到恰當的看待。時代消失了，延續歷史力量的群眾也隨之淪亡了；留在歷史紀錄上的，卻只

是幾位崇高、果敢的人物而已。

鄭清文的創作美學，顯然與這樣的英雄史觀背道而馳。在歷史的縫隙中，穿梭過多少被遺忘的人物。他們可能不是英雄，也可能未曾參與任何重大的事件；但是，歷史的任何轉折或起伏，都很有可能在他們生命中產生巨大的衝擊。要觀察歷史的力量在人類的靈魂鏤刻深重的痕跡，恐怕難以在英雄的紀錄裡發現，而應該在小人物的生命中去尋找。這些被認為是庸庸碌碌的匹夫匹婦，才是歷史傳承軌跡的負載者。在人格上升時，他們遵奉著先哲先賢所訂下的行為規範；在靈魂墮落時，他們遭受到社會現實的道德審判。只有在他們的生命歷程中，才足以彰顯人格的光明與黑暗，人性的堅毅與脆弱。他們不是空議論的人，而是真正追逐希望、失望、絕望的歷史人物。

浮沉在人性海洋的渺小人物，恐怕才是鄭清文心目中的英雄。他以數十年的歲月營造這些人物的性格與言行，乃在於透露強烈的信息，所謂英雄，是在柴米油鹽與食盡人間煙火的日子裡產生出來的。他的這種態度，從傳統的大敘述觀點來看，無疑是反英雄崇拜的。在他筆下，到處都是英雄，到處卻也都是反英雄的。

為什麼他筆下的人物都是屬於英雄式的？凡是細心閱讀鄭清文，都可發現他的小說充滿了濃厚的歷史意識。幾乎每篇作品都橫跨了不同的歷史階段，短則二、三十年，長則五、六十年。時間激流的沖刷，足夠使人受到扭曲變形，也足夠使人迎接試煉考驗。在他的小說中，時間的轉換特別迅速，從而人物的性格、身分與地位也跟著消長進退。

令人動容的〈三腳馬〉，便是以反英雄的筆法塑造了一位歷史遺忘的人物。在殖民地時期有過風光歲月的警察，卻因時代的轉型而在戰後臺灣社會受到唾棄。歷史是相當嘲弄的，在繁華的盛年他睥睨故鄉的一切，在凋零的晚年則遠走他鄉嘗盡孤獨的滋味。小說中，作者並不扮演審判的角色，更不立下任何是非標準，而只是透過老人的敘述，鋪陳人生的盛衰興亡。如果有歷史悲劇發生的話，老人並非是悲劇的製造者，然而他竟必須

承擔歷史所留下的苦果。

　　同樣的悲劇也發生在〈報馬仔〉裡。不過，這篇小說是以反諷、帶有
戲謔的方式演出。臺灣社會縱然脫離了殖民地的歷史經驗，卻總是還有人
活在支配與被支配的夢魘裡。依恃日本殖民勢力的報馬仔，亦即坊間所稱
的線民，在戰爭結束數十年之後，無法捨棄即使是微不足道的權力滋味。
老人的悲劇（或喜劇），虛構了一個玻璃迷宮，然後自我囚禁其中，耽溺
於無盡無止的夢境。

　　流動的年華，變幻的時代，淹沒多少歷史人物。鄭清文刻意要保留的
記憶，正是時間長河中的瑣碎與點滴。綜觀他的小說創作，大約是沿著兩
條主軸在經營，一是「現代英雄」系列，一是「滄桑舊鎮」系列。前者強
調歷史的變貌，後者著重於時間的原貌。舊鎮是鄭清文的文學原鄉，所有
的人間善惡，都是從這個小鎮衍生渲染出來。他把自己的故鄉視為理想與
幻滅的交錯地帶。在小說中，舊鎮猶似充溢母性的地方，所有的浪子最後
都要回歸到他們的母體。舊鎮也像是一個檢驗人性的場所，使帶有幽暗性
格的人，遠走他鄉，或是祕密回鄉。〈門檻〉與〈故里人歸〉的書寫方
式，正好可以印證他的美學。

　　他的小說人物，幾乎每個人的面貌都是模糊的，生活的行為模式也彷
彿不是那麼清晰；但是，性格的特徵卻是十分明確。閱讀他的作品，都可
以看到鄭清文透過對話的安排與情節的鋪陳，專注於性格的型塑。這種書
寫方式是可以理解的，也頗符合他反英雄崇拜的立場。畢竟面貌的刻畫，
僅適於英雄式的營造，而尋常人物的五官特徵似乎無需在意。他小說最關
心的，不是人面，而是人心。〈厖叔〉、〈最後的紳士〉、〈舊路〉、
〈局外人〉、〈掩飾體〉、〈龐大的影子〉……等等，完全都集中在人性
的探索。驚濤裂岸的歷史背景，好像只是用來裝飾的，真正波瀾壯闊的，
竟是看不見的內心活動。鄭清文的文體冷靜而冷酷，猶如手術刀一般，銳
利而明亮，挖掘出來的內心世界比起外在現實還更繁複多變。他不訴諸激
動的吶喊，也不藉用騷亂的情緒。他酷嗜小津安二郎式的靜態鏡頭，反而

捕捉了歷史場景中常常被輕易放過的人生百態。

　　創作橫跨四個文學世代的鄭清文，自始就是以反英雄的姿態在文壇登場。他不以重要作家自居，也不描寫重要人物。他的文風，可以使用「簡明清澄」一詞來概括，但是他的世界則不是外人能夠輕易窺探的。他的創作生命，有人形容爲冰山，有人視之爲長河，用詞不一，但都是在描繪他碩大無朋的創造力。在戰後文學史上，幾乎每位作家跨過 50 歲的門檻之後，產量便日漸式微。鄭清文卻是一個例外，他好像還有無限的資源等待去發現。他無需崇尙奇巧，也無需求助冷僻，整個臺灣社會就是他生命的泉源。他可能不是冰山，而毋寧是一座火山。火山爆發前的寧靜，使人期待，也使人焦急。鄭清文的短篇小說歷程，不斷把這樣的寧靜拉長。歷史在測試他，他也在測試歷史。這座火山可能不必選擇爆發，但是，他的灼熱與活力可能也不必懷疑。

——選自王德威等編《鄭清文短篇小説全集・三腳馬》
臺北：麥田出版公司，1998 年 6 月

# 「聽香」的藝術

## 評鄭清文短篇小說全集《合歡》

◎王德威[*]

　　鄭清文先生創作小說 40 年，他的風格與特色早有定論。大抵而言，評者的焦點多集中於鄭靜觀人情世態的智慧，以及誠敬平實的寫實技巧上。但鄭的創作既夥，筆鋒所及，常能發人之所未能發，而他的世故與警醒，也似乎不能以沖淡謙抑等讚辭，輕輕帶過。

　　以本集的一系列小說爲例，我們可以得見鄭清文對倫理關係死角的精緻剖析。夫妻的勃谿（〈重逢〉）、主僕的猜疑（〈下水湯〉）、親子的誤會（〈女司機〉），乃至妻妾爭寵（〈合歡〉）、上司對下屬的非非之想（〈龐大的影子〉），無一不透露人間情事的複雜。做人要做到面面俱到，談何容易？鄭清文白描筆下角色的動機與心態，往往有出人意表的曲折。在他幾近清冷的文字下，永遠是暗潮洶湧。做爲敘述者，鄭的不動聲色，因此益發耐人尋味。

　　在〈合歡〉及〈龐大的影子〉中，鄭處理了類似的情境：事業有成的老闆，對年輕的女職員動了欲念，進而想據爲己有。但鄭要表現的不是辦公室的情色風潮，恰恰相反，他反而要思考這其中的道德齟齬。恃財仗勢的老闆對下屬予取予求，與其說是基於貪欲，更不如說是一種自我求償的手段。另一方面，做爲被動者的女性，以退爲進，竟也有別的打算。欲念的取捨與利益的交換糾纏不清，使角色本身的動機都模糊了。

　　〈龐大的影子〉以當事人雙方的對峙收場，不了了之。但〈合歡〉中

[*]發表文章時爲美國哥倫比亞大學東亞系教授兼系主任，現爲哈佛大學東亞語言及文明系 Edward C. Henderson 講座教授。

鄭清文繼續推衍僵局,終於暴露其中「要命」的道德曖昧性。主人翁何火旺事業有成,又坐擁三房妻妾,卻掩不住內心的虛無。在等待又一個佳人,追逐又一次奇遇時,他爬上了一株合歡樹,坐在樹枝上朝樹幹鋸開,最後「嘩的一聲,樹枝斷了,人和樹枝一起掉了下去。」

這一結局,似幻似真,充滿寓言意義。但我以為鄭顯然無意於尋常警世教訓。他要探詢的毋寧是人之為人,他(她)的自由意志範疇何在,自我期許的代價幾何?更重要的,善惡的分野,不是來自個人行動的後果,而是來自於引發此一行動的念頭?在述寫這類的問題時,鄭清文使我們想到寫《伊凡‧伊里區之死》的托爾斯泰,和《心鏡》的夏目漱石等名家。漱石的《心鏡》,講的正是個極度我執及內心罪愆煎熬的故事;沒有高潮迭起的情節,唯見當事者綿綿無盡的思慮與不得不然的絕望辯證。《心鏡》開下了日本現代(主義)文學的先河,與漱石對明治之後日本文明自省性的思考,當有密切關係。

論者經常提到鄭清文與 1930 年代大家沈從文的風格,相互輝映,而他私淑莫泊桑、契訶夫的技法,也有獨到之處。推而廣之,上述托爾斯泰以及日本夏目漱石到川端康成的影響,也不妨可以參考。

鄭的寫實主義信念,因此不能化約為簡單的「為人生而藝術」公式:不同的寫實流派對人生有不同的觀照,也有不同的藝術表達方式。是秉持這樣一種兼容並蓄而又擇善固執的寫實的精神,鄭方得以對戰後臺灣主體性的塑造,做出精緻分析。

而我要說,對這一主體性的思考,鄭清文常以內心之罪的形式來表達。〈故里人歸〉中的老醫生在戰時停妻再娶,造成悲劇,數十年後回返故鄉,他為的不是一解鄉愁,而是要回到罪的現場,咀嚼往事的遺蛻。過去的記憶,如影隨形,我們的醫生不能,也不願,自其中解脫。又如〈睇〉,敘述者追溯以屠夫為業的三叔,曾經如何是他欽慕的對象,又如何使他的理想幻滅,而背景是日據時代殖民者的強權政治。在那些年月裡,饒是再無辜的小百姓也難逃一夕數驚的恐懼——被殖民者的生存情境

就是他的原罪。一念之間，敘述者對三叔的勇氣與怯懦，也就釋懷了。

〈重逢〉及〈下水湯〉寫的都是情欲與誘惑的故事。前者的家庭主婦與舊日愛侶重逢，引發陣陣漣漪；後者的高中生聯考壓力過後，對女性的欲望蠢蠢欲動。兩個故事的題材也許無甚可觀，鄭清文的重點卻擺在角色「一念」之差的微妙後果。家庭主婦到底沒有紅杏出牆；高中學生也沒能一遂所欲。但他（她）們的抉擇（或挫折）已對各自的人我關係，造成裂變。當主婦重新回到她平庸的先生身邊，當高中生想要輕薄的女傭慘然裸裎以對，鄭清文的角色顯現了他（她）們的自覺——對「非分」之想的自覺，對「本分」的自覺。逾越現實人生的卑微欲望與隨之而來的難堪局限，是鄭清文描繪人物心理劇的起點。

這種細碎但深沉的心理糾結，在〈蚊子〉及〈婚約〉中有更進一步的凸現。〈蚊子〉裡入贅妻家的丈夫多年後回首，不免有了一切惘然的唏噓。可是當年一二婚外情事，仍似揮之不去的嗡嗡蚊子聲，縈繞耳際。〈婚約〉裡，即將結為連理的情人一次沙灘之行，赫然暴露了兩人的海誓山盟，完全繫於往事的罪與罰。〈婚約〉的故事雲淡風輕，卻隱現了男女之間被虐與施虐狂的傾向；暴力的契機似乎一觸即發，卻終於化為莞爾嬌嗔。鄭清文對人性陰晴幽微處的觀察，以此為最。

解嚴之後，義憤與控訴一度成為臺灣文學的創作主流，罪與罰的率爾認證充斥字裡行間。鄭清文的創作不乏對時事的抗議與描摹，但他每能在最尋常的生活倫理脈絡中，質疑道德的界限與尺度。這是他不同流俗之處，而自寫作中他所淬鍊出的謙卑與警醒，也必然促使他更包容世事的不義與不公吧？

在這眾聲喧嘩的時代，人人有話要說。但鄭清文默默的寫著，寫著你我內心深處的不安與悸懼，罪過與救贖，而且每每無聲勝有聲。就像在小說〈音響〉中，追求聲音與影響的欲望澎湃泛濫，又有幾人能靜下心來「聽香」——傾聽神前香灰燃燒的聲音？

「你先靜下來，全身所有的器官靜下來，就可以聽到。」鄭清文小說

所燃起的一瓣心香，安安靜靜，他的一點靈犀，我們可曾聽到？

——選自王德威等編《鄭清文短篇小説全集‧合歡》

臺北：麥田出版公司，1998 年 6 月

# 鄭清文
## 爲臺灣文學啓開創作童話的新頁

◎岡崎郁子[*]

◎鄭清文譯

## 一、日據時代的童年

　　鄭清文在臺灣文壇是屬於「中堅」的知名小說家。他的小說，和臺灣現代文學常見的以政治爲主題的，有所不同，是以表現一般民眾的日常生活和感情爲主，屬於純文學作家。他在小說顯示的創造性，在童話中也濃烈地表現出來。

　　臺灣並个是創作童話興盛的地方。教育家和父母最關心的是，把中華文化的精深，以及儒教中孝順父母的重要性，傳授給子女。因此，兒童讀物，就把中國歷史上的人物和故事，單調地再現出來，教示人生應走的路。和這相較，鄭清文的童話可說是大異其趣的。鄭清文童話的出發點是，先考量兒童的人格形成，並啓發兒童的想像力。所以，他雖然寫得像民間故事，卻超越了民間故事的領域，而把創造性完全發揮出來。重視培養兒童的想像力這一點，正是鄭清文童話的特徵。

　　他的取材是多方面的，包括動物、鳥類、魚蝦，以及臺灣農村的各色人物。有時也暗藏著政治批判和環境問題的揶揄，有可能已超越兒童的理解力。但是，這些作品都有故事性，不懂那些揶揄也可以暢讀無阻。這些

[*]發表文章時爲日本吉備國際大學社會學部副教授，現爲日本吉備國際大學社會學部教授。

題材很可能是基於鄭清文童年的體驗，我們就先來看看他的成長過程吧。

　　鄭清文，1932 年 9 月 16 日，出生於桃園州桃園郡桃園街（現在桃園縣桃園市）鄉下，去年（1992 年）剛滿一甲子。他是父親李遂田、母親楊柔所生五男二女的屘子，是父親 50 歲、母親 45 歲時（都是虛歲）所生，和大哥相差了 26 歲。父親是佃農，生活清貧，農閒時就到金瓜石當礦夫掘金礦。但是，清文懂事的時候，父親已年邁，農耕工作已由哥哥他們繼承下來了。雙親已年老，加上子女多，生活清苦，清文剛滿周歲，就過繼給新莊的母弟，也就是舅父的鄭家做養子。舅父母沒有子女，雖然已收養了兩個養女，卻沒有傳宗接代的男孩。生母不放手，不答應出嗣，還是祖母（應是外祖母）親自到桃園，把他揹回去。當時祖母已 79 歲，因為怕汽油味，雖然纏著小腳，也不坐車，是從桃園到新莊，走了五個多小時的路揹回去的。

　　雖然做了養子，因為生母和養父是親姐弟，清文可以自由來往兩家。實際上，他自小就知道自己是養子，和自己的生身父母。小時候就常聽生母說：「這是我們給內港（指新莊）弟弟的屘子呀。」小時，每逢寒暑假，他就回去桃園的父母家住幾天，所以鄭清文常說：「我有兩個故鄉和兩個童年。」

　　兩個故鄉和兩個童年，提供他不少經驗。他怕牛，不必使用牛的大小農耕工作，他都幫忙過。養父在新莊開木具店，他也學會了鐵鎚、鋸子的使用方法，也會油漆。他也愛玩，小孩可以玩的遊戲他都玩過。他最喜歡的是釣魚和游水。此外，因為當時還屬日據時代，他也喜歡玩日本小孩玩的遊戲，像捉迷藏、家家酒、蓋房子、和打仗遊戲。童年時代的愉快回憶，在他的《新莊──失去龍穴的城鎮》（參照附錄著作目錄）中，有生動的描述。

　　但是，清文在五歲時，養母過世，以後，八歲時外祖母、12 歲時生母、23 歲時生父、26 歲時養父過世，陸續遭遇失去親人的不幸。年輕而失去親父母和養父母，實在是一件大不幸。

　　說不幸，在外國的殖民地時期出生，也可以說是一種不幸。清文於昭和 14 年（1939 年），七歲入學新莊公學校（畢業時改為新莊東國民學校），受六年的日語教育。終戰那一年，昭和 20 年（1945 年），他考中五年制的私立臺北國民中學校（戰後，改稱臺北市立大同中學，同時廢止五年制，改初中、高中各三年）。當時的所謂入學考試，只問問姓名，再叫你掛掛單槓而已。雖然已入中學，實際上每日跑警報，是在停課狀態，學生也受徵召，清文也在士林的日本海軍用地（現總統官邸）幫忙運木材工作，也在那裡聽到所謂「玉音」。

　　戰爭結束，清文就由日語改學北京話。他先用母語閩南語讀漢文，再用ㄅㄆㄇ讀白話文，依序前進，在移轉北京話的過程，似乎也未發生什麼困難。

　　談起日語，他和筆者談話使用北京話，寫信時，他用北京話，筆者用日文，他的讀解能力幾近完善。實際上，和銀行工作關係接觸的日本人，似也是用日語對談的。只是，對敬語，或日語特有的委婉言辭，尚感棘手。我不了解他童話中的北京話或閩南語的意義時，他會教我日語譯文。

　　他 16 歲（1948 年）時，考入省立臺北商業職業學校高商部，畢業後（19 歲）參加就業考試，分發到華南銀行，因好學進取，22 歲時再考入臺灣大學法學院商學系。26 歲（1958 年）大學畢業後，服役預備軍官。服完一年半的兵役後，復職華南銀行，一直到現在。復職那一年（1960 年）和陳淑惠結婚，時鄭清文 28 歲。現在有一男二女，從旁邊也可以看出，他很重視家庭和家人。

　　他的處女作，是臺灣大學畢業那一年（1958 年），發表在林海音所主編的《聯合報》副刊的短篇小說〈寂寞的心〉。以後，三十多年來，他不斷有作品發表。他用易懂，簡潔的文體，用關愛的心描繪出小市民的小說，是屬於純文學，有很高評價。他以〈門〉一作獲第四屆臺灣文學獎（1968 年），再於 1987 年，因其對臺灣文壇的貢獻，獲頒第十屆吳三連文藝獎。「鄭清文」是本名，另有「谷嵐」、「莊園」等筆名。

## 二、臺灣民間故事和鄭清文的童話

臺灣有許多傳說和民間故事。在漢族還沒從大陸移居臺灣的很久以前，臺灣已有原住民。其實，原住民並不只是一個民族，現在有排灣、阿美、賽夏等九族（其他也有平埔族），各族的語言和風俗習慣並不相同。最先從民俗學的立場，把由父母口述傳給子女，再由子女傳給孫子的那些原住民的傳說和民間故事，加以採集，並寫成文字的，是日本人。明治 28 年（1895 年），臺灣成爲日本的殖民地以後，一直到昭和 20 年（1945 年），由日本人統治了 50 年。生活在殖民地下的臺灣人民，有不能以言語表達的屈辱感和悲哀，但是，那些沒有文字的原住民的文化遺產，能予以文字化，並留傳到現在，可說是不幸中的大幸。

在原住民的傳說、民間故事中，動物時常登場。他們以接近人類的，或神聖的存在，來描述生息在臺灣的各種動物。另外一個特徵就是，用天真無邪的態度去敘述「性」。

然而，從 16 世紀到 19 世紀，從大陸移居過來的漢族系臺灣人所擁有的傳說和民間故事又如何呢？留存在中國各地的這些傳說，雖然不完整，也流傳到臺灣來。最先加以採集的是日本學者。在大正年間，川合真永、入江曉風、澀澤壽三郎、佐山融合、大西吉壽等人都留下這方面的著作，包括原住民以及漢族系臺灣人的傳說和民間故事。

漢族系臺灣人的傳說和民間故事的特徵是，在教示儒教的孝悌思想，在思考佛教的因果報應。可見這也是受了中國傳統道德觀的影響。

鄭清文是在昭和 10 年代至 20 年代（1935～1945 年），度過孩童時代。他進學校所讀的，並非豐富的臺灣故事，而是日本的產品。他喜歡日本故事，也愛讀它們。像鄭清文這樣，生於昭和一位數年代的臺灣人，多少也受過日本故事的影響吧。鄭清文本人在序文中所寫，他所知道的臺灣民間故事，只有〈虎姑婆〉和〈憨子婿〉而已。〈虎姑婆〉是一個機智故事，說老虎化成老姑婆，去瞞騙一對小姐妹。結果妹妹被吃，姐姐用計殺

掉老虎。但是臺灣不產虎，這應是大陸傳來的。〈憨子婿〉是一則笑話，類似日本的「落語」。有三個姐妹，上面兩個都順利嫁給理想的丈夫，只有小妹不幸，嫁給一個憨人。這個小女婿接二連三的鬧出笑話，小妹無法忍受，正想投河，卻在河邊遇到一個正想用破竹簍撈針的人，覺得丈夫還比此人略勝一籌，而斷了自盡的念頭，共度好日子。

戰後，依照政府的意向，以宣揚儒教式孝行的「二十四孝」為首，在大陸流傳幾百年的傳奇，以及西洋童話的翻譯，占據了臺灣兒童讀物的主流。自兒童讀物到中小學的教科書，國民黨政府極力排斥臺灣二字，用以填塞中國四千年歷史及文學。因此，臺灣很難培育出優秀的兒童文學家，創作童話的傳統也幾等於零。

在這種狀況下，像鄭清文這樣的幾個作家認為：「這樣子怎麼可以呢？臺灣的小孩應該多知道，也多疼愛自己所居住的臺灣。因此，我們要提供更多有關臺灣歷史以及臺灣人生活的讀物給這些小孩閱讀。」並積極加入推動兒童文學的行列。其中，尤以鄭清文，在寫小說以外，從 1970 年代開始，腳踏實地陸續寫出孕育在臺灣這一塊土地上的優秀童話，為臺灣的兒童文學啟開了新頁。

筆者並無資格談論兒童文學。雖然如此，還敢於嘗試譯出並出版臺灣作家的創作童話的目的，是因為接觸到鄭清文的作品，深受感動，願意和大家共同分享。

我認為，鄭清文童話的主題是，對於自己以外的人和物的仁慈心，以及不怨天尤人平易承受天命的人的勇氣，用雙手合抱也抱不住的愛和仁慈心。同時，做為一個人，以及人以外的所有生物，在生存的過程中，存在著一股無法抗拒的巨大力量，決定了自己的宿命，自己完全無能為力。這似是鄭清文要傳達給我們的信息。因此，以歡喜收場的故事並不多。在臺灣，許多人認為提供給兒童的讀物，應該是健康明朗，最後是「皆大歡喜」的場面。著者反對這種想法。本來，小孩就應該有豐富的想像力和敏銳的感性，而最重要的是如何使這些特質自由伸展出來。這便是鄭清文和

其他臺灣童話作家最大的差異,也是他的童話的特徵。我們只是一個渺小的存在,雖然背後有一股巨大的力量主宰著,我們卻不能忘記要有一顆思慮他人的心。我想,這是我們從鄭清文的童話可以學到的。

## 三、析賞鄭清文的創作童話

1993 年 5 月,翻譯並出版了臺灣作家鄭清文的童話集《燕心果》(日譯《阿里山神木——臺灣創作童話》,東京:研文出版)。是五月底出版的,到現在只經過兩個半月。其間,從研究者和朋友給我的讀後感,是多端而饒富趣味的。雖然多端,其背後卻明顯有一共同的困惑。

最大的困惑是,雖然標明著「童話」,卻不是完全以小孩為對象,這可以說是真正的童話嗎?既然寫明是童話,說童話是不會有疑問的,但是讀完這 15 篇故事,常會感受到一些弦外之音。也許,這正是作者鄭清文的意圖。

15 篇之中,有十篇可說是動物寓言,帶有伊索寓言的韻味,之外,卻又隱藏著政治批判和環境問題的揶揄。其中也有些作品描寫到文化的變遷和融合,充滿著幽默,讀後令人發出會心的微笑。但是從整體而言,卻很少有「以後公主和王子幸福結合」的美滿結尾。這是因為作者相信小孩具有豐富的想像力和感性,認為漢族的傳統思考模式,也就是悲慘結果會給小孩帶來不良影響的想法太過陳舊,必須另闢蹊徑,用新的思考方式來寫童話。

同時,因為臺灣屬海洋文化圈,其中有幾篇童話作品也以棲息於海洋周邊的動物、鳥類或魚蝦做題材。

其餘的五篇作品,是描寫臺灣人的民間傳奇故事。〈紅龜粿〉描寫年輕男子在墓地裡分配紅龜粿,一邊和鬼對話,而遇到了自殺身亡的未婚妻的故事。〈蛇婆〉敘述丈夫被毒蛇咬死之後,以捕蛇為生的妻子,遭人誣陷,說她偷了男人,起而報復的故事。〈捉鬼記〉寫的是兒子思念母親,母親關懷兒子,引起心電感應,為民除去鱸鰻精的故事。〈鬼妻〉寫鬼妻

嫉妬正妻，每晚出現糾纏的故事（漢族屬父系社會，女子夭亡時，其牌位有由名義上的未婚夫，或親戚、朋友來供奉祭拜的習俗，稱「鬼妻」。）〈鬼姑娘〉寫一個日夜兩體的半人半鬼少女，和一個小孩交流的過程。

關於鄭清文的童話，據說也有朋友告訴過他「有些作品，不適合小孩閱讀」。他回答說：「我們自己小時候，讀浦島太郎，心中也疑惑著為什麼打開玉手箱（寶盒），從裡面冒出來的煙，會使他變成老人？一直到長大以後，讀了潘朵拉的盒子，才略知玉手箱的含意。」

的確，他的動物童話，還多少有童話的影子，至於其他五篇，可能已超過小孩的理解能力。但是，不理解也可以當做故事讀下去，可能是作者的意圖，讀者實在也不必限於小孩。

貫穿全書的主題，應是：對於自己以外的人和物的仁慈心，以及對於好壞命運這種「宿命」能平易認命的勇氣。而且，還有一點很重要的，故事的背景全屬臺灣。

戰後，臺灣的學校教育所教授的是中國四千年歷史、中國文學、中國地理，甚至臺灣的歷史、文學、地理則完全受到忽視。臺灣也有自己的歷史和文學，小孩應多知道、多疼愛自己所居住的臺灣。所以鄭清文認為，應該提供自臺灣人民生活產生出來的讀物，給小孩閱讀。要寫孕育在臺灣這塊土地上，飄漾著臺灣香味的童話，口說很簡單，實際上卻從未產生。如果說，把和自己有不同文化背景的人的不同想法和習慣，原原本本接納過來，便算是了解對方，那麼第一步，就必須先了解，在自己以外，尚有許多異於自己的事物的存在。

譬如說，浦島太郎的玉手箱和潘朵拉的盒子有什麼關聯這個問題，就是大人也感到興趣的。我記得太宰治在他的《浦島御伽草紙》（傳奇故事）中就說過這樣的話：潘朵拉的盒子裡面，自開始就有神的意志，浦島太郎並沒有做過應該受懲罰的壞事，煙卻把他熏成老人了。一般而言，年老就是不幸，這種想法可能有錯，歲月和忘卻使人得到救贖。

不要看裡面，不要打開盒子。這時候，人就更想看，更想打算。英國

有一句諺語，說「好奇心會殺死貓」，日本也有許多民間故事，描述人抵
不住好奇心的弱點，最有代表性的就是「白鶴報恩」、「浦島太郎」等。
偷看的結果，使白鶴妻子在丈夫面前消失了，太郎也立刻成為老公公。筆
者認為對於「犯禁就會招來惡報」這一點，太宰卻另有看法。這就意味
著，遇到民間故事或童話應如何閱讀這個問題，鄭清文好像在告訴我們，
不限方式，要以更自由更有彈性的態度去閱讀它們。他認為小孩應該有豐
富的想像力和敏銳的感性，最重要的就是讓它能自由的發展下去。

　　但是，漢族卻很難有這種思考方式。在現在的臺灣社會中，教育家或
父母都想把中華文化的博大精深，把儒教道德所標榜的孝的重要性，傳授
給子女做為修身之道，所以提供給子女的，就必須是明朗而健康、善有善
報一類內容的書籍。另外，又因一直施行譴責過去日本窮兵黷武的教育，
結果，甚至古人認為「桃太郎」是侵略他人領土、搶奪他人財寶的軍國主
義的童話。[1]

　　在這種狀況下，鄭清文把自己的創作放置在：自己出生在臺灣，當時
臺灣還是日本的殖民地，母語是閩南語，到小學六年級終戰那年在學校裡
讀的是日語，那以後必須學習中國話，小時候讀的是日本的童話這些基礎
上。說是放置，倒不如說自己出生時就置身在這種文化中，已自然孕育在
自己身上。但是，他並未激烈批判日本，也未奉承國民政府，也未支持大
陸。他不受這一切的影響，卻能同時將這一些總括在一起，站在更高的視
點，用淡淡的筆觸，深刻的含意，有時還添加一些幽默，撰述發生在人世
間的事，或天天重覆的人生，以及人的喜悅和哀愁。在臺灣，到現在還沒
有出現過寫這樣童話的漢族作家。

---

[1] 洪中周，〈老少咸宜的三篇寓言〉，(《臺灣文藝》總號 95 期，1985 年 7 月號) 有這樣的敘述：「鄭
近日本早期的《桃太郎》一書，國人可說家喻戶曉，早期的日本兒童更是當做教材來研讀，個個
滾瓜爛熟，倒背如流。但是，《桃太郎》的內容卻寓含劫掠的思想，主人翁結合狐群狗黨到海的另
一端掠奪金銀財寶，是十足的強盜行為，孩子長大以後，影響所及，竟發展成軍國主義，向鄰邦
大肆侵略，地大物博的中國就首當其衝，戰火不絕，橫屍遍野，這種害人害己殘無人道的行徑，
有專家研究是《桃太郎》種下的因子。」

　　由以上各點來看，鄭清文的童話不但是臺灣文學中的傑出表現，就算在全中國文學，甚至在世界兒童文學的領域中，應獲得崇高的評價。

　　筆者自按，鄭清文於 1932 年出生臺灣桃園，26 歲時發表第一篇作品以來，30 年從未間斷，繼續寫小說，是一位純文學作家，在臺灣文壇上有鞏固的地位。在發表小說以外，自 1970 年代開始創作童話的寫作，為臺灣兒童文學啓開新頁。

——選自岡崎郁子《臺灣文學——異端的系譜》

臺北：前衛出版社，1996 年 9 月

# 農村的烏托邦

## 鄭清文的童話空間

◎陳玉玲*

## 一、前言

鄭清文（1932～）是臺灣當代重要的小說家，去年（1998 年）在麥田出版社隆重出版了他合輯六冊的《鄭清文短篇小說全集》，同時，集結了 12 篇短篇小說的《三腳馬：鄭清文短篇小說選》也在美國哥倫比亞大學出版社推出。今年（1999 年）3 月 7 日，這本英譯小說登上紐約時報書評，並推崇他以嶄新手法揭露了臺灣人背負封建文化與日本殖民經驗所呈現的陰鬱人性。

鄭清文的小說在國際間有其定論，他的童話寫作也卓然有成，《燕心果》是目前結集的童話作品集，近日，他在〈臺灣副刊〉發表的連載作品，則更具有代表的意義，因為作者將臺灣早期農村生活作為童話的背景，並投射出自我的童年生活，使得這系列作品深具研究的價值。

鄭清文自云有兩個故鄉，〈大水河畔的童年〉（《滄桑舊鎮》代序）：「我出生在桃園鄉下，卻在舊鎮長大。因此，我擁有兩個童年，也擁有兩個故鄉。我在桃園鄉下看到了農民的辛勞，在舊鎮體會到庶民的勤勉」[1]，舊鎮的興盛全與南邊的大水河息息相關，而他的童年也與這條河密切結合。他曾經在那裡釣魚，游泳，捉蝦，在沙灘上捉蜆，挖蚯蚓，也經歷了

---

*陳玉玲（1964～2004）詩人、評論家。宜蘭人。發表文章時為國立臺北教育大學臺灣文化研究所副教授、女鯨詩社成員。
[1]鄭清文，《滄桑舊鎮》（臺北：時報文化出版公司，1987 年），頁 5。

颱風的淹水。這些點點滴滴的往事，舊鎮大水河畔的童年及桃園農村生活的親身經歷，成爲了作者心中完整的故鄉回憶；在鄭清文的童話《燕心果》中對這兩故鄉並無明顯的記述，只有在〈鬼姑娘〉一篇明言以「舊莊」作爲故事的背景。文中作者試圖對舊莊作說明，「舊莊就是舊鎮的舊名。在舊莊西北角七公里的地方，有個叫平頂的小村落」，平頂指的是一塊綿延一、二十公里的臺地，由紅土構成，本身也有起伏的山勢，形成山谷（《燕心果》，頁 7。自立晚報社文化出版部，1993 年）。

反觀，鄭清文的近作（1997 年）所寫的童話：〈春天・早晨・斑甲的叫聲〉、〈初夏・夜・火金姑〉、〈夏天・午後・紅蜻蜓〉、〈初秋・大水・水豆油〉、〈初冬・老牛・送行的隊伍〉、〈寒冬・天燈・母親〉（皆以阿旺爲主角，簡稱「阿旺系列」），則有重要的故鄉回憶。舊鎮大水河畔的童年往事及桃園農村人民的生活，都成爲阿旺系列珍貴的背景。以昔日的臺灣農村作爲童話的背景，並透過季節的更迭留下臺灣農村生活的詳細記載。這使得文本流露出濃厚的回憶色彩，具有追悼過往時空的意味。這便是「阿旺系列」引人入勝之處？也是本文以此篇童話作爲研究對象的主要原因。

鄭清文以臺灣的農村作爲文本中的空間，正對應著過去的歲月，也是作者的童年時光。作者追悼的是「過去時空」與「現在時空」的變遷，這份童年的鄉愁來自於對臺灣農村生活的懷念，作者透過對農村的耕作、農家環境、生活起居、動物活動與人際的往來，描繪出臺灣農村的景致。本文在「農村：童年烏托邦」中將展開分析。

在「阿旺系列」中的主角阿旺代表的是聖嬰的原型，聖嬰的出世給世界帶來了和諧的希望。而聖嬰的成長的開端，本文分別在「聖嬰的原型」與「告別母親」中展開分析。

## 二、聖嬰的原型

阿旺在鄭清文童話中代表的是聖嬰的原型，所謂聖嬰是天真者與孤兒

的原型的結合。天真者的純潔，使主角阿旺能超脫於世俗的階級對立，進入自然渾沌的境界；而喪母的身世與 11 指所惹來的嘲弄，使阿旺不只是一個天真者，並且也具有孤兒的特質。

　　皮爾森（Carol S. Pearson, 1944～）以聖嬰（the Divine Child）的形象代表孤兒和天真者的結合。聖嬰具備純潔天真的本質，但是又能了解世界的真相，並同情受苦的人群。天真者的聖嬰耶穌，完全純潔無瑕，然而他也是一個非婚生、又出生在馬廄中的「孤兒」，呈現了天真者和孤兒的雙重特質。[2]心理學的分析上，每一個人的心靈中，都有一個具有生命力的「內在小孩」（"inner child"）。「孤兒」和「天真者」都是「內在小孩」的心理角色。在出生之時，我們都是保留「前伊底帕斯回憶」（"Pre-Oedipal"）的「天真者」，對世界充滿好奇，躍躍欲試。然而，羽翼未豐，腳步未穩，邁向成長的路途，總是跌跌撞撞，充滿挫折。哈瑞士（Tomas A. Harris, 1913～）指出每一個人的心中，都有一個「不好的兒童」（"not ok child"），那是因為在童年成長時無助的深刻感受：「渺小、依賴、無能、笨拙，缺乏字彙表達意思」[3]，這個缺乏自我認同的「不好的兒童」，如果又受到冷落，或者得不到心中渴望的關懷，就會變成了刺蝟一般的「孤兒」。天真者和孤兒是同胞孿生的兄弟，「孤兒」緣自於理想的「失望」，就像是夢想幻滅的「天真者」。但是，天真者堅信純良和勇氣必將獲得回報；孤兒卻能認清現實，體驗生命的痛楚，激勵出承擔生命和實現自我的勇氣。

　　以皮爾森的理念，可以簡化為圖例：

聖嬰圖

---

[2]見卡蘿・皮爾森著；張蘭馨譯，《影響你生命的十二原型》（臺北：生命潛能文化公司，1994年），頁 341。

[3]Thomas A. Harris 原著；洪志美譯，《我好，你也好》（臺北：遠流出版公司，1994 年），頁 40。

　　以聖嬰原型說明阿旺的人格的特質，第一、阿旺具有孤兒的心理特質，他一出生即失去了母親，得不到母親的愛護，天生的 11 指，又讓他時常受到嘲弄，又加上後姨的不支持，便離開了學校。學校在此代表的是進入伊底帕斯的階段（Oedipal period）的結果，學校的學習往往被視爲進入社會化的必然階段，如同通過禮儀（rite of passage）一般，通過禮儀指的是透過社會的某種儀式，得到社會的認可，取得某種身分或權利義務，例如入學，畢業典禮，成人禮或結婚儀式等等。因此，阿旺離開學校即代表由伊底帕斯結構／社會結構中脫離了出來。11 指造成阿旺得不到友人的認可，也同時象徵無法通過入學的禮儀，無法進入伊底帕斯的結構中，阿旺在成人的世界中，沒有什麼朋友，顯得有些孤僻，這是孤兒的特質。第二、天真者一直是阿旺的內在小孩（inner child）。唯一不嘲笑阿旺 11 指的是阿秀，這也是唯一和他一樣具有天真者特質的小孩。阿旺與阿秀的朋友包括了各種鳥獸蟲魚，甚至還有稻草人。這是由於天真者不受到社會價值標準的影響，在阿旺與阿秀眼中，呈現的是一個自然渾沌，沒有任何對立世界，從這點上論，阿旺已跳脫了孤僻的特質，由孤兒成爲聖嬰。

　　這片自然和諧的世界，即是心理學意義的「童年世界」。在此，童年世界指的是一個與成人世界「隔離的時空」，這不是像嬰兒時期或幼兒時期是生物學上的區別；而是因爲人類的心理上，一直把童年世界和成人世界區隔開來。[4]黃武雄（1943～）指出「兒童世界原本沒有國界、階級、種族、宗教、職業及性別等族群偏見」[5]，這正說明童年與成人世界的隔離，童年也被視爲是隔離於伊底帕斯結構的渾沌天地。

　　阿旺與阿秀曾一起爲稻草人打扮，起先阿秀以爲稻草人是女的，便爲它穿上了花布衣裳，擦上口紅；阿旺認爲應該是男，便爲它畫上黑色的鬍子。但是，兩人同時覺得很奇怪，因爲口紅擦掉，就變成男人；把鬍子擦掉，就變成了女人。兩人的結論是稻草人既不是男的，也不是女的；既是

---

[4]波茲曼，《童年的消逝》（臺北：遠流出版公司，1994 年），頁 47～60。
[5]黃武雄，《童年與解放》（臺北：人本教育文教基金會，1994 年），頁 98。

男的，也是女的。「亦男亦女，非男非女」即是性別渾沌，所謂性別渾沌，並非沒有性（sex）上的分別，而是指未受到社會結構中的性別（gender）觀念的影響。這代表的是在天真者的觀點中，童年世界中的萬物原本是自然的性別；所謂的性別呈現完全由「扮裝」決定，因此，稻草人的性別可以是流轉變動的。阿旺與阿秀也代表聖嬰的自然性別，不論是男孩子或女孩子，同樣是農村的野孩子。因此，兩人的交往溝通，並未受到男女之別的影響，縱然，來自後天的分化，使兩人有不同的本事，例如阿秀擅長編竹笠，竹籃，阿旺會做竹蜻蜓，打干樂，用林投葉做笛子以及蚱蜢等。但是，他們一樣抱持著天真者對萬物一視同仁的世界觀，不但能超越性別的偏見，也可以跨越人鬼神的界限。

墓地有各式各樣的鬼，阿旺與阿秀卻毫無恐懼，只有憐憫，希望能有一天能夠救贖他們。這是聖嬰超越凡人之處。墓地的鬼，除了阿旺的母親，還有上吊死的三嬸婆，病死的阿卿與捕魚落水的阿庚叔，被毒蛇咬死的阿灶等等。阿旺可以與鬼魂溝通，這代表聖嬰超越凡人的能力。阿旺從廚房拿了一點紅花膏要替母親抹嘴唇，他曾經看到後姨，「每天起來，都要先抹口紅，母親抹了口紅，一定更漂亮」（〈初夏‧夜‧火金姑〉）。阿旺曾帶阿秀去墓地探望他死後的母親，阿秀用碎布縫了一件新衣給阿旺的母親，阿秀是想用打扮稻草人的方式來打扮他母親（〈寒冬‧天燈‧母親〉）。阿旺與阿秀不但不怕鬼，並且有拯救鬼魂的愛心。在鄭清文的童話中，鬼是落入困境等待被救援的弱者，大水時，眾鬼無力自保，只好躲入土地公廟及人樟樹下；掃墓時，鬼又被無情火燒傷。尤其是冤枉而死的鬼，如無替身，則永遠守在冷清的墳墓中。阿旺撿到了天燈得以拯救母親，這是愛心力量的結果，其實阿旺的愛心不只救贖了母親，他同時希望有更多的天燈，可以拯救更多的鬼魂，愛的力量也是孤兒與天真者結合成為聖嬰的重要關鍵。

聖嬰跨越了人鬼神的界限，阿旺與阿秀不但有拯救鬼魂的力量，也可以與神溝通，童話中唯一出現的神是土地公，阿旺看到土地公的白鬍鬚，

曾想為土地公剪鬍子，土地公笑著說：「我是不會更老了！」土地公與阿旺之間有良好的溝通。不過兩者終究不同，「土地公是農村的保護神，也是墓地的警察」，土地公雖然也有超人的能力，會保護人，不讓鬼魂接近阿旺，也會保護鬼，不讓母親被欺侮；但土地公終究不是聖嬰，聖嬰代表的是渾然天成的愛心，超越現實原則、自律性的道德良知。土地公代表的是法律，現實原則規範，因此，土地公以維持秩序為優先，謹守人鬼的分際，但是阿旺卻得以拯救鬼魂。

在鄭清文的小說中，土地公與父親同樣代表「現實原則」，這是維持農村社會的基本力量。對照於阿旺所象徵的渾然天成，沒有對立的童年世界，那便是一個成人的世界了！土地公與父親並不是沒有愛心，但是為現實的生活，只好有所抉擇；例如，父親也愛老牛，心中捨不得賣掉牠，因此，在送別老牛前夕，仍然細心地為老牛洗澡，為老牛製作草鞋，還一直叮嚀牛販不准打牛。但是，由於家庭經濟的壓力，也只好紅著眼眶賣掉老牛。又如，阿旺與稻草人都不喜歡殺老鼠，但是土地公不同意，因為老鼠實在繁殖得太快了。這正是代表成人世界的現實原則——「法與理」，而童年世界的標準則是「情」。

聖嬰秉持著的不是法與理，而是情，純潔的、超越各種界限的愛心，這使得阿旺與阿秀具有超越凡人的溝通感知能力，以及化解對立，促進和解的能力。他倆不但能與鬼神溝通，也可以與各種動物成為好朋友，進而化解對立，得到和諧。將愛心推己及人，是聖嬰的特質。阿灶在童話中，也是一個天真的孩子，但是他將各類動物都視為玩物，而缺乏愛心。例如阿灶用畚箕撈起水豆油（水黽），倒在牛車路上，水豆油跳個不停，阿灶還用手去壓牠。但阿旺深怕傷害水豆油，用畚箕輕輕地放回到水裡，水豆油不但不怕他，還變成他的好朋友。相對照之下，阿灶代表的是一個平凡的天真者——淘氣的小孩，而阿旺則是充滿愛心的聖嬰。

起先，這世界充滿了對立與衝突，例如阿泉伯與阿章伯，都是阿福伯的女婿，卻因為分田造成了衝突。影響所及是兩家的稻草人、火金姑（螢

火蟲）、青蛙、蚊子甚至蛇，都加入了打鬥。阿旺不忍看到兩敗俱傷，總是勸告說，大家都是朋友，來化解衝突。與萬物為友是有情天地的重要關鍵。在對老牛的送行中，由於各種動物都是牛的好朋友，所以，也都是朋友，因此，各種的對立都得到了和解。所有的動物都來參加老牛的送行，有白狗西洛，黑狗庫洛和牠們的三隻小狗、麻雀、烏秋、晚冬稻子、老鷹、蕃鴨和六隻小鴨、紅蜻蜓、黑蜻蜓和竹蜻蜓、蝴蝶、白蚊蝶、蟬、小蜜蜂、老鼠；阿泉伯與阿章伯兩家的稻草人，青蛙，還有水溝中的魚，包括土地公也派了兩隻錢鼠來。這些動物中，許多是天敵，例如狗與麻雀，老鷹之於小鴨，老鼠與貓，兩家的稻草人與青蛙，但基於對老牛共同的不捨之情，化解了彼此的對立。兩家的稻草人，為了老牛，讓阿旺將兩人綁在一起，甚至合而為一，在對老牛的營救中，稻草人為了追趕牛販，「起先，因為兩個頭，四隻手和四隻腳，配合不好，跌倒了兩次。它們又爬起來，再繼續往前跑，越跑越順，也越跑越快。很快的，兩個稻草人已完全合而為一體了」（〈初冬・老牛・送行的隊伍〉）。這些動物，包括了陸地上走的，水中游的，天空上飛的，但也都配合著阿旺的笛聲跟隨著老牛，這份合作的精神，不但代表對老牛的感情，也代表彼此的和解。

　　阿旺所代表的聖嬰原型，超越了人鬼神，人與動物，生物與無生物之間的界限，才能化解種種衝突，達到和諧的境界，這是由於阿旺心中的大愛，對萬物並無貴賤的分別。這份愛的動力，也使阿旺拯救了母親，進而完成自我的成長。

## 三、告別母親

　　阿旺與母親的關係是「阿旺系列」中的重要主題。阿旺對母親存在著深刻的懷念，阿旺的母親因為在荼園中跌倒，急難中生下了他，自己卻過世了！阿旺從此成了沒有母親的孤兒，一直思念著母親。對母親的思念源於前伊底帕斯回憶，這是人類心中永恆的思念。

　　托莉・莫（Toril Moi）在《性與文本的政治》（*Sexual/Textual Politics*）

中，以結構主義精神分析家拉康（Jacques Lacan, 1901～1981）的理論來解釋母子關係的發展。在「前伊底帕斯階段」時期，孩子和母親之間存在著交融非分化的關係，孩子認為自己是母親的一部分，完全認同母親，兩者沒有任何的差異和區別的存在。父親的出現代表進入伊底帕斯階段，打破母子一體的結合，對孩子意味著分離和失去母親。[6]

克萊恩（Melanie Klein, 1882～1960）指出在前伊底帕斯階段，「母親」是嬰兒的生活中心，吸吮乳汁使嬰兒貪婪地依賴母親。一旦，母親移走乳房，嬰孩就會覺得自己身體的某部分被移走了，那種痛苦難以忘懷，成為嬰孩「乳房羨慕」的情結。[7]在心理分析上，前伊底帕斯階段對乳房的依戀，代表母子一體的永恆聯繫。在此回憶中，洋溢了母親的聲音、羊水和乳汁，充滿回歸母親子宮的意象，象徵對母親永恆的依戀及回憶。這個安全、溫暖、甜蜜而滋潤的空間，遺留了嬰兒時期對母親乳房、羊水、心跳、及語言的幻覺，隱喻永恆母親的懷抱，流露出渾然天成，母子一體的愉悅。

在鄭清文的童話〈鹿角神木〉即是前伊底帕斯回憶的典型作品。故事的開首是「母鹿帶著小鹿，唱著歌，走到溪邊。溪水也跟著輕輕地哼著。」[8]這種充滿母親歌聲的回憶，即是前伊底帕斯階段的呼喚。母鹿在渡過溪水之後被獵人打死了，但是日夜思念母親的小鹿，仍然不怕危險在溪邊徘徊，輕輕地呼喚母親，叫著：「姆！」對母親的思念，成為永恆的戀母情結。小鹿由白天等待直到黑夜，天上出現許多星星，小鹿覺得「那些星星，就像母親的眼睛」，母親已化為星辰，卻不能沖淡思念，也有些小鳥蝴蝶以歌聲舞影來安慰牠，可是小鹿仍然不忘記母親。日日夜夜，一年又一年，小鹿變成老鹿，牠知道自己無法度過這個冬天，卻仍然站在溪邊，把自己的身對準母親消失的方向。永恆的等待，並不隨著肉體的消失

---

[6]Toril Moi 著；林建法、趙拓合譯，《性與文本的政治》（北京：時代文藝出版社，1992 年），頁 129～130。
[7]*Envy and Gratitude*, Tavistock, 1984, p. 199.
[8]鄭清文，《燕心果》（臺北：自立晚報社文化出版部，1993 年），頁 68。

而結束，牠的身體變成了泥土，但牠的一對犄角卻像兩棵大樹，不停地成長，終於成為千年神木；而牠的眼睛，也形成了兩個水泉，那水泉緩緩地流入河流，發出「唔唔唔！」的聲音，那像巨木般的鹿角也迎風搖動，「唔唔唔！」訴說著對母親永遠的思念。

　　鹿角化為神木，鹿眼化為泉水，鹿身化為泥土，神木、泉水、泥土都代表大自然永恆的存在，這是對母親的思念已超越了肉身的有限成為永恆的存在。這種永恆的戀母情結，即來自前伊底帕斯的回憶。母愛的失落也進一步成為戀母情結，戀母情結就像一條無形的臍帶，讓自我渴望重回母親的子宮中，重溫母親的懷抱。心理分析將此稱為「子宮幻想」（"womb phantasy"），在心靈中成為一重要的欲望。弗留葛爾（John Carl Flugel, 1884～1955）指出子宮幻想意味回到溫暖、保護家庭的幻象，子宮成為一個安樂窩、避風港的隱喻，回歸子宮代表回歸母親溫暖、呵護及安慰的懷抱。[9]

　　阿旺自出生便失去了母親，並沒有享受過母愛，但他仍然思念母親，這即是來自前伊底帕斯回憶中對母親子宮的幻想。阿旺對母親的墓地有深刻的感情，他多次到埔尾探望母親的墳墓，埔尾是一片草地，草地上有許多墳墓，母親就埋在那裡。母親的墓沒有墓碑，只是從小溪撈上來一塊裹著鐵銹的石頭。墓地上有許多雜草，也有菅芒，野草長得很高，在墓地的前面，靠近小水溪的地方，長著一片林投樹，阿旺喜歡用林投葉作笛子，墓地的一角，靠近相思樹林的地方，有一棵大樟樹，樟樹下有一座土地公廟。對墓地詳細的記載，正說明阿旺對母親的思念。

　　阿旺的母親以鬼魂的形象出現，蒼白長髮，眼露綠光，一直想帶走阿旺，但是，阿旺仍然時常要到墓地探望母親，沒有一點恐懼，阿旺甚至主動拉著母親的手，想為母親打扮漂亮。人鬼之隔，讓阿旺母子無法團圓，然而母子連心卻穿過了隔閡，母親想抱抱阿旺，阿旺也一直思念著母親。

---

[9] J. C. Flugel，《服裝心理學》（臺北：水牛出版社，1992 年），頁 73。

阿旺最關切的是母親的墳沒有墓碑，在大水中母親的墓是否安在，甚至冒著颱風，來到母親的墳前，也擔心三嬸婆對母親的欺侮。在「阿旺系列」中，做為鬼魂的母親是個受難者，失去了「善良母親」（"the good mother"）的意義，善良母親是兒童保姆，本我樂園的守護神，這是造成快樂童年的重要因素。然而，阿旺的母親卻自身難保，無法成為阿旺童年的守護神，反而一如受難的小孩。阿旺對母親的思念，也摻雜憐憫，後來阿旺反而扮演救援者的角色，以天燈援救了母親，這是對母親的救贖，也是對受難者的救贖。

　　阿旺對母親的愛，使阿旺由孤兒的角色成長，成為照顧者及救援者。對母親的救援，不只代表阿旺的愛心得以救贖母親，也同時象徵阿旺砍斷了臍帶，告別了母親，告別了童年，告別了戀母情結。以成長過程分析，告別母親，砍斷臍帶，擺脫依賴，正是自我成長的重要步驟。在人格的發展上，如果，一味沉溺於前伊底帕斯階段的回憶中，徒然使戀母情結成為心靈的創傷，使人無法正視現實，也不能成長。皮特曼（Pittman Frank）指出：母親可以使兒子得到安全感，卻不能使他成為男人，除非切斷來自母親的牽絆，否則男人永遠無法發揮信心。但是，對於母親與兒子來說，母愛一樣給人甜美與愉悅，掙脫它是極其痛苦的決裂，有些母親努力不讓兒子離開他，對兒子而言，掙脫母愛一樣是痛苦的。[10]阿旺切斷臍帶的方式是對母親的救贖，直接以愛來完成自我的成長，這便是阿旺成為聖嬰原型的原因。與救贖母親對應的情節是：這時阿旺也準備要切除多餘的第 11 指，回學校去讀書了。告別童年被視為是進入伊底帕斯階段的開始，阿旺起先由於 11 指而離開學校。11 指的切除具有重要的象徵意義，正如通過禮儀一般。這段切除 11 指前的日子，也是阿旺童年的回憶。

---

[10]皮特曼（Pittman Frank）著；楊淑智譯，《新男性》（臺北：牛頓出版公司，1995 年 3 月），頁 221。

## 四、農村：童年的烏托邦

　　鄭清文童話「阿旺系列」中童年的依戀最深的是阿公與老牛，阿公與老牛又代表著過去的一段時光，屬於臺灣農村生活的美好回憶。阿公與老牛在阿旺的心中幾乎有相同的地位，阿公對老牛有極深的感情，阿公與老牛同住在牛舍中，牛舍隔成兩半，一半住牛，另一半放著犁、手耙、鋤頭、畚箕、機器桶與風鼓等農具；阿公活著時，便也睡在裡頭，阿公死後，阿旺便睡在阿公的竹床上，也繼承了阿公看牛的工作。阿公為牛綑稻草燻蚊子，並且陪牛在牛舍中，夜裡還故意把蚊帳打開，讓蚊子叮他，以避免蚊子叮牛，阿公自圓其說：我的皮比牛還厚。阿公對牛出自於一份感恩，感念牛的辛勞，養了一家人。

　　阿旺對牛的深情，表現在不捨老牛被賣掉，不願老牛「出征」，阿旺出於天真者的一片純情，懇求父親不要賣牛，又把牛帶到埔尾藏起來，也拜託過土地公。父親仍然把牛找回來，阿旺幫牛剪鬍鬚，想讓牛看起來年輕一些，又採青草餵牛吃，企圖讓老牛恢復工作的力氣。在種種努力都無成效之後，阿旺帶領著所有鳥獸蟲魚、稻草人等為老牛送行。在阿旺的心中，老牛就如同阿公，他想阿公過了 60 歲之後，就不做粗重的工作了，但是，老牛還是要拖犁。心中為老牛感到不捨，雖然他也知牛不拖犁，人便無法耕田。

　　鄭清文對農村的巡禮，便隨著阿旺看牛的路線而開展。阿旺牽著牛，走出了籬門，轉北，就到了後壁溝的牛車路，後壁溝在牛車路的左邊，也就是北側，由東流向西；後壁溝的牛浴窟，是牛戲水的地方。後壁溝是灌溉用的小水溝，只有二、四尺寬，上面有農民架起的瓜棚與遮雨棚，下面也是洗菜與沈衣的地方，有些地方拓寬有一丈以上，是為了給牛戲水。牛車路的兩邊是綠油油的稻田，田裡有稻草人，在田岸路上，隔著一點距離就著種植一點防風竹，叫竹埒，竹埒外有竹林。牛車路向右轉彎的地方有一條水圳，過了水圳就是另外一個村莊了。初冬老牛送行的隊伍便沿著這

條路線走，直到那隻認命辛勞、會流淚不會逃跑的老牛消失在遠方。這條路線，不只是農村的地理版圖，也代表淳樸的童年以及令人眷戀的過去。

鄭清文「阿旺系列」中記載的有：房屋的四周、牛舍、後壁溝、牛車路以及埔尾的墓地。對於房舍唯一詳細敘述的是牛舍，這是出於對阿公與老牛的深刻懷念。而後壁溝、牛車路正是看牛的必經路線；對埔尾的記載是出自阿旺對於母親的思念。阿旺的屋子，大門向南，西邊彎出短短的側屋，東邊與南邊是籬笆，中間圍著稻埕。側屋的末端是磚造的豬舍，其餘是土塊厝，屋頂蓋著稻草。屋後有一片竹叢，有刺竹、大竹、桂竹，竹圍裡有許多樹木，主要是相思樹、榕樹、茄冬、樟樹和苦楝花。

在阿旺故鄉的地圖中，有栩栩如生的農村生活紀錄，以此作為童話故事的背景，令人對鄭清文的童年回憶產生聯想，以史實的角度視之，這具有保存臺灣農村生活歷史的價值，以文學的角度視之，這使作品不只局限於童話的趣味，也具有濃厚鄉村的景致，進一步透露出鄭清文內心世界是以臺灣的農村作為永遠的故鄉。而農村農人耕田種菜、捕魚捉鳥看牛以及孩子的遊戲成就了臺灣的農村世界。這農村的世界是自給自足，怡然自得的，彷彿作者心中的「童年烏托邦」。烏托邦是英國 16 世紀文學家摩爾（Thomas More, 1478～1535）所提出的概念，意指一個不存在於真實世界的理想國度。Utopia 字源為 Utopos，由 Ou（無、非 not）和 topos（地，地方，place）組成[11]。所以，烏托邦是「真實世界」的對立，一個想像力虛構的天地，在此，可以實現一切的精神理想，並保持完整自我的形象和概念。

在文學上童年以一種特殊的「時空形態」存在。在時間上，它被定位於成年以前；在空間上，它又被隔離於社會的結構之外，當作一個獨立存在的「兒童世界」。童年做為一個標籤，代表的是進入伊底帕斯階段以前的心理回憶，也是人格社會化之前的經驗。因而，在鄭清文的童年世界，

---

[11]芙蘭西絲‧高爾芬、芭芭拉‧高高爾芬，〈論烏托邦的可能性〉，收入凱特布編：《現代人論烏托邦》（臺北：聯經出版公司，1980 年），頁 51。

近似於隔絕凡俗的心靈烏托邦。這個童年的烏托邦在時間上是屬於「過去」，與「現在」分離的；在空間上，是屬於「農村」，與「都市」有所區別，這便是令作者懷念不已的心靈故鄉。

鄭清文對於農村的記憶，不只透過了視覺，還透過了嗅覺、觸覺、聽覺而開展，使得農村田園依稀在目。色彩的變化，是記憶中視覺觀察的重點，阿旺看牛的時候，看見稻葉上的露水，草間的露水，蜘蛛網上的露珠，在陽光下呈現出七彩的顏色。而田地的顏色也是鮮活的，「田地不停地變著顏色。綠色的稻子已成熟，都變成黃色了。站在田路上，一望過去，全是金黃色。連草蜢也變了顏色，由綠多黃少，變成了綠少黃多。草蜢是跟著稻子變顏色的。」（〈夏天·午後·紅蜻蜓〉），這是作者親身的觀察，顏色不同了，香味也不同了。在鄭清文的記述中，夏天是太陽的味道，太陽的味道像燒過的稻草灰，乾乾的味道，泥巴和路面也反射著強烈的陽光，發出強烈的乾的味道。夏天的香味是稻子的香味，春天是草的香味，也是花的香味。阿旺發覺草的香味是在的割草的時候，當他用手中的鐮刀割斷草的時候，他聞到了強烈的青澀味，阿旺也常摘下一兩片草葉，拿到鼻前聞一下，再把它搓碎，這時他感到滿手滿身的香味。

鄭清文也以手的觸覺去感受收割的喜悅，他寫道：「阿旺看到低垂的稻穗，有時也會學大人停下來，學大人的動作，把稻穗抓起來，放在手掌上稱稱看稻穗的重量，稻穗是結實的，而且是飽滿的，一定是豐收的。」（〈夏天·午後·紅蜻蜓〉），以手去體驗稻穗的飽滿結實，這是農人最大的欣喜，因為收割是皇帝，搓草是乞食。鄭清文還詳細記載了種稻搓草、割稻、挑穀子、曬穀子、轉風鼓的過程。至於農閒時期，農人製作霧網捕鳥、種菜貼補家用也是農村生活重要的紀錄。

「阿旺系列」中的人姑婆是農村生活的活見證，大姑婆的年齡不詳，可能有一百歲了，正如同童話故事的「智慧老人」（"the old wise man"），智慧老人所提供的是生活上的智慧——農村的禁忌。例如晚上不能剪指甲，死人的指甲會變成火金姑，搓湯圓的時候，不能說白圓，要說成銀圓

等等。阿灶在鄭清文的筆下是農村典型的野孩子，在人物的塑造上，阿灶代表的是「淘氣的小孩」。阿灶的淘氣也來自他的本事，他會哄牛相鬥、抓蛇、抓蜻蜓、釣青蛙、筍龜，烤竹螟。他用蚯蚓釣青蛙，再用稻桿插入青蛙的屁股，用口吹風，把青蛙的肚子吹的圓鼓鼓的，他也會用母蜻蜓來誘騙公蜻蜓，然後在尾巴上插入稻桿；阿灶也偷白鷺鷥蛋，甚至也到廟中偷上帝公的紅龜粿，阿灶後來因爲徒手抓蛇，不料被他抓住蛇尾的雨傘節突然反撲，如此死了！阿灶讓阿旺及所有的孩子都感到十分懷念。

　　阿灶代表的是鄭清文回憶中農村中淘氣的小孩，童年回憶的淘氣小孩，正是神話中「惡作劇精靈」（"trickster"）的翻版。以容格（Carl Gustav Jung, 1875～1961）的分析：惡作劇精靈與人生最早期和最初發展的階段相聯繫，它代表自身的動物本能及欲望衝動。它的動物性，也使它幻化爲動物的形式出現。[12]阿灶是農村中的孩子王，他會在樹間跳來跳去，學猴子的動作，自稱是齊天大聖孫悟空。在《西遊記》中的孫悟空，偷摘蟠桃、大鬧龍宮，即是惡作劇精靈的典範；孫悟空半人半猴的形象，也最能說明惡作劇精靈的動物本性，一方面也代表他未臻於（人類）成熟階段的資格。惡作劇精靈必須經過文化的成人儀式，才能脫離動物的本性，成爲社會化的人。

　　阿旺的聖嬰原型與阿灶的淘氣小孩是迥然不同，阿旺與農村的各種動物是好朋友，在鄭清文的筆下透過阿旺的引導，呈現了一個鳥叫蟲鳴的世界。農村中常見的鳥有斑甲、竹雞、暗光鳥、白鷺鷥、老鷹、白頭殼、麻雀、晚冬稻子、雲雀等等。農田中的小水溝常見的魚有大灶魚、竹篙、三斑魚、泥鰍、鮎呆、鯽魚、牛屎鯽仔等等。包括牛、蕃鴨、蜻蜓、蝴蝶、白蚊蝶、蟬、老鼠、水豆油、火金姑等等都是童年烏托邦中的好朋友。

　　蟲魚鳥獸在阿旺眼中都有自己的風格，烏秋是鳥王，老鷹是兵馬，麻雀是腳架。蜻蜓與蝴蝶飛行方式不同，蝴蝶是不停地拍動翅膀，忽上忽

---

[12]*Man and His Symbols*, Dell, 1971, p103～105.

下，忽左忽右的飛著。蜻蜓卻是用力搧動著翅膀，畫著直線，或弧線飛翔著。紅蜻蜓還會在空中靜靜的飄浮著。（〈春天・早晨・斑甲的叫聲〉）

這片鳥獸蟲魚的世界充滿了大自然的天籟之音。阿旺的林投笛子是這合唱的主使者，鳥也開始唱了，嗶（笛子聲）、嘎嘎嘎（白鷺鷥的粗啞聲）、吱吱喳喳（麻雀）、喞啾（烏秋）、咕——咕（斑甲），鳥在唱歌，蝴蝶和蜻蜓也跟著飛舞牛也伸長了脖子叫了一聲（〈春天・早晨・斑甲的叫聲〉）。這是鄭清文心靈世界中的依歸，大自然的烏托邦，也是他童年的烏托邦。

## 五、結論

鄭清文筆下的農村世界呈現出大自然的美好風光，這是成為他童年烏托邦的重要時空，也說明了鄭清文內心世界是以臺灣的農村作為永遠的故鄉。

鄭清文筆下的阿旺極近似作者內在小孩，這也是童年烏托邦中的童年自我。阿旺是聖嬰原型的化身，聖嬰秉持著的是超越各種界限的愛心，這使得這世界埋下了和諧的希望。阿旺對母親的救贖，不但擺脫了戀母情結，也邁向了成長，這是作者創造的光明的世界。

## 參考書目

BO

・波茲曼，N（Postman, Neil），《童年的消逝》（*The Disappearance of Childhood*），蕭昭君譯。（臺北：遠流出版公司，1994 年）

FU

・弗留葛爾，J（Flugel, John Carl），《服裝心理學》（*The Psychology of Clothes*），（臺北：水牛出版社，1992 年）

HA

・哈瑞士，T（Harris, Thomas A.），《我好，你也好》（*I'm OK, you're OK*）洪志美譯。

（臺北：遠流出版公司，1994 年）

HUANG

・黃武雄，《童年與解放》，（臺北：人本教育文教基金會出版部，1994 年）

KAI

・凱特布，K（George Kateb）編，《現代人論烏托邦》（*Utopia*），孟祥森譯。（臺北：聯經出版公司，1980 年）

PI

・皮爾森，C（Pearson, Carol S.），《影響你生命的十二原型》（*Awakening The Heroes Within: Twelve Archetypes to Help Us Find Ourselves and Transform our Word*），張蘭馨譯。（臺北：生命潛能文化事業公司，1994 年）

・皮特曼，F（Pittman Frank），《新男性：掙脫男子氣概的枷鎖》（*Man Enough: Fathers, Sons, and the Search for Masculinity*），楊淑智譯。（臺北：牛頓出版公司，1995 年）

RONG

・容格，C（Jung, Carl Gustav），《分析心理學的理論與實踐》（*Analytical Psychology its Theory and Practice*），成窮、王作虹譯。（北京：三聯書店，1986 年）

——：《回憶・夢・思考——榮格自傳》（*Memories, Dreams, Reflections*），劉文彬、楊德友譯。（瀋陽：遼寧人民出版社，1988 年）

——：《人類及其象徵》（*Man and His Symbols*），張舉文、榮文庫譯。（瀋陽：遼寧教育出版社，1988 年）

MO

・莫依，T（Moi, Toril），《性與文本的政治——女權主義文學理論》（*Sexual / texual Politics: Feminist Literary Theory*），林建法、趙拓、李黎譯。（長春：時代文藝出版社，1992 年）

ZHENG

・鄭清文，《滄桑舊鎮》，（臺北：時報文化出版公司，1987 年）

——《燕心果》，（臺北：自立晚報社文化出版部，1993 年）

——〈初冬・老牛・送行的隊伍〉，《臺灣日報》副刊，1997 年 9 月 8～12 日。

——〈初秋・大水・水豆油〉，《臺灣日報》副刊，1997 年 7 月 21～27 日。

——〈初夏・夜・火金姑〉，《臺灣日報》副刊，1997 年 3 月 7～12 日。

——〈春天・早晨・斑的叫聲〉，《臺灣日報》副刊，1997 年 1 月 15～17 日。

——〈夏天・午後・紅蜻蜓〉，《臺灣日報》副刊，1997 年 4 月 28～5 月 3 日。

——〈寒冬・天燈・母親〉，《臺灣日報》副刊，1997 年 11 月 10～12 日。

——《鄭清文短篇小說集全集》，（臺北：麥田出版社，1998 年）

・Jung, Carl G. *Two Essays on Analytical Psychology*. Trans. R. F. C. Hull.（New York: The World Publishing Company, 1953.）

——：*Man and His Symbols*.（New York: Dell. Kell, 1971.）

・Klein, Melanie. *Envy and Gratitude: a Study of Unconscious Sources*.（London: Tavistock, 1984.）

・More, Thomas. *Utopia: Latin Text and an English Transiation*. Eds. George M. Logan, Robert M. Adams, and Clarence H. Miller.（Cambridge: Cambridge UP, 1995.）

——選自《文學臺灣》第 31 期，1999 年 7 月

# 時間・女性・敘述

## 小說鄭清文

◎梅家玲[*]

　　自 1950 年代起迄今，鄭清文始終以清淡蘊藉的文風，於當代小說創作上獨樹一幟。從男女婚戀到生老病死，從鄉里舊鎮到公司商場，在「冰山理論」的寫作堅持下，即便是再喧囂擾攘的人間百態、再驚心動魄的浮世悲歡，也要沉潛出深微幽邃的內在向面。他的清悠閒遠，含蓄內斂，每每讓人聯想到前輩作家沈從文。然而，就有如沈從文所說的：「你們能欣賞我故事的清新，照理那作品背後蘊藏的熱情卻忽略了；你們能欣賞我文字的樸實，照理那作品背後所隱伏的悲痛也忽略了。」——冷靜平實的文字背後，鄭清文同樣有他意在言外的關懷與思辯。即以本集所收錄的各篇小說看來，死生新故中的啓悟與救贖、世代交替中的堅持與失落，以及對女性角色的多方描敘，正所以交錯出紛複深沉的人生萬象。其間，「時間」、「女性」與「敘述」三者，或許正可視爲貫串本集（以及若干其他重要作品）的線索。

## 一、

　　感時追往一直是鄭清文小說中的一個重要主題。在《相思子花》的序言中，他曾毫不掩抑地表達了對往昔的追懷感傷：

　　　　時間是不回頭的。那時候的許多事，已隨時代的轉變，迅速的消失在時

---

[*]發表文章時爲臺灣大學中國文學系教授，現爲臺灣大學臺灣文學研究所教授、中國文學系暨研究所教授。

間裡面了，而那些已消失的，也恐怕不會再回來了。

我惦念那一些，屬於那個時候的特殊事物，包括一些美好的，也包括一些不幸的。

我惦念那一些，屬於那個時候的特殊事物，懷著一些喜悅，也懷著一些悵惘。

誠然，逝者如斯，時光之流不容逆轉。然而，游移於今昔之間，除卻無可或免的失落悵惘外，總該還有些其他的什麼吧？無論是追憶還是遺忘，是啓悟還是救贖，對鄭清文而言，終將落實爲「尋找自己，尋找人生」的生活實踐與創作奧祕。[1]也因此，在他小說中，「時間」，便既是輪轉敘事運作的輻輳，也是啓動今昔之感的鎖鑰，當然，更是發現生命奧義的召喚——它帶來死亡與愴痛，卻也蘊育啓蒙和新生。

在本書中，〈圓仔湯〉和〈最後的紳士〉兩篇，「今昔之感」最是強烈。〈圓仔湯〉描敘一生堅持以傳統手法製作、承包木器家具，不願偷工減料的阿福叔，是如何因不敵阿盛——一個曾是自己徒弟，卻在另立門戶後屢以新派做法、「圓仔湯」條件要脅並參與競標的競爭者，終於收店歇業；〈最後的紳士〉圖寫始終自矜於「紳士」形象與品質的阿壽伯，是如何在盛裝出席昔日好友金德伯喪禮的同時，驚覺「紳士」時代不再，因而自傷自憫，最後卻連自求了斷亦不可得的不堪。

只是，有別於一般懷舊傷逝之作的是，鄭並不曾一廂情願地將「過去」美化爲神聖純淨的「原鄉」，反是經由主角人物的撫今追昔，揭露同樣存在於過往時空中的人性弱點與盲點。阿福叔也好，阿壽伯也罷，世代交替中，他們固有其種種堅持，但何嘗沒有變節之時、虛矯之處？〈圓仔湯〉曾述及，日本人爲了要臺灣人改信日本的神，強迫臺灣人購置神龕，

---

[1]鄭清文曾說：「我寫作，是在尋找自己，並希望在尋找自己的過程中，逐漸純化自己。……尋找自己，尋找人生，便是我的創作奧祕。」見〈尋找自己，尋找人生〉，原載 1979 年 10 月 15 日《民眾日報》，後收入鄭清文《臺灣文學的基點》（高雄：派色文化出版社，1992 年），頁 153～157。

供奉廳頭，阿福叔「一邊罵日本人拆去祖先的牌位，一方面卻參加並標到一筆大生意。做神龕的工作，非常精細，很花時間，如果不是他，全舊鎮的人，是無人可以單獨完成的」。而阿壽伯的「紳士」派頭，實不過是對（想像中）英、法文化的東施效顰：「法國式的紳士是應該有情婦的」，「拜倫的人和詩，都是風流倜儻的」，「他認識拜倫，學拜倫」；可惜的是，「他只學習他們的生，卻沒有研究他們的死」。紳士的優雅高貴，原來同時也聯繫著虛偽卑俗。[2]正因流變中潛藏著不變，堅持中隱含著卑瑣屈服，「今昔之感」始得在呈露人性諸多複雜面向的同時，體現更令人深省的意義。

　　人性弱點與盲點固不容輕易泯除，那麼，啓悟與救贖又如何可能？雖然鄭清文曾坦承：自己並不是個悲觀的人，但「始終認爲人生是一種痛苦。現實的社會充滿著不和諧，而人生的終極又是『死』。人不能擺脫死，所以人生本身便是一齣更大的悲劇」；不過，他卻也同時以爲：「如果在將來，在沒有宗教的世界裡，人的心靈仍然有救濟的辦法，那很可能就是人透過自我尋索，完成自己，而獲得人和人之間的和諧。那時，人將不再孤寂」。[3]

　　或許就在這樣的理念下，鄭清文往往以接近推理小說的形式，讓主角（及讀者）縱身於時間之流中，不斷尋索，不斷發現。[4]可堪注意的是，此一循由「推理」而來的發現，往往又須藉「死亡」事件來完成。以頗爲膾炙人口的〈局外人〉爲例，全文始於「我」受昔日女友秀卿之託，代她返鄉去參加母親的喪禮，從而使我憶起 30 年前一椿謀殺案：秀卿家中原有一心態異常的二嬸婆，她與子媳關係惡劣，能與之相投者，唯秀卿母親一人

---

[2]這一點，鄭清文在〈創作的信念──《最後的紳士》自序〉中，也曾提及：「紳士是一種品質。在較早的社會，它代表著優雅和高貴。但是，另一方面，他也代表著虛偽和卑俗。」見《最後的紳士》（臺北：純文學出版社，1984 年 2 月初版）

[3]同註 1。

[4]彭瑞金也曾指出：「鄭清文的小說主題常落在「得救的過程」上，表達方式非常接近推理小說的形式。」〈〈升〉──鄭清文的新界石〉，《自立晚報》1984 年 2 月 27 日。

而已。某日,母親因被醫生誤診罹患癌症,恐不久於人世,為不忍二嬸婆死後無人為其穿壽衣,遂用棉被將她悶死,繼而盡心為其料理後事。此事雖因警方查不出殺人動機而終成懸案,但卻為「我」識破,並導致二人分手。直到 30 年後,「我」才倏然醒悟:殺人動機除罪與惡外,原來還可以有「善良的動機」,而「卑俗的人,是無法領會高貴的心的」。只是,「要了解這樣的事,也需要 30 年嗎?而 30 年是不是真的足夠呢?」

　　不僅乎此,〈死角〉中的老師古正美追究學生林秀卿的死因,〈祕密〉中的妻子淑芬探查丈夫所以不時去往醫院急診處的「祕密」,莫不經由連串明查暗訪,細細推敲;她們在時間流程中匍匐前進,步步為營,峰迴路轉處,亦是柳暗花明時。結局或是自驚自惕於捲入謀害死者的共犯結構中(〈死角〉),或是反而成為另一「祕密」的製造者和解謎者(〈祕密〉),但由死生新故而另啟人生新頁,進而建立「人與人的善良關係」,以迎接「美好的將來」,則並無二致。所以如此,或可由鄭清文的「文學觀」得見一二:

> 文學要有理想,要有希望。人必定會死。這是人類的悲劇。這是人類的宿命。對一個人而言,確實如此。但是,對一個社會,對整個人類而言,生的力量似乎超越了死。[5]
>
> 我不敢預測,人類將如何選擇自己的路。我也不知道自己是否有力量,但我卻願意多用一些心力去闡述人與人的善良關係,……人與人的關係,是建立在信賴與愛,而不是建立在懷疑和恨的基礎上。這個基礎,同時也是人類能期待更美好將來的基礎。[6]

---

[5]見鄭清文〈我的文學觀〉,《文訊》第 13 期 (1984 年 8 月)。
[6]同前註。

## 二、

鄭清文小說中，另一值得注意處，是他對女性角色的著墨。

早在〈姨太太生活的一天〉中，他就展現出細膩刻劃女性心態、言行的功力。爾後〈龐大的影子〉、〈寄草〉、〈雞〉等，亦各有特色。本書以女性主角為唯一觀點人物的作品，看似只有〈祕密〉、〈割墓草的女孩〉、〈死角〉、〈焚〉四篇，但〈局外人〉、〈師生〉、〈堂嫂〉中的女性，實際上卻在他人（主要是男性）視角中，被刻劃為真正主角。以女性為觀點人物的篇章，固然呈示了女性主體於平凡瑣碎生活中掙扎求索的強韌性格；即或為被觀視的對象，也都似弱實強，並以自身的生命圖景，導發他人的啟蒙與救贖。然則，既有「冰山理論」的寫作堅持，則其間是非曲折，便也就並不能畢現於眼前可見的因果成敗之中。其中，〈割墓草的女孩〉小娟，與〈焚〉之主角梁美芳的境遇，皆頗具代表性。

小娟父親車禍身亡，哥哥雙腳癱瘓，為貼補家計，遂於清明時節上山幫人割墓草，不料頻遭「同行」阿康的阻撓侵奪。於是，為爭取工作機會，在死亡陰影瀰漫的墓地中，一個 13 歲小女孩，便不僅須割墓草、清墓庭、與拾骨後未清乾淨的死人血肉相糾纏，還得頑抗阿康強橫無理的勒索。最後，小娟終於保住了辛苦賺得的六百元，阿康手指在兩人搏鬥時被咬斷（？），負傷落荒而逃；時值黃昏，暮雨霏霏，掃墓者紛紛歸去，唯餘小娟獨立蒼茫，撫胸痛嘔──小娟真正勝利了嗎？

梁美芳的遭遇則較為複雜。夫妻二人前夕繾綣方畢，第二天丈夫便在出差南下途中，空難墜機身亡。而丈夫所以未能提早一天改搭火車，執意要當日往返，實因顧及美芳與深愛自己的母親關係不睦，不願讓她獨處過夜之故。孰料深情厚愛卻導致天人永隔，婆媳關係，於是益發雪上加霜。隨後，丈夫同事與前任男友相繼示好，更引發婆婆多方猜忌。丈夫送給美芳的狐狸狗小白，美芳房中的一座木製雕像，亦皆成為婆婆藉以指桑罵槐、消仇洩忿的替代品。本來，丈夫在世之時，婆婆一直希望美芳懷孕生

子，並以爲她遲遲不孕，實因木雕像作祟之故。然而反諷的是，當小白失蹤，（疑似）被抓去家畜保治所送入焚化爐，美芳又驚覺自己懷孕，並在院中親自潑油點火，將木雕像焚毀之際，反因爲婆婆的冷嘲熱諷，跌坐在地，終致流產⋯⋯

平淡的文字中，所呈現的生與死、愛與恨之間的拉鋸纏鬥，是如此驚心慘烈，相生相剋。固然，在早期〈故里人歸〉一文中，鄭已曾對糾結於男女、父子（女）間的愛恨生死、忠誠背叛多所剖陳；而〈焚〉因男主角死於非命，其於男女關係的著墨，自然相形簡略。但女性纖細幽微的愛恨嗔癡，卻因聚焦於緊張的婆媳關係上，得到進一步強化：「兩個人同時愛著一個人，強烈地愛著同一個人時，那兩個人爲什麼非成爲深仇大恨不可呢？」「她實在不了解，愛爲什麼會轉成恨？當愛的對象存在時，兩個人拚命爭奪，愛的對象消滅時，恨卻無法消滅。這又是爲什麼？」

不過，除卻於愛恨生死之間依違輾轉，鄭清文小說中的女性畢竟還是另有其他面向。尤其透過他人的觀視體察，她們往往以自身的苦難和操持，成爲開示、啓蒙他人的聖者。前述〈局外人〉的秀卿母親，固爲一例；在此之前〈黑面進旺之死〉中慨然赴進旺之約，並與之共死的保正媳婦，〈三腳馬〉中，爲丈夫做了日人走狗而跪在廟前向鎮民贖罪的「白鼻狸」之妻吳玉蘭，亦具此色彩。而本書中，〈堂嫂〉逆來順受，數十年如一日地爲生計操勞，在廟旁販售香條金紙，並一再寬容父親的暴戾，丈夫、兒子的背叛，更屬典型。在敘事者「我」的眼中，堂嫂因此體現出近乎觀音菩薩的氣質：

> 我的眼睛一直注視堂嫂的臉，忽然間，好像聞到了一股香味。也許，那是擺在木架上的香條的香味，也許是我身上的化妝物質的香味，那香味微弱而幽忽，我不敢確定。但我更願意相信，那是發自堂嫂身上的。

此外，〈師生〉之主角林素月老師，原爲一張姓美術老師之女友兼素

描模特兒；後來卻莫名所以地與之分手。反倒是張的男學生王立平，因欽羨於林在張之畫作中所呈現出的氣韻，一直想為她畫像；於是，在她因病入院後仍不捨地前往探視。熟料，直到目睹林素月的裸體之際，才赫然驚覺她已因乳癌而切除乳房。此時，張林二人所以分手的原因終於揭曉，而隨即向素月提出求婚要求的王立平，亦儼然以此成就了個人對藝術永恆之美的追求與堅持。

　　但換一角度來看，由於（舊）時代因素使然，鄭清文筆下的女性，實多屬任勞認命、溫婉賢淑者（如〈堂嫂〉、〈師生〉、〈三腳馬〉）；且鄭對她們的圖繪，亦不免落於（以男性為中心的）傳統社會對女性想像期盼的框限之中。即使如〈局外人〉、〈死角〉、〈割墓草的女孩〉等篇章中的女性，看似另有悖於社會規範的言行展演，但它們的重點與其說是在凸顯女性特質，不如說是藉由「事件」本身以啟示人生，控訴不義。相形之下，〈升〉中男主角林景元的太太，倒真是顛覆意味十足——由於家中廁所馬桶阻塞，她緊迫盯人，逼著丈夫不得不在上班時間趕回家去清理滿溢而出的穢物，從而暴顯丈夫內在情性與外在對人對事態度上的種種猥瑣鄙陋。馬桶穢水不降反升，林景元汲汲營謀於自己公司職位的調升，最後卻應升而未升，於是相映成趣，謔而不虐。在此，太太「戲分」雖然不多，卻意外成為全書最鮮活、特殊的女性角色。

## 三、

　　鄭清文曾表示：「我比較不喜歡浮華的東西」，所以同樣的題材，「我寧願寫得『沉』一點，點到為止，不要讓它『浮』起來，我不喜歡直接寫出來，不喜歡過分暴露，寧可保守一點，含蓄一點，不要高聲大叫。」[7]

　　基於這樣的創作理念，在敘述手法上，他的文字一向清淡樸實，不尚

---

[7]見洪醒夫，〈誠實與含蓄的故事——鄭清文訪問記〉，轉引自林瑞明，〈以生命的熱情觀察人生——鄭清文集序〉，《鄭清文集》（臺北：前衛出版社，1993年），頁9。

華采，甚且慣以極簡單的對話體來推展情節；但往往興寄深遠，耐人尋味，其原因，一則固緣於所敘事件本身的複雜性，再則，亦與其饒富詩意的造境寫意手法有關。前已述及，他常以類似推理小說作法，讓人物在事件中追尋求索，抽絲剝繭。但終究不同於一般推理小說的是，其目的並不在營造短暫刺激的懸疑高潮，以炫人耳目；而是意圖藉此揭示社會人生的諸般複雜面向。也因此，最後真相看似「大白」，事件卻未必結束，人生路途尚待繼續前行，生命的開創與發現仍有無限可能（如〈祕密〉，屬於丈夫的祕密揭開了，但妻子為何要削髮？她果真懷孕了嗎？此後生活裡還將會有什麼祕密被發現？連串的問題仍無定論，有待進一步體悟驗證）。鄭的小說多有餘韻，這當是原因之一。

在莫測多變的人情人事之外，鄭亦同樣擅寫簡單的人生即景，恆定的生命旋律，以及人間情愛的蘊藉深沉。特別是經由饒富詩意的造境寫意手法，天地悠悠，情韻綿緲的視景，每每於焉浮顯。早期名作〈水上組曲〉，堪稱此中典型。該篇描寫一擺渡的年輕船夫，暗戀一不時出入舊宅柴門，到河灣汲水、洗衣的女子。儘管他數度勇於躍入驚濤駭浪中救人，面對伊人卻始終沒有勇氣攀談。直到某日，女子（因站在雨中看他救人而病危不治？）自門內消失，換了另一女子出來，「他就相信她再也不會出來了」。其間，河水漾動，時光流逝，女子漂洗衣物的情景與船夫暗戀情愫交相疊映，一一化作悠緩細緻的動中之景：

　　整個河面淡淡地罩著水煙，輕輕地挪動著。……
　　他覺得她的裙子在輕盪著。他沒看錯。他明明知道她不會看他，像他偷看她一般。但在他背著她的時候，他總覺得她的視線就在注視著他。
　　她已到河邊了，把裙子輕輕撩起，輕輕盈盈的蹲下。水輕輕地漾起，水聲輕輕地響著。肥皂的泡沫慢慢流了過來。然後，她揮起擣杆，那聲音響徹了河面，然後，又是一聲輕輕的水聲。

　　如此意境，幾可與沈從文〈靜〉、《邊城》等作相媲美。另如〈春雨〉，也有類似描寫。此一藉「情」與「景」交融互滲以彰顯人物特質的作法，當是他小說敘述上的一大特色，在本集中，亦多有可見。如「堂嫂」家居觀音寺旁，她對生命的負荷承擔，自當與觀音的慈顏與幽香相映照；「割墓草的女孩」的恐懼及與暴力脅迫的抗爭，必置身於墓地之中，始能凸顯；阿壽伯「最後的紳士」的感傷，當然要由好友的喪禮發端；而也唯因須輾轉於飛機失事現場、家畜保治所焚化爐，以及婆婆窺伺眼神無所不在的自家房室庭院之中，〈焚〉之女性纖細幽微的情思轉折，方得以幽幽傾吐。

　　於是，也就在以推理方式演述情節事件、以情景交融手法展顯人物情質的「敘述」之中，我們看到本集作品對「女性」形象的多方展演；看到「時間」的推移、生命歷程的開展和變化；當然，也看到了作者數十年來一以貫之的創作理念：尋找自己，尋找人生；真誠而懇切，平實而堅持。

——選自鄭清文《最後的紳士》

臺北：麥田出版公司，1998 年 6 月

# 衝突：化解，或者更形惡化
## 我讀鄭清文近期小說

◎李瑞騰[*]

### 一貫的儒雅溫厚

收在本集中的小說是鄭清文在 1990 年代的作品，最近的已是 1997 年之作，距離他於 1958 年 3 月 13 日在林海音主編的《聯合報》副刊發表處女作〈寂寞的心〉，已近半個世紀。一個商學系畢業，長年在商業銀行工作、在錢堆裡打滾的人，能夠恆常保持一貫的儒雅溫厚，且甘願寂寞的持續寫作，出版了 16 本小說集（含選集），更重要的是那一以貫之的「誠實」人格與小說風格，在日愈複雜化的社會中，更顯得鄭清文實在是我們珍貴的文學資產。

鄭清文較常被討論的小說集，有《校園裡的椰子樹》、《現代英雄》、《報馬仔》等，利用這一次出全集的機會，應也有不少評論家會針對他各個時期的作品進行分析，我在這裡就只針對本集所收的 1990 年代小說提出一點閱讀心得。

### 以主要人物為中心開展人際關係

小說是一種敘事文體，而其所敘述者不外乎人物活動所形成的事件，以主要人物為中心所開展的人際關係及其互動狀況，其實就是小說的內在肌理結構，男女兩性、上下兩代、友朋之間、師生關係、乃至於共事共學

---

[*]發表文章時為中央大學中國文學系副教授，現為國立臺灣文學館館長。

者都有其或顯或隱的關聯，在社會制約、利益衝突、情感失衡以及人心人性的糾葛衝突的情況下，如何以具體的行為及心理變化去表現作者的人生觀與社會觀，這永遠都是小說寫作者最基本的挑戰。

〈元宵後〉主要是年老的父親姜民新和子女宗美、宗華的關係，而牽扯出已故老友及老友之子對他的怨恨，當年位高權重之際和部屬的關係，尤其是一位認他為父的春美及其丈夫的表現，通過老人的觀察及思維，今昔之比、省籍之對立、民間俗習、社會亂象以及老人的處境等複雜的題旨，一一暴現出來。

〈咖啡杯裡的湯匙〉觸及了貧富差距及人格尊嚴問題，重點擺在和二叔一起在工地勞動的大學生林仁和，深愛他的富家女施美虹，彼此之間因「咖啡杯裡的湯匙」所引發的有關「教養」之衝突。林仁和之於當基層公務員的父親，擔任建築工人的二叔，和他面對美虹形成強烈的對比，他最終看似突然的盛怒，其實是身心雙痛的表現。

〈皇帝魚的二次災厄〉無疑是一篇寓言體小說，承繼父親遺產而極度奢華的金春發，不理叔公之勸，待妻如奴婢，吃皇帝魚以表示他有皇帝命。小說後半虛擬土地公將皇帝魚放生回到魚群之中，寫這尾極醜的皇帝魚不斷吃掉自己產下的卵和醜陋的小魚，淚流成河。作者以皇帝魚的傳說為素材，寓族群毀滅之意，諷刺金春發者流。

〈花枝・末草・蝴蝶蘭〉寫一個男人正胤和兩個女人（秀涓、美蘭）的故事，有流行小說的情欲書寫，但作者顯然以一種比較嚴肅的態度來面對性愛之事，甚至於讓秀涓在離去三年，已出家為尼之後，還讓正胤以強迫方式做一次愛，過程中秀涓的無言與最後合十離去，令人動容。

〈五色鳥的哭聲〉寫父母對於死去的兒子的深刻之愛，孫先生、孫太太在二十多年前死去了唯一的男孩，是在軍中亡故的，他們相信兒子已經轉世為五色鳥了，所以爬象山來找這種鳥。此外，我們也在這裡看到年老夫妻相互扶持的恩愛情景。

〈楓樹下〉寫大陸來臺的老張一生的辛酸歲月，是徹徹底底的悲劇，

離鄉、他鄉歲月、返鄉，作者企圖心很大，通過老張寫一個時代，寫老張之於母親，之於大陸親戚；寫老張之於長官，之於曾相識的三個小女孩，甚至寫老張對於貓和狗的不同對待方式，時間很長，背景很大，老家的楓樹已經消失，臺灣的楓樹將來也一定會被連根拔起，像老張這樣的一代人注定要無聲無息的在兩岸消失。

〈夜的聲音〉通過一個礦工的妻子的等待與回想，翻開一個礦工家庭的悲哀史，她是個童養媳，阿棟是她丈夫，阿兄死於礦災，阿嫂在家接客，阿爸以前也是礦工，現在已經病得差不多了。小說只寫一夜之思──想著她的丈夫回來，卻拉出那麼多的陳年往事，包括想到當年一直要娶她的碾米廠小開金生。

〈一百年的詛咒〉寫的是一個家族在百年間的興衰變化，重點放在大家庭的內部鬥爭，以及隱然存在的「報應」上面，從清朝、日據時代到高速公路都已經開通，起家的是雷發，所有的資金是二十來歲時趁亂到開米店的阿昌伯家搶來的，走了以後米店被大火燒個精光。雷家綿延到第四代，家人不和，陸續有難，最後家產散盡。而每一次的災難，西方的天變成火紅，雷發曾夢到阿昌伯說這正是他來復仇的徵象。

〈白色時代〉有愛情、親情和鄉土之情，明德和美雲原是大學藝術系前後期同學，相愛相戀，後來因深感臺灣繪畫環境之惡劣（在野柳寫生被海防士兵嚴重干擾的經驗），明德出國，美雲回鄉下守著家園、陪伴母親。21 年後，明德返國開畫展，重逢後美雲礙於老母而不願隨明德出國，而接受別人邀約，才發現人家是為了她的土地。

〈舊書店〉寫方昌明幫表妹看管舊書店，因販賣禁書被密告而坐牢八年，內容暴現戒嚴時期思想箝制的諸多現象，也觸及方昌明和表妹秀貞以及另一女性房客（月琴，一位三民主義教師）之間的關係，而臺北舊書業的變遷也成了小說的背景。

〈放生〉寫一個守寡的國中女老師因兒媳罹患肺癌而要放生，背景是臺北二二八和平公園，當她和姊姊秀美到公園要將市場買來的一把泥鰍放

生，沒想到卻遇上公園水池被放毒，人們正忙著救魚。小說裡比較了這一對年齡差三歲的姊妹，探討了秀英的婆媳關係、母子關係，此外，人與物之間更是重點，而且不只是魚，還有鳥。

〈鬥魚〉喻旨人們對現實利益的爭奪，月桃養在家的魚缸裡，他看在眼裡，想在心裡，對應的是男友介雄的見利思遷，以及阿舅三個兒子面對金錢的態度，但從另一面也反映出阿舅的有情有義以及月桃的善良。

## 政治力成了悲劇的根源

縱使所敘述的人生都不盡理想，但鄭清文並沒有讓他筆下帶有悲劇色彩的人物痛不欲生，〈元宵後〉的姜民新夠悲苦了，一個曾摔過爬過的退休董事長，兒子失敗拖累全家，女兒遠嫁在國外，被歸為獨派，被一個年輕人當做殺父仇人，光環褪盡，出門搭公車，在冷冷的元宵後過著孤獨的生日，等一通女兒從紐約可能打回來的電話而不可得。活著，就得過日子，這一天他冒雨出門，走過混亂的街道，擠上公車到紀念館看花燈，然後回來再等電話，所有一切的過去都在這趟行程中記憶起來的。我們覺得他可憐，但是小說只淡淡敘述，通過他的眼睛也寫了當下的臺北。同樣的情況，〈花枝、末草、蝴蝶蘭〉中的秀涓那樣悲慘的命運，她卻含忍而無言，彷彿有一種無形的力量來消解所加諸其身的壓力；〈楓樹下〉的老張流離、窮困一生，最終卻把授田證等贈予敘述者「我」的女兒；〈白色時代〉中的美雪失去了明德，守著一片田園，面對意在她的土地的追求者她已有捐獻的打算；〈鬥魚〉中的月桃渴望愛情而不得，在面對和美雲相類的情況時，她下定決心把錢捐給需要幫助的人。

鄭清文通過他筆下的小說人物不斷指陳社會的進步與紊亂，價值觀念的固執與變異、人性的墮落與提升，這種種的對立產生衝突，能否化解？或更形惡化？這對作者來說正是挑戰。有時候，鄭清文以「報應」來推動情節，〈元宵後〉有那麼一點意味，〈皇帝魚的二次災厄〉所寄寓的原本就是主角將來可能的報應，而〈一百年的詛咒〉，毫無問題就是一種「報

應」，使之悲劇收場，這相當程度顯現他的道德色彩。而另一方面，他在鋪陳背景的過程中，其實也在振葉以尋根，觀瀾而索源，而那個根源常常是一種結構性的宰制力量──來自統治階層，1990 年代的鄭清文面對這種政治力，有一種道德勇氣，〈元宵後〉的姜民新是個「半山」，被指爲殺人凶手，是因他在二二八事件中爲「保全自己」而「說了實況」，又被政府指派去接收並經理受難者的產業，而他那嫁給美國人的女兒宗美，因「同情臺獨運動」而成了所謂的海外黑名單，連電話都有人竊聽。〈五色鳥的哭聲〉的泣因正是家中唯一的男孩「在當兵的時候，突然死掉了」，「聽說，他是在部隊裡，被三個班長活活打死的」，「連屍體也沒有看到」。〈楓樹下〉的授田證充滿虛妄性，但背後所代表卻是一種「不很高明的欺瞞的方法」，手臂上諸如「消滅共匪」等刺字，更是一種諷刺。〈白色時代〉中逼得明德出走的原因，正是 21 年前在野柳寫生時畫布被海防士兵「用刺刀刺破」。〈舊書店〉中方昌明八年的牢獄之災，乃至於平日裡面對禁書的緊張，是被密告，還有怕被密告。從光復以後一直到1970、1980 年代，政治力成了悲劇的根源，從大陸來臺的、「半山」、學生、士兵，甚至在海外的臺灣人，都曾有過這樣那樣恐怖的經驗，鄭清文在本集中似有意寫各種政治劫難，加上因此而被扭曲的人心人性產生作用，則苦難擴大並且深化，在解嚴後的今天讀這樣的小說仍然令人不快樂，但有啓發性，療傷止痛，用全體人民的智慧共同來反思小說（歷史）的不幸，是我們這一代人必須面臨的考驗。

　　作者豐富的人生經驗使得他的小說在情節進展過程中隨時迸出思想的火花，譬如在小說〈放生〉中，放生是「問神的結果」，誠然關乎所謂的靈驗問題，但是秀英說：「放生是愛惜生命，是對人以外的生命的尊重。相信它，有什麼不可？」在〈鬥魚〉中，作者不斷思索魚之相鬥，鬥魚與草蝦之關係，由魚蝦之於人類的強弱問題，「鬥魚是一定會被小草蝦咬傷的，甚至吃掉的」，人呢？強者一定會勝利嗎？

　　鄭清文的小說沒有離奇的情節，但耐讀，而且值得更深入挖掘。〈放

生〉和〈鬥魚〉都已是 1997 年的作品，在全集出版以後呢？他的創作力還很旺盛，但寫些什麼呢？關心他的讀者都還有很深的期待。

——選自王德威等編《鄭清文短篇小說全集・白色時代》
臺北：麥田出版公司，1998 年 6 月

# 臺灣鄉下人本色
## 閱讀鄭清文的小說

◎楊照*

　　鄭清文的摯友李喬，曾經這樣「一言以蔽之」地總括鄭清文這個人以及「鄭清文文學」的特色，「鄭清文呈現的是：臺灣鄉下人本色：1930、1940 年代的臺灣鄉下人。」

　　鄭清文的「鄉下人本色」，來自他的出生背景及職業狀況。他出生桃園農家卻過繼在新莊街上的舅家長大，與生家、養家都保持了密切的關係，使得他深入浸染在臺灣式的人情世理裡，他的文學眼光也就始終沒有離開過臺灣的角度、臺灣的概念。20 歲進入華南銀行工作，數十年沒有變動，平穩而單調的個人生活步調，使得他的文學極少受到他個人生命經驗波折的衝擊，提煉出一種近乎純粹冷靜旁觀的姿態，別人很難學習、複製。

　　鄭清文的「鄉下人本色」還表現在他與臺北文學主流若即若離的關係。對於都市性的繁亂吵嚷抱著只肯只敢佇足看看，卻絕對不願涉入的小心與潔癖。所以鄭清文的作品雖然一路參與了戰後臺灣文學的發展，不時被評論不時被提起，然而卻一貫維持著浮流的性質，很難和任何一個明確傳統、流派唧接掛鉤，反而比較接近藝術上的「素人」。

　　鄭清文的小說摹寫臺灣社會的眾生相，可是卻沒有日據時期左翼的社會寫實、暴露譴責的熱情，也不曾沾染反封建主題式異國情趣。鄭清文的小說少有小說以外的企圖，他堅持著小事情、短時間的題材寫作，也和關

* 本名李明駿，發表文章時為美國哈佛大學博士候選人，現為《新新聞週刊》副社長兼總主筆，News98 新聞網「一點照新聞」主持人。

懷國族歷史建構的「大河小說」追求格格不入。從 1958 年發表第一篇小說
〈寂寞的心〉以來,鄭清文持續寫臺灣農村市鎮之實,可是在「鄉土文
學」成爲文化意識爭議焦點時,不僅是鄭清文完全沒有參與,甚至參與者
也很少想起鄭清文的作品。鄭清文有「鄉土」的親和習慣,不過他的小說
裡卻絕對沒有「鄉土文學」的那種浪漫的精神,更缺乏那種夾評斷控訴與
救贖指導混雜俱下的作者衝動。

　　換一個角度看,我們也許正可以從鄭清文小說的冷靜、簡單、反浪漫
的特質,找到他和「臺灣鄉下人」之間的另一層聯繫。鄭清文的文學其實
充滿了許多矜持壓抑,也有許多禁忌規範。鄭清文信奉「冰山理論」,反
對讓小說表露太多,他強調「不喜歡浮華的字眼」,「簡單的字……可以
含蓄得更多」,都應該不只是文學美學上的信念而已,而是與老式老派臺
灣鄉下人生活裡的壓抑與禁忌互相呼應的。對於別人生活、對於生命意義
的理解方式,不是盡情的偷窺挖掘,而是含蓄的信守限界,拼圖猜測,這
是「鄉下人」式的規矩與風度,與受過西方近代無窮前進精神洗禮後的現
代文學方向,當然有非常不一樣的地方。

　　也就是在這個地方,我們看出鄭清文絕對不是海明威,雖然他和海明
威一樣酷愛簡單的文句,他向海明威借來明快而無贅語的對話寫法。海明
威表面的簡單所要隱藏的是極度的暴力,以及由極度暴力引發出來的血腥
美感。對這種暴力美學,海明威附之以一層更大的文本暴力,以作者的充
分權威去剪裁、掩蓋大部分的動作、事實,只給予從若干縫隙中顯露出的
瞬間片段,結果是讓暴力更可怕,同時又逗引出讀者對於暴力事實的高度
著迷,到最後弄不清自己究竟著迷於事實或就是著迷於暴力本身。

　　鄭清文的小說裡有悲劇,卻沒有這種暴力。他借用簡單文句、「冰
山」片段,所意欲建構的是對於兩組宿命弔詭的勉強解套。鄭清文在極少
數自述自剖性的文章裡,一再提到過:「人一定會死,這是命定的悲劇。」
「人不能擺脫死,所以人生本身便是一齣更大的悲劇。但,人已生下來
了,就必須活下去,而且要好好的活下去。」明明在一個無論如何排解不

了、逃脫不掉的悲劇裡，卻又要好好的活下去，這是最主要的弔詭。由這層弔詭才衍生出種種人生的變貌，不管活得再怎麼好還是逃不掉社會悲劇的來襲，而明知悲劇必來卻又不得不安排過活每一刻每一瞬間，這就是鄭清文小說核心的主題。

在探問這核心的過程，而有了第二組弔詭，那就是在悲劇下還能活得好好的，幾乎無可避免要靠沉默與隱藏。假裝忘卻社會悲劇的存在，才能正視生活的一切，生活才有其意義，否則在「死亡」的對照下，一切不都成了白費？於是，對鄭清文而言，當我們在書寫生活時，也必然在隱藏死亡；當我們描繪快樂，同時就在規避悲劇。這兩者永遠手拉手一起出現，訴說這面也正就是在靜默那面，說得愈多不也就消音得愈多了嗎？再翻過來，我們如果真要得到弔詭實存真理的全部，就只能說得少些，反面的意義才能在未講的沉默處彰示出來。所以非說不可，卻又必得說得少、保留得多，這是比表層文本美學更深刻、更真實的鄭清文風格的存在哲學源頭吧！

當然，這麼婉轉深邃的存在道理，就不是素樸「鄉下人」所可以涵納的了。用一種「鄉下人」式的態度開始寫小說，然而在持續不懈的追求中，鄭清文畢竟在小說的虛構、小說對時空的操控、小說思索人的遭遇的特殊權力裡，培養出一種表面上不失其素樸，骨子裡卻遠為複雜、狡獪的寫作模式，出入於述說與掩蓋、曝白與埋藏之間，擺盪於悲劇與喜樂、永恆絕望與暫時救贖之間，自成獨特，難以歸類的一格。

——選自《中國時報》1999 年 7 月 16 日，37 版

# 渡船頭的孤燈
## 評《鄭清文短篇小說全集》

◎李奭學*

　　臺北縣的新莊老鎮自開埠以來即文人輩出，父老相傳這是地形狹長如筆椽所致。說來也是，太平洋戰爭結束以還，新莊光是小說巨匠就已經出現過兩位。一位是名揚東瀛的陳舜臣，一位是居處島內的鄭清文。兩人各擅勝場，但以文學事業的嚴肅性而言，鄭清文無疑更勝一籌。他的短篇小說全集剛剛面世，40年筆耕所得薈萃於茲，稱得上快慰平生。

　　說到筆，鄭清文是典型的筆淡情濃。這種「淡筆」，論者多以「冰山理論」詮釋，也就是表相寂然但潛流洶湧。這種「淡筆」，其實也不止於文字不尚浮華，鄭清文更以情節編製上的內斂見長。除了晚近的一兩個例外，他大致謹守寫實的成規。寫實是進可攻，退可守，但鄭清文幾乎不曾讓故事泛濫。他的人物有衝突有掙扎，他的土地有割裂有暴力，他的歷史每見悲歡離合。問題是每當波瀾才起，鄭清文早已收網，故事走到某個程度就戛然停止了。這種情節模式，全集中一以貫之。重複之嫌不是沒有，鄭清文卻免除了江郎才盡之譏，因為他的故事收梢處，往往就是讀者回味或思考的起點。

　　陳芳明說得好，鄭清文的小說「大約是沿著兩條主軸在經營，一是『現代英雄』系列，一是『滄桑舊鎮』系列」。這兩軸共時並存，但彼此在時間意識上互成鑿枘。我們細加究竟，還會發現「英雄」或可一分為二。一種心有千千結，倘非在道德上自我詛咒，就是生理上有所欠缺。他

*發表文章時為美國芝加哥大學比較文學博士生，現為中央研究院文哲所研究員。

們在欲海內浮沉，也在希望中求生，最後多半靠努力爲自己掙得生命的尊嚴。另一類際遇較乏曲折，在全集中出現的時間也較遲，但讀來同樣令人動容。他們曾因別人的過錯而致身心受戕，卻能在痛苦中體諒他人。所謂的「他人」，通常不是情人就是家人，所以體諒不僅是付出，也會回流而造福自己。這種人以情感人。

兩類英雄交互迴環，放在「舊鎮」的框架中，自然變成滄桑史的一部分。有滄桑就有興革，「舊鎮」變「新莊」，轉眼事耳。新的固然不是壞，舊的也不全美，然而對鄭清文而言，舊鎮永遠是懷鄉的開始與救贖的契機。鎮上大街是生息交會處，笑與淚直通海山頭。街道兩邊矗立著不少的廟宇，關聖帝君、媽祖、文昌帝君俯視眾生，有時還會參與人間的情仇。街道外還有一條浩蕩的大水河，威脅著兩岸往來的商旅，也在滌清街上多少的是與非。另一側則是筆直的大馬路，上通臺北，乃原鄉與現代的交界，多少舊鎮悲歡都在這座兩界山上演。鄭清文的英雄必須走過這些故地才能認清自我，小說中時間意識的齟齬也要在他們追尋的過程中才能言歸於好。

鄭清文的文學地圖其實不完全局限於舊鎮新莊，他還有第三類的英雄。套個方便的詞兒，這類人顯然可以稱爲「臺北人」。他們活躍在1980、1990 年代寫就的小說中，各個身分不同。上焉者是廟堂公卿，搭錯車的則爲孤煢行客，其中當然也有在地的小知識分子。這些人部分唱過「一馬離了西涼界」，但略異於白先勇早年的人物，如今多已不復作歸計。對於臺籍的知識分子，鄭清文強調政治刻痕，看他們一路走過殖民傷感與白色恐怖。來臺的唐山客或是所謂的「半山」，他也強調政治刻痕，看他們顛躓在內戰與意識形態的角力場上。他曾信筆抒寫，也有諷筆刺人。不過這一切似乎都抵不過故事邊緣的一股幽幽情愫，那是鄭清文借大時代來暗示的救贖之力，舊鎮故事中也不時浮現。力量的組成是理性與感性兼而有之，時代紛擾下的各種悲情每經中和。讀者所體會到的鄭氏寬容仁厚與悲憫情懷，殆爲這種力量激盪而成的小說後座力。

　　對許多作家來講，「不變就是死亡」。這種創作焦慮，中生代小說家中尤其常見，張貴興可以爲證。但同樣的焦慮，前輩作家似乎較少見到，連喊出口號的楊牧都萬變不離其宗。儘管如此，我們若說鄭清文無意求新求變，那是簡化其人：他有篇小說放棄敘寫，純由對話組成；他另有一篇中途轉向，往某種程度上的超寫實走去；他更有作品模糊了時空，引向寓言；他還有不少的情況把布局導向推理，大作智力測驗。所以我們不能說鄭清文安於現狀，只能說他的主流是四平八穩的寫實，而借來表現這種技巧的「淡筆」尤其如此：他不僅以實爲重，而且簡樸含蓄之至。

　　不同凡響的是，鄭清文在簡約中總能興寄深遠，把前述人物的浮沉與世態變遷委婉道出。這就大不易爲，有賴他爲作品留白的工夫，也有賴讀者在文本空間聽音補白。論者每以爲鄭清文頗有海明威與契訶夫的態勢，原因正是在此。或許加個奧亨利，答案會更加完整。但是讀畢全集，我們發覺三個諸葛亮似乎也只是諸葛亮，鄭清文早已總匯前人，修得一身的超然。他的留白自是淡筆，他的作品在孤寂中有熱量，那當然是濃情。他確實像盞點燃在小說與人性渡口的長明之燈。

——選自《聯合報》1993 年 10 月 5 日，48 版

# 「冰山理論」與鄭清文的創作觀

◎賴松輝[*]

## 一、前言

　　鄭清文的小說常被稱譽為海明威「冰山理論」的具體呈現，他認為小說要寫得沉，「因為簡單，可以含蓄更多。」[1]就像冰山在海上只顯一角，在水下潛藏著更多。寫作的文字簡單，彭瑞金推崇他為「最純粹的小說家」，因為他以「最純粹的文學角度，堅持個人的創作語言形式，使用顯露的表達方式去關心社會，用自己的觀點來看這個社會。」[2]但是冰山理論到底是怎樣的創作理論？歷來沒有系統的討論，只有一句流行的話頭：「冰山十分之九在水裡，只有十分之一在水上」。這麼簡單比喻式的敘述當然無法呈現理論的原貌，因此本文試著探討海明威的「冰山理論」，以及鄭清文小說與「冰山理論」的關係。

　　在探討「冰山理論」時，首先我想探討這是否為一完整的理論，或只是某種小說形式的暗喻？就鄭清文理論本身而言，文字簡單真能含蓄更多嗎？[3]含蓄的意義是靠那些文學技巧深藏在小說中？就作品而言，作品的意義被深藏在冰山底下，讀者能否全面發掘作品的涵義？又如何去發掘呢？

　　因為寓意在冰山底下，不容易闡明，鄭清文小說最常被討論到的是文

---

[*]發表文章時為成功大學中文所博士生，現為靜宜大學臺灣文學系副教授。
[1]見洪醒夫，〈誠實與含蓄——鄭清文訪問記〉，收入鄭清文《現代英雄》（臺北：爾雅出版社，1976年5月，再版），頁196。本書四版後改名為《龐大的影子》。
[2]〈鄭清文作品討論會〉，《文學界》第2期（1982年4月），頁22。
[3]所謂文字簡單必須在達意功能，否則文字精簡到零，那所蘊涵的意義，就相對成無窮無盡，但是文字精簡到零，所謂文學也就不存在了。

體、形式技巧、人稱觀點。但做為一位深深體會人生的作家，若只在文體上打轉，他是會有些寂寞。因為冰山底下的涵義才是他期待讀者去挖掘咀嚼。因此我將重新討論他的小說，而這些討論與前輩的論點，不免有些差異，不過這也顯示鄭清文小說詮釋多樣性。

## 二、冰山理論

海明威認為的冰山理論如下：

我總是試圖根據冰山的原理去寫它，關於顯現出來的每一部分，冰山八分之七在水面下的，你可略去你所知道的任何東西，這只會使你的冰山深厚起來，這是並不顯現出來的部分。……在寫作中，你受到已經被人寫得令人滿意的東西所限制，所以我試圖學習去做別的事情。首先，我試圖刪去沒有必要向讀者傳達的一切事情，以便他或她讀過什麼以後，這就成為他或她的經驗的一部分，好像真的發生過。[4]

只要作者寫得真實，（讀者）會強烈感受到他所省略的地方，好像寫出來似的。冰山在海裡移動是很莊嚴宏偉，這是因為只有八分之一露在水面上。一個作家因為不了解而省略某些東西，他的作品只會出現漏洞。作家不懂得什麼叫認真的創作，急於叫人們看到他受過正規教育，有文化教養或者出身高貴，這位作家只是學舌的鸚鵡。[5]

整理海明威的說法如下：

1.只要寫的真實，省略你所知道，或人家常寫熟悉的東西，讀者仍能體會

---

[4]海觀譯，〈冰山理論及其他〉，收入崔道怡等編《冰山理論：對話與潛對話（上）》（北京：工人出版社，1987年第1版），頁79。
[5]董衡選譯，同前註，頁85。

省略的部分。

2.作家不懂而省略的東西，作品只會出現漏洞。

海明威舉《老人與海》為例：小說省略了漁村莊中的生活教育等人人可知的部分，雖略去漁村，但只要寫得真實，讀者仍能強烈感受到省略的部分。[6]就海明威所說的《老人與海》省略漁村的生活，並非要讀者去感受省略部分，而是作者選材時，去除許多無關於主題的背景資料，專注於老人憑意志力，與大魚在海上搏鬥的過程，小說討論的是人，而不是漁村，所以省略與主題無關的部分。但因為省略的漁村生活，為讀者所熟悉，所以讀者能強烈的感受出來。就閱讀心理而言，作者省略大家所知道的知識，讀者可在閱讀過程中，自行補足省略的部分，加入了讀者的經驗，讀者的閱讀心理過程，是作品世界與讀者經驗不斷相互交流，比起部分作品讀者被動接受作者的指引，這種閱讀過程較開放，使作品變成讀者的再創作，小說內容顯得豐富許多。

就創作而言，真實的省略，真能使讀者感到強烈的真實嗎？經由讀者閱讀過程的想像或聯想，通過未被省略的文字，讀者仍能強烈地體會作者的意圖，將作品中的空白加以補足。但很顯然的，讀者完全補足這些空白並非必然，因為牽涉到閱讀能力，共通的文化背景，意識形態，甚至相類似的生活經驗，否則省略並不一定是讀者所能體會。如同閱讀《老人與海》時，因為異文化及不同的生活形態，我們並不能如海明威所謂，對漁村生活感到強烈存在。不過，因為小說的主題在於老人海上的奮鬥過程，讀者是否浮現漁村的生活情景，並不妨礙對小說主題的體會，只是使海面下冰山豐厚的效果卻未達到。

當我們以「冰山理論」去評斷鄭清文的小說時，可以發現〈三腳馬〉、〈下水湯〉、〈雞〉都合乎「真實的省略」原則。以〈三腳馬〉為

---

[6]同註4。

例，內容描寫日據時代三腳仔曾吉祥的一生，描寫同類型作品已經很多，如吳濁流的〈陳大人〉；鍾肇政《臺灣人三部曲》第二部《滄溟行》的陸維揚；李喬《寒夜三部曲》第二部《荒村》中鍾益紅、李勝丁；第三部《孤燈》的村川忠夫（陳忠臣）、野澤三郎（黃火盛），他們筆下三腳仔或借日本人的勢力，欺壓臺灣人；或自認自己已是日本人的一員，拋棄了臺灣人的血緣關係，小說大多以三腳仔如何欺壓臺灣人的情節，作為主線；但是，鄭清文處理〈三腳馬〉卻省略其他作家的重點，不再鋪敘曾吉祥欺壓臺灣人的情節，反而深入探討曾吉祥成為三腳仔心理的轉換過程，這種處理方式，和海明威的真實省略相近，可說是冰山理論的具體呈現。

但是，上述海明威「冰山理論」，與一般評論家稱譽鄭清文小說的冰山理論，卻有相當的差距，我將各家冰山說法羅列整理，發現評論家大抵根據「冰山十分之九在水裡，只有十分之一在水上」兩句話，以冰山作為比喻，將水上冰山、海底冰山，分成兩個意思：

1.水上冰山指簡單的語言形式：彭瑞金認為是「每一作家都有其語言的特色，按照自己的形式表達，他過去一直堅持他的冰山理論」[7]；林瑞明以為「簡單的文字，簡潔的對白（甚至長長一段，只有對白的進行，而不附加任何動作）」[8]；陳燁以為「細節的準確性，對話的素簡」。[9]以上都是指語言對話的簡單像冰山一角。

2.海底冰山即主旨不明白顯露：李喬認為「他的作品難懂，因為作品十分之九不要露出來」[10]；葉石濤認為「他的小說就像一座冰山，十分之九都埋在下面，有的人只能從心理學或社會學的角度摸到一部份，都沒有辦法使它的面貌全部顯露出來」。[11]

---

[7]彭瑞金說法見註 2，頁 23。
[8]林瑞明說法見《臺灣作家全集短篇小說卷——別卷》（臺北：前衛出版社，1994 年），頁 108。
[9]陳燁說法見〈璞真的生活家〉，《臺灣文藝》第 128 期（1991 年 10 月），頁 15。
[10]李喬說法見同註 2，頁 14。
[11]葉石濤說法見同註 2，頁 32。

　　很明顯的，不管是簡單的語言形式，或主旨不明白顯露，都不是海明威的「冰山理論」，何以會產生這樣的誤失呢？

　　主要的原因，海明威的「冰山理論」內容，並沒有被介紹到臺灣文壇，各批評家只是根據「冰山十分之九在水裡，只有十分之一在水上。」將自己的看法，填注冰山的內容，而且認定海明威對鄭清文的影響很深，就將海明威的文字簡單，對話簡潔的形式特色，當作海明威的「冰山理論」，並將此形式特色比附於鄭清文的小說，而沒去追尋理論的根源，混淆了「冰山理論」的原意。鄭清文本人推崇海明威的短篇小說的成就，文體亦受其影響，這是事實；但實際從事創作時，對「冰山理論」的「真實省略」，卻不是有意識的加以運用。

　　鄭清文曾表示「冰山理論」並非他首倡[12]，以真實的省略為例，他和海明威一樣認為作家要寫得真實，「真實」應是寫實主義小說的基本要求，但真實很難定義，因為模擬現實到何種程度才算真實，無法量化，而且小說不免虛構，情節的完全寫實、完全真實幾乎不可能，所以寫實常以「擬真」、「似真」來代替。鄭清文對真實則有另一番說法：他認為 1950、1960 年代的小說，作家常在想當然耳的情況下，描寫他所不熟悉的事物，結果不懂部分就寫得很泛，還有很多錯誤。所以，他認為作家要寫就要合乎事實。對於寫的真實，對此鄭清文有一段體會，他指出海明威寫鬥牛士小說《午後之死》，還附編出一冊關於鬥牛用的小辭典[13]，以證明海明威未寫潛藏的，比浮出的太多。寫一篇鬥牛士的《午後之死》，附編出一本有關鬥牛的辭典只能證明海明威背景資料的豐富，與省略造成主題集中仍遠，因為從資料轉化到小說仍有一大段路要走。

　　有趣的是，鄭清文強調寫的真實，並非像海明威一樣要「省略真

---

[12]筆者曾在 1994 年 11 月 26 日，清華大學文學所舉辦的「賴和及同時代作家研討會」會場，詢問鄭清文「冰山理論」的由來，他回答說這理論並不是他首先提倡，而是有人用這個理論討論他的作品，到底誰第一個說的？他也不知道。

[13]見鄭清文，〈入微的功夫〉，收入《臺灣文學的基點》（高雄：派色文化出版社，1992 年 7 月初版），頁 213。

實」，反而將這些真實寫入小說中，像〈鯉魚〉就加入很多釣魚的知識，如淡水魚的吃餌習慣；長篇小說〈大火〉就有很多養鴿的故事[14]，這顯示他還是同寫實作家般，以大量的細節，模擬出現實生活的情景，但這種大量的生活細節寫入小說，和海明威的「冰山理論」，是截然不同的創作態度。由此可見，他並非由「冰山理論」進行創作。前面所舉的〈三腳馬〉等篇，合乎真實的省略，只能說是創作上的巧合。

## 三、鄭清文的創作觀

縱使鄭清文的創作跟「冰山理論」，沒有直接影響的關係；但是很多評論家把他受到海明威的形式影響當作「冰山理論」，這種誤認跟他的創作觀有密切關連。他認為寫作要「沉一點，保守一點，含蓄一點。」「因為簡單，可以含蓄更多」。

為了寫的「沉一點，保守一點，含蓄一點。」所以，他的文字簡單、對話簡潔。[15]嚴格限制人物的敘述觀點，造成含蓄的效果。「因為簡單，可以含蓄更多。」指寫的簡單，卻能含蓄許多內容。寫的簡單可以指前所述的文字或形式簡單，也可以指內容簡單[16]，而寫的簡單，也可能造成李喬所謂的「主旨不明顯」。綜合上述說法，可能有幾個問題需要討論：

1.文字簡單必能含蓄更多嗎？

2.他的形式簡單是運用那些文學手段造成？

3.主題潛藏本來指內容，但得牽涉到文學形式，必須與形式合併討論；又與作者隱退有關。

---

[14]他曾舉出〈大火〉養鴿為例，一般人總以為養鴿者揮舞紅旗，是叫鴿子休息。其實揮舞旗子是不讓鴿子休息，以增加飛行耐力。時地同註 12。

[15]關於鄭清文的文體受海明威影響，最清楚的討論，見陳垣三，〈追尋「論鄭清文的文體」〉，《臺灣文藝》第 56 期（1977 年 10 月）。

[16]筆者詢問鄭清文，所謂的簡單指何者？他回答說：「指內容簡單，而不是文字簡單。」不過筆者認為簡單，應包含前所討論的兩個層面。時地同註 12。

　　此處我們先討論鄭清文的形式特色：如文字簡單，簡潔對話。至於人稱敘述觀點的問題，將與內容合併討論：

　　簡單真的可以含蓄更多嗎？先從文字的簡單來說，所謂的文字簡單指相對於浮華的質樸文字，但文字的華麗或質樸，是屬於文字風格，與內容的深化廣化並沒有必然的關係。但一般人常認為，作家若只講求文字的華美，往往忽略了內容；反之，若能文字簡潔，必能使內容深刻。這種「辯證式」的推論，可從文字的文學性（literariness）來討論，由於簡單的文字，就會降低文字本身的文學性，增強文字的傳意功能，因此讀者閱讀時，不會佇足停留欣賞文字的美，而去追求文字所傳達的意義。[17]但這說法似乎忘記內容的含蓄多寡，最主要還是由作者所賦予小說意義去探詢，並非文字的風格所能決定。因為內容貧乏的小說，不管文字華美或簡單，都是一樣貧乏，並不會因文字簡單，而更有內涵。所以文字簡單只能定位在文字風格，與內容深淺無必然關係。

　　解析鄭清文的評論家都指出：鄭清文對話非常口語化，對話者的語氣、表情，很少加以描寫。[18]而簡潔的對話，用以呈現一種「情境」，不過，很少評論家指出這種描寫對話不合乎寫實的原則。鄭清文非常推崇海明威的短篇小說〈殺人者〉，雖然只是簡短的對話，卻醞釀著巨大的張力，在對話中他完全剝除人物的外型描繪，只有簡短的話語，顯示人類無力面對死亡的恐懼，在等待死亡的壓力下，求生意志完全消失，只呈現空洞而無意義的語言。這種缺乏意志力去改變現狀的基調，亦成為鄭清文小說常見的主題，但是拿鄭清文小說與海明威比較，二者在形式上有許多類似的地方，如簡潔的文字，完全剝離外界描寫的對話。只是，海明威乾淨的文體，常是為了配合虛無失落的主題。而鄭清文雖然一直強調人類死亡的悲劇負擔，但他卻很少以虛無作為小說的主題。

　　雖然，鄭清文運用了相似海明威的筆法，但他的選材與描寫方式，與

---

[17]詩的文字最注重文學性，但是詩的文學性，並不會妨礙詩人對內容的經營。
[18]同註 15，頁 197。

海明威較遠；反而類似於契訶夫所謂「人生的切片」，只是描寫人生的片
段，像「現代英雄系列」，就幾乎是人生的切片，因爲他們都是將人生的
片段，加以白描式的描寫。不管這種簡潔文體，近似於海明威的疏離或契
訶夫的人生切片，都是處理人生或人性的孤寂，至於繁複的人際關係或社
會變遷，是否這種簡潔的文字，所能完整表達？所以許振江問鄭清文：
「用這種語文形式，如寫得很大，對環境變化的描寫是否夠用？」鄭清文
回答：「咦！這個問題我還沒考慮過」[19]顯示他仍未自覺到語言文字的局
限，就像〈大火〉雖然是長篇小說，但只是短篇的延續，缺乏長篇小說完
整的結構。

## 四、敘述者的價值判斷

鄭清文的小說除了文字形式簡單的特色外，常被視爲主旨潛藏，而這
與小說中敘述者的價值判斷有關，因此我們就將敘述人稱與內容簡單合併
討論。

一般對小說敘述觀點的研究，都採用人稱敘述觀點，但是這種研究若
只是單純的你、我、他的人稱分類，對作品的解析無多大幫助，只是人稱
歸類罷了，所以我想從敘述者，人物與作者三方面的關係來探討。鄭清文
的小說常利用第一人稱觀點，或第三人稱部分全知去敘述[20]，以呈現主要人
物的心理，除了幾乎不用全知觀點外，和其他作家的寫作方式並無不同。
所以，我想引用「主題先行」與「作者隱退」兩個觀念[21]，來進行討論。

葉石濤在《臺灣文學史綱》曾指出，賴和建立「反帝」、「反封建」
的寫實傳統[22]，顯示臺灣小說自萌芽以來，即重視現實的抗爭，也使政治社

---

[19]許振江說法見同註 2，頁 30。
[20]關於人稱觀點與鄭清文小說的關係，可參看蔡源煌〈鄭清文的第一人稱小說〉，收入《當代臺灣
    文學評論大系‧小說評論卷》（臺北：正中書局，1993 年 6 月），頁 265～283。
[21]「主題先行」即布斯所指「無中介的議論」，見 W. C. 布斯著；華明等譯，《小說修辭學》（北
    京：北京大學出版社，1987 第 1 版），頁 19。「作者隱退」可參看頁 302。
[22]見葉石濤著《臺灣文學史綱》（高雄：文學界雜誌社，1987 年，初版），頁 42。

會問題成為小說主要的題材，這種立場鮮明的文學傳統，遂使臺灣文學史貫穿著強烈的意識形態，研究者很容易尋覓出作者在小說的主題。

　　早期寫實小說，作者和敘述者的常是一致的，作者唯恐讀者無法了解，或為了表達自己對問題的看法，把主旨直接說出來。但這種表現方式常被視為作者從小說跑出來，缺乏小說藝術的含蓄。後來小說家避免直接對讀者說話，改利用對話，人物的行為，或者是借用中介人物來替作者說話，表現作者的意念，道德價值判斷，像李喬以先知式的預告，日據時代抗日的運動不免失敗[23]，或黃春明的〈莎喲娜啦再見〉利用對話痛罵日本人，或像陳映真的小說，這些作品對話都利用了中介，仍不免於「主題先行」。

　　相對於「主題先行」則是「作者隱退」。鄭清文常用的第一人稱敘述觀點有兩種，一是主要敘述人，對外界所引起的心理反應，這種我們稱為獨白體，如〈二十年〉、〈最後的紳士〉。

　　獨白式的敘述，小說中的敘述者又是主要人物，我們就隨著敘述者的眼光，看到他眼光所及的任何事情，但這類小說無法發展出任何情節，只是隨著刺激反應的模式進行，探索人物看見外界事物的心理反應，多而細密的細節，並未統一在某種貫串的主題下，且這類小說幾乎是在情節停滯下進行。其實，鄭清文可以寫情節緊湊的小說，例如〈局外人〉、〈煙斗〉。但是他小說，不太注重情節的推演的必然性。像〈焚〉全篇分四節，各段之間沒有必然的連繫；〈升〉的主要敘述者，從等待升官，坐計程車與司機衝突，家中馬桶不通，情節的連續性並不是很強，小說採多線進行，且最後並未將多線的情節做完整的匯歸。鄭清文嗜好這種情節不統一的寫法，至於為什麼特別喜歡這種敘述法，他自己的理由是「懶」[24]。不過，這理由似乎又是作家不必解釋作品的謙詞。而我個人認為，他要處理

---

[23] 李喬在《荒村》常借劉阿漢，劉雙鼎預言這種宿命式的失敗，如劉阿漢自認走不上解放的彼岸，《荒村》，頁278；或劉明鼎發現日本統治者，在臺灣人面前設立的巍峨牆鐵壁。同上頁221。
[24] 時地同註12。

人的心理狀態，所以情節的轉換推演，並不是重點，反倒人物遇到外界的心理反應，變成他處理的重心。

另一類是旁觀的敘述者如〈五彩神仙魚〉，既是敘述者又是觀察者，他雖然是小說人物，但主要提供一個視野角度，提供主要人物的消息，敘述者也盡可能合乎客觀的原則，比較起來，這些敘述者並沒有代替作者評價，合乎現代小說「作者隱退」的原則。像〈現代英雄〉幾乎在對話中，找不到衝突引起的道德抉擇，陳咸興家產快花完了，一點也不擔心，反而在討論只「吃一點點」的原則，根本沒抉擇的衝突，也沒有價值判斷。在這種情況之下，作者只是呈現一種情境，不將自己的成見暗示給讀者，變成他的小說，必須由讀者去賦予意義。

鄭清文小說幾乎信守作者隱退的原則，小說中的敘述者常是攝影機的功能，鏡頭非常乾淨，沒有意識形態的有色眼光，整篇小說避免作者的意識干涉，像黃春明的〈莎喲娜啦・再見〉借人物的口大罵日本人，鄭清文認為是作者跑出來，黃春明卻認為作者想寫就寫，兩人的對話有些不投機的尷尬，好像談不下去[25]，黃春明的基本觀念：完整表達概念超過一切技巧，不管是否主題先行，而鄭清文則認為，作品中作者的價值觀要藏匿，這是極特殊的觀點，這近乎潔癖的性格，使他作品風格簡潔含蓄，人物的性格也壓抑，缺乏主動開創的能力。

海明威的「冰山理論」目的在主題集中，省略大家常寫或為人所熟知的部分，就算省略的不是讀者所熟知的資料，亦不妨礙讀者對主題的掌握，而李喬等人討論鄭清文小說，並非從背景知識的省略立論，而是指作者將意旨深藏在簡單的文字，套用冰山的比喻（並非海明威的「冰山理論」），冰山露出的十分之一，只是主旨的一部分，其他主旨則深埋在冰山底下，這也是他所謂寫的沉，不將他的意圖白在字裡行間表露。

但在鄭清文簡單文字下，深藏的主旨，並非我們所能體會，就像李喬

---

[25]鄭清文、洪醒夫，〈從生命的悲憫到社會的關切——黃春明訪問記〉，《臺灣文藝》第 60 期，頁 7～32，1978 年 10 月。

對鄭清文某些小說的評語：「我很努力在讀，有一些我讀不懂，我很氣。你鄭先生寫的東西埋的這麼深，讓人看不懂。」[26]連生活年代相近，創作相扶持的文友都有此歎，更遑論其他讀者了。所以，我們看到《現代英雄》後，他筆下的英雄就像冰山的一角浮現，英雄的定義為何？評論家各依自己的方式去探測海底的冰山，李喬將現代英雄分為三類：現實中成功的人，現實中失敗的人，現實的生活環境[27]；董保中指英雄為接受承諾負擔的人[28]；方瑜則以抉擇與承擔去詮釋現代英雄[29]，各家有其論釋，但似乎得不到一致的慧解，詢諸作家，鄭清文說：「給自己的作品做詮釋，似乎不是作家的本分」。[30]英雄的定義仍深陷在海底冰山。

　　既然作者的意圖不再是詮釋的依據，是否作品就成為「文本」？作品的意義就必須從讀者閱讀的過程產生，因為作品本身並不呈現意義，這種方式和傳統閱讀慣性有了差別，傳統的主題探索變成次要，變成由閱讀者賦予作品意義。當然，這和冰山理論已無關係。

　　我們並不能忽視，他肯定某種價值觀的作品，如〈檳榔城〉肯定農村價值，長篇小說〈峽地〉肯定傳統道德；諷刺現代商業社會的〈升〉、〈報馬仔〉、〈姨太太的一天〉；不管是肯定價值或反諷的寫法，都表示作者心中設有某種價值評斷，才對某些社會現象、價值觀，給予肯定或諷刺，所以把他的小說當作「文本」，完全忽略作者的創作意圖，可能會失去作者的原意，但我們如何處理，「作者有話要說，以及力圖深藏其旨意，讓讀者難懂」這兩相矛盾的觀念？或者說這兩個觀念如何並存在鄭清文的作品？我想從意識形態及社會問題兩方面來探討：

---

[26]同註 2，頁 28。

[27]李喬將現代英雄分為三類：現實中成功的人，現實中失敗的人，現實的生活環境。見壹闡提（李喬），〈評析現代英雄〉，《臺灣文藝》第 56 期（1977 年 10 月），頁 147～149。

[28]董保中以「承諾的負擔」，見 Burden of Commitment and Cheng Ching Wen's Modern Heroes dilemma in Human Relations 原文為發表在圓山大飯店舉行的「亞洲文化中心亞洲文學會議」，1978 年 5 月 1 日至 3 日。

[29]方瑜則以「抉擇與承擔」去詮釋現代英雄，見〈抉擇與承擔——試論鄭清文的現代英雄〉收入《中華現代文學大系　評論卷》（臺北：九歌出版社，1989 年 5 月，初版）。

[30]見鄭清文，《龐大的影子（四版序）》（臺北：爾雅出版社，1986 年），頁 1。

　　鄭清文的小說,將作者的意見深藏在情節中,以致主旨不顯露,他如何將旨意深藏呢?先從意識形態來討論,以意識形態來分析臺灣文學的主題,是非常容易的一條途徑,以日據臺灣經驗的大河小說爲例,鍾肇政、李喬的三部曲強烈貫穿著的日本人與臺灣人的種族對立,以及壓迫者與被壓迫者的階級對立;1970 年代興起的鄉土文學,城市與鄉村各自代表著狡獪與淳樸,也將物質欲望和傳統美德分判,像黃春明的〈溺死一隻老貓〉,後期吳錦發的〈堤〉,都呈現這樣的主題;1980 年代後期風起雲湧,強調臺灣主體性的小說,最典型的例子,如林雙不的〈決戰星期五〉以突顯臺灣人自覺爲主題,我們可發現整個小說史,意識形態都占據重要地位,只要仔細考察,不難發現作者的立場。

　　將鄭清文的小說與同時代作家作比較,他的小說卻難找到意識形態的對立,以黃春明的〈溺死一隻老貓〉和〈最後一位紳士〉做比較,〈溺死一隻老貓〉全文採全知觀點,黃春明將阿庚伯當作舊傳統的代表人物,興建游泳池作爲新興商業利益,與傳統道德風水習慣的衝突點,經由觀念衝突,呈現明顯的新、舊價值時代人物衝突,可說鄉土文學處理的典型主題。但鄭清文〈最後的紳士〉,以部分全知的意識流敘述法處理舊時代的紳士,送老友出殯過程所見所思,不斷從腦海流轉而過,情並無推演。新舊傳統的衝突,只是一個念頭刺激反應,因此意識形態的問題,並不是重要的主題,而且他意識流的寫法,也將小說情節產生的必要衝突沖淡了。

　　再從社會問題來看,寫實主義所處理的大多是現實社會問題,鄭清文自認是一位寫實作家,像他現代英雄系列就是處理現實人生的問題,但他早期的小說,處理的是人內心的問題,而不是社會制度差異所造成的問題,所以他時常剝除小說中的社會意識,階級意識。直到現代英雄系列才逐漸帶進社會的問題,葉石濤曾指出他的小說如〈父與女〉、〈龐大的影子〉、〈鐘〉逐漸滲透出社會意識[31]。如果與後來小說比較,只能說滲透某

---

[31] 葉石濤,〈論鄭清文小說裡的「社會意識」〉收入《臺灣文藝》第 56 期(1977 年 10 月)。

些社會時代的影子罷了。直到〈報馬仔〉、〈升〉、〈煙斗〉才去處理真特定時空，或工商制度下的問題。

　　只不過他處理社會問題有兩個特殊方法，其一、社會問題的轉化。其二、切入點不同。像〈合歡〉一文的開場，如同現代商業的排場，但這段排場後，鄭清文不再處理商場上的爾虞我詐，反而探討有錢人心靈空虛的問題，社會問題轉化為心理問題，這和我們期待的商場小說，或如許振江所謂社會巨大變化的期待不同[32]，他把商業活動都消失了。

　　其次，切入點不同，像〈下水湯〉，如果粗看，會誤以為是青少年對性好奇的作品，可是仔細斟酌，才知道作者在描述升學主義的學生，只會念老師教的東西，其他知識都是空白，幾乎成了生活上白癡。本篇與後來吳祥輝的〈拒絕聯考的小子〉，或與古蒙仁〈盆中鱉〉、吳念真〈抓住一個春天〉的補習班文學，討論的都是升學主義的問題，取材卻不同於校園補習班。吳祥輝等人以青少年的叛逆顯現升學主義的束縛人性，而〈下水湯〉卻描述升學主義，使學生成為生活上無知覺的人，更令人觸目心驚。

## 五、結論

　　鄭清文的小說喜愛利用簡單的文字，簡潔的對白，造成含蓄的效果。這種樸素的風格，和海明威的短篇小說風格相近，所以評論家常以海明威「冰山理論的具體實踐者」稱呼他，相沿成習，「冰山理論」就成為鄭清文小說的代表。但評論家似乎未深察海明威「冰山理論」的內涵，海明威認為只要寫得真實，縱使省略大家所熟悉的東西，讀者也能體會出省略的部分。和眾評論家所謂的文字、形式的簡單，完全不同。假如我們仍要以「冰山理論」稱呼鄭清文的小說，那就得重新定義冰山理論。

　　鄭清文的創作觀，強調「因為簡單，可以含蓄更多。」因為文字形式簡單，可以含蓄更多內容，但是文字簡潔只是文字風格，與內容含蓄的多

---

[32]同註 19。

寡，沒有必然的關係。而創作時，形式簡單，內容含蓄，在於作者不在作品中顯露他的創作意圖，期望讀者經由閱讀過程，自行體會深藏的意義。爲了避免小說中顯露作者的意圖，他常在作品中採取敘述者價值中立的寫法，所以小說中的敘述者是第一或第三人稱觀點，而少採用全知觀點，這些部分全知觀點的敘述者，只能傳達不全整的訊息，得由讀者去聯想，補足整個事件的經過，而這些敘述者在小說中只有傳達，而不做價值判斷，也無法承載作者的創作意圖，這就是所謂的「作者隱退」。

因爲作者刻意隱藏自己的創作意圖，造成他的小說難懂，難懂一方面來自敘述者價值中立，且少將意識形態作爲小說主旨；另一方面來自創作的手法，他常社會問題轉化，反而在討論人在社會壓力下，呈現的心理反應，這使他作品顯現出不同於一般作家的關切層面。

——選自林亨泰主編《新生代臺灣文學研究的面向論文集》
彰化：臺灣磺溪文化學會，1995 年 6 月

# 寫給臺灣兒童的蟲魚鳥獸交響詩
## 評鄭清文《採桃記》

◎徐錦成[*]

　　臺灣童話在「解嚴」之後，有相當巨大的變化。不管質或量，突飛猛進的成果都令人刮目相看。當然，政治上的解嚴只是助力之一，不是文學發展的絕對因素。近二十年來，臺灣童話之所以呈現新面貌，最主要的原因還是一群新的童話寫手加入的緣故。這群新童話作家（如孫晴峰、管家琪、張嘉驊、林世仁、王家珍、陳月文、王淑芬……等）大多年輕，有挑戰傳統的勇氣與能力。在寫作技巧上長於顛覆與遊戲，意識形態上則傾向多元和開放。童話到了他們手裡，徹底擺脫「教育」的框架，走向純粹的藝術創作。

　　鄭清文的第一部童話《燕心果》出版於 1985 年，略早於政治解嚴，當然，也略早於上述幾位新生代童話作家的出現。這部童話出版當時已有好評，但很遺憾，那幾年童話界的聚光燈集中在新生代作家身上，對於《燕心果》的討論，相對來說是少的。

　　事實上，鄭清文與這批主導臺灣童話風潮的新生代童話作家無法相提並論的理由也很明顯。首先，鄭清文文風樸實，這是他小說令人讚歎的風格，在他的童話上依然可見。其次，由於「爲臺灣寫童話」這樣的念頭，使鄭清文在題材上以臺灣鄉土爲唯一選項。至少這兩點，使鄭清文迥異於臺灣近二十年來的童話主流。當然，也使鄭清文成爲臺灣童話獨特的風景，一個特殊而珍貴的存在。

---

[*]發表文章時爲佛光大學文學所博士候選人，現爲高雄應用科技大學文化事業發展系助理教授。

　　《燕心果》之後，以小說爲創作主力的鄭清文隔了十幾年才推出第二部童話《天燈・母親》（2000 年），風格依然淳厚。再過來，便是 2004 年的新作《採桃記》了。

　　《採桃記》是一部長篇童話，寫的是一個國小老師帶一群小朋友入山採桃，因爲雷雨而耽擱的過程。孩子們在風雨中入夢，經過「閃電大道」的指引，每個孩童的夢境都是一篇篇童話。而連串起來，則成了一部長篇，全書 13 章，除首尾兩章是現實情境外，中間 11 章均爲夢境。長篇童話極少，這在國內外都一樣。在近二十年的臺灣新童話中，長篇童話也是較弱的一環。因此，《採桃記》在形式上首先就令人驚喜。

　　而在內容來說，《採桃記》也令人目眩神迷。〈臭青龜子〉、〈憨猴搬石頭〉、〈臺灣黑熊〉、〈金螞蟻〉等，篇名上的蟲魚鳥獸已預告書中豐富的自然生態。的確，蟲魚鳥獸在書中的精采演出令人過目難忘；但自然生態之外，讀者不可忽略的，卻是鄭清文意在言外的人文生態。舉例來說，〈憨猴搬石頭〉裡的猴王、指揮官、搬石頭的猴群，比對於政治上的獨裁者、官僚、老百姓，不是恰如其分嗎？〈麗花園〉裡那隻因爲披狼皮太久，終至變成狼的羊，難道沒有一點政治諷喻的意味嗎？

　　同樣的，〈樹靈碑〉、〈蛇太祖媽〉、〈水晶宮〉、〈魔神仔〉等具有神祕色彩的篇章，其神祕色彩的作用也不僅在於「提供童話元素」而已。在〈魔神仔〉裡，貪吃的連元福在夢中飽享招待，醒來後已是該章尾聲，此時作者才慢條斯理說出：「臺灣有一種傳說。在山野間，有一種小鬼，叫魔神仔。魔神仔喜歡惡作劇，不會蓄意害人。他在晚間出沒，把落單的人帶進迷宮裡，用牛糞和草蜢，當作米糕和雞腿，塞飽那個迷路的人。」（頁 224）將民俗融入創作，作者的童話在「發明」的同時，也有了傳承的線索。這種向民間傳說靠攏的寫作路數，偏偏也是近二十年來臺灣新童話的弱項。鄭清文在臺灣當代童話的意義，因而又多了一層。

　　無可諱言，鄭清文樸素的文字風格，令人擔心是否能令兒童讀者喜愛。臺灣當代童話十分花梢，童話作家爲取悅兒童讀者，往往使出渾身解

數，要讓童話有高度的「可讀性」。但鄭清文的童話卻不是這樣。這位資深小說家淡遠閑適的風格早有定論，他的童話並沒有失去個人特質。這是可貴的。而如果有人擔心這樣質樸的作品不能討好兒童讀者，我建議另以兩點來思考。第一，兒童的閱讀習慣不宜「一元化」，兒童嗜吃甜食，但甜食絕不是主食。許多童話花梢有餘、內涵不足，而鄭清文的童話內涵豐富，讀過幾篇自會習慣作者的文筆，讀後所得則是大多數「有趣」的童話所不及的。第二，童話作為一種文類，該是老少咸宜。誰規定童話只供兒童閱讀？誰又能說童話「只是」兒童文學？童話不只屬於兒童，也屬於所有童心未泯或想尋回童心的成年人。鄭清文的童話極適合成人讀者，這又是他與大多數當代童話家不同之處。

　　李喬在序文中將本書譽為「純淨的人的童話」。「純淨的人」應是作者長久以來的文壇形象，但這本書切不可僅視為「純淨的童話」而已。因為「純淨的人」這回寫出一部大童話。它是一部「野心之作」，是一部龐大的臺灣蟲魚鳥獸交響詩。有「為臺灣寫童話」的念頭的作家可能不少，但放眼文壇，至今也只有一個鄭清文，寫出這部具大氣魄的長篇童話。《採桃記》無疑是臺灣童話的里程碑。

——選自《文訊》第 238 期，2005 年 8 月

# 給八歲到八十八的讀者
## 從童話談鄭清文的文學思考

◎鄭谷苑[*]

鄭清文寫作 50 年。大多數讀者知道的，是他小說家的身分。他在1999 年獲得「環太平洋桐山獎」（現稱爲 Kiriyama Prize，「桐山獎」）時，評審給他的得獎理由是「兼顧地方特色，與人類的普同性主題。本書也爲英語世界的人鮮活畫出了臺灣。」

他寫作的題材從農村，小鎮，到大都市；描繪的角色有上班族，藝術家，教師，計程車司機和流氓；主題談生死，談衝突，也談人的選擇和價值觀。

除了長、短篇小說之外，鄭清文也寫評論和童話。討論鄭清文作品的論文不少，也包括一些學位論文，其中，還有一篇博士論文是討論他的童話（徐錦成，2005）。

本文要以鄭清文童話作品裡的角色，來談鄭清文的文學思考。

## 一、作家鄭清文的生活、藝術與思想

鄭清文很喜歡讀書。從年輕時，臺灣的經濟還不太好的時代，他就很愛讀書。一開始，他向朋友借書來讀。坦白說，年輕的鄭清文並沒有想要成爲作家，他只想要做一個好的讀書人。工作以後，利用微薄的薪水去買書。其中，他自己記得最清楚的，是在〈我與俄羅斯文學〉一文中所提到的《俄羅斯三人集》，以及其他俄國作家的作品（在當時都算禁書），像

---

*發表文章時爲中原大學心理系副教授，現爲中原大學心理學系教授。

是《安娜‧卡列妮那》。

經濟許可之後，買書比較可以隨性，他也讀得更多。到現在，他仍然有很好的閱讀習慣。

作家愛讀書本來沒什麼值得特別提出來。鄭清文比較特別的，應該是他讀書的廣度。除了文學作品，他也讀動物，昆蟲，物理，鬼故事，以及各式各樣、奇奇怪怪的書籍和文章。閱讀，這是他生活經驗之外，寫作材料的來源之一。另一個來源，就是敏銳的觀察。

鄭清文利用經驗，閱讀，和觀察，將想法匯集成水庫[1]，透過文學來呈現。有讀者問他文學是什麼。他就說：生活、藝術、思想。

他認為文學要寫生活。就是要寫自己熟悉的事物，寫自己周邊形形色色的人物。他寫這塊土地，寫這裡的人，寫這些人的生活和想法。其實，這也就是廣義的「鄉土」。斯土斯民，就是我們的根，生命的泉源。寫生活，才能「兼顧地方特色，與人類普同性主題」。寫鄉土很重要，除了因為這是我們情感上的根，也因為這就是我們最熟悉的人事物。寫自己最熟悉的事情，寫我們真正生活的所在，作品往往才更能有真感情，而不流於為賦新詞強說愁的矯揉造作。

各國的作家雖然寫作的題材不同，但是精神分析學派的心理學家，容格（Jung）說，生活在不同文化背景的人類，有共同的潛意識，稱為「集體潛意識」。就是說在我們內心深處，在自己無法察覺的意識中，全人類的喜怒哀樂，甚至衝動和恐懼，都有相當程度的共通性。就好比近年來的人類學家在談人類的共同始祖「非洲夏娃」時所說的，所有人種的差別，只在表層（The difference of all human races is only skin-deep）。因此，作家雖然寫作的題材不同，好的作品卻能夠產生普同的感動。

藝術是指寫作的技巧。鄭清文認為藝術層次很重要，要有好的技巧，才能傳達作品的義涵。鄭清文曾經說過，題材和藝術，就像食材和料理。

---

[1]鄭清文認為寫作不是靠靈感，而是靠平時獲得的知識和想法，匯集成水庫。寫作的材料就可以源源不絕。

有好的題材，寫不好，就像是浪費珍貴的食材。相反的，如果很普通的食材，有好的技術，做出來的就是好料理。寫作的道理也一樣。有好的藝術，才能將題材發揮出來。但藝術是「手段」，不是「目的」。所以他不贊成單純的玩弄文字，認爲純粹的玩文字游戲是本末倒置[2]。

　　至於「思想」，簡單的說，就是爲什麼寫它。鄭清文所說的思想不見得是一套有系統的理論。作品的思想就是他的一些想法，透過作品來呈現。對鄭清文的作品，讀者有兩個最頭痛的地方。一是，有很多讀者，看鄭清文的作品常常有故事沒有寫完的感覺。二是，讀者會問他「這篇作品在寫什麼」？如果有人問他第一點，他就會說寫小說，像是畫一條線。線是畫出來了。他問，這樣算畫完了嗎？雖然沒有把線條畫「完」，但是鄭清文認爲，讀者可以根據看到的部分來延伸。如果看到的是向上的直線，接下去可能繼續向上。如果是弧線，接下來可能是弧線。如果是波浪形狀，後面可能是波浪形。故事寫到這裡，延伸是讀者可以做的事。小說如此，童話也一樣。至於第二點，他較少說明。

## 二、鄭清文與童話

### （一）題材的選擇

　　鄭清文童話的題材豐富，通常都取材於臺灣的生態和環境。在他的童話裡，除了初期的作品〈松雞王〉裡的松雞，和比較晚期的〈精靈猴〉中的老虎之外，所有的動植物幾乎都是臺灣可以看到的。他寫臺灣的動物，有猴子、水豆油、臭青龜子、青蛙、鯨、鹿，還有臺灣黑熊。他寫臺灣的樹，有相思仔樹、樟樹、臺灣欒樹、杉木、檜木，也寫桃子、荔枝。他寫環境，寫山、寫海。他寫臺灣的習俗和生活，像是〈紅龜粿〉和《天燈·母親》。他也寫人和環境的關係，寫環保（像是〈白沙灘上的琴聲〉），寫人（常常用猴子代替）對環境的破壞。他不寫獅子、大象，和長頸鹿等，

---

[2]這個看法不是絕對的。鄭清文也曾經討論過喬伊斯的技巧，認爲到現在，光從文字技巧上來說，可能還沒有人能超越他。

因爲臺灣沒有這些動物。他用臺灣的材料，說臺灣的故事。尤其對於動植物的形狀和聲音的描述，以這些細節，增添故事的真實性。

### （二）角色的選擇

鄭清文的童話中的角色有人，有動物。人的方面是以孩子爲主（例如《採桃記》，每一篇以一個孩子爲主角）。其中，筆者認爲有兩種角色最特別，因爲他們最能表達鄭清文的思想。一種是以小孩子爲主角，讓孩子自己解決問題。另一種是以小孩子爲「觀察者」，透過他的眼睛，來呈現某些價值觀或是看法。這一點，我們在下一段再做說明。

### （三）寫童話的優勢

鄭清文寫小說，也寫童話。童話這種文學形式有其優勢。例如說，在童話中，動物可以說話，人可以變大變小。一般而言，童話的情節比小說更自由。另外，在童話中，想像力是很重要的一個元素。想像力豐富的故事，無論什麼年齡的人來看，都很好。

和小說相比，童話更允許「情節——思想」的二元化。童話一般都有很豐富的故事情節，用淺顯的語言（因爲要讓孩子看得懂），表達作者的思想。讀者可以看故事本身，也可以更深層的去了解隱含的思想。當然，小說也可以這樣，但是童話比小說更能自然的達到這個效果。而這，也正是小說家鄭清文爲何要寫童話的兩個主要理由之一。[3]

## 三、從童話角色來看鄭清文的思想

上面提到，鄭清文的童話有兩種角色最特別。一種是以小孩子爲主角，讓他主動解決問題。另一種是以小孩子爲「觀察者」。

第一類的作品，可以用〈鬼姑娘〉做代表。故事中，人和鬼生的混血兒鬼姑娘，白天是白姑娘，是好人，晚上就變成黑姑娘，會危害人畜。本來兩個人是互相制衡的，現在因爲白姑娘生病了，所以黑姑娘的破壞力更

---

[3] 另一個理由，是因爲當年黃春明先生提出，臺灣很少自己的童話。他說，寫小說的人，應該爲臺灣的孩子寫點東西。

大。如果白姑娘死了，那就沒有人治得了黑姑娘。村民大家商量，如何除去黑姑娘。但是孩子阿城認爲要去救白姑娘才對，所以他就冒險去森林裡救人。最後，白姑娘並沒有被治好，但是黑姑娘被用母親的頭髮織成的網子網住，村子也獲救了。

在這個故事中，阿城並不是典型的少年英雄。他其實很膽小。但是因爲要救白姑娘，他不得不生出勇氣，不得不想出辦法。孩子雖然有大人的幫助，但是孩子才是主角。這是鄭清文童話中很重要的一點。他認爲童話作品中的主角如果缺乏這種主動性，不但不算好的故事，也沒有好的思想。

這個故事還有一個重要的思想。傳統的想法是要除惡（像〈周處〉除三害），所以大人們商量要如何除掉黑姑娘。但是鄭清文認爲一直要把所謂的「壞人」剷除的想法，值得思考一下。如果能救好人，也許比殺壞人更好。這篇故事，他充分表達了這樣的想法。

在〈金螞蟻〉，小亨作夢，夢到和哥哥大亨兩人遇到金子做的螞蟻。他們看到金螞蟻的頭被黑螞蟻咬掉，就會再長出來，而且身長會加倍。因爲貪心，他們拿剪刀去剪螞蟻的頭。一剪，螞蟻身長變兩倍，體重變八倍，金子也變成八倍。螞蟻的身體迅速變大。螞蟻可以舉起自己體重的六倍。比人還大隻，恐怖的大螞蟻來追他們。小亨也因此而嚇醒了。《採桃記》寫的全是夢境，這篇金螞蟻是因爲貪得引起的惡夢。

第二類的作品很多。例如〈臭青龜子〉，傳志到森林裡，發現很多動物在比賽講故事。動物和昆蟲會說故事嗎？講故事一定要有情節嗎？動物們用唱的，用跳的，來說故事。臭青龜子（就是椿象）的殼是五角形的，也只有五隻腳。五隻腳是美麗的嗎？五隻腳算是昆蟲嗎？在這裡，所有的規則都可以被打破。很多大人看不懂這篇故事，但是小孩子卻沒有問題。[4]

---

[4] 〈臭青龜子〉這篇作品，被選入徐錦成主編，《九十二年童話選》（臺北：九歌出版社，2004 年 3 月）。並被選爲「年度童話獎」。這本書和講的評審有三位，是徐錦成老師和兩位兒童（一位國中生，一位是國小生）。

〈蛇太祖媽〉也是一個例子。藉由孩子遇到長生不老的蛇太祖媽，來討論永生的問題。蛇太祖媽年少行善，獲得的酬謝是長生不老，和青春永駐。她像蛇一樣，每年脫皮。每次脫皮，身體就長大一點，但是永遠不會死。長生不老和青春永駐，是人類自古以來的兩個大夢。然而，不死就一定好嗎？不死要付出的代價（家人、後代都已死亡，只剩下自己）是否太大。這樣的青春美麗也未免太悽慘了。鄭清文透過小女孩和蛇太祖媽的對話，探討永生。

## 四、童話讀者的年齡：Chinen 的看法

鄭清文的童話，可以透過上述兩種人物類型來表達他的思想。接下來，我們來談讀者的年齡和童話的關係。

心理學家 Erikson 認爲人的一生從出生到死亡，不同的發展階段要面對不同的危機（crisis）。每個階段的危機，都可以有兩種結果。如果危機順利解決，個體就得到正向的結果，順利進入下一個發展階段。如果危機沒有辦法被解決，這個負面的結果將會是個體終生的負擔。

有些精神科醫生或心理醫生，也根據這樣的理論，進行心理治療。例如，擅長童話治療的美國加州大學心理分析師艾倫・金（Allen. Chinen），在他的《大人心理童話》（晨星出版社，1999 年）選了 16 則專門給中年人看的童話。其中第一篇〈消失的魔力〉就是以德國《格林童話》中的〈精靈與鞋匠〉，來討論「中年人遇到的危機，需要透過自己的力量來解決」這個重要的觀念。

故事中貧窮潦倒的鞋匠夫妻，已經走投無路，只剩下作最後一雙鞋的皮革。鞋匠根據模子，把牛皮剪裁好了放在桌上，打算早上再來縫。第二天醒來，發現桌上已經有一雙做工精緻的鞋子。拿去鎮上，賣了很好的價錢，他用這些錢去買更多材料。接下來，他們每天晚上睡覺前把材料剪好，早上起來都變成精緻的成品。因此，生活就漸漸改善了。當然，他們還是很好奇，想知道是誰在幫忙。有一天晚上他們不睡覺，躲著偷看。結

果，發現是一群光著身體的小精靈來幫忙。因此，最後一天，他們就沒有留下剪好的材料，而放了許多套鞋匠太太特地縫好的小衣服。這些小精靈，看到美麗的小衣服，很高興的穿走了，不再出現。鞋匠夫婦發現了精靈之後，並沒有貪心的再準備更多的材料，利用小精靈幫他們賺大錢。他們精心準備了衣服，來表示感謝。在這類的故事中，魔法生物（magic creature）被人類發現了之後，往往就得離開。以治療的角度來看，既然魔力已經消失，人就要靠自己，也有能力靠自己了。

根據 Chinen 這派學者的看法，童話可以作爲心理治療的工具，是因爲不同的年齡會遇到不同的危機，而童話是利用故事的情節，讓個案有所體會，進而發現解決問題，或自我提升、自我超越的方法。他認爲青少年遇到的問題，是面對未來的探索和探險（常常以寶藏，或是尋找真愛作爲象徵）。中年人不再那麼浪漫，他們遇到的問題是生活的轉折（工作和社會的壓力，養育下一代的責任，價值觀的重新思索等等）。到老年，遇到的是死亡的可能性（英語諺語說，人生只有死亡和納稅兩件事是逃不掉的。Death and tax are the only two certain things in life），以及回顧自己的一生，是否「無悔」的反省。

根據 Chinen 的說法，筆者在下面說明，爲何鄭清文的童話，可以適合各種年齡的人來閱讀。

他的童話裡有冒險。〈紅龜粿〉講膽小的人如何自告奮勇，獨自去鬧鬼的墳上放紅龜粿，而最後是爲了和他的愛人能在另一個世界永不分離。〈飛傘〉講少年小兔的冒險，雖然闖了禍，但是並沒有產生不可收拾的後果。這樣的故事，可能比較適合年紀輕的讀者。

他的童話談靠自己的力量來解決問題。前面提到的〈鬼姑娘〉可能是最佳代表。此外，《天燈‧母親》除了說對母親的思念，以及農村的生活之外，也透過主角來解決他遇到的各種問題。魔法（或是大人的作爲）退讓，主角要靠自己的力量，來面對人生。這樣的故事，適合中年人來讀。

他的童話也談價值觀，和對人生的整體反省。〈蛇太祖媽〉談生死。

〈燕心果〉講的是人的品質和誠信的重要。燕子媽媽因為要守信用，甚至犧牲了自己，而她的孩子，也照她的交代，完成任務。〈鹿角神木〉除了描述母子之間，不受時間限制的，深厚的親情之外，也談不朽和生命存在的意義。中老年人，可能更能體會這個意義。

鄭清文還有一些相當富有社會性的童話，像是會倒飛，認為倒飛才可以做領導者的〈松雞王〉。講本性難改，以火雞和孔雀作為隱喻，圍城和突圍的〈火雞密使〉和〈再圍火雞城〉。〈麗花園〉是羊與狼的故事，以及權力的腐敗和荒謬。以及最近發表的百變〈丘蟻一族〉。這些作品，故事性豐富，充滿想像力，真正的意義藏於故事之下，適合各種年齡層的讀者。小孩子可當作故事看，能體會的人，看到的就不只是故事的情節了。

## 五、成長，脫困，救贖，與自我實現

筆者最近看了瑞典作家阿斯特麗德・林格倫（Astrid Lindgren）的作品《獅心兄弟》，心裡很震撼。震撼，是故事中主角兩個小兄弟，面對死亡的鎮靜和勇氣，幾乎是喜悅的感覺。「啊，我看到光。」故事在此結束。

這篇作品談兩兄弟的感情，談冒險和勇氣，最重要的，談生和死。本書的介紹中提到，作品剛出版時，有讀者非常反彈，認為故事中寫了太多的死亡，甚至質疑她難道是要鼓勵孩子去自殺嗎。質疑她為什麼要寫這樣的故事，質疑孩子看這個故事，會有不好的影響。林格倫的回應是，這個故事講的是愛和勇氣。人生之中，本來就會有很多無法控制的可能悲劇。但是人要有勇氣，要有希望，這樣，活著才有意義。我想，《獅心兄弟》這樣的故事，不同年齡的讀者，可以有不同的體會。而鄭清文的童話也有這樣的特質。

鄭清文寫的童話，基本上來說，都是很好看的「故事」。這些故事可以吸引讀者，讀者會有某些體會。故事看過了，記在心裡，遇到困難的時候，也許也可以有某些啟發，使我們找到脫困的路。甚至遇到更重大的人生危機，透過故事的內化（internalize），我們可以獲得精神上的救贖。這

正是 Chinen 等學者，認為可以利用童話做心理治療的基本道理。

　　重要的人本心理學家 Maslow 認為，人，與生俱來，有一定程度自我提升的力量。人類的需求，有高低層級。他的基本說法是，人的基本需求滿足了之後，就自然會想要往上爬，向上提升。

　　人最基本需求是生物性的，再來是安全感，然後是依附關係，接著是尊嚴，最高等級的需求，則是「自我實現」。Maslow 認為雖然不是所有人都能到達第四，或第五階段。但是人本質上是可以自我提升的。

　　Chinen 認為讀童話有安撫心靈、解決問題的功能。而筆者認為，好的童話，可以幫助我們了解自己，更有能力自我提升。鄭清文的童話因為沒有說教的成分，容易讓讀者做沒有拘束的思考。所以不同年齡的人，可以用自己的角度，來看他的童話作品。

──選自《新地文學》第 6 期，2008 年 12 月

# 畸零人「物語」

## 論鄭清文的〈三腳馬〉與〈髮〉的邊緣發聲

◎林鎮山[*]

## 一、前言

2005 年的「臺北國際書展」,再度像往年,於春節飛揚愉悅的氛圍中,在臺北的世界貿易中心起跑。顧名思義,國際書展固然是世界各國以刊物／書籍:從事文化產銷與互動的「商機」,然而,也是敏銳的觀察家,藉以觀照參展國的文化步道的「契機」。春暖冰融,「真心握手」,羽扇輕搖,「誠意相待」,於充滿著「合作、共生」的波光流轉之中,以文化的龍章鳳姿,更新萬象,誰曰不宜?只是,於此文化產銷／互動的全球化時際,臺灣究竟將以何種文化的質感與歷史的涵養,來呈現福爾摩莎的生命圖像?這應該是研究臺灣文化的我們,應該關注的焦點之一。

詩人李敏勇於參觀國際書展的主題館大韓民國之後,回顧、比較了臺、韓今日所展現的文化差異。他認定——與臺灣同樣走過殖民悲情與歷史轉折的韓國,其實,不只輸出消費性的「韓流」,用拼經濟,也更以嚴肅的文化觀,向世界發聲。非但深受大漢文化的啓發,也倍受大和民族的文化薰陶。以傳承古典的詩禮而言,他們比臺灣更具有「形式和儀式」,就鋪天蓋地而來的西潮／美雨／東洋風而論,卻更從而衍生出具有「一種東方的近現代化。」然則,何以致之?詩人把脈之後,因而,提出解析:都是緣由於大韓民國「積極凝聚國民意志力」之故,他們不斷地開發「主

[*]加拿大雅博達大學東亞文學系教授。

體性」的思考，更永不怯於「深刻的文化反省和自覺。」[1]

職是之故，藉由「探討臺灣住民的思維方式與價值觀」，來「推動具有臺灣主體性的臺灣思想之研究」，應該是檢視、型塑當今臺灣文化——最刻不容緩的課題之一。歷史涵養醇厚的中央研究院院士杜正勝如是說：「文學往往走在歷史之前」，畢竟，「文學容易感動人心，影響層面深遠。」他還更進一步強調：「改造社會應從文學入手……臺灣的文學教育，主要分歧在於文學主體性的認知。」[2]由是，意圖建構「臺灣思想與臺灣主體性」的文化建設，其實，臺灣文學的研究、辯議與教育，也是一新福爾摩莎的文化／精神所不可或缺的環節之一。

就文學而論，放眼當今臺灣文壇，最能結合臺灣主體性思想與世界文學思潮的創作者之中，鄭清文先生自然是最值得注意的小說家之一。他精諳國際思潮與西方小說的美學形式，思維卻又扎根於原鄉故土。他的小說英文選集《三腳馬》（*Three-Legged Horse*）[3]，由於「兼顧地方特色，以及人類的共同性主題……也為英語圈的人畫出鮮活的臺灣」[4]，於 1999 年榮獲美國「桐山環太平洋書卷獎」（"Kiriyama Pacific Rim Book Prize"）。而該選集的作品中，最能定義鄭清文所意欲建構的「臺灣思想與主體性」的後殖民論述（postcolonial discourse），則非〈三腳馬〉（1979 年）與〈髮〉（1989 年）莫屬。

要之，兩作之中的主角都是原鄉的畸零人——「白鼻狸」、跛腳漁夫、「卿本佳人」。然而，私淑契訶夫、海明威、福克納的鄭清文，刻意棄絕神祇般的全知全能敘述，運用單一的聚焦（focalization）、局外的目擊者、或「非故事的參與者」（"heterodiegetic narrator"）[5]，來客觀地發

---

[1]李敏勇，〈國際書展，爛新聞〉，《臺灣日報》，2005 年 2 月 23 日。

[2]莊金國，〈臺灣文學發展開幕——走入作家生活地圖〉，《新臺灣新聞週刊》，2005 年 2 月 24 日，第 4661 期。

[3]Pang-yuan Chi, ed. *Three-Legged Horse*（New York: Columbia University Press, 1999）

[4]請參閱鄭清文，〈桐山環太平洋書卷獎〉，《小國家大文學 *Small Country, Great Literature*》（臺北：玉山社出版公司，2000 年），頁 57。

[5]有關這個概念，請參閱，Gerard Genette, "Person,"in *Narrative Discourse: An Essay in Method*

聲，並全面展示（to show but not to tell）——以期讓文本自己說話，恪慎地彰顯：福爾摩莎應該建構的公正思維與精神，兼且一再啓用西摩・查特曼（Seymour Chatman）所謂的富有象徵義涵的物件／場景[6]，來「物語」庄腳的畸零人那「心內的門窗」，替他們從邊緣發聲，記述他們的內裡掙扎、與故園的生活肌理，詮釋「人在做、天在看」與西方的「詩的正義」（"poetic justice"），從而以廣慈大愛、慈悲爲懷（benevolence and generosity）[7]，倡議：以「尊重生命」、疼惜眾生、生命一律平等，爲臺灣主體性思想的主張，以致再現：受害者（victim）、加害者（victimizer）「角色互易（role reversal）、身份輳輵」、哀悼「生命的無奈」，那些全人類都關懷的「生命真相」的議題——十足地體現他：立足臺灣、放眼國際的主體性思想模式。以故，我們提議：採用他所熟稔的西方敘事理論（narrative theories），來探勘他「清」冷的「文」意，或可進一步演述他一向最關注的——臺灣主體性的思想與價值觀的建構，終而期許：用以營造東、西方思想與軌範準則（norms）的相互對話關係。

## 二、「生活、藝術、思想」：鄭清文的文學主張與告白

在鄭清文先生迄今爲止，最重要的自述〈偶然與必然——文學的形成〉一文中，他非但述寫著：他成長的那個崇尙「忠厚人」的環境、以及他那屬於「忠厚人」的親人，也銘刻著他那最具啓發性的「忠厚人」的主體性思想與願景——「追求如何融合和調和。」[8]

的確，他那個世代，都經歷過「一連串的激變」：從黃牛／水牛的農

---

（Cornell University Press, 1980），pp.243－252.

[6] 有關這個概念，請參閱 Seymour Chatman,"Setting,"in *Story and Discourse: Narrative Structure in Fiction and Film*（Cornell University Press, 1980），pp.138～145.

[7] 有關這個普世都崇敬的概念，請參閱，Wayae C. Booth, *Rhetoric of Fiction*（Chicago, Illinois: University of Chicago Press, 1983），pp.71～75.我相信這是鄭清文先生能獲得 1999 年「桐山環太平洋書卷獎」的原因之一。

[8] 請參閱鄭清文，〈偶然與必然——文學的形成〉，《鄭清文小說短篇小說全集：別卷，鄭清文和他的文學》（臺北：麥田出版公司，1998 年），頁 15。

業社會，過渡到耕耘機／插秧機的工業社會，再邁向如今奈米、晶圓的高科技社會。也與臺灣文學的先行者，王昶雄和他那一代的臺灣人，共同走過了殖民屬地、戒嚴、白色恐怖與解嚴——苦心孤詣地追尋人類「尊嚴」的那些日子，見證了殖民臺灣、戒嚴臺灣與民主臺灣的一頁頁滄桑史。由是，原鄉的一草一木、一景一物，例如滄桑舊鎮的大河，於他，就不只是水流，而且「是歷史，也是時間。」[9]而「時間是留不住的。時間是殘酷的。不過，人可以記載它」——這是他內心的感觸與衷心的期盼，雅不願：「時間一過」，福爾摩莎的百子千孫，竟讓臺灣的歷史留白，畢竟，東洋的大和民族就善於記載。[10]

然而，他謙稱，小說，於他，是生活的再現，「主要是在記載生活」，而不是「書寫歷史」，因爲「那些國家大事，有史官在寫。」何況，他更無意師從孔子：作春秋，而亂臣賊子懼。職是之故，他堅持：小說只「不過是描寫生活而已……沒『孔子作春秋』那麼嚴重。」[11]但是，他也並不否認，透過創作，風吹草偃的輻射圈——也有無遠弗屆的一天。

只是，他所燒鑄的「記載生活」的小說，其實，也並非全然是虛擬的建構。他固然很「重視細節的正確性和豐富性」——常以劄記／筆記登錄所讀、所見、所聞[12]，也以寫實的筆觸，勉力模擬：現實與真實——凡此，在在只求精確。至於用字遣詞，他則執意運用樸稚的鄉土語言敘事，一如墾荒的儉樸山林中人，即使故事的背景趲回當今他所滯居的亮麗臺北都會，他也絕不華麗藻飾，如此刻意經營的文體，自是流露出這個出身滄桑舊鎮的「忠厚人」，爲自己的文學論述所抉擇的書寫位置。而講求嚴謹、

[9]請參閱鄭清文〈偶然與必然——文學的形成〉，《鄭清文小說短篇小說全集：別卷，鄭清和和他的文學》，頁 14。
[10]請參閱鄭清文〈偶然與必然——文學的形成〉，《鄭清文小說短篇小說全集：別卷，鄭清文和他的文學》，頁 16。
[11]有關鄭先生的這個看法，請參閱，林鎮山訪問；江寶釵、林鎮山整理〈「春雨」的「祕密」：專訪元老作家鄭清文（上）〉《文學臺灣》2004 年第 52 期（2004 年 10 月），頁 130。
[12]有關鄭先生的小說形成過程，請參閱林鎮山訪問；江寶釵、林鎮山整理，〈「春雨」的「祕密」：專訪元老作家鄭清文（下）〉，《文學臺灣》2005 年第 53 期（2005 年 1 月），頁 65。

幽微的敘述結構設計，又以客觀、公正的敘事形式，銘刻、見證一系列最
引人注目的鄉親角色，他不僅意在：展現那一些人、那個時代，其實，也
更意圖：表達他對福爾摩莎主體性思考與價值觀的反思。由是，「生活、
藝術、思想」[13]，即是鄭清文的文學主張與告白。

## 三、一場幽夢同誰近：〈三腳馬〉的惶惑與弔詭

　　1979 年 3 月發表於《臺灣文藝》第 62 期的〈三腳馬〉，可能是鄭清
文先生象徵寓意最濃、千古憾恨最深的傑作之一。此作的故事，透過雅好
蒐集木刻馬匹的敘述者「我」，爲了擴大收藏，自臺北前往外莊，探訪現
時擁有製銷各種「木刻產品」工廠的工專同學賴國霖，從而展開序幕。

　　在展覽室觀覽之際，敘述者「我」驚詫地發現了一隻至爲奇特的木刻
「三腳馬」——有別於日常大量生產而規格化的馬匹：「牠的臉上有一抹
陰暗的表情，好像很痛苦，也好像很羞慚的樣子。」[14]因而，提議去拜訪雕
刻者。於是，故事的場景，就從大都會臺北邊緣的外莊，再度延伸到滄桑
舊鎮之外的深埔。

　　在邢兒，敘述者「我」遽然發現：雕刻者原來是日治時代，兒時原鄉
的「民族罪人」——畸零人／白鼻狸／臺灣警察曾吉祥。而更匪夷所思的
是：一隻隻的「三腳馬」竟是這個當年的畸零人／白鼻狸／臺灣警察／
「民族罪人」現時刻意日夜雕刻，用來寄託懺悔、痛苦與羞慚的唯一救
贖。由是，透過追溯垂垂老矣的曾吉祥、他灰撲撲的一生，故事的時間縱
深，又從現時，溯及日治時代、國府遷臺，一直牽延到膾炙人口的臺灣經
濟奇蹟之後、繁華的今日（1979 年）。

　　就敘述結構而言，值得我們關注的是：此作的序幕與落幕，皆由敘述
者「我」發聲、擔當目擊者／觀察者，而設定由「我」、曾吉祥、與賴國

---

[13]有關鄭先生的主張，請參閱鄭清文，〈偶然與必然——文學的形成〉，同上，頁 16。
[14]引自鄭清文，〈三腳馬〉，《臺灣作家全集·短篇小說卷／戰後第二代（1）：鄭清文集》（臺北：前
　　衛出版社，1993 年），頁 168。

霖三人一來一往的互動，做為敘事的基礎架構。然而，緊接著從第一小節
到第五小節的追溯，鄭清文卻訴諸早先結構主義者所謂的「敘述觀點轉移」
（"shift of point of view"），運用內在的聚焦，透過以曾吉祥為意識中心
（center of consciousness）[15]或敘事學家所謂的意識焦點（focus），而改由
「故事外的敘述者」（"heterodiegetic narrator"）來發聲／敷述。[16]只是，我
們不免納悶：為何僅在第一小節到第五小節的追溯時程裡，採用「敘述觀
點轉移」，另外啟用故事外的敘述者來發聲？

　　要之，就小說的演述而論，最講究真實、公正、客觀、平衡的鄭清
文，特別偏愛使用目擊者／觀察者來陳述。不過，敘述者「我」在日治時
期，原來是：方才啟蒙的小六學童[17]，當時的幼童行止，雖然不再止於方
丈，然而，小童的認知與視界，畢竟自有止限。況且，長者（如曾吉祥）
複雜的前半生歷練，也因為敘述者「我」，當時尚未出生，當然無由參與
全方位、多面向的客觀目擊或觀察，即使貿然晉用這樣的敘述者，必然也
會有諸多的時空制限，就藝術化、客觀化、戲劇化而言，可能得不償失。

　　另一方面，如果啟用身分複雜的畸零人／白鼻狸／臺灣警察／「民族
罪人」，曾吉祥，為「主角自述的敘述者」（"autodiegetic narrator"）[18]，緣
由於他早年——絕非是不慍不火，反而是一個為了一己的尊嚴與「生命意
志」，而最瞽於逆勢操作，並持有「定於一尊」思維的極具爭議性的人
物，如何要他做客觀持平的自述，避免讓他另有立場、強勢地自圓其說？
況且，於文本中，畢竟，是非與衝突、傲慢與偏見、善良與愚蠢——並
行、充斥，因而，前後的敷述照應，並不容易拿捏、掌控。職是之故，於
第一小節到第五小節，運用「故事外的敘述者」發聲，做全面、精準、平

---

[15]有關這個概念，請參閱，Wayne C. Booth, *Rhetoric of Fiction*（Chicago, Illinois: University of Chicago Press, 1983），p.153.

[16]有關這個概念，請參閱，Gerard Genette,"Person,"in *Narative Discourse: An Essay in Method*（New York Cornell University Press, 1980），pp.243～252.

[17]引自鄭清文，〈三腳馬〉，同註14，頁196。

[18]有關這個概念，請參閱，Gerard Genette,"Person,"in *Narrative Discourse: An Essay in Method*（New York Cornell University Press, 1980），p.245.

衡式的追溯，而在序幕與落幕，藉由敘述者「我」與曾吉祥做公平的對話，俾使讀者能夠前後相互參照、再「自己判斷是非、衝突、對錯」[19]，應該是比較合乎：鄭清文「冷眼旁觀」的小說美學原則，特別是他恆常的客觀性、科學性的思維主張，以及世界大小生命——「眾生一律平等」的主體性思想。[20]因此，即使是論及如此專業性的小說敘述架構，鄭清文的主體性全面審思，都值得我們詳加關注。

就〈三腳馬〉全文而論，鄭清文最重要的創意，自然是他所雕鑄的「三腳馬」。而如今，人馬已過萬重山，「達達的馬蹄」[21]，打「海洋臺灣」與「環太平洋」文化交會的輻輳點上走過——山鳴谷應、旗正飄飄。

然而，長久以來，我們一直忽略了此作中鄭清文所創鑄出來，正是可與「三腳馬」做「雙襯」的另一個最具創意的隱喻——那就是阿福伯在山上捕捉到的「三腳」的「白鼻狸」：

> 有一次阿福伯在山上捉了一隻白鼻狸，放在鐵絲籠裡，準備拿到外面去賣。牠的毛黃裡帶黑，鼻樑是一條長長的白斑通到淡紅色的圓圓的鼻尖。牠的一支腳被圈套挾斷了，走起路來一跛一跛的。[22]

要之，鄭清文的化身——「冷眼旁觀」的「故事外的敘述者」，此際，所敷述的三腳的白鼻狸，顯然，是人類「圈套」的受害者，是獵者／加害者的籠中物，也是有待被支配／被出賣的次等生物。藉此，鄭清文似乎以海明威的筆意，托腔轉韻，提出質疑：生命是不是真正平等？藉此，是不是也意在言外、遙相指向：三腳的白鼻狸——那被「圈套」挾斷一腳

---

[19]我這個論點受到鄭清文先生與我討論〈春雨〉的敘述者所受到的啓發，鄭先生的論點請參考，林鎮山訪問，江寶釵、林鎮山整理〈「春雨」的「祕密」：專訪元老作家鄭清文（下）〉，同註 12，頁 96～97。
[20]鄭清文先生透過敘述者在〈放生〉這篇小說中，質疑：「生命也分大小嗎？」請參考，鄭清文〈放生〉《鄭清文短篇小說全集：卷 6，白色時代》（臺北：麥田出版公司，1998 年），頁 250。
[21]我這個句子刻意諧擬鄭愁予的名詩〈錯誤〉。
[22]引自鄭清文，〈三腳馬〉，同註 14，頁 174。

的獵物，生，又何其苦？此中，或許還真暗含著鄭清文最悲天憫人的長歎
與訊息：「當人能看到不幸，才能看到了生命。生命才是永恆的主題。」[23]

　　然而，「民族罪人」曾吉祥，何其不幸，正如被「圈套」挾斷一支腳
的白鼻狸，自小「從眉間到鼻樑上就有一道白斑，好像是一種皮膚病」、[24]
一種與生俱來、揮之不去的「天殘」：

　　「你也是白鼻狸。」阿金突然指著他的鼻子說。這以後，大家都叫他白
　　鼻狸，好像已忘掉了他的名字。[25]


　　因而，〈三腳馬〉序幕甫一結束，追溯畸零人／白鼻狸／「民族罪
人」曾吉祥的童年生涯的第一小節方才起始，鄭清文就透過故事外的敘述
者，記述天殘的畸零人／白鼻狸／曾吉祥所遭受到的「與眾不同」的、
「非我族類」的拒斥與歧視：

　　「轉去，不轉去，拿你來脫褲。」
　　……。
　　「轉去。」阿金回頭推了他（曾吉祥）一把。他倒退了一步。阿金是阿
　　福伯的最小兒子。第一次叫他白鼻狸的就是他。[26]


　　於是，第一小節的場景就如此演述著鐵血聯盟的五個頑劣的原鄉小孩
——阿狗、阿金、阿成、阿進、阿河，以野蠻的話語、叢林法則的暴力，
拒斥非我族類的畸零人／白鼻狸／曾吉祥，與他割袍斷義，輪番賦予個頭

---

[23]我以為：鄭清文先生的這個論點深受契訶夫的啟發，這是臺灣文學與西潮，或可謂「互為主體」
的思想發展的一個實例。請參閱，鄭清文〈新和舊——談契訶夫文學〉，收入《小國家大文學
Small country, Great Literature》（臺北：玉山社出版公司，2000 年 10 月），頁 119。
[24]鄭清文，〈三腳馬〉，同註 14，頁 171。
[25]鄭清文，〈三腳馬〉，同註 14，頁 174。
[26]鄭清文，〈三腳馬〉，同註 14，頁 174。

最小的他：始原創傷的挫辱記憶。以是，淳樸的村莊竟也一再上演著眾暴寡、強凌弱的戲碼，而生命意志堅強、自尊自我至上、反叛意識高漲的曾吉祥[27]，以內化的哀慟，爾虞我詐，運用權謀策略而抗敵、自保，絕不輕言退怯，職是之故，自此殘暴見血、戰況激烈、日月無光。哀哉！哪來鄭清文主張的「融合和調和」？

就敘述策略而論，鄭清文於第一小節以次的第二、第三小節，一再運用「反覆」（"repetition"）敷演的敘述模式[28]，再度「反覆」敷述畸零人／白鼻狸／曾吉祥緣由於天殘，而遭受到的「無所不在」的拒斥與歧視。由是，從應該守望相助，卻「剝掉」他「尊嚴」的鄰里鄉親起始，應該展現「有教無類」，卻揮動竹棍體罰他的小學老師井上先生為次，到應該更加文明寬容，卻羞辱他生身父母的臺北都會人士——在在莫不反覆、一步步、由鄉村到都市、從族人到異族，都將他逼向死巷與牆角。人世之不公，何可言宣？莫此為甚！

最終畸零人／白鼻狸／不禁反思，為何他不是那個會唸咒的唐三藏？許他超人神力，不至於再被打入社會底層、倍受凌遲？由是，畸零人／白鼻狸／曾吉祥邁向與權勢結合，他要成為不再被歧視、被欺負、而低人一等的動物：

> 在【籠檻】裡面的人從來沒有叫他白鼻的。
>
> ……他要做警察，只有這樣，所有的人才會尊敬他，才會畏懼他。[29]

---

[27] 有關「生命的意志」這個概念，請參閱，鄭清文的小說，〈放生〉，收入《鄭清文短篇小說全集：白色時代，卷6》（臺北：麥田出版公司，1998年），頁157。此作中最令人警醒的哲學性雋語應該是：「不懂得尊重生命的意志時，生命就充滿著危機了。」世間翻雲覆雨的政治／軍事人物，豈能忽略小說家苦心孤詣所揭出的生命哲理？

[28] 我認為鄭先生在這兒所運用的「反覆」（"repetition"）敷演策略，似乎就是敘事學家通常所謂的 "telling n times what happened n times," 請參閱，Shlomith Rimmon-Kenan, "Frequency," in *Narrative Fiction: Contemporary Poetics*, (Methuen, 1983), pp.56〜58.在這種「反覆」敷演策略的運用下，雖然鄭先生瑩於下筆若輕，但是，他為曾吉祥所受到的「無所不在」的「非我族類」的拒斥與歧視，三次從邊緣替他「反覆」發聲，即使鄭先生只「輕輕點到」三分，其「風人」力道，卻無形中增強到十分。這算不算是隱藏在龐大的「冰山」底下的秘密？

[29] 引自鄭清文，〈三腳馬〉，同註14，頁184。

　　鄭清文如此不厭其煩地反覆敷述，或許旨在暗示：人世不公，及其日積月累所「加害」於人的始原創傷（trauma）的「非我族類」式的挫辱記憶，可能才是爾後——將畸零人／白鼻狸／臺灣警察／「民族罪人」曾吉祥，逼上梁山的罪魁禍首之一。[30]然而，當上日治時代的線民／以致於警察的曾吉祥，既已鹹魚翻身[31]，前帳已清，又可曾打下江山學朝儀？

　　不幸的是：受過始原創傷、識見有限的畸零人／白鼻狸／曾吉祥，心思何曾清明？他以心理創傷所累積的記憶，將人類只「化約」為天各一方的兩極：「欺負人的」與「受人欺負的」[32]，其中，竟沒有禮尚往來、相敬如賓的斯文人。而他也不再願意歸屬於「受人欺負的」一族。既然，自我定位如是，就以為只有立志：「以王者的姿態君臨舊鎮」，勇往直前。於是，他在「權勢」與「生命的意志」為考量的主導下，完全失去了批判性、主體性，全面接收了殖民母國所加諸於他，並內在化的思考模式。

　　因之，只因為部長的柔性規勸，畸零人／白鼻狸／曾吉祥就堅持使用日本式的婚禮，與未婚妻吳玉蘭成婚，立意：拒斥父母、岳家、戚友的臺

---

[30] 林瑞明教授曾經引用若林正丈的解說，認定：「曾吉祥和殖民體制的結合，最主要的是他具有『史蒂克瑪』的不利條件，而在這種不被同胞認同的狀態下，唯一能讓他重新站起來的條件就是認同統治者來醫治他的心理創傷……殖民體制雖是次要元素，卻是參與形成『史蒂克瑪』的元兇。」引言中的「史蒂克瑪」，可能是從日語中音譯的外來語 stigma（身體的特徵）而來。基於鄭清文於第一小節以次的第二、第三小節，一再運用「反覆」（"repetition"）敷述，銘刻「白鼻斑」受到「非我族類」的拒斥與歧視——那種敘述模式的啓示，我的讀法與若林正丈的解說，重點稍微有些出入，我刻意著重的是：stigma 這樣的「烙印」所加諸於曾吉祥的「不公、不正」，所以，我並沒有特別注意到：「殖民體制……【為】參與形成『史蒂克瑪』的元兇」，那種的詮釋。有關若林正丈的論點，請參閱，林瑞明〈描繪人性的觀察家——鄭清文的文字與風格〉，收入，林瑞明編，《鄭清文集》（臺北：前衛出版社，1993 年），頁 346～347。有關「逼上梁山」的論點，請參閱，黃樹根在〈鄭清文作品討論會〉中，獨到一面的發言：「阿祥之所以有出賣同胞的舉動，除了他自己沒有強烈的民族意識外，也有被逼上梁山的成分。由於長期受到外面環境的壓迫、欺負，為了建立自我的尊嚴，使他產生反抗的心理，於是，他在日本警察的權威下，找到庇護。」收入，〈鄭清文作品討論會〉，《文學界》第 2 期，1982 年夏季號，頁 24。

[31] 論及曾吉祥由要從「弱者」變成「高高在上的強者」，這種「轉換角色」，請參閱，林梵（林瑞明教授）的論文，〈悲憫與同情〉，《文學界》第 2 期，1982 年夏季號，頁 78。對鄭清文先生最有研究的李喬先生，也持類似的論點：「【曾吉祥】由於先天的不平，然後被欺、自卑，自卑後又被欺，最後變成漢奸，為了自保，不得不用心機去投靠。」請參閱，李喬先生在〈鄭清文作品討論會〉中的發言，收入，〈鄭清文作品討論會〉，《文學界》第 2 期，1982 年夏季號，頁 25、頁 9。

[32] 引自鄭清文，〈三腳馬〉，同註 14，頁 183。

灣人的「集體聲音」[33]，揚棄臺灣人的結婚儀式。他學柔道、劍道，緣由於那是警察護身與晉升的手段。至於學打網球，他早就看到眼底：那畢竟是「社交活動的重要一環。」[34]凡諸種種莫不與他確保一己的地位「不再被欺負」有關。

然而，畸零人／白鼻狸／曾吉祥又身受洗腦，失去主體性思考，而崇信：日本一定會打勝仗，有朝一日，臺灣人還要與日本人到南洋去當指導者的迷思，而且並未因（身爲律師的）玉蘭的姊夫善意的開示而頓悟。[35]在在顯示：曾吉祥是何等閉塞，而沒有自覺性的反思。

既然不具備批判性、主體性的思考能力，任由殖民母國將外來的觀念，強加於他，並將它「內在化」（"internalize"），曾吉祥自然不自覺地向殖民母國的思想、價值體系全面傾斜，甚至且終究認同——以致於沐猴而冠，也同聲斥責「臺灣人的愚蠢和無教育」，更「很快學會以同樣的眼光看自己的同胞。」兼且，狐假虎威，「白以爲是虎、是獅了」，而「以王者的姿態君臨舊鎮」[36]，魚肉鄉親。其惡言惡行，實在罄竹難書。此際的曾吉祥已從過去被支配的畸零人／白鼻狸／「受害者」[37]，迴身一變，完全轉化爲癲狂的「加害者」——鄉民心目中：助紂爲虐的「民族罪人。」顯然，鄭清文於此關鍵時刻，拉高了分貝，關切「角色互易」的身分輳輵。

既然如是，其實，畸零人／白鼻狸／曾吉祥始終最關切的依然是一己的生命意志與不受凌虐。畢竟，等到日本戰敗、無條件投降，不少大和民族的大小官員引咎自戕，連愛妻吳玉蘭也都以爲：打下江山學朝儀，完全皇民化的丈夫，恐怕也要切腹殉國、壯烈成仁，她也預備追隨丈夫犧牲，

---

[33]引自鄭清文，〈三腳馬〉，同註 14，頁 185～186。
[34]引自鄭清文，〈三腳馬〉，同註 14，頁 187。
[35]引自鄭清文，〈三腳馬〉，同註 14，頁 186～187。
[36]引自鄭清文，〈三腳馬〉，同註 14，頁 197。
[37]林瑞明教授曾經用「被害者」變成「加害者」這個概念，來分析鄭清文的〈寄草〉中的清海，與〈三腳馬〉中的曾吉祥這兩個人物，我所使用的術語「受害者」（"victim"）與「加害者」（"victimizer"）雖然與他稍有不同，但是，感謝他的啓發。請參閱，林瑞明〈以生命的熱情觀察人生：《鄭清文集》序〉，收入，林瑞明編，《鄭清文集》（臺北：前衛出版社，1993 年），頁 13。

不求同年同月同日生，只求同年同月同日死。反諷的是——畸零人／白鼻狸／「民族罪人」／曾吉祥此刻竟然變臉，向愛妻否認自己是皇民，何用輕生？甚且他還念念不忘日本郡守的命令：要「本島人維持治安」，還妄想「繼續領導鎮民」，完全無視於臺灣人追究「民族罪人」的情緒脈動。職是之故，我們必須注意，只有當宛如大地之母的愛妻玉蘭爲「民族罪人」的他，承受：盲眾的清算，爲他「出醜受辱」，最後染患傷寒，孤獨而終[38]，彼時，曾吉祥才算真正地悔悟。

　　畸零人／白鼻狸／「民族罪人」／曾吉祥的一生，其實，不「吉」、不「祥」、又不利，一如落入獵人「圈套」的白鼻狸，鼻上的天生一道白斑，成爲「非我族類」的終生恥辱印記（stigma），將他直直拋入橫遭排斥與歧視的黑洞，直到擁有權勢，方得超生、崛起。然而，權勢挑戰著人性，人性總有闕失。

　　臨老的畸零人／白鼻狸／「民族罪人」曾吉祥，最終潛逃到舊鎮邊緣的鄉間，借住在他父親儲藏農具的倉庫——（一間）簡陋的土塊厝[39]，有如被拋棄、矮化爲不再有生命的工具，以邊緣人的身分，*雕刻著跛了一腿、苦痛羞慚的三腳馬自喻*[40]，聊過殘生。鄭清文借用那偏僻、簡陋的土塊厝，對比著位於原鄉舊鎮的賴國霖那欣欣向榮的木刻工廠——邊緣與中心、主流與疏離，究竟一場幽夢同誰近？物件與場景都似乎在「物語」著：一度是畸零人／白鼻狸／「民族罪人」的曾吉祥，如今已被人間所遺棄，而他也遺棄了人間

　　由是，善於敏銳觀察社會變遷、捕捉人性闕失、以及運用多焦點的敘述模式的鄭清文，最能心領神會：內耗、相殘、與人性的複雜——竟是何等令人惶惑。於是，透過曾吉祥從三腳的畸零人／白鼻狸／受害者的身分——備受歧視、排斥，因而，力求鹹魚翻身，繼而轉化爲日本線民／殖民

---

[38]引自鄭清文，〈三腳馬〉，同註 14，頁 199。
[39]引自鄭清文，〈三腳馬〉，同註 14，頁 170。
[40]引自鄭清文，〈三腳馬〉，同註 14，頁 201。

地警察的加害者身分——踐踏眾生，最後又轉化爲鄉親冤冤相報的受害者
／民族罪人的身分——以三腳馬自傷、聊過餘生；另一方面，舊鎮的鄉親
童伴，何嘗不是從傲慢的加害者——拒斥、歧視曾吉祥，繼而轉化爲受害
者——被臺灣警察／「民族罪人」所欺壓、凌辱，最後，日治時代結束，
又以冤冤相報成爲盲目的加害者。間中，受害者／加害者、「角色互易、
身份輵輵」，暗含著多少生命的委曲、傷痛、與無奈，在在未免令人歎
息。

　　職是之故，鄭清文認定，其實，「臺灣不是天堂，到處可以遇到不幸
和悲痛」[41]，既然人間充滿著變數，「人隨時可能變成邊緣人，邊緣人可能
在你身邊，也可能是你自己。」[42]因之，他「疼惜眾生」，透過「三腳馬」
／白鼻狸來「物語」畸零人，爲邊緣人發聲，訴說：唯有尊重生命、自我
反思、生命一律平等、實現公道正義，由是，普世公認的軌範準則，方能
終極實踐——這豈非才是全人類的真正救贖？

## 四、天地不全：〈髮〉的卿須憐我我憐卿

　　1989 年 3 月發表於《聯合文學》的〈髮〉是鄭清文先生最圓融寬厚、
人情練達的力作之一。此作原來述說：日治時代，太平洋戰爭末期，臺灣
鄉間下埔仔最漂亮的一個名叫麗卿的年輕女子——「卿本佳人奈何做賊」
的悲劇情事。麗卿的丈夫金池，是個跛了一隻腳的漁夫，以捕魚勉強營
生，而她則是由街上逃難、疏開、流落到鄉下、來歷不明的佳人。一個天
殘，一個卻是心有千千結，竟都天地不全，同是天涯畸零人、卿須憐我我
憐卿。

　　一如〈三腳馬〉，鄭清文在此作中，依然啓用他最擅長、偏愛的敘事
模式：以敘述者「我」爲客觀的見證者／觀察者來發聲。只是，由於
〈髮〉的人物、情節、動作比較單純，因之，全作一直都以敘述者「我」

---

[41]請參閱鄭清文〈新和舊——談契訶夫文學〉，同註 23，頁 119。
[42]同前註。

為意識焦點，絲毫沒有〈三腳馬〉那樣複雜的敘述觀點轉移發生。然而，表面上似是儉約的事實陳述、或客觀的見證敷述，其實，若與作中的其他結構元素——時空與場景——相結合來進一步論述，其滔滔雄辯的力道卻是甚為犀利、剛猛。

故事真正的起始是：三年前，敘述者「我」回到了下埔仔去參加他大哥的葬禮，碰上了男主角金池。在兩人的一場敘舊之際，故事繼續追溯到41、42 年前日治時代，太平洋戰爭末期發生的舊事。最後，故事返回現時，以金池憶及早夭的亡妻麗卿，不勝唏噓，戛然而止。

就故事的人物設計而論，麗卿的丈夫金池，是敘述者「我」的親戚，依照臺灣的文化習俗應該是「論輩不論歲」，但是，金池雖然低敘述者「我」一輩，卻稍為年長十多歲，本來還是應該稱呼敘述者「我」為阿叔，但是，最後兩人依舊直接以名字相稱。金池是下埔仔捕魚的高手，而敘述者「我」的大哥則是佃農。故事的演述就以鄉間的農漁生活為主軸，舒緩地展開。由是，舉凡相互之間的人際關係，戰爭末期的經濟、物質、信仰、道德……等等諸多的現實生活面相，都因鄭清文「重視細節的正確性和豐富性」，而得到細膩的演述，十足合乎鄭氏的文學主張：「生活、藝術、思想」——以藝術的手法，精準、豐富地記述當時人民生活的實相，並提出自覺性的反思。

要之，於〈髮〉一文中，最重要的事件自然是：有一日，敘述者「我」的大哥所養的大閹雞，忽然失蹤了。據敘述者解析：依照當時的農業社會民俗，大家認定——大閹雞「性情溫順，不會爭鬥，專心吃東西，所以長得快，也長得肥，肉多油又香」，因此，執意安排大閹雞「在舊曆過年、正月初九天公生、和正月十五上元節時」來調用，其中，特別是「天公生一定要用閹雞祭拜。」[43]職是之故，大閹雞失竊，自是非同小可！」

---

[43]引自鄭清文，〈髮〉，《相思子花》（臺北：麥田出版公司，1992 年），頁 67。

其實，在大閹雞失蹤之前，下厝及其鄰近就有失竊的先例：他們丟過金錢、走失過正在生蛋的小母雞、以及不翼而飛了其他有價值的東西。既然全村只有一條牛車路，又少見外人進出，村人推論：必有內賊。而第一個受懷疑的內賊就是麗卿，因為在她來到下埔仔之前，還沒有人丟過東西。於是，在敘述者「我」的大哥明查暗訪之下，斷定是「卿本佳人奈何做賊」的麗卿所為，並決定親自審理這件竊案。然而，提問之下，卻遭麗卿全盤否認：

> 「你敢發誓？」
>
> 「敢。」
>
> 「怎麼說？」
>
> 「我有偷，要遭殺頭。」
>
> 「不要隨便發誓。」大哥說。
>
> 「我真的沒偷。」[44]

不幸的是：大哥早就從麗卿家的灶槽，挖到了潮濕的雞毛，由是，證據確鑿，因而，案情急轉直下，直令「卿本佳人奈何做賊」的麗卿百口莫辯。在金池追問之下，麗卿才流著淚承認，並且辯說：「紅嬰仔，沒有奶吃……。」[45]

的確，「卿本佳人奈何做賊」是〈髮〉一文中，前後一直「反覆」敷演[46]，最為震撼鄉親的事件。儘管金池與麗卿，從後竹圍搬回下埔仔，或是，之後，再從下埔仔搬回後竹圍，「卿本佳人奈何做賊」都是一直在鄉里「反覆」搬演的戲碼。平靜、安寧的鄉村，原來是：劃地為牢、道不拾遺、夜不閉戶的桃花源，如今出現「美麗壞女生」，鄉里不啻轉化為盜竊

---

[44] 引自鄭清文，〈髮〉，同註 43，頁 69。

[45] 引自鄭清文，〈髮〉，同註 43，頁 70。

[46] 就〈三腳馬〉與〈髮〉這兩篇作品而論，我們可以確認，「反覆」敷演是鄭清文先生最重要的敘述策略之一。一樣的下筆若輕，卻是一樣的劇力萬鈞。

的核爆家園——人人自危。只是，卿本佳人，爲何作賊？卻是撲朔迷離，真耐人尋味！然而，透過微妙的場景與時空的設計，鄭清文又似乎意有所指。

首先，雖說金池善於捕魚，然而，跛腳的他，在外營生的時間遠比在家還長。簡陋的土塊厝，家徒四壁，土塊牆還遺留著稻草的痕跡，而房中的地面猶是原始的泥土地，地面則凹凸不平。至於三、兩件老式的家具：椅條和八仙桌都是白身，不是爲了省錢沒有上漆，就是用得太久油漆已經脫落。桌子的稜角甚且已經磨損，污舊不堪。[47]凡此，在在都以物件／場景「物語」著他們一窮二白、進退失據的情境。

此外，大閹雞事件爆發之日，正是日軍發動太平洋戰爭，戰區越拉越大之時，而當下已經到了大戰末期，物質非常匱乏——許多日用品都受到了管制。[48]雖然農家可以飼養雞鴨，然而，以捕魚爲生的麗卿家，似乎並沒有大量的家畜。因之，自從生了嬰兒之後，她才只吃過一隻雞[49]，雖然金池認爲：他爲麗卿留下的大白鰻比雞更爲滋養。只是，麗卿可曾同意？可有別的信念？是否還認定：麻油雞才是產婦傳統的佳餚、補品？此外，我們也關注：依照鄉規，麗卿在即將受刑、慘受處罰之際，其言也哀的一再懇求／話語：

「金池，你真的要殺我？」大概麗卿已看到了地上的木砧和菜刀。

「你怕，怕就不要做。」金池說，用力拉了她一下。

「我，我要餵紅嬰仔。沒有奶，紅嬰仔……」麗卿喃喃的說，聲音有點顫抖。

「沒有奶，就可以偷？」

「真的，沒有奶，紅嬰仔會餓死掉。」

---

[47]引自鄭清文，〈髮〉，同註43，頁72。
[48]引自鄭清文，〈髮〉，同註43，頁66。
[49]引自鄭清文，〈髮〉，同註43，頁70。

　　「跪下去！」金池令麗卿在土地公的牌位前面跪下。

　　…………

　　「我，我不要死。」……。

　　「我不要死！我死了紅嬰仔怎麼辦？」[50]

　　初為人母的麗卿，為嬰兒一再地請命，即然訴求因累犯而打了折扣，然而，塵境滄桑，其鳴也哀，其言也善，「以言廢人，固不足取，以人廢言，亦不足讚。」職是之故，誰能毫無一絲罣礙，我自揮刀成一快？如此透過麗卿「反覆」的敷述與懇求，鄭清文的冰山所暗藏的同情的焦點，遂不免呼之欲出。

　　金池辦案、行刑，是臺灣小說史上最驚心動魄的場面之一。鄭清文交叉使用預示（foreshadowing）、拖延不報（delay）、懸宕（suspense）、驚詫（surprise）[51]，種種敘述策略，來燒鑄他理想的美學效果。

　　於是，奔走、低聲相告的女人以：「要殺麗卿了」[52]，拉開了序幕，金池再請出福德正神與公媽牌位，以鬼神與祖先來見證：公道正義必得伸張、人在做天在看。而木砧、放豬頭（人頭？）的大湯盤、磨得發亮的大菜刀（剁人？）[53]，凡此無不一一「預示」著：砍頭，就要進行／勢在必行。然而，另一方面，鄭清文又以「減速」（"deceleration"）[54]，好整以暇地大量描繪著：踏著木屐的大哥、他那類乎包公的長相、金池的家與家人……，彷彿有意將讀者最好奇的一幕，盡可能推後、「拖延不報」，以增加興味。最後，鄭清文決定啟用「懸宕」：除了操刀的金池才能預知這一幕的結果以外，讀者、其他人物，都完全被蒙在鼓裡，不但無法事先與

[50]引自鄭清文，〈髮〉，同註43，頁74～75。

[51]有關這個概念，請參閱，Mieke Bal,"Suspense,"in *Narratology*（University of Toronto Press, 1992），pp.114～115.

[52]引自鄭清文，〈髮〉，同註43，頁71。

[53]引自鄭清文，〈髮〉，同註43，頁74。

[54]有關這個概念，請參閱，Shlomith Rimmon-Kenan,"Tex: time,"in *Narrative Fiction: Contemporary Poetics*（Methuen, 1983），pp.52～53.

聞，鄭清文甚且還刻意製造「驚詫」——偏使砍頭事件的結局與大家原先的預期不符，甚且，大家還被結局嚇了一跳，因爲，金池竟然並沒有依照鄉親，將違反重誓的麗卿斬首示眾：

> 「剁！」一聲清脆的聲音，菜刀剁了下去。
>
> 「哎唷！」麗卿叫了一聲。金池的手，抓著兩把剁斷的頭髮，夾子還在上面。
>
> 「——吁。」天宋和長庚都舒了一口氣。我看到每個人的表情都鬆下來了。
>
> 麗卿並沒有死，人已昏過去了。金池輕拍著她的臉頰，把她叫醒，像問犯過錯的小孩一般問她。[55]

其實，作品中，「忠厚」的庄腳人都無意——見到麗卿被殺。畢竟，誰能無過？由是，「剁髮」而不是「斬首」的處置，終究讓眾人鬆了一口氣。鄭清文是深受契訶夫中期以後的作品所撼動，勉力提出——對於弱者，對於不幸的人，我們都應該關懷和同情：「人是不能避免不幸的。有些不幸是來自天災，有些不幸是來自人爲。」[56]至於畸零人麗卿——她那「卿本佳人奈何做賊」的不幸，固然可能是來自於：她自己疏開、流落期間所養成的叢林行徑，然而，疼惜眾生的鄭清文，似乎寧可有意藉著「時空」與「背景」，將探針暗中指向可能的其他外緣因素：人爲的戰爭、後天的窮困。[57]

此外，我們也必須再度指出，「疼惜眾生」的鄭清文，兼且透過——與麗卿相濡以沫、卿須憐我我憐卿，同是天涯畸零人的金池，來傳達他的不捨，職是之故，在公領域中，金池固然是以「剁髮」代替「斬首」——

---

[55]引自鄭清文，〈髮〉，同註43，頁77。

[56]請參閱，鄭清文〈新和舊——談契訶夫文學〉，同註23，頁118。

[57]「卿本佳人奈何做賊」，究竟是先天手癢？還是後天有失調教？也許可以引起心理學家 nature VS nurture 的一番辯論。

連麗卿都嚇得「尿水洩出」,用最戲劇性的、眾人都心服的懲罰,來平息眾怒。但是,在私領域中的金池,卻是噓寒問暖[58]、「用手攔在她的肩膀上……小聲問她能不能走下去」、呵護著麗卿、連夜搬離了他們的傷心地──下埔仔。因而,連平日最堅持冷靜、客觀「展示」"to show"的鄭清文,於此,竟然,也特別罕有、而又別有所指地,啓用敘述者來評議:「我實在無法想像中午的那個【兇狠的】男人」[59],來爲這個「大閹雞」事件──金池所要面對的公╱私領域的「兩難」──解套、作結。

麗卿在最後一次「卿本佳人」的搏命演出中,失風,而泳入、藏躲於:冰冷的水圳,其後,因染患急性肺炎,驟逝於寒冬。夢斷香銷,人世滄桑,莫此爲甚!最後,我們也必須指出:疼惜眾生的鄭清文是三度透過──與麗卿相濡以沫、卿須憐我我憐卿、同是天涯畸零人的金池,來傳達他的不捨:「這個查某人、這個查某人。」[60]依舊跛腳的金池說著:「眼睛已經紅了。」鄭清文的眼睛也一定已經紅了。閱畢,讀者的眼睛是不是也已經紅了呢?

## 五、結論

藉由「探討臺灣住民的思維方式與價值觀」,來「推動具有臺灣主體性的臺灣思想之研究」,鄭清文先生的小說與「生活、藝術、思想」的文學主張,是最值得注意的一環。他曾經立於:婆娑之島、海洋臺灣──與西潮、美雨、東洋風,在各方文化,風雨交會的輻輳點上,以「**互為主體**」的方式,做批判性的審視,並進而以臺灣本體性的思考,重新對鄉親的思維模式、人際互動、道德信仰、軌範準則,做系統性的反思。

他堅持:小說是生活的再現,記載生活則是不願臺灣的歷史留白,因之,他所建構的文學世界是──扎根於原鄉故土,卻以常人最易於忽略的

---

[58]陳雨航有類似的解說,請參閱,陳雨航,〈評介〉,〈髮〉,收入,《七十八年短篇小說選》(臺北:爾雅出版社,1990 年),頁 93。
[59]我的詮釋與陳雨航的雷同,只是比較偏重敘述結構的分析。
[60]引自鄭清文〈髮〉,同註 43,頁 84。

公正、客觀的方式敘事,而訴諸細節的精確性與豐富性,為弱者從邊緣發聲。至於他所主張的尊重生命、疼惜眾生、生命一律平等,則是具有普世價值的思想與軌範準則。

總而言之,鄭清文認定——在困苦中長大的臺灣文學,應該是正如福克納所說:「代表一種微弱的聲音,道出人類的勇氣、希望和尊嚴,也寫出人類的同情、憐憫和犧牲。這種聲音雖然微弱,不會消失。」[61]其實,這何嘗不是鄭清文的文學特質,也是我們建構臺灣主體性思想所要嚴肅反思的方向之一。

——選自林鎮山《離散‧家國‧敘述:當代臺灣小說論述》
臺北:前衛出版社,2006 年 7 月

---

[61]請參閱,鄭清文,〈恍惚的世界——文學的素養(二)〉,收入《小國家大文學》(臺北:玉山社出版公司,2000 年 10 月),頁 24。

# 鄭清文短篇小說中異化的現代英雄

◎蔡振念[*]

## 一、前言

　　鄭清文（1932～）從在《聯合報》發表第一篇作品〈寂寞的心〉開始，四十多年來創作不輟，計有長篇小說《峽地》、《大火》等，短篇小說在百篇以上，另有評論集、報導文學、翻譯文學、童話等著作，可謂著述豐碩。他曾獲多種獎項，被選入年度小說選十次，是入選次數最多的作家。有關著作的評論已超過百篇，至少有七本學位論文是研究他的小說或童話。[1]

　　鄭清文的小說風格平淡，這一點幾乎是所有評論家的共識，林瑞明在〈以生命的熱情觀察人生〉文中說：

> 鄭清文善於以平淡的文學探索悲劇的根源，或者源自人性的弱點（甚至因為善良），或者源於現實社會的壓力，或者經過扭曲的人格，在他冷靜的筆法，常令人感受到無聲的嘆息。[2]

[*]中山大學中國文學系教授。
[1]分別是詹家觀，《鄭清文小說中的社會變遷》（政大中研所碩論，1999 年）；邱子寧，《鄭清文作品中的童年敘事》（東師兒童文學所碩論，2000 年）；許素蘭，《冰山底下的大水河──鄭清文短篇小說研究》（靜宜中文所碩論，2000 年）；郭惠禎，《鄭清文短篇小說風格研究》（北市師應用語文所碩論，2001 年）；呂佳龍，《成長與記憶之河──鄭清文小說研究》（南華文學所碩論，2002 年）；陳美菊，《鄭清文短篇小說全集研究》（高師大國文教學所碩論，2002 年）；何慧倫，《鄭清文童話研究》（高師大國文教學所碩論，2003 年）。
[2]見《鄭清文集‧序言》（臺北：前衛出版社，1993 年）。

葉石濤也說：

鄭清文的小說缺乏英雄和吶喊，他企圖把平實的人生重塑於小說之中。
這並非說有極深的寓意；事實上他底小說一點寓意也沒有，一切皆歷歷
如繪，清清楚楚地擺在眼前，就是需要我們用一種角度和知性讀它罷
了。他布下的陷阱就在這平凡冷靜的外表，但那裡面卻躲藏著使人欲哭
無淚，搥胸頓足的許多複雜人生釀成的悲劇。[3]

鄭清文平淡的風格，和他的文學信念有關，在接受黃武忠（1949～
2005）的一次訪問中，他說：

我覺得風格就像一個人的記號，一定有他的特點，給人看了就會知道是
誰。我所以一直保持平淡的風格，是因為一方面自己的個性就是這樣，
一方面也認為這種風格有這種風格的特點。[4]

在更早的一次接受洪醒夫（1949～1982）的訪問，鄭清文也談到他不
喜歡浮華的文學風格，而認為簡單的文字可以含蓄更多。[5]除了自身個性之
外，他的平淡也和服膺海明威（E. Hemingway）冰山理論不可分，因冰山
只有十分之一浮在水面，所以他寧願寫得沉一點，點到為止，不要讓它浮
起來。鄭清文的文體模仿海明威，盡量以客觀手法呈現，但中英文特性不
同，海明威的英文能夠表現的，中文未必。因為英文中有冠詞、關係代名
詞、嚴謹的文法組成邏輯性句法，長句是常態；因此海明威用短句、對話
代替敘述語言的風格就顯得十分不同。但中文句法不嚴謹，短句是常態，

---

[3] 鄭清文，《現代英雄·附記》（臺北：爾雅出版社，1976年）。
[4] 黃武忠，〈風格的創造者──鄭清文印象〉，《臺灣作家印象記》（臺北：眾文圖書公司，1984
年），後收入《鄭清文短篇小說全集·別卷》（臺北：麥田出版社，1998年），頁69～70）。
[5] 洪醒夫，〈誠實與含蓄的故事──鄭清文訪問記〉，《書評書目》第29期（1975年9月），後收入
《鄭清文短篇小說全集·別卷》，頁137～156，引見頁144。

模仿英文寫作在中文看來其實是種偏枯。所以葉石濤說他的文章「實在顯得單調又稚拙」。

　　林瑞明、葉石濤都提到鄭清文擅長探索悲劇，李喬曾說他的作品表現四種主題：「一、著重悲劇過程的探討，指出人間悲劇形成的內外因因果果。二、描寫得救過程，得救在自覺奮鬥，不斷成長。三、從深面看社會問題，避免浮光掠影的吶喊，專事真相冷靜提出。四、認為人生難免要在取捨中選擇備嘗痛苦，不過卻因而呈現了生之意。」[6]在《鄭清文全集》的序文中，李喬又強調他寫的是現代人的悲劇[7]，恐怕也是他人生觀的反映，在洪醒夫的訪問中，他曾說：「我覺得人本來就是一種悲劇角色，最基本的，人會死，死是一種悲劇……我寫悲劇，不在渲染，而是對著內心的感觸。」[8]

　　在小說技巧上，鄭清文特殊的風格形成和他借助對話及以客觀手法呈現密切相關。方瑜曾提到鄭清文的小說特色在藉對話來處理情節，常常把衝突安排在對話中。[9]因之，他的小說敘述語言每減至最少，而對話水十分簡潔。但過度依賴對話，將使小說向劇本靠近，劇本可藉演員表演來展現人物的樣貌、個性，小說沒有演出，人物的刻畫自然要藉敘述語言。另外，小說的心理活動或意識流的描寫，甚至哲理的論說都是它的特長，過度客觀平實難免枯淡無味。這就要談到鄭清文小說手法的呈現了，最常被小說家用來敘述的觀點是第一人稱和第三人稱，這兩種手法都可以有主客觀之別。第一人稱敘述者和第三人稱敘述者如果不做任何評論，只將看到的、聽到的如實呈現，就形成客觀敘述手法，如果加入敘述者的意見、感情，則是主觀的敘述手法。在鄭清文小說中，我們可以發現，無論是第一人稱（如〈二十年〉、〈髮〉等）或第三人稱（如〈龐大的影子〉、〈報

---

[6]李喬編，《七十二年短篇小說選》（臺北：爾雅出版社，1984 年），頁 87。
[7]李喬，〈舊鎮的椰子樹〉，載《鄭清文短篇小說全集‧卷一》，頁 16。
[8]洪醒夫，〈誠實與含蓄的故事——鄭清文訪問記〉，《書評書目》，頁 141。
[9]方瑜，〈抉擇與承擔——試論鄭清文的《現代英雄》〉，《臺灣時報》（1978 年 11 月），又見《鄭清文短篇小說全集‧別卷》，頁 103～112。

馬仔〉等），都是用客觀手法來呈現，這也是形成他含蓄平淡風格的主因。鄭清文這種客觀手法，可謂近於布斯（Wayne Booth）所謂 showoing，而非 telling 了。[10]

鄭清文小說的主題、風格、技巧等各個面相在相關的評論文章，中皆有觸及，幾本學位論文雖各有偏重，合觀則亦可全方位的看出鄭清文小說的成就，如許素蘭的論文除探討其生平及創作背景、歷程外，更提出離鄉與回歸的情節模式，推究其土地情感與心靈歸向；詹家觀的論文重心在其小說的社會變遷意義，剖析其中的家國圖像與政治書寫，呈顯臺灣城鄉發展中的今昔對比，及變遷中人對事物的自省與反思，時間與記憶的糾葛和辯證；陳美菊的論文聚焦於鄭清文短篇小說主題的分析，探討其小說中的悲劇與救贖，並從情節、敘事模式、時間與空間、人物形象、語言風格等多個面向分析鄭清文的小說技巧，可以說是內容與形式兼顧的一篇論文；郭惠禎的論文在探究鄭清文創作歷程及寫作意識之外，重點在於其小說藝術，分從語言、人物刻畫、小說結構、敘事形式做了分析。呂佳龍的論文對鄭清文小說中新舊價值的衝突、城鄉的變遷有很深入的分析，尤其第四章從社會背景及現代資本主義下的高化與疏離討論鄭清文小說中人物的人格特徵，頗有新見。

筆者在閱讀鄭清文小說時，每每感受到他對逝去時代的追懷之情，他筆下的舊鎮與日據時期的故事給人印象恐怕是最深刻的。但除此之外，鄭清文也有一些作品寫現代都市中人生存的掙扎與困境，尤其是面臨商品化與工業化之後，人心的疏離與情感的焦點，商品化社會帶來的價值與道德問題，應是鄭清文小說中重要的主題之一。本文試圖從西方馬克斯主義對異化與商品化的討論入手，來探討鄭清文小說中都市人物的形象。

---

[10]見 Wayne Booth, The Rhetoric of Fiction（Chicago: The University of Chicago Press, 1983（1961），2nd ed.），pp.93, 154, 196-7, 211-240.

## 二、臺灣社會與異化、商品化

　　呂佳龍將鄭清文自 1958 年以來的創作分為四個階段，統計其小說中的背景，發現自第二階段（1967 年～1970 年）以來，鄭清文小說以都市為背景的比率暴增，遠遠超過鄉村為背景的作品。[11]如果我們對照臺灣社會的發展，就可以發現，鄭清文的小說中城鄉背景的變遷反映了臺灣社會的發展，1960 年代以後，也正是臺灣社會逐步走向工商化及都市化的年代。

　　1960 年開始，政府獎勵出口計畫，工業產品逐漸取代出口大宗的農產品，1965 年並在高雄、臺中等主要港市設立加工出口區，到 1970 年中期，出口已占國民生產淨額 50%以上。工業製品所占出口百分比由 1953 年的 8.2%驟升到 1977 年的 84.9%，1980 年更達 91%。[12]

　　另外臺灣工業成長的模式，並不局限在都會區，而是散布在鄉間、小城與大都市，在某些階段裡，鄉村工業的發展甚至比都市還快（頁 73）。

　　隨著工業化而來的是急遽的都市化，如以五萬人口為界定，1950 年臺灣只有 24%的都市人口，1991 年則高達 75%。[13]都市化的人口，除了自然增長外，主要來自鄉村的移民。外移的原因，主要是農業的衰敗和都市的經濟發展之誘因。[14]而都市產生公共設施不足以滿足大量移民的需求，不但公共設施要耗費更多資源投入，而且自然資源會缺乏，都市缺水就是一例；而都會區地價高漲、交通擁擠、公害發生，使都市人口身心健康受，影響經濟進一步發展。除此之外，都市移民經常出現適應不良的現象，甚至謀識困難，社會陌低下等問題。[15]又，在鄉村變成都市的過程中，鄉村土

---

[11]呂佳龍，《成長與記憶之河──鄭清文小說研究》，頁 22。

[12]Richard Barrett and Martin King Whyte 著，丁庭宇、馬康莊譯，〈依賴理論與臺灣〉，《臺灣社會變遷的經驗》（臺北：巨流圖書公司，1986 年），頁 63；又 Alice Amsoden 著，龐建國譯，〈政府與臺灣的經濟發展〉，同前書，頁 105。

[13]孫清山，〈戰後臺灣都市之成長與體系〉，載蔡勇美、章英華編，《臺灣的都市社會》（臺北：巨流圖書公司，1997 年），頁 97。

[14]林瑞穗，〈都市化與都市生態〉，《臺灣的都市社會》，頁 135。

[15]范珍輝，〈臺北市移民之社會適應問題〉，《國立臺灣大學社會學刊》第 10 期（1974 年），頁 18～19。

地被都市入侵，自然生態破壞，帶來嚴重的污染問題。[16]

　　隨著都市發展而來的問題，還有城鄉的衝突與對立。城鄉居民由於居住背景、工作性質、教育文化的程度、經濟條件、風俗習慣、家庭結構、道德觀念、價值取向的差異，無可避免在意識或行為上出現區隔與衝突，城市人可能不屑鄉村人的粗俗簡陋，鄉村人可能也看不慣城市人的浮誇不實與氣勢凌人。平時兩地的人與人之間倒也相安無事，但到了勢必發生密切接觸時，例如兒女娶嫁之時、城市與鄉村的親家間接觸之時，以及參與興趣團體之時等，就會出現彼此間隔閡與排斥的態度或行為。來自城市與鄉村不同背景的年輕夫婦與伴侶之間，也常因兩種形態的家庭背景不同而成為爭執的焦點。[17]這些意識或行為上的衝突，可能由於都市在政經上的優勢，形成對鄉村的宰制或壓榨關係。或因鄉村移居都市者，本身能力的欠缺，不得不從事卑賤工作，因而在身心兩方面感到壓迫或不適應；但也有因為生活形態的差異，演成道德觀、價值觀的不同，在「傳統農業社會內，一般個人具有較高的忠誠度與服從權威的心態，不太計較短期得失，但在乎個人長期的行事原則，自主性較低，生產力也不高，對於生活的改善缺乏積極創發態度，對於生活境遇比較認命。且由於人際之間知識差距大，知識亦多賴經驗累積，敬老尊賢的倫理規律有利於中央集權，以發揮統合效率。同時人際之間因人口流動性低而具濃厚的人情味」。到了工商他的都市社會，由於「技術的改變，使得近代工業生產所需之機械設備所代表的資本取代農業社會土地的角色，而成為主要的生產手段。動力機械的生產技術使產品的價格大眾化。市場的擴大和交通的公共投資使土地的使用由農業用地轉為工業用地，並使得農村田園解體，農民失業」[18]，農村人口因此移居都市。都市中人情冷淡，各種價值易於轉換成金錢價值，但另方面，容忍度和民主程度高，易於接受非傳統西湖或西方思想，這些都

---

[16]蔡宏進，〈城鄉關係的問題與展望〉，《臺灣的都市與社會》，頁 459。

[17]蔡宏進，《臺灣的都市與社會》，頁 486。

[18]吳志吉，〈資源分配與勞資關係〉，載臺灣研究基金會編，《解剖臺灣經濟》（臺北：前衛出版社，1992），頁 76

不露於鄉村的保守、權威與傳統的心態。[19]

　　臺灣這種社會變遷，實際下是世界性變遷的一環，霍布斯邦（E. Hobsbawn）指出，20 世紀歷史發展最關鍵的社會變革與趨勢，莫過於小農的死亡。直到 1980 年代，除了撒哈拉沙漠以南的非洲、南亞、東南亞大陸及中國外，絕大部分以農業耕作爲主的地區，農業人口莫不迅速的下降爲原來的三分之一或者更低，工商業的比重則逐漸上升，進行「都市化」、「工業化」的產業更替。結果是農村青年一個個離開農村，大量的聚集於新興的市鎮與都市，以謀取更高的生活報酬時，他們也順勢脫離過去人與土地自然連絡的血脈，形成一種新的社會認知，改變了舊有的生活秩序與觀念體系。[20]

　　面對臺灣這種社會變遷，敏感的小說作家，無不以作品反映出臺灣在資本主義入侵及工商化之後衍生的問題。最問題的可能是陳映眞，他的「華盛頓大樓」系列小說，控訴跨國資本主義滲透臺灣，造成都市中的人們異化疏離、失去人性。鄭清文作爲一個關心臺灣社會的作家，許多作品也都處理了類似的問題。在探討鄭清文作品前，我們必須先釐清異化與疏離（alienation）在現代社會的形成。

　　Alienation 這個字在 14 世紀時被用來描述疏離的行動或狀態，在現代社會，疏離的來源，一般認爲由於文明的發展，人類喪失了他們原始的本性；人類要克服其與原始本性產生的疏離，不是主動回到原始的本性，就是對文明的壓迫產生反撲。馬克思（C. Marx）則把疏離視爲是經由勞動的歷史演變所產生。在勞動的歷史中，人經由創造他們的世界而創造了自己；但在階級社會中，由於勞力的分工、私有財產制的形成以及在資本主義的生產模式下，資本家剝奪了勞工的勞力結晶與參與生產的感覺，因而使得人們與他們的本性產生了疏離。人們用他們的力量創造了世界，但他

---

[19]王慶中，〈都市生活品質、環境與生活方式〉，《臺灣的都市與社會》，頁 434。
[20]艾瑞克‧霍布斯邦（Eric Hobsbawn），〈社會革命：1945～1990〉，《極端的年代》（臺北：麥田出版公司，1998 年），頁 434～444。

們所創造的世界卻反過來宰制他們；當他們在面前他們所創造的世界時，自己卻顯得像是陌生人與敵對者。[21]

後來，新馬克思主義的法蘭克福學派（Frankfurt School）對異化的理論有進一步的申論，他們主要是將人的異化和商品化結合起來，對橫的社會進行批判。在這之前，捷克出身的盧卡契（Georg Lukacs, 1885～1971）在其《歷史與階級意識》（*History and Class Consciousness*, 1923）中指出：在一個有階級壓迫的社會裡，人的性格受到最大的扭曲的資本主義社會裡，這種理想（指完整的人）根本不可能實現。這個時候，文學家的基本職責就在：透過具體個人在具體社會中的行動，讓我們看到，他如何在這個社會中受到「異化」。因此，在盧卡契看來，理想中文學作品的人物最好是個反叛英雄，一個惡棍，這樣他才有能力彰顯社會的弊病與異化。事實上，盧卡契異化的概念是包含在他物化的概念之中，他指出：

> 物化意味著人的活動同他自己疏遠，成為一種商品，他必須服從社會統治的法制而捨棄自身獨立的要求。物化的基本結構可在現代資本主義的一切社會形式中找到，並且這種物化的結構逐步越來越深入地、致命地、決定性地沈浸到人的意識中去。[22]

盧卡契的異化理論成為法蘭克福學派的源頭，馬庫色（Herbert Marcuse, 1898～1979）在 1964 年出版他的《單向度的人》（*One-Dimensional Man*），書中論述了發達工業社會是怎樣用滲透在社會每個毛孔中的商品化和消費主義，把虛假的需要強加於人，使他們成為社會的操縱物，並且甘願把真正的欲望壓抑起來的。「單向度」一時成為異化和物

---

[21] 參見雷蒙・威廉士（Raymond Williams）著、劉建基譯，《關鍵詞》（臺北：巨流圖書公司，2003年），頁5～7。

[22] Georg Lukacs, tr. Rodney Livingston, History and Class Consciousness（Cambridge: MIT Press, 1971年）, p.34 以下〈異化問題〉一章，中譯見黃丘隆譯，《歷史與階級意識》（臺北：結構群，1989），又杜章智、任立、燕宏遠譯，《歷史與階級意識》（北京：商務印書館，1992年）。

化的形象化代名詞。[23]

　　後來在《愛欲與文明》（*Eros and Civilization*）中，馬庫色更利用佛洛依德（Sigmund Freud, 1856～1939）心理學中的現實原則（reality principle）和快樂原則（pleasure principle）來分析異化的心理起源，他指出現實原則表現為文明的、社會的壓抑，以迫使人的本能接受管制為前提，意味著快樂原則的滿足必須屈服於不愉快的現實原則的勞動。[24]這種異化的勞動是掩蓋在自由經濟的旗號之下，但是在異化狀態下，大量的商品和勞動選擇只是個人自發地重複某種強加的需要，這並非自由，反而證明了控制的有效性，這種虛假的不自由變成了真實意識，就出現了單向度的思想和行為模式。[25]要尋求真正的自由和幸福，人只有超越現實原則，用愛欲的力量打破它的宰制，以快樂原則回歸到自己的本性之中，才能擺脫在社會控制之下物化的虛假需要。同樣的，在《美學的面向》（*Aestbetics Dimension*）中，馬庫色又指出現代社會把人分裂成碎片，人無法獲得自然的本性，只有當人遊戲時，他才是完整的人。[26]遊戲體現了快樂原則，也創造了藝術，而只有藝術才是個人自由與幸福的保證。

　　新馬克思主義的另一位大師阿多諾（Theodor W. Adorno, 1903～1969）則是對大眾文化提出了物化理論，他認為大眾文化是由資本主義的生產關係製造的，使人在文化消費語被操縱和物化。這基本上是馬克思物化理論的衍生和應用，馬克思已指出，在商品社會裡，物的使用價值被忽略了，商品的量代替了質作為交換的價值，交換價值是抹殺個性的。這種對交換價值的崇拜滲透到人的意識中，使人的意識也有了物化的痕跡，人的關係也無不打上物的關係之烙印，交換的原則因此普遍化到各個領域，大眾文化自不例外。

---

[23]Herbert Marcuse, One-Dimensional Man（Boston: Beacon, 1964）中譯見劉繼譯，《單向度的人》（臺北：久大，1990）。
[24]Herbert Maarcuse, Eros and Civilization（Boston: Beacon, 1966），p.36.
[25]Herbert Maarcuse, One-Dimensional Man, p.1.
[26]Herbert Maarcuse, Aestbetics Dimension（Boston London: Macmillan, 1978），pp.62-63, 39.

　　阿多諾把大眾文化的生產稱爲文化工業（culture industry），在現代社
會中，人已不能找到真正快樂，於是大眾文化成爲一種謊言，使人忘掉現
實的困境，陶醉在虛假的幻覺中，大眾文化用一種陳腐的、重複出現的形
式來操縱人們的意識，這種娛樂（阿多諾把文化工業也稱爲娛樂工業）只
是一種機械反應，是另一種形式的勞動，它使人如在勞動過程中一般被異
化。這種文化生產造成文化接受者永恆的退化，他們不需要創造性地體現
自己，而不知不覺地成爲文化拜物教的信徒，在大眾文化活動中，表面上
的舒適、愉悅將生命真正的目的排除了。

　　阿多諾因此認爲人在現代青商會已經分裂，不再是完整的個人了。因
此，現代藝術中畸形、分裂的人的形象被強調了出來，如畢卡索（P.
Picasso）的立體主義繪畫。而卡夫卡（F. Kafka）讓人變成甲蟲的噩夢式小
說，則是對現實清醒的批判。阿多諾認爲：

　　卡夫卡像他的同鄉人──音樂家馬勒（G. Mahler）一樣，是個被遺棄者的
　　角色，他沒有資產階級觀念上人的尊貴，始終徘徊於人和動物的卑瑣之
　　間，描繪出物化世界裡人格的萎縮。阿多諾認為班雅明（W. Benjamin,
　　1892～1940）把卡夫卡的小說稱作寓言是最恰當不過的，卡夫卡的確通
　　過自我責難、自我棄絕表現了人的困境，打碎了人性的表面，因而從他
　　的作品裡，人將意識到他們並不是他們自己，他們只是一些物。[27]

　　在一個物化的社會中，人也成了物品或商品，人因此從自我的個性中
異化、疏離出來。

　　美國學者詹明信（Fredric Jameson, 1934～　）當然也是新馬克思主義的
信徒，在《後現代主義與文化理論》一書中，他承認自己物化的概念來自
馬克思，並說明了物化在西方哲學中的演變：

---

[27]T. W. Adorno, tr. Samuel and Shierry Webber, Prisms（Cambridge: MIT Press, 1983），p.255.

馬克思從商品拜物教中發現了物化現象，並且做了精闢的闡述。在沙特（J.-P. Sartre）的存在主義裡，物化有了其極端的形式，他人都成了物和手段，自己的思想也成了物，開始相信字詞具有物化的力量，而不再考慮字詞所代表的事物。在法蘭克福學派中，物化的概念演變成工具化的理論。盧卡契的物化理論主要來自韋伯（M. Weber）的「合理化」的概念。這是一種思維方法。中產階級要把每一件事物都理解成可計算、可感可觸的東西。[28]

職是之故，物化的意識進入了人們的思維，指導人們的日常生活。物化的結果，是人們從自己的完整個體中疏離，詹明信指出，如果現代社會是奧登（W. H. Auden, 1907～1973）所指的焦慮時代，則後現代的社會是一個個人已非中心主體的時代：

如果說現代主義和後現代主義各有自己的病狀，現代主義時代的病徵是徹底的隔離、孤獨，是迷惘、瘋狂和自我毀滅，這些情緒如此強烈地充滿了們的心胸，以至於會爆發出來，那麼後現代主義的病徵則是「零散化」，已經沒有一個自我的存在了。

——頁208

接著，他以瑪莉蓮・夢露（M. Monroe）為例，說明個人是如何被異化的：

關於瑪莉蓮・夢露，我要說的另一點就是她其實也經受著一種異化。當然異化這一詞在這裡用也許不太恰當，但似乎找不到更好的字了。也就是說她成為明星，成為世界上最出名人的時候，她自己便從她的形象異

---

[28] 詹明信著；唐小兵譯，《後現代主義與文化理論》（臺北：合志出版社，2001年），頁118。

化出來了，對其他人來說，她是一個固定的形象，而她自己並非那樣一
個形象，人人都只看到她的形象，而這個形象又不是她自己。這樣，如
果最終導致瑪莉蓮‧夢露精神錯亂，是這種形象與自我的異化的話，我
稱這種現象為「物化」，形象的物化，作為明星的夢露變成了一種商
品，一種形象，而她自己不能理解這種形象，也不會處理這種形象。

——頁 209～210

在現代的社會裡，當宗教已遠去時，商品卻帶著宗教的形式回魂，這
就是商品拜物教，也就是在商品消費無從滿足的欲望裡，人的疏離達到了
極致，人的主體零散化了。[29]

都市往往是物化和異化的典型，班雅明已從研究波特萊爾（Charles
Baudelaire, 1821～1867）的詩歌中發展出廢墟理論，他的廢墟，事實上略
特（T. S. Eliot, 1888～1965）的《荒原》（The Waste Land），巴黎正是廢墟
的代表，因為巴黎就是奢侈品和時尚的都市，但就像奧芬巴赫（J.
Offenbach, 1819-1880）的戲劇「愉快巴黎人」（Gaîté parisienne）所諷刺
的，巴黎人的生活在商品資本的持續統治下成為「反諷的烏托邦」[30]。班雅
明認為，波特萊爾的詩讓我們看到了巴黎的脆弱，他展示的是現代城市的
地獄元素，是一種死亡牧歌。[31]

因此，現代都市正是人性異化的源頭，葉維廉正確地指出：

工業化與城市化大大的歪曲了人性；他們只索取工人的「用的價值」，
而對他們作為一個會思、會感的存在，則完全忽略以至磨滅。彷彿是為
了要減除我們的罪惡感，要治療「文明的病痛」，城市設計者和社會改
革者才訴諸自然的形象，並建議種種不同的綠屋、公園、綠樹大道和玻

---

[29] 葉維廉也指出，在現代主義裡常表現的焦躁、孤絕、迷亂那種有關主體的異化，在後現代社會裡
則變為主題我的碎片化。見其《解讀現代、後現代》（臺北：東大圖書公司，1992 年），頁 21。
[30] Walter Benjamin, Reflections（New York: Schockon Books, 1978），p.153.
[31] Ibid., p.157.

璃蓋頂的走廊、走道，和其他的玻璃建築（統稱水晶宮殿），給勞工階級做休閒和恢復健康的場所。但，在這裡，我們應該注意到，這些建議並不指向回歸自然，或為人與自然關係做反思，而只是要柔化城市的冷酷和粗野，把部分自然化來為工業服務。換言之，要我們在城市與工業中追尋烏托邦，而不是要我們重估和修正人宰制自然的事實。[32]

都市的發展既然和資本主義連在一起[33]，那麼都市當然是現代人異化的淵藪，這種異化自然反映在以都市為背景的文學中，這也是城鄉文學中城市文學不同於鄉土文學的特徵之一。[34]鄭清文作為一個關心臺灣社會變遷的作家，其作品毫無疑問提出了人在都市中異化及疏離的問題，以下試論其都市小說中人物的異化現象。

## 三、鄭清文小說中人物的異化與商品化

鄭清文小說最早觸及都市中個人異化問題的，可能是發表於 1971 年的〈龐大的影子〉，呂佳龍認為這篇作品「所傳達的義涵是，為求自身利益，不擇手段，游移在外國公司與家族企業之間，臣服於資本化的人物，與游移在自我尊嚴與道德意識的主角，兩者之間的衝突」[35]。我個人認為這篇正可從異化的理論看許濟民這一現代英雄如何一步步邁向成功，也一步步從商品交換的價值中疏離了自我。許濟民出身農家，憑著工作認真的勞動倫理，考進女主角白玉珊的公司，數年後就升股長，升職不久又突然轉到外國公司，緊接著又換了幾家公司，職位、薪水也水漲船高，儘管原公司的董事長曾挽留他，但因薪水懸殊，他還是走掉了。許濟民在原公司曾

---

[32]葉維廉，《解讀現代、後現代》，頁 125～126。

[33]見李歐梵口述；陳建華訪錄，《徘徊在現代和後現代之間》（臺北：正中書局，1996 年），頁 150。

[34]有關城鄉文學之辯，詳見 Raymond Williams, The Country and the City（New York: Oxford University Press, 1973）.

[35]呂佳龍，《成長與記憶之河──鄭清文小說研究》，頁 131。

和白玉珊約會，在往烏來的客運車上，許對農婦毫無同情心而不願讓座的現實心態，讓白玉珊放棄了他。兩年後，許濟民娶了董事長女兒，回到原公司擔任常務董事，透過董事長女兒，逼白玉珊辭職。白玉珊走投無路之下，開始考慮嫁給董事長做續弦太太，因為只有這樣，她才能否定許濟民：

> 她並不憧憬著這一種富裕的生活。她在腦海裡所描繪的，是一種更平靜、更樸素的生活。但是自從看到許濟民以後，她也覺得那也是一種生活。她並不贊成許濟民的方式，但是現在只有自己也走入這種生活，才能真正否定許濟民吧。她的腦子裡，漲滿著否定許濟民的意念。[36]

　　白玉珊掙扎在自我與屈從於資本主義社會的交換價值，把自己當成商品賣給婚姻，因為董事長曾答應資助她出國。她也知道，兩人年齡差一大截，但不嫁給董事長，她在許濟民的價值裡，是個完全被否定的人，就如她當初以自己的價值觀否定了許濟民一般。小說結束時，白玉珊似乎看到了許的龐大的影子，向她直撲了過來。

　　鄭清文在故事中並沒有告訴讀者白玉珊最後的選擇，但「龐大的影子」無疑是無所不在的資本主義社會下的金錢或商品的象徵。許濟民放棄了阿多諾所謂的快樂原則，放棄了來自農村完整的個性，追隨現實原則，努力工作，終於換得了成功，但這所謂成功，如林瑞明指出的，是以自己靈魂和魔鬼交換來的[37]。白玉珊則掙扎於保守自我的快樂原則與和許濟民認同的現實原則之間，瀕於被異化的邊緣。

　　〈合歡〉（1979 年）是鄭清文另一篇都市小說。主角何火旺是典型商業社會的成功者，是大公司的董事長，兒子何永生和金董事長女兒訂婚後一起出國，預備將來擔任公司總經理及美國子公司董事長。成功的男人背

---

[36] 鄭清文，〈龐大的影子〉，收錄於氏著《合歡》（臺北：麥田出版社，1998 年），頁 36。
[37] 林瑞明，〈悲憫與同情——鄭清文的小說主題〉，載《鄭清文全集‧別卷》，頁 77。

後不免有一群女人，何火旺也不例外，有三位太太，其中三太太季青本是
公司祕書，後來把自己賣給了董事長：

> 「董事長，您看我可以賣多少錢？」
>
> 「我可以賣多少錢？」
>
> 「我要賣身。」
>
> 「妳需要多少錢？」
>
> 「愈多愈好。」[38]

　　季青賣身的原因是因為她需要錢，董事長果然買了她，並將她安置在
市區的一幢房子中。在這裡，我們看到了人十足成了商品，婚姻也是一種
買賣。交易的關係在〈合歡〉中無所不在，何董事長和金董事長兒女的聯
姻當然也是門當戶對現實原則的考量，就是人的死亡也可以用金錢來衡
量。在何董事長的新大樓上，有個女學生跳樓，何董事長是以賠 20 萬元喪
葬費了事的。小說結束前，何董事長到雪萊頓飯店去，在咖啡廳中碰到賣
淫的女學生，答應以兩千元成交，但因沒錢在身，對方不信：「我的同學
告訴我，只能相信錢，不能相信人」[39]很清楚地，金錢已取代了人與人之間
的信任感。同時，身體也成了一種交換的符碼，如商品一般，可以用錢
（資本）來衡量。

　　小說的最後，何董事長在第二天如約帶錢前往公園門口要給女學生，
他並未和女學生進行交易，卻自願給她兩千元。在等不到女學生之際，他
看到公園的兩個工人在鋸樹枝，何董事長要求兩人讓他試一試，因為他從
兩人爬樹，憶起自己小時候也喜歡爬樹，一到傍晚，就爬卜合歡樹，他很
喜歡合歡的香味。

　　這篇小說毋寧有一個奇怪的結局，一輩子在商場打滾的成功商人，為

---

[38]鄭清文，《合歡》，頁 272。
[39]林瑞明，《鄭清文全集・別卷》，頁 293。

什麼最後爬上了樹,鋸起樹枝?一輩子以追逐利益爲原則的都市人,爲什麼最後願意花時間(時間即是金錢)如等待果陀一般等待一個沒有出現的女學生?我以爲這正是鄭清文小說中救贖(redemption)的方式,如同馬庫色引用席勒(F. Schiller)時所說的,只有當人在遊戲時,他才是完整的人。只有當何董事長回到童年爬樹的遊戲,回到無所爲而爲、不爲自己利益或功利目的而情願去等人、幫助人時,他才從現實原則解放出來,從商品社會中異化的個體解放出來,回到原初完整的自我。

〈姨太太的一天〉(1996 年)雖然發表在臺灣社會工商化肇始之初,背景也未設定在都市,但這篇小說卻如預言般預見了都市發達以後,人在商品的世界中虛假的快樂。小說以第一人稱自敘的口吻來寫,多敘述語言而少對話,這在鄭清文小說中最難得一見。故事在鄭清文輕鬆諷刺的筆調中展開,主角雖然表示金錢是身外物,緊接著又說:「但金錢能在妳身上增加些什麼,就發揮了它的功能。」[40]

姨太太是快樂的,因爲她一整天滿足於商品帶給她的幸福感和虛僞的自由當中:

> 下女已經換好床單,我躺在床上,舒展四肢,舒舒服服,一點聲音、一點重量都沒有,好像在水中輕漂,又好像在白雲上浮遊,既有詩意,也有情調。我把四周打量一番,雖然我每天都在看著,那些輕紗的紗幢,華麗的吊燈。這個房間,每一寸天花板,每一寸地板,每一寸牆壁都有鈔票的影子。我勸告妳,不要隨便輕視鈔票,妳要尊敬它。他教我如何尊敬它,雖然他什麼話也沒說,但我知道,我知道應該如何地敬重它。他甚至於一句話也沒有說,有一個人,另外的一個人,突然來找我,問我要不要一座洋房,四周有花園,目前差不多值上三、四十萬。這個數目,妳如當女工,剛好做一輩子,就是當銀行的女職員,也不折不扣要

---

[40] 鄭清文,〈姨太太生活的一天〉,收錄於氏著《水上組曲》(臺北:麥田出版公司,1998 年),頁 183。

幹半輩子，何苦來，只要妳點點頭，這就是妳的了。[41]

只要點點頭，只要和他一起。他的要求很簡單，他只要求妳知道自己是一個女人，一個漂亮的女人。他所要求的，絕不會超過一個普通女人平常要做的事。起初他來得較勤，目前一個禮拜只來一次，除了這，我完全自由。他來，我感到幸福，他不來，我感到自由。自由和幸福，是屬於同一個系列的，是做的條件。

——頁 181～182

我不是物質主義者，但他能給妳多少感情，就要看他能給妳多少金錢，和給妳多少時間。因為只有這些東西是能夠測量的。

——頁 190

女人喜歡穿著不一樣的衣服，希望每天穿的不同，更希望有晨服、午服和晚服之分。不僅是衣服，髮型、指甲，還有其他的耳環、戒指、項鍊等等的裝飾。

——頁 194

如同馬庫色所指出的，那種吸引人的服裝、美人文化、性感女郎，不過是商品社會所製造出來的塑膠美人工業，透過操縱與支配，提供合法的滿足，但卻隱匿了罪惡感，使人變成單向度的人。阿多諾也指出，商品化之下的大眾文化，在本質上是藉由物化來操縱大眾的，充滿了謊言的內幕，使人在虛假的幸福中幼稚地向現實中的不合理認同，卻如同在勞動過程中的異化一般，喪失了自身的本性。

試看鄭清文的這篇小說，姨太太正是在商品的浪潮中淹沒了真正的自

---

[41]林瑞明，《鄭清文全集‧別卷》，頁 181。

我，卻以假性的幸福和自由爲滿足。作者以反諷的手法進行，正是要讓小說的隱含作者（implied author）以真實作者第二自我的身分，對姨太太異化而不自知的心理提出批判。

　　〈鬥魚〉（1997 年）是鄭清文晚期的作品，也是許多關心城鄉變遷中都市土地問題的篇章之一。土地在都市化以後，已經從農業社會的生產工具變成一種商品，都市化背後是無處不在的土地投機和暴發戶的地主，土地從人生活的根本變成人際緊張的媒物。小說寫主角月桃在繼承了阿舅五百坪土地後，身價遽漲，但內心卻感受複雜。月桃曾有一男友介雄，一年前分手，原因是月桃是五專，介雄新認識的女友福美卻是大學畢業，而且福美的父親爲她買了一幢千萬元的房子，誰娶到她，一輩子可以省掉許多勞苦。一個禮拜前，阿舅贈送給月桃價值一億元的土地，夠她賺一輩子，不，兩百多年。阿舅的農地因爲地目變更，「使農地全部變成了建地，本來是用甲計算的，現在都是用坪評價了。一、二十層的高樓，不斷興建起來。」[42]兒子們的想法因此完全改變了，都變得很會花錢，結果大兒子酒醉開車撞上卡車，車廢人亡，二、三兒子各開了家餐廳，吵吵鬧鬧，不久，一家餐廳遭人放火，另一家的小流氓被人砍傷。這些外部事件，充分顯示臺灣農村在蛻化成市鎮的都市化過程中的諸種問題：土地被炒作後飛漲、暴發戶的產生、道德觀念的變化、以利益爲考量的價值觀。這些變化衝擊著月桃，從而使她看人的態度也產生了改變，對人性失去了信心，例如和介雄分手後，認識了林明吉，林最近突然熱情起來，邀她吃飯跳舞，使她懷疑林「是不是和介雄一樣，有更實際的考量」，這「是不是時下男人的共同問題？」[43]另方面，「她總覺得有很多人在窺視她」，因爲她知道「現在的人對於錢的氣味是很敏感的」他看來錢不僅沒有爲月桃帶來快樂，反而使她失去對人的信任。最後，她決定將錢捐給慈善機構。

　　我們看，故事中介雄對婚姻對象的考量，完全以金錢的利益來衡量，

---

[42]鄭清文，〈鬥魚〉，收錄於氏著《白色時代》（臺北：麥田出版公司，1998 年），頁 277。
[43]林瑞明，《鄭清文全集・別卷》，頁 284。

所以當介雄知道月桃繼承了一筆土地之後，又試圖要來接近她。月桃表哥
的想法和價值觀，也完全爲商品的交換價值所同化，所以：

> 有一次，下雨天，大表哥穿了一雙亮閃閃的皮鞋，走過泥巴路，沾滿了
> 污泥。一個叫阿添伯的鄰居告訴他不能那樣。
> 「一雙皮鞋值多少錢？我每天換一雙，也用不完。」
>
> ——頁 278

不管是介雄或表哥，都是在市場原則下，只看到了量的消費而忘記了
質的追求，而這正是商品化的法則，在不斷消費中尋求商品的最大利益。
如同盧卡契指出的，現代社會物化的痕跡已滲透到社會各領域及個人意識
之中，人自身因此也物化成商品。「正如在狼群中生長會變成狼兒，我們
在物品中生長也逐漸變成物品。」布希亞（J. Baudrillard）這句話準確地描
繪出鄭清文小說中中人物異化的形象。[44]

但鄭清文是悲憫的，他畢竟不忍讓他的角色都走入絕境，如同〈合
歡〉中的何董事長在童年的遊戲中找到救贖，月桃也在捐出土地之後，逃
過了市場法則的交換價值，而向完整的心靈故鄉回歸。馬庫色曾指出，只
有在回憶和過去的時間裡，真正的自由和幸福才有可能，從古老的愛迪帕
斯（Oedipus）神話到普魯斯特（Marcel Proust, 1871～1922）的《追憶似水
年華》（A la recbercbe du temps perdu）都是如此。[45]何火旺和月桃都是在回
到過去的時間中，回到自然的本性中才避免成爲零碎、異化的都市人。但
我以爲這是鄭清文小說寄託的烏托邦理想，畢竟，何火旺仍要回到董事長
的職位上去，月桃仍必須生活在一個以商品交換爲網絡的社會中，如同陳
映真的〈夜行貨車〉，劉小玲和詹奕宏最後回到了南方，但都市化的腳步
恐怕也不會放過他們的故鄉。

---

[44]見 Jean Baudrillard, La Societe de Consommation（Paris: Gallimard, 1970），p.18.
[45]Herbert Marcuse, The Aesthetic Dimension, pp.43, 46.

## 四、結論

　　本文從鄭清文小說的風格和主題、技巧談起，檢視了學術界過去對鄭清文的評價。接下來從臺灣社會的發展來看鄭清文作品和社會的對應性，進而提出鄭清文小說中的某些描寫都市的篇章，應合了馬克思及法蘭克福學派所提出的異化理論，因此本文從異化理論的角度切入，來呈現鄭清文作品中人物異化的形象。

　　再次，筆者不憚繁瑣，論述了異化理論在西方自馬克思、盧卡契、阿多諾、馬庫色，以至詹明信的演變，進而在第三節中以〈龐大的影子〉、〈合歡〉、〈姨太太的一天〉、〈鬥魚〉等篇為例，剖析這些小說中的角色，如何具體化了異化的理論。

　　上述學者中，大都是著重於文化批判或藝術的社會性分析，其理論當然不在於以小說為重心，但小說作為文化藝術的一環，和社會自有對應之處，尤其鄭清文小說有濃厚的時代色彩。作為一種批評的嘗試，筆者自覺本文在方法上應是確然可行的。

## 參考文獻

### 一、專書

1.Georg Lukacs 著；杜章智、任立、燕宏遠譯，《歷史與階級意識》（北京：商務印書館，1992 年）。

2.Georg Lukacs 著；黃丘隆譯，《歷史與階級意識》（臺北：結構群書店，1989 年）。

3.Herbert Marcuse 著；劉繼譯，《單向度的人》（臺北：久大出版社，1990 年）。

4.Richard Barrett and Martin King Whyte 著；丁庭宇、馬康莊譯，〈依賴理論與臺灣〉，《臺灣社會變遷的經驗》（臺北：巨流圖書公司，1986 年）。

5.艾瑞克‧霍布斯邦（Eric Hobsbawn），〈社會革命：1945～1990〉，《極端的年代》（臺北：麥田出版公司，1998 年）

6.李歐梵口述；陳建華訪錄，《徘徊在現代和後現代之間》（臺北：正中書局，1996

年）。

7. 李喬，〈舊鎮的椰子樹〉，《鄭清文短篇小說全集·卷一》（臺北：麥田出版公司，1998年）。

8. 李喬編，《七十二年短篇小說選》（臺北：爾雅出版社，1984年）。

9. 吳志吉，〈資源分配與勞資關係〉，臺灣研究基金會蔡，《解剖臺灣經濟》（臺北：前衛出版社，1992年）。

10. 詹明信著；唐小兵譯，《後現代主義與文化理論》（臺北：合志文化公司，2001）。

11. 雷蒙·威廉士（Raymond Williams）著；劉建基譯，《關鍵詞》（臺北：巨流圖書公司，2003年）。

12. 鄭清文，《現代英雄》（臺北：爾雅出版社，1976年）。

13. 鄭清文，《鄭清文集》（臺北：前衛出版社，1993年）。

14. 葉維廉，《解讀現代·後現代》（臺北：東大圖書公司，1992年）。

15. 蔡勇美、章英華編，《臺灣的都市社會》（臺北：巨流圖書公司，1997年）。

16. Marcuse, Herbert, Aestbetics Dimension. Bosion London: Macmillan, 1978.

17. Marcuse, Herbert, Eros and Civilization. boston: Beacon, 1966.

18. Baudrillard, Jean, La Societe de Consommation. Paris: Gallimard, 1970.

19. Willams, Raymond, The country and the City. New York: Oxford University Press, 1973.

20. Adorno, T. W., tr. Samuel and Shierry Webber, Prisms. Cambridge: MIT Press, 1983.

21. Benjamin, Walter, Reflections. New York: Schockon Books, 1978.

22. Booth, Wayne, The Rhetoric of Fiction. Chicago: The University of Chicago Press, 1983（1961），2nd ed.

## 二、論文

### ·期刊論文

1. 洪醒夫，〈誠實與含蓄的故事——鄭清文訪問記〉，《書評書目》第 26 期（1975 年 9 月）。

2. 范珍輝，〈臺北市移民之社會適應問題〉，《國立臺灣大學社會學刊》第 10 期（1974年），頁 18～19。

3.黃武忠,〈風格的創造者——鄭清文印象〉,《臺灣作家印象記》(臺北:眾文圖書公司,1984 年)。

・碩博士論文

1.何慧倫,《鄭清文童話研究》(高雄:高師大國文教學所碩論,2003 年)。

2.呂佳龍,《成長與記憶之河——鄭清文小說研究》(嘉義:南華文學所碩論,2002 年)。

3.邱子寧,《鄭清文作品中的童年敘事》(臺東:東師兒童文學所碩論,2000 年)。

4.許素蘭,《冰山底下的大水河——鄭清文短篇小說研究》(臺中:靜宜中文所碩論,2000 年)。

5.郭惠禎,《鄭清文短篇小說風格研究》(臺北:北市師應用語文所碩論,2001 年)。

6.陳美菊,《鄭清文短篇小說全集研究》(高雄:高師大國文教學所碩論,2002 年)。

7.詹家觀,《鄭清文小說中的主使者變遷》(臺北:政大中研所碩論,1999 年)。

三、報紙文章

1.方瑜,〈抉擇與承擔——試論鄭清文的《現代英雄》〉,《臺灣時報》(1978 年 11 月)。

——選自江寶釵、林鎮山主編《樹的見證:鄭清文文學論集》

臺北:麥田出版公司,2007 年 3 月

# 讀鄭清文的兩篇小說
## 〈二十年〉、〈雷公點心〉

◎許俊雅[*]

　　作者表達思想情感的言語，正如他的小說語言，很簡潔、含蓄、清淡。這兩篇小說都帶給我們深沉的省思。

　　大約是 2005 年 11 月時，在一次北縣文學評獎會議時，我與鄭清文先生同評小說類，他是召集人，我曾好奇問過他：您的那篇小說〈二十年〉，寫得那麼好那麼感人，爲什麼沒收入《鄭清文短篇小說全集》？他回答我說：是因版權問題無法收入，因這篇小說收在二民書局出版的《校園裡的椰子樹》，三民書局未能授權。他還提起當初是因介紹葉石濤作品給三民，結果三民要他把作品也給他們，可是審查結果葉石濤的沒過。原先要幫忙的美意泡湯，而自己的作品也被限制使用，實在是始料未及。這且不去說它，就說說鄭清文兩篇少被人討論的作品吧。

## 戰後的瘋狂與崩潰

　　〈二十年〉是一篇臺灣人在二戰（南洋）經驗後的創傷故事，小說分兩部分，一是歸來，二是 20 年，題目「二十年」其實就是敘述者在歸來後二十年仍舊面對著自己心中的傷痛，20 年間好友、好友妻子（美珠）皆已逝去，而女兒（玉雲）也必然步上母親瘋死的命運，怪不得題目加上副顯「二十年也勉強可算一代」。小說寫「我」帶回好友陳吉祥的一撮短髮、一點指甲屑。在戰地時，陳吉祥常常把妻子美珠的事情講給「我」聽，他

[*]臺灣師範大學國文學系教授。

們常一起看著美珠寄來的信，甚至女兒玉雲的名字，也是他倆望著北方的天空，看到低徊在遙遠地平線上的白雲而命名的。「我」的心裡遂有一個感覺，好像跟美珠很熟稔親密，對美珠充滿遐想與愛慕。甚至逃亡時，「母親替我求來的神符，也在這期間給遺失了。留在我口袋裡的竟是一個沒有見過面的女人的照片。」命運就這樣將這一對母女與敘述者「我」拉近了。

　　後來不堪日軍凌虐的臺灣兵逃亡山中，在食物極度缺乏的情況下，屍身成為食物的來源，最後人也成為獵物。很不幸的，陳吉祥竟被飢餓的逃難士兵射殺，他的肉被做成湯，在一種非常恐怖、非常不得已的情況之下，敵人還強迫「我」喝了一口肉湯。「我」心裡面一直有一種感覺，好像必須娶她、照顧她，才算盡了自己的責任。回鄉之後，在美珠多次的追問下，「我」說出了那段經過，美珠聽到這樣慘絕人寰的事後，她崩潰瘋掉了。「我」本來是不願說的（嚴格說來，也有想說以擺脫痛苦的矛盾），在一次不得已的情況下說出的這件事，其實包含頗多的寓意，「我」回來以後生了滿身的毒瘡，是因在山間的十幾個月，能放進口裡的東西都吃下去了，尤其是喝下好友陳吉祥的肉湯。吃人的隱喻意義，恐怕是殘酷、罪惡、痛苦和荒謬這些字眼都不能道盡一切的。所以「我」在之前一直有所保留，自我隱瞞，不去碰觸那傷口，這「隱瞞」隔離他對戰爭的罪惡和痛苦的一切回憶，藉此築起一個自我防衛的機制。可是當他把喝人湯的事說了出來，而且是說給一位他非常關懷在意的人以後，他自己的毒瘡竟霍然而癒，而美珠卻瘋掉了，不但她瘋掉了，連她的女兒玉雲後來也瘋掉了，這是非常沉痛的。戰爭的痛苦和罪惡感由「我」轉遞給她以後，有的人較脆弱，柔軟的心靈無法承擔，於是心神徹底崩潰，進入精神病院，瘋狂變成是一種治療。戰爭遺留的痛苦，並未隨戰爭結束而終結，也未隨美珠的發瘋死去而切斷，美珠的女兒繼續步上母親的後塵，小說以暗示手法，強調戰爭迫害的延續性、擴散性；而「我」不敢再提及我的記憶，對於這樣的歷史，就像不可言說一樣，塵封在個人的內心深處與崩潰

的心緒中。不是受難者的指控，也不是施虐陣營的懺悔，而是戰爭倖存者飽受私密的戰爭所苦，愛格・納索（Agate Nesaule）在《琥珀中的女人》書中的後記所寫，「任何一場戰爭的槍林彈雨終會休止，身上的傷口會癒合，記憶會逐漸模糊，但是，那些戰爭的生還者，卻必須與可怕的經歷共存一生。」不僅此也，戰爭其實與所有人的命運都緊密難分，陳吉祥無辜犧牲了，他的家人、妻子、女兒、媽媽，沒有一個倖免，苦難不曾隨戰爭結束而結束，而是代代相傳，一個傷痛的 20 年過去了，另一個 20 年卻隨即展開，「看樣子，她會像她母親，也是蠻好伺候的吧」，不就是美珠苦難的再複製？

## 都會的歧異與衝突

另一篇是〈雷公點心〉。這篇小說以臺北都會為背景，捕捉了現代人在都市生活的面影，並且透過母親與兒媳對食物用品觀念的差異，呈現新舊時代人們價值觀念的改變，以及因這改變帶來的親情衝突，作品深具時代精神與社會意義，也是一篇很有意思的小說。從小我們就琅琅上口：「鋤禾日當午，汗滴禾下土。誰知盤中飧，粒粒皆辛苦。」又說：「守家二字勤與儉」，可以說勤勞與節儉的觀念早已深深鑴刻在每個人的骨頭裡，浸透到每個人的血液中。過去物資匱乏的年代經常一件衣服「新三年，舊三年，縫縫補補又三年」，人長大了，衣服小了，那就給小妹妹、小弟弟穿吧；洗衣洗菜水攢起來可以沖廁所；米粒飯菜不能浪費，免得將來嫁了麻子臉。也許是歷史經驗中，我們的上一輩有過太多苦難，因此生活多求節儉刻苦。從好的方面看是惜福，是居安思危也是環保。只是時代變了，當媳婦買一件衣服的花費差不多可以讓鄉下人吃上一年時，老人家便要翻來覆去的睡不著；當全家人都不吃隔餐的飯菜，把剩餘的飯菜傾掉時，老人家也不免要碎碎唸，婆媳代溝能不因此產生嗎？

小說中的老婦人十分節儉，她的思維一直是有用的東西不能扔，可吃的食物不能丟，但對兒子來說，在都會生活，東西多而空間狹小，沒有辦

法，只好扔掉。她到兒子經營的餐廳，看廚房對一條魚只取那麼一點肉感到不忍，她把佣人扔掉的菜又幫忙挑回來，種種被扔掉的情景讓她不忍、不捨。因此當她看到被顧客動了幾筷就「遺棄」的雞腿，就挺心疼的一把抓進手裡。她做不到暴殄天物，端回來的大蝦子趕緊順手塞到口裡。老婦人的極度節儉為兒媳帶來尷尬與不便，在兒媳眼裡，她的舉止顯得很怪異，她的出現只是徒然礙手礙腳，並影響餐廳的生意。這裡頭沒有絕對是非可言，是時代變了，人民的思維也跟著變了，老婦人覺得餐廳哪需花幾萬元去裝飾？她覺得可吃的東西就應該吃掉，怎能扔到餿桶裡去？農婦樸實的想法，哪裡能理解城市居民的生活方式在總體上正從節儉型向消費型轉變，人們對生活品質和衛生健康的意識明顯增強的道理？尤其工商社會大張旗鼓地鼓勵消費，以刺激經濟，維持充分就業的觀念正瀰漫著，做兒子的進入都會求生存，自然也慢慢改變了過去的想法，跟著時代前進。但是老婦人仍然堅守傳統觀念，這就造成母子兩人或者說上下一代之間的代溝。俗諺說「由奢入儉難」，說的由富變窮無法適應的痛苦，然而「由儉入奢」也一樣不容易啊。小說題目是「雷公點心」，文中有句話說「糟蹋東西的人，和對父母不孝順的人，是一樣要遭雷殛的。」民間就傳說浪費食物會被雷公劈死，老婦人很喜歡講這一句話，用它來規勸告誡兒子，也用來紓解心理的不快。這句話很傳神，也使小說生動起來。

　　作者表達思想情感的言語，正如他的小說語言，很簡潔、含蓄、清淡。這篇小說其實也給我們一個省思，人類的經濟能夠建築在消費主義上嗎？我們今天拚命消費，也許可以刺激經濟，可是終究將帶給人類極大的禍害。自然資源有限，如果人類毫無理性地奢侈浪費，資源快速消失，那與自掘墳墓有何異？當然過分的節儉有時也不合時宜，但不盲從流行、不追時髦、不比闊綽的理性消費，在這時代不也很重要？

——選自《文訊》第 265 期，2007 年 11 月

# 我要回來再唱歌

## 從階層書寫論「隱含作者」在鄭清文小說文本中的實踐

◎江寶釵*

## 一、前言

　　鄭清文的小說文本裡，有一個明確的「隱含作者」（"the implied author"），堅持著他的價值軌範（norm）。[1]當我們形成這樣的命題時，首先，便要進入隱含作者的討論。

　　隱含作者，是韋恩・布斯（Wayne C. Booth, 1921～2005）談小說修辭時所提出的觀念。布氏認爲作家應該摒除偏見，維持中立、客觀的立場，創造敘事，致力於真理與正義的追求，以他所執著的價值軌範（norm），博取讀者的共鳴。爲了減少真相因偏見而扭曲，作家遂棄絕特殊的個別相，專注於普遍的共相。因而，在創作活動裡，作者必然會塑造出一個蘊含於文本之中、具有理想的、超然的，卻無異於普通人（man in general）的作者的自我。

　　如是的隱含作者是否就是真實作者（the real author）？答案是否定的。即使是寫實主義者，也無法否認，所有的書寫狀態係經歷一個陌生化的過程，真實作者絕不會是文本中的隱含作者。生活中的作者，是爲真實

*中正大學中國文學系及臺灣文學研究所合聘教授。

[1]在確認鄭清文、鄭清文小說文本與隱含作者的關係上，我要特別感謝林鎭山博士在中正大學臺灣文學研究所所做的關於「敘事學」的系列工作坊（2005 年 10 月～12 月），他對隱含作者的系列性詮釋，以及與他共赴鄭清文訪問所做的準備、訪問、訪問稿的整理等等，讓我受益良多。「意圖與策略：鄭清文訪問錄」計畫；（臺北：國家文藝基金會 2005 年～2006 年）。

作者。敘事活動裡，真實作者必須放下鄭清文個人的夫子自道，以各種敘事結構成素的營造與編統，方得以從文本推演出那個被執守的創作信念，並從這裡形塑出隱含作者的形象。也就是說，蘊含作者他所崇信的主要價值、軌範、準則，必須透過文本的整體形式來顯示。準是以觀，隱含作者也不等於小說中的敘事者（narrator）。

從傳播學的角度來看，由文字敘事構成的小說文本即訊息（message）之一種。鄭清文小說文本的讀者站在訊息接受的這一端，即閱讀端一面親耳踐履小說人物所歷經的痛苦與歡樂，每個行動所蘊含的道德和情感，一面又實實在在地浸潤於敘述的不同成素裡，如聚焦、意象、場景、氛圍、空間、事件、時間等，這些成素共同塑造了做為文本的整體。因而，我們所形塑的作者影像係經過文本的閱讀活動——經由作者與讀者各自對文字的想像，建構而來，此一作者影像，必然是所謂虛擬的、「被推衍出來的作者」（"inferred authors"）[2]，它絕不會是作者本人。

簡單地說，隱含作者係從作者的文本或系列文本中歸納出來的作者。隱含作者透過真實的敘事作為完成建構，而做為讀者的我們，則正是要從他的敘事成素的「細讀」（"close reading"）去建立起隱含作者的形象。

是故，所謂的隱含作者，李蒙・姬南（Shlomith Rimmon-Kenan）（1983）將之，稱為第二自我（second author's self），係真實的作者透過文本形塑出來的，蘊含了作者這個概念，將之認定為一套文本中所暗示的價值觀與軌範準則（implicit norms），而不是故事中的發言者，在理論上：

（一）此一第二個自我，既是統合整個作品的意識中心，也是文本建

---

[2]Michael J. Toolan, "Implied Author: a Position but not a Role," in *Narrative: a Critical Linguistic Introduction*,（London and New York: Routledge, 1988），pp.77～78.以上有關隱含作者的演繹史，更詳細的討論，請看林鎮山，〈飄泊與放逐——陳映真 60 年代小說的「離散」思潮和敘述策略〉，《離散・家國・敘述——當代臺灣小說論述》，（臺北：前衛出版社，2006 年），頁 74～78。同時見 Wayne C. Booth, *Rhetoric of Fiction*（Chicago, Illinois: University of Chicago Press, 1983），pp.71-75. Shlomiht Rimmon-Kenan, "The participants in the narrative communication situation," in *Narrative Fiction: Contemporary Poetics*,（New York: Methuen, 1983），pp.86～89.

立價值觀與軌範準則之所繫。

　　（二）儘管真實作者在不同作品中會顯示不同自我，然而幾乎所有的隱含作者，皆具備共同的特質，慈悲爲懷、寬宏大量，爲人類的自私自利的種種暴行，悲痛不已。[3]

　　鄭清文自己也許並未接觸過這些西方的敘事理論，可是在他的創作自覺裡，卻不斷地浮現與西方敘事理論相應的觀點，在形成文本的寫作技巧上，鄭清文標榜契訶夫的「作家不做判官，只做證人」、海明威的「冰山理論」，他以爲「偉大的作品都是節制含蓄的」[4]、「簡單的字有簡單的好處，因爲它簡單，所以可以含蓄得更多」。[5]以上這些說法，已爲論者所注意，廣爲引用，並得到一個結論：鄭清文的小說作品，在敘事風格之含蓄方面，表現出一種千錘百鍊以確立的一致性，達到相當程度的藝術形式。由於隱含者多，必需反覆閱讀。也就是說，鄭清文恪守以敘事表現其思想的創作原則，並同時認爲他的小說是需要讀者細讀的。

　　在對鄭清文的訪問，或者是他個人自道其文學觀，經常看到他直言無諱地表彰他的創作主張。在寫作的信念上，他說：

　　　文學要有理想，要有希望。人必定會死。這是人類的悲劇。這是人類的
　　　宿命。對一個人而言，確實如此。但是，對一個社會，對整個人類而
　　　言，生的力量似乎超越了死。[6]
　　　我卻願意多用一些心力去闡述人與人的善良關係，……人與人的關係，
　　　是建立在信賴與愛，而不是建立在懷疑和恨的基礎上。這個基礎，同時

[3]林鎮山，〈飄泊與放逐──陳映真 60 年代小說的「離散」思潮和敘述策略〉，頁 75。
[4]林文伶，〈靜裡尋直，樸處見美──訪鄭清文先生〉，原刊於（臺北：新地文學，1990 年 10 月。）收錄於《鄭清文和他的文學》（鄭清文短篇小說全集：別卷）（臺北：麥田出版公司，1992 年 7 月），頁 157～165。
[5]洪醒夫，〈誠實與含蓄的故事──鄭清文訪問記〉，收錄於《鄭清文和他的文學》（鄭清文短篇小說全集：別卷），（臺北：麥田出版公司，1992 年 7 月），頁 144。
[6]鄭清文，〈我的文學觀〉，《文訊》第 13 期（1984 年 8 月），頁 14。

也是人類期待更美好將來的基礎。[7]

以上這些話語，說明了理想、希望、信賴與愛等等，是鄭清文小說創作的思想所繫。他又說：「它（小說）是現實的、真實的、寫實的。生活和作品是緊扣在一起的。」[8]

因而，小說，作為一種散文書寫的敘事形式，它書寫生活，傳達人類崇高的思想，表呈一種動人的藝術。「生活、藝術、思想」[9]便是文學的三大要件。它們彼此之間的關係或可以如此推闡：生活是藝術之根源，而思想係藝術之充實所在。沒有生活為背景的藝術，不免教人有蹈空之感。而失去思想的礎石，藝術無法恆久而偉大。文學是「生活、藝術、思想」的共同鎔冶。於是，在文本的一致性之外，主題因為思想而煥發深刻的內蘊，冶鍊出一種精挑細擇的一貫性。這裡，我們又從鄭清文這個真實作者的說法，看到他如何積極地為他的小說尋找並凸現其價值軌範。因而，我們在鄭清文小說的閱讀裡，便不斷地遇見真實作者所創造出來的那個「隱含作者」，並引起我們深刻的注意。

我們先已自鄭清文的創作意圖，參照其他論者的看法，指出他的小說文本中，有一個矗立著的隱含作者。但這個隱含作者，呈現的是什麼樣的價值觀、什麼樣的軌範內容？不同的閱讀也會導致不同的答案。本文代表一個讀者立場，試圖探索鄭清文如何站在他所立身的土地上，追求公平與正義，反抗權威，並假設此一思想的敘事，即其價值所在。何以追求公平與正義，反抗權威，足以做為價值軌範的根據？這或者要從權威的本質談起。傅柯在《傅柯——超越結構主義與詮釋學》裡提到權威的特質：

一般地說來，所有的權威根據雙重模式而執行著個別控制的功能；即二

---

[7]同前註。
[8]鄭清文，〈偶爾與必然——文學的形成〉〈鄭清文短篇小說全集：別卷序〉，頁 16。林麗如，〈把人生的悲喜化為令人低迴的故事〉，《文訊》第 154 期，（1998 年 8 月），頁 59～62。
[9]同前註。

元劃分和貼標籤的功能（瘋癲／健全、危險／無害、正常／異常）；以
及壓制性的指派和差異化的分割之功能（他是誰、他必須在哪裡、他如
何被刻劃、他如何被確認；如何以個別化的方式在他身上執行一個恆常
的監視，等等）[10]

　　二元劃分來自於傳統的理型語言（logo-centrism），人被納入二元分割
的結構，充滿是非、對錯的宰制性意識形態裡，被差異化後，受到個別化
的恆常的監視，任何稍有違反者，都將被施予懲罰。觀察到這個權威的存
在，體念其不公義，批判其壓制性，不僅無異於權威操作者的監視系統，
更給予強而有力的曝露與反擊，這便成為鄭清文確立其敘事第二自我之價
值軌範的方式。由於筆者的能力有限，無法遍及與之相關的所有議題，因
而，本文掌握幾個視角，從文化、國族與階層、性別、倫理與階層出發，
探討鄭清文作品中對此一文化與社會結構之呈現與批判。由於係從敘事中
尋找其第二自我，本文將實踐「形式即內容」的觀點，站在文本形式上，
討論其思想的表達。

## 二、文化、國族與階層書寫

　　首先，鄭清文透過文本所顯示的第二自我，來自他對於文化、國族的
反省。

　　「命名」活動，通常不是通過血緣，也不是人們出生即備有這些「名
稱」的特性[11]，而是來自命名者所屬社群的集體想像，而此一集體想像，反
映了社會對於生活方式的願景，甚至是價值。命名的重要性，於鄭清文是
自覺的。就小說這個類型而言，鄭清文的作品呈現出他偏好意象與動作，
而此一偏好，竟清楚地表現在各篇小說的命名。所有的小說，若不是以動

---

[10]德雷福斯、拉比諾著；錢俊譯，《傅柯——超越結構主義與詮釋學》（臺北：桂冠圖書公司，
　　1995），頁153～154。
[11]索爾·克里普克著；梅文譯，《命名與必然性》（上海：上海譯文出版社，2001年），頁2～3。

作，即是意象，很少見到形容詞。前者如〈秋夜〉、〈相思子花〉、〈貓〉、〈圓仔湯〉，後者如〈升〉、〈贖畫記〉，有時候，同時指涉兩者，如〈蛤仔船〉，它既是小說人物的綽號，又是他走路的模樣，以及導致他如此走路的事件。

　　鄭清文不只是爲自己的作品命名時，小心翼翼。他也以命名指出其背後隱藏的文化意識，提出他的批判。所以這樣說，是因爲我們很幸運的，有文本的直接指涉[12]，即〈熠熠明星〉裡的討論春美這個名字的始末。「春美是由日治時期春子更改來的。這個名字，實在太俗氣了，這一類名字，就像一些數字表示的符號，完全沒有文化的底蘊，而且，更氣人的，她母親還一直叫她哈爾克這種日本式的名字。」，「名字不是符號，是文化，這完全是學養的問題。」「她總是把天祐讀成天古，雖然天祚並沒有讀錯。」「這兩個名字，他不知斟酌過多久，推敲了多久，才選定的。他的感受就像，他千辛萬苦挑好了一張地氈，眼看著有人連鞋子都不脫，就踩了上去。」，名字的讀音，「怎麼可以簡單呢？」隨後敘述者便以兒子在美國，人家還不是叫他們湯姆？查理？來挪揄命名的重要性。對於將命名無限上綱的信者，一切都可能與名字有關。如春美不喜歡穿旗袍，代表她不被拘限在旗袍所意味的傳統，「是不是和孩子的名字有關？」，而命名，在這裡，象徵的是民俗的，「他們也相信一個好的名字，也將給孩子帶來一生的福運和吉祥。」（〈熠熠明星〉），〈贖畫記〉裡「父親是最尊敬長官

---

[12]編案：本文所引用的文本皆出自《鄭清文短篇小說全集》卷3～6（臺北：麥田出版，1998年）。頁數分列如下：
- 卷3：〈我要回來再唱歌〉，頁15～27；〈三腳馬〉，頁169～205；〈門檻〉，頁227～248；〈舊路〉，頁283～302。
- 卷4：〈堂嫂〉，頁21～29；〈最後的紳士〉，頁59～85；〈圓仔湯〉，頁87～126；〈局外人〉，頁127～155；〈師生〉，頁157～172；〈割墓草的女孩〉，頁191～208；〈焚〉，頁241～308。
- 卷5：〈熠熠明星〉，頁59～109；〈貓〉，頁111～126；〈髮〉，頁149～168；〈蛤仔船〉，頁169～188；〈來去新公園飼魚〉，頁189～214；〈秋夜〉，頁215～237；〈春雨〉，頁259～277；〈贖畫記〉，頁279～298。
- 卷6：〈咖啡杯裡的湯匙〉，頁15～32；〈元宵後〉，頁33～55；〈花枝、末草、蝴蝶蘭〉，頁65～88；〈五色鳥的哭聲〉，頁89～100；〈楓樹下〉，頁101～120；〈夜的聲音〉，頁121～138；〈一百年的詛咒〉，頁139～173；〈白色時代〉，頁175～198；〈舊書店〉，頁199～242；〈鬥魚〉，頁265～294。

的」，因為陳誠字辭修，他把自己的兒子取了張仰修名字，十分諷刺他，他卻因為一椿撞死行人的車禍意外被送軍法庭訊，最後尚重典的長官不問青紅皂白地將他處死。這些概括在小說中的關於命名的看法，是民俗的，也是敘述的。作為敘述成素，名字又是結構的一部分，它承載著指涉、呼應、隱喻的作用。而由於民俗的集體性特質，命名又具有非同尋常的鑑別性，是民族區位自我／他者的表徵。〈元宵後〉的牛山姜民新原本叫做江日新，日新兩字本來是取「苟日新，日日新，又日新」[13]的意思，卻怕被指日本的日，為了自己和家人的安全，他改名叫做姜民新，民是民國的民，也是國民黨的民。，這時候，命名是身分認同的標記，與日治時期殖民者在臺灣發起的改名運動意義相同。甚至，名字也代表著階層的區別。〈咖啡杯裡的湯匙〉來自富裕之家的美虹認為翡冷翠的義大利廳比佛羅倫斯更雅緻，更富詩意，也更接近義大利人發音。這時，命名成為資本主義時尚品味的座標。

命名是中國人繁複的民俗的一種，它所呈現的複層意義，一直蘊含在中國人的集體潛意識之中，不易知覺，鄭清文卻經常透過隱含作者探其幽微，指出其可議之處，並編織為極具張力的敘述成素，向讀者展現傳統中國文化中不盡合理、但卻一直被執守不變的信念。

由於中國文化係一綿延悠久的父系結構，在風俗中對女性的種種歧視、錮鎖與禁忌尤其能彰顯其荒謬性。陰部無毛的女性被視為白虎，與之交媾不祥。因此被男友拋棄的大學女生經歷了一連串坎坷的感情路，流落到牛肉場表演脫衣舞。（〈花枝末卓蝴蝶蘭〉）而接近年輕的處女可保健康長壽（〈元宵後〉），不僅使得少女成為性剝削的對象，而且將這種戀處女癖合法化，理直氣壯地說：誰教她們是生命的青春之泉？女性的身體不僅被視為父權符碼的再現，也遭遇種種毫無理由的猜疑，成為女性的焦慮。〈阿春嫂〉的丈夫救溺不幸而自己溺斃，他的屍體被帶回家，卻被安置在

---

[13] 見姜義華注釋；黃俊郎校閱，《新譯禮記讀本》（臺北：三民書局公司，1997 年）。「大學篇」第二章湯之〈盤銘〉，頁 873。

屋外，因爲死在外面的人是不准進家門一步的。阿春嫂不僅不被允許見自己的丈夫，而且也不得送葬，因爲爲丈夫送葬的女人傳說裡一定意圖改嫁，無法守節。〈焚〉裡備受婆婆猜忌的媳婦梁美芳，時時拿美芳鍾愛的那座模仿庫貝拉的木雕像出氣，最後連美芳也感到非焚掉雕像不可，正要採取行動之際，在婆婆的冷言冷語下失足流產。這篇小說的癥結不在於雕像的存在與否，而在於婆婆對媳婦的不信任。[14]尤有甚之的是，〈局外人〉裡秀卿的母親僅僅爲了怕二嬸婆死的時候沒人給她穿壽衣、送上山，乾脆拿枕頭悶死她。秀卿對二嬸婆的同情，以如此非人道的方式顯現，卻出自秀卿以一介女子同情女子的心理，多麼地令人歎息。在這些敘事裡，隱含作者透過敘述者不以爲然的語調，令人驚異的事件安排，使得讀者體念到父權社會下備受壓抑的女性命運的坎坷與不幸，並爲之同聲歎息。

對於中國文化部分僵斃的現象，〈贖畫記〉裡有很細膩的描摹。國畫由於其顯著的特色，經常被用來代表中國的集體想像。綿歷千餘年塑成的國畫的常規，有一個鑑賞的期待視野，它畫一定的題材，做一定的美學表現，「山水、花鳥和人物。其他，也有人畫動物，如虎、貓或馬等」，風格則「是閒適、寧靜和超脫」。父親是隨政府遷臺的軍人，畫的是國畫，他畫的完全符合國畫的美學，流露著清越和飄逸的氣息，卻不免於風格的匱乏，與其他畫家的作品放置在一起的時候，幾乎難以辨識。而在臺灣土生土長的母親，她的畫就完全不同，她的畫是土著化的。如一隻嗶囉的腳，已被竹子夾住，就是南部用來抓伯勞的鳥仔踏。她的畫充滿著痛苦，有時還可以看到悲憤的神情。違棄了國畫的原則，她投入自我情緒的畫作，以當下的環境爲繪畫的對象，呈現了時代與社會的感情，在這感情裡，竟然同時負載著對民族主義的反動，對於一致化、軍事化統治的控訴。國家主義之下，個人是無法容身的。父親畫符合國畫風格的國畫，臣

---

[14]儘管鄭清文對不合理的風俗提出嚴厲的批評，卻也看到信念撫慰的功能，獨子死在部隊中的孫家夫婦到象山尋五色鳥，因爲神明說他已轉世爲一種鳥了。失落於親情不得不依賴這樣無稽的信念以獲得微許的慰藉，那種悲劇感溢出字行之外了。可參見鄭清文，〈五色鳥的哭聲〉，收錄於《白色時代》（鄭清文短篇小說全集：卷6）（臺北：麥田出版公司，1998年6月），頁89～100。

服於國家規範，仍無法擺脫不公平審判的命運。在這篇小說裡，一再指出統治者為鞏固權力，不擇手段地抹殺個人感受，甚至對產生個人感受的個體施予懲罰，以致於有人畫了一條流淚的青龍，遙望神州，那也許只是表達對原鄉的永恆記憶，無意間或刺中了反攻無望，或觸動了失去大陸、亢龍有悔的心事，總之，這種感情被聯想為悲觀的視角，不符統治階層的情感，為奮發的時代所不容許，不得存在。不管是感情的表現，或藝術的創作活動，都被劃入統治權力職司的範疇，畫者因此被抓去關去了好幾年。這種以階層權力對個體的迫壓，更是反映在母親的遭遇之上。直到臨終，母親因為畫不被國畫成規束縛的國畫，以致於對自己的繪畫完全沒有自信。她不知道把握個人感受的創作是否能夠代表社會的共同感受，而不符社會共同感受是否有流傳的價值。隱含作者藉此意在言外地對國畫提出批評，這彰顯他對當時臺灣文化界的反省：傳統保守，無以創新突破，甚至不容許創新突破，所有的個體都被框限在一種集體情感表現之下，以致使傾向個人主義如母親之類的創作者了無自信。猶有進者，連鑑賞家「我」也不敢確定母親的畫是否能被接受。

〈贖畫記〉另一個重要的貢獻是指出中國威權是集體主義的禍首。小說一開始即標出「刑亂國，用重典。」而整篇小說就在從各個角度寫這種威權思想的慘無人道。中國傳統裡，離亂賦予統治者不擇手段的正當性與合法性。亂國之前提下，司法蒙塵，軍法伺候，審判的過程裡出現這樣的一段對話：

> 「閃避一隻狗，人的生命要緊，還是狗的生命要緊？」軍法官問他父親。
> 「我閃避狗的時候，並沒有想到會撞到人。」
>
> ——《秋夜》，頁 294

閃躲狗而撞到人是個意外，卻必須在「人的生命價值大於狗」這個命

提下被審判，遭到過度懲罰。這是僞人道主義，以一看似人道主義的理由
對人行真正的迫害。這就是權威的駭人之處。而這樣的權威如怪獸四處肆
行，〈來去新公園飼魚〉寫及不過因無知簽名的善良人子一關 30 年，在
〈一百年的詛咒〉裡簽了名的人甚至就被槍斃了。[15]

　　反省臺灣 400 年歷史，不斷地處在被外來者統治的位置。統治的暴力
更多時候是站在國族與族群差異的基礎上執行的。〈三腳馬〉乾脆挑明了
說：人分成兩種，一種是欺負人的，一種是被欺負的。那欺負人，通常是
外來者，要不就是聯合外來者的在地人。臺灣稱日本是狗——四腳仔，替
日本人做事的走狗是三腳仔——連狗都不如，只有三隻腳。日本人稱呼中
國人不叫中國，叫支那，中國兵便是支那兵，這是輕侮的意思，甚至用清
國奴侮罵看不起的人。頭殼特別大的人就叫他蔣介石。（〈夜的聲音〉）大
陸來的叫阿山，臺灣人去大陸得意回來的叫半山。（〈元宵後〉）〈三腳馬〉
裡的曾吉祥從密告者，到擔任工友的職務，最後當了警察，他的身分不同
了，以輕視臺灣爲務，小說裡是這樣描寫的：

> 那個叫柴扒的女人，「在領配給豬肉的時候插了隊，我就叫她跪在大家
> 面前，頭上還頂著一木桶的水。既然是配給，每個人都可以買到。卻有
> 人一定要插隊。這本來是一件小事，我也可裝不知，但我曾經聽日本人
> 指著這一點，貪小便宜不惜破秩序的這一點，指責臺灣人的愚蠢和無教
> 育。以前，日本老師以這樣的眼光看我，我卻很快學會以同樣的眼光看
> 自己的同胞。
>
> 　　　　　　　　　　　　　——〈三腳馬〉，《三腳馬》，頁 199～204

曾吉祥的行爲說明了一個殖民的事實：被殖民者在被統治的過程，往往心
儀殖民者，向殖民者傾斜，並迫不及待戴上殖民畫的面具輕鄙自身所出的

---

[15] 在小說裡，並未說明係爲什麼簽名。

血統，迫害自己的同胞。在奴隸與主人的關係中，只有主人得到承認，而奴隸則成爲依附性的「東西」，其存在是由得勝的他者（主人）型塑的。沙特（J. P. Sartre）：

> 我被他者所擁有，他者的眼光赤裸裸地形構我的軀體，把它如此這般地生產出來，用與我永遠不用的方式看它，他者擁有我是什麼的祕密。[16]

這便是法農（Frantz Fanon, 1925～1961）所說的「黑皮膚，白面具」之所肇始；[17]殖民政權如此，所謂的同胞／祖國的政權似亦如是。臺灣人曾經去過大陸的，在抗日情緒高昂的時候，仍然被視同日本人而遭受懷疑和猜忌。在臺灣，又被視爲是外省人而受到排斥。隱含作者說，他是個半山，必須做一個選擇。西瓜靠大邊。你必須看清楚誰是統治者，如有什麼差錯，九條生命也不夠的。順我者生，逆我者亡，順逆是必須領受的遭遇。這就是幾千年來的統治者所使用的鐵律。（〈元宵後〉6：49～53）小說進一步指出，對於統治者而言，受壓迫的對象不僅是「非我族類」而已，而是階層，同樣是省外族群的新移民，他們也被統治者以愚民政策肆行欺騙，楓樹下的老兵身後留下「授田證」，就是活生生見證。或者由於鄭清文自身的金融背景，他比其他小說家更看到被愚弄的人民，其國族信仰的泡沫化：「授田證，我是看過的，有些像退伍證，上面有一個青天白日的徽章。看來像一種商標。好的商標，是品質的保證。」（〈楓樹下〉）可是他接著問，真的有人相信反攻大陸會成功的吧？授田證最後落空，是否意謂著青天白日的徽章不是一個好商標呢？

---

[16]引自陶東風，《後殖民主義》，（臺北：揚智文化公司，2000 年 2 月），頁 18。

[17]法農在《黑皮膚、白面具》一書裡，黑格爾的奴隸尚且力爭脫離主人走向獨立；但把被殖民者的奴隸則不然，他把這種殖民狀況下的奴隸狀況診斷爲「亦步亦趨」。主／奴關係會使人培養出一種喪失創造能力的不滿和怨恨，奴隸對於主人既嫉恨又羨慕，他要變得和主人一樣，因而比黑格爾的奴隸更少獨立性，他趨向主人，想要取主人而代之。他進一步指出，對於主人嫉羨交加的心理使得奴隸成爲衍生性的存在，而非真正的解放，而是創造性的喪失。參見陶東風：《後殖民主義》，（出版項同上），頁 19～24。

　　威權釀成的悲劇以不同的形態一而再、再而三的發生。一對情侶在野柳寫生，卻被守軍干擾，不分青紅皂白地必須把畫出的所有東西刮掉。這樣的環境令人不寒而慄，男的因此出國，選擇到各方面都很像臺灣的葡萄牙繼續他對藝術自由的追求，女的家有老母不得相隨，情侶因此分手。（〈白色時代〉孫家唯一的男孩服役的時候死了，軍方說是心臟病發，他們連孩子的屍體都沒有看到，聽說他動作慢，影響部隊的訓練成績，被三個班長活活打死的。（〈五色鳥的哭聲〉）。

　　自來，威權統治的鞏固邏輯除了高壓、愚民，還必須分化人與人的信任關係——這原是漢人社會中最有價值的資產，也在監視系統下崩解。在被窺伺、被出賣的恐懼下人人自危，另一方面，卻以此製造萬民擁戴的表象，制定普世一同的價值，「舊書店」流通的禁書，是那些使人更接近真象的知識，這正是統治者所懼怕的，舊書店的負責人被判刑入獄。出獄後，他有一段針對人與人之間的「信任」的思考，暴露了威權最可畏處，不在其他，即在於使人喪失彼此信任的能力。他反覆推想：那一次他被關，是有人密告，會是誰呢？是向他買書的人，還是賣書給他的人？自從他從監獄回來，他就一直感覺被監視著。看不到對方，對方卻清清楚楚地看著他。（〈舊書店〉）你所熟悉的人可能是敵人，你的朋友也可能是敵人。危險是無所不在的。

　　在引述了鄭清文眾多批判統治階層的小說文本後，或許底下這一個近乎寓言的故事，可以做為本議題討論的小結暴富者金富發目空一切，自以為是，他授意被他吃掉一塊肩膀肉的皇帝魚活下去。皇帝魚果然活下去了。但肩膀牛掉一塊肉的皇帝魚被同類視為醜陋，牠不願意生下和自己一樣醜陋的子孫，一生下，一個一個把它們的吃掉。因為沒辦法吃掉牠的子孫，牠哭了。故事是這樣結尾的：

　　　有人說，魚是不會流淚的。但是，皇帝魚卻想著，牠的眼淚已流進河水裡了，河水就是牠的眼淚，晝夜流逝不停的河水，就是牠的眼淚。

——〈皇帝魚的二次災厄〉,《白色時代》,頁64

金富發予取予求,而一條不會流淚的魚把整條河水當成牠的眼淚,這種自大、無知、自欺欺人,真是無以復加了。這是隱含作者對「皇帝」的揶揄。

　　除了欺負人的與被欺負的,統治人的與被別人統治的,還有若干更細緻的階層區別。因職務而形成的階層,如秋菊與月娥爭婚,說我堂堂一個事務員比不上給正嗎?(〈蛤仔船〉)老板與員工是另一種階層,他是董事長,他們用各種方法來娛樂他,比他自己的兒更誠懇,也更周到。(〈元宵後〉)老師與學生:陳仁安畢業典禮結束,走出禮堂,卻莫名其妙被王老師叫住打耳刮子。多年後再遇到王老師,被我打過的人,在小學時,都是最好的,但以後,尤其在學業方面,好像都沒有什麼成就。(〈舊路〉)貧窮與富有:相親的對象因為在攪好咖啡之後,把湯匙擱在咖啡裡,被視為沒有最起碼的教養,親事告吹。(〈咖啡杯裡的湯匙〉)上層與下層:「紳士是一種品質,在較早的社會,它代表著優雅和高貴。但是,另一方面,他也代表著虛偽和卑俗。」(〈最後的紳士〉)最有意思的是階層流動後的對立後的族群融合,如〈元宵後〉的姜新民事實上已靠著出賣戰友掛鉤統治階層的晉身上流社會,雖然榮華加身,卻不能自己地靜靜在夜裡等待電話,只求能跟任何人講上一句話就好了。〈永恆的微笑〉則是兒子富貴了,父親依然貧賤,阻隔父子的不止於錢一事而已,還有城市與鄉鎮、教育與未教育、尊榮與低賤等等幾重看不見的牆,於是父子只好各過各的日子。父子兩人關係的修復是在父親殯葬的儀式裡。這些小說留影了臺灣社會在朝向國民所得提高的變遷裡,城鄉生活觀念並未縮短的差距,以及父子倫理的疏離。

　　在小說家銳利的觀察底下,文化的壓抑、國族的暴力將每個個體網羅在監視系統之下,固然比比皆是,即使是尋常的社會網絡裡,利益交征、爾虞我詐的鬥爭,亦比比皆是,其情狀有如在魚缸裡彼此打鬥、蠶食的

〈鬥魚〉。編織縝密的敘事以反映這些現象之乖離人生應執信的價值軌範，提出批判，並塑成了一位隱含作者的形象，活躍在我們的閱讀印象之中。

## 三、性別、倫理與階層書寫

關於女性在文化結構中經常成爲被壓抑的一方，前文已略有觸及。這裡，擬更進一步以「性別」爲核心，探討女性在倫理、階層關係中的不平等。女人因爲她的性別而被視爲第二性（the second sex），從此便陷入一連串的禁錮、剝削待遇之中，而且多半無力改善。她們所以無力改善原因，是因爲她們不但被剝奪受教育的權力──以符合「女子無才便是德」的要求，由於不識字或者識字不多，無法透過閱讀改變她們的智能。她們被拘限於家屋之中──特別是廚房裡，阻擋了她們透過社會經驗獲得自我成長的機會。由於這些局限，許多女人可能一輩子不知道、不認識自己的才能，或者是知道、認識自己的才華卻飽受壓抑。那些認識自己的才華的女人，她們較男人沒有自信，〈贖畫記〉裡的母親就完全不知道自己的畫如何。〈我要回來再唱歌〉尤其寓意深遠。這篇小說描述婆婆會唱歌，沒有人知道，因爲婆婆年輕時，被她的公、婆禁止唱歌，因爲「**女人家上臺唱歌成何體統，只有乞丐藝妲走江湖的和戲子才那樣拋頭露面，禁止她再上臺唱歌，不然就要趕出家門。**」，婆婆只好矇著棉被和丈夫一起唱歌，夏天裡熱一身汗。丈夫過世後，連這個唱歌的可能方式都跟著消失。婆婆會唱歌而不能唱、不敢唱，她被隱蔽的才華是自我的障遮，也是倫理關係裡被壓抑的媳婦如何失去基本的人身自由，自由女性主義學者主張尊重人的理性，並從而衍生對「個體自主性」或「自我實現」的尊重，這才能達到一個「公平正義的社會」，在這個社會裡，「有權力實踐其自身的精神取向」，似乎就是隱含作者在〈贖畫記〉、〈我要回來再唱歌〉這兩篇小說裡對讀者的呈示。

鄭清文的小說寫下諸多探索女性身體的渴望。情竇初開的少年，無限

好奇於衣服下面的女性身體，一方面指出中國文化中性教育的不足，一方面又寫出對女性身體的缺乏尊重，女性身體作為奇想、偷窺、觀視的對象物，而好奇的少年往往是主人家，他們的欲望投射對象是受傭顧的女性，當她們被要求私密的身體、一個不可侵犯的領域暴露出來，更加深階級騷擾與侵略或者利用的嫌疑，如〈貓〉裡是店少對店裡聘的店員、〈下水湯〉是家裡請的女傭。〈相思子花〉更具代表性。小說中的「我」永祥喜歡已被送作堆給堂哥的養女阿鳳，曾經和她一起挑柴回家，在途中小歇時動手洗摸後捏她的胸部，阿鳳唸一聲叫疼，後來一昧希望她不要說出去，既無示愛的告白，更無憐惜的歉意，要一直等到四十年後，阿鳳再帶我到事發地，我才有一點反省的心意。，理解女性之被觀視的位置，就可以明白〈我的「傑作」〉裡，何以汲汲於藝術追求的我，在畫下他的童養媳的裸體後，他的目的已經達成，完全無視於被畫人的感受，導致她的自殺。〈師生〉裡的林老師得了乳癌，男友遂與她分手，與張愛玲的〈花凋〉同轍。女子以「色」事人，這「色」的當代意義即物，即商品。由是，女性身體被觀視，被複製，而其完整與否遂成為決定其價值的標準之一，女性作為人的基本尊嚴被輕輕地略過。這些小說將兩性互動準確地嵌插在鄉鎮風情的細節描寫上，使得遺漏內蘊的閱讀者也可以在對環境與氛圍的掌握中獲得閱讀的樂趣，落落寫來極自然之致，並無明顯的批判意味，但批判明顯地含寓其中。

當兩性關係進入倫理結構，成為夫婦時，做妻子的往往仰丈夫的鼻息，而且為踐履她的社會角色而存活，她必須成為母親，而且是一位有兒子的母親，才得以完成其自我的角色扮演。〈漁家〉裡的女主角丈夫服役時，她陪著公公在太陽的強曬下打漁，備極辛勞，但無論如何，她仍得生個兒子，掛上紅綵告知出海的公公和丈夫。當她難產可能死亡時，紅綵才會被忘卻。〈合歡〉裡的董事長娶了三個妻子，她們被豢養，由是只有聽話的分。這樣的身分與生活方式，在〈姨太太的一天〉裡變得非常地具體，在這篇小說裡，做人家姨太太的我，以一種高調洋洋得意地暢遊她被

豢養的生活，從她的敘述裡，讀者理解到她徹底失去了愛的能力，只有在生活上追求物質的滿足。〈故里人歸〉因爲做醫生的丈夫要再娶，無法屈居小妾的阿菊自殺了。在另一個相似的故事裡，丈夫出軌了，做妻子的秀卿捍衛家庭，不惜與他對簿公堂，爲一對兒女拒絕離婚的女人，丈夫卻與情婦相偕自殺，最後她僅能以「苦瓜」（多麼沉疼痛的巧喻！）溫飽。與秀卿遭遇類似的棄婦大有其人，如〈堂嫂〉、〈女計程車司機〉、林清河的母親（〈玉蘭花〉）都被丈夫拋棄。

被丈夫拋棄的女性必須獨立養家活口，進入職場的競爭。但女性的心智未被重視，弱勢女人的職場很小，經營辛苦之至。秀卿的溫飽要從辛苦地洗衣來。〈夜的聲音〉裡，阿市擔心公公死了會被婆婆逼做妓女。〈門檻〉裡學戲的 14、15 歲女孩被詈罵。〈割墓草的女孩〉以自己居劣勢的體力與男孩爭持，甚至不惜刀鋒相向，才能略有斬獲。林清河的母親在車站追趕往來的行人售玉蘭花，逃警察。女計程司機要面對在車上可能遭遇的暴力，在街上可能發生的衝撞，以及在開計程車這個男性占領的行業裡無時不在的性別歧視。〈圓仔湯〉裡的媳婦明明對油漆過敏得不得了，誰教她嫁到木匠之家，只能把自己訓練成爲木製物上油漆的能力，不斷去迎合公公。〈堂嫂〉這篇小說，更是把女性被動在職場上所受的奴役寫到入微，而這奴役竟然來自父兄。堂嫂正在餵小孩吃奶，一聽到堂哥的喝叫客人來了的聲音，「她一把抓起孩子，緊摟在胸前，一手抓著和金紙，往前衝過馬路。她的一隻乳房，是完全光裸的。」，「眼眶還紅紅的，但是她嘴角還帶著微笑。據說，這是她那過世的父親規矩，看了客人不准裝『孝男面』，才能做好生意。」，堂嫂顧不得把自己的身體曝露在陌生人的面前，還得面帶微笑，多麼不堪，但堂嫂只是逆來順受。不過，女性在職場最大的威脅還是來自主管階層，如〈龐大的影子〉裡女祕書必須考慮是否接受董事長的追求以保住工作，而最後，她決定拒絕，成爲現代的女性英雄。

在倫理結構裡，嫁作人婦的女子如油麻菜，地位低微，又常常與婆婆

的關係緊張。無休止控訴子媳對她的迫害，卻是她以婆婆的位置欺壓媳婦，「兩個人同時愛著一個人，強烈地愛著同一個人時，那兩個人為什麼非成為深仇大恨不可呢？」（〈焚〉），「當愛的對象存在時，兩個人拚命爭奪，愛的對象消滅時，恨卻無法消滅。這又是為什麼？」，38 歲守寡的婆婆，要兒媳 38 歲那年也要分床睡，以致造成二媳偷人被痛打。〈夜的聲音〉裡婆婆逼迫媳婦賣身以支撐家計。〈又是中秋〉裡迷信斷掌剋夫的婆婆逼死自己的媳婦，她一味捍衛的兒子無法接受喪妻的打擊離開了她。

　　然而，小說文本寫作對女性階層的反省，不單止於女性自身，他並且從一個對立的角度，將男性置放於女性的位置，進行檢視。也就說，當一個男人與女人易位，嫁入另一個家庭時，我們更可以清楚領會女性在家所受的壓抑。〈蚊子〉這篇小說的設計與主題意義具有鄭清文小說的典型性（typicality），因而必需格外著墨，善做分析。故事採身外型的第三人稱敘事。小說人物的身分是個小人物，剛升副理的銀行員。發聲者身外型，不參與故事。意識焦點，是邱永吉。發生的時間，是他下班、返家到入睡一個晚上的長度。小說裡描寫一個下班公務員的窮極無聊，「有些報紙已從第一版看到第十版，鋪較大的廣告都一字不漏地看過」，表示報紙今天已經看了許多遍，而接下來說「在晚報上所登的許多餐廳，雖然沒有去過的，他也可以像小孩子背著電視的廣一樣，把它們背誦出來」。則進一步說明，這樣看報是他生活的常態，不是只有今天。再一次重複「晚報上有許多記事已在日報上看過」，不過是他無事找事的強調。這時候，他想起花花公了，影印全頁金髮裸。他於偷窺之際而被偷窺的描寫，「在加班的行員都轉過頭來看他，他一急把機器關掉，已滿臉紅脹起來」，生動呈現了他自己對不當浮動著的欲望的矜持。

　　雖然明知那浮動的欲望是不正當的，雖然意識地加以壓抑，欲望仍在那裡。他想到三鳳理髮店，卻剛巧關門。於是，他又到了西門町，他看看商販的櫥窗，「有時就擠在人群中，和人家相擦身子，或讓人家推著他的肩膀，有時他也會閃在一邊觀看，避免和人家接觸，有時卻故意把腳伸開

一點，讓人家踩他一下。……在人群中，他覺得自己很小，卻又覺得自己是這人群中的一分子。」，這些動作令人起疑地，爲什麼他如此欠缺存在感？接著，他特別經過一條有咖啡店的街，想起那個也曾經再這種地方認識了一個女孩子。不知不覺已走到家面前。到這裡，我們發現，他是想盡辦法在阻延自己的返家。在下班到返家的過程裡，彷彿就要發生什麼，可是什麼也沒有發生，完成了一個高潮的設計。神話原型裡，英雄經歷出發、入門、發現的旅程而獲得成長，這個故事的主角則適得其返，正是一個存在反英雄的諧仿的設計。

是否有一個家安頓自我，能否在家得到安適，一直是中國文化的重要議題。這個家是一個具體實在的家。爲什麼主人翁不願返回的家是一道謎題，必須在家中尋求答案。我們逐漸知道他在的是妻子的家，他是招贅的。

二老對他，永遠客氣而周到。不管他多晚回來，他們總是先叫他去吃飯。

只要他在的時候，二老總顯得格外的親密，也許他們在暗示他和來治必須這樣相好，要以他們作爲榜樣，也許他們這樣做，表示他們要聯合力量來對付共同的敵人，而在這家裡，如有他們的敵人，那就只有他一人。，在家的空間裡，個體看起來是無自由私密的，但又是最自由私密的，這決定於家人彼此的尊重，無論如何，他不應該有不安全感的，他卻有，而且嚴重不堪。

他的家裡開著一家五金行，是他的妻子來治經營；算盤部分可由他來打，他卻說帳務不多，不必快。以後，他就決心不去過問她的帳務了。這很清楚說明家裡的事業他是沒有分的，而且，夫妻的感情在現實關懷的基礎上是蹈空的。而夫妻的交心似乎也不可能的，有一張唱盤，他是希望能和來治一起聽聽，但她似乎沒有什麼興致。身體的接觸，也不存在的。摸摸來治的手。來治也偶爾和他一起洗澡，但現在不再有了。

他連對妻子的都沒有把握，「他該先睡，還是等來治呢？」，他的兒

女爲了種種不同的理由，都姓了「吳」，而不是邱。「爸，我再問你一次，我可以交男朋友嗎？我要你自己的意見。」「他自己也感到奇怪，爲什麼連自己的女兒都不能代出意見呢？從女兒那充滿著輕視的表情，看得出她心裡的痛苦。」

進一步說，他這個家是來治的家，來治管控一到四樓，不是自己的家。他是一個不在家的在家者，徹底地局外人。

而這個家一頓飯總是要分幾次吃，是分裂的。這個分裂的家指出他的處境：世俗對招贅的輕視。他曾聽到一個同事在背地裡說他像一隻豬哥，專門替人家播種。沒有姓自己姓的孩子，是無後，是失去了自我。這正是二老（其實是一個，訓誨他要愛自己）、妻子、兒女何以自處他自己對自己的感覺。但如果不是他應對的態度，一味地逃避，什麼事都拿不出主意，也許還不會是這樣的局面。他不是沒有想到過從這樣的關係出走，也不是沒有機會，他認爲一個女孩子，願意替他生孩子，姓邱的孩子。他預備放棄一切，包括銀行的職位。但也許是他躊躇於行動，也許是始終未出現適當的時機，到底沒有成功。他還爲這件事受到指責，向客戶道了歉。他的對象，是銀行客戶的會計。

到這裡，我們忽然發現，這個入贅者，是名符其實的被閹割者，欠缺背叛的力量。然而那個煩擾著他、召喚著他的聲音，卻變成了蚊子，在他的鬢邊嗡嗡地響，撲之不死，成爲他生命中永恆的耳鳴。這篇小說從一位男性入贅者來展現在父系文化下的女性位置不能自主的生活，其敘述策略卻從一個被擺置在女性位置的男人出發，這種位置倒錯觸動讀者更深層的反思。

而這些關於女性位置在私領域——倫理結構或公領域——職場的觀察、思考，以及同情，都透過文本提出針砭，指出向公義邁進的可能性。

## 四、結論

　　爬梳鄭清文小說文本的經驗，有如翻閱著一本發黃的照片簿，人物的屐痕時時可見，事件的線索不斷穿織，向我們述說家國與社會的既往，但這絕不是吸引我們的全部；吸引我們的，還有那述說的方式，種種如抑揚的聲調、宕延的因果、蘊釀的氣氛。準備著筆於歷史的轍痕、時代的脈動、社會的變遷，以及面對環境形勢，個體自我的衝撞或退守。而無論是敘事風格或主題內蘊，都具體實踐了真實作者鄭清文的創作主張，從而於文本中矗起一位執守價值軌範的隱含作者。

　　本文嘗試經由分析，爬梳真實作者鄭清文，如何自他所結構的文本中形塑了一個明確的隱含作者，清楚呈現其對創作軌範的追求，對人文價值的執著，透過社會中各個不同的角色，種種人我關係，批判既往的敘臺灣殖民歷史、威權統治，深度反省社會倫理結構與性別角色，特別是葛藤於其間的階層區劃，我們至少看到兩種親屬關係：婆婆、公公、丈夫／媳婦；岳父、岳母、妻子／入贅者。非親屬關係則有雇主與女傭。泰瑞‧伊格頓（Terry Eagleton）指出，馬克思主義（Marxism）關於意識形態的精確含義，是指人們在階級社會中完成自己的角色的方式，即把他們束縛在他們的社會職能上，並因此阻礙他們真正地理想的社會的那些價值、觀念和形象。鄭清文的小說，正是透過文本的敘事結構成素，形塑一位隱翕作者，直接揭開那個我們被固著化、習以為常的存在意識，暴露其不合理性，引發我們對人／我位置的重省。

　　而正如本文在起始所說的，在壓抑、暴力與鬥爭裡，作者一貫地保留小說人物一定的正直，而小說事件最後多能導向希望。如歷史衝突的和解，〈贖畫記〉經歷政治創傷的母親「把已保留將近四十年父親的血衣掉了。」，對於中國文化「不孝有三，無後為大」的傳統，提出「不一定自己生的，才是自己的兒子」、「生命應該是屬於全人類的一條大河吧」（〈春雨〉），的反思。堂嫂在丈夫離家出走之後持續賣香，「她的動作好

像比以前更加敏速。那一段時期，她的眼眶沒有紅過，嘴角卻永遠掛著微笑。她的四個孩子，就是這樣養大的。」，母親攙扶陌生的老人走出地下道，林清河跟在後頭，「當他們走到地下道出口的地方，從外邊射進來的光線，雖然不強，卻使他感到眩目」，因為父親外遇而離散的家庭，其重整似乎有了若干的希望。就在撕裂與黏合往來的張力中，我們看到了「人與人的關係，是建立在信賴與愛，而不是建立在懷疑和恨的基礎上。這個基礎，同時也是人類能期待更美好將來的基礎。」，在本文分析的許多小說裡，絕無例外地，都在不傷害文本藝術的前提下，或透過明白的呈示，或意在言外地含蘊於敘事之中，表達一種向上提昇的信念：不管過去如何，只要不放棄，終可以重整自我，走上自我實現的道路，堅決地說：「我要回來再唱歌」。而這，正就是鄭清文所建立的隱含作者意圖於文本中建立的道德「軌範」，並完成其實踐。

## 參考文獻

### 一、專書暨專書論文

‧鄭清文，《三腳馬》（鄭清文短篇小說全集‧卷 3），臺北：麥田出版公司，1998 年 6 月。

──《最後的紳士》（鄭清文短篇小說全集‧卷 4），臺北：麥田出版公司，1998 年 6 月。

──《秋夜》（鄭清文短篇小說全集‧卷 5），臺北：麥田出版公司，1998 年 6 月。

──《白色時代》（鄭清文短篇小說全集‧卷 6），臺北：麥田出版公司，1998 年 6 月。

──《鄭清文和他的文學》（鄭清文短篇小說全集‧別卷），臺北：麥田出版公司，1992 年 7 月。

──《滄桑舊鎮》，臺北：時報文化出版公司，1987 年 6 月。

——《相思子花》，臺北：麥田出版公司，1992 年 7 月。

——《舊金山——一九七二》，臺北：一方出版公司，2003 年 2 月。

‧羅思瑪莉撰；于筱華譯，《當代女性主義思潮》，自由主義女性主義一章的說法，臺北：時報文化出版公司，1996 年。

‧彼得‧布魯克斯撰，《身體活——現代敘述中的欲望對象》，北京：新星出版社，2005 年 5 月。

‧德雷福斯、拉比諾著，錢俊譯：《傅柯——超越主義與詮釋學》，臺北：桂冠圖書公司，1995 年。

‧林鎮山，〈飄泊與放逐——陳映真 60 年代小說的「離散」思潮和敘述策略〉，《離散‧家國‧敘述——當代臺灣小說論述》，臺北：前衛出版社，2006 年，頁 74～78。

‧洪醒夫，〈誠實與含蓄的故事——鄭清文訪問記〉，《現代英雄》，臺北：麥田出版公司，2002 年。

‧陶東風，《後殖民主義》，臺北揚智文化公司，2000 年 2 月。

‧姜義華注釋；黃俊朗校閱：《新譯禮記讀本》，臺北：三民書局公司，1997 年。

‧索爾‧克里普克著；梅文譯，《命名與必然性》，上海：上海譯文出版社，2001 年。

‧林鎮山、江寶釵，《樹的見證——鄭清文文學論集》，臺北：麥田出版公司，2007 年 3 月。

‧Michael J. Toolan, "Implied Author: a Position but not a Role," in *Narrative: a Critical Linguistic Introduction*. London and New York: Rutledge, 1988.

‧Shlomith Rimmon-Kenan, "The participants in he narrative communicatio situation," in *Narrative Fiction: Contemporary Poetics*. New York: Methuesn, 1983.

‧Wayne C. Booth, "Rhetoric of Fiction." *Chicago*, Illinois: University of Chicago Press, 1983.

## 二、期刊

‧鄭清文，〈我的文學觀〉，《文訊》第 13 期（1984 年 8 月），頁 12～14。

‧林麗如，〈把人生的悲喜化為令人低迴的故事〉，《文訊》第 154 期（1998 年 8 月），頁 59～62。

## 三、其他

・林鎮山、江寶釵，「意圖與策略：鄭清文訪問錄」計畫；臺北：國家文藝基金會，
2005～2006 年。

——選自《文與哲》第 14 期，2009 年 6 月

# 鄭清文作品中的臺灣歷史與記憶

◎李進益*

## 一、前言

　　鄭清文（1932～）寫作五十餘年，作品文類包括小說、散文、評論、童話及翻譯，著有《簸箕谷》、《峽地》等長短篇小說二十餘部，曾獲多種國內外文學獎項，作品被譯成英、日、德文等。鄭清文半世紀創作不懈，其豐碩傲人成果早為世人所肯定，而其作品所呈現的深層義涵，不但是作家一己小我生命意義的追求與完成，經由虛實交織寫成的文章世界，更是作家企圖為臺灣文學畫／話出明確的歷史與地標。

　　鄭清文近年來寫作多篇短篇小說及童話，寫作手法一如數十年來所見的「冰山理論」，對話居多，而且「喜歡簡單的文句」，「寫我熟悉的人與事」，他說，「我走過不少地方，我真正知道的是臺灣」[1]。寫臺灣的一草一木，寫作家經歷過的時代，從這幾年的作品裡，讀者可以強烈感受到作家在「講古」——敘述臺灣歷史。他通過一位主角名為「石世文」（實事聞？）的臺灣人，喜歡畫畫，歷經日本殖民統治、二次大戰末期臺北空襲，目睹戰後國民政府主政下發生的 228 事件及白色恐怖，親身感受到「警備總部」的威力，見到臺灣社會由農業走向工商業，再往高度資本主義發展，石世文以有聞必有文的方式，畫／話出臺灣歷史與民眾的心聲。

　　本文主要以考察鄭清文近年小說及童話作品的內涵為主，兼論早期相

---

*東華大學臺灣文化學系教授。

[1]鄭清文，〈偶然與必然——文學的形成〉，《鄭清文和他的文學》（臺北：麥田出版公司，1998 年 6 月），頁 15。

關作品，藉以見得作家書寫歷史與記憶的用心。

## 二、身體髮膚切身之痛：殖民記憶

> 歷史的真相，是越來越清楚，不過，有不少還不清楚。
>
> 為什麼？
>
> 因為，有些資料，沒有公開出來，有些資料已經消失掉，還在人身上。
>
> 只是，現在還不能說出來。
>
> 其實，石世文也有感覺，就是現在，霍教授也不隨便談這些問題。[2]

　　石世文可看成是作家的化身，因爲他的年齡，人生閱歷及思想觀念，都很像「清文」（「世文」、「清文」日語發音同爲 seibun）。石世文見聞到的歷史，聽過的民間底層聲音，並非一如官方所言那般「正義凜然」、「對錯分明」。尤其是臺灣百年來的歷史，石世文堅持己見，非說出他那一套不是史觀的史觀不可，藉以傳達他對殖民和「外來」政權的不滿。

　　是殖民歷史讓作家一再以變奏方式呈現他對臺灣歷史的看法。石世文還是國民學校六年級的童年，因爲殖民統治，他看到本島人與內地人的差別待遇。[3]受到皇民化運動的影響，少女呂秀子一家被殖民者的利誘改姓成「川口秀子」，希望當「一等國民」。不過，隨著日本戰敗，戰後的「大和撫子」——川口秀子「已改回原來的姓名，叫呂秀好」。呂秀好此次爲了加緊學會中國話，除了加入「戰國童子軍」，也學唱「起來，不願做奴隸的人們……」呂秀好的父母戰爭末期死於美軍轟炸臺北城，戰後，爲了謀生，不得不依靠從福建來臺的「毛警官」，毛警官因爲「教國語」，呂秀好除了學會國語與唱歌，最後也「獻身」於他。不過毛逃回大陸，呂秀

---

[2] 鄭清文，〈椅子〉，《文學臺灣》第 64 期（2007 年 10 月），頁 164。

[3] 鄭清文，〈大和撫子〉，《聯合文學》251 期（2005 年 9 月），頁 56～74。另外，文中描述的躲避美軍空襲以及日本敗戰時，昭和天皇「玉音放送」都是作家親身體驗，參見鄭清文，〈我的戰爭經驗〉，《聯合報》，1985 年 7 月 8 日，8 版。

好有孕在身,下嫁大他 14 歲的另一位外省教師管先生。管先生以「中國文化」傳人自居,看不起受日式教育的呂秀好,而且時常討厭秀好全身流露的「臺灣味」,經常以拳腳相向,秀好逃避家暴,時常在外,沉淪墮落,終至身無分文。她向石世文求援,並且向石世文告白真情,吐露心聲:

> 那時,你只要有動作,捏一下我的乳房,你就是我的第一個男人,我們的關係或許會不同。可是你沒有。我以為是你不敢。這樣一個男孩子,在我看來,是弱蟲。當時是戰時,那麼多人,連生命都可以不要了,勇敢才是最重要的美德。
>
> 而你呢?
>
> 我知道,我們二人的想法和做法是有差異的。
>
> 現在,你已結婚,也有孩子了。你們的婚姻很不錯吧。
>
> 我知道,你會看不起我。
>
> 如果,你覺得當時錯過,現在想補回來,我的胸部在這裡,乳房也在這裡。雖然有別人碰過它,你卻是第一個。它比以前更成熟,也許過度成熟,像快要爛掉的水果。
>
> 沒有,它沒有爛掉。[4]

　　呂秀好沉淪於世,最後貧病而死。死前,石世文去探視,她希望石世文能夠有勇氣表達好感:

> 「摸我……」
>
> 石世文摸了摸她的臉,摸了她的頭。
>
> 「這……」
>
> 他用下巴指著,放在胸部的手動了一下。

---

[4]鄭清文,〈大和撫子〉(下),《聯合文學》第 256 期(2006 年 2 月),頁 116。

　　他把手放在她的手上。

　　「弱，蟲……」

　　石世文伸手進去，摸到了她的胸部。

　　「乾淨，高興……」

　　她的眼眶已紅了，淚水也擲出來了。[5]

　　呂秀好也好，川口秀子也好，她的命運是無法自主的。她既受殖民者的播弄，也受「外來政權」的戲弄，她原本希望「本地人」能愛他，但是卻無法如願，直至死前，「本地人」石世文才鼓起勇氣伸手去撫摸秀好的胸部，而且告訴秀好，「外來」的管先生嫌妳有「體臭」，其實，妳很乾淨」。〈大和撫子〉是一則充滿政治隱喻的故事。秀好的身體島嶼被殖民，被「中國」來的男子踐踏污辱，秀好最終仍能保有一片乾淨。秀好從淪落到死前，一直向石世文傾吐內心祕密，她最愛的仍是本地人／臺灣。從象徵的角度而言，秀好／臺灣人覺醒了。她曾經迷失方向，認同皇民化政策；她原本以為「文化中國」是高尚的，不過，最後，她領悟到，這個沒有勇氣向她示愛的男人才是她的最愛，也才是真正願意包容她的。這是一篇藉女體描寫熱愛島嶼的故事。

　　在鄭清文一系列以石世文為主角的小說作品裡，女體乳房的描寫不時出現。在這之前，他已有少數幾篇涉及此類筆觸。如果熟悉他作品的話，提到〈相思子樹〉情節，腦中便會浮現「我」在七、八歲時，看到幼時玩伴阿鳳「她的乳頭，小小的，上面有短短的凹溝。」因而好奇伸手去抓她的乳房，之後，隨著「我」成長，阿鳳的乳房一直離不開視線。阿鳳也嫁人，生小孩而後夫死，「我」也至都市求發展。再相逢時，已隔 40 年，阿鳳用貨車載「我」至小時候玩耍之地，雖然已過 40 年歲月，「真不想那塊石頭還在，而且幾乎還是原來的樣子」，兩人站在那裡，各有所思：

---

[5]同註 4，頁 121。

我看到她的胸部輕輕的起伏者。我一看，就知道她沒有穿胸罩。看來，她很平靜。她雙手拉住我的手，擺在她胸前。是鼓勵？或者是阻止？阻止我再用力抓住她的乳房？當時，我為什麼那麼粗魯？現在，我已可以確定，他並沒有忘記 40 年前的事了。今天，她帶我來到這裡來，好像是想告訴我她的的確確沒有忘記。我輕易得抓住了她的乳房。「老奶脯了。」她說。[6]

〈相思子樹〉旨在藉由「我」的眼睛觀看舊鎮故鄉（臺灣隱喻）40 年來，由農村變成首都旁重要衛星工商城鎮之一，純樸農民辛苦幾世代，卻因土地開發，「地價卻不停高漲，他們在一兩年內，不，在幾個月內，已變成比我這個工作將近四十年的薪水階級更富有了。」土地改變了農民命運，有人開工廠、做生意、出售土地、花天酒地或放棄耕作任其荒廢。總之，「我」心目中的故土儘管或有改變，阿鳳也不再是奶水飽脹餵食嬰兒的年輕少婦，「老奶脯了。她說」，不過，故鄉仍是是令人懷念的，「我」並沒有因爲故鄉變「醜」（老奶脯），土地改變人性而失去對故土的繫念與眷顧。乳房作爲女性身體的象徵，它既有原始的哺育功能與神聖意義，同時，在無數的文學作品中，乳房的愛慾（eros）情色在撩人遐思之餘，常常令人思索遮掩或溢出話語的深層隱喻。[7]而且，易引人聯想至佛洛伊德的一些理論。文學作品中乳房的象徵意涵，便在母性與愛慾之間出出入入。〈相思子樹〉阿鳳的乳房，對於「我」（作者）而言，它既是豐饒的母性形象，也是思春期「我」的性壓抑的對象，更是已步入初老的「我」的永恆依戀的「大母神」。[8]

---

[6]鄭清文，〈相思子樹〉，原刊於《新地文學》第 3 期（1990 年 8 月），收入《相思子樹》（臺北：麥田出版公司，1992 年 8 月），頁 31～32。

[7]乳房從神聖的象徵到政治的意涵，參加瑪莉蓮·亞隆（Marilyn Yalom）著，何穎怡譯《乳房的歷史》（北京，華齡出版社，2002 年 4 月 2 次印刷），頁 318。

[8]大母神的概念取自德國埃利希對於原型女性身體主要象徵要素如嘴、乳房和子宮的分析，簡言之，原型女性身體、孕育一切生命，「在無數神話和儀式中，它們扮演需要使之肥沃的大地子宮的角色」，有如大地之母。參見埃利希·諾伊曼（Erich Neumann）著，李以洪譯，《大母神：原型分

　　鄭清文作品中的女性，經常有著「大母神」豐碩且堅韌的形象，他通過對女性人物心理與行爲的雕塑，寄寓了作家對賴以維生的臺灣種種特殊的情感，同時，也反映了與他同世代眾多臺灣人的心聲。許素蘭認爲這些感性又感人的女性，之所以能展現以柳枝迎風低頭卻不屈折的生命韌性，「正是這塊島嶼的風土文化孕育出來的」。[9]不管是日本殖民時期、戰後初期的農業社會，或是上世紀 1980 年代臺灣由工商業轉向高度資本主義的現代社會，鄭清文小說中的女性人物形象，既作爲作家解釋這個島嶼存在意義之所在，也藉由女性自身命運的變化，體現了作家的歷史觀和人生觀。

　　筆者曾在〈鄭清文小說中的女性〉文中，分析鄭清文一部分小說中的女性是處於「沒有男人」的情況，或是因爲男人另結新歡，如〈堂嫂〉、〈玉蘭花〉；或是男人因爲入獄、失蹤、死亡，如《大火》、〈秋夜〉、〈焚〉等。[10]在此，另外，要補充的是，有的女性雖然擁有男人，但是命運一樣多舛，造成女性不幸福的原因未必是男人無情寡義，而是「時代」——殖民統治，以及戰後無形的政治黑掌控所造成的。早在 20 世紀 1960 年代，鄭清文就以小說作品〈二十年〉反思殖民經驗。[11]「我」在二戰末期，被徵調遠赴南洋，僥倖在戰後能生還重回臺灣。戰友陳吉祥已陣亡，「我」卻不敢告訴陳妻真相，在陳妻多次逼問下，「我」終於一五一十詳細地將當年在南洋叢林裡戰鬥，爲了生活下去，連人肉也「裝在飯盒裡，到溪邊，煮了起來。」不過，陳吉祥不幸被槍殺。陳妻聽了之後，精神崩潰，產生異常，住院治療，多年後不治棄世。「我」相當自責，更難以接受的是陳吉祥從未謀面的腹中之女玉雲，也「像母親」一樣發瘋。〈二十年〉沒有一言一句批判日本統治者，卻又字字句句滲透血淚與心酸。〈二

析》（北京，東方出版社，1998 年 9 月），第四章，頁 38～53。

[9]許素蘭，〈在孤冷的冰山燃燈：釋放鄭清文中女性的特質〉，《臺灣時報》，1994 年 7 月 23 日。

[10]李進益，〈鄭清文小說中的女性〉，宣讀於《鄭清文學術研討會》，真理大學臺灣文學系主辦，2009 年 12 月 9 日。

[11]鄭清文，〈二十年——二十年也勉強可算一代〉，《皇冠》第 27 卷第 5 期（1967 年 7 月），頁 130～149。

十年〉有個副標題：二十年也勉強可算一代。作家生於戰前，就讀過日本
殖民者設立的小學校，戰後執筆創作，臺灣兵被徵召南洋的慘痛殖民傷
痕，自身體驗或聽聞都已不是重點，重要的是記憶會隨時間而淡化或風
化，作家以〈二十年〉寫下他對殖民時期的歷史記憶。

　　同樣書寫殖民經驗作品〈三腳馬〉、〈蛤仔船〉更是獲得很大的迴
響，且爲鄭清文帶回國際文學獎項。[12]陳國偉從後現代的角度切入，以
「物」的觀點論述「物」在〈三腳馬〉、〈蛤仔船〉等文章中「不僅作爲
重要的隱喻，扮演著畫龍點睛的作用，並且還具有時間及歷史的深度。」[13]
鄭清文自言不是先有理論架構，再來寫作小說，「其實，我要思考的是，
怎樣把這個故事講好，講得讓它更精彩，然後，繼續寫下去。所以，是作
品在先，理論在後。」[14]不過，陳國偉依理論點出「三腳馬」等篇「具有時
間及歷史的深度」，確實將潛藏於語言底層的奧義給揭示出來。〈三腳
馬〉是一篇震撼人心，且極具時代意義的傑作。[15]故事的時間橫跨戰前戰
後，小說主要人物之一「曾吉祥」爲殖民統治時期的加害者，也是被害
者，改朝換代已三、四十年，身體有缺陷的「白鼻狸」曾吉祥無法忘卻因
時代而造成的悲劇與傷痕，他爲自己作威作福付出慘痛的代價，日本戰敗
後，被迫逃至山中，六親不願相認，妻子爲他犧牲。他卻流落他鄉，只能
隱名埋姓日月以雕刻馬爲生，所雕出的馬，「雖然每一隻的姿勢都不一
樣，卻都湖一個共同的特點。牠們的表情和姿態都充滿著痛苦和愧作。」
這群傷殘跛腳的馬是出自一位曾仗恃殖民統治者的威勢魚肉自己的同胞，
最後，又因殖民統治者的戰敗，導致家破人亡，妻離子散，而且，以自責

---

[12]1999 年 10 月，鄭清文以短篇小說《三腳馬》英譯本，榮獲美國「桐山環太平洋書卷獎」，見鄭清
　文，〈桐山環太平洋書卷獎和《三腳馬》〉，《鄭清文短篇小說選》（臺北；麥田出版公司，1999 年
　12 月）頁 5～10。

[13]陳國偉：〈被訴說的歷史主體──鄭清文的小說「物體」系〉，江寶釵、林鎮山主編，《樹的見
　證──鄭清文文學論集》（臺北：麥田出版公司，2007 年 3 月），頁 65。

[14]林鎮山、江寶釵，〈意圖與策略（上）──鄭清文先生訪談錄論〈玉蘭花〉〉，《文學臺灣》第 59
　期（2006 年 7 月），頁 164。

[15]鄭清文，《三腳馬》，原刊《臺灣文藝》第 62 期（1979 年 3）月，收入《鄭清文短篇小說全集 3
　三腳馬》（臺北：麥田出版公司，1998 年 6 月），頁 169～205。

與贖罪度日。是時代／歷史改變曾吉祥的命運，當然，也是時代／歷史造成曾吉祥的悲劇。殖民時代／歷史的無情，鄭清文通過〈三腳馬〉寫出了臺灣被殖民史上悲劇的一頁。

另一篇〈髮〉[16]描寫小人物受到殖民統治發動「東亞聖戰」，物資供應軍需，民生不足，導致民不聊生的悲苦。全篇以倒敘手法，回憶四、五十年前的殖民與戰爭記憶，主角金池以捕魚為生，收入不定，其妻為了哺育剛生下兩個月的娃娃，卻苦於戰時食物缺乏，無法坐月子，沒有奶水，最後被迫去偷鄰家閹雞。金池為了平息眾怒，不得不在祖先神明及眾人面前，以菜刀下其髮妻之「辮子」，只因「金池他們搬去竹圍之後不久，那時戰爭還在打。」讀了〈髮〉不為之動容落淚的人可說不多，而且引人深思。鄭清文以小人物為「歷史」主角，從這位女主角已經「死了四十多年」，早被人們遺忘，但是「我」／作者沒有忘記。在臺灣早已進入空前繁榮的 1980、1990 年代高度資本社會，人們不再對這過往的殖民歷史有興趣，鄭清文卻以春秋之筆，寫下眾多臺灣民眾被殖民的苦痛記憶。在作家眼中，日本統治者通過政治經濟的方式，壓榨並剝奪了臺灣人民生存與生活的權力與可能性，一如後殖民主義理論的論述，借用弗朗茨‧法農（Frantz Fanon, 1925～1961）的觀點，反抗殖民主義要從民族主義的角度出發，「進行反抗鬥爭，對殖民主義的壓迫結構加以淋漓盡致地揭露，並提出反抗這種殖民統治的主體是貧困的農民。」[17]鄭清文〈三腳馬〉、〈髮〉等反抗殖民主義的作品，便是刻意為臺灣的民族與歷史留下見證，其小說作品也因而保留了時代的聲音。

---

[16]鄭清文，〈髮〉，《聯合文學》第 52 期（1989 年 2 月），頁 12～19。

[17]引自王岳川，《後殖民主義與新歷史主義文論》（濟南：山東教育出版社，2005 年 3 月第 4 次印刷），頁 15～20。

## 三、傷痛可以痊癒，疤痕無法消去：228 及 1950 年代白色恐怖的記憶

在鄭清文的想法，蔣中正總統主政的國民黨政府時期，應該為 228 事件負責，而且其「爪牙」利用權勢所造成的白色恐怖等政治迫害，對臺灣人民的傷害是極其巨，以至於人民／作家至今仍無法忘卻這段苦痛的歲月，宛如一道疤痕，長存身體，標誌著遭遇過的歷史記憶。

〈學生畫家〉[18]即是一篇通過歷史人物陳澄波（1895～1947）的罹難，話出鄭清文對 228 事件的看法。石世文在公園與一位女學生畫家攀談，彼此對於繪畫有共同的愛好，因而聊及東西洋畫家事蹟。石世文向女學生談及被譽為「油彩的化身」陳澄波的「冤死」。關於陳澄波，謝里法說他是一位才華洋溢且熱愛祖國的人：

> 凡在臺灣光復之後和陳澄波有過交往的人，都會經常聽到他在勸導畫友說國語，善意幫助畫友認識祖國和祖國的同胞。因為他對祖國的愛和對祖國的認識比別人深也比別人早，至少在他自己心裡是這麼認為。[19]

真實世界的畫家陳澄波為了弭平「228」紛爭，以嘉義市參議員身分，與同仁潘木枝等擔任「和平使」趕赴水上機場與官方交涉，「卻遭逮捕，最後被綁赴嘉義火車站前槍斃示眾。」[20]小說家簡短一句：「聽說，他死的很冤枉。」這句「聽說」而來的是「歷史真相」，而非向壁虛構的小說家言，它涵蓋了無數無辜臺籍菁英在「228」事件中被濫殺的冤屈。「聽說」是虛構的小說，也是真實的聲音。作家希望把快被歷史遺忘的事實傳承下去，隨著時間的流逝，時代的變遷，一整代人曾經受過的苦難與傷痛，或

---

[18]鄭清文，〈學生畫家〉，《新地文學季刊》第 9 期（2009 年 9 月），頁 161～180。
[19]謝里法，《日據時代臺灣美術運動史》（臺北，藝術家出版社，1990 年）第 1 章第 5 節「虛架的一座橋，為的是徘徊──油彩的化身陳澄波」，頁 46。
[20]李筱峰，《解讀二二八》（臺北：玉山社出版公司，1998 年 1 月），頁 180。

有逐漸痊癒或淡化的可能,但是記憶不容風化,必須被「畫」下。[21]再者,石世文認為為政者製造恐怖氛圍,草木皆兵,人與人之間變得相互猜忌,不復存有信賴。在沒有言論自由、思想受到牽制、控制的威權時代下,有多少人不得不苟且偷生,或是被迫表態、交心。〈人像〉說一則人性受到獨裁政治的扭曲,善良的人權怕有權有勢有背景的「惡人」欺壓,而且也害怕在涉及敏感的事物上面作出政治不正確的判斷而惹禍上身。[22]〈人像〉中的銀行高級幹部花錢消災,並且私底下交待部屬,先收起畫像。買了一幅不敢公開掛出的大人物「先總統」畫像,為的是不被說成「不敬愛領袖」,這種無奈的心聲,不管是真實或傳聞,是正統歷史絕對不會記載的「集體記憶/聲音」,聞之令人彷彿置身「國王沒穿衣服」的童話世界。在那樣的驚惶年代,除了少數一兩人,大多數的人不敢放聲側目,只能冷眼以觀,喑啞以對。至於〈人像〉裡的小人物,見畫像不夠「莊嚴」或太「老」因而心生畏懼,相當傳神地表達了那個特定年代的底層庶民聲音。

對於這位「大人物」,石世文給予種種的描繪。在〈人像〉之中,擅長畫人像的石世文看不起大人物,他說:「我不畫大人物(案:指蔣介石)。這種畫也不會輪到我畫。」石世文正言反說,他不畫卻「話」蔣介石如何深深地影響著臺灣人民的命運。《今日拜幾》即是極盡嘲諷蔣氏為能事。

「228」事件的真相,大半雖已浮出地表,然而,「歷史」敘事只要涉及立場問題,可能就會形成人言人殊的局面。鄭清文選擇站在臺灣民眾的角度發聲,以小說(部分則寫成童話)形式書寫臺灣「228」歷史。鄭清文認為小說這種敘事,看似在講故事,其實「它是現實的,寫實的,真實

---

[21] 「228 事件」的歷史真相追究、探討及論述,目前可說尚未得到持不同立場者一致的認同,吳乃德說:「歷史記憶的書寫本就難以避免受到主觀整治態度和未來願景的影響。228 事件距今天已經 60 年。不過因為它的歷史在前 40 年被強迫掩埋,臺灣社會對於 228 的論述、對民族創傷的書寫,其實才剛開始。」或許,這也是鄭清文在大量口述 228 歷史資料獻及文學作品已出現後,仍然「執意」以小說寫下他個人的記憶。參見吳乃德,〈書寫民族創傷:228 事件的歷史記憶〉,《思想(8)後解嚴的臺灣文學》(臺北:聯經出版公司,2008 年 1 月),頁 39〜70。

[22] 鄭清文,〈人像〉,《新地文學季刊》第 3 期(2008 年 3 月),頁 229〜241。

的。」而且，可以結合生活，反映社會，因此，他說「生活和作品是緊扣在一起的。這似乎也是臺灣作家的重要特質」[23]他以文學記錄歷史，伸張遲來的公平與正義，並爲冤魂譜安魂曲。

　　至於「白色恐怖」時期慘絕人寰的錯殺冤殺政治事件，在作家筆下，呈現哀而不「傷」的描寫，之所以「無傷」，不是不會痛，而是必須忍住悲傷，將「真實」的歷史交代給下一代，說明傷痕產生的過程要比控訴傷痛本身來得重要且有意義。〈公園即景三則〉第一則〈唱日本歌的阿媽〉[24]，石世文時常看到幾位「年齡比石世文大，日文也比他好」，喜歡而且善於唱日文歌的阿媽們聚集在公園唱歌，某日，因而得以認識阿琴姐，他因爲未婚夫醫生被槍斃而終身未嫁。在未婚夫被抓去關的時候，「有人提議，叫她去找局長。沒有不能解決的事。」「對方要求她的身體。」不過，「這是一種很困難的決定，未婚夫如果真的被釋放出來，她要如何面對他？」不過，爲了救人，她犧牲了，不管日後未婚夫會不會原諒，「甚至不要她，她也必須做。」「未婚夫還是被槍斃了。」阿琴這位已經可以做阿媽的「老女人」，一生的幸福埋葬在一個黑暗的時代裡。小說寫那個局長後來被告發，被另一個受害者「去中山北路攔住蔣介石的車。蔣介石下令，把那個局長槍斃了。這一件事，石世文也知道。可能是在當時的報紙看到的。他還記得那個局長姓包，官階是少將，名字已經忘掉了。」鄭清文雖然不是很喜歡「中國文化」[25]，中國自古以來卻非常重視信史，而且《春秋》史筆一出，亂臣賊子會懼怕。左史記言，右史記事，除了記錄帝王興衰之理，也在寫卜忠奸、賢與不肖事蹟，以警惕來者，垂訓後世。鄭清文〈公園即景三則〉的用意，可說與古代中國說部「雖小道亦有可觀

---

[23]同註 1，頁 16。

[24]鄭清文，〈公園即景三則〉，《文學臺灣》第 60 期（2006 年 10 月），頁 114～128。

[25]鄭清文對「中國」沙文主義的看法，散見〈文化大魔咒〉、〈中華中毒〉、〈青山？或沙漠？〉等，收入鄭清文《小國家大文學》（臺北：玉山社出版公司，2000 年 10 月）。另外，鄭清文長篇小說《舊金山——一九七二》（臺北：一方出版社，2003 年 2 月）亦有多處言及，如第三節〈唐人街〉、第八節〈約塞米堤〉均是。

焉」裨補正史的野史精神巧似。

〈公園即景三則〉可視爲〈來去新公園飼魚〉的變奏曲[26]，後者的主角福壽伯夫婦相依爲命，常相伴至公園，兩人心中一直有塊石頭壓著，因爲在白色恐怖時期，他們的兒子阿和 19 歲被逮捕，二十幾年了，音訊全無，生死未卜，在漫長的等待兒子平安回家過程，福壽姆無數次在夢中見到兒子，而且很害怕「他死著回來」。有評者從普世人性價值批判不尊重生命的非法的政治手段，林鎮山說：「作者並沒有直接從白色時代的政治層面切入，而是間接從爾後母愛的長年『等待與牽掛』出發，來述寫福壽姆的真情與人性。畢竟，母愛是普世性的情感，而以不公、不義、不尊重生命的非法手段，來剝奪溫馨的母子之情，是人世間最苛酷的行爲。」[27]

至於〈新婚夜〉[28]，石世文就藉政治受難者林有成之口，明言上世紀1950 年代的白色恐怖時期的元兇就是蔣介石：「在獄中想過，也聽過獄友講過，是蔣介石關了我們，不但關，還殺了很多人，包括你的二哥。」

林有成「是一個老實的農夫」，卻被牽連下獄，其原因是「有人給他一本《三民主義》的書。他是有翻過，不過中文基礎不好，可說不太了解。」「不是《三民主義》有問題，是拿著給他的人有問題。」林有成受到刑求逼供而坐監。出獄後，卻無法揮去曾爲「犯罪人」的身分，同時性格大變。轉而以會攻擊他人，唯有看到他人受傷，自己也才能獲得紓解內心的壓力。另一篇〈山腳村〉[29]，林有成的女人張杏華便是經常受到凌虐，張杏華以同情的立場來了解他：

> 張杏華有想過，林有成是善良的，從某方面來看，他是個軟弱的人。他被問過，他自己說，他沒有做錯事。這件事，一直留在心的深處。有

---

[26] 鄭清文，〈來去新公園飼魚〉，《臺灣春秋》第 16 期（1990 年 2 月），頁 375～393。
[27] 林鎮山，〈聲音與懼怕──〈夜的聲音〉與〈來去新公園飼魚〉中的等待和牽掛〉，《樹的見證：鄭清文文學論集》，頁 24。
[28] 鄭清文，〈新婚夜〉，《文學臺灣》第 71 期（2010 年 1 月），頁 226～251。
[29] 鄭清文，〈山腳村〉，《文學臺灣》第 73 期（2010 年 1 月），頁 127～172。

時，他想攻擊，他想傷人。是因為別人傷害他嗎？現在，他企圖自殺。
而且也喝了露藤水。這是一種自我悔過，自我懲罰。他已懲罰過了。就
這樣嗎？[30]

　　畢竟，原本的林有成「他沒有做錯事」，卻因受政治迫害，導致性格
驟變，無數無辜的林有成／臺灣人只能在暗夜哭泣。鄭清文認為，歷史傷
痕可以政治手段平反，但是心靈創傷可能很難平復。

　　上個世紀 1950 年代以降至解嚴，在臺灣人民心中，一直存著一種擔
心，驚怕被「密告」，因為「匪諜就在你身邊」。〈舊書店〉在講這種恐
怖統治，〈學生畫家〉則刻意標誌「1964 年」那個時間點，作家想替時代
留下見證。在那樣的「亂世」之下，人人自危，人人難安。其中，出現一
種現象，有受壓迫者屈服於權勢反過頭來當加害者，會向有關單位「密
告」。21 世紀的臺灣新生代的認知裡，也許「密告」只是說說壞話而已，
「密告」會讓一個人一夜之間從地球上消失，在民主社會，恐怕匪夷所
思。對於身處具體歷史的時空下的作家及那一世代的人而言，除非是當事
者，他們是無法觸及「真實」的歷史，他們只能「道聽塗說」，然而
「時」過「境」遷，真相水落石／實出，石世文便將聽聞的「集體聲音」
話／畫出「集體記憶」。20 世紀 1950、1960 年代臺灣人民所處的「黑暗
時代」，並非孤絕自外於世，借用漢娜・鄂蘭（Hannah Arendt, 1906～
1975）《黑暗時代群像》的觀點，可以知道，「黑暗時代」不是 20 世紀才
突然冒出來的，它一點都不新，「而且在歷史上絕非少見。」[31]儘管黑暗時
代已成民主時代，石世文／鄭清文顯然希望流動不居、閃爍不定的歷史記
憶能夠被固定下來。

---

[30]同前註，頁 160。
[31]漢娜・鄂蘭（Hannah Arendt）著，鄧伯宸譯《黑暗時代群像》（臺北：立緒文化出版公司，2006
　年 11 月），「作者序」，頁 7～10。

## 四、臺灣政治，現在進行式

　　鄭清文寫下多篇以石世文爲主角的小說，其中有的題旨早於解嚴後便已呈現出來，例如以政治爲題材的〈夜的聲音〉、〈舊書店〉、〈白色時代〉，連同前述〈來去新公園飼魚〉，都令人見識到作家對於無情非義政治批判的力道。21 世紀，臺灣政治史上進入新紀元，有了政黨輪替的「變天」。半世紀以來的種種政治「清算」，亦即「轉型正義」的進行，應該爲臺灣社會帶來新契機才是。然而卻只見政黨惡鬥，尤其是立委口水滿天飛，或許是這個原因，讓作家興起以荒誕變形的童話加以諷刺政治的「不人性」，〈丘蟻一族〉、〈天馬降臨〉是發表於 2007 和 2008 年[32]，〈精靈猴〉發表於 2000 年，更早則可溯至〈麗花園〉[33]、〈魚桀魚故鄉〉等[34]。

　　在《鄭清文童話繪本 1：燕心果》〈原著者的話〉[35]中，作家有一段話在告訴讀者，他寫童書作品「也會有一點寫小說的習慣，就是盡量用簡單的文字，去表達一些讓人思考的問題。」「不同的年齡可能有不同的體會。」鄭谷苑在〈給八歲到八十八的讀者——從童話談鄭清文的文學思考〉[36]文中，強調鄭清文童話除了一般概念中的作品外，有一些是「相當負有社會性的童話。」她舉〈麗花園〉故事暗喻「權力的腐敗與荒謬」，至於〈丘蟻一族〉則與〈松雞王〉、〈火機密使〉等作品，「故事性豐富，充滿想像力，真正的意義藏於故事之下」，「能體會的人，看到的就不只

---

[32]鄭清文，〈丘蟻一族〉，《文學臺灣》第 62 期（2007 年 4 月），頁 162～213。〈天馬降臨〉，《文學臺灣》第 66 期（2008 年 4 月），頁 103～148。兩篇合爲一書《丘蟻一族》（臺北：玉山社出版公司，2009 年 6 月）。

[33]鄭清文，〈麗花園〉，收入《採桃記》（臺北：玉山社出版公司，2004 年 8 月），頁 191～205。李喬對〈麗花園〉裡的「羊國」有過詮釋：「咦?這個「羊國」怎麼有些似曾相識?（中略）這個故事，不正在東經 119 度～124 度；北緯 22 度～26 度的島嶼上上演嗎？嗚呼哀哉！」亦即暗指「立法院」天天上演的戲碼。見李喬、曾貴海、劉慧真編撰《臺灣文學導讀》（臺北：財團法人群策會李登輝學校，2006 年 1 月），頁 58。

[34]鄭清文，〈魚桀魚的故鄉〉具有政治意涵，本篇文末強調故鄉可以是此地，且是此時即可落腳之地，不必學鮭魚刻意遠涉山水，迴游溯尋祖先的故鄉，收入《採桃記》，頁 135～148。

[35]鄭清文，《鄭清文童話繪本 1：燕心果》（臺北：玉山社出版公司，2010 年 2 月）。

[36]鄭谷苑，〈給八歲到八十八歲的讀者——從童話談鄭清文的文學思考〉，《新地文學季刊》第 4 期（2008 年 6 月），頁 58～66。

是故事的情節了。」這段評論話語充滿暗示性，卻也道出鄭清文童話的特性之一，那就是「政治義涵」，童話敘事者與小說敘事者「石世文」一樣，都希望能為臺灣歷史留下點什麼具體的「話語」。

〈丘蟻一族〉是一篇具有政治寓意的童話小說。

小朋友讀者或許聽不懂，螞蟻的故事怎會跟一個另被稱為「爆料名嘴」的人物扯上關係。事實上，〈丘蟻一族〉內容不是只講一隻螞蟻的故事而已，其要表達的多層義涵以牠們「說謊」作為核心，擴及牠們一族不講「四維八德」，只能效忠「元首」，沒有個人存在的意義，地位高的「委員」仗勢欺人，謊話連「編」，最後招致食蟻獸入侵蟻丘，將一族吞食殆盡。（不過，諷刺的是，「這隻食蟻獸，是由丘廉和丘恥」兩隻高階委員變形而成的。）明眼人一看「童話」，就知道「童言無忌」，「丘義」這隻螞蟻，不但擅長顛黑倒白，「丘義說話方式，和其他的丘蟻不同。丘義說謊，有時像矛，有時像盾。」而且，「丘義」在牠們族群中被視為「異己」，孤單無友，到處與人為敵。〈丘蟻一族〉是藉由小說變形——童話寫出當前臺灣立法院及一些女委員的生態，對醜行惡狀的描繪與想像，與〈麗花園〉的羊狼譬喻有異曲同工之妙，而且，言外深意令人為之捧腹。童話以小說筆法為之，故事寓意性與寫實性互相交錯、滲透，透過敘述者的視點，〈丘蟻一族〉不啻是眼前臺灣執政黨的象徵。

另一篇〈天馬降臨〉，文前引用一段日本《古世紀》神話，故意遮掩文本的真意，然而內文卻是賡續〈丘蟻一族〉的脈絡，兩文紋理一致。〈天馬降臨〉所提及「大馬英明」、「天馬喜歡，有什麼不可以？」、「天馬萬歲」的「天馬」，看似由天而降，高高在上，血統高貴，然而，「不要忘記，牠是由丘蟻變過去的。」而且，有人問「天馬是用什麼來統治？」「我要用法螺。」「聽說，吹法螺就是吹牛。」況且，「丘蟻」的黨人「丘智」說「和龍比起來，馬的用處實在不多。」於是「丘蟻一族」在某一個「天上閃著電光，地上飛沙走石，一定的，大地一定會有更大的變化」來臨之前，發現「天馬」不見了，而且，「滿地的丘蟻看著黑暗的天

空」，齊聲數著「五顆星，五顆星！」小小的螞蟻，無力改變現實，只能自吹自擂，自欺欺人，在災難臨頭之時，不見「蟻后」或「天馬」出面帶領大家解決困難。鄭谷苑從神話中的變形分析：「動物和神話都有變形。動物的變形是生存上的現象，神話代表人類的想法。果然，我們在臺灣也看到，很多人想變形，很多人在變形，人，因為變形得到好處。（中略）丘蟻一族和天馬是現代神話。他們萬系一宗，有強烈的變形願望。」[37]

　　成人讀者閱讀「現代神話」，自然會有不同於小孩的想法，讀者明顯可以看出「丘蟻」一族具有政治的寓意。丘蟻不管名為丘禮、丘義，或者變成馬廉、馬恥，甚至再一變而成變色龍、天馬，所謂「萬系一宗」就是在講「牠們」的本質並沒有隨著外貌或者外在環境的變化而有所變好。作家運用變形的藝術手法，描繪了種種「丘蟻」的變形，曲折投射了某類族群的特殊政治性格，以達到象徵意蘊。

　　童話這種超現實的藝術型態，提供了作家可以將現實世界幻化成非現實，又可以審視現實的途徑，作家讓政治世界的真實人物現形。作家寫作〈丘蟻一族〉、〈天馬降臨〉的用意是對現實政治的深切關係，同時，也呈現作家對童話藝術境界的苦心經營與追求。

## 五、結論

　　鄭清文這幾年通過「石世文」的畫筆，彩繪了他心目中的臺灣歷史與人物群像，從日治殖民的戰爭經驗與記憶，隨之而來的戰後「228 事件」的驚懼、1950 年代白色恐怖的傷痕，到「動員戡亂時期」的戒嚴、肅殺等臺灣百年來的歷史與事件。鄭清文說：「有人說臺灣沒有歷史。臺灣沒有歷史嗎？（中略）有人就有歷史，有動物，有植物，也是歷史。已存在世界上的萬物，不管時間長短，不必經由他者命名或肯定，其存在的事實是不容否認的。」他說：「臺灣有很多巨大的樹，它們的樹齡都超過千年。

---

[37]鄭清文，〈丘蟻一族〉，鄭谷苑〈序：變形願望〉，頁6。

（中略）千年來，那些樹就在那裡，有不少，現在還在。樹只有存在，並不需要名字。」[38]上述引言，可看出作家書寫臺灣歷史的意念與目的不在為臺灣重新命名，主要是將存在的事實，以及曾在這個「美麗的小島」上發生過的歷史，以一介庶民的見證立場加以記錄與描摹。

　　一如論者所言：「雖然歷史真相只有一個，歷史記憶卻有多種，而且難有共同接受的版本[39]。」鄭清文所欲論述的臺灣歷史，並非恢宏巨大的正史結構，純粹是非常「民間」的，但也正因來自民間，其聲音與記憶就具有某種程度的代表性與典型意義。對臺灣歷史發展與未來走向持不同立場的讀者，在閱讀「石世文」系列小說時，一定會有不同感受與看法。造成不同解讀的原因，除了鄭清文作品本身常見的「兩可性」（"ambiguity"）[40]外，也與閱讀者自身生活經驗，對臺灣歷史與政治抱持何種關懷與態度會有密切的關聯性。不過，最終要論述與重視的是文學作品本身的價值。要評斷作品，便需從其能否深刻描摹及反映人性，亦即作品是否具有普世價值；以及作品如何凸顯民族或地方特色。鄭清文作品具有上述這些要素，是無庸置疑的。

　　鄭清文認為「臺灣文學的特色有四點，鄉土、寫實、反抗和歷史。在殖民地，這些特色就更具有意義。臺灣是殖民地，日治時代如此，國民黨政權時期也如此。」[41]因此作家抱持這種立場來寫作「石世文」系列小說，其鮮明本土的色彩也就成為作品的特色。從他這幾年的作品看到他持續在臺灣文學版圖上努力奔走的具體方向與宏偉目標。

　　　　　　　　　——選自「跨文化與現代性：歐亞文化語境中的華文文學與文化研討會」
　　　　　　　　臺北：中央研究院，2010 年 5 月

---

[38]鄭清文，〈樹的見證——寫在鄭清文國際學術研討會之前〉，《聯合報》，2006 年 5 月 27 日。
[39]吳乃德，〈書寫民族創傷：二二八事件的歷史記憶〉，頁 64。
[40]鄭清文，〈創作信念——《最後的紳士》自序〉，《鄭清文和他的文學》，頁 195。
[41]鄭清文，〈從李喬小說談如何建立臺灣文學〉，姚榮松、鄭瑞明主編《李喬的文學與文化論述：第五屆臺灣文化國際學術研討會論文集》上冊（臺北：師大臺文所，臺南：長榮大學臺灣所，2007 年 12 月），頁 29。

輯五◎
研究評論資料目錄

# 作家、作品評論專書與學位論文

## 專書

**1. 鄭清文　　鄭清文短篇小說全集・鄭清文和他的文學　臺北　麥田出版公司**
**　　1998 年 6 月　281 頁**

本書爲《鄭清文短篇小說全集》別卷。全書分 2 部分：1.「評論選錄」共 10 篇：彭瑞金〈人王椰子──二十年來的鄭清文〉、陳垣三〈追尋──論鄭清文的文體〉、黃武忠〈風格的創造者──鄭清文印象〉、林瑞明〈悲憫與同情──鄭清文的小說主題〉、郭明福〈冰尖下的人生真相〉、方瑜〈抉擇與承擔──試論鄭清文的《現代英雄》〉、王德威〈鄉愁以外的智慧──評鄭清文的《相思子花》〉、許俊雅〈啓蒙之旅──談鄭清文的少年小說〈紙青蛙〉〉（附錄／紙青蛙）、鄭清文講；洪醒夫採訪整理〈誠實與含蓄的故事──鄭清文訪問記〉、鄭清文講；王文伶採訪整理〈靜裡尋真，樸處見美──訪鄭清文先生〉；2.「文學短論和雜憶」共 19 篇：〈大水河畔的童年〉、〈一張照片，許多故事〉、〈終戰前後，我的臺北記憶〉、〈畫圓圈──《龐大的影子》四版序〉、〈創作的信念──《最後的紳士》自序〉（附錄／尋找自己、尋找人生）、〈《報馬仔》自序〉、〈作家的素質〉、〈個人的力量〉、〈演員和明星〉、〈樸實的風格〉、〈由小奠基〉、〈文學的路不只一條〉、〈平衡的境界〉、〈藝術的極限〉、〈性與文學〉、〈捏黏土〉、〈我的文學觀〉、〈氣質〉、〈渡船頭的孤燈──臺灣文學的堅守精神〉。正文前有〈序：偶然與必然──文學的形成〉，正文後附錄〈鄭清文小說評論索引〉、〈鄭清文寫作年表〉、〈鄭清文著作年表〉、〈一～六卷目次總覽〉。

**2. 李進益　　繼承與創新──論鄭清文的文學世界　臺北　致良出版社　2004 年**
**　　3 月　355 頁**

本書全面探討鄭清文的文學歷程、長短篇小說的藝術思想及文藝批評的成就。全書共 9 章：1.緒論；2.文學的路不只一條──論鄭清文的文學歷程；3.尋找自我，尋找人生──論鄭清文長篇小說《大火》與存在主義；4.臺灣的心──論鄭清文長篇小說《舊金山──1972》；5.沒有創新，那來繼承──論鄭清文〈花園與游戲〉的現代主義精神；6.一粒米，八十八──論鄭清文小說中的老人形象；7.樸實的風格──論鄭清文小說語言的特色；8.責難與鼓勵──論鄭清文的文藝批評；9.生活，藝術和思想──論鄭清文小說的藝術思想。

**3. 江寶釵，林鎮山主編　　樹的見證：鄭清文文學論集　臺北　麥田出版公司**

2007 年 3 月　293 頁

本書收錄「鄭清文國際學術研討會」部分論文，內容涵蓋鄭清文小說、童話、評論、以及鄭清文文學翻譯等各種面相。全書共 17 篇：1.鄭清文〈樹的見證——寫在鄭清文國際學術研討會之前〉；2.江寶釵〈聖塔芭芭拉夜未眠——《鄭清文文學論集》編序〉；3.林鎮山〈聲音與驚怕——〈夜的聲音〉與〈來去新公園飼魚〉中的等待與牽掛〉；4.蔡振念〈鄭清文短篇小說中異化的現代英雄〉；5.陳國偉〈被訴說的歷史主體——鄭清文的小說「物體」系〉；6.趙洪善〈〈姨太太生活的一天〉的敘述策略〉；7.許素蘭〈走出簸箕谷，走向廣闊的世界——論鄭清文小說中的「山谷」意象及其變衍〉；8.李進益〈一首臺灣農村的贊歌——論鄭清文長篇小說《峽地》〉；9.T.C.Russell〈〈紅龜粿〉——鄭清文在鬼世界的正義使者〉；10.岡崎郁子〈鄭清文的創作童話——從孤兒意識與生態保護的觀點論起〉；11.徐錦成〈重探鄭清文童話的爭議——以「幻想性」、「兒童性」為討論中心〉；12.邱子修〈翻譯中的盲點——試探《春雨》英譯的幾個問題〉；13.江寶釵，羅林（J.B.Rollins）〈論英譯鄭清文小說選《玉蘭花》的閱讀與文化介入〉；14.松浦恆雄〈關於臺灣文學在日本的翻譯〉；15.金良守〈鄭清文〈三腳馬〉裡的殖民地記憶〉；16.鄭德昌〈談談鄭清文的《小國家大文學》概念〉；17.林鎮山〈多元的聲音——《鄭清文文學論集》代跋〉。正文後附錄〈鄭清文生平年表〉、〈鄭清文著作年表〉。

**4. 徐錦成　　鄭清文童話現象研究——臺灣文學史的思考　臺北　秀威資訊科技公司　2007 年 8 月　206 頁**

本書為學位論文出版，透過對鄭清文童話的研究，提示「成人文學」（主流文學）與兒童文學接軌的必要。全書共 6 章：1.緒論；2.鄭清文童話發展歷程：1977—2006；3.成人童話——鄭清文童話的爭議焦點；4.鄉土文學——鄭清文童話的鄉土情懷；5.本土色彩——鄭清文童話的政治意識；6.結論。正文前有馬森〈序〉、岡崎郁子〈序〉、〈前言〉，正文後附錄〈臺灣童話發展年表：1977—2006〉、〈後記〉。

**5. 鄭谷苑　　走出峽地：鄭清文的人生故事　臺北　麥田出版公司　2007 年 12 月245 頁**

本書以鄭清文生命以及生活中的重要事件，依時間分為 11 個段落，並敘述鄭清文的想法與經歷。正文共 11 章：1.懵懂時期——童年記事、初中與終戰；2.青澀的歲月——文學的啟蒙時期；3.社會的試煉——畢業與就業；4.另一條道路——大學生活與開始寫作；5.習作與轉變——工作，家庭，與創作；6.創作初期——故鄉與自我；7.創作中期——8 歲至 88 歲的童話；8.文學與文化的一些看法；9.寫作與得獎；10.現

代英雄——對傳統的反叛；11.所謂美食家——五彩神仙。正文前有〈序曲——大王椰子的風景〉，正文後有〈結語——謙卑的收集者〉，附錄丁士欣〈我的阿公〉。

**6. 真理大學麻豆校區語文學院臺灣文學系　　第十三屆臺灣文學家牛津獎暨鄭清文文學學術研討會資料彙集　臺北　真理大學人文學院臺灣文學系　2009 年 12 月　182 頁**

本書為 2009 年 11 月 28 日舉辦之研討會論文彙集。全書共 10 篇論文：1.李喬〈鄭清文文學版圖與入口〉；2.李進益〈鄭清文小說中的女性〉；3.蔡易澄〈鄭清文家庭倫理的建立——從短篇小說中的「外遇」談起〉；4.錢鴻鈞〈從鄭清文、鍾肇政往來書簡看兩人的為人與文風〉；5.陳坤琬〈回憶的重量——論鄭清文〈三腳馬〉與〈蛤仔船〉〉；6.李魁賢〈談《丘蟻一族》〉；7.許素蘭〈小論鄭清文近作〈大和撫子〉〉；8.馬靖雯〈鄭清文童話中的政治寓言初探〉；9.顧敏耀〈鄭清文〈春雨〉的互文性演繹／衍異——從小說原著到繪本與電視劇〉；10.聶雅婷〈局內？或者局外？——讀鄭清文的《局外人》〉。正文前有〈臺灣文學家牛津獎‧獎詞〉、馬靖雯〈不停說故事的人——鄭清文〉、馬靖雯編〈鄭清文‧文學之路〉，正文後有〈頒獎及大會照片〉、〈捐款芳名〉、〈人員資料〉、〈執行工作小組〉、〈資料彙集〉。

## 學位論文

**7. 許素蘭　冰山底下的大水河——鄭清文短篇小說研究　靜宜大學中國文學系碩士論文　陳俊啟教授指導　2000 年　161 頁**

本論文以鄭清文生平背景、文學啟蒙與創作理念為基點，探討鄭清文文學風格形成脈絡淵源，並為鄭清文的創作歷程做了分期。透過「史」的處理，一方面掌握鄭清文 40 多年來，小說創作的整體面貌；另方面也藉各階段風格特色的討論，多方面呈現鄭清文小說的內容風貌。全文共 5 章：1.緒論；2.鄭清文生平背景與創作理念；3.創作歷程（1958—2000 年）；4.小說中的「離鄉」與「回歸」；5.結論。

**8. 詹家觀　鄭清文小說中的社會變遷　政治大學中國文學系　碩士論文　陳芳明教授指導　2000 年　149 頁**

本論文藉由分析鄭清文的小說，探討經由現代化而導致城鄉變遷、傳統行業的轉變，並分析其筆下描寫在農業社會轉向工商業社會之際，因社會變遷所衍生的種種問題，又如何以文學的手法展現紛雜深沉的人生萬象。全文共 5 章：1.緒論；2.家國圖像與政治書寫；3.臺灣城鄉的發展與變遷；4.世代交替、價值轉換與人生思索；5.結論。

**9. 邱子寧　　鄭清文作品中的童年敘事　臺東師範學院兒童文學研究所　碩士論文　林文寶教授指導　2001 年　189 頁**

本論文就鄭清文作品進行討論，觀察鄭清文做爲一位跨界作家（crosswriting author）在處理題材與呈現內容上所作的考量。並藉由鄭清文作品裡的童年或青少年作爲主角的故事，進一步探討「講述童年的故事」與「兒童文學」之間的關係。全文共 5 章：1.緒論；2.童年與敘事；3.鄭清文短篇小說中的童年敘事；4.鄭清文兒童文學作品的敘事；5.結論。

**10. 郭惠禎　　鄭清文短篇小說風格研究　臺北師範學院應用語言文學研究所　碩士論文　浦忠成教授指導　2001 年　224 頁**

本論文採取主題式內容分析法，將文本先行分類再依題旨切入各篇，分析出鄭清文短篇小說關懷的面向所在。在作品研究部分，以分析鄭清文小說中的語言、人物刻劃、小說結構、敘事形式與觀點，深入其小說藝術之中，直探鄭清文小說藝術的核心，解開簡單、含蓄之下所深涵的意蘊。全文共 6 章：1.緒論；2.鄭清文文學啓蒙與創作歷程；3.影響鄭清文小說的因素；4.堅持在冰山上燃燒的寫作意識；5.鄭清文小說的藝術；6.結論。正文後附錄〈鄭清文著作——評論和短文〉、〈學界評論〉、〈傳記資料〉。

**11. 陳美菊　　《鄭清文短篇小說全集》研究　高雄師範大學國文學系國文教學碩士班　碩士論文　林文欽教授指導　2002 年　250 頁**

本論文先從文學評論著手歸納鄭清文在臺灣文學史的位置，及其與鄉土文學運動的關係；進而分析其全集特色，討論其作品主題及人物刻畫如何成就鄭清文文學雋永的冰山風格。全文共 7 章：1.緒論；2.鄭清文生平與創作背景；3.《鄭清文短篇小說全集》編選；4.鄭清文短篇小說主題分析；5.寫作技巧研究（上）；6.寫作技巧研究（下）；7.結論。正文後附錄〈鄭清文短篇小說篇目總覽〉、〈《鄭清文短篇小說全集》卷 1 至卷 6 敘事模式分析表〉及〈《鄭清文短篇小說全集》時序分析表〉。

**12. 呂佳龍　　成長與記憶之河——鄭清文小說研究　南華大學文學研究所　碩士論文　陳明柔教授指導　2003 年 6 月　263 頁**

本論文以社會學質化研究中的紮根理論研究方法（Basicsof Qualitativeresearch），對資料（小說作品）進行觀察。在資料中賦予概念性的編碼，透過概念與概念間的連結與建構，抽取出一個可解釋鄭清文作品的解釋性理論（「成長」與「記憶」），並配合小說中母題的量化統計，對鄭清文的創作階段重新進行分期，突破

一些既有定論的未竟之處，重新賦予近年來蔚爲風潮的鄭清文研究下的新詮釋角度與意義。全文共 6 章：1.緒論；2.追尋一條大河的源頭；3.大河組曲的誕生與變奏；4.流經都市與舊鎮的長河；5.污濁血河中的沒頂與重生──重構歷史記憶；6.結論───一首未完的大河組曲。正文後附錄〈鄭清文訪談〉。

13. **何慧倫　　鄭清文童話研究　高雄師範大學國文學系國文教學碩士班　碩士論文　林文欽教授指導　2004 年　282 頁**

本論文係以兒童文學與童話爲論述背景，從兒童文學的定義、特性與分類來了解兒童文學；再列舉各家兒童文學理論研究者看待童話的不同角度，來探討最適合鄭清文童話之範疇。全文共 6 章：1.緒論；2.兒童文學中的童話；3.鄭清文生平及寫作態度；4.鄭清文的童話創作理念；5.鄭清文童話的再定位；6.結論。

14. **徐錦成　　鄭清文童話現象研究　佛光人文社會學院文學系　博士論文　馬森，李瑞騰教授指導　2005 年　149 頁**

本論文與之前大多數的鄭清文童話研究不同之處，在於以鄭清文童話爲研究主體，卻非純粹以兒童文學的角度進行討論，而是要透過對鄭清文童話的研究，提示「成人文學」（主流文學）與兒童文學接軌的必要。全文共 6 章：1.緒論；2.鄭清文童話發展歷程：1977—2006；3.成人童話──鄭清文童話的爭議焦點；4.鄉土文學──鄭清文童話的鄉土情懷；5.本土色彩──鄭清文童話的政治意識；6.結論。正文後附錄〈臺灣童話發展年表：1977—2006〉。

15. **徐美智　　鄭清文《現代英雄》之研究　臺灣師範大學國文學系在職進修碩士班　碩士論文　楊昌年教授指導　2006 年　148 頁**

本論文採用文學主題研究方法，探討《現代英雄》小說中的英雄形象。全文共 7 章：1.緒論；2.鄭清文生平及其文學活動；3.英雄人物之塑創；4.英雄回歸之指向；5.英雄人物之人文視野；6.《現代英雄》之小說藝術；7.結論。

16. **鄧斐文　　鄭清文短篇小說人物研究　高雄師範大學國文學系回流中文碩士班　碩士論文　林文欽教授指導　2006 年　338 頁**

本論文以鄭清文的短篇小說爲主，研究範圍從 1958 年他的第一篇作品〈寂寞的心〉開始，一直到 2006 年爲止，將近五十年的時間所創作的一百多篇短篇小說。研究方法爲從其文本深入分析探討，並輔以其他相關文學理論。主要內容聚焦在人物的研究上，以呈現出鄭清文短篇小說人物風貌。全文共 7 章：1.緒論；2.鄭清文小說創作探討；3.男性人物形象分析；4.女性人物形象分析；5.老人人物形象分析；6.小說人物藝術技巧描寫；7.結論。

17. 陳琪芬　　鄭清文童話的特質與教育意義　中山大學中國文學系　碩士論文
　　　　龔顯宗教授指導　2007 年 7 月　176 頁

本論文以鄭清文三本童話《燕心果》、《天燈・母親》以及《採桃記》為主，探討
鄭清文童話的特質與教育意義。全文共 6 章：1.緒論；2.美妙的兒童文學；3.鄭清
文童話的特質；4.鄭清文童話的鄉土文化教育；5.鄭清文童話的寓言教育；6.結
論。

18. 黃靖涵　　鄭清文童話主題研究　政治大學中等學校教師在職進修班　碩士論
　　　　文　鄭文惠教授指導　2008 年 7 月　110 頁

本論文以鄭清文童話主題為研究對象，討論鄭清文如何透過主題書寫，形塑出他個
人的風格特色。全文共 8 章：1.緒論；2.鄭清文的童話創作；3.關懷鄉土自然與生
態倫理；4.生命教育與成長啓蒙的關注；5.保存民間傳說與民情風俗；6.歷史記憶
與社會風氣的省思；7.鄭清文童話特色與風格；8.結論。

19. 簡國明　　鄭清文短篇小說女性人物研究　高雄師範大學國文學系回流中文碩
　　　　士班　碩士論文　羅克洲教授指導　2008 年 7 月

本論文以鄭清文短篇小說中的女性人物為主，從文本深入分析探討，並輔以相關文
學理論，以呈現出鄭清文短篇小說中女性人物風貌。全文共 6 章：1.緒論；2.鄭清
文生平與創作；3.女性人物外在形象研究；4.女性人物內在心裡研究；5.女性人物
的困境；6.結論。

20. 黃雅銘　　鄭清文短篇小說中的女性書寫　東吳大學中國文學系　碩士論文
　　　　劉正忠教授指導　2008 年 7 月　128 頁

本論文先以女性的社會角色進行分類，再分析女性如何面對自我的價值，進而運用
敘事學理論探討鄭清文創作時對女性書寫的立場與態度。全文共 5 章：1.緒論；2.
小說中的母親形象；3.忠誠與反叛──小說中的女性意識；4.女性書寫的立場與策
略；5.結論。

21. 田珮繁　　鄭清文短篇小說主題研究　臺北市立教育大學中國語文學系碩士班
　　　　碩士論文　余崇生教授指導　2008 年 12 月　236 頁

本論文先說明鄭清文的文學觀，再從生命書寫、悲情寫實以及心靈療養 3 個面向探
討其創作主題特點。全文共 6 章：1.緒論；2.鄭清文創作文學觀；3.鄭清文短篇小
說的生命書寫；4.鄭清文短篇小說的悲情寫實；5.鄭清文短篇小說的心靈療養；6.
結論。正文後附錄〈鄭清文短篇小說篇目總表〉、〈鄭清文短篇小說著作分冊年

表〉。

**22. 徐秀琴**　鄭清文短篇小說研究　彰化師範大學國文學系　碩士論文　蔣美華
　　　　教授指導　2008 年　206 頁

本論文以鄭清文短篇小說作品為研究對象，從探討鄭清文的生平、寫作歷程及歸納
其短篇小說中的主題，以呈現其寫作風格。全文共 6 章：1.緒論；2.鄭清文及其短
篇小說的創作；3.鄭清文短篇小說的主題意涵；4.鄭清文短篇小說中的語言美學；5.
鄭清文短篇小說所反映的風土民情；6.結論。

**23. 謝幸媛**　鄭清文短篇小說的女性形象研究　中興大學臺灣文學研究所　碩士
　　　　論文　徐照華教授指導　2009 年 1 月　137 頁

本論文透過女性主義理論性別研究分析及榮格心理學原型理論解讀鄭清文短篇小說
中的女性書寫。全文共 7 章：1.緒論；2.生命的印記；3.個人殘疾及家庭因素磨難
下的女性；4.宗法社會下傳統禮教對女性的內化；5.時代、種族與環境的影響；6.
超越時代與環境──女性對主體位置的爭取；7.結論。正文後附錄〈本文所分析女
性人物與鄭清文短篇小說篇章關係索引〉。

**24. 陳詩尊**　從《燕心果》到《採桃記》──鄭清文童話研究　雲林科技大學漢
　　　　學資料整理研究所碩士班　碩士論文　王美秀教授指導　2009 年 1
　　　　月　128 頁

本論文以鄭清文的 3 本童話集《燕心果》、《天燈‧母親》、《採桃記》為主，從
鄭清文的創作歷程開始，探討其童話觀，再進一步研究文本內容中的人物、題材和
主題。全文共 6 章：1.緒論；2.鄭清文及其童話；3.鄭清文的童話觀；4.鄭清文的童
話題材探討；5.鄭清文童話中的主題思想；6.結論。

**25. 張美玲**　鄭清文小說死亡書寫研究　臺北教育大學語文與創作學系語文教學
　　　　碩士班　碩士論文　翁聖峰教授指導　2009 年 2 月　248 頁

本論文主要探討鄭清文小說的死亡書寫，從存在主義與現代主義理論出發，以死亡
為基石，西方悲劇為輔，呈現其死亡書寫的美學特色。全文共 6 章：1.緒論；2.鄭
清文小說死亡書寫的背景；3.鄭清文小說死亡書寫的分析；4.鄭清文小說死亡書寫
的主題意涵；5.鄭清文小說死亡書寫的寫作手法；6.結論。正文後附錄〈田野調查
──與作家訪談錄〉、〈鄭清文短篇小說一覽表〉、〈鄭清文雜文一覽表〉、〈鄭
清文的寫作年表〉。

**26. 謝采伶**　鄭清文長篇小說研究　中山大學中國文學系研究所　碩士論文　蔡

振念教授指導　2009 年 7 月　130 頁

本論文以鄭清文的生平成長背景探討影響其創作觀的因素，進而從《大火》、《峽地》及《舊金山───一九七二》3 部長篇小說，分析其創作風格與主題。全文共 6 章：1.緒論；2.鄭清文生平與創作背景；3.影響鄭清文小說創作觀的因素；4.鄭清文長篇小說的技巧；5.鄭清文長篇小說的主題內容；6.結論。

27. 洪琬瑜　　鄭清文短篇小說研究　高雄師範大學國文學系　碩士論文　林文欽
　　　　教授指導　2010 年 2 月　262 頁

本論文從鄭清文的生平背景出發，分析其短篇小說風格，進而探討其小說的主題、技巧及特色。全文共 6 章：1.緒論；2.鄭清文生平及創作歷程；3.影響鄭清文短篇小說風格的因素；4.鄭清文短篇小說主題分析；5.鄭清文短篇小說的技巧特色；6.結論。

28. 連珮瑩　　鄭清文童話中的變形研究　中正大學臺灣文學研究所　碩士論文
　　　　吳亦昕，趙天儀教授指導　2010 年 7 月　145 頁

本論文先定義變形的概念，討論鄭清文童話中的變形，再以《丘蟻一族》與前 3 部童話《燕心果》、《天燈‧母親》、《採桃記》作比較，探究其差異性。全文共 5 章：1.緒論；2.神話與童話中的變形；3.鄭清文童話中的變形；4.《燕心果》、《天燈‧母親》、《採桃記》與《丘蟻一族》比較；5.結論。

29. 張簡士暄　　壓抑，解脫與認同───以鄭清文五篇短篇小說的敘事分析為例
　　　　臺北醫學大學醫學人文研究所　碩士論文　丁興祥教授指導　2010
　　　　年 7 月　110 頁

本論文以 Catherine Kohler Riessman 的敘事分析（Narrative Analysis）作為研究方法，概念來自精神分析理論，探討〈雞〉、〈我的「傑作」〉、〈水上組曲〉、〈秘密〉及〈皇帝魚的二次災厄〉5 篇小說中呈現心態壓抑的人物如何尋找自身定位及認同。全文共 6 章：1.緒論；2.文獻回顧；3.研究方法；4.研究結果；5.結論與討論；6.參考文獻。

30. 林湘芬　　鄭清文《玉蘭花》小說研究　銘傳大學應用中國文學系碩士在職專
　　　　班　碩士論文　徐亞萍教授指導　2011 年 12 月　228 頁

本論文從鄭清文的生平背景探討其創作理念，進而析究《玉蘭花》的主題、人物面向及藝術技巧。全文共 6 章：1.緒論；2.鄭清文的寫作之路；3.《玉蘭花》的主題思想；4.《玉蘭花》的人物刻畫；5.《玉蘭花》的藝術表現；6.結論。正文後附錄

　　〈鄭清文寫作年表〉、〈鄭清文生平年表〉。

## 生平資料篇目

### 自述

31. 鄭清文　　《簸箕谷》自序　幼獅文藝　第 142 期　1965 年 10 月　頁 14

32. 鄭清文　　《簸箕谷》──自序　臺灣文學的基點　高雄　派色文化出版社
　　1992 年 7 月　頁 143─144

33. 鄭清文　　第四屆臺灣文學獎特輯──寫作雜憶　臺灣文藝　第 23 期　1969
　　年 4 月　頁 71─73

34. 鄭清文　　自序[1]　現代英雄　臺北　爾雅出版社　1976 年 4 月　頁 3─5

35. 鄭清文　　自序　龐大的影子　臺北　爾雅出版社　1989 年 11 月　頁 3─5

36. 鄭清文　　尋找自己、尋找人生　民眾日報　1979 年 10 月 15 日　12 版

37. 鄭清文　　尋找自己、尋找人生　臺灣文學的基點　高雄　派色文化出版社
　　1992 年 7 月　頁 153─157

38. 鄭清文　　尋找自己、尋找人生　鄭清文短篇小說全集・鄭清文和他的文學
　　臺北　麥田出版公司　1998 年 6 月　頁 197─201

39. 鄭清文　　《簸箕谷》的回想　青澀歲月　臺北　爾雅出版社　1980 年 7 月
　　頁 241─243

40. 鄭清文　　創作的信念──代序　最後的紳士　臺北　純文學出版社　1984 年
　　2 月　頁 1─4

41. 鄭清文　　創作的信念──《最後的紳士》自序　臺灣文學的基點　高雄　派
　　色文化出版社　1992 年 7 月　頁 149─152

42. 鄭清文　　創作的信念──《最後的紳士》自序　鄭清文短篇小說全集・鄭清
　　文和他的文學　臺北　麥田出版公司　1998 年 6 月　頁 193─196

43. 鄭清文　　我的文學觀　文訊雜誌　第 13 期　1984 年 8 月　頁 12─17

44. 鄭清文　　我的文學觀　如銀河傾瀉而下的感覺　臺北　石頭出版公司　1990

---

[1]《現代英雄》於第 4 版更改書名為《龐大的影子》，本文同《龐大的影子》〈自序〉。

年 8 月　頁 148—151

45.　鄭清文　　我的文學觀　臺灣文學的基點　高雄　派色文化出版社　1992 年 7
月　頁 179—182

46.　鄭清文　　我的文學觀　鄭清文短篇小說全集・鄭清文和他的文學　臺北　麥
田出版公司　1998 年 6 月　頁 233—236

47.　鄭清文　　木屐聲　少男心事　高雄　敦理出版社　1985 年 5 月　頁 19—22

48.　鄭清文　　我的戰爭經驗　聯合報　1985 年 7 月 8 日　8 版

49.　鄭清文　　我的戰爭經驗　聯合文學　第 9 期　1985 年 7 月　頁 114—119

50.　鄭清文　　生活、思想與藝術的結合[2]　文訊雜誌　第 23 期　1986 年 4 月　頁
217—221

51.　鄭清文　　我的筆墨生涯　臺灣文學的基點　高雄　派色文化出版社　1992 年
7 月　頁 171—178

52.　鄭清文　　生活、思想與藝術的結合　文學好因緣　臺北　文訊雜誌社　2008
年 7 月　頁 341—347

53.　鄭清文　　大水河畔的童年　中華日報　1987 年 4 月 6 日　11 版

54.　鄭清文　　大水河畔的童年　滄桑舊鎮　臺北　時報文化出版公司　1987 年 6
月　頁 5—14

55.　鄭清文　　大水河畔的童年　鄭清文短篇小說全集・鄭清文和他的文學　臺北
麥田出版公司　1998 年 6 月　頁 169—177

56.　鄭清文　　代序　報馬仔　臺北　圓神出版社　1987 年 7 月　〔3〕頁

57.　鄭清文　　《報馬仔》自序　臺灣文學的基點　高雄　派色文化出版社　1992
年 7 月　頁 159—160

58.　鄭清文　　《報馬仔》自序　鄭清文短篇小說全集・鄭清文和他的文學　臺北
麥田出版公司　1998 年 6 月　頁 202—203

59.　鄭清文　　新版後記　峽地　臺北　九歌出版社　1988 年 1 月　頁 277—279

60.　鄭清文　　偶然與必然──文學的形成　峽地　臺北　九歌出版社　1988 年 1

---

[2]本文後改篇名為〈我的筆墨生涯〉。

月　頁 283—300

61. 鄭清文　偶然與必然——文學的形成　文學臺灣　第 26 期　1998 年 4 月　頁 32—46

62. 鄭清文　偶然與必然——文學的形成　鄭清文短篇小說全集・鄭清文和他的文學　臺北　麥田出版公司　1998 年 6 月　頁 1—18

63. 鄭清文　童話和我　臺灣文藝　第 113 期　1988 年 9 月　頁 40—43

64. 鄭清文　童話與我　臺灣文學的基點　高雄　派色文化出版社　1992 年 7 月　頁 167—170

65. 鄭清文　四版序　龐大的影子　臺北　爾雅出版社　1989 年 11 月　頁 1—2

66. 鄭清文　銀行生活四十年　繁華猶記來時路　臺北　中央日報社　1992 年 5 月　頁 183—190

67. 鄭清文　序　相思子花　臺北　麥田出版公司　1992 年 7 月　頁 5—6

68. 鄭清文　《龐大的影子》四版序[3]　臺灣文學的基點　高雄　派色文化出版社　1992 年 7 月　頁 145—148

69. 鄭清文　畫圓圈——《龐大的影子》四版序　鄭清文短篇小說全集・鄭清文和他的文學　臺北　麥田出版公司　1998 年 6 月　頁 189—192

70. 鄭清文　放生的巧合　中華日報　1998 年 1 月 1 日　16 版

71. 鄭清文　創作和理論　中華日報　1998 年 1 月 20 日　16 版

72. 鄭清文　鄭清文創作觀　八十五年短篇小說選　臺北　爾雅出版社　1998 年 4 月　頁 264

73. 鄭清文　臺灣童話寫作的一個新動向　第一屆兒童文學國際會議論文集　臺中　靜宜大學文學院　1998 年 5 月 30—31 日　頁 321—322

74. 鄭清文　一張照片，許多故事　鄭清文短篇小說全集・鄭清文和他的文學　臺北　麥田出版公司　1998 年 6 月　頁 178—180

75. 鄭清文　終戰前後，我的臺北記憶　鄭清文短篇小說全集・鄭清文和他的文

---

[3] 本文彙整《龐大的影子》〈自序〉與〈四版序〉，後改篇名為〈畫圓圈——《龐大的影子》四版序〉。

　　　　　　　學　臺北　麥田出版公司　1998 年 6 月　頁 181—188

76. 鄭清文　好像多出一朵花　自由時報　1999 年 11 月 22 日　39 版

77. 鄭清文　序——好像多出一朵花　五彩神仙　臺北　桂冠圖書公司　2001 年
　　　　　　　2 月　頁 3—4

78. 鄭清文　桐山環太平洋書卷獎和《三腳馬》（序）　鄭清文小說選　臺北
　　　　　　　麥田出版公司　1999 年 12 月　頁 5—10

79. 鄭清文　後記　天燈・母親　臺北　玉山社出版公司　2000 年 4 月　頁 208
　　　　　　　—210

80. 鄭清文　後記（自立版）　燕心果　臺北　玉山社出版公司　2000 年 4 月
　　　　　　　頁 166—167

81. 鄭清文　後記（玉山社版）　燕心果　臺北　玉山社出版公司　2000 年 4 月
　　　　　　　頁 168—170

82. 鄭清文　濫用法力　民眾日報　2000 年 10 月 4 日　17 版

83. 鄭清文　雞兔同籠　臺灣日報　2001 年 12 月 3 日　25 版

84. 鄭清文　慢半拍的十七、八歲　自由時報　2002 年 7 月 15 日　33 版

85. 鄭清文　後記　舊金山——一九七二　臺北　一方出版公司　2003 年 2 月
　　　　　　　頁 231—232

86. 鄭清文　旅美雜感　舊金山——一九七二　臺北　一方出版公司　2003 年 2
　　　　　　　月　頁 233—239

87. 鄭清文　初中三年半　華南金控月刊　第 13 期　2004 年 1 月　頁 60—65

88. 鄭清文　我的童話觀　九十二年童話選　臺北　九歌出版社　2004 年 3 月
　　　　　　　頁 115

89. 鄭清文　自序　多情與嚴法　臺北　玉山社出版公司　2004 年 5 月　頁 5—
　　　　　　　7

90. 鄭清文　臨時加入的全家照片　文訊雜誌　第 225 期　2004 年 7 月　頁 107

91. 鄭清文　後記——採桃記　採桃記　臺北　玉山社出版公司　2004 年 8 月
　　　　　　　頁 245—248

92. 鄭清文　　也是親情　文訊雜誌　第 237 期　2005 年 7 月　頁 99

93. 鄭清文　　我與俄羅斯文學　文學臺灣　第 61 期　2007 年 1 月　頁 33—38

94. 鄭清文　　樹的見證──寫在鄭清文國際學術研討會之前　樹的見證：鄭清文
文學論集　臺北　麥田出版公司　2007 年 3 月　〔8〕頁

95. 鄭清文　　〈甘蔗田的小田鼠〉──大師說　大師在家嗎　臺北　國語日報社
2008 年 10 月　頁 94

96. 鄭清文　　椰林大道　臺大八十，我的青春夢　臺北　臺灣大學出版中心
2008 年 11 月　頁 58—68

97. 鄭清文　　童話與動物的讀者　新地文學　第 6 期　2008 年 12 月　頁 49—56

98. 鄭清文　　與小讀者談心：水庫的水源　紙青蛙：鄭清文精選集　臺北　九歌
出版社　2010 年 4 月　頁 8—13

99. 鄭清文　　我寫〈清明時節〉　自由時報　2010 年 10 月 3 日　D9 版

100. 鄭清文　　〈局外人〉的秀卿的母親　聯合文學　第 323 期　2011 年 9 月
頁 6

他述

101. 林海音　　臺籍作家的寫作生活〔鄭清文部分〕　文星　第 26 期　1959 年
12 月　頁 29

102. 龍瑛宗　　鄭清文　今日之中國　第 1 卷第 5 期　1963 年 10 月　頁 45－48

103. 龍瑛宗著；葉笛譯　　《今日之中國》作者生平簡介──鄭清文　龍瑛宗全
集‧中文卷‧文獻集　臺南　國家臺灣文學館籌備處　2006 年 11
月　頁 105

104. 龍瑛宗　　《今日の中國》作者の略歷──鄭清文　龍瑛宗全集‧日本語版
‧文獻集　臺南　國立臺灣文學館　2008 年 4 月　頁 70

105. 〔鍾肇政編〕　　鄭清文　本省籍作家作品選集 3　臺北　文壇社　1965 年
10 月　頁 2

106. 李　喬　　阿文哥　幼獅文藝　第 188 期　1969 年 8 月　頁 222

107. 董保中　　誰是鄭清文（上、下）　聯合報　1978 年 6 月 17—18 日　12 版

108. 黃武忠　風格的創造者——鄭清文印象　臺灣時報　1981 年 1 月 24 日　12 版

109. 黃武忠　風格的創造者——鄭清文印象　臺灣作家印象記　臺北　眾文圖書公司　1984 年 5 月　頁 127—136

110. 黃武忠　風格的創造者——作者印象　局外人　臺北　學英文化公司　1984 年 9 月　頁 1—11

111. 黃武忠　風格的創造者——鄭清文印象　鄭清文短篇小說全集‧鄭清文和他的文學　臺北　麥田出版公司　1998 年 6 月　頁 65—74

112. 陳淑惠　健忘的人　純文學好小說（上）　臺北　純文學出版社　1982 年 7 月　頁 16

113. 陳淑惠　健忘的人　臺港文學選刊　1986 年第 3 期　1986 年 3 月　頁 32

114. 王晉民，鄺白曼　鄭清文　臺灣與海外華人作家小傳　福州　福建人民出版社　1983 年 9 月　頁 61

115. 林海音　認真的，誠懇的　聯合報　1983 年 12 月 2 日　8 版

116. 林海音　認真的，誠懇的　剪影話文壇　臺北　純文學出版社　1984 年 8 月　頁 197—199

117. 林海音　鄭清文／認真的，誠懇的　林海音作品集‧剪影話文壇　臺北　遊目族文化公司　2000 年 5 月　頁 196—198

118. 葉石濤　誠實的作家——鄭清文　臺灣時報　1984 年 8 月 6 日　8 版

119. 葉石濤　誠實的作家——鄭清文　葉石濤全集‧評論卷三　臺南，高雄　國立臺灣文學館，高雄市文化局　2008 年 3 月　頁 163—167

120. 〔編輯部〕　鄭清文　三腳馬（臺灣現代小說選）　臺北　名流出版社　1986 年 8 月　頁 135

121. 張國立　關於一條叫「鄭清文」的河　中華日報　1987 年 1 月 21 日　11 版

122. 何聖芬　小說就是生活——小說家鄭清文側像　自立晚報　1987 年 11 月 21 日　10 版

123. 〔陳子君，梁燕主編〕　　鄭清文　兒童文學辭典　成都　四川少年兒童出
　　　版社　1991 年 6 月　頁 389

124. 陳　燁　璞真的生活家——鄭清文紀事（上、下）　自由時報　1991 年 12
　　　月 23—24 日　19 版

125. 陳　燁　璞真的生活家——鄭清文紀事　臺灣文藝　第 128 期　1991 年 12
　　　月　頁 4—21

126. 鍾肇政　平凡中的不平凡　自由時報　1998 年 9 月 7 日　41 版

127. 許素華　沒有書房的鄭清文，數十年創作不輟　中華日報　1998 年 10 月 6
　　　日　15 版

128. 計璧瑞，宋剛　　鄭清文　中國文學通典‧小說通典　北京　解放軍文藝出
　　　版社　1999 年 1 月　頁 1059—1060

129. 胡衍南　鄭清文：難得「轟動」的鄉土文學作家　1998 臺灣文學年鑑　臺
　　　北　行政院文建會　1999 年 6 月　頁 203

130. 江中明　鄭清文入圍：臺灣有文學　聯合報　1999 年 10 月 24 日　14 版

131. 賴素鈴　鄭清文以平常心看待書卷獎　民生報　1999 年 10 月 27 日　4 版

132. 陳志宏　鄭清文創作取材臺灣‧手法學習西方——認為電腦融入文學時勢
　　　所趨‧將跳脫傳統圖書文學窠臼　臺灣日報　2001 年 2 月 18 日
　　　28 版

133. 莊紫蓉　鍾肇政專訪：談第二代作家〔鄭清文部分〕　臺灣文藝　第 181
　　　期　2002 年 4 月　頁 13—18

134. 邱各容　以生命的熱忱觀察人生的鄭清文　播種希望的人們：臺灣兒童文
　　　學工作者群像　臺北　富春文化公司　2002 年 8 月　頁 82—87

135. 應鳳凰　「臺灣鄉下人」作家——鄭清文有兩個童年　小作家月刊　第 101
　　　期　2002 年 9 月　頁 9—13

136. 施英美　驚蟄後的臺灣芳華——林海音對臺籍作家的提攜〔鄭清文部分〕
　　　《聯合報》副刊時期（1953—1963）的林海音研究　靜宜大學中
　　　國文學系　碩士論文　陳芳明，胡森永教授指導　2003 年 6 月

頁 119

137.〔彭瑞金選編〕　　作者　國民文選・小說卷 2　臺北　玉山社出版公司
2004 年 7 月　頁 216—217

138. 陳宛茜　　桌面又多一朵花　聯合報　2005 年 7 月 5 日　C6 版

139. 許素蘭　　水庫永不枯竭——以文學見證生活的小說家鄭清文　全國新書資
訊月刊　第 79 期　2005 年 7 月　頁 14—16

140. 施如芳　　鄭清文，淡墨描繪臺灣人真實面貌——今年國家文藝獎得主，創
作生涯 40 年獲獎無數，始終保有純粹澄清的心　人間福報　2005
年 9 月 28 日　10 版

141. 夏　行　　作家的成績單（下）——鄭清文：創作、閱讀、聯誼，退休生活
很愜意　中央日報　2006 年 1 月 28 日　17 版

142. 李上儀　　鄭清文最愛冰山美學　新臺風　第 4 期　2006 年 11 月　頁 58—
63

143.〔鹽分地帶文學〕　　前輩作家寫真簿——我的文學，是屬於臺灣的——得
獎就像餐桌上多了一朵花　鹽分地帶文學　第 12 期　2007 年 10
月　頁 14

144.〔編輯部〕　　鄭清文　文學家　臺北　東和鋼鐵公司，大觀視覺顧問公司
2007 年 12 月　頁 65—72

145. 水筆仔　　冷井情深話人性——鄭清文的冰山哲學　源　第 68 期　2008 年 3
月　頁 18—23

146.〔封德屏主編〕　　鄭清文　2007 臺灣作家作品目錄　臺南　國立臺灣文學
館　2008 年 7 月　頁 1286

147. 許俊雅　　大漢溪流域的文化與文學——新莊市——新莊的現代文學作家與
傳統詩詞——鄭清文（一九三二年—）　續修臺北縣志・藝文志
第三篇・文學（下）　臺北　臺北縣政府　2008 年 8 月　頁 46—
47

148. 馬靖雯　　不停說故事的人——鄭清文　第十三屆臺灣文學家牛津獎暨鄭清

文文學學術研討會資料彙集　臺北　真理大學人文學院臺灣文學系　2009 年 12 月　頁 4

149. 林皇德　　鄭清文——大河上的擺渡人　用愛釀成篇章——臺灣文學家的故事　臺南　國立臺灣文學館　2011 年 7 月　頁 107—110

**訪談、對談**

150. 洪醒夫　　誠實與含蓄的故事——鄭清文訪問記　書評書目　第 29 期　1975 年 9 月　頁 110—122

151. 洪醒夫　　誠實與含蓄的故事——鄭清文訪問記　鄭清文短篇小說全集・鄭清文和他的文學　臺北　麥田出版公司　1998 年 6 月　頁 137—155

152. 洪醒夫　　誠實與含蓄的故事——鄭清文訪問記　洪醒夫全集・散文卷　彰化　彰化縣文化局　2001 年 6 月　頁 222—241

153. 鄭清文等[4]　鄭清文作品討論會　文學界　第 2 期　1982 年 4 月　頁 6—33

154. 鄭清文等　鄭清文作品討論會　葉石濤全集・評論卷七　臺南，高雄　國立臺灣文學館，高雄市政府文化局　2008 年 3 月　頁 61—92

155. 黃武忠　　訪鄭清文談小說的情節安排[5]　臺灣日報　1987 年 8 月 26 日　20 版

156. 黃武忠　　小說的情節安排——訪鄭清文先生　小說經驗——名家談寫作技巧　臺北　富春文化公司　1990 年 8 月　頁 64—70

157. 吳錦發　　訪鄭清文談臺灣的文學　民眾日報　1987 年 12 月 30 日　11 版

158. 楊錦郁　　生活・藝術及思想——鄭清文小說經驗談　文訊雜誌　第 36 期　1988 年 6 月　頁 79—81

159. 楊錦郁　　生活、藝術與思想——鄭清文談小說經驗　嚴肅的遊戲：當代文藝訪談錄　臺北　三民書局　1994 年 2 月　頁 89—94

---

[4] 與會者：李喬、葉石濤、鄭清文、鄭泰安、彭瑞金、黃樹根、鄭烱明、陳之揚、應鳳凰、呂自揚；紀錄：許振江。

[5] 本文後改篇名為〈小說的情節安排——訪鄭清文先生〉。

160. 楊錦郁　訪鄭清文談農業時代的文學　幼獅文藝　第418期　1988年10月頁6—8

161. 趙孝萱　追求心靈的高利潤——鄭清文　聯合文學　第72期　1990年10月　頁101—102

162. 王文伶　靜裡尋真，樸處見美——訪鄭清文先生　新地文學　第1卷第4期　1990年10月　頁93—100

163. 王文伶　靜裡尋真，樸處見美——訪鄭清文先生　鄭清文短篇小說全集・鄭清文和他的文學　臺北　麥田出版公司　1998年6月　頁157—165

164. 翁惠懿　鄭清文用童話故事傳道　拾穗　第554期　1997年6月　頁60—63

165. 林麗如　把人生的悲喜化爲令人低迴的故事——專訪小說家鄭清文[6]　文訊雜誌　第154期　1998年8月　頁59—62

166. 林麗如　堅持純文學——沉潛冰山的鄭清文　走訪文學僧：資深作家訪問錄　臺北　文訊雜誌社　2004年10月　頁17—23

167. 王開平　仰望一棵椰子樹——訪小說家鄭清文　聯合報　1998年10月5日41版

168. 吳聲淼　鄭清文先生訪問稿[7]　兒童文學學刊　第2期　1999年5月　頁227—229

169. 吳聲淼　爲兒童創作的小說家——鄭清文專訪　兒童文學工作者訪問稿　臺北　萬卷樓圖書公司　2000年6月　頁227—243

170. 楊照，王妙　冰山上的孤鳥——鄭清文專訪（上、下）　中國時報　1999年7月17—18日　37版

171. 魏可風　故事裡的故事——專訪作家鄭清文　自由時報　2000年3月18日39版

---

[6] 本文後改篇名爲〈堅持純文學——沉潛冰山的鄭清文〉。

[7] 本文後改篇名爲〈爲兒童創作的小說家——鄭清文專訪〉。

172. 陳玉玲　　堅持臺灣經驗的小說家：訪鄭清文　誠品好讀　第 1 期　2000 年
　　　　　　　7 月　頁 48—50

173. 孫梓評　　相思舊雨——鄭清文和他的書房　中央日報　2001 年 8 月 6 日
　　　　　　　18 版

174. 莊紫蓉　　蓄積一座靈感的水庫——專訪小說家鄭清文（1—13）　臺灣日報
　　　　　　　2002 年 4 月 18—30 日　25 版

175. 呂佳龍　　鄭清文訪談　成長與記憶之河——鄭清文小說研究　南華大學文
　　　　　　　學研究所　碩士論文　陳明柔教授指導　2003 年 6 月　頁 252—
　　　　　　　263

176. 陳宛茜　　鄭清文偷偷挑戰大河小說　聯合報　2003 年 12 月 15 日　A12 版

177. 〔聯合報〕　夢是很好發揮的題材　聯合報　2004 年 2 月 29 日　E7 版

178. 黃崇軒　　冰山底下的大水河——從《簸箕谷》到《採桃記》　臺灣文學館
　　　　　　　通訊　第 6 期　2004 年 3 月　頁 42—43

179. 陳父芬　　鄭清文在新莊　印刻文學生活誌　第 7 期　2004 年 3 月　頁 154
　　　　　　　—169

180. 陳靜宜，汪軍伴　創造另一個童話世界——鄭清文專訪　臺灣筆會通訊
　　　　　　　第 2 期　2004 年 3 月　頁 25—30

181. 林鎮山　　浮流的冰山——專訪小說家鄭清文（上、下）[8]　聯合報　2004 年
　　　　　　　10 月 20—21 日　E7 版

182. 林鎮山　　「春雨」的「秘密」：專訪元老作家鄭清文（上、下）　文學臺
　　　　　　　灣　第 52—53 期　2004 年 12 月，2005 年 1 月　頁 119—148，65
　　　　　　　—103

183. 林鎮山　　「春雨」的「秘密」——專訪元老作家鄭清文　離散・家國・敘
　　　　　　　述：當代臺灣小說論述　臺北　前衛出版社　2006 年 7 月　頁
　　　　　　　177—235

184. 蔡依珊　　鄭清文——推移臺灣文學的多情冰山　野葡萄文學誌　第 17 期

---

[8]本文後改篇名為〈「春雨」的「秘密」：專訪元老作家鄭清文〉。

2005 年 1 月　頁 32—35

185. 施如芳　以小見大，靜水流深——小說家鄭清文　源　第 54 期　2005 年 9
月　頁 80—85

186. 郭麗娟　凝住記憶的河：鄭清文冷井情深話人性　光華雜誌　第 30 卷第 10
期　2005 年 10 月　頁 98—105

187. 應鳳凰　小鎮・大河・檳榔城——與鄭清文下午茶　鹽分地帶文學　第 4
期　2006 年 6 月　頁 103—109

188. 林鎮山　性別、文學品味、敘事策略——作者與譯者有關 Magnolia〈玉蘭
花〉的對話　離散・家國・敘述：當代臺灣小說論述　臺北　前
衛出版社　2006 年 7 月　頁 237—280

189. 林鎮山，江寶釵　意圖與策略（上、下）——鄭清文訪談錄論〈玉蘭花〉
文學臺灣　第 59—60 期　2006 年 7，10 月　頁 170—211，63—
78

190. 劉梓潔　冰山理論的實踐者鄭清文　聯合文學　第 262 期　2006 年 8 月
頁 80—83

191. 鄭清文等[9]　我心中的青春寫作靈魂　書寫青春 3——第三屆臺積電青年學
生文學獎得獎作品合集　臺北　聯經出版公司　2006 年 8 月　頁
197—199

192. 陳怡先　清淡的文學味——訪作家鄭清文　九彎十八拐　第 9 期　2006 年
9 月　頁 22—24

193. 許素蘭，鄭清文　冰山底下的大水河——從《簸箕谷》到《採桃記》　臺
灣文學館通訊　第 16 期　2007 年 8 月　頁 22—27

194. 鄭清文，許素蘭對談；王鈺婷記　冰山底下的大水河——從《簸箕谷》到
《採桃記》　徬徨的戰鬥／十場臺灣當代小說的心靈饗宴：國立
臺灣文學館・第三季週末文學對談　臺南　國立臺灣文學館
2007 年 12 月　頁 18—43

---

[9] 主持人：陳義芝；與會者：鄭清文、廖玉蕙、羅智成、楊照；紀錄：吳岱穎。

195. 松崎寬子　　鄭清文與他的時代、他的作品——作家鄭清文先生採訪錄　文學臺灣　第 69 期　2009 年 1 月　頁 76—99

196. 林欣誼　　爲 9 到 99 歲讀者寫童話　中國時報　2009 年 7 月 12 日　8 版

197. 鄭清文等[10]　　時代與書寫——各世代小說交鋒（一）　文訊雜誌　第 309 期　2011 年 7 月　頁 88—91

**年表**

198. 〔田原主編〕　　年表　鄭清文自選集　臺北　黎明文化公司　1975 年 12 月　頁 1—4

199. 〔臺灣文藝〕　　鄭清文著作年表　臺灣文藝　第 56 期　1977 年 10 月　頁 204—206

200. 〔文學界〕　　鄭清文寫作年表　文學界　第 2 期　1982 年 4 月　頁 34—37

201. 鄭清文　　鄭清文年表　故里人歸　臺北　臺北縣立文化中心　1993 年 6 月　〔3〕頁

202. 鄭清文，洪米貞編；方美芬增訂　　鄭清文生平寫作年表　鄭清文集（臺灣作家全集）　臺北　前衛出版社　1993 年 12 月　頁 361—367

203. 鄭清文　　鄭清文寫作年表　鄭清文短篇小說全集・鄭清文和他的文學　臺北　麥田出版公司　1998 年 6 月　頁 258—270

204. 福本瘦　　鄭清文大事年表　中國時報　1999 年 7 月 16 日　37 版

205. 鄭清文　　鄭清文年表　五彩神仙　臺北　桂冠圖書公司　2001 年 2 月　頁 141—143

206. 鄭清文　　鄭清文年表　樹梅集　臺北　臺北縣文化局　2002 年 12 月　頁 286—292

207. 林鎮山　　鄭清文生平年表　樹的見證：鄭清文文學論集　臺北　麥田出版公司　2007 年 3 月　頁 267—270

208. 邱各容　　作家兒童文學年表　臺灣兒童文學作家及作品論　臺北　富春文化公司　2008 年 8 月　頁 219—225

---

[10]主持人：楊澤；與會者：鄭清文、阿來、李昂、巴代；紀錄：許劍橋。

209. 馬靖雯編　　鄭清文‧文學之路　第十三屆臺灣文學家牛津獎暨鄭清文文學
　　　　學術研討會資料彙集　臺北　真理大學人文學院臺灣文學系
　　　　2009 年 12 月　頁 5—6

## 其他

210. 陳文芬　　鄭清文獲美國桐山環太平洋書卷獎　中國時報　1999 年 10 月 25
　　　　日　11 版

211. 賴素鈴　　桐山環太平洋書卷獎揭曉——鄭清文《三腳馬》脫穎而出　民生
　　　　報　1999 年 10 月 25 日　4 版

212. 〔聯合報〕　　鄭清文《三腳馬》英譯本獲桐山環太平洋書卷獎　聯合報
　　　　1999 年 10 月 25 日　14 版

213. 徐淑卿　　鄭清文《三腳馬》獲桐山書卷獎　中國時報　1999 年 10 月 28 日
　　　　43 版

214. 王　岫　　桐山環太平洋書卷獎——鄭清文小說登上國際文壇的敲門磚　中
　　　　國時報　1999 年 11 月 11 日　43 版

215. 黃盈雰　　鄭清文獲美國桐山環太平洋書卷獎　文訊雜誌　第 169 期　1999
　　　　年 12 月　頁 77

216. 陳文芬　　小太陽獎頒贈童書作者——大人不失赤子心鄭清文獲肯定　中國
　　　　時報　2000 年 2 月 19 日　11 版

217. 陳希林　　九歌年度文選盛會童話獎　中國時報　2004 年 3 月 1 日　8 版

218. 賴素玲　　年度文學獎〔鄭清文部分〕　民生報　2004 年 3 月 1 日　A6 版

219. 陳宛茜　　鄭清文獲童話獎：高興被小孩選上　聯合報　2004 年 3 月 1 日
　　　　A12 版

220. 〔人間福報〕　　九歌年度文學獎三得獎人出爐童話獎〔鄭清文部分〕　人
　　　　間福報　2004 年 3 月 1 日　6 版

221. 林采韻　　國藝獎五得主，以生命力持續創作〔鄭清文部分〕　中國時報
　　　　2005 年 7 月 5 日　D8 版

222. 黑中亮　　國家文藝獎，第九屆揭曉〔鄭清文部分〕　民生報　2005 年 7 月

## 作品評論篇目

### 綜論

月1—2日　8版

234. 葉石濤　　一年來的省籍作家及其作品——兼論省籍作家的特質（下）〔鄭清文部分〕　臺灣文藝　第27期　1970年4月　頁37—38

235. 葉石濤　　一年來的省籍作家及其作品——兼論省籍作家的特質〔鄭清文部分〕　臺灣鄉土作家論集　臺北　遠景出版公司　1981年2月　頁98—99

236. 葉石濤　　一年來的省籍作家及其作品——兼論省籍作家的特質〔鄭清文部分〕　葉石濤全集・評論卷一　臺南，高雄　國立臺灣文學館，高雄市文化局　2008年3月　頁273—274

237. 林柏燕　　評介鄭清文的小說兼論小說的本質　幼獅文藝　第183期　1969年3月　頁95—103

238. 林柏燕　　評介鄭清文的小說兼論小說的本質　文學探索　臺北　書評書目社　1973年9月　頁1—14

239. 書評書目資料室　　鄭清文　書評書目　第14期　1974年6月　頁93—94

240. 林柏燕　　林柏燕批評集錦——論鄭清文　中華文藝　第58期　1975年12月　頁98

241. 楊昌年　　鄭清文　近代小說研究　臺北　蘭臺書局　1976年1月　頁561

242. 葉石濤　　論鄭清文小說裡的「社會意識」　臺灣文藝　第56期　1977年10月　頁138—145

243. 葉石濤　　論鄭清文小說裡的「社會意識」　作家的條件　臺北　遠景出版公司　1981年6月　頁99—107

244. 葉石濤　　論鄭清文小說裡的「社會意識」　葉石濤全集・評論卷二　臺南，高雄　國立臺灣文學館，高雄市文化局　2008年3月　頁55—64

245. 壹闡提〔李喬〕，喬辛嘉〔陳恆嘉〕；洪醒夫記　　鄭清文所建構的大廈——壹闡提・喬辛嘉對談記錄　臺灣文藝　第56期　1977年10月　頁160—175

246. 壹闡提，喬辛嘉；洪醒夫記　　鄭清文所建構的大廈　不滅的詩魂　臺北
　　　臺灣文藝出版社　1981 年 1 月　頁 67—92

247. 壹闡提，喬辛嘉對談；洪醒夫記　　鄭清文所建構的大廈——壹闡提・喬辛
　　　嘉對談記錄　洪醒夫全集・評論卷　彰化　彰化縣文化局　2001
　　　年 6 月　頁 183—208

248. 彭瑞金　大王椰子——二十年來的鄭清文　臺灣文藝　第 56 期　1977 年
　　　10 月　頁 176—190

249. 彭瑞金　大王椰子——二十年來的鄭清文　泥土的香味　臺北　東大圖書
　　　公司　1980 年 4 月　頁 57—71

250. 彭瑞金　大王椰子——二十年來的鄭清文　鄭清文短篇小說全集・鄭清文
　　　和他的文學　臺北　麥田出版公司　1998 年 6 月　頁 27—42

251. 陳垣三　追尋——論鄭清文的文體　臺灣文藝　第 56 期　1977 年 10 月
　　　頁 191—203

252. 陳垣三　追尋——論鄭清文的文體　故里人歸　臺北　臺北縣立文化中心
　　　1993 年 6 月　〔21〕頁

253. 陳垣三　追尋　論鄭清文的文體　鄭清文短篇小說全集・鄭清文和他的
　　　文學　臺北　麥田出版公司　1998 年 6 月　頁 43—64

254. 陳垣三　追尋——論鄭清文的文體　鄭清文集（臺灣作家全集）　臺北
　　　前衛出版社　1993 年 12 月　頁 313—335

255. 董保中　Burden of Commitment and Cheng Ching-Wen's Modern Heroes:
　　　Dilemma in Human Relations　亞洲文化　第 5 卷第 1 期　1978 年
　　　3 月　頁 94—98

256. 蔡源煌　鄭清文的第一人稱小說[11]　中外文學　第 8 卷第 12 期　1980 年 5
　　　月　頁 64—75

257. 李　喬　鄭清文作品討論會——李喬[12]　文學界　第 2 期　1982 年 4 月　頁

[11]本文旨在探討鄭清文小說中敘述觀點的使用及旨趣。
[12]本文爲「鄭清文作品討論會」中，李喬發言之講評實錄。後改篇名爲〈鄭清文的寫作歷程與小說

　　　　　　　7—16

258. 李　　喬　　鄭清文的寫作歷程與小說特色　臺灣文學造型　高雄　派色文化
　　　　　　　出版社　1992 年 7 月　頁 181—194

259. 林　　梵〔林瑞明〕　悲憫與同情——鄭清文的小說主題　文學界　第 2 期
　　　　　　　1982 年 4 月　頁 69—80

260. 林瑞明　　悲憫與同情——鄭清文的小說主題　臺灣文學的本土觀察　臺北
　　　　　　　允晨文化公司　1996 年 7 月　頁 153—170

261. 林瑞明　　悲憫與同情——鄭清文的小說主題　鄭清文短篇小說全集・鄭清
　　　　　　　文和他的文學　臺北　麥田出版公司　1998 年 6 月　頁 75—92

262. 隱　　地　　作家與書的故事：舒凡、鄭清文　新書月刊　第 3 期　1983 年 12
　　　　　　　月　頁 76—77

263. 隱　　地　　鄭清文　作家與書的故事　臺北　爾雅出版社　1985 年 11 月　頁
　　　　　　　15—17

264. 彭瑞金　　1983 臺灣小說選導言〔鄭清文部分〕　1983 臺灣小說選　臺北
　　　　　　　前衛出版社　1984 年 4 月　頁 8—9

265. 齊邦媛　　江河匯集成海的六十年代小說〔鄭清文部分〕　文訊雜誌　第 13
　　　　　　　期　1984 年 8 月　頁 57

266. 齊邦媛　　江河匯集成海的六十年代小說〔鄭清文部分〕　霧漸漸散的時候
　　　　　　　臺北　九歌出版社　1998 年 10 月　頁 72

267. 葉石濤　　七十年代臺灣文學的回顧[13]　沒有土地・哪有文學　臺北　遠景出
　　　　　　　版公司　1985 年 6 月　頁 56—57

268. 葉石濤　　七〇年代臺灣文學的回顧　葉石濤全集・隨筆卷二　臺南，高雄
　　　　　　　國立臺灣文學館，高雄市文化局　2008 年 3 月　頁 65

269. 葉石濤　　臺灣文學史大綱（後篇）——六十年代的臺灣文學：無根與放逐
　　　　　　　〔鄭清文部分〕　文學界　第 15 期　1985 年 8 月　頁 170

---

　特色〉。

[13]本文論及鄭清文部分，後改篇名爲〈七〇年代臺灣文學的回顧〉。

270. 葉石濤　六〇年代的臺灣文學──無根與放逐〔鄭清文部分〕　臺灣文學
史綱　高雄　文學界雜誌社　1991 年 9 月　頁 130—131

271. 葉石濤　臺灣文學史綱──六〇年代的臺灣文學──無根與放逐〔鄭清文
部分〕　葉石濤全集・評論卷五　臺南，高雄　國立臺灣文學
館，高雄市文化局　2008 年 3 月　頁 146—147

272. 葉石濤　走過紛爭歲月・邁向多元年代──臺灣文學的回顧與前瞻（上、
中、下）〔鄭清文部分〕　自立晚報　1985 年 10 月 29—31 日
10 版

273. 葉石濤　走過紛爭歲月，邁向多元世代──臺灣文學的回顧與前瞻〔鄭清
文部分〕　葉石濤全集・評論卷三　臺南，高雄　國立臺灣文學
館，高雄市文化局　2008 年 3 月　頁 299—300

274. 趙玉泉　鄭清文的小說　現代臺灣文學史　瀋陽　遼寧大學出版社　1987
年 12 月　頁 670—677

275. 〔黃維樑編〕　對小說的看法和評論──鄭清文　中國當代短篇小說選
（第一集）　香港　新亞洲出版社　1988 年 4 月　頁 419

276. 古繼堂　六十年代臺灣鄉土小說的成就〔鄭清文部分〕　臺灣小說發展史
臺北　文史哲出版社　1989 年 7 月　頁 435—437

277. 彭瑞金　埋頭深耕的年代（一九六〇──一九六九）──本土文學的理論與
實踐〔鄭清文部分〕　臺灣新文學運動四十年　臺北　自立晚報
社　1991 年 3 月　頁 129

278. 彭瑞金　回歸寫實與本土化運動（一九七〇──一九七九）──鄉土文學的
全盛時期〔鄭清文部分〕　臺灣新文學運動四十年　臺北　自立
晚報社　1991 年 3 月　頁 170—171

279. 岡崎郁子著；陳思譯　為臺灣兒童編織童話的鄭清文　自立晚報　1991 年
4 月 27 日　19 版

280. 陸士清　鄭清文　臺灣小說選講新編　上海　復旦大學出版社　1991 年 9
月　頁 39—42

281. 莊明萱　文學的極端政治化和非政治化傾向對它的離棄──「戰鬥文學」的高倡及其演變和特點〔鄭清文部分〕　臺灣文學史（下）　福州　海峽文藝出版社　1993 年 1 月　頁 42

282. 朱雙一　鄭清文、李喬的小說創作　臺灣文學史（下）　福州　海峽文藝出版社　1993 年 1 月　頁 296—303

283. 王文伶　鄭清文　臺灣喜劇小說選　臺北　新地文學出版社　1993 年 3 月　頁 1

284. 陸士清　臺灣小說拾萃──獨具風格的鄭清文　臺灣文學新論　上海　復旦大學出版社　1993 年 6 月　頁 309—312

285. 董炳月　歷史風俗畫與心靈備忘錄　檳榔城　武漢　長江文藝出版社　1993 年 10 月　頁 1—19

286. 董炳月　歷史風俗畫與心態備忘錄──鄭清文小說感言　小說評論　1994 年第 1 期　1994 年 1 月　頁 86—90

287. 董炳月　歷史風俗畫與心靈備忘錄──評鄭清文的小說（上、下）　幼獅文藝　第 493—494 期　1995 年 1—2 月　頁 84—91，84—88

288. 林瑞明　以生命的熱情觀察人生──《鄭清文集》序　鄭清文集（臺灣作家全集）　臺北　前衛出版社　1993 年 12 月　頁 9—14

289. 林瑞明　以生命的熱情觀察人生──《鄭清文集》　短篇小說卷別冊（臺灣作家全集）　臺北　前衛出版社　1994 年 3 月　頁 107—112

290. 林瑞明　以生命的熱情觀察人生──《鄭清文集》　臺灣文學的本土觀察　臺北　允晨文化公司　1996 年 7 月　頁 196—201

291. 林瑞明　描繪人性的觀察家──鄭清文的文字與風格　鄭清文集（臺灣作家全集）　臺北　前衛出版社　1993 年 12 月　頁 337—353

292. 許素蘭　在孤冷的冰山下燃燒──釋放鄭清文小說中女性的特質（上、下）　臺灣時報　1994 年 7 月 22—23 日　22 版

293. 許素蘭　在孤冷的冰山下燃燒──論鄭清文小說中的女性特質　文學與心靈對話　臺南　臺南市立文化中心　1995 年 4 月　頁 31—42

294. 許素蘭　　找尋一座名喚新莊的舊鎮　臺灣時報　1994 年 12 月 4 日　26 版

295. 莫　渝　　兼具誠摯與純粹美德的作家——踏進鄭清文的文學殿堂[14]　文化通
　　　　　　　訊　第 1 期　1995 年 1 月　頁 27

296. 莫　渝　　誠摯與純粹——記鄭清文　愛與和平的禮讚　臺北　草根出版公
　　　　　　　司　1997 年 4 月　頁 139—147

297. 賴松輝　　「冰山理論」與鄭清文的創作觀　新生代臺灣文學研究的面向論
　　　　　　　文集　彰化　臺灣磺溪文化學會　1995 年 6 月　頁 97—125

298. 李　喬　　當代臺灣小說的「解救」表現——當代臺灣小說的解救表現〔鄭
　　　　　　　清文部分〕　第二屆臺灣本土文化國際學術研討會論文集——臺
　　　　　　　灣文學與社會　臺北　臺灣師範大學文學院國文學系，人文教育
　　　　　　　研究中心主辦　1996 年 4 月 20—21 日

299. 李　喬　　當代臺灣小說的「解救」表現——「解脫型」主題表現〔鄭清文
　　　　　　　部分〕　李喬文學文化論集（一）　苗栗　苗栗縣文化局　2007
　　　　　　　年 10 月　頁 79—83

300. 葉石濤　　六○年代的本土小說〔鄭清文部分〕　臺灣新聞報　1996 年 5 月
　　　　　　　23 日　19 版

301. 葉石濤　　六○年代的本土小說〔鄭清文部分〕　葉石濤全集・評論卷五
　　　　　　　臺南　國立臺灣文學館，高雄市文化局　2008 年 4 月

302. 岡崎郁子著；鄭清文譯　　鄭清文——為臺灣文學啟開創作童話的新頁　臺
　　　　　　　灣文學——異端的系譜　臺北　前衛出版社　1996 年 9 月　頁
　　　　　　　243—270

303. 岡崎郁子　　鄭清文——為臺灣文學啟開創作童話的新頁　台湾文学——異
　　　　　　　端的系譜　東京　田畑書店　1996 年 10 月　頁 257—287

304. 古繼堂　　臺灣當代小說創作——鍾肇政、李喬、鄭清文　中華文學通史・
　　　　　　　當代文學編（9）　北京　華藝出版社　1997 年 9 月　頁 449

305. 許素蘭　　寂寞的大王椰子——發現鄭清文的臺灣小說（上、下）　臺灣日

---

[14] 本文後改篇名為〈誠摯與純粹——記鄭清文〉。

報　1997 年 12 月 31 日—1998 年 1 月 1 日　27 版

306. 許素蘭　發現鄭清文的臺灣小說　秋夜　臺北　麥田出版公司　1998 年 6
月　頁 3—15

307. 齊邦媛　新莊、舊鎮、大水河——關於鄭清文小說選《三腳馬》英譯本[15]
中國時報　1998 年 5 月 14 日　37 版

308. 齊邦媛　（總序）新莊、舊鎮、大水河——鄭清文短篇小說和臺灣的百年
滄桑　鄭清文短篇小說全集・水上組曲　臺北　麥田出版公司
1998 年 6 月　頁 3—10

309. 齊邦媛　新莊、舊鎮、大水河——鄭清文短篇小說和臺灣百年滄桑　霧漸
漸散的時候　臺北　九歌出版社　1998 年 10 月　頁 271—280

310. 黃儀婷　鄭清文筆下的女性　臺灣師範大學國文研究所 86 學年度資優生論
文發表會　臺北　臺灣師範大學國文研究所　1998 年 5 月 16 日

311. 蔡尚志　臺灣兒童文學今奈何？〔鄭清文部分〕　第一屆兒童文學國際會
議論文集　臺中　靜宜大學文學院　1998 年 5 月 30—31 日　頁
224—225

312. 張　殿　作家為孩子寫書，以童稚般的信念〔鄭清文部分〕　聯合報
1998 年 6 月 29 日　41 版

313. 梅家玲　時間・女性・敘述——小說鄭清文　最後的紳士　臺北　麥田出
版公司　1998 年 6 月　頁 3—15

314. 陳芳明　英雄與反英雄崇拜——論鄭清文的短篇小說　鄭清文短篇小說全
集・三腳馬　臺北　麥田出版公司　1998 年 6 月　頁 3—9

315. 陳芳明　英雄與反英雄崇拜——論鄭清文的短篇小說　深山夜讀　臺北
聯合文學出版社　2001 年 3 月　頁 226—231

316. 陳芳明　英雄與反英雄崇拜——論鄭清文的短篇小說　深山夜讀　臺北
聯合文學出版社　2008 年 9 月　頁 226—231

317. 李瑞騰　衝突：化解或者更形惡化——我讀鄭清文近期小說　鄭清文短篇

---

[15] 本文後改篇名為〈新莊、舊鎮、大水河——鄭清文短篇小說和臺灣的百年滄桑〉。

小說全集・白色時代　臺北　麥田出版公司　1998 年 6 月　頁 3
—10

318. 李瑞騰　衝突：化解或者更形惡化——我讀鄭清文近期小說（上、下）
臺灣日報　1998 年 9 月 9—10 日　27 版

319. 董成瑜　冰山理論掩不住鄭清文　中國時報　1998 年 7 月 16 日　41 版

320. 曾意芳　鄭清文文學有顆單純的心　中央日報　1998 年 8 月 6 日　18 版

321. 陳玉玲　農村的烏托邦——鄭清文的童話空間　中國小說研究與方法論的
應用國際學術研討會　香港　亞洲文化中心　1999 年 3 月 26—27
日

322. 陳玉玲　農村的烏托邦——鄭清文的童話空間　文學臺灣　第 31 期　1999
年 7 月　頁 207—228

323. 曾意晶　鄭清文短篇小說中的女性處境　臺灣人文　第 3 期　1999 年 6 月
頁 57　70

324. 楊　照　臺灣鄉下人的本色——閱讀鄭清文的小說　中國時報　1999 年 7
月 16 日　37 版

325. 邱各容　關懷本土的鄭清文　兒童文學學會會訊　第 16 卷第 1 期　2000 年
1 月　頁 4—6

326. 黃　硯　閱讀鄭清文——擁抱文學真實性　卓越雜誌　第 187 期　2000 年
3 月　頁 170—174

327. 許素蘭　簸箕谷與大水河的意象交疊——小說家鄭清文的文學原型　中央
日報　2000 年 4 月 3 日　12 版

328. 鄭靜瑜　素樸文字描繪農村眷戀　自由時報　2000 年 4 月 6 日　40 版

329. 詹家觀　鄭清文小說中的家國想像與政治書寫　中文研究學報　第 3 期
2000 年 6 月　頁 129—145

330. 葉益青　啜飲一杯舊鎮青草茶　中央日報　2000 年 7 月 13 日　22 版

331. 李魁賢　白沙灘上的琴聲　民眾日報　2000 年 7 月 20 日　17 版

332. Pat Gao　The Magic of Language　Taipei Review　第 6 期　2001 年 8 月　頁

58—65

333. 李　喬　　臺灣小說中的宗教主題〔鄭清文部分〕　輔仁大學第 4 屆文學與宗教國際會議　臺北　輔仁大學外語學院，輔仁大學中文系、英文系、法文系、日文系　2001 年 11 月 23—24 日

334. 李　喬　　臺灣小說中的宗教主題〔鄭清文部分〕　李喬文學文化論集（一）　苗栗　苗栗縣文化局　2007 年 10 月　頁 190—193

335. 林政華　臺灣本土小說名家與名作──鄭清文　臺灣文學汲探　臺北　文史哲出版社　2002 年 3 月　頁 128—155

336. 蕭友泰　鄭清文──小國家大文學　2000 臺灣文學年鑑　臺北　行政院文建會　2002 年 4 月　頁 194—197

337. 張靜茹　結與解──鄭清文短篇小說中人物的困境與抉擇　馬偕護理專科學校學報　第 2 期　2002 年 5 月　頁 161—180

338. 黃秋芳　拓展少年小說的臺灣風情──兩種風格：鄭清文和李喬　臺灣少年小說學術研討會　臺東　臺東師範學院兒童文學研究所主辦　2002 年 6 月 8—9 日

339. 黃秋芳　拓展少年小說的臺灣風情──兩種風格：鄭清文和李喬　少兒文學天地寬──臺灣少年小說學術研討會論文集　臺北　九歌出版社　2002 年 6 月　頁 198—201

340. 古繼堂　反共文學壓制下默默耕耘的現實主義文學──李喬、鄭清文　簡明臺灣文學史　北京　時事出版社　2002 年 6 月　頁 272—273

341. 林政華　堅持本土刻畫國人形象的小說大家──鄭清文　臺灣新聞報　2002 年 11 月 26 日　9 版

342. 林政華　堅持本土刻畫國人形象的小說大家──鄭清文　臺灣古今文學名家　桃園　開南管理學院通識教育中心　2003 年 3 月　頁 67

343. 林雯卿　鄭清文短篇小說中的自我追尋、孤獨與超越　東方人文學誌　第 2 卷第 1 期　2003 年 3 月　頁 203—215

344. 施英美　鄉土文學作家的現代性追求〔鄭清文部分〕　《聯合報》副刊時

　　　　　　期（1953—1963）的林海音研究　靜宜大學中國文學系　碩士論
　　　　　　文　陳芳明，胡森永教授指導　2003 年 6 月　頁 148—150

345. 王景山　　鄭清文　臺港澳暨海外華文作家辭典　北京　人民文學出版社
　　　　　　2003 年 7 月　頁 837—839

346. 高麗敏　　戰後桃園縣新文學代表作家作品——鄭清文　桃園縣文學史料之
　　　　　　分析與研究　東吳大學中國文學系　碩士論文　陳明台教授指導
　　　　　　2003 年 7 月　頁 165—169

347. 李進益　　直面人生——論契訶夫對鄭清文短篇小說之影響[16]　花蓮師院學報
　　　　　　第 17 期　2003 年 11 月　頁 23—33

348. 臺灣筆會通訊編輯　　鄭清文簡介　臺灣筆會通訊　第 2 期　2004 年 3 月
　　　　　　頁 11

349. 許俊雅　　作者簡介　現代小說讀本　臺北　揚智文化公司　2004 年 8 月
　　　　　　頁 242—243

350. 謝鴻文　　以悲憫之心爲臺灣而寫：鄭清文[17]　桃園縣兒童文學發展之研究
　　　　　　佛光人文社會學院文學研究所　碩士論文　陳信元教授指導
　　　　　　2005 年 1 月　頁 77—87

351. 謝鴻文　　成長：以自覺之心呵護兒童文學——以悲憫之心爲臺灣而寫：鄭
　　　　　　清文　凝視臺灣兒童文學的重鎮——桃園縣兒童文學史　臺北
　　　　　　富春文化公司　2006 年 12 月　頁 120—135

352. 邱各容　　七〇年代的臺灣兒童文學——作家與作品〔鄭清文部分〕　臺灣
　　　　　　兒童文學史　臺北　五南圖書出版公司　2005 年 6 月　頁 140—
　　　　　　141

353. 彭瑞金　　鄭清文——奉行冰山創作論的文學使徒　臺灣文學 50 家　臺北
　　　　　　玉山社出版公司　2005 年 7 月　頁 328—334

---

[16] 本文探究鄭清文短篇小說創作與契訶夫之間的聯繫，闡明鄭清文小說的奧祕。
[17] 本文先探討鄭清文的文學創作理念，再分析其兒童文學的內容及特色。全文共 2 小節：1.路遙知
　　馬力的創作歷程；2.爲臺灣兒童寫童話。

354. 邱各容　以生命熱忱關愛人生的鄭清文——臺灣兒童文學作家與作品研究
　　　　　　　系列之一[18]　全國新書資訊月刊　第 79 期　2005 年 7 月　頁 4—
　　　　　　　13

355. 邱各容　鄭清文——以生命熱誠關愛人生　臺灣兒童文學作家及作品論
　　　　　　　臺北　富春文化公司　2008 年 8 月　頁 190—213

356. 周慶塘　鄭清文小說中的鄉土描寫[19]　中山醫學大學第一屆臺灣語文暨文化
　　　　　　　研討會　臺中　中山醫學大學臺灣語文學系主辦　2006 年 4 月 29
　　　　　　　—30 日

357. 周慶塘　鄭清文小說中的鄉土描寫　中山醫學大學第一屆臺灣語文暨文化
　　　　　　　研討會　臺中　中山醫學大學臺灣語文學系主辦　2007 年 3 月
　　　　　　　頁 51—62

358. 林鎮山，蘿絲・史丹福　花香與福爾摩沙——鄭清文的臺灣女性小說　文
　　　　　　　學臺灣　第 58 期　2006 年 4 月　頁 136—147

359. 林鎮山，蘿絲・史丹福　花香與福爾摩沙——鄭清文的臺灣女性小說　玉
　　　　　　　蘭花：鄭清文短篇小說選 2　臺北　麥田出版公司　2006 年 6 月
　　　　　　　頁 3—14

360. 林鎮山　從鄭清文的外譯經驗談起　2006 年鄭清文國際學術研討會　嘉
　　　　　　　義，臺南，臺北　中正大學臺灣文學研究所，國家臺灣文學館籌
　　　　　　　備處，教育部主辦　2006 年 5 月 27—28 日

361. 江寶釵　那嗡嗡個不停的蚊聲——鄭清文小說中的批判意識　2006 年鄭清
　　　　　　　文國際學術研討會　嘉義，臺南，臺北　中正大學臺灣文學研究
　　　　　　　所，國家臺灣文學館籌備處，教育部主辦　2006 年 5 月 27—28 日

362. 許建崑　童心、原創與鄉土——鄭清文的童話圖譜[20]　2006 年鄭清文國際學

[18]本文後改篇名為〈鄭清文——以生命熱誠關愛人生〉。

[19]本文從農村、習俗、民間傳說等面向探討鄭清文小說中的鄉土特色。1.前言；2.鄭清文小說中鄉
土描寫的內容；3.鄭清文作品中鄉土描寫所呈現的意義；4.結語。

[20]本文探討鄭清文跨界書寫童話的特質。全文共 6 小節：1.前言；2.鄭清文童話作品巡禮；3.鄭清文
的童年印象和社會書寫；4.鄭清文的童心與童話創作觀；5.鄭清文的跨界書寫與讀者接受；6.結
論。

術研討會　嘉義，臺南，臺北　中正大學臺灣文學研究所，國家
臺灣文學館籌備處，教育部主辦　2006 年 5 月 27—28 日

363. 許建崑　童心、原創與鄉土——鄭清文的童話圖譜　東海中文學報　第 19
期　2007 年 7 月　頁 285—302

364. 徐照華　冷眼熱腸——論鄭清文短篇小說中的悲憫情懷　2006 年鄭清文國
際學術研討會　嘉義，臺南，臺北　中正大學臺灣文學研究所，
國家臺灣文學館籌備處，教育部主辦　2006 年 5 月 27—28 日

365. 蔡振念　鄭清文短篇小說中異化的現代英雄[21]　2006 年鄭清文國際學術研討
會　嘉義，臺南，臺北　中正大學臺灣文學研究所，國家臺灣文
學館籌備處，教育部主辦　2006 年 5 月 27—28 日

366. 蔡振念　鄭清文短篇小說中異化的現代英雄　樹的見證：鄭清文文學論集
臺北　麥田出版公司　2007 年 3 月　頁 37—62

367. 陳國偉　被訴說的歷史主體——鄭清文的小說「物體」系[22]　2006 年鄭清文
國際學術研討會　嘉義，臺南，臺北　中正大學臺灣文學研究
所，國家臺灣文學館籌備處，教育部主辦　2006 年 5 月 27—28 日

368. 陳國偉　被訴說的歷史主體——鄭清文的小說「物體」系　樹的見證：鄭
清文文學論集　臺北　麥田出版公司　2007 年 3 月　頁 63—84

369. 許素蘭　走出簸箕谷・走向廣闊的世界——鄭清文小說中的「山谷」意象
及其變衍[23]　2006 年鄭清文國際學術研討會　嘉義，臺南，臺北
中正大學臺灣文學研究所，國家臺灣文學館籌備處，教育部主辦
2006 年 5 月 27—28 日

---

[21] 本文探討鄭清文小說的風格、主題與技巧，以檢視學術界對於鄭清文的評價。全文共 4 小節：1.
前言，2.臺灣社會與異化、商品化，3.鄭清文小說中人物的異化與商品化，4.結論。
[22] 本文探討鄭清文筆下「物」的時間性，以及物／身體／歷史主體的隱喻關係，以呈現小說家的
「物體系」書寫。全文共 5 小節：1.前言：小說家者言；2.寫實作為文本美學的界線；3.物體的
存在與時間性；4.物體、身體到歷史主體；5.結語：歷史的書寫系。
[23] 本文探討鄭清文小說中「山谷」意象的類型表現、意象轉化與衍生，並探索「山谷」對於作家的
情感意義，及其透過「山谷」的意象書寫所欲傳達的生命態度與人生觀。全文共 5 小節：1.前
言：從腳下的土地開始延展；2.站在「簸箕谷」的出發點上；3.「簸箕谷」及其變衍；4.走出
「簸箕谷」：〈簸箕谷〉與〈三腳馬〉；5.結論：另類「海洋文學」。

370. 許素蘭　　　走出簸箕谷，走向廣闊的世界——論鄭清文小說中的「山谷」意
　　　　　　　　象及其變衍　樹的見證：鄭清文文學論集　臺北　麥田出版公司
　　　　　　　　2007 年 3 月　頁 101—122

371. 岡崎郁子　　　鄭清文的創作童話——從孤兒意識與生態保護的觀點論起[24]
　　　　　　　　2006 年鄭清文國際學術研討會　嘉義，臺南，臺北　中正大學臺
　　　　　　　　灣文學研究所，國家臺灣文學館籌備處，教育部主辦　2006 年 5
　　　　　　　　月 27—28 日

372. 岡崎郁子　　　鄭清文的創作童話——從孤兒意識與生態保護的觀點論起　樹
　　　　　　　　的見證：鄭清文文學論集　臺北　麥田出版公司　2007 年 3 月
　　　　　　　　頁 167—186

373. 徐錦成　　　重探鄭清文童話的爭議——以「幻想性」、「兒童性」為討論中
　　　　　　　　心[25]　2006 年鄭清文國際學術研討會　嘉義，臺南，臺北　中正大
　　　　　　　　學臺灣文學研究所，國家臺灣文學館籌備處，教育部主辦　2006
　　　　　　　　年 5 月 27—28 日

374. 徐錦成　　　重探鄭清文童話的爭議——以「幻想性」、「兒童性」為討論中
　　　　　　　　心　樹的見證：鄭清文文學論集　臺北　麥田出版公司　2007 年
　　　　　　　　3 月　頁 187—212

375. 松浦恆雄　　　戰後日本的臺灣現代文學翻譯〔鄭清文部分〕　2006 年鄭清文
　　　　　　　　國際學術研討會　2006 年 5 月 27—28 日

376. 松浦恆雄　　　關於臺灣文學在日本的翻譯〔鄭清文部分〕　樹的見證：鄭清
　　　　　　　　文文學論集　臺北　麥田出版公司　2007 年 3 月　頁 239—248

377. 林鎮山　　　文學望鄉‧家國想像——追憶似水年華——性別角色的省思〔鄭
　　　　　　　　清文部分〕　離散‧家國‧敘述：臺灣當代小說論述　臺北　前

---

[24]本文從「孤兒意識」與「環境生態保護」的觀點，探討鄭清文童話故事寫作及其思想轉變。全文
　共 4 小節：1.《天燈‧母親》之孤兒意識；2.天生的想像力與生態保護的觀點；3.鄭清文童話的
　變遷；4.結論。
[25]本文重新審視鄭清文的兒童文學作品是否符合兒童文學的標準。全文共 4 小節：1.前言；2.《燕
　心果》：一部「不純潔」的童話集；3.「成人童話」的再思考；4.結論。

衛出版社　2006 年 7 月　頁 291—292

378. 戴淑芳　臺灣童話的「在地化」省思——黃春明及鄭清文作品研究[26]　兒童
　　　　　　文學學刊　第 16 期　2006 年 11 月　頁 213—243

379. 陳國偉　臺灣中心性的建構：福佬族群書寫的後殖民演繹〔鄭清文部分〕
　　　　　　想像臺灣：當代小說中的族群書寫　臺北　五南圖書出版公司
　　　　　　2007 年 1 月　頁 103—104，123—126

380. 江寶釵　聖塔芭芭拉夜未眠——《鄭清文文學論集》編序　樹的見證：鄭
　　　　　　清文文學論集　臺北　麥田出版公司　2007 年 3 月　〔6〕頁

381. 李進益　異筆同書臺灣情：李喬、鄭清文小說比較　第五屆臺灣文化國際
　　　　　　學術研討會——李喬的文學與文化論述　臺北，臺南　臺灣師範
　　　　　　大學臺灣文學研究所，長榮大學臺灣研究所　2007 年 4 月 27—29
　　　　　　日

382. 李進益　異筆同書臺灣情——李喬、鄭清文小說比較　臺灣語文與教學研
　　　　　　討會暨論文發表會　高雄　高雄師範大學文學院　2007 年 6 月 10
　　　　　　日

383. 黃雅銘　忠誠與反叛：鄭清文短篇小說中的女性意志[27]　東吳中文研究集刊
　　　　　　第 14 期　2007 年 6 月　頁 191—208

384. 李　喬　樸素文學〔鄭清文部分〕　李喬文學文化論集（二）　苗栗　苗
　　　　　　栗縣文化局　2007 年 10 月　頁 140

385. 林秀蓉　鄭清文短篇小說中的死亡意蘊探析　中國語文　第 101 卷第 4 期
　　　　　　2007 年 10 月　頁 47—54

386. 許俊雅　大漢溪流域的文化與文學——新莊市——新莊作家之個案研究與

---

[26] 本文探討如何透過「鄉土」、「在地化」將成人經驗融入兒童文學，使孩童探索所處的文化環境，並以黃春明、鄭清文的作品為研究文本。全文共 5 小節：1.「在地化」的當代意義；2.「在地化」過程中寫實與想像力的問題；3.黃春明的「在地化」經驗；4.鄭清文的「在地化」經驗；5.結語。

[27] 本文由女性視角分析鄭清文短篇小說中女性人物，並藉此探討五〇到八〇年代男性作家以何種角度書寫女性命運，同時透過作品中的人物面對命運的選擇，探究鄭清文看待人類意志的觀點。全文共 5 小節：1.前言；2.忠誠，反叛，女性類型；3.忠誠？反叛？命運抉擇？；4.忠誠，反叛，男性視角；5.結語。

介紹——臺灣文學的景觀鄭清文先生　續修臺北縣志・藝文志第
三篇・文學（下）　臺北　臺北縣政府　2008 年 8 月　頁 58—66

387. 鄭谷苑　給八歲到八八歲的讀者——從童話談鄭清文的文學思考　新地文
學　第 6 期　2008 年 12 月　頁 57—66

388. 江寶釵　我要回來再唱歌——從階層書寫論「隱含作者」在鄭清文小說文
本中的實踐[28]　文與哲　第 14 期　2009 年 6 月　頁 379—400

389. 李上儀　坐波回望的家鄉情——鄭清文筆下的新莊　北縣文化　第 102 期
2009 年 8 月　頁 22—25

390. 李進益　鄭清文小說中的女性[29]　第十三屆臺灣文學家牛津獎暨鄭清文文學
學術研討會　臺北　真理大學人文學院臺灣文學系　2009 年 11 月
28 日

391. 李進益　鄭清文小說中的女性　第十三屆臺灣文學家牛津獎暨鄭清文文學
學術研討會資料彙集　臺北　真理大學人文學院臺灣文學系
2009 年 12 月　頁 15—24

392. 蔡易澄　鄭清文家庭倫理的建立——從短篇小說中的「外遇」談起[30]　第十
三屆臺灣文學家牛津獎暨鄭清文文學學術研討會　臺北　真理大
學人文學院臺灣文學系　2009 年 11 月 28 日

393. 蔡易澄　鄭清文家庭倫理的建立——從短篇小說中的「外遇」談起　第十
三屆臺灣文學家牛津獎暨鄭清文文學學術研討會資料彙集　臺北
真理大學人文學院臺灣文學系　2009 年 12 月　頁 25—40

---

[28] 本文試圖探討鄭清文作品的精神與價值，其透過敘事的編寫，對於自身所立足土地上的律法、習尚等不合理面向提出反思與批判，表達其對公平正義的追求，這種追求反覆出現於文本中，乃形成第二自我。全文共 4 小節：1.前言；2.文化、國族與階層書寫；3.性別、倫理與階層書寫；4.結論。

[29] 本文以鄭清文小說的女性為研究對象，揭示作家如何安排小說的敘事時間，呈現女性於時間／時代性中的生活圖象，並藉此探討作家的文學與人生觀。全文共 4 小節：1.前言；2.沒有男人的女人；3.人為什麼而活；4.結論。

[30] 本文以鄭清文短篇小說中有關婚姻家庭的「外遇」書寫為主題，論述作者的家庭倫理觀。全文共 5 小節：1.前言；2.社會結構下的「外遇」；3.鄭清文短篇小說的「外遇」書寫；4.為什麼書寫外遇？；5.結論。

394. 錢鴻鈞　　從鄭清文、鍾肇政往來書簡看兩人的為人與文風[31]　第十三屆臺灣
　　　　　　　文學家牛津獎暨鄭清文文學學術研討會　臺北　真理大學人文學
　　　　　　　院臺灣文學系　2009 年 11 月 28 日

395. 錢鴻鈞　　從鄭清文、鍾肇政往來書簡看兩人的為人與文風　第十三屆臺灣
　　　　　　　文學家牛津獎暨鄭清文文學學術研討會資料彙集　臺北　真理大
　　　　　　　學人文學院臺灣文學系　2009 年 12 月　頁 41—74

396. 魏淑貞　　談鄭清文童話繪本[32]　第十三屆臺灣文學家牛津獎暨鄭清文文學學
　　　　　　　術研討會　臺北　真理大學人文學院臺灣文學系　2009 年 11 月
　　　　　　　28 日

397. 魏淑貞　　談鄭清文童話繪本　第十三屆臺灣文學家牛津獎暨鄭清文文學學
　　　　　　　術研討會資料彙集　臺北　真理大學人文學院臺灣文學系　2009
　　　　　　　年 12 月　頁 93—94

398. 馬靖雯　　鄭清文童話中的政治寓言初探[33]　第十三屆臺灣文學家牛津獎暨鄭
　　　　　　　清文文學學術研討會　臺北　真理大學人文學院臺灣文學系
　　　　　　　2009 年 11 月 28 日

399. 馬靖雯　　鄭清文童話中的政治寓言初探　第十三屆臺灣文學家牛津獎暨鄭
　　　　　　　清文文學學術研討會資料彙集　臺北　真理大學人文學院臺灣文
　　　　　　　學系　2009 年 12 月　頁 104—118

400. 李　喬　　鄭清文文學版圖與入口[34]　第十三屆臺灣文學家牛津獎暨鄭清文文
　　　　　　　學學術研討會資料彙集　臺北　真理大學人文學院臺灣文學系

---

[31] 本文藉觀察鄭清文與鍾肇政之往來書簡，探討兩人於為人處事與文學風格的差異。全文共 6 小
節：1.前言；2.為人風範；3.語言的探討；4.技巧的探討：小說的觀點問題；5.短篇作品探討與比
較；6.結論。正文後附錄〈鄭清文致鍾肇政書簡〉（1966.1.25）、〈鍾肇政致鄭清文書簡〉
（1966.1.27）、〈李喬致鍾肇政書簡〉（1973.1.14）、〈鍾肇政致李喬書簡〉（1973.1.18）、
〈李喬致鍾肇政書簡〉（1973.1.25）、〈鍾肇政致李喬書簡〉（1973.1.29）。
[32] 本文由魏淑貞主講，廖亭琇筆錄。全文分享鄭清文童話作品於出版時與講者的互動及其閱讀經
驗，並概述對出版鄭清文童話繪本的期待。
[33] 本文以鄭清文童話中的政治寓言為論述主軸，探討鄭清文如何透過童話書寫，向讀者傳達真實社
會的政治面。全文共 6 小節：1.緒論；2.政治主體性的建構；3.族群議題；4.政客議題；5.執政假
面的告白；6.結論。
[34] 本文由李喬主講，黃聖婷筆錄。依小說、童話以及論述等 3 部分談鄭清文的文學版圖與內涵。

2009 年 12 月　頁 8—14

401. 林文寶　推薦鄭清文：描寫臺灣城鄉風土　紙青蛙：鄭清文精選集　臺北　九歌出版社　2010 年 4 月　頁 6—7

402. 鄭懿瀛　童心童趣——鄭清文構築新童話世界　書香遠傳　第 84 期　2010 年 5 月　頁 48—51

## 分論
## 單行本作品
## 論述
### 《臺灣文學的基點》

403. 杜文靖　定位臺灣文學的「臺灣文學評論專集」〔《臺灣文學的基點》部分〕　文訊雜誌　第 84 期　1992 年 10 月　頁 92—93

### 《小國家大文學》

404. 〔民眾日報〕　《小國家大文學》　民眾日報　2000 年 10 月 19 日　17 版

405. 李魁賢　小文章大評論　民眾日報　2001 年 5 月 8 日　15 版

406. 李魁賢　小文章大評論　李魁賢文集 8　臺北　行政院文建會　2002 年 10 月　頁 417—418

407. 鄭德昌　談談鄭清文的《小國家大文學》概念　樹的見證：鄭清文文學論集　臺北　麥田出版公司　2007 年 3 月　頁 259—264

## 散文
### 《新莊——失去龍穴的城鎮》

408. 許俊雅　大漢溪流域的文化與文學——新莊市——文學中的新莊——鄭清文的《新莊——失去龍穴的城鎮》　續修臺北縣志‧藝文志第三篇‧文學（下）　臺北　臺北縣政府　2008 年 8 月　頁 52—58

## 小說
### 《簸箕谷》

409. 鍾肇政　鄭清文和他的《簸箕谷》　自由青年　第 35 卷第 2 期　1966 年 1 月 16 日　頁 18—19

410. 鍾肇政　　鄭清文和他的《簸箕谷》　作家群像　臺北　大江出版社　1968
　　　　　　　年 10 月　頁 493—496

411. 林少雯　　作家的第一本書〔《簸箕谷》部分〕　中央日報　1999 年 6 月 28
　　　　　　　日　22 版

## 《峽地》

412. 易　安　　《峽地》　省政文藝評介選輯　臺中　臺灣省政府新聞處　1972
　　　　　　　年 6 月　頁 163—170

413. 易　安　　《峽地》　文壇　第 146 期　1972 年 8 月　頁 20—24

414. 陳雨航　　因爲簡單，可以包含更多——我看《峽地》　峽地　臺北　九歌
　　　　　　　出版社　1988 年 1 月　頁 6—9

415. 陳雨航　　因爲簡單，可以包含更多　峽地　臺北　九歌出版社　2004 年 11
　　　　　　　月　頁 7—9

416. 李進益　　一首臺灣農村的贊歌——論鄭清文長篇小說《峽地》　2006 年鄭
　　　　　　　清文國際學術研討會　嘉義，臺南，臺北　中正大學臺灣文學研
　　　　　　　究所，國家臺灣文學館籌備處，教育部主辦　2006 年 5 月 27—28
　　　　　　　日

417. 李進益　　一首臺灣農村的贊歌——論鄭清文長篇小說《峽地》　樹的見
　　　　　　　證：鄭清文文學論集　臺北　麥田出版公司　2007 年 3 月　頁
　　　　　　　123—140

## 《校園裡的椰子樹》

418. 壹闡提　　我喜愛的書——《校園裡的椰子樹》　書評書目　第 5 期　1973
　　　　　　　年 5 月　頁 57—58

419. 胡坤仲　　讀鄭清文《校園裡的椰子樹》　臺灣日報　1976 年 9 月 29 日　9
　　　　　　　版

420. 林黛嫚　　書寫富臺灣精神的小人物生活——評介《校園裡的椰子樹》　在
　　　　　　　閱讀與書寫之間：評好書 300 種　臺北　三民書局　2005 年 2 月
　　　　　　　頁 98

## 《現代英雄》

421. 唐　拙　《現代英雄》[35]　中華日報　1976 年 7 月 19 日　5 版

422. 唐　拙　《現代英雄》讀後　落花一片天上來　臺北　爾雅出版社　1976
年 12 月　頁 134—137

423. 亮　軒　永恆的生機——看《現代英雄》有感　落花一片天上來　臺北
爾雅出版社　1976 年 12 月　頁 126—132

424. 壹闡提　鄭清文《現代英雄》評析　臺灣文藝　第 56 期　1977 年 10 月
頁 146—159

425. 李　喬　評析《現代英雄》　臺灣文學造型　高雄　派色文化出版社
1992 年 7 月　頁 74—100

426. 方　瑜　抉擇與承擔——試論鄭清文的《現代英雄》　臺灣時報　1978 年
11 月 16 日　9 版

427. 方　瑜　抉擇與承擔——《現代英雄》　爾雅　臺北　爾雅出版社　1981
年 7 月　頁 25—31

428. 方　瑜　抉擇與承擔——試論鄭清文的《現代英雄》　中華現代文學大系
（臺灣 1970—1989）評論卷（壹）　臺北　九歌出版社　1989 年
5 月　頁 429—436

429. 方　瑜　抉擇與承擔——試論鄭清文的《現代英雄》　鄭清文短篇小說全
集・鄭清文和他的文學　臺北　麥田出版公司　1998 年 6 月　頁
103—111

## 《龐大的影子》

430. 陳雨航　鄭清文《龐大的影子》　中國時報　1987 年 3 月 1 日　8 版

431. 盛　鎧　成長小說與人世的浮沉——妥協成長小說：陳映真筆下「憂悒的
小知識分子」與鄭清文的《龐大的影子》　歷史與現代性：一九
七○年代臺灣文學與美術中的鄉土運動　輔仁大學比較文學研究
所　博士論文　宋文里教授指導　2005 年 6 月　頁 158—163

---

[35]《現代英雄》後易名為《龐大的影子》。

## 《最後的紳士》

432. 郭明福　　冰尖下的人生真相──試談《最後的紳士》　新書月刊　第 13 期　1984 年 10 月　頁 47─49

433. 郭明福　　冰尖下的人生真相　風簷展書讀　南投　南投縣文化局　1985 年 1 月　頁 139─147

434. 郭明福　　《最後的紳士》　琳瑯書滿目　臺北　爾雅出版社　1985 年 7 月　頁 189─200

435. 郭明福　　冰尖下的人生真相──評《最後的紳士》　鄭清文短篇小說全集・鄭清文和他的文學　臺北　麥田出版公司　1998 年 6 月　頁 93─102

## 《局外人》

436. 應鳳凰　　十月、十一月的文學出版──鄭清文《局外人》　文訊雜誌　第 15 期　1984 年 12 月　頁 345

437. 葉石濤　　寧靜的絕望──評鄭清文的《局外人》　文訊雜誌　第 16 期　1985 年 2 月　頁 151─156

438. 葉石濤　　寧靜的絕望──評鄭清文的《局外人》　葉石濤全集・評論卷三　臺南，高雄　國立臺灣文學館，高雄市文化局　2008 年 3 月　頁 251─257

439. 黃　娟　　審判者──論鄭清文的《局外人》　自立晚報　1991 年 8 月 11 日　5 版

440. 黃　娟　　審判者──論鄭清文的《局外人》　政治與文學之間　臺北　前衛出版社　1993 年 5 月　頁 105─116

441. 聶雅婷　　局內？或者局外？　讀鄭清文的《局外人》[36]　第十二屆臺灣文學家牛津獎暨鄭清文文學學術研討會　臺北　真理大學人文學院臺灣文學系　2009 年 11 月 28 日

---

[36]本文以現象學作為研究視域，探討其中的鄉愁情感及對文化傳統的省思。全文共 4 小節：1.用現象學方法解構《局外人》；2.《局外人》的抉擇──局內或局外？；3.《局外人》現象中當中所顯現的悲劇本身；4.總結。

442. 聶雅婷　　局內？或者局外？——讀鄭清文的《局外人》　第十三屆臺灣文學家牛津獎暨鄭清文文學學術研討會資料彙集　臺北　真理大學人文學院臺灣文學系　2009 年 12 月　頁 137—150

《滄桑舊鎮》

443. 應鳳凰，傅月庵　　鄭清文——《滄桑舊鎮》　冊頁流轉——臺灣文學書入門 108　臺北　印刻文學生活雜誌出版公司　2011 年 3 月　頁 136—137

《報馬仔》

444. 葉石濤　　評鄭清文的《報馬仔》　臺灣時報　1987 年 9 月 29 日　8 版

445. 葉石濤　　評鄭清文的《報馬仔》　走向臺灣文學　臺北　自立晚報社文化出版部　1990 年 3 月　頁 236—238

446. 葉石濤　　評鄭清文的《報馬仔》　葉石濤全集・評論卷四　臺南，高雄　國立臺灣文學館，高雄市文化局　2008 年 3 月　頁 93—94

《不良老人》

447. 許達然　　序　不良老人　香港　文藝風出版社　1990 年 2 月　頁 1—2

《春雨》

448. 齊邦媛　　一本不肯寵壞讀者胃口的小說——《春雨》　中國時報　1991 年 2 月 8 日　23 版

449. 邱子修　　翻譯中的盲點——試探《春雨》英譯的幾個問題　2006 年鄭清文國際學術研討會　嘉義，臺南，臺北　中正大學臺灣文學研究所，國家臺灣文學館籌備處，教育部主辦　2006 年 5 月 27—28 日

450. 邱子修　　翻譯中的盲點——試探《春雨》英譯的幾個問題　樹的見證：鄭清文文學論集　臺北　麥田出版公司　2007 年 3 月　頁 213—228

《合歡》

451. 王德威　　「聽香」的藝術——評鄭清文《合歡》　合歡　臺北　麥田出版公司　1998 年 6 月　頁 3—7

452. 王德威　　「聽香」的藝術——評鄭清文《合歡》　眾聲喧嘩以後：點評當

代中文小說　臺北　麥田出版公司　2001 年 10 月　頁 119—121

## 《相思子花》

453. 陳　黎　　《相思子花》　聯合報　1992 年 7 月 23 日　26 版

454. 鄭樹森　　堅持與突破——鄭清文《相思子花》　耶穌喜愛的小孩——第十
六屆時報文學獎得獎作品集　臺北　時報文化出版公司　1993 年
12 月　頁 11—12

455. 王德威　　鄉愁以外的智慧——評鄭清文的《相思子花》　鄭清文短篇小說
全集・鄭清文和他的文學　臺北　麥田出版公司　1998 年 6 月
頁 113—116

456. 王德威　　鄉愁以外的智慧——評鄭清文的《相思子花》　眾聲喧嘩以後：
點評當代中文小說　臺北　麥田出版公司　2001 年 10 月　頁 111
—114

## 《三腳馬英譯本》

457. Kristine Harley　　WOUNDED TO WESTERN LIVES— Cheng-Ching wen's
"Horse" Opens Taiwan to Western eyes　The San Diego Union —
Tribune（聖地牙哥聯合論壇報）　1999 年 1 月　4 版

458. Guan long Cao　　Disorientations　New York Time Book Review　1999 年 3 月
7 日　頁 15

459. 陳文芬　　鄭清文小說英文譯本《三腳馬》登上紐約時報書評　中國時報
1999 年 3 月 24 日　11 版

## 《舊金山——一九七二》

460. 李進益　　碰撞與迴響——重讀鄭清文長篇小說《舊金山——一九七二》
臺灣近五十年現代小說論文集　高雄　中山大學文學院，人文社
會科學中心　2007 年 8 月　頁 101—112

## 《玉蘭花》

461. 江寶釵，羅林（J. B. Rollins）　　論英譯鄭清文小說選《玉蘭花》的閱讀與
文化介入　2006 年鄭清文國際學術研討會　嘉義，臺南，臺北

中正大學臺灣文學研究所，國家臺灣文學館籌備處，教育部主辦
2006 年 5 月 27—28 日

462. 江寶釵，羅林（J. B. Rollins）　論英譯鄭清文小說選《玉蘭花》的閱讀與
文化介入　樹的見證：鄭清文文學論集　臺北　麥田出版公司
2007 年 3 月　頁 231—238

## 兒童文學
### 《燕心果》

463. 李　喬　成長的寓言——序《燕心果》　燕心果　臺北　號角出版社
1985 年 3 月　頁 1—6

464. 李　喬　成長的寓言——序《燕心果》　臺灣文學造型　高雄　派色文化
出版社　1992 年 7 月　頁 101—105

465. 李　喬　成長的寓言　燕心果　臺北　玉山社出版公司　2000 年 4 月　頁
160—165

466. 郭明福　豆棚瓜架下的純真——試談《燕心果》　文訊雜誌　第 19 期
1985 年 8 月　頁 66—69

467. 張程鈞　現代童話的結晶《燕心果》　散文季刊　第 11 期　1986 年 8 月
20 日　4 版

468. 野　渡　趣味和完美的尋求——《燕心果》讀後　國語日報　1987 年 5 月
31 日　3 版

469. 李　喬　兒童文學的文化角色——兼評鄭清文《燕心果》童話集（上、
下）　首都早報　1989 年 8 月 30—31 日　7 版

470. 李　喬　兒童文學的文化角色——兼評鄭清文《燕心果》童話集　臺灣運
動的文化與轉機　臺北　前衛出版社　1989 年 11 月　頁 129—
138

471. 陳映霞　《燕心果》　幼獅少年　第 202 期　1995 年 8 月　頁 38—39

472. 許素蘭　價值顛覆與道德內化——鄭清文童話集《燕心果》主題意涵的曖
昧性　全國新書資訊月刊　第 9 期　1999 年 9 月　頁 6—8

473. 趙天儀　　我看《燕心果》　文訊雜誌　第 178 期　2000 年 8 月　頁 37

**《沙灘上的琴聲》**

474. 曹銘宗　　陳建良繪圖臺灣的色彩——和鄭清文合作的圖畫書《沙灘上的琴聲》昨發表　聯合報　1998 年 6 月 13 日　14 版

475. 柯青華　　聽海洋的心跳　聯合報　1998 年 7 月 27 日　41 版

476. 林意雪　　《沙灘上的琴聲》　國語日報　1998 年 11 月 1 日　3 版

**《天燈・母親》**

477. 陳玉玲　　論鄭清文的《天燈・母親》[37]　天燈・母親　臺北　玉山社出版公司　2000 年 4 月　頁 186—207

478. 陳玉玲　　論鄭清文的《天燈・母親》　自立晚報　2000 年 5 月 30 日　15 版

479. 陳玉玲　　農村的烏托邦：鄭清文的童話《天燈母親》　臺灣文學的國度：女性・本土・反殖民論述　臺北　博揚文化公司　2000 年 7 月　頁 135—159

480. 倪　端　　用另一種方式飛翔　聯合報　2000 年 5 月 29 日　48 版

481. 卓玫君　　純真年代　中央日報　2000 年 7 月 3 日　22 版

482. 許建崑　　抓住那孩子吧！　中央日報　2000 年 7 月 3 日　22 版

483. 蔡佩如　　走入鄉土的時光隧道　中央日報　2000 年 7 月 3 日　22 版

484. 蕭雪球　　再也回不到的過去　中央日報　2000 年 7 月 3 日　22 版

485. 張子樟　　一種烏托邦的嚮往　中央日報　2000 年 7 月 3 日　22 版

486. 張子樟　　一種烏托邦的嚮往——《天燈・母親》的意涵　青春記憶的書寫：少兒文學賞析　臺北　幼獅文化公司　2008 年 10 月　頁 263—265

487. 黃錦珠　　童心與大自然的交響曲——讀鄭清文童話《天燈・母親》　文訊雜誌　第 183 期　2001 年 1 月　頁 24—25

488. 應鳳凰　　鄭清文的《天燈・母親》　臺灣文學花園　臺北　玉山社出版公

---

[37] 本文後改篇名為〈農村的烏托邦：鄭清文的童話《天燈母親》〉。

司　　2003 年 1 月　　頁 111—116

489. 何嘉駒　　小說《天燈‧母親》之背景　管絃樂曲《天燈‧母親》及其創作
理念　交通大學音樂研究所　碩士論文　楊聰賢教授指導　2004
年 6 月　　頁 28—30

490. 陳惠齡　　對鄉土小說焦距的校準——論黃春明《放生》與鄭清文《天燈‧
母親》的後農村書寫[38]　黃春明跨領域國際學術研討會　嘉義　中
正大學臺灣文學研究所，中國文學系，加拿大雅博達大學東亞系
主辦　2008 年 5 月 31 日，6 月 1 日

491. 陳惠齡　　對鄉土小說焦距的微調與校準——論黃春明《放生》與鄭清文
《天燈‧母親》的後農村書寫　東華人文學報　第 14 期　2009 年
1 月　　頁 195—225

492. 陳惠齡　　對鄉土小說焦距的微調與校準：論黃春明《放生》與鄭清文《天
燈‧母親》的後農村書寫　鄉土性‧本土化‧在地感：臺灣鄉土
小說書寫風貌　臺北　萬卷樓圖書公司　2010 年 4 月　　頁 107—
141

493. 陳惠齡　　童話故事裡的異想國度——鄭清文《天燈‧母親》與甘耀明《水
鬼學校和失去媽媽的水獺》　鄉土性‧本土化‧在地感：臺灣鄉
土小說書寫風貌　臺北　萬卷樓圖書公司　2010 年 4 月　　頁 80—
87

## 《採桃記》

494. 王文仁　　《採桃記》　臺灣文學館通訊　第 6 期　2004 年 3 月　　頁 93

495. 李　喬　　序——童話新境，生命新景　採桃記　臺北　玉山社出版公司
2004 年 8 月　　頁 5—7

496. 古道馨　　《採桃記》　中央日報　2004 年 12 月 26 日　17 版

497. 徐錦成　　寫給臺灣兒童的蟲魚鳥獸交響詩——評鄭清文《採桃記》　文訊

[38]本文比勘二位作家作品的對應關係，把握其鄉土文學的共性與演規律後的書寫新貌。全文共 3 小
節：1.前言：朝向一個小說世界；2.詮釋與解說——後農村書寫的細讀；3.結論：關於「後」之
意義的註記。

　　　　　　雜誌　第 238 期　2005 年 8 月　頁 66—67

498. 邱子寧　　藝造自然——論鄭清文《採桃記》中的自然意識與生態美學[39]　兒
　　　　　　童文學學刊　第 18 期　2007 年 11 月　頁 167—187

## 《丘蟻一族》

499. 七棵樹　　《丘蟻一族》　自由時報　2009 年 6 月 30 日　D11 版

500. 鄭谷苑　　序——變形願望　丘蟻一族　臺北　玉山社出版公司　2009 年 6
　　　　　　月　頁 3—10

501. 李魁賢　　談《丘蟻一族》[40]　第十三屆臺灣文學家牛津獎暨鄭清文文學學術
　　　　　　研討會　臺北　真理大學人文學院臺灣文學系　2009 年 11 月 28
　　　　　　日

502. 李魁賢　　談《丘蟻一族》　第十三屆臺灣文學家牛津獎暨鄭清文文學學術
　　　　　　研討會資料彙集　臺北　真理大學人文學院臺灣文學系　2009 年
　　　　　　12 月　頁 89—92

503. 李魁賢　　創造性象徵形態的現代政治神話——閱讀鄭清文著《丘蟻一族》
　　　　　　文學臺灣　第 73 期　2010 年 1 月　頁 57—63

## 文集

### 《鄭清文短篇小說全集》

504. 李　喬　　舊鎮的椰子樹——序《鄭清文全集》　鄭清文短篇小說全集‧水
　　　　　　上組曲　臺北　麥田出版公司　1998 年 6 月　頁 11—22

505. 李　喬　　舊鎮的椰子樹——序《鄭清文全集》（上、下）　臺灣日報
　　　　　　1998 年 8 月 5—6 日　27 版

506. 江中明　　深耕四十年，《鄭清文短篇小說全集》出爐　聯合報　1998 年 8
　　　　　　月 6 日　14 版

507. 賴廷恆　　《鄭清文短篇小說全集》問世　中國時報　1998 年 8 月 6 日　11

---

[39] 本文以《採桃記》為主要文本，輔以鄭清文與生態有關的作品，由生態批評的角度切入，探討其
　自然意識。全文共 4 小節：1.前言；2.意識覺知與倫理重構；3.認知自然；4.結語。

[40] 本文由李魁賢主講，林美佑筆錄。全文首先釐清《丘蟻一族》的創作手法與文體類屬，再依現代
　政治神話的觀點閱讀《丘蟻一族》的象徵意義。

版

508. 李府翰　鄭清文七卷一套《短篇小說全集》出版——四十年文學路具現於
　　　這部集子裡　民生報　1998 年 8 月 6 日　19 版

509. 賴素鈴　《鄭清文短篇小說全集》出版　民生報　1998 年 8 月 6 日　19 版

510.〔自立早報〕　《鄭清文短篇小說集》付梓　自立早報　1998 年 8 月 7 日
　　　12 版

511. 吳興文　從《鄭清文短篇小說全集》到「臺灣大眾文學系列」　文訊雜誌
　　　第 155 期　1998 年 9 月　頁 14—22

512. 黃盈雰　《鄭清文短篇小說全集》出爐　文訊雜誌　第 156 期　1998 年 10
　　　月　頁 80

513. 李奭學　渡船頭的孤燈——評《鄭清文短篇小說全集》　聯合報　1998 年
　　　10 月 5 日　48 版

514. 李奭學　渡船頭的孤燈——評《鄭清文短篇小說全集》　書話臺灣：1991
　　　—2003 文學印象　臺北　九歌出版社　2004 年 10 月　頁 81—84

515. 吳鴻玉　《鄭清文短篇小說全集》出版　1998 臺灣文學年鑑　臺北　行政
　　　院文建會　1999 年 6 月　頁 176

## 多部作品

### 《燕心果》、《天燈·母親》

516. 陳玲芳　鄭清文將出版兩本童話集　臺灣日報　2000 年 4 月 4 日　14 版

517. 廖秋紅　淺談《燕心果》、《天燈·母親》　臺北師範學院臺灣文學研究
　　　所——第二屆研究生學術研討會　臺北　臺北師範學院臺灣文學
　　　研究所主辦　2005 年 5 月 14 日　頁 61—73

### 單篇作品

518. 兩　峰　評〈水上組曲〉　臺灣文藝　第 4 期　1964 年 7 月　頁 49—50

519. 鄭芳郁　鄭清文〈水上組曲〉簡析　中二中學報　第 6 期　2003 年 9 月
　　　頁 19—32

520. 莫　渝　〈水上組曲〉作品賞析　閱讀文學地景·小說卷（上）　臺北

　　　　　　行政院文建會　2008 年 4 月　頁 217

521. 魏子雲　　評〈吊橋〉　幼獅文藝　第 149 期　1966 年 5 月　頁 23—25

522. 趙滋蕃　　評〈歸璧記〉　幼獅文藝　第 149 期　1966 年 5 月　頁 40—42

523. 墨　　人　小野〈咖啡的月亮〉和鄭清文〈歸璧記〉小說評　中華日報
　　　　　　1977 年 7 月 17 日　10 版

524. 隱　　地　讀鄭清文〈姨太太生活的一天〉　自由青年　第 36 卷第 3 期
　　　　　　1966 年 8 月 1 日　頁 22—23

525. 隱　　地　鄭清文〈姨太太生活的一天〉　隱地看小說　臺北　爾雅出版社
　　　　　　1981 年 6 月　頁 179—187

526. 林永昌　　讀《這一代小說》〔〈姨太太生活的一天〉部分〕　年度小說選
　　　　　　資料篇　臺北　爾雅出版社　1983 年 2 月　頁 243

527. 趙洪善　　〈姨太太生活的一天〉和「不可信的敘述者」　2006 年鄭清文國
　　　　　　際學術研討會　嘉義，臺南，臺北　中正大學臺灣文學研究所，
　　　　　　國家臺灣文學館籌備處，教育部主辦　2006 年 5 月 27—28 日

528. 趙洪善　　〈姨太太生活的一天〉的敘述策略　樹的見證：鄭清文文學論集
　　　　　　臺北　麥田出版公司　2007 年 3 月　頁 85—100

529. 林鍾隆　　第三屆「臺灣文學獎」選後感〔〈缺口〉〕　臺灣文藝　第 18 期
　　　　　　1968 年 1 月　頁 57

530. 鍾肇政，林鍾隆，鄭煥　　第四屆臺灣文學獎特輯——實至名歸——第四屆
　　　　　　臺灣文學獎選後感〔〈門〉部分〕　臺灣文藝　第 23 期　1969 年
　　　　　　4 月　頁 74—76

531. 佟志革　　〈門〉作品鑒賞　臺港小說鑒賞辭典　北京　中央民族學院出版
　　　　　　社　1994 年 1 月　頁 350—352

532. 郭誌光　　他人注目下的卑儈遊魂：失業者的尊嚴〔〈門〉部分〕　戰後臺
　　　　　　灣勞工題材小說的異化主題（1945—2005）　清華大學臺灣文學
　　　　　　研究所　碩士論文　陳萬益教授指導　2006 年 8 月　頁 154

533. 葉石濤　　評〈校園裡的椰子樹〉　幼獅文藝　第 170 期　1968 年 2 月　頁

149—153

534. 葉石濤　　評〈校園裡的椰子樹〉　　葉石濤評論集　臺北　蘭開書局　1968
年 9 月　頁 131—138

535. 葉石濤　　評〈校園裡的椰子樹〉　　葉石濤作家論集　高雄　三信出版社
1973 年 3 月　頁 111—116

536. 葉石濤　　評〈校園裡的椰子樹〉　　臺灣鄉土作家論集　臺北　遠景出版公
司　1979 年 3 月　頁 197—203

537. 葉石濤　　評〈校園裡的椰子樹〉　　葉石濤全集・評論卷一　臺南，高雄
國立臺灣文學館，高雄市文化局　2008 年 3 月　頁 213—220

538. 許達然　　六〇—七〇年代臺灣社會和文學〔〈校園裡的椰子樹〉部分〕
苦悶與蛻變——60、70 年代臺灣文學與社會國際學術研討會
2006 年 11 月 11—12 日　頁 30—31

539. 黃靈芝　　蚍蜉撼樹——評臺灣文藝五十八年度小說作品〔〈花與靜默〉部
分〕　臺灣文藝　第 26 期　1970 年 1 月　頁 61

540. 楊添源　　談鄭清文〈鯉魚〉　　文藝月刊　第 27 期　1971 年 9 月　頁 206—
212

541. 〔鄭明娳編〕　　〈龐大的影子〉附註　六十年短篇小說選　臺北　爾雅出
版社　1981 年 7 月　頁 28—30

542. 壹闡提　　我讀《六十年短篇小說選》〔〈龐大的影子〉部分〕　年度小說
選資料篇　臺北　爾雅出版社　1983 年 2 月　頁 143

543. 郭誌光　　浮士德的交易：尊嚴之價〔〈龐大的影子〉部分〕　戰後臺灣勞
工題材小說的異化主題（1945—2005）　清華大學臺灣文學研究
所　碩士論文　陳萬益教授指導　2006 年 8 月　頁 160—161

544. 任　真　　兩篇小說和一本書〔〈雷公點心〉部分〕　新文藝　第 210 期
1973 年 9 月　頁 156—158

545. 葉石濤，彭瑞金；許素貞記錄　　真實的基礎——葉石濤、彭瑞金對談評論
（下）——〈山難〉是試題？　民眾日報　1979 年 3 月 12 日　12

版

546. 葉石濤，彭瑞金；許素貞記錄　真實的基礎——葉石濤、彭瑞金眾副小說
　　　對談評論〔〈山難〉部分〕　葉石濤全集・評論卷六　臺南，高
　　　雄　國立臺灣文學館，高雄市政府文化局　2008 年 3 月　頁 320
　　　—323

547. 李昂，高天生　　對談與評論：〈黃金屋〉是現代都市的天方夜譚　白翎鷥
　　　之歌　臺北　民眾日報出版社，民眾文化出版社　1979 年 11 月
　　　頁 238

548. 葉石濤　　一九七九年臺灣小說選〔〈檳榔城〉部分〕　民眾日報　1980 年
　　　2 月 28 日　12 版

549. 葉石濤　　序〔〈檳榔城〉部分〕　一九七九年臺灣小說選　臺北　文華出
　　　版社　1980 年 6 月　頁 7

550. 葉石濤　　一九七九年臺灣小說選〔〈檳榔城〉部分〕　作家的條件　臺北
　　　遠景出版公司　1981 年 6 月　頁 38—39

551. 葉石濤　　一九七九年臺灣小說選〔〈檳榔城〉部分〕　葉石濤全集・隨筆
　　　卷一　臺南，高雄　國立臺灣文學館，高雄市文化局　2008 年 3
　　　月　頁 204－205

552. 彭瑞金　　〈檳榔城〉簡介：冰山之下　1979 臺灣小說選　臺北　文華出版
　　　社　1980 年 6 月　頁 155—157

553. 林佩芬　　五鐘齊鳴 ——「鐘」〔〈鐘〉部分〕　爾雅　臺北　爾雅出版社
　　　1981 年 7 月　頁 228

554. 許素蘭　　滄涼・優雅的手勢——我讀〈最後的紳士〉　臺灣時報　1982 年
　　　1 月 12 日　12 版

555. 朱　炎　　短篇小說所反映的臺灣社會文化的變遷——民國六十八年—七十
　　　八年〔〈最後的紳士〉部分〕　情繫文心　臺北　九歌出版社
　　　1998 年 1 月　頁 148—149，156—157

556.〔林黛嫚編〕　　〈最後的紳士〉作品賞析　臺灣現代文選小說卷　臺北

三民書局　2005 年 5 月　頁 75—76

557. 沈萌華　春愁黯黯難自料——鄭清文〈秘密〉評介　明道文藝　第 72 期 1982 年 3 月　頁 144—146

558. 沈萌華　獨憐幽草澗邊生編序〔〈秘密〉部分〕　七十年短篇小說選　臺 北　爾雅出版社　1982 年 4 月　頁 4

559. 沈萌華　獨憐幽草澗邊生編序〔〈秘密〉部分〕　年度小說選資料篇　臺 北　爾雅出版社　1983 年 2 月　頁 108

560.〔沈萌華編〕　〈秘密〉附註　七十年短篇小說選　臺北　爾雅出版社 1982 年 4 月　頁 118—120

561. 鄭雅云　評介《七十年短篇小說選》〔〈秘密〉部分〕　年度小說選資料 篇　臺北　爾雅出版社　1983 年 2 月　頁 167—168

562. 呂　昱　香草與幽香——試論《七十年短篇小說選》〔〈秘密〉部分〕 年度小說選資料篇　臺北　爾雅出版社　1983 年 2 月　頁 184— 185

563. 翁林佩芬　小說記年——評《七十年短篇小說選》〔〈秘密〉部分〕　年 度小說選資料篇　臺北　爾雅出版社　1983 年 2 月　頁 193—194

564. 葉石濤，彭瑞金講；許素貞記錄　時報副刊四月份小說對談——評論街 〔〈局外人〉部分〕　臺灣時報　1982 年 5 月 31 日　12 版

565. 葉石濤，彭瑞金講；許素貞記錄　四月份臺灣時報副刊小說對談評論 〔〈局外人〉部分〕　葉石濤全集・評論卷七　臺南，高雄　國 立臺灣文學館，高雄市政府文化局　2008 年 3 月　頁 102—104

566. 李　喬　72 年度小說選析賞〔〈割墓草的女孩〉部分〕　明道文藝　第 90 期　1983 年 9 月　頁 53—54

567.〔李喬編〕　〈割墓草的女孩〉附註　七十二年短篇小說選　臺北　爾雅 出版社　1984 年 3 月　頁 85—87

568. 莊明萱　歷史風俗畫與心態備忘錄——鄭清文〈蛙聲〉　福建文學　1983 年第 9 期　1983 年 9 月　頁 79

569. 彭瑞金　　〈升〉：鄭清文的新界石　自立晚報　1984 年 2 月 27 日　10 版

570. 彭瑞金　　冰山浮動的訊息——〈升〉簡介　1983 年臺灣小說選　臺北　前
衛出版社　1984 年 4 月　頁 42—45

571. 郭誌光　　暗夜之犬：勞工自我異化後的犬儒心理〔〈升〉部分〕　戰後臺
灣勞工題材小說的異化主題（1945—2005）　清華大學臺灣文學
研究所　碩士論文　陳萬益教授指導　2006 年 8 月　頁 70

572. 〔亮軒編〕　　〈祖與孫〉　七十四年短篇小說選　臺北　爾雅出版社
1986 年 4 月　頁 128—130

573. 范亮石　　臺灣文學作品中醫師的形象〔〈故里人歸〉部分〕　臺灣文藝
第 102 期　1986 年 9 月　頁 116—121

574. 〔季季編〕　　〈報馬仔〉評介　七十六年短篇小說選　臺北　爾雅出版社
1988 年 7 月　頁 24—26

575. 陳雨航　　一個工作的報告——《七十八年短篇小說選》編選前言〔〈髮〉
部分〕　七十八年短篇小說選　臺北　爾雅出版社　1990 年 3 月
頁 4—5

576. 〔陳雨航編〕　　〈髮〉評介　七十八年短篇小說選　臺北　爾雅出版社
1990 年 3 月　頁 93—94

577. 〔鄭明娳，林燿德選註〕　　〈我的戰爭經驗〉　人生五題——憂患　臺北
正中書局　1990 年 8 月　頁 138

578. 雷　驤　　關於〈元宵後〉的隨想　八十一年短篇小說選　臺北　爾雅出版
社　1993 年 3 月　頁 218—222

579. 林燿德　　小說迷宮中的政治廻路——「八〇年代臺灣政治小說」的內涵與
相關課題〔〈來去新公園飼魚〉部分〕　當代臺灣政治文學論
臺北　時報文化出版公司　1994 年 7 月　頁 153—156

580. 黎湘萍　　新生代：從懷疑到游戲〔〈三腳馬〉部分〕　揚子江與阿里山的
對話——海峽兩岸文學比較　上海　上海文藝出版社　1995 年 12
月　頁 296

581. 黎湘萍　　　從懷疑到遊戲——沉重的敘事：傷痕文學的雙重話語價值〔〈三腳馬〉部分〕　文學臺灣——臺灣知識者的文化敘事與理論想像　北京　人民文學出版社　2003 年 3 月　頁 210

582. 張素貞　　　臺灣小說中的抗戰經驗（上）〔〈三腳馬〉部分〕　中央日報　1997 年 7 月 7 日　18 版

583. 張素貞　　　臺灣小說中的抗戰經驗〔〈三腳馬〉部分〕　現代小說啓事　臺北　九歌出版社　2001 年 8 月　頁 123—124

584. 彭瑞金　　　〈三腳馬〉與《盜馬者》　臺灣日報　2000 年 5 月 28 日　31 版

585. 劉慧貞　　　悲劇的探索與救贖——鄭清文〈三腳馬〉　聯合報　2000 年 9 月 10 日　37 版

586. 王美秀　　　〈三腳馬〉的語言與命題意涵[41]　通識教育年刊　第 2 期　2000 年 10 月　頁 43—55

587. 莊姿音　　　白鼻狸與三腳馬——談鄭清文的小說〈三腳馬〉　大直高中學報　第 1 期　2003 年 11 月　頁 93—96

588. 〔彭瑞金選編〕　　〈三腳馬〉賞析　國民文選‧小說卷 2　臺北　玉山社出版公司　2004 年 7 月　頁 253—254

589. 許俊雅　　　〈三腳馬〉評析　現代小說讀本　臺北　揚智文化公司　2004 年 8 月　頁 273—275

590. 〔彭瑞金編〕　　導讀〈三腳馬〉　二十世紀臺灣文學金典‧小說卷‧戰後時期第一部　臺北　聯合文學出版社　2006 年 1 月　頁 170—171

591. 金良守　　　鄭清文，〈三腳馬〉裡的殖民地記憶　2006 年鄭清文國際學術研討會　嘉義，臺南，臺北　中正大學臺灣文學研究所，國家臺灣文學館籌備處，教育部主辦　2006 年 5 月 27—28 日

592. 金良守　　　鄭清文〈三腳馬〉裡的殖民地記憶　樹的見證：鄭清文文學論集　臺北　麥田出版公司　2007 年 3 月　頁 249—258

---

[41]本文以〈三腳馬〉爲例，討論作家的語言與命題涵義。全文共 7 小節：1.引言；2.鄭清文樸實無華的語言特色；3.以對話推動情節；4.達意傳神的文雅方言；5.語言特點與時空、心境的關聯；6.〈三腳馬〉的命題意涵；7.結語。

593. 許素蘭　鄭清文〈三腳馬〉　新活水　第 17 期　2008 年 3 月　頁 80—85

594. 彭瑞金　〈三腳馬〉作品賞析　閱讀文學地景・小說卷（上）　臺北　行政院文建會　2008 年 4 月　頁 198

595. 馬　森　性與關於性的書寫——評鄭清文〈舊金山、一九七二——一九七四的美國學校〉　中外文學　第 25 卷第 10 期　1997 年 3 月　頁 23—27

596. 馬　森　性與關於性的書寫——評鄭清文〈舊金山、一九七二——一九七四的美國學校〉　文學的魅惑：馬森文論六集　臺北　麥田出版公司　2002 年 4 月　頁 153—160

597. 馬　森　性與關於性的書寫——評鄭清文〈舊金山、一九七二——一九七四的美國學校〉　文學的魅惑　臺北　秀威資訊科技公司　2010 年 12 月　頁 180—187

598. 許俊雅　啟蒙之旅——談鄭清文的少年小說〈紙青蛙〉　讀你千遍也不厭倦——坐看臺灣小說　臺北　師大書苑　1997 年 3 月　頁 193—199

599. 許俊雅　啟蒙之旅——談鄭清文的少年小說〈紙青蛙〉　鄭清文短篇小說全集・鄭清文和他的文學　臺北　麥田出版公司　1998 年 6 月　頁 117—123

600. 許俊雅　啟蒙之旅——談鄭清文的少年小說〈紙青蛙〉　島嶼容顏：臺灣文學評論集　臺北　臺北縣文化局　2000 年 12 月　頁 174—179

601. 許俊雅　啟蒙之旅——鄭清文〈紙青蛙〉　我心中的歌：現代文學星空　臺北　文史哲出版社　2006 年 6 月　頁 301—308

602. 張子樟　時間順序與心理描寫：〈紙青蛙〉　俄羅斯鼠尾草；名家的少年小說 1976—1997　臺北　幼獅文化公司　1998 年 6 月　頁 46—47

603. 張子樟　青春歲月的片段記錄——短篇作品評析〔〈紙青蛙〉部分〕　青春歲月的書寫：少兒文學賞析　臺北　幼獅文化公司　2000 年 10 月　頁 23—24

604. 焦　桐　　享樂主義的佈道場——《八十六年短篇小說選》編選報告〔〈鬥魚〉部分〕　八十五年短篇小說選　臺北　爾雅出版社　1998 年 4 月　頁 11—12

605. 許素蘭　　文學的世代對照〔〈初冬、老牛、送行的隊伍〉部分〕　一九九七‧臺灣文學選　臺北　前衛出版社　1998 年 6 月　頁 128

606. 林鎮山　　「家變」之後：試探八、九〇年代臺灣小說中的家庭論述——泛愛而親仁：鄭清文的〈春雨〉　臺灣現代小說史綜論　臺北　行政院文建會，聯經出版公司　1998 年 12 月　頁 149—153

607. 林鎮山　　「家變」之後——試探八、九〇年代臺灣小說中的家庭論述——泛愛而親仁：鄭清文的〈春雨〉　臺灣小說與敘事學　臺北　前衛出版社　2002 年 9 月　頁 199—204

608. 紀奕川　　一個過度忠實的翻譯——論〈春雨〉的日譯問題　2006 年鄭清文國際學術研討會　嘉義，臺南，臺北　中正大學臺灣文學研究所，國家臺灣文學館籌備處，教育部主辦　2006 年 5 月 27—28 日

609. 王秋傑　　鄭清文〈春雨〉小說的生命主題　「近現代中國語文國際學術研討會」　屏東　屏東教育大學中國語文學系主辦　2008 年 6 月 6—7 日

610. 顧敏耀　　鄭清文〈春雨〉的互文性演繹／衍異——從小說原著到繪本與電視劇[42]　第十三屆臺灣文學家牛津獎暨鄭清文文學學術研討會　臺北　真理大學人文學院臺灣文學系　2009 年 11 月 28 日

611. 顧敏耀　　鄭清文〈春雨〉的互文性演繹／衍異——從小說原著到繪本與電視劇　第十三屆臺灣文學家牛津獎暨鄭清文文學學術研討會資料彙集　臺北　真理大學人文學院臺灣文學系　2009 年 12 月　頁 119—136

612. 葉衽榤　　鄭清文小說〈春雨〉與電視劇《春雨》、繪本《春雨》對傳統文

---

[42] 本文以「承文本性」的互文概念探討小說〈春雨〉經繪本與電視劇改編後的演繹／衍異風貌。全文共 5 小節：1.前言；2.鄭清文的原作；3.幾米的繪本《春雨》；4.電視劇的《春雨》；5.小結。

化的批判[43]　第十三屆臺灣文學家牛津獎暨鄭清文文學學術研討會
資料彙集　臺北　真理大學人文學院臺灣文學系　2009 年 12 月
頁 151—167

613. 陳玉玲　〈我要再回來唱歌〉導讀　臺灣文學讀本（二）　臺北　玉山社
出版公司　2000 年 11 月　頁 25—27

614. 黃秋玉　鄉土文學教學應用實例舉隅──「鄭清文〈我要再回來唱歌〉」
教學應用　七〇年代臺灣鄉土文學及其教學研究──以高中教材
為例　彰化師範大學國文學系　碩士論文　蔣美華教授指導
2007 年　頁 95—109

615. 陳義芝　一本給大眾閱讀的小說選──二〇〇〇年九歌版小說選（1—6）
〔〈貓樂〉部分〕　臺灣日報　2001 年 3 月 1—6 日　31 版

616. 吳東晟　死亡、貧窮、性〔〈夜的聲音〉〕　第三十屆鳳凰樹文學獎　臺
南　成功大學中國文學系　2002 年 6 月　頁 631—640

617. 林鎮山　敘述步速減緩的敷衍時間設計──鄭清文的〈秋夜〉　臺灣小說
與敘事學　臺北　前衛出版社　2002 年 9 月　頁 234—239

618. 李魁賢　評〈白沙灘上的琴聲〉　李魁賢文集 8　臺北　行政院文建會
2002 年 10 月　頁 352—353

619. 徐錦成，胡靖，陳怡璇　鄭清文〈臭青龜子〉　九十二年童話選　臺北
九歌出版社　2004 年 3 月　頁 115

620. 林秀珍　說不完的故事──談鄭清文的〈臭青龜子〉　中國語文　第 98 卷
第 1 期　2006 年 1 月　頁 86—90

621. Terence C. Russell〔羅德仁〕　　Crossing Boundaries in Zheng Qingwen's "Red
Turtle Pastries"[44]　2006 年鄭清文國際學術研討會　嘉義，臺南，

---

[43]本文從「翻譯」的角度觀看小說〈春雨〉於電視劇及繪本改編的演繹，並探究不同載體對於小說
〈春雨〉批判傳統文化的表現方式。全文共 4 小節：1.前言：傳宗接代的文化結構；2.溝水與碗
水所象徵的傳統文化糾葛；3.春雨對傳統性窒錮的啟示與解放；4.結語：生生不息的人口爆炸問
題。

[44]本文後由作者中譯為〈〈紅龜粿〉：鄭清文在鬼世界的正義使者〉。

臺北　中正大學臺灣文學研究所，國家臺灣文學館籌備處，教育部主辦主辦　2006 年 5 月 27—28 日

622. T. C. Russell　〈紅龜粿〉——鄭清文在鬼世界的正義使者　樹的見證：鄭清文文學論集　臺北　麥田出版公司　2007 年 3 月　頁 141—166

623. 葉石濤，彭瑞金講；許素貞記錄　鄉土文學的實踐——葉石濤、彭瑞金眾副小說對談評論〔〈紅龜粿〉部分〕　葉石濤全集・評論卷六臺南，高雄　國立臺灣文學館，高雄市文化局　2008 年 3 月　頁 173—174

624. 林鎮山　探索女性書寫的新／心版圖——文化／文學的產銷——以文學向歷史、社會討回公義〔〈玉蘭花〉部分〕　離散・家國・敘述：臺灣當代小說論述　臺北　前衛出版社　2006 年 7 月　頁 169

625. 郭誌光　嵌鎖在大機器上的小螺絲釘：官僚文化〔〈蚊子〉部分〕　戰後臺灣勞工題材小說的異化主題（1945—2005）　清華大學臺灣文學研究所　碩士論文　陳萬益教授指導　2006 年 8 月　頁 34—35

626. 郭誌光　解鈴之旅：心靈創傷與人格扭曲〔〈結〉部分〕　戰後臺灣勞工題材小說的異化主題（1945—2005）　清華大學臺灣文學研究所碩士論文　陳萬益教授指導　2006 年 8 月　頁 50

627. 李魁賢　〈戀猴搬石頭〉的童話　詩的幽徑　臺北　臺北縣文化局　2006 年 12 月　頁 105—106

628. 李魁賢　狼年不斷出現的紀事〔〈狼年紀事〉〕　詩的幽徑　臺北　臺北縣文化局　2006 年 12 月　頁 108—110

629. 季　季　摸索與發現，耽溺與覺醒——《九十七年小說選》編選序言〔〈童伴〉部分〕　九十七年小說選　臺北　九歌出版社　2009 年 3 月　頁 14—15

630. 李東霖　鄭清文〈合歡〉的存在主義「自由」思想　國文天地　第 290 期　2009 年 7 月　頁 67—69

631. 許素蘭　　小論鄭清文近作〈大和撫子〉[45]　第十三屆臺灣文學家牛津獎暨鄭
　　　　　　　清文文學學術研討會　臺北　真理大學人文學院臺灣文學系
　　　　　　　2009 年 11 月 28 日

632. 許素蘭　　小論鄭清文近作〈大和撫子〉　第十三屆臺灣文學家牛津獎暨鄭
　　　　　　　清文文學學術研討會資料彙集　臺北　真理大學人文學院臺灣文
　　　　　　　學系　2009 年 12 月　頁 94—103

633. 李維菁，汪宜儒　　痛苦到釋然‧〈清明時節〉看人性　中國時報　2010 年
　　　　　　　9 月 9 日　A16 版

634. 李　喬　　〈清明時節〉之窺　自由時報　2010 年 10 月 3 日　D9 版


**多篇作品**

635. 張文智　　「臺灣文化建構運動」與臺灣認同體系〔〈三腳馬〉、〈報馬
　　　　　　　仔〉部分〕　當代文學的臺灣意識　臺北　自立晚報社文化出版
　　　　　　　部　1993 年 6 月　頁 70—72

636. 金良守　　臺灣和韓國小說裡「光復」的記憶〔〈三腳馬〉、〈報馬仔〉部
　　　　　　　分〕　跨國的殖民記憶與冷戰經驗：臺灣文學的比較文學研究
　　　　　　　新竹　清華大學臺灣文學研究所主辦　2010 年 11 月 19—20 日

637. 金良守　　韓國和臺灣文學裡「光復」的記憶——記憶的「再創造」：鄭清
　　　　　　　文、全光鏞〔〈三腳馬〉、〈報馬仔〉部分〕　跨國的殖民記憶
　　　　　　　與冷戰經驗：臺灣文學的比較文學研究　新竹　清華大學臺灣文
　　　　　　　學研究所　2011 年 5 月　頁 147—152

638. 李漢偉　　臺灣小說的「女性之悲」模式探索——工商社會女性的悲劇探所
　　　　　　　〔〈玉蘭花〉、〈堂嫂〉、〈我要再回來唱歌〉部分〕　臺灣小
　　　　　　　說的三種悲情　臺北　駱駝出版社　1997 年 10 月　頁 94—97

639. 卓玫君　　〈再也回不到的過去〉、〈純真年代〉、〈走入鄉土的時光隧

---

[45]本文藉探討〈大和撫子〉中的「政治」與「性」，說明鄭清文於 1999—2009 年間發表之作品的
　　主題與內容特質。

道〉　中央日報　2000 年 7 月 3 日　22 版

640. 林鎮山　畸零人「物語」──論鄭清文的〈三腳馬〉與〈髮〉的邊緣發聲
　　　　　第四屆臺灣文化國際學術研討會論文集：臺灣思想與臺灣主體性
　　　　　臺北　臺灣師範大學臺灣文化及語言文學研究所　2005 年 10 月
　　　　　頁 253──266

641. 林鎮山　畸零人「物語」──論鄭清文的〈三腳馬〉與〈髮〉的邊緣發聲
　　　　　離散・家國・敘述：當代臺灣小說論述　臺北　前衛出版社
　　　　　2006 年 7 月　頁 141──162

642. 許俊雅　記憶與認同──臺灣小說的二戰經驗書寫──文學作品中的二戰
　　　　　（太平洋戰事）記憶〔〈我的戰爭經驗〉、〈三腳馬〉、〈二十
　　　　　年〉、〈寄草〉部分〕　臺灣文學研究學報　第 2 期　2006 年 4
　　　　　月　頁 64，66──67，69──70，76──77

643. 許俊雅　記憶與認同──臺灣小說的二戰經驗書寫──文學作品中的二戰
　　　　　（太平洋戰事）記憶〔〈我的戰爭經驗〉、〈三腳馬〉、〈二十
　　　　　年〉、〈寄草〉部分〕　評論 30 家：臺灣文學三十年菁英選 1978
　　　　　──2008（下）　臺北　九歌出版社　2008 年 6 月　頁 487，490──
　　　　　494，500──501

644. 金尚浩　論鄭清文小說裡的悲劇性──以〈永恆的微笑〉與〈黑面進旺之
　　　　　死〉為中心　2006 年鄭清文國際學術研討會　嘉義，臺南，臺北
　　　　　中正大學臺灣文學研究所，國家臺灣文學館籌備處，教育部主辦
　　　　　2006 年 5 月 27──28 日

645. 林鎮山　聲音與驚怕──〈夜的聲音〉與〈來去新公園飼魚〉中的等待與
　　　　　牽掛　2006 年鄭清文國際學術研討會　嘉義，臺南，臺北　中正
　　　　　大學臺灣文學研究所，國家臺灣文學館籌備處，教育部主辦
　　　　　2006 年 5 月 27──28 日

646. 林鎮山　聲音與驚怕──〈夜的聲音〉與〈來去新公園飼魚〉中的等待與
　　　　　牽掛　樹的見證：鄭清文文學論集　臺北　麥田出版公司　2007

年 3 月　頁 3—36

647. 彭瑞金　臺灣新文學的民間信仰態度及其影響〔〈又見中秋〉、〈一百年的詛咒〉部分〕　臺灣文學史論集　高雄　春暉出版社　2006 年 8 月　頁 41—42

648. 許俊雅　讀鄭清文的兩篇小說〈二十年〉、〈雷公點心〉　文訊雜誌　第 265 期　2007 年 11 月　頁 10— 12

649. 陳坤琬　回憶的重量——論鄭清文〈三腳馬〉與〈蛤仔船〉[46]　第十三屆臺灣文學家牛津獎暨鄭清文文學學術研討會　臺北　真理大學人文學院臺灣文學系　2009 年 11 月 28 日

650. 陳坤琬　回憶的重量——論鄭清文〈三腳馬〉與〈蛤仔船〉　第十三屆臺灣文學家牛津獎暨鄭清文文學學術研討會資料彙集　臺北　真理大學人文學院臺灣文學系　2009 年 12 月　頁 75—88

651. 史　峻　鄭清文小說中的後殖民主義女性與族裔衝突　臺灣白色恐怖的創傷研究：一個奠基於「族裔反霸權主義敘述」的觀點[47]　中正大學臺灣文學研究所　碩士論文　江寶釵教授指導　2010 年 7 月　頁 31—40

## 作品評論目錄、索引

652. 〔田原主編〕　作品評論引得　鄭清文自選集　臺北　黎明文化公司 1975 年 12 月　〔1〕頁

653. 許素蘭編；鄭清文增訂　鄭清文小說評論引得　鄭清文集（臺灣作家全集）　臺北　前衛出版社　1993 年 12 月　頁 355—360

654. 許素蘭編；鄭清文增訂　鄭清文小說評論索引　鄭清文短篇小說全集・鄭清文和他的文學　臺北　麥田出版公司　1998 年 6 月　頁 245—

---

[46]本文以鄭清文小說所展現的「回憶」為主題，論證個別記憶與共同記憶的關係，闡釋其中的多義及互補性。全文共 4 小節：1.前言——記憶的重疊與解離；2.從〈三腳馬〉到〈蛤仔船〉；3.回憶的重量；4.結語——以回憶之名。

[47]本文分析鄭清文〈來去新公園飼魚〉及〈贖畫記〉2 篇小說，探討被壓迫而無法發聲的族群之創傷。全文共 4 小節：1.前言；2.後殖民臺灣；3.創傷的理論與實際；4.結論。

　　　　　　　256

655. 鄭清文　　《峽地》相關評論索引　峽地　臺北　九歌出版社　2004 年 11 月
　　　　〔2〕頁

656. 邱各容　　重要評論資料　臺灣兒童文學作家及作品論　臺北　富春文化公
　　　　司　2008 年 8 月　頁 216—218

國家圖書館出版品預行編目資料

臺灣現當代作家研究資料彙編. 26, 鄭清文 / 李進益
編選. -- 初版. -- 臺南市 : 臺灣文學館, 2012.03
　面 ；　公分
ISBN 978-986-03-2109-8(平裝)

1.鄭清文 2.傳記 3.文學評論

863.4　　　　　　　　　　　　　　101004860

【臺灣現當代作家研究資料彙編】26
# 鄭清文

發 行 人／　李瑞騰
指導單位／　行政院文化建設委員會
出版單位／　國立台灣文學館
　　　　　　地址／70041 台南市中西區中正路 1 號
　　　　　　電話／06-2217201　　　　傳真／06-2218952
　　　　　　網址／www.nmtl.gov.tw　　電子信箱／pba@nmtl.gov.tw

總 策 畫／　封德屏
顧 　 問／　林淇瀁　張恆豪　許俊雅　陳信元　陳義芝　須文蔚　應鳳凰
工作小組／　王雅嫻　杜秀卿　翁智琦　陳欣怡　陳恬逸
　　　　　　黃寁婷　詹宇霈　羅巧琳
編 　 選／　李進益
責任編輯／　羅巧琳
校 　 對／　王雅嫻　陳逸凡　黃敏琪　黃寁婷　趙慶華　潘佳君　羅巧琳
計畫團隊／　財團法人台灣文學發展基金會
美術設計／　翁國鈞‧不倒翁視覺創意
印 　 刷／　松霖彩色印刷事業有限公司

著作財產權人／國立台灣文學館

經銷展售／　國家書店松江門市（02-25180207）
　　　　　　國立台灣文學館—雪芙瑞文學咖啡坊（06-2214632）
　　　　　　文建會員工消費合作社（02-23434168）
　　　　　　南天書局（02-23620190）　　　唐山出版社（02-23633072）
　　　　　　府城舊冊店（06-2763093）　　　台灣的店（02 23625799）
　　　　　　啓發文化（02-29586713）　　　三民書局（02-23617511）
　　　　　　草祭二手書店（06-2216872）　　五南文化廣場（04-22260330）

初版一刷／2012 年 3 月
定 　 價／新臺幣 440 元整
　　　　　　第一階段 15 冊新臺幣 5500 元整　第二階段 12 冊新臺幣 4500 元整
GPN／1010100540（單本）
　　　　1010000407（套）
ISBN／978-986-03-2109-7（單本）
　　　　978-986-02-7266-6（套）

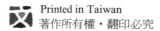

Printed in Taiwan
著作所有權‧翻印必究